中华经典直解

诗经直解

上册

陈子展◎撰

復旦大學出版社

目录

诗经直解

六经责我开生面，

七尺从天乞活埋。

王船山

诗经直解　卷首

关于《诗经》(代序)〔一〕

《诗经》是我国最古的一部诗歌总集,也是反映上古社会生活的一部百科全书。《易》、《书》、《诗》、《礼》、《乐》、《春秋》,合称为《六艺》,又称为《六经》。《乐经》今无其书,或说亡于秦火。或说《诗》、《乐》为一,自诗言之叫作《诗》,自乐言之叫作《乐》,《诗》重在诗章,《乐》重在乐曲。或说今《周礼·大司乐章》,或说《礼记·乐记》篇,原出于《乐经》,这都无据。现在,就只有《五经》了,有谁提到《六经》,我们就知道这是说的《五经》。其称为《经》,最初见于《庄子·天运》篇、《礼记·经解》篇。朱彝尊《经义考》说:"《诗》者,掌之王朝,颁之侯服,小学大学之所讽颂,冬夏之所教。"章学诚《文史通义》说:"《六经》皆史也。"《诗经》原是当时政府作为礼乐、教育的资料和档案保存下来的,至今成为我国上古最可靠的史料之一和最可宝贵的文学遗产之一。

《史记·孔子世家》说:"古者,《诗》三千余篇,及至孔子,去其重,取可施于礼义,上采契、后稷,中述殷、周之盛,至幽、厉之缺。"《诗经》是不是原有三千余篇?孔子是不是删过《诗经》?至今学者间都还有争论。但是我们知道孔子在《论语》里不止一次地说过"《诗》三百"的话,《墨子·公孟》篇也说过"诵《诗》三百,弦《诗》三百,歌《诗》三百,舞《诗》三百。"今传《诗经》恰存三百五篇。大概远在春秋末叶,三百篇已成为《诗经》流行的本子。秦始皇焚书,《礼》

崩《乐》坏，《书》阙有间，而《诗经》独全，《汉书·艺文志》说是"以其讽诵(口头背诵)，不独在竹帛(书本)"的缘故。

汉初儒者传《经》，《诗》分四家。即今文(《诗》用秦、汉时候通行字体隶书的本子)鲁(申培)、齐(辕固生)、韩(韩婴)三家，古文(《诗》用六国时候通行字体古文或称大篆或称科斗文的本子)〔二〕毛亨、毛苌一家。关于《诗》的编次和篇章字句，尤其是解说，不独今古文颇有不同，即是同用今文的三家大体虽同，还是有好些差异，但看陈寿祺、陈乔枞父子《鲁诗遗说考》、《齐诗遗说考》、《韩诗遗说考》便知。两汉今文《三家诗》并立学官，而古文《毛诗》不显。平帝元始之世，始置《毛诗》博士，不久旋废〔三〕。到了汉末，郑玄是兼通今古文的经学大师。他独为《毛诗故训传》作《笺》，从此《毛诗》才盛行于世，直到今日。便是晚清专治《诗》今文三家义的王先谦，也不得不借用古文《毛诗》全本，不过他把《国风》的《邶》、《鄘》、《卫》，都看作《卫风》，合为一卷，而分为上中下，即把《毛诗》三十卷改为二十八卷(据《汉志》著录今文三家卷数)而已〔四〕。陈奂《诗毛氏传疏叙》里说："两汉信鲁而齐亡，魏、晋用韩而鲁亡，隋、唐以迄赵宋称郑而齐亦亡。"《三家诗》既失传，从南宋王应麟《诗考》到晚清王先谦《诗三家义集疏》，对于三家遗说的辑佚整理算已告一段落。陈奂说："齐、鲁、韩可废，毛不可废。"王先谦说："幸有三家遗说犹在，不可谓非圣经一脉之延。"各执门户之见，各抱宗派情绪，究竟谁说的是呢？虽然董仲舒说过"《诗》无达诂"，刘向也说过"诗无通故"，难道说《诗》者永无共同的语言？今后当是我们的《诗经》学者对于《诗》今古文、《诗》汉宋学作出异同得失、批判总结的时候了。

整部《诗经》包括了《风》、《雅》、《颂》三个组成部分。《国风》分为《周南》、《召南》、《邶》、《鄘》、《卫》、《王》、《郑》、《齐》、《魏》、《唐》、《秦》、《陈》、《桧》、《曹》、《豳》十五个小部分，号为十五《国风》，共一百六十篇。《诗大序》从"风"字本义引申为教化的意义，风化或风刺的意义，还有风土、风俗、地方色彩的意义。朱熹《诗集传》说："国者，诸侯所封之域；风者，民俗歌谣之诗也。"〔五〕他又在《楚辞集注》中说："《风》则闾巷风土、男女情思之词。"〔六〕今人多从朱子这一说。

《雅》分为《小雅》、《大雅》。《小雅》虽称八十篇，其中六笙诗"有其义而亡其辞"。实则只有七十四篇。《大雅》三十一篇。《诗大序》说："雅者，正也，言王政之所由废兴也。政有小大，故有《小雅》焉，有《大雅》焉。"这是说，《雅》是政治诗。章太炎《大疋小疋说上篇》说："凡乐之言疋者有二焉，一曰大小雅，再曰春牍应雅。雅亦疋也。""郑司农注《笙师》曰：雅状如漆筒而弇口，大二围，长尺六寸，以羊韦鞔之，有两纽疏画。"又《大疋小疋说下篇》说："大小疋者，其初秦声乌乌。"这是说，雅是近似鼙鼓的一种乐器名，又是一种曲调名。郭沫若《甲骨文研究·释南》为《周南》、《召南》作新解，说："南本钟镈之象形，更变而为铃。""当亦以乐器之名孳乳为曲调之名。"并以为南是南方民族乐器，即以南作为南方之南。章、郭两说新颖可喜，都可供今后学者作进一步的研究。

《颂》分为《周颂》、《鲁颂》、《商颂》。《周颂》三十一篇，《鲁颂》四篇，《商颂》五篇。《诗大序》说："颂者，美盛德之形容，以其成功告于神明者也。"这是说，《颂》是祭祀诗。阮元《释颂》说："颂之训为美盛德者余义也。颂之训为形容者本义也。且颂字即容字也。容、养、羕，一声之转，古籍每多通借。今世俗传之样字始于《唐韵》，即容字。岂知所谓《周颂》、《鲁颂》、《商颂》者，若曰周之样子、鲁之样子、商之样子而已，无深义也！《三颂》各章皆是舞容，故称为《颂》。若元以后戏曲、歌者舞者与乐器全动作也。"这是说，《颂》是祭祀所用的歌舞曲。今之学人或曾受了章、郭两家说《雅》释《南》的影响，因疑古字颂、庸、镛通用，镛是乐器大钟。《颂》、《雅》、《南》同是乐器名，又是曲调名。但是此说并无其他可以征信的根据，还有待于深入研究。

《诗经》里的作品，不论它是民间歌谣，或是王朝政治诗，或是郊庙祭祀所用的歌舞曲，就其时间上来说：大都作在周初直到春秋末叶，即从周公到孔子，约六百年间的一个时代〔七〕，也就是从奴隶社会过渡到封建社会的一个时代。其间厉、幽之世的诗，所谓《变风》、《变雅》，正反映了这个社会急剧变革的一个大时代。此外可能杂有商诗(《商颂》是殷商诗还是宋襄公时诗？这是《诗》今古文家一大争端，至今学者间还有争论)，却未必有夏诗(何楷《诗经世本古义》曾举出夏少康之世，诗有《公刘》、《七月》、《甫田》、《大田》、《丰年》、《良耜》、《载芟》、《行苇》八篇。今人亦有证《豳风·七月》为夏诗者)。再就其空间上来说：这些作品大都产生在今陕西、甘肃、山西、山东、河北、河南、安徽、湖北等中原之地，它代表了那时我国经济和文化的先进地区。其中歌谣部分，相传是由周王朝派出采诗专员(所谓行人或遒人)搜集得来的〔八〕。它歌唱了人民的劳动、爱情，诉说了人民所遭受的饥饿、徭役、战争，以及其他天灾、人祸，和妇女卑屈的种种不幸，同时也表达了他们对于光明、自由和幸福生活的渴慕。可以说，《诗经》全部作品从各种不同的角度广阔地交错地反映了那时的社会生活。尤其是对于西周末年政治上的混乱、黑暗，统治阶级的丑恶行为，劳动人民所受压迫和剥削的苦难，都有揭露、谴责，并且提供了关于周初开国艰难、军事行动、政治措施，及其经济制度、生产情况的重要资料。

《诗经》作品形式以四言为主，虽然常用赋体，即用写实的手法，却更多更巧地用比兴体，即用象征的手法。(《毛诗》言兴者，一百十有六篇。赋、比易晓，无传。)写来都很具体、生动，富于感染力量，虽然有些篇中也不免有奥涩、板重、古语古义、难以通晓之处。它从孔子屡屡赞扬、教人学习以来，一直受到崇高的评价，被认作文学的经典。历代许多伟大作家都曾向它学习，它不断地给了后代文学发展上以巨大的影响。怎样批判它？怎样继承它？怎样欣赏它？这是今后《诗经》研究者及其一般读者都该努力从事的问题。

〔一〕原有长篇序文尝在世局苍黄中佚去，不复补作，即以拙编《中国文学史纲》稿本中关于《诗经》之一章代之(此稿仅曾抽印其中关于唐宋文学之一部分)。今并新附自注。适有兴会，下笔不能自休，注乃僭犯正文，竟似婢作夫人矣！

〔二〕《说文》段氏注以为今文犹言今本，古文犹言古本，记见《说文・示部》、《止部》，及《叙》末注。古文《毛诗》都三万九千二百二十四字，此据宋郑畊老劝学所述《九经》字数，似不确。今据武英殿《乾隆石经》，全部《诗经》字数为四万零八百八十四字。

〔三〕西汉盛时，小毛公苌亦尝以《诗》古文鸣，为河间献王博士。《后汉书・儒林传序》云："建初中，诏高才生受《古文尚书》、《毛诗》、《穀梁》、《左氏春秋》。虽不立学官，然皆擢高第，为讲郎，给事近署。"又，《章帝纪》云："建初八年，诏令群儒选高才生受学《左氏》、《穀梁春秋》、《古文尚书》、《毛诗》。以扶微学，广异义焉。"袁宏《后汉纪》亦云："于是《古文尚书》、《毛诗》、《周官》皆置弟子。"据此可知东汉中叶以来，《经》古文学渐兴。迨郑君兼通今古文，乃专为《毛传》作《笺》。自是古文毛氏之说日显，而今文三家之说日微矣。

〔四〕《汉书・艺文志》:《诗经》二十八卷，鲁、齐、韩三家。《毛诗》二十九卷，《毛诗故训传》三十卷。按，郑玄《诗谱》:"鲁人大毛公为《诂训传》于其家，河间献王得而献之，以小毛公为博士。"陆玑《毛诗草木鸟兽虫鱼疏》云:"孔子删《诗》授卜商，商为之《序》，以授鲁人曾申，申授魏人李克(克或作悝)，克授鲁人孟仲子，孟仲子授根牟子，根牟子授赵人荀卿(荀或作孙，下同)，荀卿授鲁国毛亨，亨作《训诂传》，以授赵国毛苌。时人谓亨为大毛公，苌为小毛公。"又《释文》引徐整云:"子夏授高行子，高行子授薛仓子，薛仓子授帛妙子，帛妙子授河间人大毛公，毛公为《诗故训传》于家，以授赵人小毛公，小毛公为河间献王博士。"(今河北沧州地区杜阳有河间献王刘德墓，并有与小毛公同时之博士贯公墓。)按：今文三家惟《鲁诗》授受渊源有《汉书》可考。申公受《诗》于浮邱伯，伯亦荀卿门人，是《诗》今古文同出于荀子矣。

〔五〕上《序》文引《朱传》，下文云:"谓之《风》者，以其被上之化以有言，而其言又足以感人。如物因风之动以有声，而其声又足以动物也。是以诸侯采之以贡诗，天子受之而列于乐官，于以考其俗尚之美恶，而知其政治之得失焉。"此盖兼摄《诗大序》、班固、郑樵诸说而言之。《汉书・五行志》云："天子省风以作乐。"应劭注："风，风土、风俗也。"又《地理志》云："凡民函五常之性，其刚柔缓急，音声不同，系水土之风气，故谓之风；好恶取舍，动静无常，随君上之情欲，故谓之俗。"班固并开始注意文学产生之地理因素，故其论当时郡国风俗即引《国风》各国诗有显明之地方色彩者为证。郑樵《六经奥论》云："风土之音曰风。"又云："风者，出于风土，大概小夫贱隶妇人女子之言，其意虽远，其言则浅近重复，故谓之《风》。"据此可称之为谣俗诗或风谣诗。

〔六〕男女情思之词为风，亦即男女淫奔之词省称淫诗者为风。此朱子释《国风》之风第一要义。后人皆不知其所据。盖据风马牛之风为说，终以事涉男女两性关系，语近媟亵，故讳其所自欤？江永《群经补义》云："〔《尚书》〕《费誓》：马牛其风。〔《春秋》僖公四年〕《左传》：风马牛不相及。皆以牝牡相诱为风。楚人意谓边境相近，则马牛牝牡相诱可相及，或有牝随牡、牡随牝、之彼之此者。若齐与楚绝远，虽风马牛亦不能相及，语意甚明。杜注：竟（境）上微末之事。非是。（原注：观《淮南子》塞翁失马之事可见。）"此释牝牡相诱之事、男女相悦之词，皆可谓之风。诚可为朱子释《国风》男女淫奔之词补义矣。亦可为今人侈谈《国风》恋爱诗者进一解。又记宋人平话小说《冯玉梅团圆》开篇有句云："话须通俗方传远，事不关风莫动人。"此一风字谓男女风情之风，与风马牛之风意义正同。

〔七〕或谓周公制礼作乐，用《诗》为乐章，言《诗》赅《乐》。今按：三百篇中周公以后之诗不止三有其二。周公或尝以《诗》之一部作为乐章，如《豳风》、《周颂》以及所谓《正风》、《正雅》者。《论语》谓"孔子自卫反鲁，然后《乐》正，《雅》、《颂》各得其所。"既尝以《诗》三百弦歌之，即不能谓《史记》孔子删《诗》之记载全无史影。是故不能谓周公、孔子皆于《诗》之为书无关。何况孔子尝以《诗》教其子鲤（伯鱼），授其群弟子；既曰"人而不为《周南》、《召南》，其犹正墙面而立"，又曰"小子何莫学夫《诗》"？"不学《诗》无以言"乎？

〔八〕采诗之说出于下列各书：《礼记・王制》篇："天子五年一巡狩，觐诸侯，命大师陈诗以观民风。"《汉书・艺文志》："古有采诗之官，王者所以观风俗，知得失，自考正也。”又，《食货志》：“孟春之月，群居者将散。行人振木铎徇于路以采诗，献之大师，比其音律，以闻于天子。故曰：王者不窥牖户而知天下。”襄十四年《左传》：“《夏书》曰，遒人以木铎徇于路，官师相规，工执艺事以谏。正月孟春于是乎有之。”杜注：“木铎徇于路，采歌谣之言也。”《公羊传》何休注：“五谷毕入，民皆居宅。男女同巷，相从夜绩，从十月尽正月止。男女有所怨恨，相从而歌。饥者歌其食，劳者歌其事。男年六十，女年五十无子者，官衣食之，使之民间求诗，乡移于邑，邑移于国，国以闻于天子。故王者不出牖户，尽知天下。”刘歆《与扬雄书》云：“三代、周、秦轩车使者，逌人使者，以岁八月巡路，求代语僮谣歌戏。”扬雄《答刘歆书》云：“尝闻先代輶轩之使、奏籍之书，皆藏于周、秦之室。”又云：“蜀人有严君平、临邛林闾翁孺者，犹见輶轩之使所奏言。”按刘歆、扬雄所言，皆遒人之事。逌、遒、輶三字古音同，逌人即遒人。逌本字，遒、輶假借字。《国语·周语》：“为民者，宣之使言。故天子听政，使公卿至于列士献诗，瞽献曲，史献书，师箴，瞍赋，矇诵，百工谏，庶人传语，近臣尽规，亲戚补察，瞽史教诲，耆艾修之。”据上史料，不妨假定而言：《诗》三百之来源，有出于采诗之官遒人或行人，有出于采诗之人鳏寡老人之无子者，而诸侯贡诗亦或有之，是当为《国风》。有公卿列士所献之诗，或更有如周公专为制礼作乐而造之篇（日本林泰辅《周公传》），是当为《雅》《颂》。皆视同档案或史料，故得以保存。而西汉君平、翁孺之伦，犹及见輶轩之使所奏言，盖沿周秦之室所藏档案而遗留者？似是三代确有采诗之事，《夏书》遒人之说不诬也。遒人或行人、太师、瞍、矇、瞽、史，论其职守，皆与诗歌有关，而以太师为之首。《诗序》初句具有采诗、编诗、陈诗古义，意者始亦出于太师或国史，而为《毛传》以前之古序乎？此亦研究《诗经》原始资料之一也。

论《诗序》作者

《诗序》旨在揭橥《诗》之本义。其作者为谁？实为《诗》学上一大公案，聚讼纷纭，至今难以定谳。愚于十几年前有《与友人陈允吉同志论诗序作者书》一文，略举前人之说作一总结。今复广之，而最录之于此，或可为读《诗》者之一助也乎？

《诗序》作者何人？唐、宋以来，学者争呶弥炽。就其大较言之，可得三说：

一、子夏所作说。初出于郑玄，而陆玑、王肃仍之。《汉・志》：《诗经》二十八卷，鲁、齐、韩三家。《毛诗》二十九卷，《毛诗故训传》三十卷。末云："三家皆列于学官。又有毛公之学，自谓子夏所传，而河间献王好之，未得立。"其云自谓，讥讪之微辞；所传为《诗》为《序》，复语焉不详。《毛诗》有二十九卷者，较《三家诗》卷数增一，殆即子夏所传《诗序》别为一卷欤？其卷数复增其一，至三十卷，殆以《毛诗故训传》初不置于经文下，亦别为一卷欤？《郑笺》于已亡之笙诗《南陔》、《白华》、《华黍》云："子夏序《诗》，篇义合编，故诗虽亡而义犹在也。毛氏《故训传》各引《序》冠其篇首，故《序》存而诗亡。"又《常棣・疏》引《郑志》答张逸："此《序》子夏所为，亲受圣人，足自明矣。"是郑君固谓子夏序《诗》也。《陆疏》与王肃《孔子家语注》皆同。而王肃治《诗》最好申毛驳郑，其势若不两立，《孔疏》辄录其语，独于郑君子夏序《诗》之说，不见五氏驳语，是毛、郑、王三家之说同也。今按，《诗序》首句以下之辞，有明著七十子后人姓名如高子、孟仲子之徒，为子夏所不及知者。《文选・诗大序》题卜商子夏作，似以别于《小序》，则其他《小序》未必全出于子夏也。

二、子夏、毛公合作说。其初或亦出于郑玄，而陆德明、成伯玙，以及段玉裁与陈奂主之。陆氏《经典释文・毛诗音义上》云："沈重云：案郑《诗谱》意，《大序》是子夏作，《小序》是子夏、毛公合作，卜商意有不尽，毛更足成之。"《孔疏》所录《郑谱》，不见其语。惟见《丝衣序》："绎宾尸也。高子曰：灵星之尸也。"《孔疏》引《郑志》答张逸："高子之言非毛公，后人著之。"是郑君殆以《序》之首句为子夏之言，其下则当为毛公之辞，或毛公后人著之，隐其子夏、毛公合作之意也。今按："《传》、《序》为一人所作"，俞正燮《癸巳存稿》中之论证，不能全谓无据。《序》有为毛公所自述者，故传《诗》不传《序》。（段玉裁《毛诗诂训传题辞》）非必“以《序》文明白无烦解也”（丘光庭《兼明书》）。其《传》与《序》不合或不甚合者，记有《周南》之《关雎》、《葛覃》，《召南》之《羔羊》，《卫风》之《君子偕老》，《郑风》之《出其东门》，《陈风》之《宛丘》、《衡门》，《小雅》之《四牡》、《无将大车》等篇，要之绝不及百分之四、五。使《序》果皆为毛公以后人作，安得如此智虑周密，尊信《毛传》，而为《郑笺》、《孔疏》皆远不能及者乎？

三、卫宏所作说。初见于《后汉书·儒林·卫宏传》：“初，九江谢曼卿善《毛诗》，乃为其训。宏从曼卿受学，因作《毛诗序》，善得《风》、《雅》之旨，于今传于世。”宋苏辙《诗集传》，郑樵《六经奥论》，朱子《诗序辨说》、《语录》并主之。清儒坚持子夏所作或子夏、毛公合作一说，段玉裁与陈奂而外，他如惠栋《九经古义》、钱大昕《养新录》、翁方纲《诗附记》皆是。其驳斥卫宏所作一说尤著者，如朱彝尊《经义考》、范家相《诗沈》、黄以周《群经说》皆是。朱彝尊云：“论者多谓《序》作于卫宏。夫《毛诗》虽后出，亦在汉武帝时。《诗》必有《序》而后可授受，韩、鲁皆有《序》，《毛诗》独无《序》，直至东汉之世，俟宏之序以为《序》乎？”范家相云：“《毛序》行于新莽之世，去敬仲已百数十年，立之学官，流传天下久矣。敬仲以一人之私见起而更易之，其谁肯信？且汉时最重师传，敬仲乃苌七传之弟子，岂可擅更《古序》乎？”“况毛公本《古序》以作《传》，使宏伪《序》，宁不与《传》相左？若云《传》亦为宏伪作，则《郑笺》具在，何并无一字及宏乎？”“康成与宏略相先后，岂有不知，而以宏之言为子夏之言者？其理甚明。予谓宏与贾徽同受业于曼卿之门，使宏作伪，徽等岂肯听之？”黄以周云：“《郑笺·华黍》云：‘《诗序》篇义合编，毛公作《传》，各引其《序》冠之篇首。’《郑志》云：‘《丝衣序》高子之言，非毛公，后人著之。’此《诗序》在毛公之前，其传已久。而卫宏晚出，岂毛公所及见乎？抑郑君与卫宏时代不甚远，岂卫宏作《序》，郑君有不及知，而妄为斯说乎？《序》、篇分合，郑君言之凿凿，必得其实。后儒反据范《书》，多生异说？且范《书》言宏作《序》，别为之《序》耳，非即今之《诗序》也。是犹郑君序《易》非《十翼》之《序卦》，马融《书序》非《百篇序》也。则谓《诗序》作自卫宏者尤不可信矣。”今按：黄以周攻击卫宏所作一说，已在晚清之世，与其谓为宋儒而发，毋宁谓为魏源《诗古微·一》猛攻《毛序》，而谓“《小序》多卫敬仲附益”而发，抑或为《四库全书提要》御用学者隐袒卫宏所作一说而发也。

此外，有程颐《大序》孔子所作、《小序》国史所作一说，见于《程子遗书·语录》。有王安石诗人所自制一说，见于晁公武《郡斋读书志》。王之“臆论”，晁已言之。黄以周云：“《诗》有四家，《毛诗》有《序》，齐、鲁不闻有《序》，《韩诗》之《序》又不与毛同。如《诗序》出自国史、孔圣，则齐、鲁二家当与正经并传，不应删削《序》说。《韩序》亦当与毛合一，不应别生异议。何以《关雎》一篇《毛诗序》以为美，而三家皆以为刺乎？《芣苢》、《汝坟》诸篇韩、毛两《序》不归于一乎？谓《诗序》出于国史、孔圣，可以知其非矣。”此驳程子一说殊有力量。

至若《四库全书提要》所云：“《序》首两语为毛苌以前经师所传，以下续申之词为毛苌以下弟子所附。”对此“说经之家第一争诟之端”，以调停之态，为解纷之辞，虽似圆通，亦有未妥。今按：其言分《序》为前后两截，作者并非一人，则自成伯玙《毛诗指说》以来主此说者可以无争矣。其《序》首两语为毛苌以前经师所传，则于凡主其作者为子夏，或但泛谓《古序》者，亦皆有合矣。其言以毛苌为《序》前后两截作者之关键人物，则仍不敢显违子夏、毛公合作一说之传统见解。其不言毛亨而言毛苌者，实欲隐该卫宏于自毛苌以下弟子之中，则有袒护卫宏所作一说之嫌矣。况《提要》于《苏传》云：“史传之谓《诗序》者，以《后汉书》为近古，而《儒林传》称卫宏作《诗序》，辙即以为宏所集录，亦不为无据。”其袒护卫宏所作一说，则已自发其覆，足证吾言之不诬也。是不可以不进而申论之：

《后汉书·马融传》载融拜为校书郎中，自以职在书籍，谨依旧文重述蒐狩之义，作《广成颂》一篇，并封上。其《序》云："夫乐而不荒，忧而不困，先王所以平和府藏，颐养精神，致之无疆。故戛击鸣球载于《虞·谟》，《吉日》、《车攻》序于《周诗》。圣主贤君以增盛美，岂徒为奢淫而已哉？"其云《吉日》、《车攻》序于《周诗》，似据《诗序》"《车攻》宣王复古也"，"《吉日》美宣王田也"。此或可为《诗序》非卫宏所作，宏前已有《诗序》之一证。卫宏之学见称于中兴之初，当光武、明帝时。马融生于明帝建初四年，或犹及见卫氏。厥后融以椒房旁属，耆年硕德，雅自骄贵。郑玄通人在其门下三年而不得见。宏之于融虽属前辈，并非尊官重望，融岂肯轻相推挹，而以其所作之《诗序》与载于《虞·谟》者相提并论，据为典要，郑重称引乎？郑玄更以其学自骄，尝驳斥前辈许慎《五经异义》，复驳斥何休公羊之学。休著《公羊墨守》、《左氏膏肓》、《谷梁废疾》，玄则有《发墨守》、《鍼膏肓》、《起废疾》。使今存《诗序》为卫宏所作，《郑笺》、《郑谱》、《郑志》皆不予指斥，转谓《序》为子夏或毛公所作乎？玄焉得笺《序》致敬时人其学远逊于许慎、何休之卫宏乎？是马融、郑玄所见之《诗序》即今传世《诗序》，非卫宏所作，彰彰明甚。使今《诗序》为卫宏所作，融、玄安有不知之理？何况融为校书郎中，尝诣东观典校群书者乎？

至《卫宏传》云："宏作《毛诗序》，于今传于世。"按：世，谓此史《传》作者范晔之世，即谓此《诗序》在南朝刘宋之世尚传，非谓今日传世之《毛诗序》也。且范《书》此《传》叙述大不明确，既以卫宏之《毛诗序》与原有之《毛诗序》相牵掍，又以马融之《毛诗传》与原有之《毛诗传》相牵掍。故其《传》末又云："中兴后，郑众、贾逵传《毛诗》，后马融作《毛诗传》，郑玄作《毛诗笺》。"一若此《笺》乃继此《传》而作者。今《笺》为此《笺》，今《传》岂为此《传》乎？丁晏《颐志斋文集·答汪式斋论毛传非马融作书》，坚举七证以明之，确已。

《马融传》记融注《诗》,《隋·志》有马融《诗注》十卷。《经典释文》于融注《书》、《易》皆称传,是融之《毛诗传》实即自造之《诗注》。又《释文》于《南有樛木》、《新台》、《硕人》、《大叔于田》、《鸱鸮》诸篇,犹引融《诗注》数条,其义训有与《毛传》迥异者。而《唐·志》不载其书,盖亡于盛唐以后矣。以此推之,安知卫宏不别有《毛诗序》亡于南北朝之际,即在隋、唐以前,故《隋·志》、《唐·志》皆不曾著录乎?是故吾人可以断言者,于今传于世之《毛诗序》决非卫宏所作。即令《序》首句以下续申之词果有为毛苌以下之弟子所附益者,宏亦不与焉,以宏别为之《序》,早佚于《唐·志》以前也。

今可得一结论曰:《毛诗大序》"与《三家诗》如出一口"(《诗古微·一》附《毛诗大序义》),当为卜商子夏所作,《文选》题名必有所据。《小序》首句盖出于遒人采诗、国史编诗、太师陈诗之义,不尽合诗之本义。即令其非子夏所作,亦必出于毛公以前甚或子夏以前之"《古序》"。(程大昌《诗论》、王先谦《集疏》)其以下续申之词为毛公所述,或毛公后人著之,则未能一一辨明。但可断言者,此必与卫宏《毛诗序》截然为二也。

赘语(代跋)*

《诗》有今古文学或今古文通学,《诗》有汉、宋学或汉、宋兼采学,《诗》有无家法、无师法之学。两千多年以来治《诗》者,不乏大家名著,第论其一般数量之多,岂止千家注杜、五百家注韩,所可等量齐观者乎?而褒然称首者,毛、郑、孔、朱,《毛诗正义》(包括《毛传》、《郑笺》、《孔疏》)与《诗集传》(《朱传》)而已。明季何楷《诗经世本古义》,自辟蹊径,不傍先民门户,以世系为次,而务求古义,或蒙穿凿之讥,亦有独到之处。清初王鸿绪等奉敕撰《钦定诗经传说汇纂》,采撷宋、元、明以来诸家论《诗》之专著散记,所以羽翼《朱传》者。亦或间加案语,就《毛诗·序》、《传》,商榷其异同得失。并于书末附存《诗序》，以示不全废《序》，亦不全废《毛》也。厥后陈启源《毛诗稽古编》、马瑞辰《毛诗传笺通释》，皆续《孔疏》，以通毛、郑之邮，自不失其为《诗》今古文通学一派之隽。胡承珙《毛诗后笺》，自守汉学，而不甚囿于汉、宋门户之见，时亦摄取两宋学者之正解。陈奂《诗毛氏传疏》，则专治《诗》古文毛氏一家之言；王先谦《诗三家义集疏》，则专治《诗》今文派三家之说；汉《诗》今古文两派四家专门之学，于斯复显。已上历举九书十一家，似皆为今后之治《诗》者所不可偏废。愚今复治是书，别为一种。批判、继承，自知谢短。但求总结旧学，融会新知，往往以现代知识解之。愿为未来治《诗》者之先马焉。其于今之社会科学家、自然科学家涉及《诗》义，辄有新解，即只字孤义有可取证者，见闻所及，必予网罗，未尝轻忽而弃人之长。至于三百篇中多识草木虫鱼鸟兽之名，其关于植物学者，已有童士恺、陆文郁之专著；其关于动物学者，则尚未见其书，辄自下已见。顾愚固非专攻动物学者，愿就海内专家而正之也。

一九七五年夏，覆核原稿既讫，附赘斯语。子展又记。

诗经直解　卷一

周南第一　毛诗国风

周南之国十一篇三十四章百五十九句

关雎三章一章四句二章章八句

《关雎》，后妃之德也，《风》之始也，所以风天下而正夫妇也。故用之乡人焉，用之邦国焉。《风》，风也，教也。风以动之，教以化之。诗者，志之所之也。〔一〕在心为志，发言为诗。情动于中而形于言，言之不足故嗟叹之，嗟叹之不足故永歌之。永歌之不足，不知手之舞之，足之蹈之也。情发于声，声成文谓之音。治世之音安以乐，其政和；乱世之音怨以怒，其政乖；亡国之音哀以思，其民困。故正得失，动天地，感鬼神，莫近于诗。先王以是经夫妇，成孝敬，厚人伦，美教化，移风俗。故《诗》有六义焉：一曰风，二曰赋，三曰比，四曰兴，五曰雅，六曰颂。上以风化下，下以风刺上，主文而谲谏，言之者无罪，闻之者足以戒，故曰《风》。至于王道衰，礼义废，政教失，国异政，家殊俗，而《变风》、《变雅》作矣。国史明乎得失之迹，伤人伦之废，哀刑政之苛，吟咏情性以风其上，达于事变而怀其旧俗者也。故《变风》发乎情，止乎礼义。发乎情，民之性也；止乎礼义，先王之泽也。是以一国之事、系一人之本谓之《风》，言天下之事、形四方之风谓之《雅》。雅者，正也，言王政之所由废兴也。政有大小，故有《小雅》焉，有《大雅》焉。《颂》者，美盛德之形容，以其成功告于神明者也。是谓四始，《诗》之至也。然则《关雎》、《麟趾》

之化，王者之《风》，故系之周公。南，言化自北而南也。《鹊巢》、《驺虞》之德，诸侯之风也，先王之所以教，故系之召公。《周南》、《召南》，正始之道，王化之基。是以《关雎》乐得淑女以配君子，忧在进贤，不淫其色；哀窈窕，思贤才，而无伤善之心焉。是《关雎》之义也。〔二〕

关关雎鸠，〔三〕	关关地唱和的雎鸠，
在河之洲。三家，洲作州。	正在大河的沙洲。
窈窕淑女，	幽闲深居的好闺女，
君子好逑！幽部(江有诰《诗经韵读》)。鲁、齐，逑作仇。	是君子的好配偶！

一章。感彼关雎，求爱之始。江永云："一章一韵。""连两句韵。"又"间句韵"。(《古韵标准》)○陈奂云："窈窕叠韵。"(《毛诗音》。后凡出《毛诗音》者，注从略。)

参差荇菜，〔四〕三家，参作槮，荇作莕。	参差不齐的荇丝菜，
左右流之。	或左或右飘流它。
窈窕淑女，	幽闲深居的好闺女，
寤寐求之。幽部。	醒呀睡呀追求她。
求之不得，	追求她不得，
寤寐思服。〔五〕	醒呀睡呀相思更切。
悠哉悠哉！	老想哟、老想哟！
辗转反侧。之部。○三家，辗作展。	翻来覆去可睡不得。

二章。求之不得，哀而不伤。○姚际恒云："通篇关键，在此一章。"(《诗经通论》)○方玉润云："忽转繁弦促音，通篇精神扼要在此。不然，前后皆平沓矣。"(《诗经原始》)江永云："一章易韵。"○陈奂云："参差双声，辗转叠韵。"按：辗转又作双声。

参差荇菜，　　参差不齐的荇丝菜，
左右采之。　　或左或右采摘它。
窈窕淑女，　　幽闲深居的好闺女，
琴瑟友之。之部。　　用琴瑟来亲悦她。
参差荇菜，　　参差不齐的荇丝菜，
左右芼之。韩，芼作覒。　　或左或右拔着它。
窈窕淑女，　　幽闲深居的好闺女，
钟鼓乐之。宵部。○韩，钟鼓亦作鼓钟。　　用钟鼓来欢乐她。

三章。得之为欢，乐而不淫。○钟惺云："看他窈窕淑女三章说四遍。"（《评点诗经》）○按：《论语》孔子曰："《关雎》乐而不淫，哀而不伤。"本言声调，以论文义亦得。至云："《关雎》之乱洋洋乎盈耳哉！"则专以其卒章合乐和弦之美而言，不关文义矣。○江永云："四声通韵。芼、乐，去、入为韵。"

○今按：古文《诗大序》："《关雎》乐得淑女以配君子。"只取此一句已足说明此诗本义。至说："《关雎》，后妃之德也。《风》之始也，所以风天下而正夫妇也。故用之乡人焉，用之邦国焉。"此定《诗》建始之义，用为乐章之义。《关雎》传为周人用合乡乐，及作为房中之乐，见《仪礼・乡饮酒》、《燕礼》等篇。《磬师》贾疏：房中之乐，谓《关雎》、《二南》也。妇人后妃以风喻君子之诗，故谓之房中之乐。今文三家说，以《关雎》为刺时，或指名"康王德缺于房，大臣（毕公）刺晏，故诗作"（鲁说）。此盖出自瞽矇讽诵之义，以刺康王，未可必其为毕公所自作，以刺康王内倾于色，一朝晏起者也。要之，此诗今文三家诸说皆非此诗本义。今不具引其说而备论之。雎鸠，王雎；鱼鹰，猛禽；盖象征权力。《春秋》昭十七年《左传》，记郯子朝鲁，说上古少皞氏以鸟名官。雎鸠氏，司马也。《孔疏》：司马主兵，又主法制。可知其权力已高矣。雎鸠氏，盖以雎鸠为图腾之氏族部落。《晦庵诗说》："或言今人作诗，多言有出处。曰：关关雎鸠出在何处?”鄙意未必不出在雎鸠氏也。琴瑟钟鼓,则用备礼乐。窈窕淑女,谓“幽闲处深宫贞专之善女”(《郑笺》)。是则淑女、君子属何阶级明矣。但《朱传》竟谓文王之妃太姒始至,宫中之人见其有幽闲贞静之德,故作是诗。实为无据。此诗或出自风谣,而未必为歌咏一般男女恋爱之诗也。当视为才子佳人风怀作品之权舆。

葛覃三章章六句

《葛覃》,后妃之本也。后妃在父母家,则志在于女功之事;躬俭节用,服澣濯之衣;尊敬师傅;则可以归安父母,化天下以妇道也。

葛之覃兮,〔一〕	葛藤的延长啊,
施于中谷,谷与木叶。侯部。	蔓延到了山洼里,
维叶萋萋。韩,维作惟。	叶子盛长萋萋地。
黄鸟于飞,	黄莺正在那里飞,
集于灌木,鲁,灌亦作樌。	落在一丛小树里,
其鸣喈喈。脂部。	它的叫声叽叽地。

一章。婚时。葛长莺飞,兴嫁娶之及时也。○方玉润云:“追叙葛之初生,三句为一截,唐人多有此体。”按:秦刻石辞,已有三句一截。○江永云:“三句隔韵。兮萋飞喈韵,谷木韵。”

葛之覃兮,	葛藤的延长啊,
施于中谷,与上章遥韵。	蔓延到了山洼里,
维叶莫莫。	叶子广布密密地。
是刈是濩,	于是割了于是煮,
为絺为绤,	或做细布或粗布,

服之无斁。鱼部。○鲁、齐，斁作射。　　　　穿上了它不厌恶。

二章。嫁后。治葛为服，言女功之不怠也。○江永云："连四句韵，维叶莫莫至服之无斁。"

言告师氏，　　　　我要告诉女师傅，
言告言归。　　　　就往告诉就归去。
薄污我私，〔二〕　　　　且来搁平我内衣，
薄澣我衣。脂部。　　　　且来浣洗我上服。
害澣害否？　　　　哪件要洗哪件不？
归宁父母！之部。　　　　归家问安父母去！

三章。归宁。以宁父母，盖言"无父母诒罹"乎？○江永云："连三句韵，言告言归，至薄澣我衣。"

○今按：《诗序》，《葛覃》后妃之本云云。此用为乐章之义。后言后妃者放此。王先谦《诗三家义集疏》："《乡饮酒·燕礼》郑注：《葛覃》，言后妃之职。此推言房中乐歌义例。若用以说诗，则不可通。以澣衣、归宁皆非后妃事也。"借知朱子《诗序辨说》谓"此诗之序首尾皆是"，为不然矣。诗云言告师氏者，班固《白虎通·嫁娶》篇："妇人所以有师者何？学事人之道也。"王先谦云："《内则》：大夫以上，立师、慈、保三母。亦证此为大夫家婚姻之诗矣。"诗云归宁父母者，庄二十七年《公羊传》何休《解诂》："诸侯夫人尊重既嫁，非有大故不得反。惟自大夫妻，虽无事，岁一归宗。"王先谦云："案古天子诸侯夫人皆不归宁。穀梁以妇人既嫁，逾竟为非礼，《传》凡八见。"班、何习《鲁诗》，是今文《鲁说》以《葛覃》为言大夫家婚姻之诗，与诗义正合。

卷耳四章章四句

《卷耳》，后妃之志也。又当辅佐君子，求贤审官。知臣下之勤劳，

内有进贤之志，而无险诐私谒之心，朝夕思念，至于忧勤也。

采采卷耳，〔一〕鲁，卷亦作菤。 采采卷耳菜，
不盈顷筐。 不满一浅筐。
嗟我怀人， 叹我想念人，
寘彼周行：〔二〕阳部。 置它大路旁：

一章。怀人而忘采物，有意在言外之妙。○刘熙载云："《卷耳》四章，只'嗟我怀人'一句是点明主意，余者无非做足此句。赋之体约用博，自是开之。"（《艺概》）○按：顷筐双声。

陟彼崔嵬， 登上那个山顶崔嵬，
我马虺隤。三家，虺作瘣，隤作颓。 我的马累得意态虺颓。
我姑酌彼金罍，三家，姑作夃。 我姑且酌饮那个青铜罍，
维以不永怀！脂部。 想要不至长挂怀！

二章。我，怀人者设想所怀之行人自我也。○按：连四句韵。下两章同。○陈奂云："崔嵬、虺颓叠韵。"

陟彼高冈， 登上那个山背高冈，
我马玄黄。 我的马病得毛色玄黄。
我姑酌彼兕觥，〔三〕 我姑且酌饮那个兕角觥，
维以不永伤！阳部。 想要不至长忧伤！

三章。以上两章，作者设为所怀之行人，随所驰驱而怀家。想象入妙。○陈奂云："玄黄双声。"按：高冈双声。

陟彼砠矣，齐、韩，砠作岨。 登上那个戴土的石岭呀，
我马瘏矣， 我的马病得不能前进呀，

我仆痡矣，　　我的仆人病得不能前行呀，
云何吁矣！鱼部。○鲁，吁作盱。　　可怎么张望家人呀！

四章。想象所怀之行人，怀我远望，忧思已极。作者之怀人更不自道一语，却远较自道者意味深长。于此可悟怀人作诗之一法。○姚际恒云："四矣字有急管繁弦之意。"○按：郭沫若《卷耳集》译文可供读者参考。

○今按：明何琇云："此必大夫行役，其室家念之之诗。"（《樵香小记》）戴震云："《卷耳》，感念于君子行迈之忧劳而作也。"（《诗经补注》）无视旧注，直寻诗义，两说是也。据此诗古文、今文二说，一以为后妃辅君进贤作，一以为文王思古官人作。至《朱传》，又以为太姒怀文王之诗。陈启源讥其"登高极目，纵酒娱怀，虽是托诸空言，终有伤于雅道"（《毛诗稽古编》）。胡承珙疑其"懿筐非后妃所执，大路非后妃所遵"（《毛诗后笺》）。许慎《五经异义》六引《韩诗》说："金罍，大器也。天子以玉，诸侯大夫皆以金，士以梓。"大器，《孔疏》引作大夫器。可证诗中有仆有马，有兕觥，有金罍，皆得为大夫所有，不可必其为太姒怀文王之诗。可知以诗中人为大夫一说较通。

樛木三章章四句

《樛木》，后妃逮下也。言能逮下，而无嫉妒之心焉。

南有樛木，韩，樛作朻。　　南方有枝干歪曲的树，
葛藟累之。〔一〕　　葛藟藤来攀缘它。
乐只君子！　　乐哉君子！
福履绥之。脂部。　　福禄来安全他。

一章。绥之，安之也。

南有樛木，	南方有枝干歪曲的树，
葛藟荒之。	葛藟藤来掩护它。
乐只君子！	乐哉君子！
福履将之。阳部。	福禄来大助他。

二章。王先谦云："对首言安之，此乃大矣。成则更进。次第如此。"(《集疏》)

南有樛木，	南方有枝干歪曲的树，
葛藟萦之。鲁、韩，萦作蔂。	葛藟藤来缠纽它。
乐只君子！	乐哉君子！
福履成之。耕部。	福禄来成就他。

三章。顾起元云："成，言自始至终，自大至小，其福无不成就。"(见《钦定诗经传说汇纂》)

〇今按：戴震云："《樛木》，下美上之诗也。"在旧注中，只此戴震《补注》一句揭明诗义较为简捷。此奴隶颂其主子之诗。又云："《樛木》，后妃逮下也。未闻其审。"以一句冷语驳古文《毛序》。又云："恐君子之称不可通于妇人！"以一句冷语驳《朱传》"君子，自众妾而指后妃，犹言小君内子也"。《朱传》以诗为众妾美后妃而作。《文选》潘安仁《寡妇赋》云："顾葛藟之蔓延兮，托微茎于樛木。"李注："言二草之托樛木，喻妇人之托夫家也。(葛藟二草从《郑笺》)"此古义，或出自今文三家。虽以其为妇人诗，而不取后妃逮下之意，较《毛序》为通。崔述云："若《樛木》，则未有以见其为女子而非男子也。玩其词意，颇与《南有嘉鱼》、《南山有台》之诗相类，或为群臣颂祷其君亦未可知。"(《读风偶识》)说尚可通，与戴震一说有合。顾樛木恶木(木下曲曰樛)，葛藟甜茶(万岁藤、千岁蘽)，比兴殆有深意。疑奴隶社会民间歌手明颂其主子，阴实讽之，未可与其他群臣颂祷其君之诗等量齐观也。

螽斯三章章四句

《螽斯》,后妃子孙众多也。言若螽斯。不妒忌,则子孙众多也。

螽斯羽,〔一〕三家,斯作蜇。	螽斯翅膀,
诜诜兮。三家,诜诜作辞辞。	一堆堆啊。
宜尔子孙,	好好使你的子孙,
振振兮!文部。	振奋有为啊!

一章。“诜诜,言其生之众。”

螽斯羽,	螽斯翅膀,
薨薨兮。韩,薨作䵒。	飞纷纷啊。
宜尔子孙,	好好使你的子孙,
绳绳兮。蒸部。	谨慎小心啊!

二章。“薨薨,言其飞之众。”

螽斯羽,	螽斯翅膀,
揖揖兮。鲁、韩,揖作集。	群集集啊。
宜尔子孙,	好好使你的子孙,
蛰蛰兮!缉部。	一团和气啊!

三章。“揖揖,言其聚之众。”(王安石,见《传说汇纂》)

○今按:戴震云:“《螽斯》,亦下美上也。”《螽斯》主题义与《樛木》同。所不同者,一颂多福禄,一颂多子孙。樛木曲木,螽斯害虫,以为比兴,虽若美之,实含刺意,不可被民间歌手瞒过。《毛序》言后妃不嫉妒。朱子《辨说》云:“螽斯聚处和一,而卵育蕃多,故以为不妒忌则子孙众多之比。”似非诗义。《韩诗外传》九,举孟母教子、为相还金二事，终篇两引诗“宜尔子孙，绳绳兮”，言贤母使子孙贤也。此虽引诗以就己说，似于诗义为近。

桃夭三章章四句

《桃夭》，后妃之所致也。不妒忌，则男女以正，婚姻以时，国无鳏民也。

桃之夭夭，〔一〕鲁、韩，夭夭作枖枖，又作婑婑。　　桃枝的嫩夭夭，
灼灼其华。　　有红灼灼的花。
之子于归，　　这个女子出嫁，
宜其室家。鱼部。　　适宜于她的室家。

一章。以眼前其华之艳起兴，美嫁娶之及时也。

桃之夭夭，　　桃枝的嫩夭夭，
有蕡其实。〔二〕　　那斑斓的果实。
之子于归，　　这个女子出嫁，
宜其家室。脂部。　　适宜于她的家室。

二章。预祝其实之蕡。

桃之夭夭，　　桃枝的嫩夭夭，
其叶蓁蓁。　　它的大叶蓁蓁。
之子于归，　　这个女子出嫁，
宜其家人。真部。　　适宜于她的家人。

三章。预祝其叶之盛。〇按：本来只见其华之艳，其实其叶乃联想所及，叠咏以为祝耳。本来只说室家，家室、家人乃同义语，变文以趁韵耳。

〇今按：《桃夭》美民间嫁娶及时之诗。朱子《诗序辨说》云："《序》首句非是。"魏源《诗序集义》云："《桃夭》，美嫁取及时也。《礼》，霜降逆女，冰泮杀止。"（原注：《韩诗外传》义异《郑笺》。）此用今文《韩说》，较《毛序》简当。《易林·师之坤》："春桃生华，季女宜家。受福且多，男为邦君。"陈乔枞《齐诗遗说考》云："据《易林》说，则《桃夭》之诗盖当时实指其事也。张冕云：《桃夭》如为民间嫁娶之诗，《大学》何由即指为实能宜家而可以教国？详《易林》之语，似是武王娶邑姜事。"王先谦《集疏》云："张说无征。然《易林》云男为邦君，是《齐诗》说不以为民间嫁娶之诗甚明。参之《大学》宜家教国之义，非国君不足以当之，不知为周南何国之诗也。"又记何楷《诗经世本古义》，亦据《大学》引此诗以释齐家治国，以为文王娶太姒事。此皆不知《大学》与《易林》所云，盖引诗以就己说之义。其实与文王、武王或其他邦君主无关。《桃夭》民谣风格，显无统治阶级人物烙印，当为民间嫁娶之诗。

兔罝三章章四句

《兔罝》，后妃之化也。《关雎》之化行，则莫不好德，贤人众多也。

肃肃兔罝，〔一〕罝与夫叶。鱼部。	严密密的兔网，
椓之丁丁。	打桩的响声丁丁。
赳赳武夫，韩，赳或作纠。	雄纠纠的武夫，
公侯干城。〔二〕耕部。	公侯御侮的干城。

一章。"可为公侯之干城，言勇而忠也。"〇江永云："隔句韵。首句与第三句韵，次句与第四句韵。后放此。"

肃肃兔罝，	严密密的兔网，

施于中逵。韩，逵作馗。　　安设在九通路口。
赳赳武夫，　　雄纠纠的武夫，
公侯好仇。幽部。　　公侯很好的帮手。

二章。“可为公侯之善匹，言勇而良也。”

肃肃兔罝，　　严密密的兔网，
施于中林。　　安设在树林子中。
赳赳武夫，　　雄纠纠的武夫，
公侯腹心。侵部。　　公侯智谋的腹心。

三章。“可为公侯之腹心，谓机密之事可与之谋虑，言勇而智也。”（严粲《诗缉》）〇姚际恒云：“干城，好仇，腹心，知一节深一节。”〇崔述云：“余玩其词，似有惋惜之意。”（《读风偶识》）

〇今按：《兔罝》，猎兔者武士自赞之歌。《墨子·尚贤上》云：“文王举闳夭、泰颠于罝罔之中，授之政，西土服。”可视为此诗古义。何楷云：“诗以武夫为言，《墨子》之言似若可信。若胡毋辅之谓闳夭樵于山，与猎者争路被执，缠以兔网，文王救而得解。则鄙俚甚矣。”陈启源云：“或疑《墨子》之言不见经典，未可据信。夫古人轶事，经史所不载，而幸存于诸子百家之言，以传后世者多矣。可悉指为诬乎？纵使事属傅会，要必当时说此诗者原有得贤于兔罝之解，故以闳夭、泰颠实之也。又汉贾山云，文王时，刍荛采薪之人皆得尽其力。刍荛采薪非兔罝之流乎？山之言亦本是诗矣。可见毛、郑以前释《兔罝》诗者皆作是解，并非一家之私言也。”（《稽古编》）此据古史传说故事解诗，足以破何楷一流解诗之固矣。何焯云：“以《兔罝》为后妃之化，成何文义？”（《义门读书记》）痛攻《诗序》，有类朱子。《兔罝》民谣，猎兔者之歌。劳者歌其事，当为猎兔武士自赞，否则为民间歌手刺时。盖奴隶制社会已有武士一阶层为奴隶主之爪牙矣。

芣苢三章章四句

《芣苢》，后妃之美也。和平，则妇人乐有子矣。〔一〕

采采芣苢，〔二〕韩，苢作苡。　　形形色色的车前草，
薄言采之。　　于是采了它。
采采芣苢，　　形形色色的车前草，
薄言有之。之部。　　于是有了它。

一章。“诗之用词不嫌于复。有，亦取也。《广雅》：有，取也。首章泛言取之。”〇袁枚云：“《三百篇》如采采芣苢，薄言采之之类，均非后人所当效法。今人附会圣经，极力赞叹。章艭斋戏仿云：点点蜡烛，薄言点之。翦翦蜡烛，薄言翦之（翦去其煤）。闻者绝倒。”（《随园诗话》卷三）

采采芣苢，　　形形色色的车前草，
薄言掇之。　　于是摘了它。
采采芣苢，　　形形色色的车前草，
薄言捋之。祭部。　　于是捋了它。

二章。“次则言其取之之事。”〇吴师道云：“此诗终篇言乐，不出一乐字。读之自见意思。”（见《传说汇纂》）

采采芣苢，　　形形色色的车前草，
薄言袺之。　　于是张开衣袖捎了它。
采采芣苢，　　形形色色的车前草，
薄言襭之。脂部。　　于是插起衣角抱了它。

三章。“卒乃言既取而盛之以归耳。”（王念孙（怀祖）《广雅疏证》）

○今按：《芣苢》，妇女采车前草之歌。“如后人之采菱则为《采菱》之诗，采藕则为《采藕》之诗。何它义哉？”（郑樵）劳者歌其事，此正事外无甚意义。周孚《非诗辨妄》攻郑樵说此诗无义，未见其为是。若说时当和平之世，人有和平之音，妇人乐采芣苢，宜怀妊焉。则亦未为不可。若说及“后妃之美”，此仍为用作房中乐歌义例，无关宏旨。王肃云：“自《关雎》至《芣苢》，房中之乐。”是也。古文《毛序》后妃（《周南》）夫人（《召南》）云云，当从此解。今文鲁、韩遗说：蔡人之妻，宋人之女，伤夫有恶疾，其母将改嫁之，女犹守而不忍离去，发愤而作此诗。（刘向《列女传》四）解者以为芣苢一名虾蟆衣，旧说取其叶为衣，可愈癞疾。（毛奇龄《国风省篇》）《淮南子》云：“伯牛癞。”《文选》刘孝标《辨命论》云：“冉耕（伯牛）歌其《芣苢》。”癞，今名大麻疯，正所谓恶疾也。今文三家较多采用古史佚文或民间传说解诗，此其一例。

汉广三章章八句

《汉广》，德广所及也。文王之道被于南国，美化行乎江汉之域，无思犯礼，求而不可得也。

南有乔木，	南方有乔木，
不可休思。	不可休息哟。
汉有游女，	汉上有游女，
不可求思。幽部。	不可求的哟。
汉之广矣，	汉水的宽呀，
不可泳思。	不可赤身泅过哟。
江之永矣，鲁，永作羕，韩作漾。	江水的长呀，
不可方思。阳部。	不可筏子渡过哟。

一章。“汉有游女，不可求思”，一言女不可求。〇王先谦云：“此章乔木、神女、江汉三者皆兴而比也。”〇江永云：“四声通韵。一、二、三章，广、泳、永、方，平、上、去通韵。”按：此与下两章隔章尾段遥韵。

翘翘错薪！	多翘翘的杂树林！
言刈其楚。〔一〕	我就割取它的黄荆。
之子于归？	这个女子出嫁？
言秣其马。鱼部。	我就喂好迎她的大马。
汉之广矣，	汉水的宽呀，
不可泳思。	不可赤身泅过哟。
江之永矣，	江水的长呀，
不可方思。	不可筏子渡过哟。

二章。“之子于归？言秣其马”，再言女不可求。〇钟惺云：“古谚：刈薪刈长，娶妇娶良。”〇惠周惕云：“言得如是之女归于我，则我将亲迎而身御之。”（《诗说》）

翘翘错薪！	多翘翘的杂树林！
言刈其蒌。〔二〕	我就割取它的长蒿子。
之子于归？	这个女子出嫁？
言秣其驹。侯部。	我就喂好迎她的小驹子。
汉之广矣，	汉水的宽呀，
不可泳思。	不可赤身泅过哟。
江之永矣，	江水的长呀，
不可方思。	不可筏子渡过哟。

三章。“之子于归？言秣其驹”，三言女不可求。〇姚际恒云：

“三章〔尾段〕一字不换，此方谓之一倡三叹。”〇王先谦云：“二章、三章重举江汉以深致其赞美，长言之不足又咏叹之。”〇按：全诗八思字，思犹兮也。

〇今按：《汉广》，当为江汉流域民间流传男女相悦之诗。《韩叙》曰：“《汉广》，说人也。”陈启源云：“夫说之必求之，然惟可见而不可求，则慕说益至。”阐发韩说，诗义益明。《朱传》云：“江汉之俗，其女好游，汉、魏以后犹然，如《大堤》之曲可见也。”方玉润云：“此诗即为刈楚刈蒌而作，所谓樵唱是也。近世楚、粤、滇、黔间，樵子入山多唱山讴，响应林谷。盖劳者善歌，所以忘劳耳。其词大抵男女相赠答，私心爱慕之情，有近乎淫者，亦有以礼自持者。文在雅俗之间，而音节则自然天籁也。当其佳处，往往入神，有学士大夫所不能及者。”此皆有助于了解诗义。又《韩诗外传》一、刘向《列女传》六，同记阿谷处女事。孔子、子贡调戏此女，受女讥嘲，唐突圣贤，趣极、妙极！姜炳璋云：“《外传》云，孔子适楚，处子佩瑱而浣，使子贡三挑之，侮圣已甚。三家之废，岂偶然哉？”又云：“可谓《风》、《雅》扫地。三家之废，尚恨其不早！”（《诗序广义》）腐论可笑。又《韩诗外传》、刘向《列仙传》同记郑交甫遇汉皋二仙女事，亦见于《易林・萃之渐》、《噬嗑之困》。其说当取自民间，三家义固多同也。总之，今文三家说《诗》，较多采取民间神话、传说、故事，或古史佚文。虽或推演之词，不关本事，不为正训，然亦未为不可。况能丰富义蕴，启发创作。试观曹植《洛神赋》、陈琳《神女赋》、郭璞《江赋》，莫不受三家说《汉广》一诗之影响，可以知之也。此固非姜炳璋一流老生腐儒所能理解者矣。

汝坟三章章四句

《汝坟》，道化行也。文王之化行乎汝坟之国，妇人能闵其君子，犹勉之以正也。

遵彼汝坟， 沿着那条汝水大堤，
伐其条枚。 砍伐那里柚树的枝干。
未见君子， 没有见到君子，
惄如调饥！脂部。〇韩，惄作愵。鲁，调作朝，齐作周。 心里难熬好像饿了早饭！

一章。不胜未见君子之忧。〇姚际恒云："惄如调饥，妙喻。"按调饥，犹《楚辞·天问》言鼂饱，隐喻男女性爱满足与否，故得云妙喻。〇王引之（伯申）云："条，当训为《终南》有条有枚之条。若不举大名（木也、林也、薪也），又不专举其木之名，而遽云伐其条干，则文不成义。"（《经义述闻》）按：条，柚也。果树名。芸香科。常绿乔木。

遵彼汝坟， 沿着汝水那条大堤，
伐其条肄。 砍伐那里柚树的再生枝。
既见君子，〔一〕 终于见到君子，
不我遐弃？脂部。 不至于把我远远的抛弃？

二章。冀有重见君子之喜。〇王先谦云："言己之君子伐薪汝侧，为平治水土之用，勤苦备至也。治水需用薪材，汉武帝时，命群臣从官负薪寘河，是其证。"

鲂鱼赪尾，〔二〕齐，赪作䞓。 鳊鱼过劳红了尾，
王室如毁。韩，毁作焜。 王室多难如烧毁。
虽则如燬， 虽则多难如烧毁，
父母孔迩！〔三〕脂部。 父母好近还可慰！

三章。见之矣，闵其劳，又勉其无懈于王事。父母孔迩，迩者何？自是承上文虽则如毁言之。含蓄不露，耐人玩味。〇陈奂云："君子不以私害公，不以家事辞王事。"〇姚际恒云："鲂鱼赪尾，造

句奥。"○按:《韩叙》:"《汝坟》,辞家也。"《薛君章句》谓"以父母甚迫近饥寒之忧,为此禄仕"。此解启后世士人干禄养亲之口实。○又按:张纶言云:"《传》言父母指文王。又曰,父母甚近,不可懈于王事而贻父母忧。刘氏(瑾)亦曰:父母,行役者之父母也。盖妇人喜其夫归,劳之曰:尔不可懈于王事。尔虽行役,然父母甚近,可以知其安否也。窃恐后说胜前。"(《林泉随笔》)明代一般文人读《诗》惟知有《朱传》、《诗经大全》而已。此用刘氏说未为不是。

○今按:《汝坟》一诗,自明其为《周南》于役大夫之妻之词。《诗》今古文、汉宋学间,无甚争论。据《鲁说》,盖周南大夫之妻,因其大夫受命平治水土,过时不来,来而恐其懈于王事以遗父母忧,乃作是诗。(刘向《列女传·贤明·周南之妻》)此亦如非掇拾古史佚文,即记录民间传说。《后汉书·周磐传》:"磐居贫养母,俭薄不充。尝诵《诗》至《汝坟》之章,慨然而叹。乃解韦带,就孝廉之举。"周磐盖据《韩诗》"《汝坟》辞家"之解而出仕者也。

麟之趾三章章三句

《麟之趾》,《关雎》之应也。《关雎》之化行,则天下无犯非礼。虽衰世之公子皆信厚如麟趾之时也。(按:《序》不可解通,今依《后笺》说断句。)

麟之趾,	麟的蹄趾,
振振公子。之部。	振奋有为的公子。
于嗟麟兮!〔一〕韩,于作吁。	唉唉,麒麟啊!
一章。美公子。	

麟之定,鲁,定作顁。	麟的额顶,

振振公姓。耕部。　　振奋有为的公孙。
于嗟麟兮！　　唉唉，麒麟啊！

二章。美公姓。

麟之角，　　麟的头角，
振振公族。侯部。　　振奋有为的公族。
于嗟麟兮！　　唉唉，麒麟啊！

三章。美公族。○姚际恒云："趾、定、角，由下而及上。子、姓、族，由近而及远。此诗之章法也。"○江永云："隔章尾句遥韵。""一、二、三章，'于嗟麟兮'遥韵。"

○今按：《麟之趾》一诗，其义自明。从来学者间无争论。《韩叙》曰："《麟趾》，美公族之盛也。"(《文选》王融《曲水诗序》张铣注文)戴震云："麟趾，美公子之贤比于麟也。麟之仪表见于趾额角矣，公子之贤则见其振振矣。(《毛传》：振振，信厚也。)"诗三咏麟兮，犹连叹凤兮凤兮，美中有刺，不可被奴隶社会民间歌手瞒过。《礼记·礼运》篇："麟、凤、龟、龙，谓之四灵。"麟为上古神话动物之一。龟为习见被甲爬虫，且说其他三灵。杨钟健《演化的实证与过程》一书中说："龙、凤、麒麟、是我国三种具有神秘性的动物，常常见于记载，但可惜没有科学的说明。一九一九年，章鸿钊著《三灵解》一书，对三种动物解述很详，但也没有明确的结论。依照我们目下的知识来批判：龙是代表种属鉴定不确的几种爬行动物，蛇和鳄鱼最为近似。凤是代表种属鉴定不确的几种鸟，孔雀甚至野鸡最为近似。麒麟是代表种属鉴定不确的几种哺乳动物，鹿和犀牛最为近似。"据《明史·外国传》，永乐十三年(公元一四一五年)，马林迪国(今肯尼亚)使者来献麒麟，实为非洲之长颈鹿。长颈鹿温驯，与《陆疏》说麟含仁怀义者有合。近代日本动物学者或译长颈鹿为麒麟。据云，非洲索马里语呼长颈鹿为(Geri)，与麒麟音近。《毛序》意谓麟为瑞应之兽(《关雎》之应),德政之效应。人君有德,“视明礼修而麟至”(服虔哀十四年《左传》注)。“麟为应礼之信兽。诗以麟喻公子,言公子应文王之礼化,其德似麟也。”(《诗毛氏传疏》)是视麟为具有神秘性之动物。今之唯物论学者不妄谈麒麟,(例如某甲骨学名家《获麟解》)未为不博物,亦犹之食肉者不食马肝,未为不知味也。

【简注】

○本书以吴门南园扫叶山庄陈氏藏版《诗毛氏传疏》(《传疏》)为底本,并参考《阮刻十三经注疏·毛诗正义》(《孔疏》)、王氏虚受堂刊《诗三家义集疏》(《集疏》),作出译解。其阙者补之,失者正之,爰作《简注》。

关雎

〔一〕《诗大序》(即此《关雎序》)云:“诗者,志之所之(往)也。”诗之为训有三,此其一矣。王先谦《诗三家义集疏》云:“《齐说》曰:《诗》三百五篇。(《诗谱序正义》引《诗含神雾》文)诗者持也,在于敦厚之教自持其心,讽刺之道可以扶持邦家者也。”“诗者,持也者,亦《谱序孔疏》(即《正义》,其全名为孔颖达《毛诗正义》)引《含神雾》文,取诗同声字为训。孔云:《内则》说负子之礼云,诗负之。注云:诗之言承也。《春秋说题辞》云:在事为诗,未发为谋,恬淡为心,思虑为志,诗之为言志也。然则诗有三训:承也,志也,持也。作者承君政之善恶述已志而作诗。为诗,所以持人之行使不失队(坠),故一名而三训也。‘在于’至‘者也’,成伯玙《毛诗指说》引《含神雾》文,释持兼二义,较孔尤备矣。《诗大序》:风,风也,教也。又云:下以风刺上,故曰风。释风兼二义,与此兼教刺义合。《周礼》大师教六诗,曰风,曰赋,曰比,曰兴,曰雅,曰颂。”愚按:王氏《集疏》用今文三家遗说及其异文作注,而后作疏成为《集疏》,《集疏》赅《毛传》、《郑笺》。如云齐说,意谓《齐诗》遗说。陈乔枞有《鲁诗遗说考》、《齐诗遗说考》、《韩诗遗说考》,《集疏》本之,而省称《鲁说》、《齐说》、《韩说》,故得作为书名。其用三家异文为注,其单称鲁、齐、韩,即不作为书名,而如其单称毛、郑、孔矣。

〔二〕魏源《诗古微》曰:“《新唐书·艺文志》:《韩诗》二卷,卜商序,韩婴注。而《水经注》引《韩诗·周南叙》曰:其地在南郡南阳之间。至诸家所引《韩诗》,如《关雎》刺时也,《汉广》说(悦)人也,《汝坟》辞家也,《芣苢》伤夫有恶疾也,《黍离》伯封作也,《蝃蛛》刺奔女也,《溱洧》说人也,《鸡鸣》谗人也。《夫移》(毛作《常棣》)燕兄弟也,《伐木》文王敬故也,《鼓钟》刺昭王也,《宾之初筵》卫武公饮酒悔过也。《抑》卫武公刺王室以自戒也,《假乐》美宣王之德也,《云汉》宣王遭乱仰天也,《雨无极》(毛作《雨无正》)正大夫刺幽王也,《闷宫有侐》(毛题无有侐二字)公子奚斯作也。《那》美襄公也。皆与《毛诗》首语一例,则《韩诗》有序明矣。”

〔三〕雎鸠,王雎,鹗,金口鹗,鱼鹰,《湘阴县图志》谓即鱼鹞。此属隼形目鹗科,非鹈形目鸬鹚科之鱼鹰。鹗,一种体呈棕褐色或白色,翼展度常达四五尺,能潜入水中捕食鱼类之猛禽也。

〔四〕荇菜,猪莼,荇丝菜。为池沼溪流中习见之水生植物,多年生草本,龙胆科。

〔五〕寤寐思服。思服可视为复合词,与《康诰》服念连文同。凡复词,重言,辄有加重语气之用。

○雎,陈启源云:音近趋。与陟砠、叔苴、漆沮,从且字音同,今读近机。窈窕,陈奂读为幺挑。今读为杳篠。荇音杏。芼,音冒。马瑞辰云:乐,古音读劳来之劳,故与芼韵。

葛覃

〔一〕葛,葛麻。多年生,含木质之藤本植物,豆科。

〔二〕薄,戴震云,犹且也。

○施,陈奂云:《传》读移。喈音皆,《诗经韵读》音饥。刈,《释文》作艾,音乂。濩音获。絺音痴。绤音隙。斁音亦,一音铎。害读曷。父母,陈奂云:母古音如某,与否韵。

卷耳

〔一〕卷耳,苍耳。东北俗呼母猪癞,天津俗呼蒺藜狗子。一年生草本,菊科。王夫之《诗经稗疏》释此为鼠耳。即鼠鞠,亦属菊科。清明前采之,和米粉作餈,较苍耳中食。

〔二〕魏源云:《诗》之周行有三,《卷耳》、《鹿鸣》、《大东》皆谓大道也。毛于《大东》周行无传，然训佻佻为独行，则亦当以周行为大道。郑注《缁衣》，亦以周行为大道。以经注经，则知周行之训列位为不然矣。

〔三〕兕觥，《小雅》、《周颂》皆云兕觥其觩，盖以兕牛角为之。《毛传》云：角，爵也。或云：兕觥亦青铜器。如美国人盗走而陈列于哈佛大学福格艺术博物馆之商代铜觥（《文物》一九六〇年第三期）。其器形似匜，或有盖，作牛首，前昂后低，尾为之柄。其他可看阮元《赋得周兕觥自注》，王国维《说觥》。

〇顷音倾。行音杭。寘读置。陟音植。虺音灰。隤音颓。罍音雷。兕音洗，一音似。觥音光，又读觵。砠音雎。瘏音屠。痡音敷，一音铺。吁音舒。

樛木

〔一〕葛藟，推虆、千岁藟、千岁木、万岁藤、甜茶。此为山地自生之蔓性植物，葡萄科。尝饮四川北碚北温泉甜茶，未知其为此物否？

〇樛音纠。藟音垒。累音雷。

螽斯

〔一〕螽斯，属昆虫直翅目螽斯科。雄者长寸许，绿褐色。前翅右下左上相重叠，接合处成坚硬之发声器，故善鸣。雌者长寸半许，色浓绿，微杂褐色。翅短于雄。尾端有产卵器突出。蚀害农作物，惟不如蝗虫之甚。

〇螽音终。诜音辛。振音真。薨音纷。揖音辑。

桃夭

〔一〕桃，习见植物，落叶乔木，蔷薇科。古希腊植物学者名之为波斯果，不知其由我国传入印度、波斯也。

〔二〕邵晋涵《尔雅正义》云：《说文》，蕡为杂香草，假借为木实错落之貌。于省吾《诗经新证》云：蕡、坟、贲、颁、斑古通。桃实将熟，红白相间，其实斑然。按：有蕡之有，状物之词也。不定指示之词。

〇蕡音坟。蓁音臻。

兔罝

〔一〕兔，为习见之啮齿类动物。古烹之以礼宾，见《小雅·瓠叶》篇。

〔二〕干城，一谓扞难之城，一谓干城二物。干，谓盾，犹后世之藤牌。

〇椓涿古通。《周礼·涿壶氏》郑注：涿，击之也。音笃。今吴语犹谓击刺为笃，而读椓则音琢耳。逵读馗，音近葵。

芣苢

〔一〕魏源《诗古微》曰："刘向，楚元王孙，世传《鲁诗》。其《列女传》以《芣苢》为蔡人妻作，《汝坟》为周南大夫妻作，《行露》为召南申女作，《邶·柏舟》为卫大夫作，《硕人》为庄姜傅母作，《燕燕》为定姜送妇作，《式微》为黎庄夫人与傅母作，《载驰》为许穆夫人作，视《毛序》之空衍者尤凿凿不诬。且其《息夫人传》曰：君子故序之于《诗》；《黎庄夫人传》曰：君子故序之以编《诗》。而向所自著书亦曰《新序》。是《鲁诗》有序明矣。且三家遗说，凡《鲁诗》如此者韩必同之，《韩诗》如此者鲁必同之，《齐诗》存十一于千百而鲁、韩必同之。苟非同出一原，安能重规叠矩？三人占则从二人之言，谓毛不见三家古序则有之，三家乌用见《毛序》为哉？"

〔二〕芣苢，俗名车前草，多年生植物，车前科。采采芣苢者，谓有众多之芣苢也。采采，其义亦见《秦风·蒹葭》、《曹风·蜉蝣·传》。《卷耳·传》：采采，事采之也。动词。《芣苢·传》：采采，非一辞也。形容词。《毛传》分析精确。若下诗采采仍作动词，则与采之、有之，过相重复矣。

○芣苢音浮以。掇音辍。捋音勒。《释文》：袺音结。襭，户结反。今襭音吉。

汉广

〔一〕楚，俗名黄荆，荆子树，落叶灌木或小乔木，马鞭子科。

〔二〕蒌，俗名白蒿子，多年生草本，菊科。

○翘音乔。秣音末。蒌音娄。

汝坟

〔一〕在《三百篇》中，常以未见、既见对文。既，有既已义，有终竟义，亦有嗣后义，各视诗恉而定，不可拘泥。

〔二〕鲂，鳊鱼，不属硬鬐类之鲂科，即属浮鳔类之鲤科。

〔三〕孔迩者，章太炎（炳麟）《新方言》谓《诗》孔迩，犹俗言好近。《尔雅·释器》郭注曰：好，孔。其说是也。后《诗》凡言孔训甚者仿此。

○调，旧音稠，今当读朝。鲂音防，或读鳑。赪音称。燬音毁。

麟之趾

〔一〕于读吁。一读乎，或读呼。下两章同。

诗经直解　卷二

召南第二　毛诗国风

召南之国十四篇四十章百七十七句

鹊巢三章章四句

《鹊巢》，夫人之德也。国君积行累功以致爵位，夫人起家而居有之，德如鸤鸠，乃可以配焉。

维鹊有巢，〔一〕	啊，喜鹊有窠巢，
维鸠居之。	啊，鸤鸠要住进它。
之子于归，	这个女子出嫁，
百两御之。鱼部。	百辆车子亲迎她。

一章。始迎之。〇姚际恒云："〔鹊鸠〕妙语，误尽后世解诗人。"按：鸠居鹊巢，《笺》云："犹国君夫人来嫁，居君子之室。"〇江永云："四声通韵，居、御，平、去为韵。"

维鹊有巢，	啊，喜鹊有窠巢，
维鸠方之。〔二〕	啊，鸤鸠正占有它。
之子于归，	这个女子出嫁，
百两将之。阳部。	百辆车子正送走她。

二章。次送之。

维鹊有巢，	啊，喜鹊有窠巢，
维鸠盈之。	啊，鸤鸠来占够它。
之子于归，	这个女子出嫁，
百两成之。耕部。	百辆车子来成就她。

三章。终成之。礼有先后始终。

〇今按：《鹊巢》，言国君夫人婚礼之诗。《诗序》说此诗义不为误。其中两“德”字，当读如“天生德于予”之德，谓先天之德性，非谓后天之德行也。今文《齐诗》说：“鹊以复至之月始作室家。鸤鸠因成事，天性然也。”（《孔疏》引《诗推度灾》）此说鸤鸠天性不为误。但从德行说鸤鸠，后儒则皆自误，非最初《诗》今古文家之责也。鸠，毛公说：“鸤鸠。”高诱说：“鸠，盖布谷鸟。”（《吕览·仲春纪》注）郭璞说：“尸鸠，布谷类也。”（《山海经·西山经》注）又云：“鸤鸠，今之布谷也。”（《尔雅·释鸟》注）此外《陆疏》、《广雅》不误，《本草拾遗》并谓布谷江东呼为郭公，亦不误。按：尸鸠、布谷，同属鹃形目，杜鹃科。此类之鸟不自营巢，不自伏卵哺雏，寄居他鸟之室而产卵焉；寄主之鸟不知其非己子也，而为孵育焉。诗言鸠居鹊巢，以兴国君夫人来嫁居君子之室。贵妇人被视为天生懒虫或寄生虫，《周易》言妇道无成有终之义，盖自奴隶社会已有剥削阶级时始矣。据此可见三千年前诗人体物之妙，二千年来学者博物之精。唐之大诗人杜甫，有《杜鹃》与《杜鹃行》两诗，博物、体物俱精。自宋儒严粲《诗缉》始，误以鸤鸠为鸜鹆（俗名八哥），至清儒毛奇龄、陈启源、焦循、马瑞辰、钱绎，乃至王先谦，同误。湖南谚语云：“阿鹊盖大屋，八哥住现窝。”事盖有之。但不得以八哥释此诗之鸠，与此《诗序》之鸤鸠也。

采蘩三章章四句

《采蘩》，夫人不失职也。夫人可以奉祭祀，则不失职矣。

于以采蘩？〔一〕齐，蘩作繁。　　哪里采白蒿？
于沼于沚。　　在池子，在洲子。
于以用之？　　哪里要用它？
公侯之事。之部。　　是公侯的祭事。

一章。言其事为何事。○按：沼沚双声。

于以采蘩？　　哪里采白蒿？
于涧之中。　　在溪涧之中。
于以用之？　　哪里要用它？
公侯之宫。中部。　　公侯的庙宫。

二章。言其事在何所。

被之僮僮，三家，僮僮作童童。　　首饰一步一摇的端端整整，
夙夜在公。　　大早夜就从事在庙中。
被之祁祁，　　首饰一步一摇的从从容容，
薄言还归。脂部。　　于是祭祀完了打转身。

三章。言其妇人先后为容之不同。○姚际恒云："末章每以变调见长。"按：首二章似记诗中人一问一答，末章则为诗人自道所见诗中妇人一日之仪容。此为姚氏所不及知，前儒殆莫不然也。

○今按：《采蘩》，言夫人可以奉祭祀不失职。《诗序》说此诗义不误。"三家无异义"。胡承珙《毛诗后笺》，总结自《春秋左传》、《大小戴记》、《诗毛氏传》至清代名汉学家解此诗义诸说，而驳正宋儒《朱传》一说，可称精要，不烦他人更为添足。录与读者共论定之，可也：

"《虞东学诗》曰：蘩之供祭，一见于《左传》，再见于《夏小正》戴德传。又《射义》云：士以《采蘩》为节，乐不失职也。（按：《射义》由此诗不失职之义推之，作为乐章之义。）诗皆与之合，可以为定论

矣。陈氏《稽古编》曰:《左传》蕡蘩蕴藻可荐鬼神,可羞王公。正指《采蘩》、《采蕡》二诗言。则毛公执蘩助祭之说不可易矣。承珙案:《传》云,神飨德与信,不求备焉。沼沚溪涧之草犹可以荐。此正用《左传》文。(按:隐三年《左传》:苟有明信,涧溪沼沚之毛,蘋蘩蕴藻之菜,筐筥锜釜之器,潢污行潦之水,可荐于鬼神,可羞于王公。又云:《风》有《采蘩》、《采蘋》,《雅》有《行苇》、《泂酌》,昭忠信也。杜注:《采蘩》、《采蘋》义取于不嫌薄物。)不止于叶石林所云毛释《硕人》、《清人》、《黄鸟》、《皇矣》与《左传》合也。又文三年《左传》,秦伯伐晋,遂霸西戎,用孟明也。君子是以知秦穆公之为君也,举人之周也,与人之壹也。《诗》曰:于以采蘩?于沼于沚。于以用之?公侯之事。秦伯有焉。杜注:言沼沚之蘩至薄,犹可用之以供公侯,以喻秦穆不遗小善。昭元年《左传》:郑伯燕赵孟,穆叔赋《采蘩》。曰:小国为蘩,大国省穑而用之,其何实非命?注云:穆叔言小国微薄犹蘩菜。此虽断章取义,其大旨则皆以蘩为物薄,而用可重之意。然则公侯之事尚得谓之非祭事乎?"

"《七月·传》云:'蘩,白蒿也,所以生蚕。'采蘩虽同,而用则异。《朱传》既从毛以《采蘩》为奉祭祀,而又有生蚕之说。不知蚕事岂可谓公侯之事?蚕室岂得为公侯之宫?试诵经文,其说可以不烦言而破矣。"

草虫三章章七句

《草虫》,大夫妻能以礼自防也。

喓喓草虫,	喓喓叫的是草虫,
趯趯阜螽。〔一〕	跃跃跳的是蚱蜢。
未见君子,子与止叶。之部。	还没见到君子,

忧心忡忡。鲁，忡作憧。齐作冲。	忧闷的心头冲冲。
亦既见止，	也许见到了他，
亦既觏止，鲁，觏作遘。	也许遇合了他，
我心则降！中部。	我的心里就放松！

一章。草虫、阜螽，以兴悲秋。○王引之云："喓、趯为韵，草、阜为韵，虫、螽为韵。"

陟彼南山，	爬登那座南山，
言采其蕨。〔二〕	就采那里的新蕨。
未见君子，	还没见到君子，
忧心惙惙。	忧闷的心缀缀不绝。
亦既见止，	也许见到了他，
亦既觏止，	也许遇合了他，
我心则说！祭部。	我的心头就会喜悦！

二章。此章采蕨，与下章采薇，以兴伤春。○俞樾云："忧心惙惙，言忧心联属不绝也。"(《群经平议》)

陟彼南山，	爬登那座南山，
言采其薇。〔三〕	就采那里的嫩薇。
未见君子，	还没见到君子，
我心伤悲。	我的心里伤悲。
亦既见止，	也许见到了他，
亦既觏止，	也许遇合了他，
我心则夷！脂部。	我的心境就平哉！

三章。从悲秋到伤春，又是一年。男女怨旷，情见乎辞矣。○王照圆云："两年事尔。君子行役当春夏间，涉秋未归，故感虫鸣

而思。至来年春夏犹未归，故复有后二章。”（《诗问》）

〇今按：《草虫》诗今古文、汉宋学间，大有争论。愚见不若以诗解诗，认定此为大夫行役，其室家感念之之诗。《小雅·出车》六章，前四章称我，诗人自我；自五章改称君子，则诗人想象或托为其室家感念君子行役之词。其诗云：“喓喓草虫，趯趯阜螽，未见君子，忧心忡忡。既见君子，我心则降。”较此《草虫》首章止少一句，几全相同。当是同出民俗歌谣。不知谁创谁因，孰先孰后。此诗宋学家及清代汉学家之说，皆有与愚见略同者。其所异，则在彼皆不知以诗解诗为直捷了当耳。试取宋欧公、朱子、李樗《集解》，清戴震、王照圆（郝懿行妻）、魏源《诗古微》诸家之说而论之。《朱传》云：“《草虫》，大夫妻怀其君子行役之诗。”“感时物之变而念之。”戴《补注》云：“《草虫》，感念君子行役之诗也。”两说正可为例。攻击《毛诗序》者，自欧公《诗本义》始，而亦未能完全摆脱《诗序》之影响。如云：“草虫阜螽形色不同，种类亦异，故诗人引以为戒，比男女之不当合而合。”此仍强解《序》说“以礼自防”，而不知《序》为用作乐章之义。《仪礼·燕礼》有房中之乐。注云：弦歌《周南》、《召南》之诗。是也。此诗《序》、《传》相违，《传》、《笺》相违。又《传》与《传》、《笺》与《笺》，亦各似自语相违。一章《传》云：“妇人虽适人，有归宗之义。”盖取“自大夫妻，虽无事，岁一归宗”之义，谓归宁也。三章《传》云：“嫁女之家不息火三日，思相离也。”则似谓嫁之前夕，女心伤悲矣。而《笺》则谓此乃女“在途而忧”之诗。又谓“既觏，已昏也。”“《易》曰：男女觏精，万物化生。”岂有新嫁娘在途，而猥敢自谓忧思如何觏精生子者乎？“不知妇车有裧，安得在途见采蕨采薇之事？且未婚之女亟亟以我心降、我心说、我心夷为言，大违《昏义》女子耻去之义！”（魏源）至若刘向《说苑·君道》篇用此诗，谓诗人之好善道也如此。襄二十七年《左传》，郑七子享赵孟，子展赋《草虫》。赵孟曰：“善哉民之主也！抑武也不足以当之。”又曰：“子展其后亡者也，在上不忘降。”王先谦谓此“与《说苑》‘好善道’义合。……在民上之人好善，见君子而心降，故以‘不忘降’为美德。若妻见君子而心降，礼固当然，何足称美？且与‘在上’义亦不合，以此知鲁说最古”。彼岂不知《说苑》用此诗乃引诗以就己说之义，子展赋此诗乃断章取义之义，皆非诗本义？遽断鲁说最古，何况最古未必最善？此《诗三家义集疏》作者坚持今文家说之偏见，亦其一例也。

采蘋三章章四句

《采蘋》，大夫妻能循法度也。能循法度，则可以承先祖、共祭祀矣。

于以采蘋？〔一〕	哪里采大蘋？
南涧之滨。真部。	南涧的水滨。
于以采藻？〔二〕	哪里采水藻？
于彼行潦。宵部。	在那个流潦。

一章。先言采之。○按：一句问，一句答，全诗为问答体。

于以盛之？	用什么来盛它的？
维筐及筥。	是方底筐子和圆底筲箕。
于以湘之？韩，湘作鬺。	用什么来煮它的？
维锜及釜。鱼部。	是三脚鼎锅和没脚锅儿。

二章。次言盛之、湘之。

于以奠之？	在哪里摆祭的？
宗室牖下。	家庙的窗子下。
谁其尸之？	谁是那个主祭的人？
有齐季女。鱼部。○韩，齐作齋。	这小心能干的少女！

三章。末言奠之、尸之。文有次第。○《孔疏》云：“三章势连，

须通解之也。"〇按：季女在家，于时教成。将嫁，用为辞庙之祭，亦即所谓教成之祭欤？

〇今按：《采蘋》，为"贵族之女"（《后笺》）在家"教成之祭"（《笺》）而作。毛、郑皆据《礼记·昏义》为说。诗末称"季女，少女，即大夫妻。犹称女者，明是未嫁之词。已嫁，则为主妇助夫氏之祭，不得言尸之矣"。"召南大夫之妻，娶异国之女，推其在家教成而祭之时而言。"（王氏《集疏》）《序》称"大夫妻能循法度也"，与《乡饮酒礼》郑注语义同。此用为乐章之义。按《仪礼》：合乐歌《周南》，则《关雎》、《葛覃》、《卷耳》三篇同奏。歌《召南》，则《鹊巢》、《采蘩》、《采蘋》三篇同奏。《礼记·射义》："《采蘋》，乐循法也。"射礼乐章，卿大夫以《采蘋》为节，亦由此诗大夫妻能循法度之义推而用之。此诗初解无甚争论。明清学者间始有一显著之争论。明何楷揭出："《采蘋》为诗人美武王元妃邑姜教成，能修此礼而作。"（《古义》）姚际恒驳之，复谓"其意甚巧，而足以动人"（《诗经通论》）。李超孙疑之，而谓其"似有足据，姑从其说"（《诗氏族考》）。按：襄二十八年《左传》："公过郑，郑伯不在，伯有迋（往）劳于黄崖，不敬。穆叔曰：'伯有无戾于郑？郑必有大咎。敬，民之主也，而弃之！何以承守？郑人不讨，必受其辜。济泽之阿，行潦之蘋藻，寘诸宗室，季兰尸之，敬也。敬可弃乎？'"何楷据此，以谓："季兰，意即邑姜之名，不可知。齐，太公先世所封国。太公仍封于齐。当文王为西伯时，太公以女邑姜妻武王。计其时，太公年已老，则邑姜为季女无疑。其言济泽之阿，则尤齐地之证据。读有齐季女之齐为斋，误矣。"其说颇引起《诗经》学者之注意。清翁方纲云："以愚度之，此季兰必是当时实有其人，今不可考矣。若杜、孔所说，则凡季女皆可称季兰，无此事也。穆叔之语，去古未远，在当日所引，必是古之实事，正可与诗相证。而注家不能稽也，则说诗者复何傅会之有？"（《诗附记》）最后王先谦云："《左传》'济泽之阿'云云，正释此诗。济阿，盖季女所居。兰，或季女之姓。惜古义就湮，莫可寻究矣。”似是何楷用《左传》穆叔之语，以证此诗之古义，确为有据。而指实诗美邑姜，则有待证实耳。

甘棠三章章三句

《甘棠》，美召伯也。召伯之教，明于南国。

蔽芾甘棠，〔一〕韩，芾作茀。	小枝叶遮盖的甘棠，
勿翦勿伐。韩，翦作铲。鲁，亦作铲，又作鬋。	不要翦去，不要斫伤。
召伯所茇！祭部。○鲁，召亦作邵。齐，茇作废。	召伯在这里住的草房！

一章。言斩伐之不可。○《严缉》云：“武王分周、召为二伯，诗称召伯，是作于武王之时也。”○陈奂云：“蔽芾叠韵。”

蔽芾甘棠，	小枝叶遮盖的甘棠，
勿翦勿败。	不要翦去，不要敲击。
召伯所憩！祭部。	召伯曾经在这里休息！

二章。言敲击之亦不可。

蔽芾甘棠，	小枝叶遮盖的甘棠，
勿翦勿拜。鲁、韩，拜作扒。	不要翦去，不要攀扒。
召伯所说！祭部。	召伯在这里歇过车马！

三章。言攀扒之亦复不可。于以见诗人“思其人犹爱其树”（《左传》）之厚意。○方玉润云：“他诗炼字一层深一层，此诗一层轻一层，以轻而愈见珍重耳。”

○今按：《甘棠》，美召伯听讼之诗。诗义自明，《序》说不误。

今文三家鲁、韩、齐遗说同毛。其所不同者，在有关于甘棠传说故事，提供纬书或古史佚文与民间谣俗一大堆资料耳。召伯事见《史记·燕召公世家》。《史记会注考证》据我国学者疑古之诸说，而谓"皆无听讼之说，史公妄耳"。鄙见，史公殆不妄，妄或在彼泷川资言！但据《诗》今古文家诸说，以及冯景《解春集·召公论》一文，即可以明其孰妄孰不妄。召南，召公之分地。召公，三公，以太保而兼司徒。《周礼·地官·司徒》，施十有二教，实为奴隶大总管，听讼为其职掌所固有。《召南》之诗十四，多美召公；《甘棠》美召公听讼，诗义尤明。即令《周礼》、《左传》、《史记》皆可有妄，而《召南》之诗未可必其全妄，民间传说未可必其全无历史影子也。今陕西岐山县西南八里刘家原，有召公祠，西偏存古甘棠一株，高约三丈，闻其上部枝叶犹活。又，河南陕州城北大街尚有相传之甘棠古树，枯干仅存三尺许，木理坚致，香气悠然。有碑题曰："召公遗爱。"近人傅增湘《秦游日录》云："陕州城距车站里许，南为橐水，北为黄河。城中见高台，云是召公分陕治所。甘棠尚存，但已久枯。"齐周华《陕游随笔》云："城东北隅有召公堂，貌召公像。西畔枯木一株，树碣曰：'古甘棠。'棠有翦伐痕。"又，光绪《湖南通志·纪闻》云："甘棠渡在邵阳县东南，相传为召伯听政之地。万历间，杨给事廷兰谓棠树之株明初犹存，下可坐数十人。居人病游者之扰，窃私伐去。郡伯郭公闻于上，置之重法。"召公听讼何所？甘棠古迹焉在？召公不复生，谁能听此讼乎？要之，诗人所美，史公所书，方志所载，民间所传，足以见召公甘棠树下听讼之传说故事垂之已久而已广也。此正反映自奴隶社会至封建社会一段长时期历史中，一般受侮辱、受损害、被压迫、被剥削，而呼天抢地无可控诉之劳动人民，对于清官之热烈愿望，及其善良之用心。后人虽悲悯之，不必认为古史上确有所谓清官之邵青天，而谓为清官之祖；即不必以《甘棠》一诗为"千古去思之祖！"（吴闿生《诗义会通》）

行露三章一章三句二章章六句

《行露》，召伯听讼也。衰乱之俗微，贞信之教兴，强暴之男不能侵陵贞女也。

厌浥行露。鲁、韩，厌作湆。　　潮湿的是路上的露。
岂不夙夜？　　难道不赶大早夜？
谓行多露！鱼部。　　怎奈路上多露！

一章。一兴。女谓男云，行或多露，而无致我于厌浥之理。以总兴下文汝或有室家，而无致我于讼狱之理也。兴义隐微，识之难已。○按：此章《传》云："兴也。"《笺》云："道中始有露，谓二月中嫁取时也。言我岂不知当早夜成昏礼与？谓道中之露太多，故不行耳。"此谓赋也，与《传》不合。○姚际恒云："露重韵。句古。"○陈奂云："厌浥双声。"

谁谓雀无角？〔一〕　　谁说雀子没有嘴角？
何以穿我屋？　　凭什么穿破了我的屋？
谁谓女无家？韩，女作尔。　　谁说你没有室家？
何以速我狱？　　凭什么促使我坐监狱？
虽速我狱，　　虽然促使我坐监狱，
室家不足！侯部。　　成为室家的条件不足！

二章。二兴。雀或有角，而无穿我屋之理。以兴汝或有室家，而无致我于狱之理也。○江永云："四声通韵，家与角、屋、狱、足，平、入为韵。或亦可为间句韵。"

谁谓鼠无牙？牙与家叶。鱼部。　　谁说耗子没有大牙？

何以穿我墉？　　凭什么穿我墙上的洞？
谁谓女无家？　　谁说你没有室家？
何以速我讼？　　凭什么促使我遭诉讼？
虽速我讼，　　虽然促使我遭诉讼，
亦不女从！东部。　　也不给你胡说的听从！

三章。三兴。鼠或有牙，而无穿我墉之理。以兴汝或有室家，而无致我于讼之理也。〇江永云："隔韵。牙与家韵（鱼部），墉与讼韵。"

〇今按：《行露》，为一女子拒绝与一已有室家之男子重婚而作。故诗曰"谁谓女无家"？《序》曰"强暴之男不能侵陵贞女也"。诗义自明。《序》语此句精切。《笺》云："币可备也，室家不足。谓媒妁之言不和，六礼之来强委之。"胡承珙谓此《笺》释最为近理。戴震云："《韩诗》以为既许嫁矣，见一礼不备，守死不往。其说非也。《毛诗》篇义曰：《行露》，召伯听讼也。未闻其审。"此评毛、韩，皆中要害。《列女传·贞顺》篇谓为召南申女持正守志，夫礼不备，虽讼不行，而作是诗。盖亦录自民间口碑或古史佚文。鲁、韩说同。愚见，古代奴隶制社会，刑不上大夫，礼不下庶人。此女拒绝强婚，虽速狱速讼，而语调倔强。即令其居卑处贱，当亦属于自由民或士之一阶层。若为奴隶，则惟有如牲畜任人买卖屠杀已耳。尚何讼狱云乎哉？

羔羊三章章四句

《羔羊》，《鹊巢》之功致也。召南之国，化文王之政，在位皆节俭正直，德如羔羊也。

羔羊之皮，　　羔羊皮做面的官服，
素丝五紽？　　缘边絛子素丝一十？

退食自公，　　退而就食、从公门出，
委蛇委蛇！歌部。○齐、韩，委蛇作逶迤，韩又作祎隋。　　摇摇摆摆从容自得！

一章。言裘面以羔皮为之。○胡承珙云："古人服裘，毛表而革里，裘毛在表。"○陈奂云："委蛇叠韵。"

羔羊之革，〔一〕　　羔羊革做里的官服，
素丝五緎？齐，緎作黬。　　缘边絛子素丝一百？
委蛇委蛇，　　摇摇摆摆从容自得，
自公退食。之部。　　从公门出，退而就食。

二章。言裘里以羔革为之。

羔羊之缝，　　羔羊皮革缝的官服，
素丝五总？　　缘边絛子素丝四百？
委蛇委蛇，　　摇摇摆摆从容自得，
退食自公。东部。　　退而就食，从公门出。

三章。盖总言缝裘以羔羊之皮革为之。○王先谦云："首章十丝，次章一百丝，三章四百丝。数取递增，文因合均（韵），非谓一裘之缝止用四百丝，不当泥视。……分章协句非有定数也。"○按：紽、緎、总非作为肯定数词，但作为疑问数词，诗人之意谓不知其数耳。

○今按：《羔羊》，为从官服羔裘素描官僚形象之诗。崔述云："此篇特言国家无事，大臣得以优游暇豫，无王事靡盬、政事遗我之忧耳。初无美其节俭正直之意，不得遂以为文王之化也。"驳《序》中语，是。余语待商。《序》首句"《鹊巢》之功致"，费解。此诗与《鹊巢》何关？胡承珙云："此《序》及《麟趾·序》云《关雎》之应，《驺虞·序》云《鹊巢》之应，可见序诗者与作诗者之意绝不相蒙。作诗者即一事而行诸歌咏，故意尽于篇中。序诗者合众作而备其推求，故事征于篇外。《鹊巢》之语可不必泥。”此推序诗者之意,勉强解通。《序》末句“德如羔羊”,又费解。朱子《辨说》已指出此一句为“衍说”。德如羔羊,岂谓其“执之不鸣,杀之不号,乳必跪而受之,死义生礼?”(《孔疏》)或谓其“如《羔羊》之诗”(吕大临、《严缉》),即“谓如《羔羊》之诗所言?”(黄櫄、李氏《集解》)抑或谓“《笺》云卿大夫竞相切化皆如此羔羊之人,言如服羔裘之人?”(《稽古编》)究以何说为是乎?《诗》今古文家盖皆以为此诗美卿大夫或美召公,在位节俭正直(《序》)。其德能称其服,有洁白之性,柔屈之行,进退有度数(《韩诗薛君章句》)。退逶迤以补过,足抑苟进之风。私门不开,则贤可知矣(曹大家赋,《后汉书·杨秉传》《儒林传》)。此其为说,皆无甚可取。清儒崔述则谓“此篇特言国家无事,大臣得以优游暇豫”。第从正面言之,未为不可。若反言之,则此写尸位素餐、万事不理之官僚主义生活作风。盖自奴隶制社会始有一套大小头目,始有百官等级(礼命之数),即已孕育官僚主义。正言若反,美中寓刺,彼时民间诗人之艺术手法亦与时偕进矣。

殷其靁三章章六句

《殷其靁》,劝以义也。召南之大夫远行从政,不遑宁处,其室家能闵其勤劳,劝以义也。

殷其靁,韩,殷作䨮。	隐隐响的雷声,
在南山之阳。	远在南山之南。
何斯违斯,	怎么这人离开这里,
莫敢或遑?阳部。	不敢有暇偷闲?
振振君子,	振奋有为的君子,
归哉归哉!之部。○一、三句可作支、脂通韵。	归来哟,归来哟!

一章。言雷在南山之阳。○黄櫄云:“因闻雷而动其思念之情。南山之阳,南山之侧,南山之下,皆是一意。但便其韵以协声耳,不必求其异义也。”(《毛诗集解》)

殷其靁,	隐隐响的雷声,
在南山之侧。	远在南山之侧。
何斯违斯,	怎么这人离开这里,
莫敢遑息?〔一〕之部。	不敢有暇休息?
振振君子,	振奋有为的君子,
归哉归哉!	归来哟、归来哟!

二章。言雷在南山之侧。○何焯云:“雷之所闻不过百里,今我大夫乃甚远也。”(《义门读书记》)

殷其靁,	隐隐响的雷声,
在南山之下。	远在南山之脚。
何斯违斯,	怎么这人离开这里,
莫或遑处?鱼部。○韩,遑作皇。	不敢有暇呆着?
振振君子,	振奋有为的君子,
归哉归哉!	归来哟,归来哟!

三章。言雷在南山之下。○胡承珙云:“细绎经文三章,皆言在而屡易其地,正以雷之无定在,兴君子之不遑宁居。”○江永云:“隔韵。一、二、三章靁与斯韵。”

○今按:《殷其靁》,戴震以为此亦妇人“感念君子行役而作”。盖殷雷以喻其国之声威,而望其君子从军以归也。《诗序》首句“《殷其靁》,劝以义也”。此仍为序诗者之义,非必诗之本义,而语却活泛,无甚窒碍。此诗不仅今文“三家无异义”,更无其他争论。惟“振振”一词(已见上卷末《麟之趾》篇),《毛传》训为“信厚”,王先谦《集疏》训为"振奋有为"。愚见，王说义长，于此诗尤合。君子不以私害公，不以家事辞王事。诗言"莫敢或遑"，"莫敢遑息"，"莫或遑处"，非振奋有为之君子能若是乎？非徒闵其君子信厚已也。诗叠称其"振振君子，归哉归哉！"既劝以大义，又望其生还，可谓得情理之正者也。善哉！宋儒范处义《补传》之言曰："三章申言'振振君子，归哉归哉！'谓君子能奋然自立，勇于从役，当竭力以俟卒事，不可徒归也。相劝之词谆复如此，非知义不能也。"《卷耳》与《殷其靁》同为君子于役、妇人感念之之作。然从字句寻其阶级烙印，一则确为贵妇人，一则似寻常妇人。据周制："凡起徒役，家毋过一人。"(《周礼·小司徒》)"二十从政，三十受兵，六十还之。"(《诗·击鼓·疏》引《韩诗》说)"五十不从政，六十不与服戎。"(《礼记·王制》)"五十不为甸徒；若征伐，六十乃免。"(《礼记·祭义》)"国中贵者、贤者、服公事者、老者、疾者，皆免。"(《周礼·乡师》)当时有关一般人民服役规定大氐如此。顾奴隶主贵族层之滥用权力，兵役徭役(力役)岂有限制？此《诗》三百中所以屡见关于之子于役者之呼吁(如《陟岵》、《鸨羽》、《采薇》、《祈父》、《渐渐之石》、《何草不黄》)，或其室家之感念(如《伯兮》、《君子于役》、《葛生》、《小戎》、《采绿》)之所为作也。今为发凡于此，后不复详云。

摽有梅三章章四句

《摽有梅》，男女及时也。召南之国被文王之化，男女得以及时也。

摽有梅，梅与士叶。之部。○鲁、韩，摽作莩，齐作萰。韩，梅作楳。	落着的这一株梅，
其实七兮。〔一〕	它的果实只有七分啊。
求我庶士，	求我小伙子们，

迨其吉兮！脂部。　　趁着良辰啊！

一章。言女盛年未嫁而始衰，已有急意。

摽有梅，　　落着的这一株梅，
其实三兮。　　它的果实只有三分啊。
求我庶士，　　求我小伙子们，
迨其今兮！侵部。　　趁着于今啊！

二章。言女思嫁而有急词。

摽有梅，　　落着的这一株梅，
顷筐塈之。韩，顷作倾，塈作摡。　　拿起小篮子来拾拢它。
求我庶士，　　求我小伙子们，
迨其谓之！脂部。　　趁着殷勤他！

三章。言女求男，急不暇择矣。一层紧一层。〇《朱传》云："谓之，则但相告语，而约可定矣。"〇钟惺云："三个求字，急忙中甚有分寸。"

〇今按：《诗序》："《摽有梅》，男女及时也。"只此首句已足。嫁娶不及时，则有旷男怨女、男诱女奔者矣。仲春嫁娶期尽，至孟夏而梅熟，老女不嫁，而《摽梅》之诗作矣。诗末"求我庶士，迨其谓之"，《传》云："不待备礼也。三十之男，二十之女，礼未备则不待礼，会而行之者，所以蕃育民人也。"《笺》云："不待礼，会而行之者，谓明年仲春不待以礼会之也。时礼虽不备，相奔不禁。"据《周礼·媒氏》："中春之月，令会男女。于是时也，奔者不禁。若无故而不用令者，罚之。"盖在奴隶制社会，奴隶人身为奴隶主所占有，或无权自主婚嫁，不能不有此会合男女，奔者不禁一条。戴震云："《摽有梅》，盖仲春歌于杀礼而嫁者之乐章也。《桃夭》，歌于婚嫁之常用六礼者，此歌于期尽而杀礼者。"此说当合《周礼·媒氏》、《传》、

《笺》并观之。法令通于上下,礼或不下于庶人也。此诗今文家又无异义。《朱子语类》云:"问《摽有梅》之诗固出于正,只是如是急迫,何耶？曰,此亦是人之情。尝见晋、宋间有怨父母之诗(见下引南北朝乐府)。读《诗》者于此亦欲达人之情。"又云:"如《摽有梅》诗,女子自言婚姻之意如此。看来自非正理。但人情亦自有如此者,不可不言。向见伯恭《丽泽诗》,有唐人女,言兄嫂不以嫁之诗,亦自鄙俚可恶。后来思之,亦是见得人之情处。为父母者能于是而察之,则必使之及时矣。此所谓《诗》可以观。"又云:"问:若以此诗为女子自作,恐不足以为《风》之正经。曰:此为女子自作亦不害。盖里巷之语,但如此已为不失正矣。"此宋学家语,尚近情理。并认此诗为女子自作。复有认为此诗人代言或父母作者。陈启源云:"《摽梅》诗,女之求男汲汲矣。《笺》、《疏》皆谓诗人代述其情,良是也。朱子以为女子所自言,闺中处女何其颜厚乃尔耶?"而姜炳璋云:"夫一女不嫁。何劳旁观者之亟亟?"一明反朱语,一暗同朱意。此同为清代学者对待宋学权威之一说作有趣之妙论。明钱琦《钱公良测语》云:"《摽梅》直言其意,无顾忌,无文饰,此妇女明洁之心。"此较朱子已更同情此一女子。愚尝读南北朝乐府,《地驱乐歌》:"驱羊入谷,白羊在前。老女不嫁,蹋地呼天?"又《折杨柳枝歌》:"门前一株枣,岁岁不知老。阿婆不嫁女,那得孩儿抱?""问女何所思？问女何所忆？阿婆许嫁女,今年无消息!"因谓此与《摽有梅》一诗大较相似。其所不同者,一风格婉约,一风格豪放;一反映上古奴隶社会南方农村妇女之风貌,一反映中古封建社会北方牧场妇女之风貌。要之,皆可视为老女不嫁,蹋地呼天之作也。

小星二章章五句

《小星》,惠及下也。夫人无妒忌之行,惠及贱妾,进御于君,知其命有贵贱,能尽其心矣。

嘒彼小星，星与征叶。耕部。〇韩，嘒作嘒。	微光闪闪的那小星，
三五在东。	大星三颗五颗在东。
肃肃宵征，	火速速的出差夜行，
夙夜在公：	大早夜就在从公：
寔命不同！〔一〕东部。〇韩，寔作实。	这是命和人不同！

一章。言三言五，始识大星之数。

嘒彼小星，	微光闪闪的那小星，
维参与昴。	这参和昴大星在上。
肃肃宵征，	火速速的出差夜行，
抱衾与裯：三家，裯作帱。	抱着被头和床帐：
寔命不犹！幽部。	这是命不和人一样！

二章。言参言昴，终识大星之名，皆写出肃肃宵征者所见之景象。〇江永云："四声通韵。昴、裯、犹，平、上为韵。"又云："句中韵，参、衾亦韵。""一、二章隔韵。"

〇今按：《小星》，当是小臣行役自伤劳苦之诗。古奴隶社会，"人有十等：王臣公，公臣大夫，大夫臣士，士臣皂，皂臣舆，舆臣隶，隶臣僚，僚臣仆，仆臣台，马有圉，牛有牧"（昭七年《左传》）。《小星》诗人至卑，亦当属于士之一阶层，无论其为武士、为文士。此诗反映奴隶社会统治阶级内部早已存在深刻之等级矛盾。其对立阶级劳动人民之痛苦可以推知也。胡承珙云："章俊卿谓使臣勤劳之诗，何乃为此巾帼语？王雪山、程泰之、洪容斋说皆与章同。"按：《容斋随笔》云："《小星》肃肃宵征，抱衾与裯。是咏使者远适，夙夜征行，不敢慢君命之意。《笺》释此两句，谓妾肃肃然而行，或早或夜在于君所，以次序进御。又云：裯，床帐也。诸妾夜行，抱被与床帐，待进御之次序。且诸侯有一国，其宫中嫔御虽云至下，固非闾阎微贱之比，何至于抱衾裯而行？况于床帐势非一己之力所能及者！其说可谓陋矣。”此说攻《笺》，实攻《诗序》，不独宋儒多有此说，唐白居易《六帖》已以此诗入《奉使类》。且《韩诗外传》一，记曾子仕莒事，引此诗。虽属推衍之词，引诗以就己说之义，而义正相比。《易林·大过之夬》云：“旁多小星，三五在东。早夜晨行，劳苦无功。”是今文韩、齐说，早以《小星》为贫仕卑官、奉使劳苦之诗。古文毛氏《诗序》与《郑笺》盖取用作乐章之义，瞽矇讽诵之义。近世则有人疑《小星》为咏妓女之作者。方玉润攻《诗序》与《朱传》，且云：“诗中词意唯衾裯句近闺词，余皆不类，不知何所见而云然也。且即使此句为闺阁咏，亦青楼移枕就人之意，岂深宫进御于君之象哉？”（《诗经原始》）而近人胡适便说：“《嘒彼小星》是写妓女生活最古的记载。我们试看《老残游记》，可见黄河流域妓女送铺盖上店陪客人的情形。再看原文，我们看她抱衾裯以宵征，就知道她为的何事了。”（《谈谈诗经》）此窃取方氏之疑词而自矜创见。谓抱衾裯以宵征者必为妓女，而谓夙夜在公者必为何等人乎？不谓自诩有历史癖有考据癖之实验主义之学者，竟有此无稽之谈也。

江有汜三章章五句

《江有汜》，美媵也。勤而无怨，嫡能悔过也。文王之时，江沱之间，有嫡不以其媵备数；媵遇劳而无怨，嫡亦自悔也。

江有汜，鲁、韩，汜作洍。	大江有条回流叫汜，
之子归，	这个人儿归来，
不我以。〔一〕	给我一个不理。
不我以？	给我一个不理？
其后也悔！之部。	他后来呀会自己懊悔！

　　一章。始则望其悔悟。

江有渚，	大江有蓄洪处叫渚，
之子归，	这个人儿归来，
不我与。〔二〕	不肯给我应付。
不我与？	不肯给我应付？
其后也处！鱼部。	他后来呀会跟我共处！

二章。继而望其相安。

江有沱，	大江有条支流叫沱，
之子归，	这个人儿归来，
不我过。	不打我这里过。
不我过？	不打我这里过？
其啸也歌！歌部。	他打口哨呀给我唱歌！

三章。终犹望其相欢。痴绝。愈想愈痴。

○今按：《江有汜》一诗，今古文家大抵以为：此言嫡妻媵妾间关系之诗。谓媵妾被妒不怨，嫡妻亦能自悔。此亦用作房中乐章之义，瞽矇讽诵之义也。细玩诗意，实为言男女间关系之诗。谓有往来大江汜沱之间商人乐其新婚而忘其旧姻，其妻抱怨自伤而作也。方玉润疑此诗是“商妇为夫所弃”之词。颇有是处。愚今试为证成之。《尚书·酒诰》：“肇牵车牛远服贾，用孝养厥父母。”此为周初商人远出服贾之证。《诗》三百中亦多言及商业。如《邶·谷风》云：“贾用不售。”《卫·氓》篇云：“抱布贸丝。”《大雅·瞻卬》云：“如贾三倍，君子是识。”奴隶社会有工正、贾正管理工商。有以物易物，亦有货布流通。可见其时商业已有初步发展。诗言江有沱，可能是今四川灌县、新繁间之沱江。江有汜，可能是今四川鱼复县之汜溪口。江有渚，如其不是在今灌县之都江堰，当在沱、汜间之一地，今不可考矣。总之，皆当属于古梁州境内召南之国。从《郑笺》到王夫之《稗疏》、程瑶田《通艺录》、朱右曾《诗地理徵》、陈奂《传疏》，皆从二南之地理位置来说，谓江沱即梁沱。是也。胡渭《禹贡锥指》、王先谦《集疏》，以为此荆沱。疑非。倘疑远在秦人凿山通蜀之前，周初二南之人未必已至梁沱，即在长江上游巴蜀之间往来经商。愚则谓但读《禹贡》、《史记·夏本纪》、扬雄《蜀王本纪》、常璩《华阳国志》，可知巴蜀与中原交通，远在原始氏族社会末期唐虞时代早已有之。《尚书·牧誓》言"及庸、蜀、羌、髳、微、卢、彭、濮人"会师。《逸周书·王会》篇，记成周之会，远人贡献方物："巴人以比翼鸟；蜀人以文翰，文翰若皋鸡(翚雉)。"此皆可为周初巴蜀已通之证。亦可见尔时长江中游江汉之域与上游沱、汜之间(梁沱)已有商人往来，商品流通之证。则谓《江有汜》为商人妇被弃而作，不为无据。近见报载考古资料："陕西发现一处西周墓葬群，已经发掘其中十一座墓葬，出土了大批珍贵的历史文物，计有青铜礼器七十多件，兵器和车马器四百多件，玉、骨、石、铜等制作的各种装饰品七十多件。出土的器物，造型别致，花纹精美。有些青铜礼器具有独特的形态和风格，如带柄四足尊、四足提梁卣、筒形提梁卣等，都是以往罕见的。考古工作者认为，已出土的器物中，不少具有巴蜀文化、羌族文化的明显特点，说明早在二千多年或三千多年以前，巴蜀文化、羌族文化就与周族文化有着往来。这批墓葬中，有三座是殉妾墓，揭示了奴隶制度下夫权的残忍性。"此亦可为早在西周时代，中原文化与巴蜀文化已有交流之证。更可证尔时在奴隶制度夫权压迫之下之妇女悲惨处境。是则《江有汜》一诗为商人妇女被夫遗弃告哀，尚属微不足道也。倘复就长江中上游由商业文化所产生之歌舞、文学艺术之史的发展上考察：秦汉之间"巴渝舞"，必有倡其先声者；南北朝乐府关于荆、郢、樊、邓间商人妇女歌咏爱情无常之"西曲"，必有自远祖述者；则此《江有汜》一诗殆其初响之遗音乎？

野有死麕三章二章章四句一章三句

《野有死麕》，恶无礼也。天下大乱，强暴相陵，遂成淫风。被文王之化，虽当乱世，犹恶无礼也。

野有死麕，〔一〕麕与春叶。文部。　　野地里有一头死麕，
白茅包之。〔二〕　　洁白的丝茅包着它。
有女怀春，〔三〕　　这个少女思春，
吉士诱之。幽部。　　一个美男子诱着她。

一章。言吉士诱女，以獐肉为礼。〇江永云："四声通韵。包、诱，平、上为韵。""隔韵。"

林有朴樕，〔四〕　　林子里有木头朴樕，
野有死鹿，　　野地里有一头死鹿，
白茅纯束。三家，纯作屯。　　都用洁白的丝茅捆束。
有女如玉！侯部。　　这个少女像一块美玉！

二章。又言取薪木照明之物与鹿肉为礼，想娶此如玉之女。〇陈奂云："朴樕叠韵。"

舒而脱脱兮！三家，脱作娧。　　慢慢地洒洒脱脱地前行啊！
无感我帨兮！三家，感作撼。　　莫摇动我身边的佩巾啊！
无使尨也吠！〔五〕祭部。　　莫使狮毛狗儿呀叫出声！

三章。设为女与士言，行婚礼时当如此。〇《郑志·答张逸》云："正行昏礼，不得有狗吠。"〇《孔疏》云："此女愿其礼来，不用惊狗。"按：此见其时男就女家而婚。

〇今按：《野有死麕》，无疑为男女恋爱之诗，其词若出女歌手。

其男为吉士，为猎者，盖属于当时社会上所谓士之一阶层。韩说曰：“平王东迁，诸侯侮法，男女失冠昏之节，《野麕》之刺兴焉。”（刘昫《旧唐书·礼仪志》）似与《诗序》合。是今古文家皆以为刺时。换言之，讽刺其时青年男女之间两性关系不正常。宋儒欧阳修《诗本义》，以“吉士诱之”之诱释为挑诱，视为淫奔之诗。《吕记》（吕祖谦《东莱读诗记》）明斥其非，《朱传》隐同欧解。王柏《诗疑》，力主“放黜”淫诗三十二篇，《野有死麕》居首。并云：“在朱子前，诗未说明，自不当放。生朱子后，诗既说明，不可不放。”愚见，宋儒解此诗者，当以王质《诗总闻》一说为尤合。其言曰：“女至春而思有所归，吉士以礼通情而思有所耦，人道之常。或以怀春为淫，诱为诡；若尔，安得为吉士？吉士所求必贞女，下所谓如玉也。”“当是在野而又贫者，无羔雁币帛以将意，取兽于野，包物以茅，护门有犬。皆乡落气象也。”“寻诗，时亦正，礼亦正，男女俱无可讥者。”“虽定礼有成式，亦当随家丰俭。夫礼惟其称而已，此即礼也。”此当为姚际恒《诗经通论》“此篇是山野之民相与及时为婚姻之诗”一说所自出。且曰：“所谓吉士者，其赳赳武夫者流耶？林有朴樕，亦中林景象也。总而论之，女怀士诱，言及时也。吉士玉女，言相当也。”此诗末章义指殊不明确。尤为自《郑笺》、《孔疏》以来诸说争论之焦点。此为贞女拒暴之词？（郑、孔）或为“定情之夕，女属其〔男〕舒徐，而无使帨感犬吠。亦情欲之感所不讳也与？”（姚际恒）又，或设言“媒妁之来，尚欲使舒徐，无喧动？”（王质）或“设为女家谓男子之词？”（范处义）又，“盖旁观者见贞女，刻意摹写之词？”（朱公迁、汪梧凤）亦即“诗人代为女拒男之言？”（王先谦）抑或诗言我，我字尚有别解？“即以为诗人我吉士，或吉士自我。谓当以礼舒迟而来，不可奔走失节而自动其佩巾，致令犬吠？义皆可通。《内则》：男子亦左佩纷帨。故谓动女子之帨，不如谓男子自动其帨也。”（胡承珙）要之，末章得其本义，则全诗之本义明矣。愚见，则谓此章为贞女拒暴之词。最初郑、孔之说未必为误，仍从其朔可也。

何彼襛矣三章章四句

《何彼襛矣》，美王姬也。虽则王姬，亦下嫁于诸侯，车服不系其夫，下王后一等，犹执妇道以成肃雝之德也。

何彼襛矣？襛与雝叶。东部。○韩，襛作茙。	怎么那样浓丽呀？
唐棣之华。〔一〕	是唐棣所开的花。
曷不肃雝，	怎不肃敬雍容呀？
王姬之车！鱼部。	是公主所乘的车！

一章。以唐棣起兴，单提王姬，是为题主，独见其雍容华贵。○江永云："隔韵。"

何彼襛矣？	怎么那样浓丽呀？
华如桃李。〔二〕	花朵一样像桃李。
平王之孙，	平王的孙女，
齐侯之子！之部。	齐侯的儿子！

二章。以桃李为比，男女双提。同为贵族，华丽相匹。

其钓维何？	那钓具是怎么样的？
维丝伊缗。	是丝又是两股丝绳。
齐侯之子，	齐侯的儿子，
平王之孙！文部。	平王的女孙！

三章。以钓具为兴，男女双提。同为贵族，丝纶相结。○按：诗每章首二句一若以设谜为问，一若以破谜为答，谐讔之类也。此于《采蘩》、《采蘋》之外，又一创格。此等问答体，盖为此时此地歌谣惯用之一种形式。

〇今按：《何彼襛矣》，为平王之孙、齐侯之子新婚而作。诗义自明。平王之孙谓谁？齐侯之子谓谁？《毛传》："平，正也。武王女，文王孙，适齐侯之子。"今文三家说："言齐侯嫁女，以其母王姬始嫁之车远送之。"(《士昏礼·贾疏》引郑《箴膏肓》文)毛谓诗作于武王之世，齐侯之子为男。三家谓诗作于平王之世，齐侯之子为女。今古文说大相径庭。《朱传》："或曰：平王，即平王宜臼。齐侯，即襄公诸儿。事见《春秋》。"陈启源《稽古编》云："是竟以桓公为襄公子矣。不顾后人齿冷耶？"惠周惕《诗说》云："《何彼襛矣》明言平王，而旧说以为武王。安城刘氏引《棫朴》之辟王，《文王有声》称王后，《江汉》之称文人，以实之。盖昔人误认《二南》为文王时诗，故曲说羡言先后承袭若此。不知《二南》之诗非一时所作。""《春秋》书王姬归齐侯，一在庄元年为齐襄公，一在十一年为齐桓公，二者未知孰是。窃以肃雍之义求之，疑是归桓公者。《春秋》庄十一年书王姬归于齐。《传》曰：齐侯来逆共姬。共姬固美谥，又与肃雝之义合也。"此确证诗与《春秋》合。则《何彼襛矣》当为齐桓公亲迎王姬之诗。鲁庄十一年当齐桓三年，即当周庄王十四年，公元前六八三年。诗言平王之孙者，盖庄王之女，平王之玄孙女。省言之曰孙者，犹《闷宫》周公之孙，不言曾孙而但曰孙也。汪梧凤《诗学女为》略云："参合诸说，以经为证。平王，宜臼也。其曰孙者，泄父未立之词也。且孙以下，皆得以孙概之，犹祭而祝告之文概称曾孙也。齐侯之子，桓公也。在位三年，而犹子之者，《昏礼》告庙以父临之，则犹父在之词也。其所以得列于《召南》者，美伯主也。犹《诗》之进鲁于《颂》，《书》之进《费誓》、《秦誓》于《周书》也。因桓公行亲迎之礼以尊周，故诗人美之。何必泥《召南》无东周以后之诗，而以平王为平正之王，齐侯为齐一之侯，为此支离不可据之说乎？"此论似迂，而亦可为证成惠说之一助。愚见，惠说足以通《诗》今古文说与汉宋学之邮，而解其纷矣。可为此诗定论。至若郑玄《诗谱序》云："《诗》有《周南》、《召南》，《雅》有《鹿鸣》、《文王》之属。及成王、周公致太平，制礼作乐，而有《颂》声兴焉。……谓之《诗》之正经。”郑君兼通六艺，尤精《诗》、《礼》，于《诗》又兼用今古文说。而《谱》列此诗于武王时，作为《正风》，未见其为是，可知其说《诗》未必尽确也。

驺虞二章章三句

《驺虞》，《鹊巢》之应也。《鹊巢》之化行，人伦既正，朝廷既治，天下纯被文王之化。则庶类蕃殖，蒐田以时。仁如驺虞，则王道成也。

彼茁者葭，	那新生茁壮的是芦苇儿，
壹发五豝。三家，壹作一。	一发箭去射五只母野猪。
于嗟乎驺虞！鱼部。○鲁，于作吁。	啊哟，驱除害兽的官驺虞！

一章。言射杀葭中豝。○按：壹发者，晚清朱一新云：“射毕十二箭方为一发。一发五豝，非一箭射五豕也，十二箭乃能射五豕耳。”

彼茁者蓬，	那新生茁壮的是蓬草儿，
壹发五豵。东部。	一发箭去射五只小野猪。
于嗟乎驺虞！与上章遥韵。	啊哟，驱除害兽的官驺虞！

二章。言射杀蓬中豵。○黄中松云：“首章言葭，葭高，故二岁之兽藏焉。次章言蓬，蓬低，故一岁之豵藏焉。诗人而不漫举四物也，则此说不可废矣。”（《诗疑辨证》）○方玉润云：“末句与‘于嗟麟兮’相似而实不同。彼通章以麟为比，故末句单叹麟兮不为突。此诗发端未题驺虞，不得突出为比，故知驺虞断非兽名也。”○江永云：“隔章尾句遥韵。‘于嗟乎驺虞’首章与葭、豝韵，次章即与首章遥韵。旧叶误。”

○今按:《驺虞》,为有关春日田猎,驱除害兽,举行一种仪式之诗。戴震云:“《驺虞》,言春蒐之礼也。除田豕也。”“春蒐以除田豕,为其害稼也。”《毛传》:“虞人翼五豝以待公之发。”齐说:“虞人翼五豝以待一发,所以复中也。”(《贾子新书》)此诗在今古文说中固有同者。戴氏乃明确指出此春蒐之礼,是也。顾未及知此乃大奴隶主在政治上欺骗广大农业奴隶之形式主义一套伎俩,与亲耕亲蚕之礼、迎猫祭虎八蜡之戏等耳。何谓驺虞?《毛传》:“驺虞,义兽也。白虎黑文,不食生物,有至信之德则应之。”此谓驺虞为神话化之瑞兽白虎,出自古史神话,《传疏》已详。驺虞仁义之兽以喻仁义之君(文王)乎?抑文王实致驺虞献纣,直赋其事乎?此为陈奂所未及决。鲁说、韩说:“驺虞,天子掌鸟兽官。”(《周礼·钟师疏》引《韩说》。许慎《五经异义》引韩说、鲁说,同。)又鲁说:“驺者,天子之囿也。虞者,囿之司兽者也。”(《贾子新书》)究之,驺虞二字合为一词,为天子掌鸟兽之官乎?一字一词,驺为天子之囿名,虞为司鸟兽之官名乎?又,齐说:“《驺虞》,乐官备也。”“乐得贤者众多。”(《仪礼·乡射义》及郑注)鲁说:“《驺虞》者,邵国之女所作也。”(蔡邕《琴操》)此则明为用作乐章之义。三家说《驺虞》,大同小异,但皆与《毛传》大异。此今古文两派之说,至于清儒,乃有强烈之争论。祖毛氏驺虞义兽一说者:陆奎勋谓有明宣德四年(公元一四二二),滁州获二驺虞兽(白虎),献之朝。今观夏原吉〔《驺虞》〕《赋序》,一一与《毛传》合。(《陆堂诗学》)胡承珙盛赞毛公之博物,毛说之精切,而征应之理实有不可诬。马瑞辰指出古书言驺虞,在《毛诗》未出之前,或为《毛传》所本者,凡四证。祖三家驺虞官名一说者:俞正燮指摘《毛传》义有未安;举出六证。(《癸巳类稿·诗驺虞义》)皮锡瑞指摘《毛传》晚出,此《毛传》一大瑕,而欲绝祖毛者之口实,以扶三家之义。(《五经·诗经通论》)皮氏戊戌维新派,康、梁之友人。粗有新知,语近朴素之唯物论者。两派阵容,旗鼓相当。今也无暇殚论,而益以批判。愚见,《驺虞》赋体,驺虞官名，此在当时实有现实而较积极之意义。今之读者，但取《诗》今古文两派同认是诗为有关春蒐之礼一义，此较合诗之本义也。

〇已上解说《二南》讫。尚有一义须加以说明者：《诗大序》说《二南》之义云："《关雎》、《麟趾》之化，王者之《风》，故系之周公。南，言化自北而南也。《鹊巢》、《驺虞》之化，诸侯之《风》，故系之召公。《周南》、《召南》正始之道，王化之基。"此谓《二南》系之周公、召公，言王化自北而南，为周之政治服务，即为周代王化之基础。语意侃侗含胡，已是不可究诘。进而读《论语・阳货》篇："子谓伯鱼曰：女为《周南》、《召南》矣乎？人而不为《周南》、《召南》，其犹正墙面而立也与？"此孔子教其子鲤语，似谓《二南》为人人必读之书，更不明其所以云然者何也。最初何晏《论语集解》引马融说："《周南》、《召南》，《国风》之始。乐得淑女以配君子，三纲之首，王教之端。故人而不为，如向墙而立。"后经邢昺、朱熹，直至刘宝楠，其所解说者大要不越乎此，或更迂腐。其间宋沈括《梦溪笔谈》云："《周南》、《召南》，乐名也。胥鼓《南》，以《雅》以《南》，是也。""有乐焉，有舞焉，学者之事。其始也学《周南》、《召南》，末至于舞《大夏》、《大武》。所谓为《周南》、《召南》者，不独诵其诗而已。"此似谓人必为《周南》、《召南》者。以此二者为古人学习乐舞之基础，不是徒读其诗而已。其说不为学人所重视。至清刘宝楠作《论语正义》，乃云："时或伯鱼授室，故夫子特举《二南》以训之与？"此谓《二南》为新婚青年必读之书。盖谓《二南》多言男女之诗，夫妇之道，似暗用马融说。最后王先谦《诗三家义集疏・序例》云："孔子云：'人而不为《周南》、《召南》，其犹正墙面而立也与？'推详圣意，盖因周立国最久，至孔子时已六七百年。二南（地区）规制既远，史册无征，惟据诗篇，尚存崖略，故有不为墙面之叹。"是谓不读《二南》则不知周初立国规模、二南分治之历史。孔意果何若乎？有待新之《论衡》再作《问孔》之篇矣。

【简注】

鹊巢

〔一〕维鹊有巢者，维，语首助词，旧释发语词。《老子》：唯之与阿，相去几何？维、唯、惟古通。以现代语译此字，或译这，或可省，有时或译这是。直译为啊字亦可。鹊，山鹊，乾鹊，俗名喜鹊，阿鹊。属雀形目鸦科。

〔二〕段玉裁《诗经小学》云：按毛，方有之也，四字一句，犹言甫有之也。本或无之字，于方字作逗，而训为有，朱子从之，误也。又《小笺》云：方有之，犹今人云：正有之。俗本以方逗，以有之句，大失诗意。

采蘩

〔一〕于以，犹于何也。详杨树达《词诠》。蘩，又名皤蒿，白蒿。随处有之，多年生草本，菊科。

○沼音藻，或读昭上声。沚音止。

草虫

〔一〕草虫，《陆疏》云：奇音，青色。郝懿行《尔雅义疏》云：青色，善鸣。按：此当属昆虫直翅目，螽斯科。今北方所谓聒聒儿，南方所谓叫哥儿，是也。阜螽，昆虫直翅目，飞蝗科。善跳，俗名蚱蜢、蚱蜢。

〔二〕蕨，新生如拳，可食，一名拳菜。自生山野中，多年生草本，水龙骨科。

〔三〕薇，嫩豆苗，可食。俗名野豌豆、野绿豆，又名大巢菜。自生山野中，一年或二年生草本，豆科。

○喓，不见《说文》。腰、要平、去二音。趯，陈奂读跃。又音跳。阜音妇。降古音洪。惙音辍。说读悦。薇音微。觏音构。

采蘋

〔一〕蘋，大蓱。俗名田字草、破铜钱、四叶菜。为生于浅水中之蕨类植物，蘋科。

〔二〕藻，薀藻，水藻，东北俗名结骨草。为生于沼泽中之多年生草本，杉叶藻科。仅从《二南》中知荇菜、卷耳、芣苢、蒌、蘩、蕨、薇、藻，似皆为诗人乐道之食用植物。其荇、蘩、蘋、藻且用以供祭。可以想见其时一般人之生活水平，与农业生产发展之水平矣。

○潦音老，又音了。盛音成。筥音举。锜音奇，又音技。下，古音户上声。

齐，古斋戒字如此作。

甘棠

〔一〕甘棠，白棠，棠梨，杜梨，俗名野梨。为一种姿态颇佳之落叶乔木，蔷薇科。

○芾音弗，又音肺。说音税。

行露

〔一〕雀角穿屋，鼠牙穿墉。按：雀有角质之坚觜，鼠有善啮之壮牙，诗人体物之精如此。雀，麻雀，鸣禽。雀形目，雀科。鼠，啮齿目，鼠科。

○厌音乙。浥音邑，行音杭。墉音庸。

羔羊

〔一〕马瑞辰云：革、鬲古同音，革当为䩹之同音假借。《说文》：䩹，裘里也。从裘，鬲声，读如击，犹革读如棘也。古者裘皆表其毛，而为之里以附于革，谓之䩹。

○紽读佗。緎音域。总如字，或音宗。

殷其靁

〔一〕阮元《刻七经孟子考文并补遗序》云：《毛诗·殷其靁》，古本、足利本二章作莫敢或遑息，三章作莫敢或遑处。此承首章加息、处二字为韵，极合。而浅人于二章删或字，三章删敢字，以成四言。古人之文不若是纤巧矣。

○殷读隐，或如字。靁，籀文雷字。

摽有梅

〔一〕梅，落叶乔木，蔷薇科。其果实夏初黄熟。其实七兮，《孔疏》：十分之中，其三始落，是梅始衰。

○摽，音漂，音如《孟子》野有饿莩之莩。塈音气。

小星

〔一〕命，《郑笺》云：礼命之数。犹后世言官之阶品，今谓干部之级别。《朱传》谓命为天所赋之分，犹今言命运。若两义兼摄，则为双关语。

○嘒音慧。陈奂云：昴，卯声，如矛。衾，今声。裯，周声。

江有汜

〔一〕不我以者,《郑笺》云:以,犹与也。愚按:以,用也。

〔二〕不我与,当读如《史记·燕世家》庞煖易与,《白起传》廉颇易与,《淮南传》韩信易与,《汉书·高纪》吾知与之矣之与。犹今语对付或应付之意。

○汜音祀,或音杞。渚读潴。沱音陀。

野有死麕

〔一〕麕,獐也。獐与鹿皆脊椎动物,哺乳,反刍目。一为麝科,一为鹿科。獐似鹿而小,无角,其牡之牙外露,俗称牙獐。

〔二〕白茅,一名针茅,俗名丝茅。山野中自生之多年生草本植物,禾本科。

〔三〕怀春,《严缉》云:怀婚姻。按:此净化之秽语。犹上《汝坟》篇惄如调饥,《楚辞·天问》快晁饱,以朝餐之饥饱隐语或暗喻性欲之满足与否也。

〔四〕朴樕,又名槲,柞,栎,槲。俗名青杠(冈),落叶乔木,山毛榉科。朴樕以为薪,犹《绸缪》束薪之薪,盖以为婚时之薪烛也。马瑞辰说。

〔五〕尨,俗名狮子狗。食肉目,犬科。

○麕音群。樕音速。陈奂云:脱,兑声。帨,《说文》帨帅一字,帅率同声,今音税。尨音庞。

何彼襛矣

〔一〕唐棣,一作棠棣,又名郁李,为蔷薇科小枝纤细之小乔木。

〔二〕桃、李,从古为我国最普遍之果木,又因其花美丽,常见并植庭园以为观赏。李为落叶小乔木,亦属蔷薇科。桃已见《桃夭》篇。

○襛音浓,缗音昏,一音眠。

诗经直解　卷三

邶第三　毛诗国风

邶国十九篇七十一章三百六十三句

柏舟五章章六句

《柏舟》，言仁而不遇也。卫顷公之时，仁人不遇，小人在侧。

按：郑玄《诗谱》，《齐风·鸡鸣》为哀公而作，列为周懿王时诗。《邶风·柏舟》为顷公而作，列为周夷王时诗。《诗谱序》云："孔子录懿王、夷王时诗，讫于陈灵公淫乱之事（如《陈风·株林》等诗），谓之《变风》、《变雅》。"（《疏》引《谱》、丁晏《郑氏诗谱考正》）

泛彼柏舟，〔一〕	泛着那柏木舟，
亦泛其流。	也泛着它在流。
耿耿不寐，	眼炯炯的不睡，
如有隐忧。〔二〕鲁，耿作炯，隐亦作殷。齐、韩作殷。	而是有了深忧。
微我无酒，	不是我没有酒，
以敖以游！幽部。	去遨去游！

一章。言泛舟载酒，出游写忧。○何楷云："饮酒遨游，岂妇人之事？"按：此驳朱子《辨说》决其为妇人诗也。

我心匪鉴，	我心不是一面明镜，

不可以茹。〔三〕　　不可把它来照。
亦有兄弟，　　也有的是兄弟，
不可以据。　　不可把他依靠。
薄言往愬，　　于是有话去说，
逢彼之怒。鱼部。　　遇着他的暴跳！

二章。言兄弟之不可据。○《郑笺》云："责之以兄弟之道，谓同姓臣也。"○《孔疏》云："此责君而言兄弟者，此仁人与君同姓，故以兄弟之道责之；言兄弟者，正谓君与己为兄弟也。"

我心匪石，石与席叶。鱼部。　　我心不是一块石头，
不可转也！　　不可翻转呀！
我心匪席，　　我心不是一铺席子，
不可卷也！　　不可收卷呀！
威仪棣棣，　　威仪是堂堂地美备，
不可选也！元部。○三家，选作算。　　不可挑眼呀！

三章。叹威仪之不可犯。○姚际恒云："三匪字前后错综。"○江永云："隔韵。石、席韵。"

忧心悄悄，　　忧伤的心悄悄，
愠于群小。　　恨在一群宵小。
觏闵既多，鲁、齐，觏作遘，闵作愍。　　遭的灾难已多，
受侮不少。　　受的侮辱不少。
静言思之，　　静静地来想它，
寤辟有摽！宵部。○鲁、齐，寤作晤。韩，辟作擗。　　清醒了捶胸捶倒！

四章。言小人之相侵侮，椎胸自伤。○陈启源云："朱子至谓群小为众妾，尤无典据。呼妾为小，古人安得有此称谓乎？"

日居月诸！	日哟月啰！
胡迭而微？韩，迭作载。	为什么更迭而有亏微？
心之忧矣，	我心里的难过呀，
如匪澣衣！	好像穿了没洗过的衣！
静言思之，	静静地来想它，
不能奋飞！脂部。	不能像只鸟奋起高飞！

五章。言莫知我忧，无容身之所。○陈乔枞云："《广雅》：迭，代也。《毛诗》迭微当训为更迭而食。"○黄元吉云："妇人从一而终，岂可奋飞？"（见《传说汇纂》）此亦驳朱子《辨说》妇人诗也。○姚际恒云："仍用匪字。"○江永云："日居月诸，一句中自为韵。《日月》篇同。"○按：居诸叠韵。奋飞双声。

○今按：《柏舟》，盖卫同姓之臣，仁人不遇之诗。诗义自明，《序》不为误。《易林·屯之乾》云："泛泛柏舟，流行不休。耿耿寤寐，心怀大忧。仁不逢时，复隐穷居。"此齐说，与《毛序》同。《毛序》言卫顷公之时，不知所据。朱子《辨说》攻之，近是。此诗为汉、宋学派一大争论。《辨说》云："且如《柏舟》，不知其出于妇人而以为男子，不知其不得于夫而以为不遇于君，此则失矣。"其他攻《序》语尤酷烈。实则其间是非得失未易决也。即以此假定之妇人而言：刘向《列女传》属之卫宣夫人，盖用鲁说。其上封事论小人倾陷正人，引用此诗，似仍《毛序》。其奈自语相违何？朱子既从卫宣夫人一说，复疑其为庄姜，亦自语相违。抑卫宣夫人指谁？清代汉学家陈启源始疑夷姜、宣姜皆有淫丑之行，此外不闻别娶于齐，因说宣字是寡字之讹，而据《列女传·贞顺》篇卫寡夫人以实之。陈乔枞、王照圆说同。王先谦从之，反复疏证诗句中妇人语，而未可遽认为是。此卫寡夫人指谁？盖出民间传说。倘指共姜，则与《鄘·柏舟》同。岂传闻异辞耶？又，此《邶》诗何以言卫事？邶、鄘、卫诗统称《卫诗》，早见于《左传》（襄二十九年又三十一年）。邶、鄘、卫连地，同在汉河内郡。《汉·志》云："河内，本殷之旧都。周既灭殷，分其畿内为三国，《诗·风》邶、庸、卫是也。邶以封纣子武庚；庸，管叔尹之；卫，蔡叔尹之。以监殷民，谓之三监。故《书序》曰：武王崩，三监畔，周公诛之。尽以其地封康叔，号曰孟侯，以夹辅周室。迁邶、庸之民于雒邑。故邶、庸、卫三国之诗相与同《风》。"此邶、鄘、卫诗同称《卫风》之由来，亦即今文《三家诗》合邶、庸、卫为一卷之所由来也。

绿衣四章章四句

《绿衣》，卫庄姜伤已也。妾上僭，夫人失位，而作是诗也。

绿兮衣兮，	绿色的啊，衣啊，
绿衣黄里。	绿的面子，黄的里子。
心之忧矣，	心里的忧伤呀，
曷维其已？之部。	何时是它的终止？

一章。一喻。绿为间色以喻妾，黄为正色以喻妻。此以衣之表里为色失常，喻妻妾之礼遇厚薄。○《毛传》："兴也。"自是不误。兴多未易解，愚于此诗改言为喻，实言隐喻，初学者可易解矣。

绿兮衣兮，	绿色的啊，衣啊，
绿衣黄裳。	绿的上衣，黄的下裳。
心之忧矣，	心里的忧伤呀，
曷维其亡？阳部。	何时是它的遗忘？

二章。二喻。此以衣裳之上下为色失常，喻妻妾之尊卑颠倒。

绿兮丝兮，	绿色的啊，丝啊，
女所治兮。	是女奴的手理过的啊。

我思古人，　　我想到了古人，
俾无訧兮！〔一〕之部。　　要使自己无罪恶的啊！

三章。三喻。以女奴治丝为绿衣，喻贱妾之得宠。

絺兮绤兮，　　细葛的衣啊，粗葛的衣啊，
凄其以风。〔二〕　　冷凄凄的是风。
我思古人，　　我想到了古人，
实获我心！侵部。　　这就恰好得到了我的心！

四章。四喻。絺绤辟暑，今以御寒，喻夫人之失所。〇姚际恒云："妙喻。由绿衣及丝，由丝及絺绤。"

〇今按：《绿衣》，为卫庄姜夫人失位，妒嬖妾而伤自己之诗。诗义自明。《诗序》是也。此诗自来无甚争论。《孔疏》云："隐三年《左传》曰：卫庄公娶于齐东宫得臣之妹曰庄姜。是齐女姓姜氏也。又曰：公子州吁，嬖人之子。是州吁之母嬖也。又曰：有宠而好兵。石碏谏曰：宠而不骄，鲜矣。是州吁骄也。《定本》：妾上僭者，谓公子州吁之母也。母嬖而州吁骄。"庄公之嬖人、公子州吁之母为谁？《史记》谓庄公五年取齐女为夫人，是为庄姜；又取陈女为夫人。《孔疏》即以陈女为庄姜之媵。魏源谓媵安得于异姓之国乎？是陈女非媵，非嬖人，亦非公子州吁之母也。又，《孔疏》云："庄姜，盖是〔齐〕庄公之女，僖公姊妹。得臣为太子早死，故僖公立也。不言僖公姊妹而系得臣者，见其是适女也。"（《春秋左传正义》隐三年）是庄姜为嫡夫人明矣。《孔疏》于此《序》云："此言'而作是诗'，及'故作是诗'，皆序作诗之由，不必即其人自作也。故《清人·序》云：危国亡师之本，故作是诗，非高克自作也。《云汉》云：百姓见忧，故作是诗，非百姓作之也。若《新台》云：国人恶之而作是诗，《硕人》云：国人忧之而作是诗，即是国人作之。各因文势言之，非一端，不得为例也。"其说可通，而未必全是。但观《绿衣》、《燕燕》称我，明是庄姜自我，或诗人代庄姜自我。非如《硕人》诗中但称硕人，明非庄姜自作，殆其时国之诗人代作也。

燕燕四章章六句

《燕燕》，卫庄姜送归妾也。

燕燕于飞，〔一〕飞与归叶。脂部。	燕燕在那里飞，
差池其羽。	参差不齐的毛羽。
之子于归，	这个人儿归去，
远送于野。〔二〕	远远地送往郊野。
瞻望弗及，	直到张望不及，
泣涕如雨！鱼部。	落泪好像落雨！

一章。言远送于野。〇按：诗人送别，盖见燕双飞，今我留而之子去，有异于是，而不自知其泣涕之如雨也。诗殆为卫庄姜送归妾(戴妫)而作。〇顾梦麟云："案《春秋》书戊申卫州吁弑其君完。九月，卫人杀州吁于濮。杜注：戊申，三月十七日。则皆桓王之元、隐公之四，一年内事也。盖未几而君完之仇雪矣。此诗之作，则在君完被弑后，州吁未杀先，当春夏之间，见燕托兴。"(见《传说汇纂》)〇按：周桓王元年，鲁隐公四年，当公元前七一九年。〇陈奂云："差池叠韵。"按：池古作沱。泣涕双声。

燕燕于飞，	燕燕在那里飞，
颉之颃之。〔三〕	直颈伸喉的上下。
之子于归，	这个人儿归去，
远于将之。阳部。	远远地去送了她。
瞻望弗及，	直到张望不及，

伫立以泣！缉部。　　站久了而泣下！

二章。言远于将之。〇钟惺云："深情苦境说不得，若说得，又不苦矣。"〇陈奂云："颉颃双声。"

燕燕于飞，　　燕燕在那里飞，
下上其音。　　下下上上的声音。
之子于归，　　这个人儿归去，
远送于南。　　远远地送往南行。
瞻望弗及，　　直到张望不及，
实劳我心！侵部。　　这劳了我的心！

三章。言远送于南。〇按：愈送愈远，而心劳矣。忠焉能勿诲乎？爱之能勿劳乎？〇朱子《辨说》云："'远送于南'一句，可为送戴妫之验。"〇江永云："隔韵。一、二、三章隔韵。"

仲氏任只！　　仲氏可亲信啦！
其心塞渊。　　她的心地老实深沉。
终温且惠，　　既温和又恭顺，
淑慎其身。　　是善良谨慎的立身。
先君之思，　　以对先君的思慕，
以勖寡人！〔四〕真部。〇鲁、齐，勖作畜。　　她勖勉了寡人！

四章。临别赠言。美仲氏之德，并感其相勉之意。〇《朱子语类》云："譬如画工一般，直是写得他（她）精神出。"〇王士禛云："《燕燕》之诗，许彦周以为可泣鬼神。合本事观之，家国兴亡之感，伤逝怀旧之情，尽在阿堵中。《黍离》、《麦秀》未足喻其悲也。宜为万古送别之祖。"（《分甘余话》）又云："予六七岁，始入乡塾受《诗》。诵至《燕燕》、《绿衣》等篇，觉枨触欲涕，不自知所以然。稍长，遂颇悟兴、观、群、怨之旨。”(《池北偶谈》)〇按:淑慎双声。

〇今按:《燕燕》,为卫庄姜送归妾而作。《诗序》是也。《郑笺》云:“庄姜无子,陈女戴妫生子名完,庄姜以为己子。庄公薨,完立,而州吁杀之。戴妫于是大归。庄姜远送之于野,作诗见己志。”其言诗本事是也。《传说汇纂》云:“案《史记》,州吁袭杀桓公自立,欲伐郑,请宋、陈、蔡与俱。石碏乃因桓公母家于陈,详(佯)为善州吁。至郑郊,石碏与陈侯谋,因杀州吁于濮。据史以论事,则戴妫之大归,正后日石碏用陈以讨贼之由也。然则庄姜之越礼远送,而惓惓于戴妫,为之泣涕不置者,当非仅寻常妇人女子离别之情,其亦有他望也欤?”《诗义折中》云:“州吁弑立,卫人胁从。而庄姜、戴妫乃能内用谋臣,外用与国,讨贼定乱,其功可谓奇矣。”此皆以庄姜、戴妫用陈讨贼定乱,以立奇功,为杰出之妇女。则庄姜此诗之所为涕泣不置者,洵亦非仅寻常妇女之情也。封建王朝之御用学者,有此识力,殊未易得。《礼记·坊记》引此诗,郑注云:“此卫夫人定姜之诗也。定姜无子,立庶子衎,是为献公。献公无礼于定姜,定姜作诗,言献公当思先君定公以孝于寡人。”《郑志》答炅模云:“为《记》注时就卢君,先师亦然。(《释文叙录》:郑君因卢植、马融之本而注焉。)后乃得毛公《传》,既古书,义又宜。然《记》注已行,不复改之。”初,郑注《礼》盖用今文齐说。及其笺《诗》,乃宗古文毛公。当郑君时,及见汉《诗》两派四家之全部资料,乃舍三家而宗毛公,有时固亦用三家说易毛。而此诗独终用毛者,可见其审辨之不苟也。清代治《诗》以用汉今文三家说著者,如陈乔枞、魏源、王先谦,彼此亦颇有争论,此诗正其一例。今文派末流为说不同如此。则不如以当初郑玄于此诗终舍三家而专用毛氏之为愈也。

日月四章章六句

《日月》,卫庄姜伤己也。遭州吁之难,伤己不见答于先君,以至困穷之诗也。

日居月诸！	日哟，月啰！
照临下土。	照临着下土。
乃如之人兮！	竟像这样的人啊！
逝不古处。	可不如往时相处。
胡能有定？	怎么能够事有一定？
宁不我顾！鱼部。	难道就不给我照顾！

一章。云“宁不我顾”，言不相顾念也。〇按：逝不古处，王引之谓逝发声之词，不为义。朱骏声谓逝假借为誓，要约之辞。细玩诗句语气，王说为胜。〇江永云：“四声通韵，土、处、顾，上、去为韵。”〇按：下土、古处皆叠韵。

日居月诸！	日哟，月啰！
下土是冒。	就把下土笼罩。
乃如之人兮！	竟像这样的人啊！
逝不相好。	可不能和我相好。
胡能有定？	怎么能够事有一定？
宁不我报！幽部。	难道就不给我好报！

二章。云“宁不我报”，言不相酬答也。〇戴震云：“前二章以日月之照临覆冒，喻君子之当我顾我报。”

日居月诸！	日哟，月啰！
出自东方。	出来总从东方。
乃如之人兮！	竟像这样的人啊！
德音无良。	好话并不善良。

胡能有定？　　怎么能够事有一定？
俾也可忘！〔一〕阳部。　　使得我呀忧念可忘！

三章。云“俾也可忘”，言使我忧念稍忘也。

日居月诸！　　日哟，月啰！
东方自出。　　总从东方出起。
父兮母兮！　　爹啊，妈啊！
畜我不卒。　　爱我不能到底。
胡能有定？　　怎么能够事有一定？
报我不述！〔二〕脂部。○鲁，述作遹。韩，述作术。　　给我回答不依道理！

四章。云“报我不述”，言报我不以道也。○戴震云：“后二章言日月之出有常，喻君子之当有常礼待己。”（《毛郑诗考正》）

○今按：《日月》，为卫庄姜伤己抒情之作，作在不见答于庄公之时。《诗序》首句不为误，余语未审。诗每章云“胡能有定”，陈启源云：“作诗本意在此一语。”是也。《郑笺》已云：“君之行如是，何能有所定乎？曾不顾念我之言！是其所以不能定完也。”《孔疏》云：“郑引不能定事之验，谓庄公不能定完者，隐三年《左传》曰：公子州吁有宠而好兵，公不禁。石碏谏曰：将立州吁，乃定之矣。若犹未也，阶之为祸。是公有欲立州吁之意。故杜预云：完虽为庄姜子，然太子之位未定。是完不为太子也。《左传》唯言庄姜以为己子，不言为太子。而《世家》云：命夫人齐女子之，立为太子。非也。”《笺》、《疏》之言有据。《吕记》亦云：“夫人见薄，则冢嗣之位望亦轻。国本所以倾摇也。庄姜既不见答，则桓公（完）之位何能有定乎？”此皆探得诗之中心。王先谦据《列女传·孽嬖》篇，以为《鲁说》此诗为卫宣姜谋杀太子伋子而作。非也。按《列女传》，凡引《诗》或涉《诗》本事，而云《诗》曰、赋《诗》曰、作《诗》曰，语义有别。《诗》曰、赋《诗》曰，类皆“断章取义，余取所求”。此用《诗》以就己说之义，非诗本义也。

终风四章章四句

《终风》，卫庄姜伤己也。遭州吁之暴，见侮慢而不能正也。

终风且暴，〔一〕齐，暴亦作瀑。	既已刮风又是风暴，
顾我则笑。	他顾盼了我就嬉笑。
谑浪笑敖，	戏言放浪，调笑胡闹，
中心是悼！宵部。	我的心里忧惧在跳！

一章。云顾笑则中心是悼。〇按：笑敖叠韵。

终风且霾，	既已刮风又是阴霾，
惠然肯来。	他很顺心地肯来。
莫往莫来，	要是他不往不来，
悠悠我思！之部。	长悠悠地我的相思！

二章。云不来则悠悠我思。

终风且曀，	既已刮风而且阴翳。
不日有曀。	晴不一日又是阴翳。
寤言不寐，	醒来了可睡不成，
愿言则嚏！脂部。〇韩，嚏作嚔。三家，则作即。	我思念了就喷嚏！

三章。云愿言则嚏，望其正道我。〇翟灏《通俗编》云："苏轼《元日》诗：晓来频嚏为何人？康进之《负荆曲》：打嚏耳朵热，一定有人说！"

曀曀其阴，韩，曀作壇。	飞尘黯黯的是天阴，
虺虺其靁。	轰轰作响的是雷声。

寤言不寐，　　　　　　醒来了可睡不成，
愿言则怀！脂部。　　　我思念了就伤心！

四章。云愿言则怀，恨其不思我。〇陈启源《毛诗稽古编》云："篇中取喻非一，曰终风曰暴，曰霾曰曀，曰阴曰靁。其昏惑乱常、狂易失心之态，难与一朝居。"按：诗果为庄姜自作，此中人为其夫庄公乎？抑为其子州吁乎？而庄姜之心理亦为之不正常矣。盖彼此皆患色情狂者乎？

〇今按：《终风》，盖采自民俗歌谣，关于打情骂俏一类调戏之言，实与庄姜无关。而谓庄姜伤己，非采诗者之言，即序诗者之言，《诗》教之为毒也。所幸者诗赖此而存耳。前人有已见及此者，崔述云："今按：州吁，弑君之贼也。庄姜妇人，不能讨则已耳。岂当爱之而复望其爱己？乃曰'顾我则笑，谑浪笑敖'，此何言也，而可以出之口？曰'寤言不寐，愿言则怀'，此何人也，而可以存此心？庄姜果赋此诗，一何其无耻乎？朱子《集传》固已觉其不合，乃以《终风》为指庄公。然比之以'终风且暴'，斥之以'谑浪笑敖'，皆非庄姜所当施之于庄公者。且既谓庄姜不见答于庄公矣，又何以有顾我则笑之语？详其词意，绝与庄姜之事不类。是以施之于州吁不合，施之于庄公亦不合也。窃谓年远事湮，《诗》说失传者多，宁可谓我不知，不可使古人受诬于千载之上！"(《读风偶识》)顾崔氏不知以此诗还诸歌谣也。古文《毛序》谓庄姜自伤遭其子州吁之暴，见侮慢而不能正。诗为母子之言，迥非情事。魏源《诗古微》论之允已。但魏氏据今文韩说，以为庄姜自伤其夫庄公不见答，诗为夫妇之言，意与《朱传》同，虽较《毛序》为胜，而未见其为必然。王先谦复据齐、鲁遗说与韩同，而证成魏说之全是，亦未见其为是也。

击鼓五章章四句

《击鼓》，怨州吁也。卫州吁用兵暴乱，使公孙文仲将而平陈与宋，国人怨其勇而无礼也。

击鼓其镗！齐、韩，镗作鼜。　　打鼓的声音冬冬！
踊跃用兵。　　踊跃兴奋，训练使用甲兵。
土国城漕，　　或做土工在国，筑城漕邑，
我独南行！阳部。　　我偏奉命从军南行伐郑！

一章。言南行之事。〇按：踊跃双声。

从孙子仲，　　跟着将军公孙子仲，
平陈与宋。　　约好了友邦陈和宋。
不我以归，　　还是不给我们归家，
忧心有忡！中部。　　忧闷的心这样冲动！

二章。本南行之故。〇王先谦云："公孙子仲与州吁俱武公孙，时代正合。"（《集疏》）〇江永云："仲、宋、忡，平、去为韵。"

爰居爰处，　　于是住下，于是留下，
爰丧其马。　　于是失了我们的马。
于以求之？　　哪里去寻它？
于林之下。鱼部。　　到树林之下。

三章。言"军士散居，无复纪律"（《集疏》）。"缘上不得归而言之。"（《义门读书记》）〇按：居、处叠韵。

死生契阔，〔一〕　　记否誓同死生离合，
与子成说！祭部。　　和你约定的话可确！
执子之手：　　我握着你的手：
与子偕老！幽部。　　"和你一齐到老！"

四章。言“从军之士与其伍约”（《笺》）。“于是执子之手，殷勤约誓，庶几与子俱得保命以至于老，不在军陈而死。”（《疏》）〇陈奂云：“契阔叠韵。盖古语。”按：契阔又作双声。

于嗟阔兮，　　唉唉，离散开了啊，
不我活兮！[二]　　不和我会合啊！
于嗟洵兮，鲁、韩，洵作敻。　　唉唉、离散远了啊，
不我信兮！真部。　　不和我守约啊！

五章。嗟叹“军士弃其约而乖散”（《疏》）。〇李黼平云：“此诗丧马求林、离散阔洵之状，千载如见。盖诗为从军之士所作。”（《毛诗绅义》）王先谦云：“案州吁自立在隐四年春，至秋九月，即被杀于陈。数月之中，伐郑者再。据诗‘平陈与宋’句，与《左传》合。则此诗是与陈、宋伐郑之役军士所作。”“一时怨愤离叛之状可见。”（《集疏》）〇按：鲁隐公四年当周桓王元年，即公元前七一九年。

〇今按：《击鼓》，为怨州吁用兵之作。诗主个人诉苦，实反映当时兵民对于非正义战争之厌恶心理。诗人若具速写之技，概括而复突出其个人入伍、出征、思归、逃散之整个过程。简劲不懈，真实有力，至今读之，犹有实感。《春秋》隐四年春，戊申，卫州吁弑其君完。夏，宋公、陈侯、蔡人、卫人伐郑。秋，翚帅师会宋公、陈侯、蔡人、卫人伐郑。九月，卫人杀州吁于濮。事详《左传》。此诗与《春秋左传》正合。从来学者鲜有争论，而清儒毛奇龄《国风省篇》、姚际恒《诗经通论》疑之，非也。

凯风四章章四句

《凯风》，美孝子也。卫之淫风流行，虽有七子之母，犹不能安其室。故美七子能尽其孝道，以慰其母心而成其志尔。

凯风自南，
吹彼棘心。〔一〕侵部。
棘心夭夭，
母氏劬劳！宵部。

凯风是从南吹来的风，
吹透了那酸枣树的心。
酸枣树的赤心嫩夭夭，
母亲是太勤劳！

一章。凯风，夏日长养万物之风。诗人当是夏日见到乡村风物，即兴而作。感物造端之谓也。〇按《后汉书·姜肱传》：肱事继母，感《凯风》之义，兄弟同被而寝，不入房室，以慰母心。

凯风自南，
吹彼棘薪。
母氏圣善，
我无令人！真部。

凯风是从南吹来的风，
吹拂了那酸枣树的木柴林。
母亲是有通达事理的美德，
我们却是没善良的人！

二章。陈奂云："前二章以凯风之吹棘，喻母养其七子。"〇王质云："孤子事寡母者也。当是贱者之家。其子以为妇当代姑，不欲其母太劳也。令人，贤妇也。七妇未必皆不贤，而其子怜其母，故责其妇也。"(《诗总闻》)此可备一解。〇钟惺云："棘心、棘薪，易一字而意各入妙。用笔之工若此。"

爰有寒泉，
在浚之下。
有子七人，
母氏劳苦！鱼部。

这里可有寒泉，
在浚邑的地下。
有了儿子七人，
母亲是太劳苦！

三章。

睍睆黄鸟，〔二〕韩，睍睆作简简。
载好其音。

惹人注目的好看的黄鸟，
又有它们很好听的声音。

有子七人，　　有了儿子七人，
莫慰母心！侵部。　　都不能够安慰母亲的心！

四章。陈奂云："后二章以寒泉之益于浚，黄鸟之好其音，喻七子不能事悦其母，泉、鸟之不如也。"又云："睍睆叠韵。"（按：睍睆又作双声。）按：此陈氏申《传》兴义，似合。第浚下寒泉，兴义隐微，尚难执一以求也。〇曾巩云："凯风盛于夏时，黄鸟鸣于夏木，寒泉亦夏所宜耳。寒泉能使人甘之，有子而使母劳苦。黄鸟能使人悦之，有子而莫慰母心。"（见《传说汇纂》）

〇今按：《凯风》，自是出于歌谣，言七子之母之心，七子之孝，诗义自明。古文《毛序》独美其子，似有不慊于其母，意以为寡母思嫁，囿于《诗》教之说也。魏源、皮锡瑞、王先谦总结今文三家遗说，以此为七子孝事其继母之诗。主要据《孟子·告子》篇孟子论《小弁》、《凯风》为说。孟子以《凯风》'莫慰母心'，母心不悦；与《小弁》被后母谗，将见杀者，分亲之过之大小；复以舜事后母例伯奇之事（《小弁》诗本事），说固有自，仍为《诗》教之说也。要之，今古文同以此诗为美孝子，主题正复相同，寡母继母之争其小焉者也。愚幼为继母所苦，几丧其生。及长，心感时人非孝之说。每读此诗三家遗说，不能不为之枨触，而为之怅惘不置云。

雄雉四章章四句

《雄雉》，刺卫宣公也。淫乱不恤国事。军旅数起，大夫久役，男女怨旷，国人患之，而作是诗。

雄雉于飞，〔一〕　　雄的野鸡在那里飞，
泄泄其羽。　　是舒舒散散的翅膀。
我之怀矣！　　我的怀念他呀！

自诒伊阻！鱼部。　　他留给自己这孽障！

一章。"言初往之时。""远行乃自取。"〇江永云："隔韵。飞、怀韵。"

雄雉于飞，　　雄的野鸡在那里飞，
下上其音。　　有下下上上的声音。
展矣君子！〔二〕　　艰难呀君子！
实劳我心。侵部。　　这就很劳了我的心。

二章。"言其去渐远。""怀想之至。"

瞻彼日月，　　瞧那迭往迭来的日月，
悠悠我思。鲁，悠作遥。　　长悠悠地是我的相思。
道之云远，　　道路的这么遥远，
曷云能来？之部。　　哪一天能够回来？

三章。"言日月之久，辞之序也。"(《严缉》)"言难来之故。"(方玉润《诗经原始》)

百尔君子，　　凡百你们君子，
不知德行？　　不知德行的意义？
不忮不求，　　不嫉害人也不贪求，
何用不臧！阳部。　　何所施行而不吉利！

四章。"忧其远行之犯患，冀其善处而得全也。"(《朱传》)〇钟惺云："深思至爱，无闺阁气。"沈德潜云："末章进君子以禔身善世之道，犹所云万里之外以身为本也。"(《说诗晬语》)〇方玉润云："末期自勉，亦以共勖。"〇王先谦云："《说文》：用，可施行也。臧，善也。何用不臧，犹言无往不利，诗言我君子无很忮、无贪求，何所施行而不吉善乎?”

○今按:《雄雉》,妇人以其君子久役于外,有所思而作。《序》所谓大夫久役,男女怨旷者,得之。但未有以见其为宣公之时,与其淫乱不恤国事之意耳。兼此诗意亦似出自一个妇人作,不得泛言国人之所为也。朱子《辨说》为是。《序》首句何以云刺宣公?作《序》者往往从诗言外之意作推本之论。此作《序》者之义,或出自采诗、编诗、陈诗之义,非诗人之本义也。姜炳璋《诗序广义·纲领》有云:“有诗人之意,有编诗之意。以《雄雉》为妇人思君子,《凯风》为七子自责,是诗人之意也。《雄雉》为刺宣公,《凯风》为美孝子,是编诗之意也。朱子顺文立义,大抵以诗人之意为是诗之旨。国史明乎得失之迹,则编诗之意为一诗之要。尤为解结之论矣。”(《四库总目提要》)《序》首句自是大师相传古义,其出诸国史编诗之义乎?王先谦云:“案《序》,大夫久役,男旷女怨,正此诗之恉。宣公云云,乃推本之词,诗中未尝及之。《笺》于首次章牵附淫乱之事,殆失之泥。三家义未闻。”亦为解结之论。并指出《笺》义之失。前此朱鹤龄论此《笺》已善。其言曰:“《序》语本显白,毛公所以只解字义。《郑笺》以上二章为男旷,下二章为女怨。而雄雉乃喻宣公淫乱,牵经配《序》,殊觉支离。不思《序》所云淫乱不恤国事、军旅数起者,乃推久役之由。久役而妇思其苦,即是男女怨旷,岂必章各异词,分配其说耶?朱子统作妇人之诗,其义始贯,盖本之曾南丰。”(《诗经通义》)

匏有苦叶四章章四句

《匏有苦叶》,刺卫宣公也。公与夫人并为淫乱。

匏有苦叶,〔一〕	壶卢瓜有了枯老的叶,
济有深涉。叶部。	渡口里有了深水要涉。

深则厉，三家，厉一作砅，又作濿。　　水深涉水就连衣过，
浅则揭。祭部。　　水浅涉水就撩裤脚。

一章。言于渡口迎人待渡时所见、所感，济深则系匏而涉，济浅则褰裳而涉。〇作此诗者或诗中人为谁，直至篇末始稍露端倪，犹令人有蜻蜓点水轻盈飘忽之感。〇《左传》云："夫苦匏不材于人，共（供）济而已。"（记叔向语，亦见《鲁语下》）〇《鹖冠子》曰："中流失船，一壶千金。"（《学问》篇）

有弥济盈，　　这水势弥弥的是渡口涨了，
有鷕雉鸣。耕部。　　这声调鷕鷕的是野鸡唱了。
济盈不濡轨，　　渡口涨了湿不到过渡的车轴头，
雉鸣求其牡。幽部。　　野鸡唱了正寻求它爱的好配偶。

二章。继言迎人待渡时之所见、所闻。济盈，雉鸣。〇江永云："句中韵。顾氏引《说文》：鷕，从鸟，唯声。旧音以水反，传写讹为以小反。又引戴侗云：上半句弥与鷕协（脂部），下半句盈与鸣协。"

雝雝鸣雁，鲁，雝雝作噰噰。齐，作雍雍鸣鳱。　　噰噰叫的是鹅，
旭日始旦。　　早上旭日才照。
士如归妻，　　男子们假如娶妻，
迨冰未泮。元部。　　趁冰没解冻就好。

三章。再言迎人待渡时之所见、所闻。闻昏礼纳采、鸣雁而过。见冰未解冻，朝日初升。

招招舟子！　　招手招手的艄公！
人涉卬否。　　他人渡水俺不成。
人涉卬否？　　他人渡水俺不成？

印须我友！之部。○鲁，须作颔。　　　　　　俺要等我的友人！

四章。言迎人待渡而久不渡者，卬须我友之故耳。○马瑞辰云："卬者，姎之假借。《说文》：姎，妇人自称我也。《尔雅》郭注：卬，犹姎也。卬、姎声近通用。亦为我之通称。"(《毛诗传笺通释》)○按：卬须我友，女求男之词。○钟惺云："妙在四章开说，若不相蒙。"

○今按：《匏有苦叶》，显为女求男之作。诗义自明，后儒大都不晓。诗写此女一大侵早至济待涉，不厉不揭；已至旭旦有舟，亦不肯涉，留待其友人。并纪其顷间所见所闻，极为细致曲折，歌谣体杰作也。《论语·宪问》篇："〔孔〕子击磬于卫。有荷蒉而过孔氏之门者，曰：有心哉击磬乎！既而曰：鄙哉硁硁乎！莫己知也，斯已而已矣。深则厉，浅则揭。子曰：果哉，末之难矣！"此荷蒉人引《诗》语，可知《匏有苦叶》是在卫国久已流行民间之歌谣。荷蒉者取诗深厉浅揭随时为义，以讽孔子当明随时仕已之义。其引《诗》以就己说，与赋《诗》断章取义者同。诗首章《传》云："兴也。匏谓之瓠。瓠叶苦，不可食也。济，渡也。由膝以上为涉。以衣涉水为厉，谓由带以上也。揭，褰衣也。遭时制宜，如遇水深则厉、浅则揭矣。男女之际，安可以无礼义，将无以自济也？"《笺》云："瓠叶苦而渡处深。谓八月之时，阴阳交会，始可以为昏礼，纳采问名。既以深浅记时，因以水深浅喻男女之才性贤与不肖及长幼也。各顺其人之宜，为之求妃耦。"齐说曰："枯瓠不朽，利以济舟。渡逾江海，无有溺忧。"(《易林·震卦》文)毛、郑皆说此诗为"兴"体，失之，而不知其诗全为"赋"体也。齐说释诗首句"匏有苦叶"为枯瓠利济，苦训为枯，苦、枯古通，得之。诗人面临深涉，见枯瓠而联想可赖以济，而人不知其迎人尚有所待也。诗末章《传》云："卬，我也。人皆涉，我友未至，我独待之而不涉。以言室家之道，非得所适，贞女不行；非得礼义，昏姻不成。"《笺》云："舟人之子，号召当渡者。犹媒人之会男女无夫家者，使之为妃匹。人皆从之而渡，我独否。"毛、郑自首至尾皆以此诗为“兴”体，以兴男女昏姻，说来不免迂滞。倘今世有象征主义之诗评家，谓此全诗所言之事物，即诗人之见闻，皆触动其急于求偶者之敏感，而融合情景为一以出之，谓之为兴，谓之为象征，固亦未为不可。《诗》之为赋为兴往往难分，说《诗》者不免混殽含胡，此读《朱传》者所周知也。顾毛氏终竟已明此诗为“贞女”求男之诗，亦似已明此诗为“贞女”盖遇札丧凶荒之年，而欲杀礼成婚之所作，此诗之本义也。《诗序》云云，此序诗者之义，国史太师之义，或者瞽矇讽诵之义，《诗》教之说也。记见前两篇“按”语论《序》矣。《序》意诗主刺淫，刺卫宣公及其夫人宣姜。最后王先谦推衍《鲁诗》之义，以为诗非刺淫，断定“《匏有苦叶》，贤者不遇时而作也”。固矣哉！自《诗》今古文家皆不知此诗全为赋体，直寻诗义，而以此诗为比兴，愈解愈纷。至今学者尚难串讲全诗，豁然贯通；毋笑二千几百年前“固哉高叟之为诗也”！抑诚所谓“《诗》无达诂”（董仲舒语），“《诗》无通故”（刘向语），有如“盲人扪象”（明人袁仁《毛诗或问》讥朱子解《诗》语），“瞎子断匾”（友人顾颉刚改用清人崔述《考信录提要》中语，见《古史辨》第三册）者乎？《匏有苦叶》最后一章始正面透露主题，诗何为而作？作者为何等人？愚谓此倒叙法，此画龙点睛法，构想甚奇，神乎技矣！《诗》三百篇，义蕴精深博大，沉埋三四千年，有待发掘者不知凡几，甚矣《诗》之难解也！后之学者可不勉乎哉？

谷风六章章八句

《谷风》，刺夫妇失道也。卫人化其上，淫于新昏而弃其旧室，夫妇离绝，国俗伤败焉。

习习谷风！风与心叶。侵部。	习习和畅的东风！
以阴以雨。	又是阴天又是雨。

黾勉同心，韩，黾勉作密勿。鲁，亦作密勿。　　要勉勉的同心，
不宜有怒。鱼部。　　不应该有恼怒。
采葑采菲，〔一〕　　采大头菜采萝卜，
无以下体。韩，体作礼。　　不要以为只用根部好。
德音莫违：　　好话记住不要违背：
及尔同死！脂部。　　愿和你偕老死在一道！

一章。妇言室家之道当和，己德之有可取。此只论夫妇之常道，以见今日之不然。〇按：下体，当亦净化之秽语，并为双关之词。〇江永云："隔韵。风、心韵。"〇陈奂云："黾勉双声。"按：葑菲双声。

行道迟迟，　　走路走的迟迟，
中心有违。　　心里这样徘徊。
不远伊迩，鲁，迩作尔。　　不是远了而是很近，
薄送我畿。　　刚送我到门槛就回。
谁谓荼苦？〔二〕　　哪个说苦荬菜苦？
其甘如荠。　　它的甜味像荠菜。
宴尔新昏，　　安乐的是你们新婚，
如兄如弟！脂部。　　如兄如弟一般友爱！

二章。诉己被弃之苦，羡彼新昏之乐。苦乐相形，愈见悲惨。〇按：新昏叠韵。

泾以渭浊，　　泾水使渭水混浊了，
湜湜其止。〔三〕一本作沚。三家，沚作止。　　清清白白它的老底。
宴尔新昏，　　安乐的是你们新婚，
不我屑以。〔四〕之部。〇鲁，以亦作已。　　不屑和我同在一起。

毋逝我梁，　　　　不要去到我拦鱼的鱼梁，
毋发我笱。〔五〕　　　　不要拨开我捕鱼的鱼笱。
我躬不阅，三家，躬作今。　　　　我自身还不能见容，
遑恤我后！侯部。〇三家，遑作皇。　　　　何暇忧虑到我以后！

三章。言"泾以渭浊，湜湜其止"者，妇盖斥其夫诬以浊乱事（《集疏》）而弃之，自明如此。后四章妇言虽见弃，犹有顾惜其家之意。痴绝、凄绝。

就其深矣，　　　　就那水的深呀，
方之舟之。方与泳叶。阳部　　　　筏子渡过它，船只渡过它。
就其浅矣，　　　　就那水的浅呀，
泳之游之。　　　　泅水泅过它，游水游过它。
何有何亡，亡与丧叶。阳部。　　　　家里哪样有，哪样没有，
黾勉求之。　　　　我总勉勉强强地去筹措它。
凡民有丧，　　　　凡是亲邻有了凶祸的大事，
匍匐救之。幽部。〇鲁、齐，匍匐一作扶服。鲁，救亦作救。　　　　我总手忙脚乱地去救助他。

四章。言平日曲徇其夫，以勤家睦邻为德，以见其无可弃之理。〇江永云："舟、游、求、救，平、去为韵。"〇陈奂云："匍匐双声。"

能不我慉，〔六〕一作不我能慉，此从《说文》引《诗》校正　　　　怎奈你不高兴扶养我，
反以我为雠。　　　　反而把我当做了对头。
既阻我德，　　　　既已拒绝了我的好意，
贾用不售。〔七〕　　　　就像卖货的而不得脱售。
昔育恐育鞫，〔八〕　　　　从前生活恐慌，生活潦倒，

及尔颠覆。　　愿和你倒下死在一道。
既生既育，　　已有了生计，已有了生活，
比予于毒！〔九〕幽部。　　却把我比做毒物抛掉！

五章。言其夫以德为仇，可与共患难而不可与共安乐，人情所不能堪。○江永云："慉、雠、售、鞠、育、毒，平、去、入通韵。"○按：育鞠叠韵。

我有旨蓄，　　我储藏着滋味好的干菜，
亦以御冬。　　也可拿来抵当一个寒冬。
宴尔新昏，　　安乐的是你们的新婚，
以我御穷。中部。　　只把我抵当一时的困穷。
有洸有溃，　　这样猛打，这样怒骂，
既诒我肄。　　随又交给我劳苦的事做。
不念昔者：　　却不曾想想当初：
伊余来塈！〔一〇〕脂部。　　唯我是爱的时候！

六章。承上而言。复就琐事言昔同乎苦，而今反弃乎乐。因言其虐待于终，而不念热爱于始，见得当初亦曾如兄如弟来。悲怨之情溢乎辞矣。○按：洸、溃双声。

○今按：《谷风》，为夫妇失道，弃旧怜新，弃妇诉苦，有血有泪之杰作。《诗序》说教，未为大害。诗义自明，鲜见争论。偶似有争者，仍在《序》说。《孔疏》云："此指刺夫接其妇不以礼，是夫妇失道，非谓夫妇并刺也。"貌为《序》首句辨护，心实为弃妇辨护也。李黼平云："庄公不答庄姜而已，无新昏之事。宣公要纳伋妻，是淫于新昏，无弃旧室之事。"陈奂云："《左传》称宣公纳子伋之妻，是为宣姜，而夷姜缢。此淫新昏、弃旧室也。国人化之，遂成为风俗。"此亦关于《序》语文义之小争也。愚见，《谷风》实为民间故事诗，可作为一篇韵文小说读。篇中可说有故事，有结构，有主题，有琐细而完整、突出而概括之艺术手法，如出短篇小说能手。前人论此诗之艺术特点，有可取者。王照圆云："《诗》有二《谷风》，一为夫妇，一为朋友，皆处《变风》、《变雅》之世，夫妇、朋友之道绝矣。夫妇、朋友事相类，故二诗大意略同。然朋友以义合，可直写其事，其词简；夫妇则以情联，虽怨而犹有缠绵之思，其词繁；所以不同。"又云："见莽先生（按：指其师陈嘉琰）说：《谷风》句句怨，句句缠绵，与薄幸人作情厚语，使人伉俪之意油然而生。诗之温柔敦厚、善于感人如此！《谷风》诗之妇人本以色衰而弃，然其德音则可取，通篇反复俱不出此二意。妇已弃矣，恩义绝矣，乃怨之之中犹有望之之意。或谕以理，或感以情，其忠厚为何如！凡人新旧之际，尤难为情。诗中'宴尔新昏'凡三见，乃止曰'如兄如弟'，'不我屑以'，'以我御穷'，绝不毒骂。较之后人诗：'长跪问故夫，新人复何如？''将缣来比素，新人不如故！'何等蕴藉。通篇看来，至末二章方露悲酸，而气愈和平，词愈舒缓。若作戟手怒骂读，则失之矣。"（《诗说》）

式微二章章四句

《式微》，黎侯寓于卫，其臣劝以归也。

式微式微！	卑微、卑微！
胡不归？脂部。	怎么不归？
微君之故，〔一〕	不是为了君的事体，
胡为乎中露？鱼部。〇鲁，露作路。	为什么呆在露天里？

一章。劝归之词一。〇按：失国而"越在草莽"，卑贱而"辱在泥涂"，古有是语。中露、泥中，其亦斯之谓欤？谓为二邑，不可考也。《世说新语》云："郑康成婢有过，被罚跪地相语。一曰：'胡为乎泥中？'一答曰：'薄言往愬，逢彼之怒。'"盖郑君平日说及此诗，

亦不以泥中、中露为卫之二邑欤?

式微式微!	卑微、卑微!
胡不归?	怎么不归?
微君之躬,	不是为了君的困穷,
胡为乎泥中?中部。	为什么辱在污泥中?

二章。劝归之词二。重章叠咏,惟有变字换韵已耳。〇按:短短二章,寥寥几句,别具风格,耐人玩索。〇方玉润云:"语浅意深,中藏无限义理,未许粗心人卤莽读过。"〇吴闿生云:"词特悲愤。旧评:英雄之气,忠荩之谋,有中夜起舞之意。"(《诗义会通》)

〇今按:《式微》一诗,《毛序》以为黎侯避狄失国,流寓于卫,其臣劝归之作。鲁说以为黎庄夫人不见答于其夫,又不肯大归于母家,与其傅母倡和联句,以明己志之作。(《列女传·贞顺》篇)后人谓此为联句之始。魏源云:"《序》谓黎臣劝其归。则黎地已为赤狄所夺,复于何归?今有可归,则昔不出奔矣,恐谋国之计不若是。且主辱臣死,而至出微君胡为至此之怨词,恐殉国之忠又不若是!"坚持鲁说,此固雄辩,而未为确论,盖《诗》今古文家宗派之偏见也。黎国之地在今山西潞安。其寓于卫,在今河南浚县。黎盖远自上古氏族社会所遗之偏北一部落小国,其史事不甚可考。黎、卫兄弟之邦,唇齿相依。卫不尽力救患恤同,助黎驱狄,其后卫懿公乃遭狄人之毒手矣!

旄丘四章章四句

《旄丘》,责卫伯也。狄人迫逐黎侯,黎侯寓于卫,卫不能修方伯连率之职,黎之臣子以责于卫也。

旄丘之葛兮，三家，旄作堥。
何诞之节兮？
叔兮伯兮，
何多日也？脂、祭通韵。○脂第八，祭第九，故得通用。

旄丘上面的长葛啊，
为什么蔓延它的枝节啊？
叔啊伯啊，
为什么费许多的时日啊？

一章。“怪之。”

何其处也？
必有与也。鱼部。
何其久也？
必有以也。之部。○齐，以作似。

为什么那样安居呀？
一定要有帮助呀。
为什么那样的久呀？
一定是有缘故呀。

二章。“疑之。”○姚际恒云：“自问自答，望人情景如画。”

狐裘蒙戎，
匪车不东。
叔兮伯兮，
靡所与同。东、中通韵。○东十五，中十六，故得通用。

狐裘破了毛乱得蒙蒙茸茸，
他们的车子不来救助于东。
叔啊伯啊，
没有人肯和我们合力同心。

三章。“微讽之。”○按：匪车不东者，匪、彼古通，谓彼卫人之车不来救助寓于卫东之黎君臣也。○陈奂云：“蒙戎叠韵。”

琐兮尾兮，
流离之子！〔一〕鲁，流作留。
叔兮伯兮，
褎如充耳！之部。

猥琐啊，卑微啊，
流离似的这些人们。
叔啊伯啊，
像美盛的充耳，塞聋！

四章。“直责之。”（朱公迁，见《传说汇纂》）○陈奂云：“琐尾、流离双声。”

〇今按：《旄丘》，责卫伯之不能救黎，黎臣所作。《诗序》不误。今文三家遗说以为《旄丘》仍是黎庄夫人之诗，与《式微》同，疑其未是。《式微》、《旄丘》，黎臣爱国之词也。陈启源云："《式微》劝其君归，《旄丘》责卫伯之不救，旨各不同者，意狄人破黎之后，必是弃而不守。黎侯若能自振，则遗民犹有存也，归而生聚之，教诲之，尚可复兴，此《式微》劝归之意也。然此时狄虽去，而国已破，且日惧狄之再至也。必得贤方伯资以车甲，送之返国，为之戍守，如齐桓之于邢、卫，方可转危为安，此《旄丘》之诗所以望之深而责之至也。始则勉其君，继则望其邻，然终莫之从，亦可愍矣。夫子录其诗，示后世以自强之道、恤邻之谊也。厥后百余年，晋人数赤狄潞氏罪，言其夺黎氏地，遂灭狄而立黎侯。是黎未尝亡也。岂黎君流寓日久，虽无卫援，而仍自归其国与？则《式微》一诗有以激之矣。"(《稽古编》)

简兮三章章六句

《简兮》，刺不用贤也。卫之贤者仕于伶官，皆可以承事王者也。

简兮简兮！〔一〕	大检阅啊，大检阅啊！
方将《万舞》。	正要举行《万舞》。
日之方中，	太阳的正要当顶，
在前上处。	就在前列上头之处。
硕人俣俣，韩，俣俣作扈扈。	一个大人魁魁梧梧，
公庭《万舞》。鱼部。	来到公庭指挥《万舞》。

一章。言舞名、舞时、舞地、指挥舞人之伶官。〇按：《万舞》为古代大规模舞蹈之一，用之朝庭，用之宗庙、山川。〇按：方将叠韵。

有力如虎， 他有大的力气活像一只虎，
执辔如组。鱼部。 执着缰绳赶马合拍像织布。
左手执籥，〔二〕韩，籥作龠。 左手拿枝口琴似的六孔的籥，
右手秉翟。 右手拿着长尾是野鸡的毛羽。
赫如渥赭，三家，渥一作屋。 脸色红的好像涂厚了些赭石，
公言锡爵。〔三〕宵部。 公爷说赏给他喝一散爵酒去！

二章。言伶官之才艺不凡，称职获赏。○按："左手"、"右手"二句，依郭鼎堂说译解。(《甲骨文研究》)

山有榛， 山上有果树叫榛，
隰有苓。〔四〕 低地有药草叫苓。
云谁之思？ 你道我想的谁呢？
西方美人。 西方美的伶人。
彼美人兮， 那美的伶人啊，
西方之人兮！真部。 西方的伶人啊！

三章。言此伶官若有所思，在彼西周盛时之伶官。○《笺》云："榛也，苓也，生各得其所，以言硕人处非其位。彼美人，谓硕人也。"○钟惺云："看他西方美人，美人西方，只倒转两字，而意已远，词已悲矣。此诗前二章自是一种素位之乐，末一章自是一段用世之思。然一时俱有，无两层。"○王先谦云："愚按：诗言榛有于山，蘦有于隰，土地所宜。喻硕人之贤宜有于王朝，故末句云然。"

○今按：《简兮》，是描述卫国伶官举行简阅《万舞》之诗。诗义自明。《诗序》不为误，"三家无异义"。远在奴隶制社会，天子籥师中士，诸侯翟人下士。伶官属于士一阶层之底层，只是一种卑贱之文化奴隶头目。《朱传》谓此诗伶官所作。"若自誉而实自嘲"，"有轻世肆志之心"。竟以此伶官视同祢衡辱为曹操鼓吏，羯鼓三挝、解衣旁薄一流人物。殊为有趣。何楷则以为此"旁观赞叹之词，绝

非自作”。无论作者何人，皆显示伶官有不满之意。在等级严酷之奴隶制社会，而谓贤者仕于伶官，可进而承事王者为卿大夫乎？序诗者徒有此同情心已耳。诗末二句：“彼美人兮，西方之人兮。”多有曲解者，授人笑柄。明田艺蘅云：“一督学命诗题云：‘彼美人兮，西方之人兮。’有生员不知其义，乃出而语人曰：圣经中如何亦有西方菩萨之说？非观世音不能当也。此生巨富，不久即中举。真优人搬戏文也。”（《留青日札四》）清陈启源首以《诗》汉学自负。据此诗末二句而谓佛教东流始于周代。“孔子抑三王，卑五帝，藐三皇，独归圣于西方。”（《毛诗稽古编·附录》）江藩因而摈陈氏于《汉学师承记》之外。尝闻之乡前辈叶郎园云：“王湘绮为门人讲《诗经》‘彼美人兮，西方之人兮’，曰：此指美国人也。”皆可发一笑！

泉水四章章六句

《泉水》，卫女思归也。嫁于诸侯，父母终，思归宁而不得，故作是诗以自见也。

毖彼泉水，韩，毖作秘。	涌出的那泉水，
亦流于淇。	也是直流到淇。
有怀于卫，	有怀念于卫国，
靡日不思。	没一日不相思。
娈彼诸姬，	可爱的那几个同姓姬的女子，
聊与之谋：之部。	我姑且和她们共同商量此事：

一章。卫女思归，言愿与同嫁之诸姬谋。〇钟惺云：“知其不可奈何而与人谋之，愁人实境。”

出宿于泲？鲁，泲作济。	出宿的地方在泲？

饮饯于祢？韩，祢作坭。	饮饯的地方在祢？
女子有行，	女子有出嫁之道，
远父母兄弟。	远离了父母兄弟！
问我诸姑，	问了我的诸姑，
遂及伯姊。脂部。	就得问及伯姊。

二章。言谋由水路而归。〇方玉润云："问及诸姑伯姊，不失〔侄娣〕媵妾身分。"〇按：诸姑叠韵。

出宿于干？	出宿的地方在干？
饮饯于言？元部。	饮饯的地方在言？
载脂载舝，	擦好车油，上好轴盖，
还车言迈。	还车就行的快。
遄臻于卫，	赶快往到卫国，
不瑕有害？〔一〕祭部。	不会怎样有害？

三章。言谋由陆路而归。〇钟惺云："要晓得'不瑕有害'意，非到此才看得出来的。聊与之谋，聊字内已了然矣。"〇江永云："舝、迈、卫、害，去、入为韵。"

我思肥泉，	我一想到了肥泉，
兹之永叹。元部。	就增加了这长叹。
思须与漕，〔二〕	想到沫邑和漕邑，
我心悠悠。	我心里悠悠不断。
驾言出游，	驾着马车而出游，
以写我忧！幽部。	以发泻我的忧愁！

四章。言思归不得，乃思出游写忧。〇王先谦云："陈蔚林《诗说》：《说文》须下云：古文沬从页。是湏即沬也。此诗'思须'之须

字当为湏。后人不知湏是古文沬字，传写讹改为须。愚案：陈说极精。'思湏与漕'者，钱澄之《田间诗学》谓诗作于卫东渡河后。是也。盖湏是旧都，漕乃新徙。故国之变，闻而心伤。罔极之哀，多难之急，皆在其内。此诗忧在家国，皆有所不得已也，否则思归耳，何为忧乎？"

〇今按：《泉水》，卫女媵于诸侯，思归而不得之诗。何以知之？于诗言诸姑伯姊而知之也。姚际恒云："诸侯娶妻，嫡长有以侄娣从者。此称姑则为侄也，称姊则为娣也。其时宫中有为之姑者，有为之姊者，故欲归宁不得，与之谋而问之。"此以诗证诗，益使诗义自明。《诗序》可不谓误。"三家无异义"。前此何楷谓《泉水》与《竹竿》、《载驰》皆为许穆夫人所作。后此魏源亦谓《泉水》许穆夫人作焉。其间黄中松则云："此诗之作，或以为宋桓夫人（〔伪〕《子贡传》：宋桓姬闵卫之破也），或以为邢侯夫人（钱天锡据诗言干山，干山在周为邢国）。则经传无明文，诚不必穿凿也。"（《诗疑辨证》）愚谓许穆夫人亦无明文可考。又诗言泲、祢、干、言，地望皆无甚可征。如谓干实邢山，则以邢侯夫人一说近是。北齐武平初，有掘墓者得铜鼎，受五六升，铭曰邢侯夫人姜氏。邢侯非止一人，焉知不别有邢侯夫人姬氏侄娣之诗乎？何况其铭文明言其为姜氏也。

北门三章章七句

《北门》，刺仕不得志也。言卫之忠臣不得其志尔。

出自北门，	我从北门出来，
忧心殷殷。	忧心隐隐不堪。
终窭且贫，	既寒伧又贫困，
莫知我艰。文部。	没人知道我的艰难。

已焉哉！韩，已上多亦字。　　罢了哟！
天实为之，为与何韵。歌部。　　这是老天爷干的，
谓之何哉？之部。　　奈他怎么样哟？

一章。首自叹其贫窭，无可奈何而归之于天。

王事适我，　　王事差给我，
政事一埤益我。　　政事一箍脑儿加给我。
我入自外，　　我从外面进来，
室人交遍讁我。支部。○鲁，讁作适。韩作谪。　　家里人打伙儿责骂我。

已焉哉！　　罢了哟！
天实为之，　　这是老天爷干的，
谓之何哉？　　奈他怎么样哟？

二章。再自叹其劳苦，无可奈何，仍归之于天。

王事敦我，[一]　　王事堆给我，
政事一埤遗我。　　政事一箍脑儿归给我。
我入自外，　　我从外面进来，
室人交遍摧我。脂文借韵。○韩，摧作谁。　　家里人一伙儿打击我。
已焉哉！　　罢了哟！
天实为之，　　这是老天爷干的，
谓之何哉？　　奈他怎么样哟？

三章。终自叹其劳苦，无可奈何，只归之于天。○钟惺云："交遍讁摧，英雄往往为之失其所守。"

○今按：《北门》，刺仕不得志也。诗义自明，《诗序》是也。"三家无异义"。李黼平云："《正义》曰：谓卫君之暗，不知士有才能，不

与厚禄，使之困苦不得其志，故刺之也。又云：言士者，有德行之称。如孔说，则《序》仕字当作士。然经文《传》、《笺》及《序》下《笺》并无一言及士者，不可解也。”此诚细心读书，仕、士二字确有分别。仕谓仕为卿大夫，故得又云忠臣。今郭沫若先生论此诗，则亦略谓其时生活高涨，家用奢华，禄入不足，室人交谪，贵族有破产者矣。(《中国古代社会研究》)倘其人属士之一阶层，则如《小星》诗人之流云尔。安得云“王事适我，政事一埤益我”哉？

北风三章章六句

《北风》，刺虐也。卫国并为威虐，百姓不亲，莫不相携持而去焉。

北风其凉，	北风吹得那样凉，
雨雪其雱。〔一〕	雪花飘得那样广。
惠而好我，	他们仁惠地爱我，
携手同行。阳部。	手携手地一路同往。
其虚其邪？鲁、齐，邪作徐。	该缓舒舒，该慢徐徐？
既亟只且！〔二〕鱼部。	已经紧急了哟！

一章。约与同行。○王世贞云：“既亟只且，太促。”(《艺苑卮言》)○江永云：“句中韵。一、二、三章‘其虚其邪’，自为韵。”○按：虚邪叠韵。

北风其喈，	北风那样猛猛地在吹，
雨雪其霏。〔三〕鲁，其霏作霏霏。	雪花那样很很地在飞。
惠而好我，	他们仁惠地爱我，
携手同归。脂部。	手携手地一道同归。
其虚其邪？	该缓舒舒，该慢徐徐？

既亟只且！鱼部。　　　　已经紧急了哟！

二章。约与同归。

莫赤匪狐，　　　　没有赤的不是狐，
莫黑匪乌。　　　　没有黑的不是乌。
惠而好我，　　　　他们仁惠地爱我，
携手同车。　　　　手携手地一道同车。
其虚其邪？　　　　该缓舒舒，该慢徐徐？
既亟只且！鱼部。　　　　已经紧急了哟！

三章。约与同车。〇谚语云，"天下乌鸦一般黑"，正可释"莫黑匪乌"一语。君子作歌，维以告哀！〇《朱子语类》："问：狐与乌不知诗人以比何物。朱子曰：不但指一物而言。当国将危乱时，凡所见者无非不好底景象也。"〇钟惺云："同行、同归、同车，去者众矣，国危矣哉！"〇王先谦云："《说文》：狐，妖兽也。乌鸦鸣声，人多恶之。唐韩愈诗：鹊噪未为吉，鸦鸣岂是凶？是乌唬不祥，古有此语。目见耳闻皆妖异不祥之物，亟思避之，词危而情迫矣。"

〇今按：《北风》，刺虐也。百姓相约逃难之词。诗义自明，《诗序》是也。今古文家无甚争论。宋儒务攻《诗序》，清代汉学家反攻宋儒。朱鹤龄云："此诗以凉风雪病害万物，兴卫之时政酷烈病害百姓。《序》所云并为威虐，百姓不亲，正北风起兴之意也。《辨说》云：卫以淫乱亡国，未闻有威虐者。夫亡国之政谁无威虐？州吁好兵，宣公杀子，其威虐可见矣。何谓之未闻乎？"此驳朱子。其同里友人陈启源云："邶有《北风》，犹魏之有《硕鼠》也。避虐与避贪，人情皆然，不待贤者而后能也。程子谓《北风》诗乃君子见几而作，〔相招无及于祸患者也。〕夫北风雨雪，害将及身，当此而去，亦不得为见几矣。又《叙》以此诗为刺虐，而《辨说》非之，言卫以淫乱亡国，不闻威虐之事。《集传》又以乌、狐为不祥之物。则《通义》（指朱鹤龄所著)驳之当矣。”此响应朱鹤龄一说,兼驳程、朱。彼时学者蔑视宋学先哲权威,殊有勇气。最后王先谦云:“诗主刺虐,以北风喻时政也。此卫之贤者相约避地之词。以为百姓莫不然,或非也。”此据齐、鲁遗说推衍之论,似其意在调停毛氏与程、朱之间。《毛序》原不误。《序》所谓百姓乃《诗》、《书》时代之百姓,当是泛指其时一般之贵族。且苍黄避难之际,虚徐有车,明非庶民也。贵族如此,其庶民之困苦颠连为何如哉!

静女三章章四句

《静女》,刺时也。卫君无道,夫人无德。

静女其姝,鲁、齐,姝作姣,亦作袾。 静女的那样丽姝,
俟我于城隅。鲁,于作乎。 等待我在城隅。
爱而不见,鲁,爱作薆。齐作僾。韩,而作如。 隐蔽地就看不见,
搔首踟蹰。侯部。○韩,踟蹰作踌躇,亦作跱躕。 搔着头皮踌躇。

一章。言相约、相俟。城隅,犹言城台,非谈情说爱之地。静女、吉士,焉得不有所隐蔽,有所踌躇乎?○方玉润云:“‘城隅’二字是题眼。”○按:踟蹰双声。

静女其娈, 静女的那样可爱,
贻我彤管。元部。 赠我一枝彤管来。
彤管有炜, 彤管这样红炜炜,
说怿女美。脂部。○三家,怿作释。 我爱悦着你的美。

二章。言相见、相赠。○方玉润云:“‘女美’二字是罪案。”○女美,双关语。○按:说怿双声。

自牧归荑，荑与美叶。脂部。	从牧田送来的白茅，
洵美且异。韩，异作瘱。	真是嫩美而且新异。
匪女之为美，	不是你的怎么样美，
美人之贻！之部。	因为是美人赠来的！

三章。再言相赠。赠以香茅，信物虽薄，而情意自厚。此如今之谚语所谓“千里送毫毛，礼轻情谊重”也。〇方玉润云：“惬心满意之至。”

〇今按：《静女》，诗人热爱卫宫女史之作。诗义自明，读者或不察。静女而贻我彤管以为信物，已明其为女史所爱。《毛传》云：“古者后夫人必有女史彤管之法。史不记过，其罪杀之。后妃群妾以礼御于君所，女史书其日月，授之以环，以进退之。生子月辰，则以金环退之。当御者以银环进之，著于左手。既御，著于右手。事无大小，记以成法。”《毛传》多引逸典（孙志祖《读书脞录续编·毛诗逸典》），此其一例。借此可知奴隶制时代，彤管为女史载事记过之笔，非凡女所有。此诗人为女史所爱，虽或卑微，亦当属于士之一阶层，统治阶级之底层。《周礼》：女史八人。注：女史，女奴晓书者。可知其为宫中文化女奴之头目。女史未尝不可以自有匹耦，而《序》以为刺，归咎于卫君无道，夫人无德。此不出于国史之遗文，即囿于《诗》教之说者也。愚谓静女为女史，确乎其不可拔，彤管其坚证也。欧阳修云：“古者针笔皆有管，乐器亦有管。不知此彤管是何物，但彤是色之美者。”（《诗本义》）此疑彤管非女史专用之物，遂以《静女》为一般淫奔之诗。《朱传》乃谓“此淫奔期会之诗。”其《辨说》且云：“此《序》全然不是诗意。”王安石亦谓彤管为乐管。李氏《集解》谓古未有笔，不称管。《解颐新语》谓古以刀为笔，笔始于秦。不用毫毛，安得有管？此诗依宋儒说，则有不可通者矣。晚近考古学人始知有居延汉笔，继知有长沙楚墓笔，更进而知殷商时代不仅有甲骨刻辞，同时亦有用毛笔者矣。（朱芳圃《甲骨学商史编》、陈梦家《殷虚卜辞综述》)安得必谓古无彤管之笔而为女史所执者乎?安得谓国君无道,夫人无德,女史静女不可求爱而形之于诗歌者乎?此诗今古文原无争论。清代治今文三家遗说者始有异说。或以为"贤者及时思遇"之作(魏源)。或以为"此媵俟迎而嫡作诗","望媵未至时作也"。或指实为"齐桓夫人长卫姬为其媵少卫姬俟迎而作"(陈乔枞、徐璈、王先谦,又戴震亦有此说)。此不据《韩诗外传》、《说苑》引《诗》,即据《易林》引《诗》,不知其为用《诗》以就己说之义,或推衍之词,非《诗》本义,亦未可以视为今文三家义原本如此也。明人袁仁《毛诗或问》讥朱子解《诗》如"盲人扪象"。忆四十年前,顾颉刚先生亦讥人说《诗》如"瞎子断匾"。且以《静女》一诗为例而说之,导致一时(约历二三年之久)学人对于《静女》一诗之激烈辩论,总计论文在十万字以上,《静女》今译殆近十篇(《古史辨》第三册),人各一说,说无定论。盲人扪象乎?瞎子断匾乎?孰从而知之?甚矣解《诗》之难也!

新台三章章四句

《新台》,刺卫宣公也。纳伋之妻,作新台于河上而要之,国人恶之而作是诗也。

新台有泚,〔一〕三家,泚作玼。	新台倒影这样清爽,
河水弥弥。齐,弥作洋。	黄河之水大茫茫。
燕婉之求,鲁、韩,燕作嬿。齐作曣。	求的是安和美少年,
籧篨不鲜!支、脂、元借韵。支第七,脂第八,元第十,故得借用。	这个鸠胸汉没好样!

一章。言得此"籧篨不鲜"。〇陈奂云:"籧篨叠韵。"〇按:燕婉双声、叠韵。

新台有洒，韩，洒作漼，漼亦作滜。　　新台倒影这样高敞，
河水浼浼。韩，浼浼作浘浘。　　黄河之水平荡荡。
燕婉之求，　　求的是安和美少年，
籧篨不殄！文、元通韵。元第十，文第十一，故得通用。○三家，殄作腆。　　这个鸠胸汉没福相！

二章。言得此"籧篨不殄"。

鱼网之设，　　张的鱼网想捉鱼，
鸿则离之。〔二〕　　野鹅儿偏着了网。
燕婉之求，　　求的是安和美少年，
得此戚施！歌部。○韩，戚施亦作䶠黿。　　得此龟背汉说不上！

三章。言"得此戚施"。○三章皆言女之所得非所求。所得者一鸠胸龟背之老人，非所求之燕婉少年也。○陈奂云："戚施双声。"

○今按：《新台》，刺卫宣公强娶其子伋妻齐女之诗。盖出民间歌手。《序》云："国人恶之而作是诗。"《细义》云："诗一人作，而言国人者，《春秋》桓五年经，书卫人立晋。《左氏传》：卫人立晋，众也。宣公（晋），国人所立。至是乃躬为淫昏之行，民始失望矣。序诗者本国人之意而众著之，其垂戒者深矣。"此虽说教，而亦近乎事理。《笺》云："伋，宣公之世子。"《孔疏》云："伋妻盖自齐始来，未至于卫。公闻其美，恐不从己，故使人于河上为新台，待其至于河，而因台所以要之耳。若已至国，则不须河上要之矣。"《后笺》云："案宣公不父，《左传》虽具其事，而曲折未明，得此诗及《序》，然后情事毕露。"事见桓十六年《左传》、《史记》、《列女传》、《新序》。《诗序》与诗义与史事全合。"三家无异义"。朱子《集传》、崔氏《读风偶识》疑之，皆可谓疑所不当疑者也。创见云乎哉？

二子乘舟二章章四句

《二子乘舟》，思伋、寿也。卫宣公之二子争相为死，国人伤而思之，作是诗也。

二子乘舟，	两个孩子乘船，
泛泛其景。〔一〕	飘飘然地远行。
愿言思子：	想我思念孩子：
中心养养！〔二〕阳部。○鲁，养养作洋洋。	心里漾漾不定！

一章。言忧思二子远行。

二子乘舟，	两个孩子乘船，
泛泛其逝。	飘飘然地往外。
愿言思子：	想我思念孩子：
不瑕有害？〔三〕祭部。	不会怎么有害？

二章。言疑虑二子遇害。○马瑞辰云："首章'中心养养'，二章'不瑕有害'，皆二子未死以前恐其被害之词，非既死后追悼之词。且二子如未乘舟，不得直言乘舟也。《新序》之说是也。"○按：曾国藩《经史百家杂钞》，视此诗为哀诔之辞之起源。非也。

○今按：《二子乘舟》，闵伋、寿也。此确似太子伋之傅母所作。《新序·节士》篇云："宣公之子，伋也，寿也，朔也。伋，前母子也。寿与朔，后母子也。寿之母与朔谋，欲杀太子伋而立寿也；使人与伋乘舟于河中，将沉而杀之。寿知不能止也，固与之同舟，舟人不能杀。伋方乘舟时，伋傅母恐其死也，闵而作诗，《二子乘舟》之诗也。"此可作为《二子乘舟》诗本事读。刘向习《鲁诗》，兼用《韩诗》，此今文家说，较古文毛氏《序》、《传》为合。诗作于二子生前，傅母忧虑之词;非作于二子死后,国人哀悼之词也。诗义自明。毛奇龄《国风省篇》疑此诗与伋、寿二子无涉,胡承珙《后笺》驳之,当已。

【简注】

柏舟

〔一〕柏,又名侧柏,扁柏,香柏。树冠为塔尖式之常绿乔木,松柏科。姿态雄伟,寿龄极长。直干贞坚,材堪大用。山东岱庙有汉柏,树围十五尺,高约六丈。陕北黄帝陵,有粗及七抱之大柏。北京天坛、太庙、中山公园之柏树林,皆辽元明时物。

〔二〕如有隐忧之如读而,王念孙说。古如而二字通用。

〔三〕《传》:鉴,所以察形也。茹,度也。

○茹今音豫。愬读诉。悄音巧。愠音温去声。

绿衣

〔一〕俾无訧兮,《传》:俾,使。訧,过也。按:訧音尤。訧、尤古通。

〔二〕絺绤解见《葛覃》篇。凄其以风之以,读《谷风》以风以雨之以,为也。

燕燕

〔一〕《传》:燕燕,鳦也。燕,鸣禽,其形略似雀。燕形目,燕科。

〔二〕之子于归,《传》:之子,去者也。归,归宗也。远送过礼。

〔三〕王先谦云:《说文》颉下云,直项也,从页,吉声。亢下云,人颈也,从大省,象颈脉形。颃下云,或从页。颉之颃之者,鸟大飞向前,则项直而颈下脉见,此状其于飞之皃。云飞而下上者,后起之义。

〔四〕先君之思,以勖寡人者,翁方纲《诗附记》:《朱传》云,以先君之思勉我。以字是倒装法,定解也。

○颉音结。颃音杭。伫音箸。

日月

〔一〕俾也可忘者,翁方纲《诗附记》:黄氏櫄作忧念少忘,当为定解。

〔二〕俞樾《群经平议》:《释文》:述,本一作术。《说文》:术,邑中道也。道德之道,与道路之道无异义。报我不术,报我不以道也。

终风

〔一〕终风且暴，终犹既也，言既风且暴也。王引之《经传释词》说。

○敖音傲。霾音埋。曀音意。疐音帝。虺音灰。

击鼓

〔一〕陈奂云：契同挈。按：契阔有三义：《毛传》云：勤苦也。《释文》引《韩诗》云：约束也。宋孙奕《履斋·示儿编》：契，合也。阔，离也。

〔二〕马瑞辰云：按：活，当读为曷其有佸之佸。《毛传》：佸，会也。

凯风

〔一〕棘，又名棘针，酸枣。为枝条具有针刺之落叶灌木或乔木，鼠李科。

〔二〕俞正燮《诗睍睆解》：此睍睆，好貌，是人视黄鸟好也。《说文》：睍，出目也。睅，大目也，或作睆。言人注目视此黄鸟。

○劬读劬，今音瞿。睍音燕。睆音婉。

雄雉

〔一〕雉，俗名山鸡，野鸡。《尔雅》、《说文》记名雉之鸟多至十四五种。见于《诗》者有翟、鷮、翚，皆当属鸡形目雉科。但翟鷮尾长至五六尺耳。《易》云：离为雉。注：取其有文章。《士相见礼》：冬用雉。注：士贽用雉者，取其耿介，交有时、别有伦也。

〔二〕俞樾云：展矣君子，犹云蹇矣君子，言其难也。展、蹇音义俱近。

○泄同洩。行音杭。忮音妓。

匏有苦叶

〔一〕匏，又名瓠，壶卢（朱骏声谓瓠为壶卢之合音）。俗名匏瓜。为园圃栽培之一年生蔓生植物。葫芦科。诗人用匏，盖古人用匏壳为渡水之具，因就所见而言之。此外《诗·七月》：食壶，言食其瓜。《诗·瓠叶》：言食其叶。今植物学家或言葫芦科有五种：扁蒲，即《广志》都瓠，长如牛角，今称瓠子，匏瓜，夜合花。长柄胡卢，即悬匏。大胡卢，即圆形者，俗称瓢瓜或北瓜。细腰壶卢，即《广志》约腹瓠，元王桢《农书》亚腰壶卢。小壶卢，即《诗·七月》之壶。据考古资料：亚洲之中国（近浙江余姚河姆渡遗址出土七千年前之植物遗存中有葫芦种子。）、泰国，美洲之墨西哥、秘鲁，非洲之埃及，皆有新石器时代胡卢出土之报道。可知其为一种老资格之驯化植物，抑或为老资格之图腾植物也。读者可参看游修龄《葫芦的家世》(《文物》一九七七年第八期)。

○匏音苞。揭如字，又音憩。弥音米。鷕音尾。泮音叛。卬音昂。

谷风

〔一〕葑，又名蔓菁、芜菁大芥，俗名诸葛菜。一年生草本，十字花科。菲，又名莱菔、芦菔，俗名萝卜。一年生或二年生草本，十字花科。

〔二〕荼，又名苦菜、苦荬。为田野间自生之多年生草本，菊科。荠，又名荠菜，俗名地菜。为野生或栽培之一年生或多年生草本，十字花科。

〔三〕湜湜其止者，《说文》：止，下基也。盖止之初义本象足趾形，但见其三指。诗或本古语，引申为水底之义。

〔四〕孙奕《示儿编》：屑之一字，于《书》训尽，于《诗》于《孟子》训洁。《尽心》下云：欲得不屑不洁之士而与之，是獧也。何以既言不屑，又言不洁乎？凡物之为屑皆轻，故屑之为言轻也。宴尔新昏，不我屑以。言尔宴安于新昏，而于我旧室则不轻用。

〔五〕笱，捕鱼篾器，或谓之笶。今湖南方言声转谓之篆。鱼能进不能出。

〔六〕能不我慉者，陈奂云：各本能字在不我下，转写误耳。《说文》段注：能不我慉，与能不我知、能不我甲(见《芄兰》)同。《传》云：慉，养也。

〔七〕贾用不售，《笺》云：既难却我，隐藏我之善，我修妇道而事之，觊其察己，犹见疏外，如卖物之不售。在诸解中，此独为善。

〔八〕《朱传》：张子曰：育恐，谓生于恐惧之中。育鞠，谓生于困穷之际。张载此解是也。

〔九〕比予于毒，谓比我以毒，即以毒比予也。或谓古于、如字通。

〔一〇〕伊余来塈，犹言维予是爱也。仍承昔者言之。塈，盖㤅之假借。㤅即古文爱字。《说文》：㤅，惠也。㤅古文。马瑞辰说。

○黾，今读猛闵二音。荼音途。荠音霁。笱音苟。匍匐有蒲伏蒲百两音。鞫读鞠。肄音异。塈音气。

式微

〔一〕故，事故，患难。下章微君之躬，躬为穷苦，困穷。马瑞辰说。

旄丘

〔一〕流离，鸟名。一为颠沛流离之义。下文充耳，耳瑱，耳旁饰物名。一谓塞耳，有耳聋义。二者皆语意双关。

○旄音毛。诞与覃通。褎，读袖。旧或读褎。

简兮

〔一〕《传》：简，大也。是谓简有盛大之意。《笺》云：简，择。择兮择兮者，为且祭祀当《万舞》也。《万舞》，干羽也。《笺》用鲁说。王先谦云：《礼·王制》注：简，差择也。《广雅·释言》：简，阅也。阅，亦择也。因《万舞》之期先阅择舞徒，较《传》言大义长。

〔二〕《传》：籥，六孔。鲁说曰：左手执籥，以节众也。韩，籥作龠。云：龠乐之所管三孔，以和众声也。《释文》：籥以竹为之，长三尺，执之以舞。《广雅》云：籥七孔。

〔三〕爵，毛谓见惠不过一散，郑谓散受五升。是散为酒器，爵之一种。罗振玉《殷虚书契考释》谓古散、斝字形近似，疑诸经中散字为斝字之讹。王国维申之，作《说斝》。

〔四〕榛子，干果。榛树为北方习见之灌木或乔木，桦木科。苓，当作蘦。《尔雅·释草》：蘦，大苦。《传》同。盖鲁用正字，毛借字。蘦又名虎杖，酸杖，黄药子。多年生草本，蓼科。

○俣，吴上声，又音语。辔音备。籥音药。翟读狄。赭音者。榛音蓁。隰音习。苓音零。

泉水

〔一〕《集疏》：马瑞辰云：瑕、遐古通用。(《隰桑》：遐不谓矣，《礼·表记》引作瑕不谓矣。)遐之言胡，胡无一声之转，故胡宁又为无宁，凡《诗》言遐不眉寿、遐不黄耇、遐不谓矣，遐不犹言胡不，信之之词也。凡《诗》言不瑕有害(下《二子乘舟》一诗亦有此句)，不瑕犹云不无，疑之之词也。愚按马说是。此及上章并设想归卫之事，复转一念曰：此不无有害于义〔乎〕？止而不往。故下章但言思卫，是能以(原文作以能，今乙)义制情也。

〔二〕敦煌《毛诗》残卷，作思湏与漕。是唐抄本《毛诗》湏字尚有未讹者。罗振玉有《敦煌古写本毛诗校记》。

○毖音泌。娈音恋上声。牵读辖。遄音专。臻音榛。写，古泻字，陈奂说。

北门

〔一〕敦，读《东山》敦彼独宿、有敦瓜苦之敦，屯聚堆积之义。敦墩堆团字音义俱近。

○窭音巨。埤音毗。

北风

〔一〕《传》：兴也。北风，寒凉之风。雱，盛貌。《说文》：雱，旁之籀文，溥也。

〔二〕其虚其邪，既亟只且者，《尔雅·释训》：其舒其徐，威仪容止也。郭注：雍容都雅之貌。马瑞辰云：虚者舒之同音假借。《野有死麕·传》：舒，徐也。虚、徐二字叠韵。《淮南·原道训》注：原泉始出，虚徐流不止。正以虚徐为徐，虚徐即舒徐也。舒之与徐，字训并通。王先谦云：诗人见其同行者从容安雅之状如此，又速之曰：既亟只且！犹言事已急矣，尚不速行，而为此徐徐之态乎？

〔三〕《传》：喈，疾貌。霏，甚貌。归有德也。

○雨雪之雨，读去声。雱音旁。只且，语尾助词。且音苴，今音近趋。霏读非。

静女

○姝音朱，旧音枢。踟音驰。蹰音厨。彤音同。炜音伟。说读悦。怿音亦。归馈古通。荑音啼。

新台

〔一〕《吕记》：长乐刘氏(彝)曰：泚者，水中台影鲜明之貌。洒者，谓水光之中见其台之高峻也。

〔二〕鸿，涉禽，鸭科，雁亚科。其色彩似原鹅。鸿则离之，隐喻鱼则不离之意，则字为承接连词。

○《释文》：泚音此。弥音沔、音米。籧音渠。篨音储。洒，段玉裁云：古音读如诜。按：今音如洗。浼音免。离读罹。

二子乘舟

〔一〕王引之《经义述闻》：景读如憬。《鲁颂·泮水》云：憬彼淮夷，《毛传》曰：

憬，远行貌。下章云：泛泛其逝，正与此同意也。《士昏礼》：姆加憬。今文景作憬。是景憬古字通。展按：下《鄘·定之方中》：望楚与堂，景山与京。《传》：景山，大山也。疑景当读憬。此亦景憬古字通之一例。

〔二〕《传》：愿，每也。养养然忧，不知所定。后《小雅·皇皇者华》：每怀靡及。《传》训每为虽。《常棣》：每有良朋，兄(况)也永叹。每，亦训虽也。陈奂云：《终风》，愿训思，此愿训思，则思言思子不成辞矣。愚意此全句译解为"想我思念两个孩子"，未为不成辞也。《诗》岂易译解哉？上古语与现代语对译，岂易事也哉？

〔三〕不瑕有害句，义见前《邶·泉水》诗。

○乘，一写作椉。养如字，或读恙，或读洋，今或读漾。

诗经直解　卷四

鄘第四　毛诗国风

鄘国十篇三十章百七十六句

柏舟二章章七句

《柏舟》，共姜自誓也。卫世子共伯蚤死，其妻守义，父母欲夺而嫁之，誓而弗许，故作是诗以绝之。

泛彼柏舟，		泛着那艘柏木船，
在彼中河。		泛在那条河水之内。
髧彼两髦，〔一〕	一、三句可作幽、宵通韵。○齐、韩，髧作统，髦作髳，亦作髮。	夹鬓结着那两只头角的人，
实维我仪。		这就是我的匹配。
之死矢靡它。〔二〕	歌部。○鲁，它作他。	发誓到死不会三心两意。
母也天只，		妈呀天啦，
不谅人只！	真部。	不体谅人啦！

一章。言誓死无二心。○按：我仪、靡它叠韵。

泛彼柏舟，		泛着那艘柏木船，
在彼河侧。		泛在那条河的边头。
髧彼两髦，		夹鬓结着那两只头角的人，

实维我特。韩，特作直。　　这就是我的配偶。
之死矢靡慝。〔三〕之部。　　发誓到死不会出乖弄丑。
母也天只！　　妈呀天啦！
不谅人只！　　不体谅人啦！

二章。言誓死不失节。○《程子遗书》："问：或有孤孀贫穷无托者，可再嫁否？曰：只是后世怕寒饿死，故有是说。然饿死事极小，失节事极大。"按：此旧社会俗传"饿死事小，失节事大"一语之来源。

○今按：《柏舟》，贞女寡妇矢志不嫁之词。《毛序》以为共姜自誓，当有所本。但不知其时伊已嫁否耳。《史记·卫世家》："釐侯卒，大子共伯余立为君。共伯弟和袭攻共伯于墓上，共伯入釐侯羡（墓道）自杀。卫人因葬之釐侯旁，谥曰共伯。而立和为卫侯，是为武公，五十五年卒。"按：武公元年当周宣王十六年，至平王十三年卒，计在位五十五年，与《世家》合。《国语》称武公年九十有五，犹作《懿戒》自儆，则其即位年已过四十矣。共伯又为武公兄，与《序》云蚤死乖戾。《索隐》云：太史公采杂说而为之记。是矣。依古文毛氏《序》说，卫世子共伯蚤死，其妻守义，共姜似尚未嫁，诗为贞女守义之词。依今文三家遗说，共伯余立为卫君，为其弟和所攻而自杀，共姜已嫁，诗为寡妇守节之词。后一说较胜。王先谦云："诗曰'中河'、'河侧'，明见所嫁之地。曰'髧彼两髦'，明见所嫁之人。曰母、曰天，明归见其家之父母而自誓。盖共伯弑死，武公继立，姜势难久处卫邦，只得往归故国；不料父母欲夺其志而嫁之，故为此诗以自誓也。"

墙有茨三章章六句

《墙有茨》，卫人刺其上也。公子顽通乎君母，国人疾之而不可道也。

墙有茨，〔一〕齐、韩，茨作荠。　　墙上有蒺藜，不可扫也。　　不可打扫呀。
中冓之言，　　夜里宫中的话，
不可道也。　　不可乱道呀。
所可道也，　　如可乱道呀，
言之丑也。幽部。　　说起来太丑呀。

一章。所谓道者，率尔言之，固不可。

墙有茨，　　墙上有蒺藜，
不可襄也。　　不可除光呀。
中冓之言，　　夜里宫中的话，
不可详也。韩，详作扬。　　不可夸张呀。
所可详也，　　如可夸张呀，
言之长也。阳部。　　说起来太长呀。

二章。所谓详者，夸张言之，更不可。

墙有茨，　　墙上有蒺藜，
不可束也。　　不可收束呀。
中冓之言，　　夜里宫中的话，
不可读也。　　不可宣读呀。
所可读也，　　如可宣读呀，
言之辱也。侯部。　　说起来耻辱呀。

三章。所谓读者，公开诵言之，尤不可。已上皆以墙头之蒺藜兴宫中之秽闻，愈言愈不堪。诗之为刺，较之蒺藜尤为尖锐。

〇今按：《墙有茨》，卫人刺其统治阶级荒淫无耻之诗。《序》首句是也。不论所刺为宣姜，为宣公，为其长庶公子顽。要之，卫公室男女生活腐化，淫昏之恶，不堪言说。虽然墙宇高峻，若可自防。

而内冓之室，中夜暗昧之言，举无逃于人民之耳目。古文《毛序》谓刺公子顽通乎国母宣姜。《孔疏》云：“《左传》闵二年曰：‘初，惠公之即位也少。齐人使昭伯烝于宣姜。不可，强之。生齐子、戴公、文公、宋桓夫人、许穆夫人。’服虔云：‘昭伯，卫宣公之长庶，伋之兄。宣姜，宣公夫人，惠公之母。是其事也。’”今文三家遗说以为刺宣公。《周礼·媒氏》：“凡男女之阴讼，听之于胜国之社。”郑注：“阴讼，争中冓之事以触法者。胜国，亡国也。亡国之社，奄其上而栈其下，使无所通。就之以听阴讼之情，明不当宣露。诗云：‘墙有茨，不可扫也。’”《贾疏》：“诗者，刺卫宣公之诗。引之者，证经所听者，是中冓之言也。”唐时今文《韩诗》尚存，《贾疏》盖用韩说。

君子偕老三章一章七句一章九句一章八句

《君子偕老》，刺卫夫人也。夫人淫乱，失事君子之道。故陈人君之德，服饰之盛，宜与君子偕老也。

君子偕老！	本来她是要和君子偕老的！
副笄六珈。	头戴步摇横簪，加上六种玉饰。
委委佗佗，鲁，作祎祎它它。	她的举止是从从容容的自得，
如山如河，	稳重如山、深沉如河，是她的美质，
象服是宜。	她穿上了尊贵的画袍很合适。
子之不淑，	你这个人的遭遇不幸，
云如之何！歌部。	可奈它何呢！

一章。首言其嫁时，服饰仪态之盛，以见其华贵。○按：君子偕老者，君子本义。君之子，谓公子伋也。偕老，谓其与伋长为夫妻也。子之不淑者，谓其不幸为卫宣公要诸新台强娶之，而不得拒也。又，象服是宜者，象服，谓王后之服。夫人得服之者，盖嫁时摄

盛之礼。明此诗为宣姜初至时作矣。○江永云:“委委它它自为韵。委,于何切。”○按:委佗叠韵。

玼兮玼兮!	鲜艳啊,鲜艳啊!
其之翟也。	她改穿了绘绣野鸡羽毛的礼服呀。
鬒发如云,	黑稠稠的头发好像乌云一样的美,
不屑髢也。三家,髢作鬄。	不屑搭上假发呀。
玉之瑱也,瑱与天叶。真部。○三家,瑱作䪽,也作兮。	美玉做成的耳瑱呀,
象之揥也,	象牙做成的发揥呀,
扬且之皙也。	额角方正又白皙呀。
胡然而天也![一]	怎么这样尊贵好像一个天神呀!
胡然而帝也!歌、支通韵。○歌第六,支第七,故得通韵。	怎么这样高明好像一个上帝呀!

二章。次言已至,改装仪态之美。○江永云:“翟、髢、揥、皙,去、入为韵。”

瑳兮瑳兮!	鲜明啊,鲜明啊!
其之展也。	她改穿了浅红绉纱的上衣呀。
蒙彼绉絺,	罩了上衣那是绉绉的细葛,
是绁袢也。[二]三家,绁作亵。	这是夏天无色的半袖之衣呀。
子之清扬,	你这个人的眉清目秀,
扬且之颜也。	额角方正的又好容颜呀。
展如之人兮,	难得像这样的一个人啊,
邦之媛也!元部。○韩,媛作援。齐,也亦作兮。	这是一国的美人名媛呀!

三章。卒言其夏日淡装仪态之美。〇王先谦云："此诗盖宣公要娶归国后，姜以副祎翟襢之服承祭见宾，国人所刺；而篇末仍祝其配君子为邦援，不失忠厚之恉。""姜与伋虽未成昏，名分已定，与卫女之于昭王相等。新台见要，宜以死拒。乃与公俱陷大恶，故诗人深疾之。"责姜不责宣，此亦男女偏见之言也。〇江永云："展、绊、颜、媛，平、去为韵。"

〇今按：《君子偕老》，刺卫宣姜之诗。自《诗》今古文家来无甚争论。此诗当与《新台》一诗同读。同论一事，而观点不同。此盖贵族诗人刺宣姜，彼似奴隶歌手刺宣公。从文字中见阶级烙印，见道德观念之阶级性。诗云："子之不淑，云如之何。"此主题关键语。"不淑"二字得其确诂，即全诗得其正解矣。《毛传》云："有子若是，可谓不善乎?"《孔疏》云："可谓不善，言其宜善也。"实则诗非美宣姜服饰仪态之善。顾炎武云："人死，谓之不淑。《礼记》'如何不淑'是也。生离，亦谓之不淑，《诗·中谷有蓷》'遇人之不淑'是也。失德，亦谓之不淑。《诗·君子偕老》'子之不淑，云如之何'是也。国亡，亦谓之不淑。《逸周书》'王乃升汾之南阜以望商邑，曰：呜乎不淑'是也。"(《日知录》卷三十二)此解"子之不淑"，不淑为失德，似失《毛传》意。愚见，不淑，犹言不吊，犹言不幸也。王国维云："诗意谓宣姜本宜与宣公偕老，而宣公先卒，则子之不淑，云如之何矣！不斥宣姜之失德，但言遭际之不幸，诗人之厚也。"(并见《中谷有蓷》篇)此解不淑为不幸也，是已。但当谓宣姜不幸不得与公子伋成昏，非谓其不幸而宣公先卒也。又谓君子偕老，君子指宣公，不指公子伋，亦非也。前人评论此诗之艺术手法(笔法)或其特点有可取者：王夫之《诗译》云："'子之不淑。云如之何?''胡然我念之?''亦可怀也！'皆意藏篇中。"沈德潜《说诗晬语》云："讽刺之词，直诘易尽，婉道无穷。卫宣姜无复人理，而《君子偕老》一诗止道其容饰衣服之盛，而首章末以'子之不淑，云如之何'二语逗露之。鲁庄公不能为父复仇，防闲其母，失人子之道，而《猗嗟》一诗止道其威严技艺之美，而卒章以'猗嗟'二字讥叹之。苏子所谓不可以言语求而得，而必深观其意者也。诗人往往如此。"王照圆《诗说》云："《君子偕老》诗，笔法绝佳。通篇止'子之不淑'二句明露讥刺，余均叹美之词，含蓄不露。如'副笄六珈'，'象服是宜'，是说服饰之盛；'委委佗佗，如山如河'，是说仪容之美；通篇俱不出此二意。'玼兮玼兮'以下，覆说服饰之盛；'扬且之皙'以下，覆说仪容之美；'瑳兮瑳兮'以下，又是说服饰之盛；'子之清扬'以下，又是说仪容之美。抑扬反复，咏叹淫泆。句句有一'子之不淑'在，言下蕴藉可思。至笔法之妙，尤在首末二句。首云：'君子偕老！'忽然凭空下此一语，上无缘起，下无联缀。乃所谓声罪致讨，义正词严，是《春秋》笔法。末云：'邦之媛也！'诎然而止，悠然不尽。一'也'字如游丝袅空，余韵绕梁，言外含蕴无穷，是文章歇后法。"

桑中三章章七句

《桑中》，刺奔也。卫之公室淫乱，男女相奔。至于世族在位，相窃妻妾，期于幽远。政散民流而不可止。

爰采唐矣？〔一〕	哪里采唐呀？
沬之乡矣。	沬邑之乡呀。
云谁之思？	你道想的是谁？
美孟姜矣！	美人孟姜呀！
期我乎桑中，〔二〕	会见我在桑中，
要我乎上宫，中部。二句一韵。	邀约我在上宫，
送我乎淇之上矣。阳部。	送我在淇水之上呀。

　　一章。设为一人思美孟姜。〇按：桑中，当为卫之桑间地。《礼记》注云："桑间在濮阳南。"〇江永云："'送我乎淇之上矣'，与

唐、乡、姜平、去遥韵(按：应作隔韵)。中间中、宫自为韵。”

爰采麦矣?〔三〕　　哪里采麦呀?
沬之北矣。　　沬邑之北呀。
云谁之思?　　你道想的是谁?
美孟弋矣。之部。　　美人孟弋呀。
期我乎桑中,　　会见我在桑中,
要我乎上宫,　　邀约我在上宫,
送我乎淇之上矣。　　送我在淇水之上呀!

二章。设为一人思美孟弋。○《汉书·地理志》:“卫地有桑间、濮上之阻,男女亦亟聚会,声色生焉。故俗称郑、卫之音。”

爰采葑矣?〔四〕　　哪里采芜菁呀?
沬之东矣。　　沬邑之东呀。
云谁之思?　　你道想的是谁?
美孟庸矣。东部。　　美人孟庸呀。
期我乎桑中,　　会见我在桑中,
要我乎上宫,　　邀约我在上宫,
送我乎淇之上矣。　　送我在淇水之上呀。

三章。设为一人思美孟庸。○陈奂云:“卫之世族居于沬,在淇口之西。娶(当云所美)姜氏、弋氏、庸氏之女,皆在淇口之东。此思女之爱厚于我,从濮阳之南送至黎阳淇口也。《氓》:‘送子涉淇,至于顿丘。’亦女送男之词。”○方玉润云:“三人、三地、三物,各章所咏不同,而所期所要所送之地则一。板中寓活。”○江永云:“送我乎淇之上矣,首章隔韵,二、三章遥韵。”

○今按:《桑中》,揭露卫之统治阶级贵族男女淫乱成风之作。

诗义自明。盖出自民间歌手。《序》云刺奔，是也。诗中称我，并非诗人自我，乃托为三人淫乱者之自我，以揭露其窃人妻妾自鸣得意，正所以深刺之，刺之至巧者也。而崔述乃云："但有叹美之意，绝无规戒之言。若如是而可以为刺，则曹植之《洛神赋》、李商隐之《无题》诗、韩偓之《香奁集》，莫非刺淫者矣。"(《读风偶识》)不思诗重暗示、含蓄，有言外之意，有弦外之音。且主观抒情与客观讽谕有别。其说误已。《序》说公室淫乱，男女相奔；世族在位，相窃妻妾。诗中孟姜、孟弋、孟庸，正指贵族女子嫁为世族妻妾。所谓桑中、上宫、淇水之上，正指窃色偷情之地。所谓采唐、采麦、采葑，或是作为淫奔者掩人耳目之托词；或是民间歌手感物造端、借物而起吾意之惯技。《郑笺》云："于何采唐必沫之乡？犹言欲为淫乱者必之卫之都，恶卫为淫乱之主。"此亦自比兴之义言之而通者也。成二年《左传》："楚屈巫聘于齐，且告师期。巫臣尽室以行。申叔跪从其父将适郢，遇之。曰：异哉？夫子有三军之惧，而又有《桑中》之喜，宜将窃妻以逃者也！"以《桑中》为窃妻之诗，此最古义。诗之主题刺奔、刺窃妻，了无疑义。朱子《辨说》攻《序》，必谓此一《序》刺奔为误，而诗乃淫奔者所自作；必谓《桑中》一诗即桑中、濮上之音，郑、卫之乐，而攻《序》即以攻其友人吕祖谦之《读诗记》。其全力以赴，忿争若不可以已者，固哉，朱子之为《诗》也！迨清儒陈启源、胡承珙反攻朱子《辨说》，此一公案乃可以已矣。此不俟详论，且节引胡氏《后笺》一段作结："案此诗惟为刺奔而作，故所举贵族皆明列其人，而桑中、上宫又历著其地。盖如陈之宛邱、郑之溱洧，为男女聚会之所，故奔者三人，而期要送皆在一处耳。若以为淫者自作，则非僻之事，虽至不肖者亦未必肯直告人以其人其地也。且若以为一人所作，则一人而乱三贵族之女，而其辈行与期会迎送之地又皆相同，固无是理。若以为三人所作，亦必无三人群聚一处而赋此狭邪之诗者。"

鹑之奔奔二章章四句

《鹑之奔奔》，刺卫宣姜也。卫人以为宣姜鹑鹊之不若也。

鹑之奔奔，〔一〕齐、鲁，奔奔作贲贲。　　鹌鹑争偶的怒气奔奔，
鹊之强强。齐、鲁，强强作姜姜。　　阿鹊争偶的怒气强强。
人之无良，韩，之作而。　　这人的不善良，
我以为兄！阳部。　　我以他为兄长！

一章。言我以为兄，则诗人为其弟。○按：我以为兄，我以为君，或释为何以为兄，何以为君，于义亦通。但须破字改读耳。

鹊之强强，　　阿鹊争偶的怒气强强，
鹑之奔奔。　　鹌鹑争偶的怒气奔奔。
人之无良，　　这人的不善良，
我以为君！文部。　　我以他为人君！

二章。言我以为君，则诗人为其臣。○按：此诗盖为宣公庶弟左公子泄、右公子职辈所作，以刺宣公之淫乱无良者，非刺宣姜也。

○今按：《鹑之奔奔》一诗，古文《毛序》以为刺卫宣姜，明与诗旨不合。今文三家遗说以为刺卫宣公，核与诗旨合。魏源《诗序集义》云："《鹑之奔奔》，刺卫宣公也。左、右公子怨宣公之诗，故曰'我以为君'，'我以为兄'。初，宣公属急（太子伋）于右公子职，属寿于左公子泄；后以公子朔之谮，使盗杀之，故二公子怨惠公（朔）以及宣公。"说详魏源《诗古微》、王先谦《诗三家义集疏》。

定之方中三章章七句

《定之方中》，美卫文公也。卫为狄所灭，东徙渡河，野处漕邑，齐桓

公攘戎狄而封之。文公徙居楚丘,始建城市而营宫室,得其时制,百姓说之,国家殷富焉。

定之方中,　　晚边营室星的正照天中,
作于楚宫。中部。○三家,于作为。　　已是时候了要造作楚宫。
揆之以日,　　测准它的季节就用日晷,
作于楚室。　　开始了作为楚室的工程。
树之榛栗,　　栽种的树有榛有栗,
椅桐梓漆,〔一〕　　还有的是椅、桐、梓、漆,
爰伐琴瑟。脂部。　　说是砍伐下来做琴做瑟。

一章。"言营建之事。"○江永云:"连五句韵。'揆之以日'至'爰伐琴瑟'。"○按:揆之以日者,我国早在殷周时代已知使用圭表。但看此诗与《大雅·公刘》篇便知。民间传说,河南登封县告成镇至今尚保存周公测影台之遗迹。于此建立圭表,利用太阳投射之影子,以测定时刻与季节,即日与年之长度。此诗谓定之方中,揆之以日,确至冬季可以营建矣。其实此测影台实为元代大天文家郭守敬(一二三一——一三一六)所立。

升彼虚矣,　　登上那个广场呀,
以望楚矣。鱼部。　　去望望楚丘呀。
望楚与堂,　　望望楚丘和堂邑,
景山与京,　　远行到山地和高冈,
降观于桑。　　下来看看在那里的桑。
卜云其吉,　　龟甲占卜了说它吉利,
终然允臧。阳部。○然,一作焉。鲁,焉作然。　　毕竟是这里真正妥当。

二章。“述谋迁之始。”〇江永云：“虚、楚，平、上为韵。”

灵雨既零，	春天好雨已经下淋，
命彼倌人：	命令那个驾车倌人：
星言夙驾，〔二〕	天晴就早准备车马，
说于桑田。	劝农而停歇在桑田。
匪直也人，——	不但呀对于人民，——
秉心塞渊，	他操心笃实深远，
騋牝三千！真部。	大马种马要养三千！

三章。“明富强之本。”（汪梧凤）〇王先谦云：“騋是马种之良，牝则用以蕃育；举良马以概其余，言牝而牡可弗计也。诗为初徙楚丘而作，则三千非实有其数，期望颂美之词耳。”

〇今按：《定之方中》，美卫文公初徙楚丘，重建卫国而作，《诗序》说诗本义与诗本事俱是。自《诗》今古文家以来无争论。《郑笺》云：“《春秋》闵公二年冬，狄人入卫。卫懿公及狄人战于荥泽而败。宋桓公迎卫之遗民渡河，立戴公，以庐于漕。戴公立一年而卒。鲁僖公二年，齐桓公城楚丘而封卫。于是文公立而建国焉。”《汉书·古今人表》：戴公黔牟子，文公戴公弟。是文公非公子顽烝于宣姜所生也。详钱大昕《潜研堂文集·卫文公非宣姜子辨》一文。王先谦曰：“左闵二年《传》：卫文公大布之衣，大帛之冠。务材训农，通商惠工，敬教劝学，授方任能。元年革车三十乘，季年乃三百乘。杜注：季年在僖二十五年。此徙居楚丘，始建城市，营宫室，国人说（悦）而作诗。《晋书·刘曜载记》：和苞云：卫文公承乱亡之后，宗庙社稷漂流无所，而犹仰准乾象，俯顺民时，以构楚宫。故兴康叔、武公之迹，以延九百之庆也。三家无异义。”据《诗序》、《郑笺》、《左传》可以推知此诗盖作于鲁僖公元二年间（公元前六五七—前六五六），魏源谓为故都遗民随徙渡河者所作，亦盖然语耳。

诗云："树之榛栗，椅桐梓漆，爰伐琴瑟。"突出植树为在建城市与营宫室中之一重要环节。顾炎武云："《周礼·野庐氏》：比国郊及野之道路，宿息井树。《国语》单襄公述周制以告王曰：列树以表道，立鄙食以守路。《释名》曰：古者列树以表道，道有夹沟以通水潦。古人于官道之旁必皆种树以记里，至以荫行旅。是以南土之棠，召伯所茇；道周之杜，君子来游。固已宣美风谣，流恩后嗣。子路治蒲，树木甚茂；子产相郑，桃李垂街。"(《日知录》卷十二)据此可知我国在三千年前已知重视绿化城市与官道矣。

蝃蝀三章章四句

《蝃蝀》，止奔也。卫文公能以道化其民，淫奔之耻，国人不齿也。

蝃蝀在东，鲁，蝃作螮。	美人虹出在东方，
莫之敢指。	没有人敢指她的。
女子有行，	女子有出嫁之道，
远父母兄弟。脂部。	远离了父母兄弟。

一章。以虹气之不祥，兴此女子有行。〇按：蝃蝀双声。

朝隮于西，齐，隮作跻。	早上云升在西方，
崇朝其雨？	一整天该要下雨？
女子有行，	女子有出嫁之道，
远兄弟父母。之、鱼借韵。	远离了兄弟父母。

二章。以云雨之变、兴此女子有行。

乃如之人也！韩、鲁，也作兮。	竟像这样的人呀！
怀昏姻也！	败坏婚姻呀！

大无信也！　　　　太无贞信呀！
不知命也！真部。　　　　不知父母之命呀！

三章。以三事责此女子，实止怀昏姻一事。借以知此女子不由父母之命、媒妁之言，而自主出嫁者。○王世贞云："太庸。"（《艺苑卮言》）按：后世或以其诗太庸，《蝃蝀》，诗人时代则以其事太怪。○江永云："人、姻、信、命，平、去为韵。"○按：昏姻叠韵。

○今按：《蝃蝀》，刺一女子不由父母之命，媒妁之言，而自主婚姻者之作。古文《毛序》以为"止奔"，从正面说教。盖用采诗者之义，或序诗者之义。今文三家遗说以为"刺奔女"，从反面说教，盖用作诗者之义。说教一也，后说近是。此民间歌手囿于习惯势力之作。此诗与《泉水》、《竹竿》同用"女子有行，远父母兄弟"二句，并非一人所作；同用民间谣谚，故不嫌蹈袭。蝃蝀，《尔雅·释天》作螮蝀。螮蝀，虹也。郭注：俗名美人虹。《释名·释天》：虹，又曰美人。阴阳不和，昏姻错乱，淫风流行，男美于女，女美于男，互相奔随之时，则此气盛。《逸周书·时训解》：清明之日，虹始见。虹不见，妇人苞乱。小雪之日，虹藏不见。虹不藏，妇不专一。按：彩虹所构成之美艳景色，曾引致人类之许多幻想。世界各国流传关于虹之神话，有谓虹为光明神之宝弓，有谓虹为欢乐女神之笑容者。我国古代周人迷信虹有关妇女之贞邪，犹之殷人迷信虹有关雨水之多寡，年成之休咎。（虹字早见于殷商甲骨文，如"虹歙（饮）于河"、"贞虹佳年"、"贞虹不佳年"是也。）

相鼠三章章四句

《相鼠》，刺无礼也。卫文公能正其群臣，而刺在位承先君之化，无礼仪也。

相鼠有皮，〔一〕	瞧耗子还有皮，
人而无仪。鲁，无一作亡。	人而没有威仪。
人而无仪，	人而没有威仪，
不死何为？歌部。○鲁，何一作胡。	不死为什么呢？

一章。言人不可无威仪。○王世贞云："太粗。"

相鼠有齿，	瞧耗子还有牙齿，
人而无止。	人而没有面子。
人而无止，	人而没有面子，
不死何俟？之部。○鲁，何作胡。	不死要等待何时？

二章。言人不可无容止。

相鼠有体，	瞧耗子还有肢体，
人而无礼。	人而没有礼。
人而无礼，	人而没有礼，
胡不遄死？脂部。○三家，胡作何。	为什么不赶快死？

三章。言人不可无礼。○按：恶之欲其死，反复言之，见其恶之深也。

○今按：《相鼠》，刺无礼也。《诗序》首句是。其续申之词卫文公云云，此羡词、衍说，与《蝃蝀·序》同。王先谦云："《白虎通·谏诤》篇：妻得谏夫者，夫妇一体，荣耻共之。《诗》曰：'相鼠有体，人而无礼。人而无礼，胡不遄死？'此妻谏夫之诗也。是《鲁诗》以此为妻谏夫，与《毛序》义异。所称夫妇，当时必实有其人，古义相承如是，持久而名不可考耳。"又云："后人以相州之鼠能拱立，谓之礼鼠，释诗相为相州，凿矣。"(《集疏》)愚见，《相鼠》，民俗歌谣之言，诚不免于"太粗"。盖刺统治阶级荒淫无耻者之诗。《毛传》云："虽居尊位，犹为暗昧之行。"是也。

干旄三章章六句

《干旄》，美好善也。卫文公臣子多好善，贤者乐告以善道也。

孑孑干旄，〔一〕三家，干作竿。	直挺挺的旄旗竿子，
在浚之郊。宵部。	树立在浚邑的野地。
素丝纰之，	缰绳白丝编的，
良马四之。	良马是有四匹。
彼姝者子，〔二〕	那个漂亮的人，
何以畀之！脂部。	把什么献给他呢！

一章。言何以畀之。〇江永云："纰、四、畀，平、去为韵。"

孑孑干旟，	直挺挺的旟旗竿子，
在浚之都。	树立在浚邑的市镇。
素丝组之，	缰绳白丝织的，
良马五之。	良马是有五匹。
彼姝者子，	那个漂亮的人，
何以予之！鱼部。〇鲁，予亦作与。	把什么给予他呢！

二章。言何以予之。

孑孑干旌，	直挺挺的旌旗竿子，
在浚之城。耕部。	树立在浚邑的城里。
素丝祝之，〔三〕	缰绳白丝结的，
良马六之。〔四〕	良马是有六匹。
彼姝者子，	那个漂亮的人，

何以告之！幽部。　　　　　　　　　　把什么告诉他呢！

三章。言何以告之。〇按：彼大夫建旗竿招贤，而贤者再三踌躇，何进献善道之不易？岂挟持无具，而此贤者不必贤耶？抑彼姝者子之未必姝耶？此依《序》说卫臣好善，贤者乐告，而试解之。

〇今按：《干旄》，美好善也。《序》说岂出之国史？姑仍其说。马瑞辰云："古者聘贤招士，多以弓旌车乘。此诗干旄、干旟、干旌，皆历举招贤者之所建。《传》、《笺》谓卿大夫建此旄旌，失之。"王先谦云："《传》言'大夫之旃'，又言'臣有大功，世其官邑'，明谓旄旌是大夫所建，不得以此为《笺》失。且《序》言卫臣好善，即使招聘出于君意，干旄本以求贤，而将命往招亦是臣子之职，无妨是大夫建此旄旌，备此车马也。盖卫文草创于丧败之余，授方任能，励精为国。其臣如甯庄子辈皆能宣扬德化，留意人才，故岩穴之儒，闻风兴起，思以善道告之，中兴气象固不侔矣。"王照圆《列女传校注》、魏源《诗古微》，皆以为《干旄》闵伋、寿使齐见杀，宣姜予太子伋白旄，而使力士待诸界上，见四马白旄至者要杀之。其说皆近凿，而串讲难通。兹不具论。

载驰五章一章六句一章八句一章六句二章章四句

《载驰》，许穆夫人作也。闵其宗国颠覆，自伤不能救也。卫懿公为狄人所灭，国人分散，露于漕邑。许穆夫人闵卫之亡，伤许之小，力不能救，思归唁其兄，又义不得，故赋是诗也。

载驰载驱，　　　　　　　　　　把马赶着，把马鞭着，
归唁卫侯。侯部。　　　　　　　　归去慰问卫侯。
驱马悠悠，　　　　　　　　　　鞭着马儿路远悠悠，
言至于漕：　　　　　　　　　　我就往到了漕：

大夫跋涉，齐，跋作軷。　卫大夫跋山涉水而来，
我心则忧。幽部。　我的心里就早已忧愁。

一章。言自许归卫之故。○陈奂云："跋涉双声。"

既不我嘉，　既然都不嘉许我，
不能旋反？　我就不能归返？
视尔不臧，韩，尔作我。　瞧着你们拿不出良策，
我思不远！元部。　我的思虑就不能抛远！
既不我嘉，　既然都不嘉许我，
不能旋济？　我就不能归渡？
视尔不臧，　瞧着你们拿不出良策，
我思不閟！脂部。　我的思虑就不能闭住！

二章。言许人既不我嘉之非。○姚际恒云："其辞缠绵缭绕。"○按：此章诸旧解皆不明确，并包括近人今译在内。

陟彼阿丘，　登上那一面高的山坡，
言采其蝱。〔一〕鲁，蝱作莔。　就采那里叫贝母的蝱。
女子善怀，　女子好动感情，
亦各有行。　也各有道理主张。
许人尤之，　许国的人都非难她，
众稚且狂。〔二〕阳部。　既已幼稚又是疯狂！

三章。似以第三者口吻，言许人尤之更非。○按：众、终古通。终，既也。终、且连文。王引之说。○江永云："丘、怀，尤韵。"

我行其野，　我走过那里的田野，
芃芃其麦。　蓬蓬生长的是小麦。

控于大邦，　　　　　　控诉于大国去求救援，
谁因谁极？之部。　　　依靠哪国，求到哪国？

四章。言"欲引大国以自救助"。（《左传》杜预注）

大夫君子，　　　　　　你们许多大夫君子，
无我有尤。　　　　　　不要以为我有罪过。
百尔所思，　　　　　　百倍你们所想到的，
不如我所之！之部。　　不如我所往的不错！

五章。"言我遂往，无我有尤。"（《左传》服虔注）〇王先谦云："言尔无以礼非责我。今日之事，义在必归。虽百尔之所思，不如我所往之为是也。故服虔注《左传》云：'言我遂往，无我有尤也。'是夫人竟往卫矣。或疑夫人以义不果往而作诗。今案'驱马悠悠'、'我行其野'，非设想之词。服说是也。如夫人未往，涉念即止，乌有举国非尤之事？"〇冯沅君女士《前七世纪的爱国女诗人——许穆夫人》一文中有《载驰》今译，见《文艺报》第三卷第十期，可供参考。〇按：有尤叠韵。

〇今按：《载驰》，许穆夫人闵其宗国颠覆，归唁卫侯，纪事而作。诗义自明。《诗序》是也。《郑笺》云："卫侯，戴公也。"非是。又云："懿公死，国人分散。宋桓公迎卫之遗民渡河，处之于漕邑，而立戴公焉。戴公与许穆夫人俱公子顽烝于宣姜所生也。"闵二年《左传》："冬十二月狄人伐卫。卫懿公好鹤，鹤有乘轩者。将战，国人受甲者皆曰：'使鹤！鹤实有禄位。余焉能战？'及狄人战于荥泽，卫师败绩，遂灭卫。立戴公以庐于曹。许穆夫人赋《载驰》。齐侯使公子无亏帅车三百乘，甲士三千人，以戍曹。"胡承珙云："戴公未立以前，不容有唁。况狄灭卫在闵二年冬，亦非麦蕴之候。考《定之方中》，文公营室诗也，在夏之十月，为周之十二月，此盖鲁僖公元年之十二月。至僖公二年，诸侯乃城楚邱而封卫焉。则当僖

公元年春夏之间，戴公已卒，文公虽立，尚无宁居。许穆夫人所为赋《载驰》以吊失国欤？揆之情事，卫侯似指文公为近。蝱丘、麦野，虽皆系设词，不宜取非时之物而漫为托兴也。”陈奂、王先谦皆称“胡说是也”。鲁僖公元年亦即卫文公元年，当周惠王五十八年，公元前六五九年。《载驰》当作于是年春夏间矣。王先谦云：“《春秋》闵二年冬十二月，狄入卫。《左传》：立戴公，以庐于曹。杜注：其年卒，而立文公。是戴公立后旋卒，为日甚浅。纵许穆夫人闻变即行，已不及闵二年戴公在位之日。《笺》以诗卫侯为戴公，盖偶有不照。且丘蝱、野麦，皆春深时物也。夫人行野赋诗，其夏正之二三月，而鲁僖元年四五月间事与？《左传》言齐侯使无亏戍曹，亦必在僖元年。其与许穆夫人赋《载驰》同载于闵二年者，以终经‘狄入卫’后事也。当夫人归唁时，齐国尚未遣戍，《传》叙戍曹于赋诗后，是其明证。故下言‘控于大邦’云云。若齐已遣戍，夫人不为是言矣。”许穆夫人事，别详《韩诗外传》二、刘向《列女传·仁智》篇及《新序》。《诗》三百作者，其有姓氏可考者，至多不逾二三十人，许穆夫人其一也。许穆夫人此诗见其高才，此事见其卓识。诗云：“载驰载驱，归唁卫侯。”《毛传》云：“吊失国曰唁。”诗云：“许人尤之，众稚且狂。”《毛序》云：“思归唁其兄又义不得。”即其时许人尤之之事也。王先谦云：“《泉水·笺》：国君夫人父母在则归宁，没则使大夫宁于兄弟。又《礼·杂记》云：妇人非三年之丧不逾封，如三年之丧则君夫人归。《繁露·玉英》篇：妇人无出竟(境)之事，经礼也。奔丧父母，变礼也。是国君夫人父母既没，惟奔丧得归，后遂不复归也。懿公死于兵乱，观《吕览》宏演纳肝事，知戴公仓卒庐漕，亦未能成葬礼。夫人之归，不能以奔丧为词，则疑于归宁兄弟，此许人所为执礼相责也。故夫人作诗曰：我之驰驱而归，乃吊卫侯之失国，非宁兄弟比。宗国破灭，此不恒有之变，既不能救，义当往唁。当时未有此礼，而夫人毅然行之，虽不合于常经，亦天理人情之正，故孟子以为权而贤者。”今人不知当时社会此等礼制之严，则不知许穆夫人毅然归唁卫侯，而许人执礼相责之酷，亦不知夫人此诗何为而作矣。

【简注】

柏舟

〔一〕《传》：髧，两髦之貌。髦者发至眉，子事父母之饰。仪，匹也。下章《传》：特犹匹也。两髦，犹言夹囟两角也，双童髻也。下《齐·甫田》篇：总角丱兮。《传》：总角，聚两髦也。下《卫·氓》篇：总角之宴。《传》：总角，结发也。《笺》：我为童女未笄，结发宴然之时。可知此亦男女未冠笄者之通称。

〔二〕《传》：矢，誓。靡，无。之，至也。至已之死信无它心。谅，信也。母也，天也，尚不信我。天，谓父也。《集疏》：妇人从一而已，无它，犹言无二也。

〔三〕《传》：慝，邪也。是诗靡慝犹言无邪也。

○髧音耽，或读其上声。它如字，或读他。慝音忒。

墙有茨

〔一〕茨，蒺藜，为海滨砂地或黄土平原之习见植物。蒺藜科，一年生或二年生之草本。茎被长硬毛，平卧地面。叶为偶数羽状复叶而对生。果实由五个小干果合成。每果具长短二种之刺，微似菱，其尖甚锐。

○茨音慈。冓音构。

君子偕老

〔一〕胡然而天也二句。山井鼎《考文》云：足利古本经文两而字皆作如。按：古而如通用。

〔二〕毛奇龄云：袢，如后世半臂半袖之谓。袢之从半，谓衣半也。按：今夏秋间，犹见妇女有著短袖衣者。

○笄音鸡。珈音加。玼音此。鬒音真上声。髢音地。瑱音填去声。揥音帝。皙音析。又音近质去声。瑳音挫。绉音皱。絺音痴。袢音般，今亦音判。

桑中

〔一〕唐，又名蒙，女萝，菟丝，俗名豆寄生，无叶藤，菟丝子科。往往寄生于豆科菊科蓼科藜科等植物上之一年生有害之蔓草。黄茎细弱，缠绕于寄生主之茎部或枝梢。

〔二〕桑，家桑，为习见之植物。桑科，落叶乔木或灌木。叶可饲蚕，果可酿酒，树皮可造纸。

〔三〕麦，此当指小麦。禾本科。自古为吾国栽培之生要谷物之一。至今全国小麦产量占全国粮食之第二位。栽培区域几占有北半部各省。

〔四〕葑，已见《谷风》篇。

鹑之奔奔

〔一〕鹑，俗名鹌鹑。鸡形目，雉科。雄者好斗，雌者多产卵。鹊，已见《鹊巢》篇。○鹑音纯。

定之方中

〔一〕榛、栗，皆为果树。其木坚致，可为器材及建筑用材。榛，已见《简兮》篇。果为坚果，被以钟形之总苞。栗，又名板栗，自古为重要果树之一。果为坚果，被以针状芒刺之总苞。山毛榉科，落叶乔木。椅桐梓漆四者皆可为乐器良材。漆外皆可为庭园及行道之风致树。椅，又名水冬瓜，山桐子。大枫子科，落叶乔木。秋日红果累累。下垂成簇，甚为美观。桐，又名泡桐，白花桐。玄参科。落叶乔木。梓，又名楸线，木豇豆。紫葳科，落叶乔木。漆，漆树科，乔木。

〔二〕星释为晴，据姚鼐说。姚盖从《释文》引《韩诗》‘星，精也’而悟得之。

○揆音葵。騋音来。牝音匕、音品。

蝃蝀

○蝃蝀，《尔雅》作螮蝀。上音掇，或读蒂，下音栋。《毛传》云：蝃蝀，虹也。○虹音洪，又音绛，俗音如杠。

相鼠

〔一〕鼠，已见《行露》篇。

○遄音专。

干旄

〔一〕《传》：孑孑，干旄之貌，注旄于干首，大夫之旃也。浚，卫邑。古者臣有大功，世其官邑。是谓浚为卫大夫之采邑矣。孑孑，犹言孑然，谓旄表立于竿首也。

〔二〕《传》：姝，顺貌。畀，予也。《笺》：时贤者既说（悦）此卿大夫有忠顺之德，又欲以善道与之，心诚爱厚之至。可知彼姝者子，彼，彼卿大夫。《说文》：姝，好也。是姝有美好之意，不必如《传》、《笺》训为忠顺也。

〔三〕素丝祝之者，《传》：祝，织也。《笺》：祝，当作属。属，著也。王先谦云：祝之，无义，故毛取双声字、郑取叠均字释之。《尔雅·释天》郭注：縿，众旒所著。邵晋涵《正义》云：言相系属也。即引此《笺》为说。

〔四〕孔广森云：四之，五之，六之，不当以辔为解。乃谓聘贤者用马为礼，转益其庶且多也。《左传》：王赐虢公、晋侯马五匹，楚弃疾遗郑子皮马六匹，皆不必成乘，（驷马）故或五或六也。（《经学卮言》）

○纰音比，或比去声。姝音朱。畀音俾，或俾去声。旟音余。予音与。告如字，或音梏。

载驰

〔一〕蝱，又名贝母。百合科，多年生草本。日本谓之编笠百合。此著名之药物，有镇静、祛痰、止咳、治吐血、瘰疬等症之效。

〔二〕众稚且狂，犹言既稚且狂也。众终古音通。终既古义通。

○唁音彦。跋音拔。闷音闭。蝱音盲。芃音蓬。

诗经直解　卷五

卫第五　毛诗国风

卫国十篇三十四章二百三句

淇奥三章章九句

《淇奥》，美武公之德也。有文章，又能听其规谏，以礼自防，故能入相于周，美而作是诗也。

瞻彼淇奥，齐，奥亦作澳，又作隩。鲁作隩。　　瞧那淇水角落，
绿竹猗猗。〔一〕鲁，绿作菉。韩，竹作藩。　　绿竹美盛猗猗。
有匪君子，鲁、齐，匪作斐。韩作邲。　　这个文雅君子，
如切如磋，鲁，切亦作齺。三家，磋作瑳。　　好像牛骨象牙经过了切磋，
如琢如磨。歌部。○韩，琢作错。齐，磨亦作摩。　　好像美玉宝石经过了琢磨。
瑟兮僩兮！　　严正啊，勇猛啊！
赫兮咺兮！鲁，咺作烜，齐作喧，韩作宣、亦作愃。　　光明啊，心胸宽广啊！
有匪君子，　　这个文雅君子，
终不可谖兮！元部。○齐，谖作諠。　　毕竟不可忘啊！

一章。“淇奥之地润泽膏沃而生绿竹。竹为生物之美者，兴武公之美内充，而文章威仪著于外也。”（《程子遗书》）○“言切磋琢

磨，则学问自修之功精密如此。”“卫武公学问之功甚不苟。毕竟周之卿士去‘圣人’近，气象自是不同。”（《朱子语类》）○谢庄《竹赞》：“瞻彼中堂，绿竹猗猗。”○按：切磋双声。

瞻彼淇奥，　　瞧那淇水角落，
绿竹青青。　　绿竹青青地长着。
有匪君子，　　这个文雅君子，
充耳琇莹，三家，琇作璓。　　悬在两鬓旁的耳坠子宝石琇莹，
会弁如星。〔二〕耕部。○鲁，会作冠，韩作髓。　　缀合在朝冠上的美玉照耀如星。
瑟兮僩兮！　　严正啊，勇猛啊！
赫兮咺兮！　　光明啊，心胸宽广啊！
有匪君子，　　这个文雅君子，
终不可谖兮！　　毕竟不可忘啊！

二章。言充耳琇莹，会弁如星，以见正其衣冠、尊其瞻视之意。与下章所云善戏谑兮不同。一莅朝，一临众也。○江永云：“一、二章僩、咺、谖，平、上为韵。”

瞻彼淇奥，　　瞧那淇水角落，
绿竹如箦。　　绿竹茂密如积。
有匪君子，　　这个文雅君子，
如金如锡，　　锻炼精纯好像制器装饰用的金、锡，
如圭如璧。支部　　光辉成就好像朝会祭祀用的圭、璧。
宽兮绰兮！韩，绰亦作婥。　　宽容啊，柔和啊！
猗重较兮！三家，猗作倚，较作较。　　把双车耳依靠啊！
善戏谑兮，　　善于戏谑啊，

不为虐兮！宵部。　　不是粗暴啊！

三章。“言如金锡圭璧，则锻炼以精，温纯深粹，而德器成矣。”“前二章皆有瑟僩赫咺之词，三章但言宽绰戏谑而已。于此可见不事矜持，而周旋自然中礼之意。”（《朱子语类》）

〇今按：《淇奥》，歌颂卫武公之诗。古文《毛序》不为误。今文“三家无异义”。诗首二章末皆云：“有匪君子，终不可谖兮。”似为死后追美之词。《国语·楚语》云：“昔卫武公年数九十有五，犹箴儆于国，作《懿戒》以自儆。及其没也，谓之叡圣武公。”诗说有匪君子，切磋琢磨，瑟僩赫咺，与此死后谥号相合。徐幹《中论·虚道》篇亦云：“作《抑诗》（《懿戒》）以自儆，卫人诵其德，为赋《淇奥》。”是《淇奥》作在《抑》篇之后，即作于卫武公九十五岁以后。《毛传》云：“武公质美德盛，有康叔之余烈。”《史记·卫世家》云：“武公即位，修康叔之政，百姓和集。四十二年，犬戎杀周幽王。（公元前七七一）武公将兵往，佐周平戎甚有功。周平王命武公为公，五十五年卒。（公元前七五六）”武公而下，历庄、桓、宣、惠、黔牟，至于懿公，为狄人所灭。文公稍稍复兴，自后二十三君，无可纪者。卫武公年过九十，犹夙夜不怠，思闻训道，耻为横暴，乐受批评，自是卫立国八百余年中之一贤侯。又当宣、幽之际，御敌平戎，亦为周室之一贤卿士。《诗》三百中有关于武公之诗三篇，《淇奥》而外，有其自作之《宾之初筵》（《小雅》）与《抑》篇（《大雅》），可证其不失为彼时贵族官僚中之一斐然杰出人物，不必以其蚤岁杀兄自立（已见《鄘风·柏舟》篇），固为残酷无情之野心家与阴谋家一流人物而少之也。顾道学家（程、朱）必欲跻之于其所谓圣贤之俦，斯为大谬已！

考槃三章章四句

《考槃》，刺庄公也。不能继先公之业，使贤者退而穷处。

考槃在涧，三家，槃作盘。韩，涧作干。　　自成其乐在山溪，
硕人之宽。　　大德之人宽心意。
独寐寤言，　　独睡独醒还独言，
永矢弗谖！元部。　　永誓不把它忘记！

一章。永矢弗谖。不怕隐居孤立。〇江永云："涧、宽、言、谖，平、去为韵。"

考槃在阿，　　自成其乐在山窝，
硕人之薖。〔一〕韩，薖作䢋。　　大德之人尽空饿。
独寐寤歌，　　独睡独醒还独歌，
永矢弗过！歌部。　　永誓不和人相过！

二章。永矢弗过。不怕穷饿以死。

考槃在陆，　　自成其乐在平陆，
硕人之轴。〔二〕鲁，轴作逐。　　大德之人病也得。
独寐寤宿，　　独睡独醒还独宿，
永矢弗告！幽部。　　永誓不和人去说！

三章。永矢弗告。不怕没世无闻。〇刘玉汝云："弗谖以心言，弗过以身言，皆在己者。弗告，则弗以告人矣。"（《诗缵绪》）

〇今按：《考槃》，美贤者退而穷处，自成其乐之诗。美贤者隐退，刺庄公不用贤，美在此而刺在彼，言内言外之意可合而一，《诗序》未为不通。《孔丛子》记"孔子曰：吾于《考槃》见士之遁世而不闷也"。《论语》记孔子及其弟子游卫游楚，尝遇隐者如晨门、荷蒉、长沮、桀溺、楚狂接舆诸人，应是当时社会实际存在之人物。《庄子》所叙同时或古代之畸形怪状人物，恐属寓言，又当别论。吾人读《考槃》一诗，相信孔子以前奴隶制社会早有隐者，其间固不能谓无逃避现实而没落之奴隶主贵族知识分子，而亦不能谓无社会底

层自由民阶层之劳动人民。他如《王风·丘中有麻》、《秦风·蒹葭》、《陈风·衡门》、《小雅·鹤鸣》《白驹》等篇。论其内容性质似皆与《考槃》一诗同类。考槃一词其义云何?《尔雅·释诂》:"考,成也。槃,乐也。"此盖《毛传》所本。陈奂云:"成乐者,成道乐德。"愚谓当云成其乐事。《朱传》云:"考,成也。槃,盘桓之意。言成其隐处之室也。陈氏(傅良)曰:考,扣也。槃,器名。盖扣之以节歌,如鼓盆拊缶之为乐也。二说未知孰是。"黄中松云:"东坡言扣槃而得其声。则槃固可扣之器也。故范逸斋云:考,击也。槃,器也。谓击器以为乐也。黄实夫云:考槃者,考击其槃以自乐也。《诗》云:子有钟鼓,弗鼓弗考。皆从陈说。(《朱传》引)夫槃字从木,《周礼》有夷槃。《疏》云:以木为之。是也。木槃之声似不足乐而以为乐者,无往而不乐乎?《史记》毛遂奉铜槃。则槃固有铜者。《周礼·玉府》:合诸侯,共珠槃。则槃更有饰以珠者。皆非隐士所用之器。《内则》:进盥,少者奉槃,长者奉水。注云:槃盛盥水者。则以此为盥槃也可。"(《诗疑辨证》)胡承珙云:"《集传》考槃二说,前说谓成其隐处之室,即黄氏一正所云:槃者,架木为屋,有槃结之义。皆本郑樵木偃盖为槃之说。然结室而在涧、在阿、在陆,分为三处,恐无此理。后说引陈傅良云:考,击也。槃,乐器也。扣之以节歌,如鼓盆拊缶之为。然此乃贫无聊赖者之所为,贤者当不如此。(原注,惠半农曰:孔子自卫将入晋。及河,闻赵杀窦犨鸣犊及舜华。临河而叹,遂还息于邹,作《槃琴》以哀之。王肃注云:《槃操》,琴曲名也。然则《考槃》即《槃琴》欤?考犹鼓也。盖古有是名,而孔子作之。曰考曰作,皆鼓之义。案此说亦近附会。)顾虞东曰:世固有隐而弗成者,无真乐,斯弗成矣。无可隐,斯弗乐矣。成其乐,乃所以成其隐也。反复诗言,毛义深矣。"自《朱传》考槃一词始见宋儒异释。至清儒黄中松、胡承珙,复引其他宋儒异释。而黄中松、惠周惕亦各有异释。胡承珙乃断从毛义,愚复从之。但宋儒扣槃之说蛊人,亦若可通也。

硕人四章章七句

《硕人》,闵庄姜也。庄公惑于嬖妾,使骄上僭。庄姜贤而不见答,终以无子,国人闵而忧之。

硕人其颀,　　美人是那样的长身玉立,
衣锦褧衣。鲁、齐,褧作絅,韩作𥡴。　　穿的锦服罩上麻纱单衣。
齐侯之子,　　她是齐侯的女儿,
卫侯之妻。　　卫侯的妻。
东宫之妹,　　东宫太子的妹,
邢侯之姨,　　邢侯的姨,
谭公维私。〔一〕脂、文借韵。〇鲁,谭亦作覃。齐、韩,私亦作厶。　　谭公是她姊妹辈的夫婿。

一章。言其亲族之贵。

手如柔荑,　　两手好像又软又白的嫩茅,
肤如凝脂。　　皮肤好像凝结的膏脂。
领如蝤蛴,〔二〕鲁,蝤作螬。　　颈子好像长而白的蝤蛴虫儿,
齿如瓠犀,鲁,犀作栖。　　牙齿好像整而洁的瓠瓜子儿,
螓首蛾眉。〔三〕脂部。〇三家,螓作頱,蛾作娥。　　蝉子似的方额、蛾子似的长眉。
巧笑倩兮!　　巧笑的笑涡啊!
美目盼兮!文、耕合韵。文十一,耕十三,故得合用。〇鲁此下有"素以为绚兮"句。　　美眼的眼波啊!

二章。言其体貌之美。〇钟惺云:"'巧笑'二句言画美人,不在形体,要得其性情。此章前五句犹状其形体之妙,后二句并其性

情生动处写出矣。"按：笑用一"倩"字，目用一"盼"字，化静为动，化美为媚。传神写照，活画出一个美人形象来。一时代有一时代之语言，自愧使用今语难以表达古语之妙。〇按：螓蛴、美目双声。巧笑叠韵。

硕人敖敖，　　美人那样昂昂地高，
说于农郊。鲁，说作税。　　停车理好服饰在近郊。
四牡有骄，　　四匹大马这样肥膘，
朱幩镳镳，韩，镳镳作儦儦。　　马口外缠的红绸扇汗镳镳，
翟茀以朝。三家，茀作蔽。　　她乘着野鸡长尾的轿车来朝。
大夫夙退，　　大夫前来朝见的早退，
无使君劳！宵部。　　不使新婚的女君过劳！

三章。言其车服之备。

河水洋洋，鲁，洋洋作油油。　　黄河的水势洋洋，
北流活活。　　北流波动的活活。
施罛涉涉，鲁，罛一作罟，涉涉作溅溅。齐作菠菠。　　张设的鱼网大眼儿豁豁，
鳣鲔发发，鲁，发发一作泼泼。韩作鲅鲅。齐作鲅鲅。　　鳣鱼鲔鱼触网了尾儿泼泼，
葭菼揭揭。　　芦荻生长高了些的竿儿揭揭。
庶姜孽孽，韩，孽作巘。　　许多姜家小姐们首饰叠叠，
庶士有朅！祭部。〇韩，朅作桀。　　许多武士们又都这样敏捷！

四章。末言其随从之盛。犹《敝笱》文姜，其从如云也。〇按：庶姜或指一般齐女，非必谓媵庄姜之侄娣。庶士，或指一般武士，非必如《毛传》齐之大夫送女者。此章言见其国俗之富，尤其随从

之盛。铺陈风物，当在春夏之交，非必谓婚时也。阳湖派古文家恽敬，以旧注有未是处，乃作《硕人说》，谓三章宜与四章易置，文势方顺。是也。〇江永云："连六句韵，北流活活至庶士有朅。"

〇今按：《硕人》，庄姜始嫁，人见其嫁时及其嫁后短时期之幸福生活而作。作者熟谙其时奴隶主贵族剥削生活之享受，殆非民间歌手。隐三年《左传》："卫庄公娶于齐东宫得臣之妹，曰庄姜，美而无子，卫人所为赋《硕人》也。"《序》说《硕人》闵庄姜无子，义与《左传》同。此诗之言外之义，盖采诗、编诗或序诗之义，非诗本义。何楷谓诗作于庄姜始至之时。是也。魏源云："《硕人》，庄姜之傅母所作也。姜交（交姣古通）好，始往，操行衰惰，淫佚冶容。傅母谕之，乃作诗，砥厉女以高节：家世尊荣，当为民法则；子之质聪达于事，当为人表式；仪貌壮丽，不可不自修整；衣锦褧裳，饰在舆马；是不贵德也。女遂感而自修。君子善傅母之防未然也。"此据《列女传·女仪》篇，当出今文鲁、韩说，显与《毛序》异。倘依此古义，则鲁、韩说诗本事，非出古史佚文，即用民间传说，似于诗义有合，实亦诗之言外之意。而傅母之谕，与齐女之感，求之于诗，不可得也。

氓六章章十句

《氓》，刺时也。宣公之时，礼义消亡，淫风大行。男女无别。遂相奔诱，华落色衰，复相弃背。或乃困而自悔，丧其妃耦，故序其事以风焉。美反正，刺淫泆也。

氓之蚩蚩，〔一〕韩，蚩亦作嗤。	流氓笑嗤嗤，
抱布贸丝。	拿钱来买丝。
匪来贸丝，	不是来买丝，

来即我谋。	来就我筹谋。
送子涉淇，	送你渡淇水，
至于顿丘。	一直到顿丘。
匪我愆期，	不是我失约，
子无良媒。	你没有良媒。
将子无怒，	请你莫生气，
秋以为期。之部。	秋来以为期。

一章。女言初恋，并订婚期。○魏源云："淇水、顿丘，皆卫未渡河故都之地。"○江永云："连八句韵，'氓之蚩蚩'至'子无良媒'。"

乘彼垝垣，	登上那破墙，
以望复关。	去盼望复关。
不见复关，	望不见复关，
泣涕涟涟。鲁，泣作波。	涕泪滚涟涟。
既见复关，	已见着复关，
载笑载言。	便有笑有言。
尔卜尔筮，	你卜你占课，
体无咎言？〔二〕齐、韩，体作履。	幸无凶咎言？
以尔车来，	拿你车子来，
以我贿迁。元部。	拿我财物迁。

二章。言自携财物往嫁。○按：复关不必单是地名，亦当是暗指人名，女所期望之人也。

桑之未落，	桑树没枯落，
其叶沃若。鱼部。	叶子柔沃沃。
于嗟鸠兮，韩，于作吁。	唉唉斑鸠啊，

无食桑葚。　　不要吃桑葚。
于嗟女兮，　　唉唉女人啊，
无与士耽！侵部。　　莫和男子混！
士之耽兮，　　男子胡混啊，
犹可说也。　　还可解说呀。
女之耽兮，　　女人胡混啊，
不可说也。祭部。　　不可解说呀。

三章。自悔爱此男子。○《东坡志林》十，云："诗人有写物之功。(《学斋占毕》引作"诗人咏物至不可移易之妙"。)桑之未落，其叶沃若。他木殆不足当此。"○江永云："葚、耽，平、上为韵。"

桑之落矣，　　桑叶的落呀，
其黄而陨。　　它黄了就落。
自我徂尔，　　从我往嫁你，
三岁食贫。文部。　　多年吃苦过。
淇水汤汤，　　淇水滚汤汤，
渐车帷裳。　　溅到车帷裳。
女也不爽，　　女子呀不错，
士贰其行。[三]阳部。　　男子变花样。
士也罔极，　　男子呀没准，
二三其德！之部。　　两意三心肠！

四章。言男子变心，夫妻不和。○江永云："陨、贫，平、上为韵。"

三岁为妇，　　多年做你妇，
靡室劳矣。　　不怕家务劳。

夙兴夜寐，　　早起又晚睡，
靡有朝矣。　　并不是一朝。
言既遂矣，　　我已遂心呀，
至于暴矣。　　你倒凶暴呀。
兄弟不知，　　兄弟不知情，
咥其笑矣。　　张口大笑呀。
静言思之，　　静静地想它，
躬自悼矣。宵部。　　自己伤悼呀！

五章。言被弃而归，兄弟不谅。〇江永云："隔韵。妇、寐、遂、知、之韵，亦平、上、去通韵。"

及尔偕老！　　愿和你偕老！
老使我怨？　　到老使我怨？
淇则有岸，　　淇水还有岸，
隰则有泮！　　沼泽还有边！
总角之宴，　　结发的欢乐，
言笑晏晏。　　谈笑安安然。
信誓旦旦，　　誓约明明在，
不思其反。元部。　　不想他欺骗。
反是不思，　　骗了不想它，
亦已焉哉！之部。　　也就罢了啦！

六章。自伤初不料有此婚变。'淇则有岸，隰则有泮'，此怨则无穷期也。就本地风光作暗喻，随手拈来，妙。〇陈澧《读诗日录》云："此篇绝妙。"〇江永云："连句韵。连七句，如'老使我怨'至'不思其反'。"又云："四声通韵。怨、岸、泮、宴、晏、旦、反，上、去为韵。"

〇今按：《氓》与《谷风》皆为弃妇之词，一伤其夫得新忘旧，一怨其夫始爱终弃。此皆关于民间男女婚变之故事诗,同可作为短篇小说读。《序》意此诗他人为妇序其事以刺时。至《朱传》乃云:“此淫妇为人所弃,而自叙其事,以道其悔恨之意。”陈启源驳之云:“里巷猥事足为劝戒者,文人墨士往往歌述为诗,以示后世。如《陌上桑》、《雉朝飞》、《秋胡妻》、《焦仲卿妻》、《木兰诗》之类,皆非其人自作也,特代为其人之言耳。《国风》美刺诸篇,大率此类。《集传》概指为其人自作,决无是理也。《大全》载辅广之言,谓《谷风》与《氓》二诗,皆出于卫之妇人,其文词叙次,虽后世工文之士不能及。然其行一贤一否,信乎有言者不必有德也。噫! 俚语云:痴人前不可说梦。广之谓矣。”又云:“《氓》诗言‘总角之宴’,则妇遇氓时尚幼也。又言‘老使我怨’,则氓弃妇时,妇已老矣,必非三年便弃也。(展按:诗中言三岁,三非实数,特言其多耳。义见清汪中《释三九》。)其言三岁食贫,及三岁为妇,止目初为夫妇时耳。意氓本窭人,赖此妇车贿之迁,及夙兴夜寐之勤劳,三岁之后渐至丰裕。及老而弃之,故怨之深也。”此则又似以诗为妇人自述矣。最后王先谦云:“弃妇自悔恨之词,毛以诗为他人代述,说亦可通。”愚意,诗为妇人自作,抑为他人代述,反复讼争,永无定谳。即从其整篇谁何语气察之,诗中称我,作者自我,定为妇人自作,无不可者。此亦名从主人之例也。何况拟代之体,降及汉魏以来始渐有之,旨在摹拟前人,并非自己创作。又何况诗写婚姻变故,家庭琐屑,语虽概括大体,情极体贴入微,决为精明妇人善怀之辞。岂粗枝大叶,或负心薄幸之男子所得为之耶?

竹竿四章章四句

《竹竿》,卫女思归也。适异国而不见答,思而能以礼者也。

籊籊竹竿, 长条条的竹竿,

以钓于淇。　把钓在淇水里。
岂不尔思？　难道不那样想？
远莫致之！之部。　远了做不到的！

一章。回忆幼时钓游之乐。

泉源在左，　泉源在左，
淇水在右。　淇水在右。
女子有行，　女子有出嫁之道，
远兄弟父母。之部。　远离了兄弟父母。

二章。回忆嫁时路途所经。○何焯云："言既远其兄弟父母而来，所恃者夫子之见答。今乃不然，所以可悲也。"○按：淇水、泉源，明未渡河时事。○按：泉源叠韵。

淇水在右，　淇水在右，
泉源在左。　泉源在左。
巧笑之瑳，〔一〕　巧笑的开口见齿，
佩玉之傩。歌部。　佩玉的步法不错。

三章。回忆嫁前在家习礼时事。○姚际恒云："简妙。风致嫣然。"○胡承珙云："卫都朝歌，淇水自其城北屈而西转，是亦在卫之西北，其下流乃在西南。诗不曰泉水，曰泉源。《水经·淇水注》：泉水有二源，一曰马沟，一曰美沟，皆出朝歌西北。诗自其源而言之，故曰在左。淇水，诗不曰源，则是目其下流，已至卫之西南，故曰在右。即一字之分别其不苟如此。"

淇水滺滺，鲁，滺作油。　淇水油油地流，
桧楫松舟。〔二〕　中有桧桨松舟。

驾言出游，　　　　　　驾了车马而出游，
以写我忧！幽部。　　　　以发泻我的忧愁！

四章。今思归宁而不可得。〇汪梧凤云："《诗论》曰：《载驰》思归唁之诗，境变而思迫。《泉水》、《竹竿》思归宁之诗，境平而心婉。信哉！"〇王先谦云："案：古之小国，数十百里。虽云异国，不离淇水流域。前三章卫之淇水，末章则异国之淇水也。"

〇今按：《竹竿》，卫女思归也。诗义自明，古文《毛序》是。今文"三家无异义"。《序》下文云：适异国而不见答。朱子《辨说》云："未见不见答之意。"亦是。《竹竿》、《泉水》皆云："女子有行，远兄弟父母。""驾言出游，以写我忧。"当是同用谣谚成语，非必出于一人之手。方玉润论此诗，似可作为小结："《小序》谓卫女思归，《大序》（指《序》首句以下之词）增以不见答。何氏楷则谓《泉水》及此篇皆许穆夫人作。姚氏际恒以其语多重复，非一人笔，疑为媵和（倡和之和）夫人之词。均未尝细咏诗辞也。《载驰》、《泉水》与此篇虽皆思卫之作。而一则遭乱以思归，一则无端而念旧，词意迥乎不同。此不惟非许夫人作，亦无所谓不见答意。盖其局度雍容，音节圆畅，而造语之工，风致嫣然，自足以擅美一时，不必定求其人以实之也。诗固有以无心求工而自工者，迨至工时自不能磨。此类是已。俗儒说《诗》，务求确解。则三百诗词不过一本《记事珠》，欲求一陶情寄兴之作，岂可得哉？"

芄兰二章章六句

《芄兰》，刺惠公也。骄而无礼，大夫刺之。

芄兰之支！〔一〕鲁，支作枝。　　　　蔓生的芄兰的嫩枝！
童子佩觿。　　　　童子佩了象牙的解结锥。

虽则佩觿，	虽则佩了象牙的解结锥，
能不我知。〔二〕支部。	可是并不和我相知。
容兮遂兮！	撇着礼刀啊，佩玉有绶啊！
垂带悸兮！脂部。○韩，悸作萃。	拖着长带子拖的有风度啊！

一章。以能不我知而刺之。○陈奂云："芄兰叠韵。"

芄兰之叶！	蔓生的芄兰的嫩叶！
童子佩韘。	童子佩了射箭用的玉玦。
虽则佩韘，	虽则佩了射箭用的玉玦，
能不我甲。叶部。○韩，甲作狎。	可是并不和我亲狎。
容兮遂兮！	撇着礼刀啊，佩玉有绶啊！
垂带悸兮！	拖着长带子拖的有风度啊！

二章。以能不我甲而刺之。○按：全诗语气俨然父兄大臣口吻，自是刺卫惠公童年即位，骄而无礼之辞。

○今按：《毛序》："《芄兰》，刺惠公也。"《郑笺》："惠公以幼童即位，自谓有才能，而骄慢于大臣。但习威仪，不知为政以礼。"毛、郑说是。今文"三家无异义"。朱子《辨说》："此诗不可考。当阙。"又《集传》云："此诗不知所谓，不敢强解。"此由于雅有反《序》成见，故置疑辞。诗言童子佩觿、佩韘，容遂垂带，不属之惠公而属之何人乎？朱鹤龄云："《左传》：惠公之即位也少。杜预云：时方十五、六。盖宣公以隐公四年立，假令五年即娶齐女，至桓十二年见经，凡十九年。而朔尚有兄寿，则是宣公即位三、四年始生朔，故知为十五、六也。《序》以此诗属惠公不为无据。朱子谓不可考，当阙，亦疑《序》太过耳。《尚书》注云：国君十二以上，冠佩为成人。（《左传》：国君十四而冠。）惠公即位之年非童子也。然骄蹇自尊，德不称服，则犹是童子而已。惠公以谗构取国，为左右二公子所恶，逐之奔齐。《春秋》书卫侯朔出奔齐，不言二公子逐，罪之也。是诗也，其即二公子之徒为之欤？”考二公子于宣公为庶弟，于惠公朔为诸父辈。又尝为宣公二子伋、寿师傅，自于宣姜、惠公母子阴谋杀伋及寿有所不慊。刺惠公诗在前，逐惠公奔齐，则当在后也。近人有疑是诗为少女自伤嫁于幼童，旨在揭露此种恶俗者。倘据古谚“去家千里，莫食罗摩枸杞”，以芄兰即罗摩，为壮阳药物作解，虽属臆说，则亦有趣。但诗言佩觿、佩韘、容遂、垂带，显为奴隶主贵族阶级之佩饰容仪，并非泛言民间一般幼童所可有者，不知其何以为之说也！

河广二章章四句

《河广》，宋襄公母归于卫，思而不止，故作是诗也。

谁谓河广？	谁说黄河宽广？
一苇杭之。鲁，杭作斻。	一束芦苇就航过它。
谁谓宋远？	谁说宋国遥远？
跂予望之。阳部。○鲁、齐，跂作企。	我举起脚跟望见它。

一章。一苇杭之，曾不容刀，言渡水便。

谁谓河广？	谁说黄河宽广？
曾不容刀。	还容不了一条小船。
谁谓宋远？	谁说宋国遥远？
曾不崇朝。宵部。	还走不了一个整天。

二章。跂予望之，曾不崇朝，言陆行近。

○今按：《河广》一诗，当为流行卫、宋民间，言两国相去不远，水陆密迩之歌谣。无他要义。诗言跂卫望宋，自为卫人所作。卫都朝歌在河北，宋都睢阳在河南。跂予望之，卫人夸辞耳。《诗序》谓此宋襄公母归卫思宋而作。所思者何？耐人思索，惹人争辩。

《郑笺》云："宋桓公夫人，卫文公之妹，生襄公而出。襄公即位，夫人思宋，义不可往，故作诗以自止。"《孔疏》云："此假有渡者之辞，非喻夫人之向宋渡河也。何者？此文公之时，卫已在河南，自卫适宋不渡河。"郑、孔皆认为宋襄公母思其子，诗作在襄公即位后。至宋儒始有异义。《吕纪》、《严缉》皆争以为诗作在襄公即位前。清儒陈启源祖郑、孔而斥严氏，胡承珙总结诸家之说，祖严而非郑、孔。陈奂《传疏》专申毛义，而以为此诗确作在宋襄公即位前。并突出宋襄公母为忧思宗国颠覆，望宋渡河救卫而作。算为此诗争论暂作结束。"《序》云'宋襄公母'者，宋桓公夫人也。何以不言宋桓夫人？以夫人终襄公世不返宋，故不系诸宋桓而系诸宋襄也。《序》云'归于卫'者，归，归宗也。女既归宗，义当庙绝。……宋襄公母归于卫，其义与宋当绝。……《序》云'思而不止'者，思，忧思，不止，犹不已也。当时卫有狄人之难。宋襄公母归在卫，见其宗国颠覆，君灭国破，忧思不已，故篇内皆叙其望宋渡河救卫，辞甚急也。未几而宋桓公逆诸河，立戴公以处曹。则此诗之作自在逆河之前。《河广》作，而宋立戴公矣。《载驰》赋，而齐立文公矣。《载驰》许诗，《河广》宋诗。而系列于庸、卫之《风》，以二夫人于其宗国皆有存亡继绝之思，故录之。若仅谓思子而作，孔子奚取焉？"苟如陈奂说，是则宋桓夫人与许穆夫人同可谓为古之爱国女诗人也已。

伯兮四章章四句

《伯兮》，刺时也。言君子行役，为王前驱，过时而不反焉。

伯兮朅兮！鲁，朅作偈。	伯啊，勇敢敏捷啊！
邦之桀兮！祭部。○韩，桀一作傑。	一国的豪杰啊！
伯也执殳，	伯呀，挺着丈二长殳，

为王前驱。侯部。　　做着国王前驱。

一章。言伯之出征，闵伯之才。

自伯之东，　　自从伯往东方去了，
首如飞蓬。〔一〕　　头上像乱飞的蓬草。
岂无膏沐，　　难道没有面膏发油，
谁适为容？东部。　　打扮着讨谁人的好？

二章。言己不为容，自明其志。

其雨其雨？　　该要下雨，该要下雨？
杲杲出日。　　树上红亮亮出了太阳。
愿言思伯，〔二〕　　我每一想起了伯，
甘心首疾！脂部。　　苦在心上，痛在头上！

三章。言思伯难忘而痛苦。〇按：《传》：甘，厌也。是甘有厌苦之义。甘之训苦，相反为义，愚亦从马瑞辰说。卫语之以甘为苦，盖犹楚语之以快为苦也。见《方言》二。

焉得谖草？〔三〕韩，谖亦作諠。　　哪里可得到忘忧萱草？
言树之背。　　我把它种在北堂阶下。
愿言思伯，　　我每一想起了伯，
使我心痗！脂部。　　使我心头痛的可怕！

四章。言思伯而难忘。〇何焯云："谖，忘也。借以托意，非此草果能忘忧。"（《义门读书记》）按：谖义双关。

〇今按：《伯兮》，妇人为其君子于役未归，深感痛苦而作。诗意自明。《诗序》谓此刺时，行役过时不反。推本诗人言外之意，亦未为误。《郑笺》云："卫宣公之时，蔡人、卫人、陈人从王伐郑。伯也为王前驱久，故家人思之。”今文“三家无异义”。王质《诗总闻》云：“当是卫人从王伐郑，在《春秋》鲁桓五年，以诗‘为王前驱’可见。”又云：“蓬至秋则根脱，遇风则乱飞。萱草盛夏则吐花，深夏则雕。伐郑之役在秋，故皆举秋物寄意。”“潘氏《寡妇赋》云：彼诗人之攸叹，徒愿言而心痗。荣华蔚其始茂，良人已忽捐背。盖得本意。”愚见，诗言王，不必指实为周王。当时诸侯自王其国，在国内称王，不仅吴、楚，小国亦有之。在周金文中，如《徐王楚义彝》、《吕王作内姬彝》、《矢王尊》之类便是。前见《北门》篇“王事适我”之王，亦当作如是解。诗云“伯兮朅兮”，又云“为王前驱”。《毛传》：“伯，州伯也。”《郑笺》：“伯，君子字也。”愚见，伯，可能为妻称其夫，郑说较胜。要之，伯为前驱，自是武士，属于当时社会上士之一阶层，否则亦当属于自由民一阶层。如认诗中王为周王而伐郑，则诗云“自伯之东”，出征方向有争；（如《孔疏》：蔡、卫、陈从王伐郑，兵至京师，乃东行伐郑。《朱传》：卫在郑西，疑不得云之东。）如认伯为州伯、为大夫，亦有争。（如毛奇龄、胡承珙、陈奂、王先谦诸家说。）今人已无兴趣参与此无谓之争矣。

有狐三章章四句

《有狐》，刺时也。卫之男女失时，丧其妃耦焉。古者国有凶荒，则杀礼而多昏，会男女之无家者，所以育人民也。

有狐绥绥，齐，绥绥作夊夊。	有一只狐慢吞吞地，
在彼淇梁。	走在那淇水上石桥。
心之忧矣，	心里的难受呀，
之子无裳！阳部。	这个人裤也没一条！

一章。忧其无裳。

有狐绥绥，	有一只狐慢吞吞地，
在彼淇厉。	走在那淇水的渡口。
心之忧矣，	心里的难受呀，
之子无带！祭部。	这个人衣带也没有！

二章。忧其无带。

有狐绥绥，	有一只狐慢吞吞地，
在彼淇侧。	走在那淇水的旁边。
心之忧矣，	心里的难受呀，
之子无服！之部。	这个人没有衣服穿！

三章。忧其无服。

〇今按：《有狐》，民间旷男怨女之作。作者用女人语气，疑为男子嘲弄女人之词，当采自歌谣。本义自明，别无宏指。《诗序》意谓刺时凶荒，男女失时，丧其妃耦焉。探诗言外之意，亦未为误。"〔《韩诗》〕《外传》义与《毛序》合。鲁、齐无异义。"(《集疏》)诗"有狐绥绥"，《毛传》："兴也。绥绥，匹行貌。"陈奂云："狐妃耦而行绥绥然，以兴无室家者，狐之不若也。"诗"心之忧矣，之子无裳"，《郑笺》："时妇人丧其妃耦，寡而忧。是子无裳，无为作裳者，欲与为室家。"《朱传》乃云："有寡妇见鳏夫而欲嫁之。"此皆未免授人笑柄，则必有人反诘之：何以见其为寡妇？何以见其为鳏夫？何以见其为而欲嫁之？夫他人无裳，与己何涉？妇人如此之无耻乎？且所见之子必为他人而非其夫也？《严缉》云："《有狐》之诗，《桃夭》、《摽有梅》之变也。"倘谓《桃夭》美昏姻以时，《摽有梅》美男女及时，《有狐》则刺男女失时。诗人有美刺，昏礼有正变，义仍《诗序》，语有分晓，其亦庶乎云可也？

木瓜三章章四句

《木瓜》，美齐桓公也。卫国有狄人之败，出处于漕。齐桓公救而封之,遗之车马器服焉。卫人思之,欲厚报之,而作是诗也。

投我以木瓜,〔一〕	投赠给我的是香果木瓜,
报之以琼琚。鱼部。	报答给他的是玉佩琼琚。
匪报也,	不是图报呀,
永以为好也。幽部。	永久以为友好呀。

一章。言欲以琼琚报木瓜。〇按:琼琚双声。

投我以木桃,〔二〕	投赠给我的是香果木桃,
报之以琼瑶。宵部。	报答给他的是玉佩琼瑶。
匪报也,	不是图报呀,
永以为好也。	永久以为友好呀。

二章。言欲以琼瑶报木桃。

投我以木李,〔三〕	投赠给我的是香果木李,
报之以琼玖。之部。	报答给他的是玉佩琼玖。
匪报也,	不是图报呀,
永以为好也。	永久以为友好呀。

三章。言欲以琼玖报木李。〇按:全诗每章首二句只形容忠厚之情,下二句欲以坚相好之义。言人当薄施厚报,故设为果琼不等之喻,以谓若施有厚于此者,报当何如?此诗人忠厚之情也。〇按:琼玖双声。

〇今按:《木瓜》,言一投一报,薄施厚报之诗。徒有概念,羌无故实。诗义自明,不容臆说。此当采自歌谣,今亦有得一还两、得牛还马之谚语。《孔丛子》云:"孔子曰:吾于《木瓜》见苞苴之礼行。"《贾子新书·礼》篇引由余云:"苞苴时有,筐篚时至,则群臣附。《诗》曰:'投我以木瓜,报之以琼琚。匪报也,永以为好也。'上少投之，则下以躯报矣。”此谓《木瓜》下报上之诗。贾时唯有《鲁诗》，或以为此今文鲁说，与古文《毛序》异。朱子务攻《毛序》，《朱传》：“疑亦男女相赠答之辞，如《静女》之类。”毛奇龄《白鹭洲主客说诗》则痛驳之。姚际恒、崔述则皆以此诗为朋友相馈遗、相赠答之诗。凡诸臆说，徒召争论，举无当于诗义。则不如最初《毛序》所云《木瓜》美齐桓救卫，使复其国，卫人思欲厚报之。盖出采诗之义、国史之辞，尚为有据也。

【简注】

淇奥

〔一〕绿竹，一物，禾本植物。《毛传》以为王刍、萹竹二物，疑非。今之气象学家谓我国五千年来竹类分布北限，向南后退 1 至 5°纬度。黄河流域有竹，汉时犹然。（竺可桢《中国近五千年来气候的变迁》，《地理知识》一九七三年四期）按：《水经注·淇水》篇云：汉武帝塞决河，斩淇园之竹木以为用。寇恂为河内，伐竹淇川，治矢百余万以输军实。是其证。毛公作《传》时，殆在寒暖交错时期，偶值气象变寒，不见此亚热带之竹耶？

〔二〕此诗描述武公为人之德性态度，无论具体比喻，抽象形容，以及其所服用之器物古有今无者，皆不易用今语道出。尤其是“会弁如星”一句，毛、郑、孔氏三家之说并不明确一致。段玉裁《说文》注、《周礼汉读考》，“疑有错误”，指出三疑。愚欲试译《诗》之全部，译文不可有缺。有时遇到前无确诂，只得强作解人，试备一说云尔。

〇奥音郁，或如字。猗音阿，或如字。僩音罕。莹音荣。弁音卞。较音榷，音各。

考槃

〔一〕《笺》云：莛，饥意。段玉裁云：毛、郑意谓莛为款之假借。《尔雅》：款足者谓之鬲。《汉书》作空足曰鬲。《杨王孙传》：窾木为椟。服虔曰：窾，空也。读科条之科。是莛款古同音。莛音又近窠。莛读若窠，犹《说文》婐读若骒也。

〔二〕《笺》：轴，病也。《尔雅·释诂》：逐，病也。《孔疏》：逐与轴盖古今字异。陈乔枞云：据此知鲁作逐，而训为病。

硕人

〔一〕谭城遗址在今山东历城县东南七十五华里一条小河东岸上。见梁思永《城子崖中国考古报告第一种》。

〔二〕蝤蛴，节肢动物，昆虫，鞘翅类，天牛科之天牛幼虫。乳白色，无足，有黄褐色被覆全体。背有颗粒状突起之物，能支持其体以蠕行。蚀桑树，能深入干中，致桑枯死，故或称为木蠹。

〔三〕螓，如蝇而小，节肢动物，昆虫，有吻类，吹沫虫科，一名草蝉。蛾，蚕蛾，节肢动物，昆虫，鳞翅类，蚕蛾科。

○颀音祈，又音芹。褧音炯。邢音刑。蝤音酋，徐音曹。（徐疑蝤作螬）螓音争。倩，《释文》本亦作茜。幩音坟。镳音标。罛音孤。涉音近秽。鳣音占，音展。鲔音洧，近尾。菼音谈，或读上声。朅音揭。

氓

〔一〕氓者，《说文通训定声·壮部》云：自彼来此之民曰氓，从民从亡，会意。"抱布贸丝"者，今人或谓上古以物易物，物物交换之意。惟据毛、郑训布为币，则为钱币或货币。先郑《周礼·载师》注引此诗句，或曰：布，泉也。与史称周景王铸大钱之钱同义。今之古泉学家称古布泉为铲币，如原始布、空首布之类，称为大铲币，以其作铲形故也。清初尚龄《吉金所见录》谓布泉始铸于卫国，正可以证《氓》篇之布。《易林·夬之兑》：以缗易丝。是今文《齐诗》说亦以此诗之布为缗、为钱也。

〔二〕《韩说》云：体，幸也。

〔三〕贰者，王引之云：贰当为贷之讹，即忒之借字。

○垝音诡。筮音逝。葚音甚。耽，覃韵，今读如虎视眈眈之眈。《传》：耽，乐也。《笺》：非礼之乐。徂音祖。汤音伤，或如字。渐音溅，或如字。咥音迭，又音质。

竹竿

〔一〕《传》：瑳，巧笑貌。傩，行有节度。马瑞辰云：瑳，当为齜之假借。《说文》齜字注：一曰开口见齿之貌。读若柴。笑而见齿，故以齜状之。齜借作瑳，犹玼或作瑳也。（《通释》）胡承珙云：瑳，疑齹之假借。《说文》：

瑳，齿参差也。诗但为笑而见齿之貌耳。(《后笺》)两说皆通。古文字多互为假借，未可拘墟以求也。

〔二〕桧，又名刺松，崖柏。松柏科，常绿乔木。曲阜孔庙旧传有孔子手植桧。松有多种，习见者为马尾松。桧松同类。

○藋音狄。陈奂云：当作翟，古擢字，徒吊反。瑳音磋。傩音挪。桧音快。

芄兰

〔一〕芄兰，罗摩，俗名婆婆针线包。罗摩科，蔓性多年生草本。其茎缠绕于他物，断之有白汁可啖。果为蒴果，内多生长白毛之扁形种子。

〔二〕能不我知者，王引之云：能，乃语词之转，当读为而。古字多借能为而。陈奂云：能音而。下同。按：能亦可读为耐。

○芄音丸，音桓。觿音携。悸音季。韘音摄，俗或音牒。

伯兮

〔一〕蓬，蓬子菜，多年生草本，生于山野，茜草科。秋枯根拔，风卷而飞，故又名飞蓬。

〔二〕愿字义已见《邶·二子乘舟》简注。

〔三〕《传》：谖草令人忘忧。背，北堂也。谖草，又名鹿葱，宜男花，黄花菜，金针菜。多年生草本，百合科。

○殳音殊。杲音稿。痗音每，又音晦，今读如昧。

木瓜

〔一〕木瓜，楙木，落叶灌木，蔷薇科。果实长椭圆形，略似瓜，淡黄色，具芳香。

〔二〕木桃，又名楂(查)子、铁脚梨、白海棠。落叶灌木，蔷薇科。果实圆形或卵彩，黄色或黄绿色，具芳香。

〔三〕木李，又名榠楂、蛮楂、榅桲、木梨。落叶灌木或小乔木，蔷薇科。果实圆形或洋梨形，萼部宿存，具芳香。

诗经直解　卷六

王第六　毛诗国风

王国十篇二十八章百六十二句

黍离三章章十句

《黍离》，闵宗周也。周大夫行役，至于宗周，过故宗庙宫室，尽为禾黍。闵周室之颠覆，彷徨不忍去，而作是诗也。

彼黍离离！离与靡叶。歌部。	那里黍子一列列！
彼稷之苗？〔一〕	那里是稷子的苗？
行迈靡靡，	走路走的慢慢，
中心摇摇。宵部。〇三家，摇作愮。	心里愁的摇摇。
知我者，	知道我的人，
谓我心忧；	怪道我心里忧愁；
不知我者，	不知道我的人，
谓我何求。幽部。	怪道我什么要求。
悠悠苍天！韩，苍作仓。	远悠悠的苍天！
此何人哉？真部。	这是什么人哟？

一章。言中心摇摇。〇《孔疏》云："何人，犹言何物人。大夫非为不知〔其为亡国之君〕，而言何物人，疾之甚也。"按：末二句，犹晚明民谣："老天爷！你塌了罢？"〇陈奂云："黍离双声。"

彼黍离离！	那里黍子一列列！
彼稷之穗？	那里是稷子的穗？
行迈靡靡，	走路走的慢慢，
中心如醉。脂部。	心里好像酒醉。
知我者，	知道我的人，
谓我心忧；	怪道我心里忧愁；
不知我者，	不知道我的人，
谓我何求。	怪道我什么要求。
悠悠苍天！	远悠悠的苍天！
此何人哉？	这是什么人哟？

二章。言中心如醉。〇江永云："隔韵。一、二、三章离、靡，平、上为韵。"

彼黍离离！	那里是黍子一列列！
彼稷之实？	那里是稷子的实？
行迈靡靡，	走路走的慢慢，
中心如噎。脂部。	心里好像喉塞。
知我者，	知道我的人，
谓我心忧；	怪道我心里忧愁；
不知我者，	不知道我的人，
谓我何求。	怪道我什么要求。
悠悠苍天！	远悠悠的苍天！
此何人哉？	这是什么人哟？

三章。言中心如噎，一层深一层。心忧愈逼愈紧。〇《孔疏》云："诗人以黍秀时至，稷则尚苗，六月时也。未得还归，遂至于稷之穗，七月时也。又至于稷之实，八月时也。是故三章历道其所更

见。稷则穗实改易，黍则常云离离，欲记其初至，故不变黍文。大夫役当有期而返，但事尚未周了故也。”○王鏊《震泽长语》云：“余读《诗》至《绿衣》、《燕燕》、《硕人》、《黍离》等篇，有言外无穷之感。后世唯唐人诗尚或有此意。如‘薛王沉醉寿王醒’，不涉讥刺而讥刺之意溢于言外；‘君向潇湘我向秦’，不言怅别而怅别之意溢于言外；‘凝碧池头奏管弦’，不言亡国而亡国之痛溢于言外；‘溪水悠悠春自来’，不言怀友而怀友之意溢于言外；‘潮打空城寂寞回’，不言兴亡而兴亡之意溢于言外。得《风》人之旨矣。”

○今按：《黍离》，周大夫行役至于西周镐京，过故宗庙宫室，尽为禾黍，有所悯伤而作。古文《毛序》盖用采诗、国史之义。今文三家韩、鲁遗说与毛异。曹植《令鸟恶禽论》云：“昔尹吉甫信后妻之谗，而杀孝子伯奇，其弟伯封求而不得，作《黍离》之诗。”此用《韩诗》。胡承珙云：“尹吉甫在宣王时，尚是西周，不应其诗列于东都。”王先谦云：“吉甫放逐，伯奇出亡，自是西周之事。年岁无考，存殁不知，盖有传其亡在王城者。及平王东迁，伯封过之，求兄不得，揣其已殁，忧而作诗，情事分明。此不足以难韩说也。”刘向《新序·节士》篇云：“卫宣公子寿，闵其兄伋之且见害，作忧思之诗，《黍离》是也。”此盖鲁说。胡承珙云：“据《左传》，卫寿窃旌先往，是死在伋先，安得有闵兄见害之事？”王先谦云：“疑它人窜入，不出中垒手也。”宋儒程子强调闵宗周一说，以彼稷之苗说为彼后稷之苗。同时学者以为此较先儒平易明白。（邵博《河南邵氏闻见后录》五）程朱逞臆说《诗》往往类是，难与辩矣。《黍离》，大夫闵宗周，故得列为《王风》之首。何谓《王风》？《郑笺》云：“宗周，镐京也，谓之西周。周，王城也，谓之东周。幽王之乱而宗周灭。平王东迁，政遂微弱，下列于诸侯，其诗不能复《雅》，而同于《国风》焉。”又《郑谱》云：“平王以乱故，徙居东都王城，于是王室之尊与诸侯无异。其诗不能复《雅》，故贬之，谓之王国之《变风》。”又《郑志》云：“张逸问：平王微弱，其诗不能复《雅》。厉王流于彘，幽王灭于戏，在《雅》何？

答曰：幽、厉无道，酷虐于民，以强暴至于流灭。岂如平王微弱，政在诸侯，威令不加于百姓乎？”是东周王城诗即称《王风》，以《风》贬周也。且云雅者，正也，政也。王政不复行，故郑不惮再三云其诗不能复《雅》也。《王风》兼地理与政治而言之，其义乃全也。后儒有争论者，要之不越乎此，可不复陈矣。

君子于役二章章八句

《君子于役》，刺平王也。君子行役无期度，大夫思其危难以风焉。

君子于役，	君子出差去了，
不知其期；	不知道它的定期；
曷至哉？	什么时候到家呢？
鸡栖于埘；〔一〕	鸡栖息在鸡埘；
日之夕矣，	已是太阳的残照呀，
羊牛下来。齐作牛羊。	牛羊先后下来。
君子于役，	君子出差去了，
如之何勿思？之部。	怎么样不相思？

一章。言思其人未有归期。〇姚际恒云：“句法错落。日落怀人，真情实境。”〇郝懿行妻王照圆云：“写乡村晚景，睹物怀人如画。”（《诗说》）〇按：鸡栖叠韵。

君子于役，	君子出差去了，
不日不月；	不是一日，不是一月；
曷其有佸？	什么时候将又会着？
鸡栖于桀，〔二〕	鸡栖息在鸡栅；
日之夕矣，	已是太阳的残照呀，

羊牛下括。	牛羊下来集合。
君子于役，	君子出差去了，
苟无饥渴！祭部。	该没挨饿挨渴？

二章。言忧其人苟无饥渴。〇王质云："当是在郊之民，以役适远。而其妻于日暮之时约鸡归栖，呼羊牛来下，故兴怀也。大率此时最难为别怀，妇人尤甚。"(《诗总闻》)〇钟惺云："'百尔君子，不知德行？'非妇人语。'君子于役，苟无饥渴？'真妇人语。然各有深思，妙在言外。"〇钱澄之云："篇中感物兴思皆牛羊鸡栖，为寻常耕牧之家所见，似非大夫妻也。"(《田间诗学》)

〇今按：《君子于役》，君子行役无定期，其室家思念之而作。诗义自明。《诗》今古文说有异义。王先谦云："案据诗文，鸡栖日夕，牛羊下来，乃室家相思之情，无僚友托讽之谊。所称君子，妻谓其夫。《序》说误也。""班彪《北征赋》：日晻晻其将暮兮，睹牛羊之下来。寤怨旷之伤情兮，哀诗人之叹时。班氏世习《齐诗》，赋云怨旷伤情，知齐义以此诗君子为室家之词。"是今文齐说较古文《毛序》为合。诗有泥土气息，明出歌谣。宋儒疑《序》，《吕记》谓经文不见大夫思其危难以风之义。朱子《辨说》云："此国人行役，而室家念之之辞。《序》说误矣。其曰平王，亦未有考。"就诗求义，并不为失。诗称君子，自是妻目其夫之词。然当时所谓君子、小人，常含有阶级意义，但读《论语》、《孟子》便知。此诗君子似非大夫，伐冰之家不畜牛羊。而家有牛羊，殆属于武士，属于当时在社会上士之一阶层，或自由农民、小私有土地者。即令其时公田大量存在，井田以外之私田当已有之。《诗》三百中有可考者，《君子于役》是其一例也。日本佐野袈裟美《中国历史教程》引此诗，谓君子、大人，"也是指一般的贵族，是服侍王公，也从事于战争的"。又云："关于当时自由农民及农奴型的农民究竟存在与否的问题，还不能得到确实的证据，所以不能下怎样的断定。"彼固不知我国当代历史学者研究此类问题已有若何之成就，故彼不得不作谦语疑词也。

君子阳阳二章章四句

《君子阳阳》，闵周也。君子遭乱，相招为禄仕，全身远害而已。

君子阳阳，	君子意气扬扬，
左执簧，	左手举起吹奏的笙簧，
右招我由房。〔一〕阳部。	右手招我用房中之音乐。
其乐只且！韩，只作旨。	他好快乐哟！

一章。言君子之乐在音乐。○俞樾云：“笙不能无簧，簧不必定施于笙，簧盖自成一器。《鹿鸣》篇言笙与簧亦二物。”

君子陶陶，	君子兴致陶陶，
左执翿，幽、宵通韵。○幽第二，宵第三，故得通用。	左手举起指挥的羽毛，
右招我由敖。〔二〕	右手招我用燕游的舞蹈。
其乐只且！	他好快乐哟！

二章。言君子之乐在舞蹈。○《程子遗书》云：“阳阳，自得。陶陶，自乐之状。皆不任忧责，全身自乐而已。”○苏辙《诗传》云：“君子以贱为乐，则其贵者不可居也。虽有贵位而君子不居，则周不可辅矣。此所以闵周也。”○江永云：“一、二章‘其乐只且’，隔章尾句遥韵。”

○今按：《君子阳阳》，乐官遭乱，相招以卑官为隐，全身远害之作。诗两“我”字，《郑笺》云：“我者，君子之友自谓也。”是“俱在乐官”，君子为之长矣。此诗盖为君子之僚友所作。《诗序》可不谓误。"三家无异义"。诗云执簧、执翿，与《邶风·简兮》伶官执籥秉翟相似。决非瞽矇盲乐工，亦非教胄子之典乐，教国子之大司乐。盖属于《周礼》旄人、磬师、钟师，以及笙师、籥师、大胥、小胥之流，其位不出乎中下士。《论语·微子》篇云："大师挚适齐，亚饭干适楚，三饭缭适蔡，四饭缺适秦。鼓方叔入于河，播鼗武入于汉，少师阳、击磬襄入于海。"此谓春秋末年鲁国乐工逃散，或旁适他国，或逃入河海。可以推知此一时代逃避现实之乐官早有其人，《简兮》、《君子阳阳》亦可证也。《朱传》于《君子阳阳》云："此篇疑亦前篇妇人所作，盖其夫既归，不以行役为劳，而安于贫贱以自乐，其家人又识其意而深叹美之。""或曰：《序》说亦通。宜更详之。"此篇作者与前篇妇人何关？此诗房敖乐舞，岂贫贱之家所可有者？既无自信，徒召讥嘲。《许氏名物钞》云："以大夫招其妻入于舞位，亦或有微（违？）碍否？"《毛诗明辨录》云："古者士大夫家有乐不自考击。即幼习《象》、《勺》，成人之后亦不无故自舞。若君子行役初归，虽有室家之乐，亦何至执簧执翿，声容并肆？"即使如"武彝山下吃残羹"之辅广，亦尚不肯曲信师说。故云："先生疑此篇亦前妇人所作者，盖篇首皆以君子为言，而又相联属，此固不害于义，然安知其非偶然而然也？"

扬之水三章章六句

《扬之水》，刺平王也。不抚其民，而远屯戍于母家，周人怨思焉。

扬之水，鲁，扬作杨。	一条激流的河水，
不流束薪？	不流去一束干薪？
彼其之子，	他们那样的人，
不与我戍申？真部。	不和我防守到申？

怀哉怀哉！ 想他哟，想他哟！
曷月予还归哉？脂部。 哪个月我才回家哟？

一章。言戍申。〇《传》云："兴也。扬，激扬也。戍，守也。申，姜姓之国，平王之舅。"《笺》云："彼其是子，独处乡里，不与我来守申，是怨思之言也。其，或作记，或作己，读声相似。"《传疏》云："激扬之水流漂草木，兴平王频急之政，疾趋远戍，视民如草芥然。""不，发声。"（误）"其，语助。盖记、己本三家诗，《毛诗》皆作其。"《序》"怨思"二字施之于彼其之子，最为确切。《一统志》：申，在南阳府南阳县附郭。

扬之水， 一条激流的河水，
不流束楚？ 不流去一束荆树？
彼其之子， 他们那样的人，
不与我戍甫？鱼部。 不与我到吕卫戍？
怀哉怀哉！ 想他哟，想他哟！
曷月予还归哉？ 哪个月我才回家哟？

二章。言戍甫。〇王先谦云："甫即吕国。《诗》、《孝经》、《礼记》皆作甫，《尚书》、《左传》、《国语》皆作吕。甫、吕古同声。"按《一统志》：吕城，在南阳府西三十里，今名董吕村。

扬之水， 一条激流的河水，
不流束蒲？〔一〕 不流去一束水杨？
彼其之子， 他们那样的人，
不与我戍许？鱼部。 不和我到许设防？
怀哉怀哉！ 想他哟，想他哟！
曷月予还归哉？ 哪个月我才回家哟？

三章。言戍许。〇按《一统志》:许,在今河南许州。诗实主戍申,三章三易戍地。盖甫、许近申,展转换防,言屯戍之久也。〇顾栋高《春秋大事表》云:"申为南阳,天下之膂。至楚灭申,遂北向以抗衡中夏。平王东迁,即切切焉戍申与甫、许。申侯可仇,申之地自不可弃,戍申自不容已。"〇王闿运《补笺》云:"怨戍未为知义,不戍则以委楚矣,周人亦无利也。此《序》失之。"〇江永云:"一、二、三章水、子隔韵。""蒲、许,平、上为韵。"

〇今按:《扬之水》,周平王遣戍于母家申国之士卒所作。诗义自明。当采自歌谣。《诗序·笺》云:"怨平王恩泽不行于民,而久令屯戍不得归,思其乡里之处者。言周人者,时诸侯亦有使人戍焉。平王母家申国,在陈、郑之南,迫近强楚,王室微弱,而数见侵伐,王是以戍之。"《序》与诗与史(《史记·周本纪》)皆合。"三家无异义"。王先谦云:"申,姜姓,幽王太子宜咎之舅也。王黜申后,太子奔申。王伐申,申召戎伐周,杀幽王。见《郑语》韦注。太子立为平王。申虽平王母党,实不共戴天之仇。其后邻国侵伐,而又戍之。"此可作为《扬之水》诗本事读。

中谷有蓷三章章六句

《中谷有蓷》,闵周也。夫妇日以衰薄,凶年饥馑,室家相弃尔。

中谷有蓷,	山洼里有益母草,
暵其干矣。〔一〕三家,暵作灘。	它遭旱而干呀。
有女仳离,	这个女人被离弃,
嘅其叹矣。	她感慨而长叹呀。
嘅其叹矣?	她感慨而长叹呀?
遇人之艰难矣!元部。	遇着男人的艰难呀!

一章。“叹之者，知其不得已也。”〇按：《传》云：“兴也。”盖以蓷之暵而干，兴女之嘅而叹也。下二章兴义仿此。又，三章中“有女”之“有”，皆可作为不定指示形容词。〇陈奂云：“仳离双声。”

中谷有蓷，	山洼里有益母草，
暵其脩矣。	它遭旱而焦呀。
有女仳离，	这个女人被离弃，
条其啸矣。	她长声而悲号呀。
条其啸矣？	她长声而悲号呀？
遇人之不淑矣！幽部。	遇着男人的不好呀！

二章。“啸者，怨之深也。”〇按：不淑，犹言不善、不祥。王国维云：“遇人之不淑，犹言遇人之艰难。不责其夫之见弃，而但言其遭际之不幸，亦诗人之厚也。”〇江永云：“脩、啸、淑，平、去、入为韵。”

中谷有蓷，	山洼里有益母草，
暵其湿矣。〔二〕	它遭旱而瘪呀。
有女仳离，	这个女人被离弃，
啜其泣矣。韩，啜作惙。	她丧气而悲泣呀。
啜其泣矣？	她丧气而悲泣呀？
何嗟及矣！〔三〕缉部。	可怜怎么来得及呀！

三章。“泣，则穷之甚也。”（《苏传》）〇谢枋得云：“此诗三章，言物之暵，一节急一节。女之怨恨者一节急一节。始曰‘遇人之艰难’，怜其穷苦也。中曰‘遇人之不淑’，怜其遭凶祸也。终曰‘何嗟及矣’，夫妇既已离别，虽怨嗟亦无及也。饥馑而相弃，有哀矜恻怛之意焉。”（见《传说汇纂》）

〇今按：《中谷有蓷》，凶年饥馑，夫妇仳离之诗。诗义自明。当采自歌谣。《诗序》与诗义合。"三家无异义"。自宋儒以来，亦无甚异说。《朱传》云："妇人览物起兴，而自述其悲叹之词也。"姜炳璋《诗序广义》云："诗人所见只一女，而叹、而啸、而泣，以渐而深。曰'有女'，知非此女自作。"自作他作，可勿争论。即自作而托之他人口吻，固亦可能。要之必为妇女之作，可与《谷风》、《氓》篇同读。愚见，在奴隶制社会的底层妇女实为奴隶之奴隶，有被夫家男权鬻卖杀戮之虞，恐无男子肯为鸣其不平者也。

兔爰三章章七句

《兔爰》，闵周也。桓王失信，诸侯背叛，构怨连祸，王师伤败，君子不乐其生焉。

有兔爰爰，〔一〕	这兔子脱走缓缓地，
雉离于罗。	野鸡落入了网鸟的罗。
我生之初，	我出生之初，
尚无为；	还没有变动什么；
我生之后，	我出生之后，
逢此百罹：	遭了这百种灾祸：
尚寐无吪！歌部。	希望睡倒不要动啊！

一章。言尚寐无吪。〇马瑞辰云："狡兔以喻小人，雉耿介之鸟以喻君子。有兔爰爰，以喻小人之放纵；雉离于罗，以喻君子之获罪。"

有兔爰爰，	这兔子脱走缓缓地，
雉离于罦。〔二〕	野鸡落入叫堕车的罦。

我生之初，　　我出生之初，
尚无造；　　还没有造作纷扰；
我生之后，　　我出生之后，
逢此百忧：　　遭了这百种烦恼：
尚寐无觉！幽部。　　希望睡倒不要醒了！

二章。言尚寐无觉。〇辅广云："无吪、无觉、无聪，义无轻重，但趁韵耳。"〇江永云："罦、造、忧、觉，平、上、去通韵。"

有兔爰爰，　　这兔子脱走缓缓地，
雉离于罿。　　野鸡落入叫翻车的罿。
我生之初，　　我出生之初，
尚无庸；　　还没有怎么用兵；
我生之后，　　我出生之后，
逢此百凶：　　遭了这百种灾凶：
尚寐无聪！东部。　　希望睡倒不要听闻！

三章。言尚寐无聪。〇《孔疏》云："《序》云君子不乐其生之由，三章下五句皆言不乐其生之事。首二句言王政有缓有急，君子亦为此而不乐也。"〇顾起元云："三章各首二句比君子得祸，小人独免。下皆是叹其所遭而安于死也。"（见《传说汇纂》）

〇今按：《兔爰》，诗人伤时感事，悲观厌世之作。《诗序》"君子不乐其生"，一语已道破主题。《郑笺》云："不乐其生者，寐不欲觉之谓也。""三家无异义"。《黄氏日抄》云："人寤则忧，寐则无知，故欲无吪、无觉、无聪，付理乱于不知耳。"此诗当属于乱世之音、亡国之音一类。《序》意此诗作在桓王之世。自朱子《辨说》疑与桓王时事无关。姜炳璋、范家相、崔述、魏源皆从诗语推究，谓当作于幽、平之际。今可假定：作者生及宣王中兴，经过幽王丧乱，平王播迁，从镐至洛以后所作。崔氏《读风偶识》云："其人当生于宣王之末年，王室未骚，是以谓之无为。既而幽王昏暴，戎狄侵陵；平王播迁，室家飘荡；是以谓之逢此百罹。故朱子(《集传》)云：为此诗者盖犹及见西周之盛。可谓得其旨矣。若以为在桓王之时，则其人当生于平王之世，仳离迁徙之余，岂得反谓之无为？而诸侯之不朝，亦不始于桓王，惟郑于桓王之世始不朝耳。其于王室初无所大加损，岂得遂谓之为罹百凶也哉？窃谓此自镐迁洛者所作。"郭沫若先生谓："此破产贵族之诗。其厌世心理为有产者之心理。其兔与雉之取譬，明含上下阶级之意义。社会关系之变革，正为诗人所浩叹之大乱。"(《中国古代社会研究》)其说是也。

葛藟三章章六句

《葛藟》，王族刺平王也。周室道衰，弃其九族焉。

绵绵葛藟，〔一〕藟与弟叶。脂部。	绵绵不断的甜茶，
在河之浒。	生在大河的边涯。
终远兄弟，	既已远离了兄弟，
谓他人父。	就叫他人做爸爸。
谓他人父？	就叫他人做爸爸？
亦莫我顾。鱼部。	也没人照顾我啦！

一章。谓他人父。

绵绵葛藟，	绵绵不断的甜茶，
在河之涘。	生在大河的平坝。
终远兄弟，	既已远离了兄弟，
谓他人母。	就叫他人做妈妈。
谓他人母？	就叫他人做妈妈？

亦莫我有！之部。	也没有人亲爱我呀！

二章。谓他人母。

绵绵葛藟，	绵绵不断的甜茶，
在河之漘。	生在大河的嘴巴。
终远兄弟，	既已远离了兄弟，
谓他人昆。	就叫他人做老大。
谓他人昆？	就叫他人做老大？
亦莫我闻！〔二〕文部。	也没有人过问我罢！

三章。谓他人昆。○邹泉云："此诗三章一意。但始言父，次言母，次言兄，有次序耳。"（见《传说汇纂》）○江永云："一、二、三章藟、弟隔韵。"

○今按：《葛藟》，为一无父无母又离兄弟之孤儿乞食之歌。诗义自明。当采自歌谣。韩说"饥者歌其食"，此亦是一例。今文三家齐说与古文《毛序》同，鲁、韩无异义。《朱传》说："世衰民散，有去其乡里家族而流离失所者，作此诗以自叹。"意谓流民所作，流浪者之歌。与诗义近。刘玉汝《诗缵绪》云："世衰民散，而终远兄弟，非得已也。谓他人父，尊之也。谓他人母，亲之也。凡吾所以尊之亲之若此者，庶乎人之以子顾念我也。此既不可得，则又有以兄事之者，庶乎人之或以弟友我也。而亦邈然如不闻也，则其穷亦甚矣。然其所以然者，或以世道衰而情义薄，或以家荡析而财力微。然皆足以见民之流离失所者，所在皆然矣。"此阐发《朱传》一说。王照圆《诗问》云："《葛藟》闵乱离也。牟氏（相廷）曰：为儿童作。"说亦近是。自来强附《序》说，谓为刺平王东迁而弃其九族者，愚见，惟有胡承珙《后笺》较胜，然已徒劳傅会矣。

采葛三章章三句

《采葛》,惧谗也。

彼采葛兮?〔一〕	他采长葛啊?
一日不见,	一日不见,
如三月兮!祭部。	好像三月啊!

一章。采葛乎?

彼采萧兮?〔二〕	他采香蒿啊?
一日不见,	一日不见,
如三秋兮!幽部。	好像三秋啊!

二章。采萧乎?

彼采艾兮?〔三〕	他采生艾啊?
一日不见,	一日不见,
如三岁兮!祭部。	好像三岁啊!

三章。采艾乎?

○今按:《采葛》,只是极言相思迫切一种情绪之比喻诗,徒具概念,羌无故实。徒有抽象之形式,而无具体之内容。不知诗人与所思念之人有何关系,无从指实思念何人,缘何思念,又何以一日不见,相思至于如此之迫切。所可言者,被思念之人,若果为采葛、采萧、采艾之劳动人民,诗人自属同一阶级。《葛藟》可为韩说"饥者歌其食"之一例,《采葛》亦可为韩说"劳者歌其事"之一例。民间歌手触事起兴,以日常之语言,简单之旋律,歌颂民间一种伟大之友谊,一种高尚之情操。诗义自明,不烦诠释。拙作直解,亦为羡说。《诗序》:“《采葛》,惧谗也。”一句短语,盖出采诗、编诗,或序诗者之义。“三家无异义”。同一攻《序》,所见有不同者:如朱子一说,黄中松、姚际恒一说力驳之。《诗疑辨证》云:“朱子初亦从《序》,《辨说》以为此淫奔之诗。今玩经文,并未见有淫奔之意。窃意此朋友相慕之诗尔。常情,于素心之人朝夕共处,欢然自得,不觉其久。一旦别离,两地相思,诚有未久而似久者,不必私情也。”《诗经通论》云:“《小序》谓惧谗,无据。且谓一日不见于君便如三月以至三岁。夫人君远处深宫,而人臣各有职事,不得常见君者亦多矣。必欲日日见君方免于谗,则人臣之不被谗者几何?岂为通论?《集传》谓淫奔,尤可恨。即谓妇人思夫,亦奚不可,何必淫奔?然终非义之正。当作怀友之诗可也。”愚见,倘谓《采葛》为歌颂炽热之友谊而作,聊可为此诗主题之争论解纷矣。胡承珙总结宋儒从《序》一说,王先谦独推马瑞辰据《楚辞》以葛萧艾恶草喻谗佞一说,皆斡旋周折以求通。此当于毛、郑有功,顾于读《诗》者无多裨益耳。

大车三章章四句

《大车》,刺周大夫也。礼义陵迟,男女淫奔。故陈古以刺今,大夫不能听男女之讼焉。

大车槛槛,	大车响槛槛,
毳衣如菼。	绣袍青的像荻秆。
岂不尔思?	难道不想你?
畏子不敢!谈部。	害怕楚子就不敢!

一章。言畏楚子知之,不敢出相见。○按:大车毳衣,指息君平昔所用之车服。尔者,尔息君。子者,楚国君爵位。楚虽僭王,时人斥之仍曰子也。

大车哼哼，韩，作大车辖辖。	大车慢哼哼，
毳衣如璊。韩，璊作麖。鲁、齐作䊵。	绣衣红的像玉红。
岂不尔思？	难道不想你？
畏子不奔。文、元通韵。○元第十，文第十一，故得通用。	害怕楚子就不奔！

二章。言畏楚子知之，不敢奔赴息君而见之。

谷则异室，	活就各居一室，
死则同穴。	死就同埋一穴。
谓予不信？	倘说我的话无凭？
有如皦日！脂部。	有这皎洁的白日！

三章。言愿与息君同生死。○姚际恒云："〔男女〕誓辞之始。"

○今按：《大车》，楚灭息后，一息夫人殉夫殉国自杀而死之绝命词。此息夫人之诗而入《王风》者，魏源云："息，畿内之国，故附诸《王风》也。"息妫，息夫人；而此为别一息夫人，事无可疑者。诗本事见刘向《列女传·贞顺》篇："夫人者，息君之夫人也。楚伐息破之，虏其君使守门，将娶其夫人而纳之于宫。楚王出游，夫人遂见息君，谓之曰：'人生要一死而已，何至自苦！妾无须臾而忘君也，终不以身更贰醮。生离于地上，何如死归于地下乎！'乃作诗曰：'谷则异室？死则同穴。谓予不信？有如皦日！'息君止之，夫人不听，遂自杀，息君亦自杀，同日俱死。楚王贤其夫人守节有义，乃以诸侯之礼合而葬之。君子谓夫人说于行善，故序之于《诗》。颂曰：楚虏息君，纳其适（嫡）妃。夫人持固，弥久不衰。作诗同穴，思故忘亲。遂死不顾，列于贤贞。"此可作为《诗》今文鲁说，与古文《毛序》不同。《列女传》明言适（嫡）妃与夫人为二。适（嫡）妃为楚王所纳，盖息妫也；夫人则行善守义自杀矣。庄十四年《左传》："蔡哀侯为莘故（十年，荆败蔡师于莘，以蔡侯献舞归），绳（誉也）息妫以语楚子。楚子入息，以食入享，遂灭息。以息妫归，生堵敖及成王焉。未言，楚子问之。对曰：以一妇人而事二夫，纵弗能死，其又奚言？楚子以蔡侯灭息，遂伐蔡。（注：欲以说［悦］息妫。）”此所记者：蔡哀侯媚敌自保，背卖息妫、息国，息灭而息妫归楚文王，生子二人，犹不愿与文王交言。文王遂灭蔡哀侯，以取媚息妫焉。明彼《列女传》所记者别一息夫人也。后之论者，或误认此息夫人与息妫为一，故论史咏史有争矣。或认息妫、息夫人为二者：吴骞《拜经楼诗话》谓息妫不归楚而自杀，归楚为息妫之侄娣媵息者。则与《列女传》楚虏息君，纳其适妃柄凿矣。陶方琦《汉孳室文钞·息夫人非息妫说》，谓息妫归楚，而自杀者为别一息夫人，则并与《左传》、《列女传》有若符节者矣。认息妫、息夫人为一者：魏源、王先谦疑《左传》而信《列女传》，认《列女传》息夫人即《左传》息妫，以释《诗·大车》自杀之息夫人即偷生苟活之息妫，则《左传》与《列女传》之此一钼铻莫解矣。但知《列女传》出于今文鲁说而墨守之，自矜其为今文说，实不知《列女传》明分适妃与夫人而二之，即明分息妫与息夫人而二之也。同读此《左传》、《列女传》，而吴骞、陶方琦、魏源、王先谦所理解者不同；同解此《大车》一诗，而《诗》今古文说不同。尤可异者，朱子治《诗》好攻古文《毛序》，而独取《序》说《大车》刺男女淫奔。古书岂易读哉？古诗岂易解哉？

丘中有麻三章章四句

《丘中有麻》，思贤也。庄王不明，贤人放逐，国人思之，而作是诗也。

丘中有麻，〔一〕	田丘里有麻，
彼留子嗟。	那里是刘子嗟。

彼留子嗟？　　　　那里是刘子嗟？
将其来施施！歌部。　　　　请他来施展罢！

一章。将其来施。“施，谓展才也。”〇《传》：“留，大夫氏。子嗟，字也。丘中墝埆之处，尽有麻麦草木，乃彼子嗟之所治。”〇王先谦云：“缑氏县地势险峻，丘中墝埆为多。而树艺勤劳，由于彼子嗟之董督，宜其动人怀思矣。”

丘中有麦，　　　　田丘里有麦，
彼留子国。　　　　那里是刘子国。
彼留子国？　　　　那里是刘子国？
将其来食！之部。　　　　请他来饮食呢！

二章。将其来食。“以饮食颐养之。”〇《传》：“子国，子嗟之父。”

丘中有李，　　　　田丘里有李，
彼留之子。　　　　那里是刘氏之子。
彼留之子？　　　　那里是刘氏之子？
贻我佩玖！之部。　　　　赠给我玉佩琼玖！

三章。贻我佩玖。“庶其敬己而遗己也。”〇俞樾云：“言彼留之子，则又因子嗟之贤而及其子矣。此正诗人爱贤无已之意。”

〇今按：《丘中有麻》，指有麻及有麦有李之丘野，彼刘子嗟与刘子国、刘氏之子、祖孙父子三世耕种于其间，其人可思可敬已。诗义不过如此。《序》说思贤，可不谓误。若谓庄王不明，贤人放逐，盖出古史古义，今无可考，诗即是史。“三家无异义”。朱子《辨说》云：“此亦淫奔者之词。其篇上属《大车》，而语意不庄，非望贤之意。《序》亦误矣。”何楷《古义》因而疑此诗刺郑桓公：“桓公处于留，与桧君夫人叔妘通焉，诗人托为叔妘之辞以丑之。”“留子，即郑伯也。隐其国爵，而以留子呼之，盖自丑其行而忌讳之意。”朱子未免臆说，何氏说亦凿矣。其云郑桓公处于留者，武亿《授堂文钞·郑国处留辨》一文可供参考。胡承珙、马瑞辰、王先谦皆谓诗留为缑氏刘聚。刘子国之刘，非陈留之留、彭城之留也。至若朱子“此亦淫奔者之词”一说，明清之际，经学家有视此为笑柄者。王夫之《稗疏》云：“《集传》谓妇人望其所私，疑有麻之丘复有与之私而留之者。乃一日之中分望二男子，而留之者非麦田则李下。此三家村淫媪，何足当风俗之贞淫而采之为《风》乎？正使千秋后闷哕不已！”陈启源《稽古编》云：“《采葛》，惧谗也。《丘中有麻》，思贤也。《集传》因《大车》一篇厕其间，遂概指为淫诗，果何据乎？惧谗者不知主名，则亦已矣。独惜子嗟、子国，贤而被放，已为生不逢辰；幸而遗泽在人，《风》诗显其姓氏；不意二千载后复横被淫狡之名，反不如《采葛》诗人姓氏湮没之愈也。二留有知，应攒眉于九原矣！”

【简注】

黍离

〔一〕黍，又名黍子、黄米、秬、芑、秠（一稃二米）。稷，不黏者。又名穄、大黍、糜、糜子、粱。其品种甚多。黍稷皆禾本科，一年生草本。胡先骕《经济植物学》云：黍之圆椎果序较密而下俯，稷之圆椎果序较疏而向四面开张。又云：古人作粽不用糯米而用黍，故名为角黍。稷磨面作关东糖，又用以洗皮袄。又云：黍稷原产中国北部，与栽培种异者，粒稀早穗，实熟易落。在欧亚两洲，自远古即经栽培。周祖先为后稷，后稷为农官，可见黍稷在中国栽培之早。按：殷虚甲骨文已见黍字。

君子于役

〔一〕埘，今俗语犹谓鸡舍为鸡埘，惟埘不音时而音寺。

〔二〕桀，今湖南俗语称鸡桀为鸡折子或鸡栅子，以竹木为之。

○栅音策，又音珊。佸括音同。

君子阳阳

〔一〕《传》：国君有房中之乐。胡承珙云：由房者，房中之乐，对庙朝言之，人君燕息时所用之乐。

〔二〕《传》：翿，纛也，翳也。《笺》：翳，舞者所持，谓羽舞也。《释文》：敖，游也。胡承珙云：游，谓燕游。由敖，即用燕游之舞相招。

○且，旧读如关雎之雎，音近趋。陶，旧音遥，今或如字读。翿音导，旧读为《地官》执纛之纛。

扬之水

〔一〕楚，已见《汉广》篇。蒲，蒲柳，杨柳科之水杨，其枝条可以为箭者。

中谷有蓷

〔一〕蓷，益母草，唇形科二年生草本，自生于道旁原野。其茎方形。小花轮状排列，花冠唇形。结小而长之四棱果实。自古为妇科名药。暵者，王引之释为旱、为干。甲骨文常见"贞帝其降我莫?""贞雨，帝不我莫?"莫又作蓂，当为暵之初字。

〔二〕湿者，当从《玉篇》作㬤。云：邱立切。欲干也。亦见王引之《经义述闻》。

〔三〕何嗟及矣者，胡承珙云：当作嗟何及矣。传写误倒之。

○蓷音推。暵音旱。仳音枇杷之枇。嘅与慨同。啜音辍。

兔爰

〔一〕《传》：兴也。爰爰，缓意。鸟网为罗。言为政有缓有急，用心之不均。兔，脊椎动物，啮齿目，兔科，常见动物。已见《行露》篇。

〔二〕今南北猎人所用猎具，如套索、夹子、扣子、堕圈、圈套之类，殆古罦罿之遗。《传》：罦，覆车也。《尔雅·释器》郭注：今之翻车也。《说文》网部：雹，覆车也。或作罦。罿，罬也。罬，捕鸟覆车也。

○罦音庖。觉音较、音告。罿音童、音冲。

葛藟

〔一〕葛藟，已见《樛木》篇。《倭汉三才图会》称葛藟为甜茶。四川北碚产甜茶，或即此物。今闻在外贸中尚有少量甜茶出口。

〔二〕王引之云：闻，问也。谓相恤问也。古字闻与问通。顾也，闻也，有也，皆相亲爱之意也。按：上文亦莫我有。有，谓相亲有也。古字有与友通。

○藟音雷。浒音抚。涘音俟。漘音辰。

采葛

〔一〕葛，葛麻，已见《葛覃》篇。其皮可织布。其根可食，可作药物，所谓葛粉者是也。

〔二〕萧,俗名牛尾蒿,菊科,多年生草本。多生于河边沙地或干燥原野。其茎直硬,或束之以为火炬,或爇之以驱蚊。

〔三〕艾,生艾,菊科,多年生草本。可为药物及针灸之用。

大车

○槛,音蓝。陈奂云:按,俗读如门槛之槛,音坎,或音敢。菼音毯,又音谈。已见《硕人》篇。啍音敦。璊音门。皦音皎。

丘中有麻

〔一〕麻,如非枲、牡麻、火麻、木麻之类,当为荨麻类桑科(或云大麻科)植物,皮可绩为布者;亦或为苴、苴麻、脂麻(芝麻)、胡麻之类,管花类胡麻科植物,子可用为食物者,凡《诗》谓麻为谷类者似皆属之。陶弘景《名医别录》、宋应星《天工开物》、王念孙《广雅疏证》、刘宝楠《释谷》,可供研究。吴兴县钱山漾古文化遗址中掘出新石器时代晚期遗物,有稻谷、花生、芝麻等,则胡麻、花生亦我国原产,非自外移入之植物。《墨子》云麻脂有积;董仲舒说八谷,麻是胡麻(胡有大义),亦其证也。苴、脂、芝,古今字,或古今语、方域语之变。吴其濬《植物图鉴》引《南齐书》:"陈皇后生高帝乏乳,梦人以两瓯麻粥与之,觉而乳之。"按:此麻粥亦当指胡麻。"《礼记·间传》言斩衰貌若苴。郑注谓色必深黑。是苴为黑脂麻。若火麻仁,则止有淡黄色一种,安得有黑哉?"(刘宝楠)陈皇后梦食麻粥,疑指此物。今俗妇人产后失血缺乳,犹食黑芝麻。吴氏谓即大麻子,诚可谓"斯言过矣!"(吴氏评陶弘景、宋应星语)要之,今验大麻子,既不中食,又榨油无多。久已不见作为油料植物矣。

诗经直解　卷七

郑第七　毛诗国风

郑国二十一篇五十三章二百八十三句

缁衣三章章四句

《缁衣》，美武公也。父子并为周司徒，善于其职，国人宜之。故美其德，以明有国善善之功焉。

缁衣之宜兮，	官服缁衣的合适啊，
敝，予又改为兮。〔一〕歌部。	破了，我又给你改制啊。
适子之馆兮，	往你的办公室啊，
还，予授子之粲兮。元部。	还来，我给你的饮食啊。

一章。缁衣之宜。言称其官服也。〇江永云："一、二、三章，馆、粲，上、去为韵。"

缁衣之好兮，	官服缁衣的美好啊，
敝，予又改造兮。幽部。	破了，我又给你改造啊。
适子之馆兮，	往你的办公室啊，
还，予授子之粲兮。	还来，我给你的饮食啊。

二章。缁衣之好。言其官服之美也。

缁衣之席兮，	官服缁衣的备足啊，
敝，予又改作兮。鱼部。	破了，我又给你改做啊。
适子之馆兮，	往你的办公室啊，
还，予授子之粲兮。	还来，我给你的饮食啊。

三章。缁衣之席。言官服之储足也。三章只是一意，略见轻重以为章次。〇王先谦云："敝愿改为，欲其久服。予者，探君上之意而咏歌之。合观下文，解衣推食皆出君恩，他人亲爱不能如此立言也。"按：此盖王朝诗人托为周天子美郑武公之贤而作。岂奉命秉笔耶？

〇今按：《缁衣》，王朝诗人托为周王美郑武公之贤，即托为大奴隶主美小奴隶主（郑伯）奴隶总管（司徒）之贤而作。诗义自明。今古文无争论。朱子《辨说》虽云此未有据，却说今姑存之。《郑谱》云："初，周宣王封母弟友于宗周畿内咸林之地，是为郑桓公。"武公，桓公之子，名掘突，《史·表》作滑突。《史记》谓犬戎杀幽王于骊山下，并杀桓公。郑人共立其子掘突，是为武公，在位二十七年。隐三年《左传》载郑武公、庄公为平王卿士。桓、武父子皆阴谋诡计之人。桓公以阴谋兼并弱小，虢、桧以亡。（《国语·郑语》）武公以诡计灭胡，冤杀关其思。（《韩非子》）其所谓贤可知已！幽王八年，桓公为司徒，九年而王室始骚，十一年而毙。（《郑语》韦注：幽王伐申，申缯召西戎以伐周，杀幽王于丽山戏水，桓公死之。）《汉书·地理志》：京兆尹郑县，周宣王弟桓公邑。河南郡新郑县，《诗》郑国，郑桓公之子武公所国。陈启源《稽古编》云："案郑、卫二武公皆贤诸侯，一相幽无救于亡，一相平无补于弱，不知当年相业何在。记载阙略，蔑由稽考。论世者不无憾焉。"此真两脚书橱！竟不知自来史官记载，文人歌诵，或奉命秉笔，或谄谀阿匼。岂必皆有真伪是非美丑之可言哉？

将仲子三章章八句

《将仲子》，刺庄公也。不胜其母以害其弟，弟叔失道而公弗制，祭仲谏而公弗听，小不忍以致大乱焉。

将仲子兮！	请仲子啊！
无逾我里，	不要越过我居住的里，
无折我树杞。〔一〕	不要攀折我栽种的杞。
岂敢爱之？	难道敢吝惜它？
畏我父母。之部。	害怕我的父母。
仲可怀也；	仲子可记挂呀；
父母之言，	父母的话，
亦可畏也！脂部。	也可害怕呀！

一章。言畏父母之言以拒之。

将仲子兮！	请仲子啊！
无逾我墙，	不要越过我住宅的墙，
无折我树桑。	不要攀折我栽种的桑。
岂敢爱之？	难道敢吝惜它？
畏我诸兄。阳部。	害怕我的诸位兄长。
仲可怀也；	仲子可记挂呀；
诸兄之言，	诸位兄长的话，
亦可畏也！	也可害怕呀！

二章。言畏诸兄之言以拒之。

将仲子兮！　　　　请仲子啊！
无逾我园，　　　　不要越过我种植的园，
无折我树檀。〔二〕　　　　不要攀折我栽种的檀。
岂敢爱之？　　　　难道敢吝惜它？
畏人之多言。元部。　　　　害怕旁人的多言。
仲可怀也；　　　　仲子可记挂呀；
人之多言，　　　　旁人的多言，
亦可畏也！　　　　也可害怕呀！

三章。言畏人之多言以拒之。○徐常吉云："由逾里而墙而园，仲之来也以渐而迫也。由父母而诸兄而众人，女之畏也以渐而远也。"（见《传说汇纂》）

○今按：《将仲子》述一女子遇一男子之相挑诱，婉言而严拒之。当采自里巷歌谣，无甚要旨。诗义自明。《毛序》盖用采诗之义，以为诗刺郑庄公不能禁制其弟之骄横，以致其叛乱而作。《郑笺》云："庄公之母谓武姜，生庄公及弟叔段，段好勇而无礼。公不早为之所，而使骄慢。""祭仲骤谏，庄公不能用其言，故言请，固距之。无逾我里，喻言无干我亲戚也。无折我树杞，喻言无伤我兄弟也。仲初谏曰：'君将与之，臣请事之；君若不与，臣请除之。'"王先谦云："三家无异义。《左》桓五年《传》：'郑伯使祭足劳王。'杜注：'祭足，即祭仲之字，盖名仲字足也。'愚案：诗人感于君国之事，托为男女之词，称曰'仲子'，无直呼其名之理。当是祭封人名足，仲为其字也。《春秋》桓十一年：'宋人执郑祭仲。'《公羊傅》云：'祭仲者何？郑相也。何以不名？贤也。'则杜误显然矣。《后汉·郡国志》：陈留长垣县东北有祭城。《一统志》：今长垣县东四十里。"此与毛、郑说一致。朱子《辨说》云："事见《春秋传》。然莆田郑氏谓此实淫奔之诗，无与于庄公叔段之事，《序》盖失之。而说者又从而巧为之说以实其事，误益甚矣。今从其说。"可知宋儒郑樵、朱熹说此诗皆偏苛责女子。《传说汇纂·案语》云："玩其诗辞，乃一篱落间女子，虽不能自遏其情，而犹畏其父母、兄弟、国人之言，不敢轻身以从其人者也。"不意清初御用之学者尚未尽失其良知，而同情于一纯洁自爱之村女也。姚际恒云："女子为此婉转之辞以谢男子，而以父母、诸兄及人言为可畏，大有廉耻，又岂得为淫者哉？"方玉润云："女心既有所畏而不从，则不得谓之为奔，亦不得谓之为淫。"此皆不以《将仲子》为淫奔之诗而作出结论。

至若《论语·卫灵公》篇云："颜渊问为邦。子曰：'行夏之时，乘殷之辂，服周之冕。乐则韶舞。放郑声，远佞人。郑声淫，佞人殆。'"又《阳货》篇云："子曰：'恶紫之夺朱也，恶郑声之乱雅乐也，恶利口之覆邦家者。'"此郑声是否指《郑风》？如指《将仲子》一类之诗？而《乐记》所谓郑、卫之音是否指郑、卫之《风》？关于《诗》三百中淫奔之诗、郑声、郑卫之音，一系列问题，自来学者牵掍缴绕，争论不休。早在"王应麟、方回辈认为是前人未了公案"。愚尝就此一公案而董理之，约为五说，未敢定谳，今具列于此，以为后之学人批判取资者告：

公孙尼子、班固之说，即《乐记》、《汉书·地理志》之说，一也。诗与乐之发生缘于人之天性，缘于时世之政教，实亦缘于地理之因素、水土风气与地方习俗之因素。而不以侈言男女之淫僻也。

许慎、朱熹之说，二也。郑诗淫诗，郑、卫之音淫声。《国风》多好色而淫，而郑诗淫、郑声淫为尤甚焉。（陈寿祺《五经异义疏证》、朱子《诗集传》、张端义《贵耳集上》）此与上二说皆可备一解。

杨慎、毛奇龄之说，三也。郑诗非淫诗，郑声非淫声。声溢于乐曰淫声，盖繁声新乐之谓。（《丹铅总录》、《白鹭洲主客说诗》，又宋周密《齐东野语》十八，紫霞翁论郑、卫之音）亦即嵇康所谓妙音感人者也。（《声无哀乐论》）春秋、战国之际，为我国由奴隶制向封建制过渡之时期。社会大变革，其上层建筑自亦随之，音乐亦其一种。郑声民间音乐，正表达新社会力量之一种新事物，《孟子》与子夏（《乐记》）之言今乐，即其事矣。岂必所谓乱世之音、亡国之音乎？此说之特点，在强调新声与繁声二者。进而可借以说明事物之演化有新陈代谢，或由简单演化而为复杂，其间皆有一定之规律可寻，非人力所能阻遏，甚至不可抵抗。惜乎，杨慎与毛奇龄一流学者！不生于今之世，不接触今之学术及其治学之祈向与方法。即惜其为时代、为阶级所局限，其学其识尚不足以解决二千几百年来孔子所提诉之此一关于乐与诗之公案，而作出相当正确之定谳，然而较诸前修，则已算是孟晋一大步矣。以其独已揭出此一公案之症结所在、要害所在，诏示后之学人，赖以了此一大公案之途径也。由此途径：吾人读《论语》而知孔子"恶郑声之乱雅乐"，以郑声与雅乐相对立。吾人读《孟子》而知齐宣王以先王之乐与世俗之乐相对立。吾人读《乐记》而知魏文侯之问子夏，曰："吾端冕而听古乐则唯恐卧，听郑、卫之音则不知倦。"则知其以古乐与郑、卫之音相对立，即子夏答语所谓古乐与新乐之相对立。吾人更因之而知：孔子所恶之郑声，可以谓之郑、卫之音，世俗之乐，或今乐，或新乐；孔子所好之雅乐，可以谓之先王之乐，或古乐。相反，又因之而知：雅乐、古乐、先王之乐，与今乐、新乐、郑、卫之音、世俗之乐，相对立又相递嬗，相对立又相统一，此即古哲之所谓"相反相成"。是故孟子对齐宣王谓今之乐犹古之乐，虽从现实问题出发，而强调其在政教上之意义，亦不得谓为不是也。

武亿、俞正燮之说，四也。郑声淫者，烦手淫声谓之郑声，言烦手踯躅之声使声淫过矣。郑非郑国之谓，郑有郑重频烦之义。此实申《左传》服虔注、郑玄《驳五经异义》之说者也。（《群经义证》、《癸巳类稿·郑声解》）此亦可备一解也。

近人郑觐文之说，五也。郑氏《中国音乐史》云："按《诗经》三百篇为春秋国际音乐之重心，皆可歌唱，亦孔子所手订。盖《乐记》言其理，《诗经》则其谱也。""按《左传》季札观乐，闻《郑风》则曰其细已甚。古音以低为大,以高为细,细而已甚,其高可知。则郑、卫之音必甚高。又,考《诗经·郑风》,多长短句,不似《雅》、《颂》体格平正。又,周乐之卒章或用二调合奏,或用四调合奏,名曰羸、乱。郑、卫之声当类此,或过之。又,孔子尝谓郑声淫。淫者,其乐相犯。如本用宫调,中间忽夹商角诸调,是也。《大武》乐已然,观《乐记》孔子问乐于宾牟贾淫及于商之言,可知。盖春秋时代,郑、卫之音最为风行。其流甚远,历秦、汉、魏、晋迄五代方始绝响。"按:此从我国音乐史上之发展而言:首言《诗》与《乐》之关系,上古社会之"《诗》、《书》时代"(郭沫若语),诗乐不分。《郑风》与郑声,郑、卫之《风》与郑、卫之音,或皆有其一定之关系。而曰淫者,非必淫奔之谓,"其声相犯"之谓也。亦即犯调杂奏,或数调合奏之谓也。此自坚守雅乐之立场与观点,而论《郑风》与郑声淫,使人知其所谓淫者云何也。并知上举许君、朱子之一说不殆偏矣乎?此鲁迅先生所谓"自心不净,则外物随之"(《汉文学史纲要》)者也。

今愚于此再作一小结:上举诸家之说,包括愚总结诸家之说。或论淫诗、淫奔之诗,与郑声淫之淫,同一郑字、同一淫字,可能有异义。或论郑声与《郑风》,郑、卫之音与《郑风》、《卫风》之关系,以及诗与乐之关系,亦不一致。但皆可算择焉而精,语焉而详。后之读者可以好学深思,深知其意,优游涵泳,而自求之,有余师也。抑愚最后犹有陈者:倘有一孔之儒,必泥于郑、卫之音即指《郑风》、《卫风》之诗,则何以解于《乐记》子夏对魏文侯何谓溺音之问乎?子夏云:"郑音好滥淫志,宋音燕女溺志,卫音趋数溺志,齐音敖辟乔志。此四者皆淫于色而害于德,是以祭祀弗用也。"子夏以郑、宋、卫、齐四者并举而批判之,岂《诗》三百之祖本,于《郑风》、《卫风》、《齐风》之外,别有所谓《宋风》者乎?《诗》中虽有属于郊庙祭祀诗之《商颂》,亦不得妄指为燕女溺志之宋音。即《诗》今文家坚谓《商颂》为商后宋人之诗,而亦未见其为必然也。

叔于田三章章五句

《叔于田》，刺庄公也。叔处于京，缮甲治兵，以出于田，国人说而归之。

叔于田，	叔往田猎，
巷无居人。	巷里没有居人。
岂无居人？	难道没有居人？
不如叔也，	不如叔呀，
洵美且仁！真部。	真漂亮又是仁人！

一章。言其能爱人。〇孙鑛（月峰）云："'巷无居人'句，下得煞是陡峻。"（《批评诗经》）〇俞樾云："仁者，人也。以人意相存问之意，故其字从二人也。此章以仁称叔，见有叔则能以人意相存问，故巷有人。无叔则莫能以人意相存问，故巷无人也。"（《平议》）

叔于狩，	叔往狩猎，
巷无饮酒。	巷里没有人饮酒。
岂无饮酒？	难道没有人饮酒？
不如叔也，	不如叔呀，
洵美且好！幽部。	真漂亮又是好手！

二章。言其善饮酒。〇江永云："狩、酒、好，上、去为韵。"

叔适野，	叔到郊野，
巷无服马。	巷里没有人乘马。
岂无服马？	难道没有人乘马吗？

不如叔也，　　不如叔呀，
洵美且武！鱼部。　　真漂亮又是英武！

三章。言其善服马。〇钟惺云："翩翩公子略可想见。不必问叔段为人何如。此诗语意却工。"

〇今按：《叔于田》，赞美猎人之歌。其人好饮酒乘马，方在盛年。其在当时社会，明为武士，属于士之一阶层。诗虽称叔，未可必谓其人为郑庄公之贵介弟共叔段。崔述《读风偶识》云："大抵《毛诗》专事附会。仲与叔皆男子之字。郑国之人不啻数万，其字仲与叔者不知几何也。乃称叔即以为共叔，称仲即以为祭仲，情势之合与否皆不复问。然则郑有共叔，他人即不得复字叔，郑有祭仲，他人即不得复字仲乎？"此诗当亦采自歌谣，《序》说盖仍采诗之义。"三家无异义"。朱子《辨说》："或曰：段以国君贵弟受封大邑，有人民兵甲之众，不得出居闾巷，下杂民伍。此诗恐其民间男女相悦之词耳。"此诚瞽说！诗无淫秽字。况人身有淫具，尚不得武断其人之必犯淫罪耶！

大叔于田三章章十句

《大叔于田》，刺庄公也。叔多才而好勇，不义而得众也。

叔于田，　　叔往打猎，
乘乘马。　　驾着套车的四匹马。
执辔如组，　　拿着缰绳动的有次序像织布，
两骖如舞。　　两旁的边马蹦得合拍像跳舞。
叔在薮，　　叔在湖边草地，
火烈具举。鲁，烈作列。　　猎火一齐烧起。
襢裼暴虎，齐、韩，襢作膻。　　赤膊徒手去打虎，

献于公所。	献到国君那里。
将叔无狃，	请叔不要惯得意，
戒其伤女！鱼部。	小心它会伤害你！

一章。“此诗自是宵田用猎，初猎之时其火乍举。”〇江永云：“薮、狃自为韵。”

叔于田，	叔往打猎，
乘乘黄。	驾着套车的四匹黄马。
两服上襄，	中央夹辕的两马要算最强，
两骖雁行。	两旁的边马好像飞雁成行。
叔在薮，	叔在湖边草地，
火烈具扬。阳部。	猎火一起飞扬。
叔善射忌，	叔精射术哟，
又良御忌。鱼部。	又会驾车哟。
抑磬控忌，	还会骋马控马哟，
抑纵送忌。东部。	还会超车倒车哟。

二章。“正猎之际，其火方扬。”〇王世贞云：“抑磬控忌，太促。”〇姚际恒云：“上章言暴虎，夹入亲爱语意。此章言射猎，词调工绝。下章言射猎，描摹尤妙。”〇按：磬控双声。纵送叠韵。

叔于田，	叔往打猎，
乘乘鸨。	驾着套车的四匹杂色马。
两服齐首，	中央夹辕的两马齐着头，
两骖如手。	两旁的边马好像两只手。
叔在薮，	叔在湖边草地，
火烈具阜。幽部。	猎火一齐高高地烧起。

叔马慢忌，　　叔的马慢慢哟，
叔发罕忌。　　叔发的箭稀罕哟。
抑释掤忌，　　还揭开箭筒的盖哟，
抑鬯弓忌。蒸部。　　还把弓套在弓袋哟。

三章。“猎毕将归，持炬照路。其火自当更盛，故曰阜也。”（胡承珙）按：胡氏所谓宵田，当为燎猎。《易林》：“文君燎猎，吕尚获福。”火烈具阜，言愈燎愈盛，猎毕见之，非谓持炬照路也。燎猎，犹云火田、烧田也。胡厚宣教授《殷代农作用肥考》一文中，从古文字学释烧田、火田，甚精确。〇钟惺云：“看来叔无大志，一驰马试剑、轻肥公子耳。其徒作诗夸美，亦不过媚于狎客从臾游戏者。”〇孙鑛云：“气骨劲陗，傲然有挟风霜意，便是战国后侠气发轫。诵之，想见其豪举自肆状。”〇江永云：“慢、罕，上、去为韵。”

〇今按：《大叔于田》，亦为赞美猎人之歌。似是改写之《叔于田》，或是二者同出于一母题之歌谣。倘说诗题《大叔于田》，明大叔指京城太叔，即指共叔段。望文生义，说近可笑，而亦有趣。此二诗有不同者，《叔于田》其人为闾巷之士，一人单猎；《大叔于田》其人为大夫一流人物，率众围猎，且与郑君亲近，故诗云“襢裼暴虎，献于公所”。顾亦无以证其必为叔段。《汉书·匡衡传》，匡上疏言：“郑伯好勇，而国人暴虎。”衡习《鲁诗》，是《诗》今文义，好勇暴虎者泛指国人，非必指叔段也。《序》义当出于采诗，亦未为大误。“三家无异义”。朱子《辨说》仍以为此非刺庄公。又谓叔多才而好勇，不义而得众，二句得之。不知其语何以自相违牾如此也！

清人三章章四句

《清人》，刺文公也。高克好利而不顾其君，文公恶而欲远之，不能。使高克将兵，而御狄于竟。陈其师旅，翱翔河上，久而不召，众散而归，高克奔陈。公子素恶高克进之不以礼，文公退之不以道，危国亡师之本，故作是诗也。

清人在彭，	清邑军人正在彭，
驷介旁旁。三家，旁作骈。	披甲的驷马闹骈骈。
二矛重英，	两枝矛柄添画花样，
河上乎翱翔！阳部。	在大河上哟翱翔！

一章。言在彭之军容如此。〇陈奂云："翱翔双声。"

清人在消，	清邑军人正在消，
驷介麃麃。	披甲的驷马勇镳镳。
二矛重乔，韩，乔作鷮。	两枝矛缨添缀雉毛，
河上乎逍遥！宵部。〇韩，逍遥作消摇。	在大河上哟逍遥！

二章。言在消之军容如此。〇陈奂云："逍遥叠韵。"

清人在轴，	清邑军人正在轴，
驷介陶陶。	披甲的驷马走滔滔。
左旋右抽，三家，抽作搯。	左手挥旗右手抽刀，
中军作好！幽部。	中军做作得真好！

三章。言在轴之军容，有裨将在，亦复如此。〇按：全军游荡儿戏，无复纪律，不加警戒至于如此，焉得不溃？〇孙鑛云："只貌其闲散无事，而刺意自见。其色态乃在介矛等字面上。"〇江永云："轴、陶、抽、好，平、上、入通韵。"

〇今按：《清人》，刺郑文公也。文公恶高克，使将清邑之兵御狄于河上，久而不召，众散而归，郑人为之赋《清人》。《序》说诗本事与诗本义合。《诗》今古文家无争论。自宋儒以来，亦未见有何争论。陈奂云："《春秋》闵二年冬十有二月，狄入卫，郑弃其师。

《左传》云：'郑人恶高克，使帅师次于河上，久而弗召，师溃而归。高克奔陈。郑人为之赋《清人》。'案：鲁闵公二年，郑文公之十三年也。郑、卫连境，其时狄人一入卫，郑能修方伯连率之职，救患恤同，此一役也，郑可以霸。乃徒寻君臣之小忿，外为救卫之师，内遂逐臣之怨。《春秋》讥其弃师，不啻自弃其国矣。此诗为公子素所作。《汉书·古今人表》有公孙素，与郑文公、高克列下上，当是一人。"据鲁闵公二年，郑文公十三年，当周惠王十七年，公元前六六〇年，诗当作在是年。焦循《补疏》："郑文公之子，详见宣公三年《左传》。公子士，僖二十年帅师入滑。后摄父事，朝楚，楚人酖之，死于叶。以诸公子考之，士与素声相转，公子素盖公子士也。观其入滑、朝楚，非碌碌者，故能赋诗刺高克。楚人酖之，盖亦忌其才，虞其得立也。士为素之变，或本素字，残缺仅存上字头而讹作士，可用以互证。"

羔裘三章章四句

《羔裘》，刺朝也。言古之君子，以风其朝焉。

羔裘如濡，	羊皮袍子光润像油，
洵直且侯。韩，洵作恂。	真是正直又是国侯。
彼其之子，鲁、韩，其作己。	他那样的人，
舍命不渝！侯部。〇韩，渝作偷。	完成使命不改当初！

一章。"愚案《笺》意，首章指诸侯，故云诸侯朝服。"〇按：《序》云"刺朝"，实指该诸侯之朝君臣而言。

羔裘豹饰，	羔皮袍子豹皮袖饰，
孔武有力。	很是勇武而有威力。
彼其之子，	他那样的人，

邦之司直！之部。　　　　是一国的主持正直！

二章。“二章指上大夫，故云豹饰。”○王念孙云：“直，谓正人之过也。邦之司直，主正人过。”按：此后世司直一官之义。

羔裘晏兮，　　　　羔皮袍子鲜艳呀，
三英粲兮。　　　　二三俊秀光灿呀。
彼其之子，　　　　他那样的人，
邦之彦兮！元部。○鲁，彦作喭。　　　　是一国的贤彦呀！

三章。“此章指列大夫，故云三英。”（王先谦）○按：三章皆含有彼其之子，不称其服之微意。每章末二句，微词也，亦疑词也。细玩自得之。

○今按：《羔裘》，陈古刺今，以讽在朝君臣不称其服之诗。朱鹤龄《通义》云：“《诗》所称‘彼其之子’，如《王风·扬之水》、《魏风·汾沮洳》、《唐风·椒聊》、《曹风·候人》，皆刺。则此诗恐非美之，（按：暗驳《辨说》意，诗美子皮、子产之徒）三章末二句皆有责望之意，若曰彼其之子能称是服而无愧者乎？”其说是也。诗义自明，《序》不为误。“三家无异义”。《序》说刺朝，意谓刺在朝君臣。一章“羔裘如濡，洵直且侯”，《传》云：“侯，君也。”盖谓国君。故《笺》云：“缁衣羔裘，诸侯之朝服也。”“彼其之子，舍命不渝”，戴震《毛郑诗考正》云：“古字舍、释通。《礼记》舍菜即释菜，是也。又泽、释亦通，《管子》引此诗作‘泽命不渝’。泽与舍义并为释，言自受命于君以至复命而后释，终始如一也。”今证以周金文《克鼎》舍命，《毛公鼎》舍命、敷命于外，其义正合。诗“舍命不渝”，不犹今言保证完成使命乎？此盖讽郑伯当为周王敷命于外也。朱子《辨说》攻《序》召讥。陈启源《稽古编》云：“陈古刺今，诗之常也，《辨说》之讥《羔裘叙》过矣。至释为美其大夫，而欲以子皮、子产当之；不知《诗》止于陈灵，郑二子之去《诗》世已五六十年矣。襄二十九年鲁人为季札歌《郑》,《羔裘》诗久编入周乐。是年子皮始当国,子产之为政又在其后,鲁何由先有其诗也?昭十六年郑六卿饯韩宣子,子产赋郑之《羔裘》,不应取人誉已之歌以夸客也。朱子说《诗》无乃未论其世乎?近世伪为《申公诗说》者(展按:此暗指明人丰坊),以此诗为子皮既卒,子产思之而追赋。傅会至此,知有《集传》而已矣!"毛奇龄亦有《诗传诗说驳议》,岂徒好辩也哉?

遵大路二章章四句

《遵大路》,思君子也。庄公失道,君子去之,国人思望焉。

遵大路兮,	顺着大路啊,
掺执子之祛兮。	把住你的袖啊。
无我恶兮,	莫对我厌恶啊,
不寁故也?鱼部。	不找故旧呀?

一章。"欲揽其祛而留之。"〇江永云:"祛、故,平、去为韵。"

遵大路兮,	顺着大路啊,
掺执子之手兮。	把住你的手啊。
无我魗兮,	莫嫌我太丑啊,
不寁好也?幽部。	不找好友呀?

二章。"言执手者,思望之甚。"(《郑笺》)

〇今按:《遵大路》,亦淫乱之诗。淫妇为人所弃,故于其去也而留之之词。朱子《辨说》、《集传》之解释如此。刘瑾《诗传通释》云:"宋玉《登徒子好色赋》曰:郑、卫、溱、洧之间,群女出桑,臣观其丽者,因称《诗》曰:'遵大路兮揽子祛。'赠以芳华辞甚妙。《集传》援此为证者,盖宋玉去此诗之时未远,其所引用当得诗人之本旨。

彼为男语女之词，犹此诗为女语男之词也。”自道学家视之，此不过有关男女私情之歌谣。但在遒人采诗，太师陈诗，国史编诗，经师序诗，或皆视此为有关君臣大义之诗篇。故《序》云：“郑庄公失道，君子去之，国人思望焉。”黄中松《诗疑辨证》、姚际恒《诗经通论》，撇开《毛序》、《朱传》，别解为有关朋友交谊之辞。尤有趣者，魏源《诗序集义》又似调和《毛序》、《朱传》，谓此“托男女之词为留贤之什”。是则既为淫妇之词，亦关庄公之事。岂不妙哉？

女曰鸡鸣三章章六句

《女曰鸡鸣》，刺不说德也。陈古义以刺今，不说德而好色也。

女曰鸡鸣，	女的说“鸡叫了”。
士曰昧旦。	男的说“刚破晓”。
子兴视夜，	“你起身看看夜色，
明星有烂。	明星这样灿烂。
将翱将翔，	且遨且游，
弋凫与雁。〔一〕元部。	弋射野鸭和大雁。”

一章。王质云：“大率此诗妇人为主辞，故‘子兴视夜’以下皆妇人之词。”（《诗总闻》）

弋言加之，	“弋射而命中了它，
与子宜之。〔二〕歌部。	给你烹饪了它。
宜言饮酒，	烹饪了而饮酒，
与子偕老。	愿和你同偕到老。”
琴瑟在御，	琴瑟协调在用，
莫不静好。幽部。	莫不安静和好。

二章。辅广云:"勤劳以成业,和乐以宜家,此妇人之贤德。"○张尔岐云:"'琴瑟在御,莫不静好',此诗人拟想点缀之辞。若作女子口中语,似觉少味。盖诗人一面叙述,一面点缀,大类后世弦索曲子。"(《蒿庵闲话》)

知子之来之,〔三〕	"知道你的殷勤他,
杂佩以赠之。之部。○赠,江氏以为贻字。	就用杂佩赠送他。
知子之顺之,	知道你的顺从他,
杂佩以问之。文部。	就用杂佩慰问他。
知子之好之,	知道你的爱好他,
杂佩以报之。幽部。	就用杂佩来报他。"

三章。《朱传》云:"又欲其君子亲贤友善,结其欢心。"《朱子语类》:"此诗意思甚好。读之使人有不知手舞足蹈者。"○姚际恒云:"末章有急管繁弦之意。"

○今按:《女曰鸡鸣》,叙一家弋人(猎鸟者)夫妇向晨问答有关家常生活之诗。诗义自明。当采自歌谣。此一弋人正如《叔于田》之猎人明为当时社会之武士,属于士之一阶层。但视其家蓄琴瑟,并有玉石杂佩以赠人,则知其下决不侪于庶人矣。又视其鸡鸣而起,弋凫与雁,则知其上决不跻于大夫矣。《诗序》盖采诗之义,诗教之义。宋儒朱子一说视此为古贤夫妇相警戒之诗,则亦不甚违《序》说也。《易林·丰之艮》:"鸡鸣同兴,思配无家。执佩持凫,莫使致之。"龚橙《诗本谊》据此而谓"《女曰鸡鸣》,淫女思有家也"。意谓《诗》今文齐说如此。不知鸡鸣同兴,已有室家之好矣;思配无家,乃怨旷之词也。误解《易林》,不知其非诗之本义也。王先谦云:"此无家而思配,用意不同,而引经义合。知《齐诗》说与毛不殊,鲁、韩无异义。"按:彼皆不知《易林》引经,常有不合经义者,不必强为曲护也。

有女同车二章章六句

《有女同车》,刺忽也。郑人刺忽之不昏于齐。太子忽尝有功于齐,齐侯请妻之。齐女贤而不取,卒以无大国之助,至于见逐。故国人刺之。

有女同车,	这个女子同车,
颜如舜华。〔一〕鲁,舜作蕣。	容貌像木槿花。
将翱将翔,翔与姜韵。阳部。	且步且行,
佩玉琼琚。	佩玉琼琚合拍。
彼美孟姜,	那个美人孟姜,
洵美且都!鱼部。	真是美丽而且文雅!

一章。言洵美且都,则彼美孟姜诚美也。〇钱澄之云:"上四句言忽所娶陈女徒有颜色之美,服饰之盛。下二句言齐女之美且贤,以刺忽之不昏于齐。"〇孙鑛云:"状妇女总不外容饰二字。此诗艳丽则以同车、翱翔等字点注得妙。"

有女同行,	这个女子同行,
颜如舜英。	容貌木槿花样。
将翱将翔,	且步且行,
佩玉将将。鲁,将作锵。	佩玉响的锵锵。
彼美孟姜,	那个美人孟姜,
德音不忘!阳部。	德音善意令人不忘!

二章。言德音不忘,则彼孟姜宜娶也。〇按:有女,彼美,明是二人。前四句语缓,后二句语急。用毛、郑说,此其正解。

〇今按:《有女同车》,盖诗人为刺郑太子忽(昭公)如陈逆妇妫，不昏于齐而作。诗“彼美孟姜”，谓齐文姜也。《序》说诗本事，与诗义合。“三家无异义”。王先谦云：“案昭公辞昏、见逐，备见《左传》。隐八年如陈逆妇妫，诗所为作。”据《左传》：齐侯欲以文姜妻郑太子忽，忽辞。人问其故，忽曰：“人各有耦，齐大，非吾耦也。《诗》曰：‘自求多福。’在我而已，大国何为？”其后北戎侵齐，郑伯使忽率师救之，败戎师。齐侯又请妻之。忽曰：“无事于齐，吾犹不敢；今以君命奔齐之急而授室以归，是以师昏也。民其谓我何！”遂辞诸郑伯。祭仲谓忽曰：“君多内宠，子无大援，将不立。”忽又不听。及即位，遂为祭仲所逐。《严缉》云：“忽以弱见逐，国人恨其不取齐女。言忽所取他国之女，行亲迎之礼，而与之同车者，特取其色尔。此女色如木槿之华，朝生暮落，不足恃也。而今也且翱且翔于此，佩其琼琚之玉，徒有威严服饰之可观，而无益于事也。曷若彼美好齐国之长女，信美而且闲雅？向也忽若取之，则有大国为援，而不至于见逐矣。”此宋儒可取之一说。若《朱传》云：“此疑亦淫奔之诗。”授人笑柄。有驳之者云：“以为淫奔之诗者，朱子特以《郑风》而臆之耳。今就经文诠之：同车者，亲迎授绥之礼也。同行者，御轮三周之候也。曰佩玉，是有矩步之节。曰孟姜，则本齐族之贵。彼《溱洧》之相谑，《桑中》之相要，有如是之威仪盛饰，昭彰耳目者乎？”此赵文哲《媕雅堂别集》中语，驳《朱传》之解颇妙语也。

山有扶苏二章章四句

《山有扶苏》，刺忽也。所美非美然。

山有扶苏，	山上树有扶苏，
隰有荷华。〔一〕	池里草有荷花。
不见子都，	不见美好的子都，

乃见狂且！鱼部。　　　　偏遇见一个狂徒！

一章。所求子都不可见。〇毛传："兴也。"首二句"言高下大小各得其宜"。以兴末二句言见与不见之不得其宜也。〇按：扶苏叠韵。荷华双声。华，古音盱。

山有桥松，　　　　山上树有乔松，
隰有游龙。〔二〕　　　　池里草有游龙。
不见子充，　　　　不见善良的子充，
乃见狡童！东部。　　　　偏遇见一个狡童！

二章。求子充亦不可见。两章皆言所见非所愿见。

〇今按：《山有扶苏》，疑是巧妻恨嫁拙夫之歌谣。"不见子都，乃见狂且"，犹云燕婉之求，得此戚施也。俗传一诗："劣汉偏骑骏马走，巧妻常伴拙夫眠。世间多少不平事，不会做天莫做天！"(《随园诗话》)可为此古歌谣注脚。黄中松云："朱子以狡童不可斥君(原注：毛以狡童即斥昭公。郑指昭公所用之小人言)，而定为淫女戏其所私之词。不意大贤而明于狎邪之情如此耶？或疑斯女有才美，而所适非偶之所作。如谢道韫所谓'天壤乃有此王郎'耳。然为女如此，亦太轻薄。窃意此朋友相规之词也。言山之有木，隰之有草，敷华而敛实，各成其美。今乃不能闲习于礼法(本《孔疏》)，而恣为放荡；不充实其性行(本《孔疏》)，而喜行奸诈。是可恶也。狂与都，狡与充，正相反。《毛传》曰：子都，世之美好者也。子充，良人也。既不以子都为射颍考叔之子都，则子充更不必求其人以实之矣。"愚见，诗无朋友相规之意。或疑斯女有才美，而所适非偶者之所作。转觉其近是。女子薄命，遇人不淑，诗语轻薄以鸣其不平，亦不可耶？《序》云"刺忽"，采诗一类之义，实于诗义无关。朱子《辨说》谓此"男女戏谑之词"，得其近似。"三家无异义"，是与《毛序》同。其他争论，无可述者。

萚兮二章章四句

《萚兮》，刺忽也。君弱臣强，不倡而和也。

萚兮萚兮，萚与伯叶。鱼部。　　落叶啊，落叶啊，
风其吹女？　　风难道吹了你？
叔兮伯兮，　　弟弟啊，哥哥啊，
倡予和女！歌部。　　唱的是我，帮腔的是你！

一章。此云吹，似犹未落，下云漂，则已落矣。〇江永云："一、二章，萚、伯隔韵。"

萚兮萚兮，　　落叶啊，落叶啊，
风其漂女？　　风难道飘了你？
叔兮伯兮，　　弟弟啊，哥哥啊，
倡予要女！宵部。　　唱的是我，收腔的是你！

二章。先和之，后要之，言之有序也。

〇今按：《萚兮》，咏叹落叶之歌。诗义自明，不须曲说。所可言者：此盖霜晨月夕，庭前树下，人民如兄如弟，一倡一和，载歌载舞之作。倘论其情调低沉感伤，又似其时社会骤骤变革，没落之贵族不胜空虚、寂寞、悲凉、哀怨之作，顾所用语言文字不类贵族耳。金履祥云："萚，木叶之将落者，风吹则落矣。以见人生之易老，欲与之相乐也。"（《诗疑辨证》引金仁山语）说亦近似。近人周容《评志摩的诗》云："《落叶小唱》这一首尤其表现得蕴藉温柔，一幅秋凉与离合的景状，无端吹动了人生如梦的怅惘。"（《晨报副刊》一二九一号）鄙意以此移评《萚兮》小诗一首亦得。《萚兮·序》云"刺忽"，实与忽事无关。"三家无异义"。《朱传》云："此淫女之词。"今视语

无媟亵，实不可解。何楷云："女虽善淫，不应呼叔兮又呼伯兮，殆非人理，言之污人齿颊矣！"（《诗经世本古义》）他如《苏传》、《吕记》、《严缉》以为此忧惧之词，大臣相约倡和以谋国难之诗。真德秀、范家相以为此群臣结党避祸之诗。《诗义折中》以为此望晋急郑之诗。黄中松以为此诗人避祸逃难之诗。王闿运则谓此群公子诸大夫倡乱谋篡，互相结连响应之诗。一孔之见，纷呶不休。洵如盲人扪象，瞎子断匾矣。

狡童二章章四句

《狡童》，刺忽也。不能与贤人图事，权臣擅命也。

彼狡童兮，	那个狡童啊，
不与我言兮。	不和我交谈啊。
维子之故，	因为你的缘故，
使我不能餐兮。元部。	使我不能进餐啊。

一章。言食不甘味。

彼狡童兮，	那个狡童啊，
不与我食兮，	不和我共食啊，
维子之故，	因为你的缘故，
使我不能息兮。之部。	使我不能安席啊。

二章。言寝不安席。

〇今按：《狡童》，郑贤臣刺昭公忽不能深相信任而作。诗称昭公狡童，犹箕子诗称纣王狡童；卫武公诗称厉王而曰"於乎小子"也。据《序》文当作如是解。"三家无异义"。《朱传》云："此亦淫女见绝而戏其人之词。"又《朱子语类》云："圣人言郑声淫者，盖郑人之诗多是言当时风俗，男女淫奔，故有此等语。《狡童》，想说当时之人，非刺其君也。”又云：“经书都被人说坏了，前后相仍不觉。且如《狡童》诗，是《序》之妄。安得当时人民敢指其君为狡童？况忽之所为，可谓之愚，何狡之有？当是男女相怨之诗。”又云：“郑、卫皆淫奔之诗，《风雨》、《狡童》皆是。又岂是思君子？刺忽？忽愚，何以谓之为狡？”在《诗》三百中，淫诗为《诗》，汉、宋学家争讼至为激烈之一大公案。《风雨》、《狡童》、《子衿》三篇是否淫诗，尤为争讼之大端。康熙初年，施闰章讲学于吉安城南白鹭洲。适楚人杨洪才(耻庵)率其门徒来，施招寄居于抚州崇仁之毛奇龄至。会讲《诗》之淫诗三日，往复辩论，热烈空前。事后，毛奇龄转录施氏写记，撰成《白鹭洲主客说诗》一书。毛奇龄云：“先仲氏曰：‘使我不能餐’，‘使我不能息’，与古诗‘思君不能餐’，‘思君不能寐’，正同。此是诗例。儒者不识经，当亦识例。如‘风雨凄凄’，怀人之最雅者。《二南》原有‘既见君子’一例。此在三百篇中本文所自有者，而一为后妃之德，一为淫奔，何以为说？岂‘风雨凄凄’八字中有淫具邪？”又云：“高忠宪讲学东林。有客问：《木瓜》之诗并无男女字，而谓之淫奔，何也？忠宪未能答。萧山来风季曰：张衡《四愁诗》云：‘美人赠我金错刀，何以报之英琼瑶。’张衡淫奔耶？傍一人不平，遽曰：然则‘彼狡童兮’，称为狡童，非淫奔乎？曰：亦非淫奔。忠宪曰：何以言之？曰：箕子《麦秀歌》云：‘彼狡童兮，不与我好兮。’其所称狡童者受辛也，君也。君淫奔耶？忠宪起揖曰：如先生言。又曰：必如先生者，而后可与言诗。”又云：“宋黎立武作《经论》，中有云：少时读箕子《禾黍歌》(《麦秀歌》)，惄焉流涕。稍长，读《郑风·狡童》诗，而淫心生焉。出而视邻人之妇，皆若目挑心招，怪而自省。夫犹是‘彼狡童兮，不与我好兮’二语，一读之而生忠心，一读之而生淫心者，岂其诗有二乎？解之者之故也。然则解诗当慎矣。从来君臣朋友间不相得，则托言以讽之。《国风》多此体，而逞臆解说，锻成淫失，恐古经无邪之旨必不若是。此宋末儒者之言。立武,字以常,宋国子司业,临江人。"《狡童》是否淫诗,迄难论定。而毛氏之说亦博辩矣哉!

褰裳二章章五句

《褰裳》,思见正也。狂童恣行,国人思大国之正己也。

子惠思我,	你要爱我就想我,
褰裳涉溱。	撩起袴子渡溱河。
子不我思,	要是你不想到我,
岂无他人? 真部。	难道没有他人么?
狂童之狂也且! 与下章遥韵。	狂童的狂呀啰!

一章。言诚思我,则当涉溱水而来。

子惠思我,	你要爱我就想我,
褰裳涉洧。	撩起袴子涉洧河。
子不我思,	要是你不想到我,
岂无他士? 之部。	难道没有别个么?
狂童之狂也且!	狂童的狂呀啰!

二章。言诚思我,则当涉洧水而来。此似士代女言,玩弄女人之山歌。〇孙鑛云:"褰裳涉溱、洧,作冀望所私者说,于义较顺,观后篇'子不我即',可例。'狂童之狂也且',语势拖靡,风度绝胜。"〇江永云:"一、二章'狂童之狂也且',隔章尾句遥韵。"

〇今按:《褰裳》,疑是采自民间打情骂俏一类之歌谣。《朱传》谓此淫女戏谑其所私者之词。近是。但谓女将褰裳涉溱、洧以从男,则误。毛奇龄已正之。《毛诗写官记》云:"女子曰:子思我,子当褰裳来。嗜山不顾高,嗜桃不顾毛也。"是毛氏早岁治《诗》亦以

《褰裳》为男女之词矣。朱子《辨说》云："此《序》之失，盖本于子太叔、韩宣子之言，而不察其断章取义之意耳。"又《朱子语类》云："许多《郑风》只是孔子一言断了，曰'郑声淫'。如《将仲子》自是男女相与之辞，却干祭仲、共叔段甚事？如《褰裳》自是男女相咎之辞，却干忽与突争国甚事？"故彼尝戏言《春秋》最苦是郑忽也。又云："诗中狂童之词是恁意思？作《序》者但见子太叔赋此诗，韩宣子曰：'起在此，敢勤子至于他人乎？'（昭十六年《左传》）便以为思大国之正己。不知赋《诗》但借其言以寓己意。"此攻《序》一说。遵《序》一说者，惟见《郑笺》、《孔疏》、胡承珙《后笺》较善。今文三家遗说，与此古文《序》不异。

丰四章二章章三句二章章四句

《丰》，刺乱也。昏姻之道缺，阳倡而阴不和，男行而女不随。

子之丰兮，	你的容貌丰润呀，
俟我乎巷兮，	等待我在里弄呀，
悔予不送兮！东部。	悔我家不致送呀！

一章。悔予不送者，胡承珙云："送，犹致也。送，致女。《春秋》言致女者，即以女授婿之谓。此女悔其不行，故托于其家之不致，非自谓其不送男子也。"〇江永云："丰、巷、送，平、去为韵。"

子之昌兮，	你的体魄健壮呀，
俟我乎堂兮，	等待我在中堂呀，
悔予不将兮！阳部。	悔我不得随行呀！

二章。前二章盛言迎者之美，而悔恨不送不将，明示不得自主。连用三兮字，急词也。

衣锦褧衣，	穿上锦衣罩衣，
裳锦褧裳。齐、鲁，褧作絅。	穿上锦裳罩裳。
叔兮伯兮，	叔呀伯呀，
驾予与行！阳部。	把车载我同行！

三章。《毛传》云："叔、伯，迎己者。"陈奂疏之云："谓婿之从者也。迎己者当不止一人，故或呼叔，或呼伯。"

裳锦褧裳，	穿上锦裳罩裳，
衣锦褧衣。	穿上锦衣罩衣。
叔兮伯兮，	叔呀伯呀，
驾予与归！脂部。	把车载我同归！

四章。后二章幻想盛妆以待迎者之复来。明含深怨，盖怨其父母变志。此婚变之诗，非淫奔之诗也。

〇今按：《丰》篇，盖男亲迎而女不得行，父母变志，女自悔恨之诗。戴震云："此《坊记》所谓亲迎，妇犹有不至者也。盖言俗之衰薄，昏姻而卒有变志，非男女之情，而其父母之惑也，故托为女子自怨之词以刺之。悔不送，以明己之不得自主，而志终欲随之也。后二章望其复迎己以行。或曰：女子始有所为留者，非欤？曰：非也。凡后世昏姻变志，皆出于父母，不出于女子。诗言迎者之美，固所愿嫁也，必无自主不嫁者也。此托为女子之词，正以见惑由父母尔。使父母知男女之情如此，惑亦可解矣。"戴氏之乡人汪梧凤、胡承珙，先后并为阐明之；厥后王先谦亦赞同之。可为此诗定论。《序》说"刺乱"，意谓刺昏礼亲迎，女犹不至，由于淫乱。误会诗旨，偏责弱女，非也。"三家无异义"。朱子《辨说》谓"此淫奔之诗"。倘问：淫奔者可俟乎巷，而必俟乎堂耶？岂有锦衣锦裳，呼叔呼伯，驾车同奔，夸示于众者乎？不知彼将何以置答也！

东门之墠二章章四句

《东门之墠》，刺乱也。男女有不待礼而相奔者也。

东门之墠，	东门之外广场平坦，
茹藘在阪。〔一〕	茜草生长在坡阪。
其室则迩，	她的家离我虽近，
其人甚远！元部。	她这人隔我很远！

一章。男歌。“茹藘”一句以兴女室。○钟惺云：“《秦风》‘所谓伊人’六句，意象漂渺极矣，此诗以‘其室则迩’二句尽之。必欲坐以淫奔，冤甚，冤甚！”○孙鑛云：“两语工绝。后世情语皆本此。”○陈奂云：“茹藘叠韵。”

东门之栗，	东门之外路旁栗下，
有践家室。韩，践作靖。	那里是好好的人家。
岂不尔思？	难道我不想你？
子不我即！脂部。	你不来就我呀！

二章。女歌。“栗”一句以兴男家。

○今按：《东门之墠》，盖男女求爱，赠答倡和之歌。歌二章，一云“其室则迩，其人甚远”，意谓咫尺天涯，莫能相近，极言相思之甚，明男求女之赠言也。一云“岂不尔思？子不我即”，意谓子以礼即之则可矣，明女思男之答言也。此男女一赠一答、一倡一和之歌，明甚。《孔疏》据《郑笺》“此女欲奔男之辞”，乃云“二章皆女奔男之事”。分疏未能精切。至今民间恋歌犹保存男女对唱之山歌形式也。古文《毛序》“刺乱”，刺男女相奔。与今文三家说有异同。《易林・贲之鼎》：“东门之墠，茹藘在阪。礼义不行，与我心反。”王先谦云："此齐说。言乱世礼义不行，与我心相违反也。鲁、韩无异义。"又云："《淮南·说山训》：'行合趋同，千里相从；行不合，趋不同，对门不通。'高注：'《诗》所谓室迩人远。'知鲁、毛说合。"又云："陈乔枞云：《曲礼》'日而行事则必践之'，郑注：'践读曰善。'《正义》：'践，善也。言卜得而行事，必善也。'然则践义可依韩训善，践作靖。慕善心切，愿得为其室家，足见此女之贤，欲嫁不由淫色。有靖家室，犹今谚云'好好人家'也。""尔、子皆指贤人，言我岂不思为尔室家，但子不来就我，以礼相迎，则我无由得往耳。此女以礼自守。"此解核与诗旨合，较《毛序》为善。朱子《辨说》偏从此《序》，刺乱、刺奔，说教同也。

风雨三章章四句

《风雨》，思君子也。乱世，则思君子不改其度焉。

风雨凄凄，三家，凄作湝。	风凄凄，雨凄凄，
鸡鸣喈喈。	雄鸡叫的喈喈。
既见君子，	终于见到君子，
云胡不夷！脂部。	怎么心怀不开！

一章。言见之则心为之夷。〇姚际恒云："晦，初号。"按：鸡三号，语出《大戴礼记》。姚氏假之以分释此诗三章鸡鸣，亦巧矣哉！

风雨潇潇，	风潇潇，雨潇潇，
鸡鸣胶胶。三家，胶作嘐。	雄鸡叫的胶胶。
既见君子，	终于见到君子，
云胡不瘳！幽部。	怎么有病不好！

二章。言见之则病为之瘳。〇姚际恒云："晦，再号。"

风雨如晦，	风雨好像昏天黑地，
鸡鸣不已。	雄鸡还是叫个不已。
既见君子，	终于见到君子，
云胡不喜！之部。	怎么心中不喜！

三章。言见之则忧为之喜。○姚际恒云："黎明，三号。"○方玉润云："天将明反晦。"○江永云："晦、已、喜，上、去为韵。"

○今按：《风雨》，怀人之诗。诗人于风雨之夜，怀念君子，既而见之，喜极而作。诗人与君子有何关系？君子为何等人？诗所未言，殊难猜测。《序》意甚美，谓"乱世，则思君子不改其度"。"三家无异义"。朱子意谓诗语"轻佻狎暱，非思贤之意"（《辨说》）。"风雨晦冥为淫奔之诗。"（《集传》）据诗迭谓"云胡不夷"、"云胡不瘳"、"云胡不喜"，自是一时骤见狂喜之情，狎暱似之，轻佻未也。何况诗说风雨鸡鸣，比喻乱世君子不改常度，用意至为严肃乎！诗决非《朱传》所谓淫奔之女之词也。毛奇龄云："陈晦伯作《经典稽疑》，载《风雨》一诗，行文取证者甚备。郭麐叛，吕光遗杨轨书曰：陵霜不凋者松柏也，临难不移者君子也。何图松柏雕于微霜，而鸡鸣已于风雨！《辨命论》云：《诗·风雨》云：'风雨如晦，鸡鸣不已。'故善人为善，焉有息哉？《广弘明集上》云：梁简文于幽絷中《自序》云：'梁正士兰陵萧纲，立身行己，终始如一。风雨如晦，鸡鸣不已。非欺暗室，岂况三光。数至于此，命也如何！'""自淫诗之说出，不特《春秋》事实皆无可按，即汉后史事其于经典有关合者，一概扫尽。如《南史·袁粲传》：粲初名愍孙，峻于仪范。废帝倮之，迫之使走。愍孙雅步如常。顾而言曰：'风雨如晦，鸡鸣不已。'此《风雨》之诗，盖言君子有常，虽或处乱世而仍不改其度也。如此事实，载之可感，言之可思。不谓淫说一行，而此等遂阒然。即造次不移、临难不夺之故事，俱一旦歇绝，无可据已。嗟乎痛哉！"（《白鹭洲主客说诗》）胡承珙云："案《文选》陆士衡《演连珠》云：'贞乎期者，时累不能淫。是以迅风陵雨，不谬晨鸡之察。'亦是用《序》意也。"(《后笺》)据此可知：此诗之积极意义在于鼓励人之为善不息，不改常度，造次不移，临难不夺。倘争论其必为淫奔之诗，则有何根据，有何意义乎？

子衿三章章四句

《子衿》，刺学校废也。乱世，则学校不修焉。

青青子衿，	青青的是你的衣领，
悠悠我心。	悠悠不断的是我的忧心。
纵我不往，	纵使我不往你那里去，
子宁不嗣音？侵部。〇韩、鲁，嗣作诒。	你难道就不寄给我音讯？

一章。责其曾不寄问。

青青子佩，	青青的是你的佩玉绶带，
悠悠我思。	悠悠不断的是我的心怀。
纵我不往，	纵使我不到你那里去，
子宁不来？之部。	你难道就不到我这里来？

二章。责其曾不来学。〇江永云："佩、思、来，平、去为韵。"

挑兮达兮，	溜啊踏啊，
在城阙兮。	在城阙啊。
一日不见，	一日不见，
如三月兮！祭部。	如三月啊！

三章。自言思念之切。〇钟惺云："坐青衿以淫奔，当加罪一等。甚矣考亭之故入人罪也！止以挑、达二字作证佐，刻哉！《子

衿》,思良友也。”○孙鑛云:“此不作淫诗解,似亦可。”○陈奂云:“挑达双声。”

○今按:《子衿》,盖严师益友相责相勉之诗。学校废,师友之道穷矣。《序》谓刺学校废,推本而言,无害诗义。且可证之于史。《左传》襄公三十一年,郑人游乡校,以论执政。然明曰:“毁乡校如何?子产曰:何为?”是郑之有学校旧矣。郑经五世大乱,学校能无废乎?此非史有明证乎?诗“挑兮达兮”,《毛传》:“挑达,往来相见貌。”《孔疏》:“乍往乍来。”是也。《说文》:“叏,滑也。《诗》云:‘叏兮达兮。’”“达,行不相遇也。”今谓挑达,犹俗语溜踏。溜有滑意,踏与达通,不违故训也。《朱传》云:“此亦淫奔之诗。”“挑,轻儇跳跃之貌。达,放恣也。”又《辨说》云:“辞意儇薄,施之学校尤不相似。”魏源《诗序集说》斡旋于《毛序》、《朱传》两说之间,而曰:“挑达城阙,言以青衿之士为狭邪之游,故刺废学即是刺淫。”益谬矣。青衿佩玉,自是士子之服;城阙亭台,又岂狎邪之场乎?毛奇龄云:“陈晦伯曰:《朱传》以《青衿》为淫奔诗,及作《白鹿洞赋》又从《序》说,此正中心不能泯处。而安城刘君谓其断章取义。夫毛、郑去古未远,其说必有所本。故吕东莱宗之,作《读诗记》。朱氏乃敢戏东莱前辈为毛、郑佞臣。然则刘君者,殆亦朱氏之佞臣乎?”(《白鹭洲主客说诗》)为学自当实事求是,无征不信。治《诗》毋为毛、郑佞臣,况为朱氏佞臣而争吃武夷山下之残羹乎?王先谦云:“魏武《短歌行》:‘青青子衿,悠悠我心。但为君故,沉吟至今。’虽未明指学校,并无别解。北魏献文诏高允曰:‘道肆陵迟,学业遂废。《子衿》之叹,复见于今。’《北史》:大宁中征虞喜为博士,诏曰:‘丧乱以来,儒轨陵夷。每揽《子衿》之诗,未尝不慨然。’宋朱子《白鹿洞赋》:‘广《青衿》之疑问,宏《菁莪》之乐育。’皆用《序》说。”“三家无异义”。据此而谈,三人占则从二人之言,约定俗成谓之宜,《序》说可不废矣。

扬之水二章章六句

《扬之水》,闵无臣也。君子闵忽之无忠臣良士,终以死亡,而作是诗也。

扬之水,水与弟叶。脂部。	一条激流的河水,
不流束楚?	不流去一束荆子?
终鲜兄弟,	究竟少了兄弟,
维予与女。	只有我和你。
无信人之言,	不要听信他人的话,
人实迋女。鱼部。	他人实在说话骗你!

一章。《郑笺》云:"作此诗者,同姓臣也。"〇江永云:"一、二章,水、弟隔韵。"

扬之水,	一条激流的河水,
不流束薪?	不流去一束干薪?
终鲜兄弟,	究竟少了兄弟,
惟予二人。	只有我们两人。
无信人之言,	不要听信他人的话,
人实不信!真部。	他人实在不可听信!

二章。朱道行云:"两章一意,总是坚维予与女之信。"(见《传说汇纂》)〇孙鑛云:"此不见男女相悦处。若从《郑笺》作刺昭公兄弟争国解,固亦是理顺。"

〇今按:《扬之水》,盖诗人见人有间于其兄弟二人者,作此诗以自儆,并期兄弟共儆之。诗义自明。《序》说"闵昭公忽,无忠臣良士,终以死亡"。《郑笺》云:"忽兄弟争国,亲戚相疑,后竟寡于兄弟之恩。独我与女有耳。作此诗者,同姓臣也。"《序》说盖出采诗之义,此亦未为不是。"三家无异义"。《笺》说盖出三家。今皆不可考矣。朱子《辨说》谓此男女要结之词,《序》说误。又《朱传》谓此淫女相谓其所私者之言。不知何以解于诗中"终鲜兄弟"一语也。黄中松云:"若依《朱传》,'兄弟'二字即作为淫女自称其兄弟言,谓我既少亲族,无兄弟之依,而予与女之相好,决不可更为他人离间,以见亲昵固结之情,似为直捷。但何取此淫人之不相离间乎?许谦以为兄弟互保之诗,与《小雅·小宛》义同。经文兄弟自有着落,终鲜义亦清澈,较胜诸家。"胡承珙云:"案以兄弟为昏姻,非独章首二句难通,即本句亦自不协。兄弟可以多寡言,若夫妇而曰终鲜,此何言乎?"《钦定诗经传说汇纂》云:"吕祖谦《读诗记》载朱子初解,以为所亲者惟二人,亦不能自保于谗间,此忽之所以亡。是与《序》义同矣。后改为淫女相谓其所私者之言。而于'兄弟'二字难解,则曰兄弟婚姻之称,《礼》所谓不得嗣为兄弟,是也。后儒疑之,以婿辞于女家曰:恐不得嗣为兄弟者,言有大故不可嫁娶,将无中表兄弟之续,非夫妇而有兄弟之称。然兹亦一解,不必具论。即就婚姻诠释兄弟,后儒谓与'终鲜'文义究有未协。况《扬之水》三篇皆兴微弱,一言平王,一言晋昭,此言郑忽,诗同一例。则似仍从朱子初解之为长矣。"此奉命秉笔之馆阁诸臣,幸赖《吕记》尚存朱子初解,不太触犯《朱传》,得以试求正解也。

出其东门二章章六句

《出其东门》,闵乱也。公子五争,兵革不息。男女相弃,民人思保其室家焉。

出其东门,	出了那个东门,
有女如云。	有女多的如云。

虽则如云，	虽则多的如云，
匪我思存。	都不在我的意中。
缟衣綦巾，〔一〕	白绸衣、大青巾，
聊乐我员！文部。韩，作聊乐我魂。	聊乐我的神魂！

一章。言如云之女，无如我缟衣綦巾者。○《毛传》云："缟衣，白色，男服也。綦巾，苍艾色，女服也。"○《郑笺》云："缟衣綦巾己所为，作者之妻服也。"（按：句中己字，据阮元《校勘记》补。）

出其闉阇，	出了那个城闸，
有女如荼。〔二〕	有女像白荼花。
虽则如荼，	虽则像白荼花，
匪我思且。	不在我的意中啦。
缟衣茹藘，	白绸衣、绛文巾，
聊可与娱！鱼部。	聊可相与欢洽！

二章。言如荼之女无如我缟衣茹藘者。○《朱子语类》云："此诗却是个识道理人做。郑诗虽淫乱，然此诗却如此好。《女曰鸡鸣》一诗亦好。"

○今按：《出其东门》，诗人自述安于其耐勤守俭之室家，而不二三其德之作。诗义自明。《序》说闵乱，人思保其室家，未为害义。《诗》今古文家无争论。朱子《辨说》云："此乃恶淫奔者之词。《序》误。"又《朱传》云："人见淫奔之女而作此诗。以为此女虽美且众，而非我思之所存也。不如己之室家虽贫且陋，而聊可以自乐也。是时淫风大行，而其间乃有如此之人，亦可谓能自好而不为习俗所移矣。羞恶之心，人皆有之，岂不信哉？"据《诗》，东门之外，如云如荼之女，自是往来闹市之众女，未见其必皆为淫奔之女。况人情相去不远，当亦有贵族妇人"驾言出游，以写我忧"者也。何道学家之褊心妒意，邪思偏见，不自克制，侮辱女性，一至如此乎？如此论诗，殊败人意。陈启源云："《左传》记郑事，所言城门，凡为名十有二：曰渠门，曰皇门（皆一见），曰师之梁门（四见），曰南门，曰北门（皆二见），曰东门（六见），曰闺门，曰时门，曰鄟门，曰仓门，曰墓门，曰旧北门（以上皆一见），又有远郊门曰桔秩之门（三见），又有外郭门曰纯门（二见）。惟东门两见于《诗》，意此门当国要冲，为市廛鳞萃之墟欤？故诸门载于《左传》，亦惟东门则数数及之。盖师旅之屯聚，宾客之往来，无不由是，其为郑之孔道可知，宜乎诗之一兴一赋皆举以为端也。虽然，除地之墠，行上之栗，特假以寓兴耳。至五争之后，室家相弃。出此门者，但见乱杂之象，诗所为闵欤？"（《稽古编·附录》）王先谦云："郑城西南门为溱、洧二水所经，故以东门为游人所集。"可知东门之外，水陆孔道，繁华市壖，游人麕集。故亦自有众女往来，如云如荼者也。

野有蔓草二章章六句

《野有蔓草》，思遇时也。君之泽不下流，民穷于兵革。男女失时，思不期而会焉。

野有蔓草，	野地里有蔓草，
零露漙兮。	落下露珠团团呀。
有美一人，	这样美的一个人，
清扬婉兮。韩，作青扬宛兮。	眉目之美婉然呀。
邂逅相遇，	不期而会的相遇，
适我愿兮！元部。	恰合我的心愿呀！

一章。言适我愿兮。○江永云："漙、婉、愿，平、上、去通韵。"○陈奂云："邂逅双声。"

野有蔓草，	野地里有蔓草，
零露瀼瀼。	落下露珠一颗颗。
有美一人，	这样美的一个人，
婉如清扬。	婉然而美的眉目。
邂逅相遇，	不期而会的相遇，
与子偕臧！阳部。	和你在一起欢乐！

二章。言与子偕臧。两章一意，惟言适愿、偕臧，语有先后尔。

〇今按：《野有蔓草》，《序》谓男女失时，思不期而会焉。《笺》云："《周礼》仲春之月，令会男、女之无夫家者。"意谓此写奔者不禁之诗。《毛序》、《郑笺》，未为不是。且奉令而奔，有何不可？奴隶主之泽有时下流，故奴隶男女失时者思遇时矣。此为正解。顾《序》首句说思遇时，语意究属含胡。后世坚持《诗》今古文异同者，略有争论。（胡承珙、王先谦）若谓思贤者而托诸男女之词。（魏源）则诗云"有美一人，清扬婉兮"，施于贤者，实欠庄重。施之龙阳君、安陵君与董贤一流人物乃可。有据《左传》、《说苑》、《韩诗外传》，以谓鲁、韩《诗》说皆以此为思遇贤人者。（王先谦）不知是亦引《诗》以就己说之义，不足据信也。至若宋儒谓男女婚娶失时，邂逅相遇于草间，（欧阳修）各得其所欲，赋其所在以起兴。（朱子）即谓此为草间野合、露水夫妻之淫诗。则有起而忿争者矣。毛奇龄云："《春秋》赋诗之例，若果淫诗，则未有不面斥者。当襄二十七年，郑伯享赵孟于垂陇。其时郑臣子展、伯有、子西、子产、子太叔等七人相从。赵孟因曰：'七子从君以宠武也！请皆赋以辛君贶，武亦以观七子之志。'当时伯有赋《鹑之贲贲》。赵孟即曰：'床笫之言不逾阈，况在野乎？非使人之所得闻也。'以为诗刺淫乱，不宜赋及，故面斥之。且复退而告叔向曰：'伯有将为戮矣。诗以言志，志诬其上而公怨之，以为宾荣，其能久乎？'则刺淫且不可赋，其严如此。及子太叔赋《野有蔓草》。即拜曰：'吾子之惠也。'夫《野有蔓草》,朱氏所谓淫诗也。淫则何以称贶?何以明志?何以拜惠?且同一淫诗,何以一则面斥,一则面谀,其不伦又若是?然则以当时郑大夫本国之诗之解、见诸实事,明白可据。而区区数千年后之一儒,谓足以非所是而黑所白,难矣。"毛氏攻击朱子此亦淫诗一说,自是雄辩。愚意,子太叔赋《野有蔓草》,仍属断章取义一例,非必诗之本义也。

溱洧二章章十二句

《溱洧》,刺乱也。兵革不息,男女相弃,淫风大行,莫之能救焉。

溱与洧,	溱水和洧水,
方涣涣兮。涣、韩,作洹,齐,作灌,鲁,作汍。	正淼淼啊。
士与女,	男的和女的,
方秉蕑兮。元部。〇齐,蕑作菅。	正拿兰草啊。
女曰观乎?	女的说:"去游览么?"
士曰既且。	男的说:"已经去过啰"。
且往观乎?鱼部。	"再去游览么?
洧之外,	洧水的边头,
洵讦且乐。鲁,洵作询。韩,讦作盱。	真宽大又快乐!"
维士与女!	啊,男的和女的!
伊其相谑,	是那样的互相戏谑,
赠之以勺药。宵部。	相赠的用香料勺药。

一章。士与女,微相谑尚可。〇何焯云:"《笺》云:'因相与戏谑行夫妇之事。'按士女至于相谑,此即淫风流行也。郑之说诗则过矣。举国往观,万目睽睽,即至无良,宁有是耶?"(《义门读书记》)〇张尔岐云:"《女曰鸡鸣》第二章,'琴瑟在御,莫不静好',此

诗人拟想点缀之辞。若作女子口中语，似觉少味。盖诗人一面叙述，一面点缀，大类后世弦索曲子。《三百篇》中述语叙景错杂成文，如此类者甚多。《郑·溱洧》、《齐·鸡鸣》皆是也。溱与洧，亦旁人述所闻见，演而成章。说家泥《朱传》淫奔者自叙之词，不知‘女曰’、‘士曰’等字如何安顿！”〇江永曰：“涣、蕑，平、去为韵。”〇陈奂云：“勺药叠韵。”

溱与洧，
浏其清矣。韩，浏作漻。
士与女，
殷其盈矣。耕部。
女曰观乎？
士曰既且。
且往观乎？
洧之外，
洵訏且乐。
维士与女！
伊其将谑，
赠之以勺药。

溱水和洧水，
水深的清澈呀。
男的和女的，
人多的拥塞呀。
女的说：“去游览么？”
男的说：“已经去过啰。”
“再去游览么？
洧水的边头，
真宽大又快乐。”
啊，男的和女的！
是那样的大行戏谑，
相赠的用香料勺药。

二章。大相谑则过矣。〇孙鑛云：“此则太侈，盖荡然无复拘检矣。然固是旁观者所作，其侈谈正是极刺，讽咏自见。”（《批评诗经》）〇姚际恒云：“诗中叙问答，甚奇。”

〇今按：《溱洧》，描述郑俗清明佳日，男女相悦，相约郊游之作。今文《韩诗》一说为善。其言曰：“溱与洧，说人也。郑国之俗，三月上巳之日，于两水上招魂续魄，拂（祓）除不祥。故诗人愿与所说者俱往观也。”（《御览》八百八十六、《艺文类聚》四）今文鲁、齐说与古文毛说皆谓刺淫，而不及上巳节日风俗一义，所见偏矣。《朱传》兼有二义，而仍重在刺淫。谓此淫奔者自叙之词，亦颇有误。故张彩云："此篇曰士曰女，皆旁观而述之之词。所谓直书其事，而丑秽自见者也。"(见《传说汇纂》)此说丑秽自见，若易为美丑自见，则亦不犯主观偏见之失矣。诗云勺药者何？《毛传》以为草名，后人谓即红药；韩说谓为离草，言将离别赠此草也。鲁说：勺药之和，即谓为调味之物。诗"方秉蕳兮"，韩云：蕳，兰也。勺药承上秉蕳，谓以兰为调和之用。(陈乔枞《鲁诗遗说考》)或说勺药，意谓一勺之药料。盖齐、鲁之义，中馈日用物也。(俞正燮《癸巳类稿·勺药义》)近人或谓勺药为作料一词之正字。(黄侃《蕲黄语》。按：今湖南省方言，谓调味之物为香料，香字读去声；亦或谓之佐料。)语益直捷了当。此与郝懿行《尔雅义疏》释毗刘暴烁为披离杷拉，可云无独有偶，使人惊其释古今语变之巧合矣。宋儒说此诗勺药有闹笑话者，李廌《师友谈记》云："张文潜(耒)曰：先皇尚经术，本欲求圣贤旨趣，而一时师说竞以新奇相尚，妄为臆说，即附意穿凿。如说《诗》'溱与洧'云云，以谓淫泆之会。勺药善堕胎行血，故为之赠。士赠女乎？女赠士乎？借谓女赠士，安用堕胎行血也？此殆是以芳香为好之义。何至是陋也？刘贡父(攽)尝曰：赠之勺药，士女不分。若夫'视尔如荍，贻我握椒'(《陈风·东门之枌》)，则女赠士必矣。椒性温，明目，暖水藏，则女无用也。莫不以为笑。"诶！宋儒说《诗》之笑柄岂止一二而已哉？贻笑启颜，未为有害。笑而流谬，为害已多。后人或谓："芍药破胎，芍药之赠为男淫女。椒可壮阳，握椒之赠为女淫男。先儒俚谈，理盖有之。"(明张萱《疑耀》)岂理也哉？岂不谬哉？

【简注】

缁衣

〔一〕顾炎武《诗本音》云：《缁衣》旧作三章章四句。今详"敝"字当作一句，"还"字当作一句，难属下文。当作三章，章六句。武亿《经读考异》云：

一字为句，诗多有之。陆奎勋《陆堂诗学》云：敝、还字作一顿。《离骚》善用此法。盖少读，即可连下为句。此所以《正义》云：句者，联字以为言，则一字不制也。

○缁音淄。粲读近餐。

将仲子

〔一〕杞，杞柳，俗名筐柳、刀柳。杨柳科，落叶灌木。常供栽培之习见植物。为编造筐篋之良材。桑，已见《定之方中》篇。

〔二〕檀，翼朴。榆科，落叶乔木，习见植物。其木坚致，可为材用。

○将音枪。杞音起。檀音坛。

大叔于田

○乘乘马，上乘如字，下读去声。骖音参。薮音数上声。襢音坦、音但。裼音锡。狃古音扰，陈奂云：今音纽。鸨音保。掤音冰。鬯音畅，韔之别字。

清人

○英古音央。翱音敖。翔音详。麃音标。

羔裘

○濡音儒。其音己、音忌。舍音赦。渝音俞。

遵大路

○掺古音惨，今音参。袪音区。寁古音斩，今音捷。魗、丑古今字。

女曰鸡鸣

〔一〕弋者，谓弋射，弹射。此古人猎获大、中型飞鸟之一种方式。《孟子·告子》篇："一心以为有鸿鹄将至，思援弓缴而弋之。"《吕氏春秋·功名》篇："善弋者，下鸟乎百仞之上，良弓也。"《淮南子·说山训》："好弋者，先具缴与矰。"班固《西都赋》："矰缴相缠。"《说文》："磻，以石著弋缴也。"《汉书·司马相如传》师古注："以缴系矰仰射高鸟，谓之弋射。"今考上古弋射之工具与方法不传，但合上引诸古书观之，则可窥测其大概：如云弓、缴（缴读如索），即《列子·汤问》篇之所谓"弱弓纤缴"。（小弓细绳）如云矰，即谓"矰矢"。如不用矰矢而用石磻者，犹后世之所谓石丸石弹乎？再者，缴之放卷，或有如辘轳作用之轮轴。即如《墨子·备高临》篇所谓

"如弋射以磨鹿卷收"者乎？凫、雁者，皆属雁形目，鸭科，各有多种。通常以凫为野鸭，雁为野鹅、天鹅。

〔二〕与子宜之，《传》云："宜，肴也。"按：宜、俎古通。宜之，俎之，谓作为肴也。

〔三〕知子之来之，王引之云："来读为劳来之来。"

○弋音亦。凫音符。劳读去声。

有女同车

〔一〕舜华，木槿（音勤）。锦葵科，落叶灌木或小乔木，习见植物。花白或红或淡紫，惟白者可作羹。农民常栽此树以代围篱，故俗称懒夹篱。

山有扶苏

〔一〕童士恺《毛诗植物考》谓扶古音读重唇如朴，苏樕（音速）同纽双声。扶苏即朴樕。朴樕，槲树，柞，栎，俗名青冈（杠）。已见《野有死麕》篇。荷华，睡莲科，多年生之水生草本。习见植物。

〔二〕桥松，松，已见《竹竿》篇。游龙，又名水荭，荭草，北京俗名狗尾巴花。蓼科，一年生之大草本。花呈穗状花序，果如黑小栗子形，瘦果。茎直叶椭，红色，有粗毛。

○狂且之且音疽、音查，古伹字。

萚兮

○萚音托。倡音唱。和音贺。漂音飘。要音腰。

褰裳

○褰音愆、音蹇。溱音曾。且，与狂且之且音同义异，又俗读近租。洧，古音如以，今音近尾。

丰

○聚音耿、音炯。行音杭。

东门之墠

〔一〕茹藘，茅蒐，又名茜，茜草也。茜草科，多年生蔓草，果为二个合生之浆果，可食。其根色赤黄，在古为重要之绛色红色染料。《史记》千亩卮（栀）茜，其人与千户侯等。是也。

○墠古音善，今读如坛、如坦。茹音预。藘音虑。

风雨

○喈古音饥。今亦音皆。瘳音抽。

子衿

○衿音金。挑与佻音义同。

扬之水

○楚，已见《汉广》篇。迋读与诳（音逛）同，陈奂云：人实不信之信，古音如伸。今如字读。

出其东门

〔一〕钱绎《方言笺疏》四，云：《广雅》：大巾，袡，蔽郄也。《诗·东山·毛传》：缡，妇人之袆也。母嫁女，施衿结帨。《说文》：帨，佩巾也。《〔礼记〕·内则》郑注：帨，事人之佩巾也。巾以拭物，亦以覆物。蔽膝又有大巾之名。〔《尔雅·释器》〕叔然（孙炎）以袆为帨巾。盖谓佩之于前可以蔽郄，蒙之于首可以覆头。与《释名》、《方言》之义并合。

〔二〕荼，英荼，茅秀。俗名白茅花，即荻之花穗。荻又名菼，已见《硕人》篇。茹藘已见《东门之墠》篇。

○綦音基。员音云，本亦作云。韩说音魂。闉音烟。阇音都。且音近租，语尾助词，已见前。

野有蔓草

○蔓音慢。漙，今《说文》无此字。漙为团之假字。邂音介。逅音构。瀼音羊。

溱洧

○蕑音间去声。既且之且音近租。浏音刘。殷如字。古音隐，读如《殷其靁》之殷。

诗经直解　卷八

齐第八　毛诗国风

齐国十一篇三十四章百四十三句

鸡鸣三章章四句

《鸡鸣》,思贤妃也。哀公荒淫怠慢,故陈贤妃贞女,夙夜警戒相成之道焉。

鸡既鸣矣,　　“鸡已经叫了,
朝既盈矣?　　上朝的都已经到了?”
匪鸡则鸣,　　“不是鸡的叫,
苍蝇之声。〔一〕耕部。　　是苍蝇的声音在闹。”

一章。妃即所闻鸡鸣以问之,而君以为其时尚早。

东方明矣,　　“东方已经亮了,
朝既昌矣?　　上朝的已经大忙了?”
匪东方则明,　　“不是东方的亮,
月出之光。阳部。　　是月亮发出来的光。”

二章。妃即所见昧爽以问之,而君仍以为其时尚早。

虫飞薨薨,　　“虫子飞的已经纷纷,

甘与子同梦？	甘愿和您一同睡梦？
会且归矣，	会朝的将要散归了，
无庶予子憎？〔二〕蒸部。	幸不把我和您憎恨？”

三章。妃即所见已旦之时以问之，而君始无词矣。信哉妃之贤也！

〇今按：《鸡鸣》，盖诗人设为妃与君问答，夙夜警戒，刺君失时晏起所作。古文《毛序》说，可云全与诗合。王先谦据韩说：“《鸡鸣》，谗人也。”齐说：“鸡鸣失时，君骚、相忧。”又考缇萦歌此诗伤父无罪被谗、冀见怜察一事，而知鲁家之说此诗与齐、韩无异。乃云：“盖齐君内嬖工谗，有如晋献之骊姬，致其君有失时晏起之事，其相忧之，而赋此诗。”并不知诗前二章为一问一答之词，后一章仍设为妃问君之词。但彼谓后一章：“此代君谓其夫人之词。言天之将明，飞虫皆出。予犹甘愿与子卧而同梦。但会于朝者，且将归治其家事矣。庶无因予之故而使臣下憎恶于子耳。”果有如此晓事之贤君，则亦不至宠妃听谗矣。以此串讲全诗，难以说通。今断从古文《序》说。今文三家说，乃瞽矇讽诵之义，读诗引诗之义，古文毛氏说，盖出国史之义也。宋儒以来，未见新义。据《孔疏》引《郑谱》：周武王伐纣，封太师吕望于齐，是谓齐太公。后五世（太公、丁公、乙公、癸公，凡四世），哀公政衰，荒淫怠慢，纪侯谮之于周，懿王使烹焉。齐人《变风》始作。据李超孙《诗氏族考》：“齐哀公名不辰，《世本》作不臣，癸公之子。《谥法》：蚤孤短折曰哀。《竹书纪年》：哀公名昴。周夷王三年致诸侯，翦齐哀公昴。”哀公盖死于夷王时？懿王至夷王，中间仅历孝王一世，是时王世不长，故未易遽定欤？《孔疏》：《齐风》十一篇，前五篇为哀公时诗，后六篇皆襄公时诗。自哀公至于襄公，其间有七世（献公、武公、厉公、文公、成公、庄公、僖公），皆无诗。又《孔疏》云：“襄二十九年《左传》，鲁为季札歌《齐》。曰：‘美哉！’此诗皆云刺，而彼云美哉者，以《鸡鸣》有思贤妃之事；《东方未明》虽刺无节，尚能促遽自警；诗人怀其旧俗，故有箴规。故季札美其声，非谓诗内皆是美事。”据《乐记》：齐音敖辟乔志。温良而能断者宜歌《齐》。是齐声亦自有其美否，齐声与《齐风》有不一致。亦犹郑声、郑卫之音与《郑风》、《卫风》有不一致。要之，乐与诗，诗与乐，虽互有影响，又并非完全一致者也。已详论于上卷《郑风·将仲子》一篇中矣。

还三章章四句

《还》，刺荒也。哀公好田猎，从禽兽而无厌。国人化之，遂成风俗。习于田猎谓之贤(儇)，闲于驰逐谓之好焉。

子之还兮，齐，还作营，韩，作嫙。　　你的敏速呀，
遭我乎猺之间兮。齐，猺作嶩。　　遇着我在猺山的里头呀。
并驱从两肩兮，鲁，肩作豣。　　并马追赶两只大的兽呀，
揖我谓我儇兮。元部。○韩，儇作婘。　　对我拱手夸我活溜呀。

一章。“以便利相誉。”○姚际恒云：“多以我字见姿态。”

子之茂兮，　　你的美秀呀，
遭我乎猺之道兮。　　遇着我在猺山的道路呀。
并驱从两牡兮，　　并马追赶两只雄的兽呀，
揖我谓我好兮。幽部。　　对我拱手夸我好手呀。

二章。“以美好相誉。”

子之昌兮，　　你的顽强呀，
遭我呼猺之阳兮。　　遇着我在猺山的南呀。
并驱从两狼兮，〔一〕　　并马追赶两只狼呀，
揖我谓我臧兮。阳部。　　对我拱手夸我壮呀。

三章。“以壮盛相誉。”(俞樾)〇方玉润云:“章潢曰:‘子之还兮’,己誉人也。‘谓我儇兮’,人誉己也。并驱,则人己皆与有能也。(按:此评一章。二、三章仿此。)寥寥数语,自具分合变化之妙。猎固便捷,诗亦轻利,神乎技矣。”

〇今按:《还》篇,当是猎人之歌。此用粗犷愉快之调子,歌咏二人之出猎活动,表现一种壮健美好之劳动生活。诗义自明。国人出猎劳动,当美;国君好猎荒乐,当刺。以美为刺,《序》说盖用采诗之义。“三家无异义”。宋儒无新说。此诗形式特殊,每章四句,四六七言相杂,字句参差,形象生动,自是一种创格。孙奕《履斋示儿编》云:“章句始于《诗》,对耦亦始于《诗》。故三言若‘深则厉’之类,四言若‘关关雎鸠’之类,五言若‘于嗟乎驺虞’之类,六言若‘狂童之狂也且’之类,七言若‘遭我乎猺之间兮’之类,八言若‘十月蟋蟀入我床下’,是以后世由三言至七言皆自此始。若‘觏闵既多,受侮不少’、‘诲尔谆谆,听我藐藐’、‘发彼小豝,殪此大兕’、‘岂不尔受,既其女迁’、‘念子懆懆,视我迈迈’之句,无一字非的对。则后世之骈四俪六、抽红对白者,得非又发端于是欤?”愚非形式主义者,亦颇瞩目其形式之史的发展,录以供读《诗》者参考焉。

著三章章三句

《著》,刺时也。时不亲迎也。

俟我于著乎而?	等待我在门间哟?
充耳以素乎而,	充耳绵丸是素的哟,
尚之以琼华乎而? 鱼部。	加上的是宝石琼华哟?

一章。俟我于著?〇江永云:“著、素、华,平、去为韵。”

俟我于庭乎而?	等待我在庭中哟?

充耳以青乎而，　　充耳绵丸是青的哟，
尚之以琼莹乎而？耕部。　　加上的是宝石琼莹哟？

二章。俟我于庭？〇按：琼莹叠韵。

俟我于堂乎而？　　等待我在堂上哟？
充耳以黄乎而，　　充耳绵丸是黄的哟？
尚之以琼英乎而？阳部。　　加上的是宝石琼英哟？

三章。俟我于堂？由外而内，渐入渐深。婿不亲迎，女之想望不已劳乎？此诗之所刺也。〇按：诗言一女想望其婿亲迎，将褒如充耳，以士大夫家（《郑笺》：三章共述人臣亲迎之礼）何等之盛饰而至乎？诗三章，或谓分言士、与卿大夫、与人臣之亲迎。（《毛传》、《孔疏》）或谓错言夏、殷、周三代之亲迎，夏后氏逆于庭，殷人逆于堂，周人逆于户（著）。（武亿《群经义证》）皆非也。

〇今按：《著》篇，诗人为一贵族女子自述于归，想望其婿亲迎之词。《诗序》可据。"三家无异义"。宋儒无新说。倘视为歌谣，则疑为贵族女子出嫁，女伴相随歌唱之词。有如后世新妇伴娘之歌词赞颂然。诗每章三句，以六七言相次而成。每句半著虚字，余音摇曳，别具神态，有一种优游不迫之美。其风格与上《还》篇相仿佛。下《东方之日》、《甫田》、《猗嗟》等篇，虽用四言，亦多著虚字余音。前人论文有所谓"齐气""舒缓之体"，殆指此种诗而言乎？

东方之日二章章五句

《东方之日》，刺衰也。君臣失道，男女淫奔，不能以礼化也。

东方之日兮！　　东方的旭日啊！
彼姝者子，　　那姝丽的人，

在我室兮。 在我的住室啊。
在我室兮！ 在我的住室啊！
履我即兮。脂部。 踩了我的膝啊。

一章。“颜色盛美如东方之日。”(《韩说》)○履即，就之也。

东方之月兮！ 东方的明月啊！
彼姝者子， 那姝丽的人，
在我闼兮。 在我的门闼啊。
在我闼兮！ 在我的门闼啊！
履我发兮。祭部。 踩了我的脚啊。

二章。“皎如明月舒其光。”(宋玉《神女赋》)○履发，离之也。

○今按：《东方之日》，确为贵族淫奔之诗。诗义自明，不可移易，与《桑中》篇同。所不同者，《桑中》男奔女；此诗则女奔男，如《朱传》所云“此女蹑我之迹而相就”尔。诗“履我即兮”，“履我发兮”，即，为膝之借字。发字从癶，亦有足义。古人席地而坐。室内或坐或行，行者可践坐者之膝。门屏之间，二人并行，一人可践他人之足。亲近之至，故不觉践之也。友人杨树达先生解此诗(《积微居小学述林》)，可谓解前人所未解者矣。韩说云：“门屏之间曰闼。”马瑞辰释古宫室门屏闱闼之制已详。则知有室有闼者，决非荜门圭窦、甕牖绳枢之家也。此诗确为刺统治阶级淫奔者之词。《序》说不为误。“三家无异义”。朱子《辨说》云：“此男女淫奔者所自作，非有刺也。其曰君臣失道者，尤无所谓。”首句尚可，末句似误矣。

东方未明三章章四句

《东方未明》，刺无节也。朝廷兴居无节，号令不时，挈壶氏不能掌其职焉。

东方未明，　　　　东方没有天光，
颠倒衣裳。阳部。　　　　颠倒穿衣穿裳。
颠之倒之，　　　　颠的倒的，
自公召之。宵部。　　　　从公家有事来召的。

一章。此云“自公召之”，下云“自公令之”。明责君也。结语云“不能辰夜”，明责挈壶氏也。而其责有轻重矣。〇陈奂云：“颠倒双声。”

东方未晞，　　　　东方没有亮起，
颠倒裳衣。脂部。　　　　颠倒穿裳穿衣。
倒之颠之，　　　　倒的颠的，
自公令之。真部。　　　　从公家有令来传的。

二章。“上二章叹其无节。”

折柳樊圃，　　　　折下脆弱的柳枝来围菜圃，
狂夫瞿瞿。　　　　心里糊涂的狂人也会疑惧。
不能辰夜，　　　　不能司夜的人偏要他司夜，
不夙则莫。鱼部。　　　　不是太早了就是晚了一步。

三章。“末章怪其易知而不知也。”（沈守正，见《传说汇纂》）〇孙鑛云：“‘莫’字点得意完，若曰日早，则何颠倒衣裳之有？”

〇今按：《东方未明》，诗人为刺国君兴居无节，号令不时而作。诗义自明，《序》与诗合。“三家无异义”。《序》末云：“挈壶氏不能掌其职。”朱子《辨说》云：“《夏官》，挈壶氏下士六人。挈，县挈之名。壶，盛水器。盖置壶浮箭，以为昼夜之节也。漏刻不明，固可以见其无政。然所以兴居无节，号令不时，则未必皆挈壶氏之罪也。”此说为是。但挈壶氏下士六人，王朝员数，于诸侯未闻耳。

南山四章章六句

《南山》,刺襄公也。鸟兽之行,淫乎其妹。大夫遇是恶,作诗而去之。

南山崔崔,	南山高巍地崔崔。
雄狐绥绥。韩,绥绥作夂夂。	雄狐徘徊地绥绥。
鲁道有荡,	鲁国的道路这样平坦,
齐子由归。	齐国的女子从此于归。
既曰归止,	已经是于归哟,
曷又怀止? 脂部。	怎么又想她回哟?

一章。以南山雄狐发兴,隐喻齐襄公淫妹有鸟兽行。○钟惺云:"'齐子'二字,笔法可畏。"

葛屦五两,两与荡叶。阳部。	葛麻凉鞋交叉成对,
冠緌双止。	帽子飘带又是成双哟。
鲁道有荡,	鲁国的道路这样平坦,
齐子庸止。	齐国女子用它前往哟,
既曰庸止,	已经是用它前往哟,
曷又从止? 东部。	怎么又和她跟上哟?

二章。言冠履上下各自成双,以喻男女成双亦当有别。○"上二章所谓'曷又怀止'、'曷又从止'者,言其理如是,而襄公违之以淫泆,何也?"(吕大临)

蓺麻如之何?	种麻怎么办?

衡从其亩。齐，衡从作横从。韩，作横由。　　横横直直的田亩。
取妻如之何？韩，取作娶。　　娶妻怎么办？
必告父母。之部。　　一定要告诉父母。
既曰告止，　　已经是告诉了哟，
曷又鞠止？幽部。　　怎么又糟糕透了哟？

三章。言虽告父母，无补夫道之穷。〇季本云："鲁桓公娶妻时父母已没，而此云告父母者，告庙。"(《诗解颐》)

析薪如之何？齐，析薪作伐柯。　　劈柴怎么办？
匪斧不克。　　没有斧头不能。
取妻如之何？　　娶妻怎么办？
匪媒不得。　　没有媒人不成。
既曰得止，　　已经是成婚了哟，
曷又极止？之部。　　怎么又坏透顶了哟？

四章。言虽有媒妁，无救妻恶之极。〇"下二章所谓'曷又鞠止'、'曷又极止'者，言其理如是，而桓公纵之穷极其恶，何也？"(吕大临，见《传说汇纂》)〇"讥齐襄在怀、从二字，讥鲁桓在鞠、极二字。通诗全以诘问法，令其难以置对。"(朱公迁，见《传说汇纂》)〇江永云："一、二、三、四章，两荡韵，何何韵。"

〇今按：《南山》，诗人为刺齐襄公鸟兽之行，淫乎其妹文姜而作。诗义自明，《序》与诗合。"三家无异义"。宋儒无新说。《郑笺》云："襄公之妹，鲁桓公夫人文姜也。襄公素与淫通。及嫁，公谪之。公与夫人如齐，夫人愬之襄公，襄公使公子彭生乘公，而搤杀之。夫人久留于齐，庄公即位后乃来。犹复会齐侯于禚、于祝丘，又如齐师。齐大夫见襄公行恶如是，作诗以刺之；又非鲁桓公不能禁制夫人而去之。"《序》、《笺》本于《春秋》。桓十八年《左传》："春，公将有行，遂与姜氏如齐。申𦈡曰：'女有家，男有室，无相渎也。谓之有礼，易此必败。'公会齐侯于泺，遂及姜氏如齐，齐侯通焉。公谪之，以告。夏四月丙子享公。使公子彭生乘公，公薨于车。"庄公元年《公羊传》："夫人谮公于齐侯，公曰：'同（鲁庄公名）非吾子，齐侯之子也。'齐侯怒，与之饮酒。于其出焉，使公子彭生送之；于其乘焉，搚干而杀之。"此可作诗本事读，并可为后此续读诸诗之参考资料。

甫田三章章四句

《甫田》，大夫刺襄公也。无礼义而求大功，不修德而求诸侯。志大心劳，所以求者非其道也。

无田甫田，田与人叶。真部。　　不要垦耕大块的荒田，
维莠骄骄。〔一〕鲁，骄作乔。　　这狗尾草挺盛呀骄骄。
无思远人，　　不要思念远地方的人，
劳心忉忉。宵部。　　这忧劳的心情呀忉忉。

一章。〇江永云："一、二章，田、人隔韵。"

无田甫田，　　不要垦耕大块的荒田，
维莠桀桀。　　这狗尾草挺长呀桀桀。
无思远人，　　不要思念远地方的人，
劳心怛怛。祭、元通韵。〇祭第九，元第十，故得通用。　　这忧劳的心情呀怛怛。

二章。已上两章，换韵重言：田甫田而田不治，则草盛矣。思远人而人不见，则心劳矣。

婉兮娈兮，三家，娈作嫡。　　好幼弱啊，可爱悦啊，

总角丱兮！ 丫叉的结着头角啊！
未几见兮， 不多几时又见到啊，
突而弁兮！元部。 突然戴成人的帽啊！

三章。言总角之童突见为加冠之成人，相见惊喜之词。〇按：此诗疑为文姜在齐，思念其子鲁庄公，归鲁相见后而作。考庄公生于桓公六年，即位时年十三。《尚书》注云：人君十二而冠，佩为成人。故诗云“突而弁兮”也。〇江永云：“娈、丱、见、弁，上、去为韵。”〇陈奂云：“婉娈叠韵。《候人》同。又见《猗嗟》。”

〇今按：《甫田》，诗人思念远人，其人忽见，惊喜而作。诗云“突而弁兮”，则知其所思念之远人为少年男子。诗人与此男子有何关系则不可知，细玩诗意如此。倘以诗之言外之意求之，则似为母远思其子，终得相见，热泪夺眶，喜极而作。岂有关文姜与鲁庄公母子间事乎？未敢断言已。《序》说此大夫刺襄公云云，今不可考。“三家无异义”。朱子《辨说》云：“未见其为襄公之诗。”此不取《序》首句。但《朱传》仍用《序》首句下文，泛指诗为戒时人而作。又《朱子语类》云：“问：《甫田》诗志大心劳。曰：《小序》说志大心劳，已是说他不好。人若循序而进，求之以道，则志不为徒大，心亦何劳之有？人之所期固不可不远大，然下手时也须一步敛、一步着实做始得。若徒然心务高远而不下着实之功，亦何益哉？”此朱子借《甫田》诗示人进学之法。姜炳璋《诗序广义》云：“古人云：《甫田》悟进学，《衡门》悟处世。（按：见《困学纪闻》）《扬子·修身》篇亦引此诗。盖言诗之用。而此诗之作实指齐襄。以诗之言远人者证之：《春秋传》，襄公讨郑而杀子亹，伐卫而纳惠公，侵纪而灭其国。乃兄弟之间弗能防，以至篡弑。此忽近图远之明证。”朱子割裂《序》文讲学，固与诗义无关。姜氏全据《序》文证史，史事与诗义亦未见其切合也。但此可备一解。至何楷《古义》以诗“婉兮娈兮”，与“猗嗟娈兮，清扬婉兮”，语气相类；因谓此亦刺鲁庄公，思念其远留于齐之母文姜。是则毋宁谓此文姜思念其子鲁庄公，迨其即位后乃来鲁相见而作是诗之为愈也。

卢令三章章二句

《卢令》，刺荒也。襄公好田猎毕弋，而不修民事。百姓苦之，故陈古以风焉。

卢令令，三家，令作镈，一作獜，又作泠。　　猎犬的颈圈儿响铃铃，
其人美且仁。真部。　　那个人漂亮又是仁人。

一章。仁，心美。

卢重环，　　猎犬的颈圈儿是大套小的子母环，
其人美且鬈。元部。　　那个人漂亮又头发卷起的真好看。

二章。鬈，发美。

卢重鋂，　　猎犬的颈圈儿是一个环套两个环，
其人美且偲。之部。　　那个人漂亮又胡腮丰满的真好看。

三章。偲，须美。○王质云："其人，纵犬猎兽之人也。此当是旁观而为之夸誉者也。"○孙鑛云："淡语却有风致。"

○今按：《卢令》，亦咏猎人之歌。与《还》篇同。所不同者，彼二人并驱出猎，此一人携犬出猎。又诗速写此人仪容，卷发美髯，具有威严，似较彼诗二人年长位尊耳。此在《诗》三百中为最短之一篇。《序》谓此刺齐襄公荒于田猎，未为不可。"三家无异义"。宋儒无新说。何楷《古义》云："襄公荒于田，国人赋此以风。鬈与偲，明是其人之状貌，非陈古也。""《国语》(《齐语》)及《管子》(《小匡》篇)皆称襄公田猎毕弋，不听国政。《公羊传》载庄四年公与齐

侯狩于郜。《左传》载庄八年齐侯田于贝邱。(《传》并云:齐侯见大豕,从者曰:'公子彭生也。'公怒曰:'彭生敢见?'射之。豕人立而啼。公惧,队于车,伤足丧履。遂遇弑。)此足为襄公好田之明证。"陈奂《传疏》所引三证同,但少狩郜一证耳。至王闿运作《补笺》,谓卢驴古今字。驴贱畜而施缨铃,喻无知公孙衣服礼秩如嫡。此刺无知庶宠并嫡之词。公孙无知者何人?与襄公为从兄弟。嫡庶斗争,而无知之徒卒弑襄公而立无知。即愚上文(《甫田》)引姜炳璋语,所谓襄公于兄弟之间弗能防者也。湘绮老人晚近滑稽之雄,其说《诗》有足以令人解颐者,此类是也。愚谓说《诗》之谬而贻笑启颜,妙同解颐,未为有害。(见上《郑风·溱洧》)此亦一例。

敝笱三章章四句

《敝笱》,刺文姜也。齐人恶鲁桓公微弱,不能防闲文姜,使至淫乱,为二国患焉。

敝笱在梁,	破了的捕鱼笱在鱼梁,
其鱼鲂鳏。〔一〕三家,鳏作鲲。	那里的鱼是鳊鱼鲆子。
齐子归止,	齐国的女公子于归哟,
其从如云! 文部。	她的随从美盛如云起!

一章。"如云,言盛也。"〇王先谦云:"笱敝鲂逸,明指当前。归从如云,推本既往。原有两意。"按:当前者,谓桓公十八年文姜如齐,与襄公淫,桓遭彭生毒手之时也。既往者,谓桓三年齐僖公亲送宠女文姜于归至讙之日也。

敝笱在梁,	破了的捕鱼笱在鱼梁,
其鱼鲂鲊。〔二〕	那里的鱼是鳊鱼鲢鱼。

齐子归止，　　　　齐国的女公子于归哟，
其从如雨！鱼部。　　　　她的随从多的如下雨！

二章。“如雨，言多也。”按：此云如雨，上云如云，下云如水，皆追刺文姜于归之骄侈，以为淫乱之由。〇陈启源云：“案女子之归有三：于归也，归宁也，大归也。舍是无言归者。文姜如齐，始于桓末年耳。时僖公已卒，不得言归宁。又非见出，不得云大归。则诗言‘齐子归止’，定指于归无疑。”

敝笱在梁，　　　　破了的捕鱼笱在鱼梁，
其鱼唯唯。韩，唯作遗。　　　　那里的鱼出入摆摆尾。
齐子归止，　　　　齐国的女公子于归哟，
其从如水！脂部。　　　　她的随从不断如流水！

三章。“如水，喻众也。”(《毛传》)〇郝敬云：“笱之制鱼，可入不可出，敝则鱼出矣。帷薄不修之比也。庄公于文姜为子，桓公其夫也。夫为妻纲，如笱可制鱼。子之于母犹曰弗克，夫不能制其妻，则固敝笱矣。《敝笱》刺夫，而《猗嗟》刺子，《序》说各有当也。”(《原解》)〇戴震云：“笱所以取鱼，敝笱则取之不能制之。即以本诗辞义求之，其为桓公明矣。”(语见《诗学女为》引)

〇今按：《敝笱》，刺文姜淫乱，其夫鲁桓公微弱不能防闲之诗。《序》说与诗合。“三家无异义”。朱子《辨说》、卢文弨《答问》皆以为诗刺鲁庄公不能防制其母，大误。陈奂云：“考桓公三年《春秋》，书齐侯送姜氏于讙。齐侯，僖公也。桓以弑兄篡国，求昏于齐；而文姜又为僖公宠女，亲送之讙，嫁从之盛，骄伉难制；鲁为齐弱，由来者渐。及至桓十八年文姜如齐，与襄公通，桓即毙于彭生之手。则诗乃作于十八年后，而追刺其嫁时之盛为淫乱之由，实始于微弱。”其说允已。

载驱四章章四句

《载驱》，齐人刺襄公也。无礼义，故盛其车服，疾驱于通道大都，与文姜淫，播其恶于万民焉。

载驱薄薄，	赶着车子有迫迫的响声，
簟茀朱鞹。	是竹簟篷子和红皮车身。
鲁道有荡，	鲁国的道路这样平坦，
齐子发夕。鱼部。	齐国的女子趁晚起程。

一章。《苏传》云："襄公疾驰以会文姜，文姜夕发于鲁以会之。"

四骊济济，	黑色四马齐齐整整，
垂辔濔濔。	垂下缰绳光光润润。
鲁道有荡，	鲁国的道路这样平坦，
齐子岂弟。脂部。	齐国的女子趁早起程。

二章。上二章言齐襄疾驱车马而来，文姜发夕闿明而往双之。○胡承珙云："齐人自刺其君宜其词隐，故簟茀、四骊但言其车马驰骤之盛，无所指斥，而以'齐子'对照出之，所谓言隐而旨显也。"○按：岂弟叠韵。

汶水汤汤，	汶水好大呀汤汤，
行人彭彭。	行人好多呀彭彭。
鲁道有荡，	鲁国的道路这样平坦，
齐子翱翔。阳部。	齐国的女子一路翱翔。

三章。《水经注》："汶水南经钜平县（今宁阳县）故城东而西南流。城东有鲁道，《诗》所谓'鲁道有荡，齐子由归'者也。今汶上

(县名)夹水有文姜台。"按:此诗以"汶水"、"鲁道"连文,则汶水当指在鲁北境者言。下章同。

汶水滔滔,	汶水奔流呀滔滔,
行人儦儦。	行人闹猛呀儦儦。
鲁道有荡,	鲁国的道路这样平坦,
齐子游敖。幽、宵通韵。	齐国的女子一路游遨。

四章。上二章言襄公待于汶水之上,文姜翱翔游遨而来双之。○《孔疏》云:"此襄公入于鲁境,往会文姜。若是鲁桓公尚在,不应公然如此。此篇所陈,盖是鲁庄公时事。"

○今按:《载驱》,齐人为刺襄公文姜兄妹,公然驱车通道大都,相会淫乱而作。古文《序》说与诗义合。今文三家说谓诗刺哀姜(齐襄公之女)。鲁庄公夫人哀姜于其于归之日,故意稽留不进,与公约远媵妾而后入。岂以此诗盖为描写哀姜于归途中乔醋撒娇之作?颇具戏剧性。其实无关宏旨。魏源、王先谦之说已详,愚疑其非是。至朱子《辨说》云:"此亦刺文姜之诗。"则不知诗义非止刺文姜一人,诗语非止言文姜一人也。顾镇《虞东学诗》云:"《载驱》刺襄公,毛、郑上二句指襄,下二句指姜。《集传》改为刺文姜。严华谷(《诗缉》)言四句之内分作二人,词意断续,必并言文姜,文意方贯也。按:《春秋》庄二年冬,夫人姜氏会齐侯于禚(杜注:齐地)。《传》曰:'书奸也。'七年春,会齐侯于防(杜注:鲁地)。《传》曰:'齐志也。'杜氏以为至齐地则奸发夫人,至鲁地则齐侯之志。诗中四举鲁道,两言汶水,始终不及齐境,正杜所谓至鲁地为齐侯之志者。况首言'载驱薄薄',明已在道疾行;末言'齐子发夕',明是襄来而暮夜启行赴之。若叙一人之事,岂容先在道而后启行?《传》、《笺》无误,文亦无不贯也。"此分析诗语,并以史事与诗义互证,正相吻合。可为此诗定论。

猗嗟三章章六句

《猗嗟》，刺鲁庄公也。齐人伤鲁庄公有威仪技艺，然而不能以礼防闲其母，失子之道，人以为齐侯之子焉。

猗嗟昌兮， 啊哟，好盛壮呀，
颀而长兮。 身高大而长呀。
抑若扬兮，韩，作印若扬兮。 好的额角太阳呀，
美目扬兮。 美目而眉扬呀。
巧趋跄兮， 巧于奔走趋跄呀，
射则臧兮！阳部。 射箭就有好样呀！

一章。“写貌摹神，先虚言射。”○按：写仪容四句，写射艺二句。○钟惺云：“道他好处，却章章著‘猗嗟’二字，多少感惜。”○陈奂云：“猗嗟叠韵。”

猗嗟名兮，韩，名作颕。 啊哟，瞳子分明呀，
美目清兮。 美目清灵呀。
仪既成兮， 射的姿式已经成呀，
终日射侯， 一整天打靶，
不出正兮。 不出目标中心呀。
展我甥兮！耕部。 真是我们的外甥呀！

二章。“此言射而中。”○按：写仪容四句，写射艺二句，写鲁、齐甥舅关系一句。○《朱传》云：“言称其为齐之甥，而又以明非齐侯之子，此诗人之微词也。”

猗嗟娈兮， 啊哟，和美可慕呀，

清扬婉兮。	眉目之间婉秀呀。
舞则选兮，韩，选作纂。	舞就齐合节奏呀，
射则贯兮。	射就把目的穿透呀。
四矢反兮。韩，反作变。	连射四箭，射中还旧呀。
以御乱兮！元部。	可以抵御四方敌寇呀！

三章。"此言射而贯，贯必有力，故言御乱。"（姚际恒）〇按：写仪容二句，写射艺三句。末句以御乱兮，言射之为用也。〇江永云："娈、婉、选、贯、反、乱，上、去为韵。"

〇今按：《猗嗟》，齐人描写鲁庄公仪容之美、射艺之巧而作。诗义自明。《诗序》不为无据。"三家无异义"。宋儒无新说。齐人何时得见鲁庄公而有此写实之作乎？明、清以来学者不一致。胡承珙《后笺》总结之，而云："《猗嗟》作于如齐纳币逆女之时乎？"愚以胡氏之说不免游移，未若惠周惕之说最为精简而肯定。其《诗说》云："《猗嗟》之咏鲁庄也，先辨其长短，次审其眉目，终得其趋跄步武弯弓执矢之状。非亲见而环观之，不能详悉如是。是为鲁庄适齐时所作可知也。按庄九年，公及齐大夫盟于蔇，是时齐桓公尚未立也。十三年春，与齐侯会于北杏，冬又盟于柯。十五年又会于鄄，皆未至齐也。二十一年夫人姜氏薨。二十二年始如齐纳币，二十三年如齐观社。庄公如齐惟此。以意求之，当在纳币之年，盖文姜薨之明年也。公以嘉礼往，齐国人聚观，固其恒情。而又亲见文姜昔年淫乱，疑其类于襄公。于是注目谛观，知其非是，而始恍然曰：'展我甥兮！'则人言藉藉从此衰止。其诗之有关于鲁庄公者大矣。"愚惟于其释甥稍有疑义。谓我舅者吾谓之甥。帝馆甥于贰室。《尔雅·释亲》："姊妹之夫为甥。"明婿亦称甥矣。展我甥兮者，疑是齐人夸其善射，诚足为我之婿，终嘉许其纳币逆女（哀姜）之词也。记《唐书》载窦毅择婿试射，李渊两射雀屏中目。孰谓此等故事不可早见于《春秋》时代乎？

【简注】

鸡鸣

〔一〕苍蝇，习见昆虫，节肢动物。其幼虫名蛆者是也。别见《青蝇》篇。

〔二〕无庶予子憎者，犹言幸无尔我憎也。

还

〔一〕狼，酷似犬，脊椎动物。食肉目，犬科。

○还音旋。猱今音劳，古音猱。儇今音玄，古音权。臧，与壮声近，义通。俞樾云。

东方未明

○晞、昕同。瞿音惧。莫、暮古今字。

南山

○屦音句。两如字，一音亮。緌音威。告音谷。鞫同鞠。

甫田

〔一〕莠，狗尾草，乱苗害禾。禾本科一年生小草本。

○无田甫田，上田字音佃。莠音酉，一音诱。忉音刀，一音叨。怛音特，一音得。丱音惯，一音贯。

卢令

○令音铃。鬈音权。鋂音梅。偲音思，一音腮。

敝笱

〔一〕鲂已见《汝坟》篇。鳏，草鱼。其色青者谓之青鱼。鲤科。

〔二〕鲊，鲢鱼，亦称鳙鱼。鲤科。鳙头较大，今谓花鲢、黑鲢，亦曰胖头鱼。其味较白鲢即湖南方言名为雪鲢者为美。

○笱音苟。鳏音昆，一音关。鲊音与，一音叙。唯音尾。

载驱

○簟音垫。茀音弗，一音蔽。鞹音廓。骊音离。濔音泥上声。岂音闿。汶音问，一音文。汤音伤，或如字。彭音旁。儦音标。

猗嗟

○猗音依，一音阿。颀音祈。跄音仓，一音枪。正音征。

诗经直解　卷九

魏第九　毛诗国风

魏国七篇十八章百二十八句

葛屦二章一章六句一章五句

《葛屦》，刺褊也。魏地狭隘，其民机巧趋利，其君俭啬褊急，而无德以将之。

纠纠葛屦，
可以履霜？
掺掺女手，韩，掺掺作纤纤，一作攕攕。
可以缝裳？阳部。
要之襋之，〔一〕
好人服之！支部。

缠缠结结的葛做的草鞋，
可以踏寒霜？
纤纤瘦瘦的女儿的双手，
可以缝衣裳？
钮襻缝好它，衣领缝好它，
好人就好穿了它！

一章。言缝之者贱且苦。

好人提提，〔二〕鲁，提作媞。
宛然左辟，三家，作宛如左僻。
佩其象揥：
维是褊心，鲁，维作惟。
是以为刺！支部。

好人厚衣安安详详地走，
大家有礼貌的向左让路，
她佩着了象牙搔首：
只是这个褊狭的狠心，
所以作为诗歌来诅咒！

二章。言服之者贵且乐。〇按：此诗好人佩其象揥，犹《君子偕老》象之揥也，同是贵妇人一种首饰，则知此好人非指贵族君子也。〇钟惺云："褊心之人作此情态，更自可厌。"〇方玉润云："明点作意，又是一法。"

〇今按：《葛屦》，最古之一篇缝衣曲。寄予缝裳女以无限之同情，盖民间诗人所作，采自歌谣。言女方受冻，葛屦履霜，以其纤手为人缝衣服。而好人服之，章身作态，毛、郑以其为新妇。殆是奴隶主贵族之家之新嫁娘耶？毛云："妇人三月庙见，然后执妇功。"意以缝裳女与好人为一，而未悟首章缝之服之，分言并列，各为一人。郑云："使未三月妇缝裳者，利其事也。"意以为诗所刺褊心者在此，而未悟末章诗刺褊心，直承上文好人。彼一时固不可能见诗言缝裳女与好人各有其阶级烙印也。《序》说刺褊，刺其君俭啬褊急尚可，而于其民机巧趋利无与也。"三家无异义"。《朱传》云："此诗疑即缝裳之女所作。"斯语颇有见地。今据诗义实含阶级矛盾。《范传》云："今所至通都大邑，窭人之家女子亦不蔽藏，至出市井为人刺绣之类，恬不以为怪。"《严缉》云："未嫁之女，其手纤纤。谓其可以出而为人缝裳，治衣裳之要领，以为好人之服，而利其佣资。"宋儒以彼时封建社会情况例之，言贫贱女为富贵家作女红，而不自觉触及其间阶级矛盾，亦不大违失此诗义旨也。诗中纤手缝裳之小女，当是西周奴隶制社会之女性奴隶。远自殷代已久行奴隶制，记见甲骨文中有奴、妾（或倿或郪）、婢（或姬婢）、奚（或㜎）、妩、郍等字，大都以称用作人殉与人祭之妇女，自是女性奴隶矣。《孔疏》引《郑谱》："今魏君啬且褊急。其与秦、晋邻国，日见侵削，国人忧之。当周平、桓之世，魏之《变风》始作。"陈奂云："魏在商为芮国地，与虞争田，质成于文王。至武王克商，封姬姓之国，改号曰魏。《春秋》闵公元年，周惠王之十七年也（公元前六六一），晋献公灭魏。（以其地赐大夫毕万，自是晋有魏氏。）今山西解州芮城县是其地。"

汾沮洳三章章六句

《汾沮洳》，刺俭也。其君子俭以能勤，刺不得礼也。

彼汾沮洳，　　在那汾水旁的低湿处所，
言采其莫。〔一〕　　就采那里的野菜酸莫。
彼其之子，　　他那样的一个人，
美无度。　　美的不可量度。
美无度，　　美的不而量度，
殊异乎公路！鱼部。　　绝不同于掌大车的公路！

一章。言采莫者之美，殊异乎公路。〇按：公路与下文公行、公族，皆魏官名，盖皆以公之同姓为之。阮元《诂经精舍文集》有陶定山《公路公行公族解》。〇陈奂云："沮洳叠韵。"

彼汾一方，　　在那汾水旁的一个地方，
言采其桑。　　就采那里的养蚕的桑。
彼其之子，　　他那样的一个人，
美如英。　　美的像花朵一样。
美如英，　　美的像花朵一样，
殊异乎公行！阳部。　　绝不同于掌兵车的公行！

二章。言采桑者之美，殊异乎公行。

彼汾一曲，　　在那汾水旁的一个湾头，
言采其藚。〔二〕　　就采那里叫泽泻的藚。
彼其之子，　　他那样的一个人，

美如玉。　　　　　　　　美的像一块玉。
美如玉，　　　　　　　　美的像一块玉，
殊异乎公族！侯部。　　　绝不同于掌同姓的公族！

三章。言采荬者之美，殊异乎公族。○方玉润云："殊异，是美词，非刺词。上下文方贯。"

○今按：《汾沮洳》，言采莫、采桑、采荬一类之劳动人民具有美材，殊异于公路、公行、公族一类之贵族世禄子弟。此反映由奴隶制社会过渡到封建制社会，奴隶要求解放之诗。《墨子·尚贤》篇谓"官无常贵，而民无终贱"。贵贱无常，对立面可以相互转化，亦正反映春秋战国时代社会大变革之思潮。诗义自明，《序》说与诗义不合。毛、郑以来，大都以为诗刺俭，即刺君或君子躬为采莫一类之事，俭不得礼，或至与民争利。纷呶往复，鲜有是处。洎乎清儒，始有触及诗义者。如汪梧凤云："按：莫，冀州谓之干绛，五方通谓之酸迷，《陆疏》所谓缫以取茧绪者也。藚，《尔雅》谓之牛唇，《毛传》谓之水舄，《陆疏》谓之泽舄。莫、桑、藚，下湿之产。比卑贱者，即下所云'彼其之子'也。公路，主君路车，以卿大夫之余子为之。公行，主兵车之行列，以卿大夫之庶子为之。公族，主君同姓昭穆，以卿大夫之适子为之。皆世官也。莫可缫，桑可蚕，藚可药，不以生于沮洳之地遗之。乃美不可限量，如英如玉之子，非世家子弟所得比者，反以卑寒弃之，是可惜也。童子备官，而贤人放弃，魏之所以卒并于晋哉！"(《诗学女为》)又魏源云："《韩诗外传》：盖叹沮洳之间，有贤者隐居在下，采疏自给，然其才德实高出乎在位公族、公行、公路之上。故曰虽在下位而自尊，超然其有以殊乎世。盖春秋时，晋官公族、公行、公路皆贵族之子，无材世禄，贤者不得用，用者不必贤也。"(《诗古微·魏唐答问》篇)此两家之说大旨相同，惟诠诗每章首二句为兴为赋有异。愚谓两说皆通，通即达诂耳。

园有桃二章章十二句

《园有桃》，刺时也。大夫忧其君，国小而迫，而俭以啬。不能用其民，而无德教，日以侵削，故作是诗也。

园有桃，	果园里的树有桃，
其实之殽。	它的果实桃子做的羹肴。
心之忧矣，	心里的忧愁呀，
我歌且谣。	我有合乐的歌，又有徒歌的谣。
不我知者，	不知道我的人，
谓我士也骄！宵部。	怪道我："先生呀你自骄！
彼人是哉，	他们那些人是哟，
子曰何其？	你说什么啦？"
心之忧矣，	心里的忧愁呀，
其谁知之。	这个谁知道它。
其谁知之，	这个谁知道它，
盖亦勿思！之部。	何不也不想它！

一章。言我歌且谣，忧或可遣。〇按：诗谓士，犹今言先生。《书·秦誓·疏》："士者，男子之大号，故群臣通称之。"

园有棘，	果园里种的树有棘，
其实之食。	它的果实枣子做点心吃。
心之忧矣，	心里的忧愁呀，
聊以行国。	暂且因此去国。
不我知者，	不知道我的人，

谓我士也罔极。之部。　　怪道我："先生呀过激！
彼人是哉，　　他们那些人是哟，
子曰何其？　　你说什么啦？"
心之忧矣，　　心里的忧愁呀，
其谁知之。　　这个谁知道它。
其谁知之，　　这个谁知道它，
盖亦勿思！　　何不也不想它！

二章。言聊以行国，姑出国门（都门）而去，忧益难忘矣。〇孙鑛云："只一'忧'字，展转演出将十句，经中亦罕有。余文多，正意少。"〇姚际恒云："诗如行文，极纵横排宕之致。"

〇今按：《园有桃》，一骄慢躁进之大夫，好议论当世，而遭遇挫折，忧谗畏讥，心灰意懒，而作是诗也。细玩诗义如此。《序》说与诗义又不甚切合。"三家无异义"。朱子《辨说》谓《序》惟"国小而迫，日以侵削者"得之。至魏源乃谓刺时为政者不能得民力以自强，故诗人忧之。皆稍用《序》说，实皆无甚当于诗义。惟汪梧凤云："案：桃为果之下品，棘则枣之小者，均非美材，而实殽登俎，喻所用之非人也。魏小而逼于晋，又以下材当国，危亡在旦夕。君相不知忧，而士忧之，忽而歌谣，忽而行国，悲歌往复，冀闻者之少勤其思。其犹《离骚》之意也与？两章首二语，先儒之解未稳。愚谓前篇刺贤者不用，是篇刺用者非贤也。"其说稍觉近是。至郭沫若先生乃谓此诗人贫至摘桃枣为食，盖属于破产之旧家贵族，有彻底怀疑之思想。（《中国古代社会研究》）此则殆合诗义矣乎！

陟岵三章章六句

《陟岵》，孝子行役，思念父母也。国迫而数侵削，役乎大国，父母兄弟离散，而作是诗也。

陟彼岵兮，　　上那山无草木的岵啊，
瞻望父兮。鱼部。　　遥望我家里的老父啊。
父曰嗟予子，鲁，父下有兮字。　　老父说："唉呀我的儿子，
行役夙夜无已。鲁，无已作毋已。　　服役早晚不要松弛。
上慎旃哉，鲁，上作尚。　　希望谨慎些儿哟，
犹来无止！之部。　　还可归来不要留滞！"

一章。"父尚义。"〇想象其父念己祝己之词。〇汪梧凤云："此诗孝子至情全在'瞻望'二字。其亲之念己祝己俱从瞻望中想象出来。不言己之念亲，而反言亲之念己；不言己之自慎，而反言亲之欲其慎。则所以念其亲者益切，而所以保其身者益至矣。"〇江永云："句中韵。子与已止韵。"

陟彼屺兮，　　上那山有草木的屺啊，
瞻望母兮。之部。　　遥望我家里的老母啊。
母曰嗟予季，　　老母说："唉唉我的小宝贝，
行役夙夜无寐，　　服役早晚不要贪睡。
上慎旃哉，　　希望谨慎些儿哟，
犹来无弃！脂部。鲁，犹作猷。　　还可归来不要相弃！"

二章。"母尚恩。"〇想象其母念己祝己之词。〇按：母曰"嗟予季"者，《传》云：季，少子也。只此一"季"字便透露出母爱之深。《庄子》云："有弟而兄啼。"注："人之性，舍长而视幼，故啼也。"丈夫怜少子，妇人尤甚。语见《战国策》(《赵威后》)〇《甕牖闲评》、《辍耕录》皆载古谚"娘惜细儿"。翟灏《通俗篇》云："今蜀人有百姓爱么儿之语，即少子之谓。"愚故乡湖南俗语亦云："娘爱满崽，爹爱长孙。"至今四川俗语尚云"娘爱么儿"也。〇江永云："句中韵。季与寐弃韵。"

陟彼冈兮，　　上那山背的高冈啊，
瞻望兄兮。阳部。　　遥望我家里的阿哥啊，
兄曰嗟予弟，　　阿哥说："唉唉我的小阿弟，
行役夙夜必偕。　　服役早晚必在人一起。
上慎旃哉，　　希望谨慎些儿哟，
犹来无死！脂部。　　还可归来不要轻死！"

三章。"兄尚亲。"(《毛传》)〇想象其兄念己祝己之词。〇沈德潜云："《陟岵》，孝子之思亲也。三段中但念父母兄之思己，而不言己之思父母与兄。盖一说出，情便浅也。情到极深，每说不出。"按：此诗似是胆小鬼语。〇江永云："句中韵。弟与偕死韵。"

〇今按：《陟岵》，行役之少子思念父母之诗。诗义自明。《序》说首句尚合。"三家无异义"。此外更无异论。《诗义折中》云："夫军旅之际，原不可贪生而失之怯，亦不必轻生而伤于勇，此其道惟在于慎。慎之云者，详审而断以义也。犹来云者，原非期以必来也。义犹可来，乃望其来。盖欲其立功而生还，非教以贪生而苟免也。"此虽出自官书官话，而分析诗语之"慎"与"犹来"，尚各得其情理。顾《序》说役乎大国，被迫为大国送死，则不得以义战论耳。

十亩之间二章章三句

《十亩之间》，刺时也。言其国削小，民无所居焉。

十亩之间兮，　　十亩之间啊，
桑者闲闲兮，　　采桑的人宽闲啊，
行与子还兮。元部。　　将要和你同还啊。

一章。十亩之间，桑者约与同归。

十亩之外兮，　　十亩之外啊，
桑者泄泄兮，三家，泄作诎，一作呭。　　采桑的人热闹啊，
行与子逝兮。祭部。　　将要和你同去啊。

二章。十亩之外，桑者约与同去。盖是桑者往来止在数十百亩内外耶？

○今按：《十亩之间》，采桑者之歌。妇女采桑，且劳且歌，自是《韩说》“劳者歌其事”之一例。采自歌谣，于以见其热爱劳动与乐群生活之外，实无深义。《朱传》云：“政乱国危，贤者不乐仕于其朝，而思与其友归于农圃，故其词如此。”此岂贤者之词邪？毛奇龄、姚际恒偏故意与之相反，而谓此为淫奔者之词。毛氏《国风省篇》云：“《十亩之间》，何也？曰：淫奔也。若非淫奔，何以曰‘桑者闲闲兮’哉？《汉・志》云：卫地有桑间之阻，男女亟聚会，声色生焉。则地凡有桑，皆其阻也。凡有桑者，则皆得为之聚会起淫泆也。夫桑者，桑妇也。若非淫泆，则何以及桑妇哉？虽然，彼男子不采桑邪？何也？曰：古文云穆天子作居范宫，以观桑者。桑者，桑妇也。彼以为采桑妇工，故必桑妇而后得称为桑者。故又曰出□（□，疑缺一观字）桑者，用禁暴人也。盖惟恐狂夫之或及于彼桑妇也。非桑妇则暴何用禁矣？曹植诗云：‘美女妖且闲，采桑歧路间。’解曰：闲，丽也。则夫闲闲，丽者乎？使非妇，何丽矣？”姚说与此大同。盖毛、姚皆尝深恶朱子攻《序》，多指《国风》为淫诗，或借此小诗以嘲弄朱子？此之谓戏论。不必目为汉宋学派之争也。其遵《序》者，本诗言十亩之间，《序》说其国削小，而从井田为言。或疑古者一夫百亩，魏氏受田，一夫十亩，无以为生。（《郑笺》、《苏传》）或谓周制，国郛之外有听为场圃之地者，疑授十亩以毓草木。（横渠张氏）或谓古者民各受公田十亩，又庐舍各二亩半，环庐舍种桑麻杂菜。言十亩者，举成数耳。（马瑞辰）此皆不足以说明诗旨也。王闿运则谓诗刺亟战而废农。男务于战，则桑者尽出，闲闲杂

作，而不任劳。王先谦则谓诗人言他国田蚕之乐，而羡其得所，相约偕行。皆无据而自创新说，又岂是诗本义邪？

伐檀三章章九句

《伐檀》，刺贪也。在位贪鄙，无功而食禄。君子不得进仕尔。[一]

坎坎伐檀兮，[二]鲁，坎作欿。齐，作輚。　　坎坎地响着砍伐木料青檀啊，
寘之河之干兮；齐，之作诸。　　把它放在大河之岸啊；
河水清且涟猗。鲁，涟作澜，猗作兮。　　河水清清的又起了小波澜哟。
不稼不穑，鲁，穑作啬。　　春夏不耕种，秋冬不收割，
胡取禾三百廛兮？[三]　　为啥拿得谷子三百廛啊？
不狩不猎，　　冬天不出狩，夜里不打猎，
胡瞻尔庭有县貆兮？[四]　　为啥瞧你院子里有挂的猪獾啊？
彼君子兮，　　他们君子啊，
不素餐兮！元部。　　不白吃几顿几餐啊！

一章。此伐木者之歌。以伐檀发端。○《毛传》："一夫之居曰廛。"○王世贞云："'不稼不穑，胡瞻尔庭有悬貆兮'，四句太累。"（《艺苑卮言》）○姚际恒云："写西北人家如画。"○方玉润云："末点明正意。"

坎坎伐辐兮，　　坎坎地响着砍伐檀木车辐啊，
寘之河之侧兮；齐，之作诸。　　把它放在大河之侧啊；
河水清且直猗。　　河水清清的又有波流好直啊。
不稼不穑，　　春夏不耕种，秋冬不收割，
胡取禾三百亿兮？　　为啥拿得禾把子三百亿啊？

不狩不猎，	冬天不出狩，夜里不打猎，
胡瞻尔庭有县特兮？	为啥瞧你院子里有挂的大野物啊？
彼君子兮，	他们君子啊，
不素食兮！之部。	不白吃饭食啊！

二章。次言伐檀为辐。〇《郑笺》："三百亿，禾秉之数。"

坎坎伐轮兮，	坎坎地响着砍伐檀木车轮啊，
寘之河之漘兮；	把它放在大河之滨啊；
河水清且沦猗。	河水清清的又起了小波纹哟。
不稼不穑，	春夏不耕种、秋冬不收割，
胡取禾三百囷兮？	为啥拿得谷子三百囤啊？
不狩不猎，	冬天不出狩、夜里不打猎，
胡瞻尔庭有县鹑兮？〔五〕	为啥瞧你院子里有挂的鹌鹑啊？
彼君子兮，	他们君子啊，
不素飧兮！文部。〇鲁、齐，飧作飡。	不白白吃熟吃生啊！

三章。末言伐檀为轮，言之有序。〇按：伐木邪许，一倡三叹，诗刺剥削，愤恨无已。三章只是一个主旨。

〇今按：《伐檀》，伐木者之歌。此亦韩说"劳者歌其事"之一例。伐木者诗人刺贪、刺剥削阶级之君子，非自称君子，更非美彼君子不素餐也。据《孟子》云，君子劳心，治人，食于人；小人劳力，治于人，食人；明在当时及其以前社会所称君子与小人，有剥削阶级与被剥削阶级二者对立之意义。此伐木诗人，其意在美从事稼穑狩猎、自食其力之劳动人民为不素餐者，而刺彼不稼不穑、不狩不猎、尸位素餐之君子。诗每章末二句，点明彼君子兮，不素餐兮！此画龙点睛之笔，此讽刺之冷语，此正言实反之微词也。《毛序》除末句君子不得进仕一语而外，余语可不谓误。三家说"与毛不异"。

朱子《辨说》云："此诗专美君子不素餐。《序》言刺贪，失其旨矣。"《毛序》未为大误，《朱说》则全误矣。黄中松《诗疑辨证》云："魏俗俭啬，而此与《硕鼠》皆刺贪。天下惟啬者最贪。《魏风》至此，民何以堪乎？"倘其文中魏俗，易为魏之君臣，显与魏民对立，则有助于读者理解此一诗义也。又按：诗言君子取禾之数，首章以廛计，次章以亿计，末章以囷计。则知三百廛有三百亿，三百亿亦为三百囷。《郑笺》："三百亿，禾秉之数。"确也。而一廛为一亿或为一囷明矣。三章一意而言有次第，又相补相明如此。不徒换字变韵已也。俞樾《群经平议》谓廛、亿、囷当从《广雅・释诂》作缠、繶、䊲。以为此三字同义，三百亿者三百束也。彼盖不知一束（一秉？）之禾脱谷盈升，至多决不盈斗，即三百束脱谷不过四五石，至多十数石乃已耳。《诗序》安得云刺贪乎？彼岂不知大夫或下大夫采地三百户之制乎？（马瑞辰《传笺通释》）"一夫之居曰廛。""古者一夫之田百亩。"据诗意，一廛，或一亿，或一囷，皆为一井内一夫之田百亩之收获。"胡取禾三百廛兮？"即谓何取禾于三百井田之民户也。"井田之法，十取其一。"此诗盖为卿大夫采邑之民所作。此自来说是诗者说之不甚明确者也。

硕鼠三章章八句

《硕鼠》，刺重敛也。国人刺其君重敛，蚕食于民，不修其政，贪而畏人，若大鼠也。〔一〕

硕鼠硕鼠！〔二〕	大鼠，大鼠！
无食我黍。鲁，无作毋。	莫吃我种的黍。
三岁贯女，鲁，贯作宦。	多年服事了你，
莫我肯顾。	不肯给我照顾。

逝将去女，[三]韩，女作汝。	发誓要离开你，
适彼乐土。	往到那个乐土。
乐土乐土！韩，适彼乐土重句，不作乐土乐土。	乐土，乐土！
爰得我所？[四]鱼部。	哪里得到我的住所？

一章。硕鼠性贪而食黍。〇按：三岁贯女之贯，或云贯当读豢。愚谓细玩诗句语气，仍以从《毛传》、《鲁说》为是。〇江永云：“鼠、黍、女、顾、土、所，上、去为韵。”

硕鼠硕鼠！	大鼠，大鼠！
无食我麦。	莫吃我种的麦。
三岁贯女，	多年服事了你，
莫我肯德。	不肯报我的德。
逝将去女，韩，女作汝。	发誓要离开你，
适彼乐国。	往到那个乐国。
乐国乐国！韩，适彼乐国重句。	乐国，乐国！
爰得我直？[五]之部。	哪里取得我的所值？

二章。食黍未足而食麦。

硕鼠硕鼠！	大鼠，大鼠！
无食我苗。	莫吃我种的苗。
三岁贯女，	多年服事了你，
莫肯我劳。	不肯念我勤劳。
逝将去女，	发誓要离开你，
适彼乐郊。	往到那个乐郊。
乐郊乐郊！	乐郊，乐郊！
谁之永号？宵部。	有谁去了痛苦长号？

三章。食麦未足复食苗。苗者,禾方树而未秀也。食至于此,其贪残甚矣。○江永云:“二、三章,鼠、女女韵。”

○今按:《硕鼠》,刺重敛,即刺剥削无厌之诗。作者何等人?疑为当时新兴之地主阶级或自由农民,多少有私田者。何以言之?古文《毛序》谓刺其君重敛。或可不谓误,而不甚明确。朱子《辨说》谓刺其有司之辞,未必直以硕鼠比其君。则似误矣。且以今文三家说释之。鲁说云:“履亩税而《硕鼠》作。”(《潜夫论·班禄》篇)齐说云:“周之末涂,德惠塞而耆欲众,君奢侈而上求多,民困于下,怠于公事。是以有履亩之税,《硕鼠》之诗是也。”(《盐铁论·取下》篇)据此,诗为刺履亩税而作。金廷栋《鲁诗三岁宦女解》云:“《石经·鲁诗》‘三岁宦女’,《毛诗》‘宦’作‘贯’。训贯为事。盖本《尔疋》义。案:宦,臣也。宦为臣仆,见《国语》‘入宦于吴’(《越语》:与范蠡入宦于吴),韦昭注,训为臣仆(宦为臣仆也)。诗言三岁为臣,莫我肯顾,而将去矣。三岁宦女,同《春秋左氏传》‘宦三年矣’。文法,宦比事字义深。彼《娄寿碑》谓宦即贯字,不足以解此。”(见阮元《诂经精舍文集》)此谓三岁贯女即三年为女臣仆之意。此等臣仆当为其时士大夫之新转化为地主阶级者。盖拥有新垦私田,而国君课以履亩之重税,诗所为而作也。魏国何时始有履亩之税,今不可考。《春秋》宣十五年初税亩。杜注:“公田之法,十取其一。今又履其余亩,复十收其一。故哀公曰:二,吾犹不足。遂以为常,故曰初。”鲁之履亩重敛至十取其二,较之公田什一者倍之。魏、鲁或同。否则魏或如齐,“民参其力,二入于公,而衣食其一”(昭十二年《左传》齐晏子语)。可知《伐檀》刺贪,实为诗人刺“公田之法,十取其一”而作;《硕鼠》刺重敛,实为诗人刺“履亩之税”,“十取其二”,或三取其二而作。二诗虽然紧贴相次,而其作出之年代有先后,诗语有缓急,实因社会骤有变革,剥削显有轻重也。愚第大较言之。读者于此可知其时远在春秋之世,确已萌芽封建制剥削之土地课税法。可知封建制之生产关系已在发展,奴隶制下对农业奴隶劳动上之榨取关系，将由封建制下对佃农劳动上之榨取关系取而代之。维时铁制农具与牛耕之广为应用，农业生产力提高，促进经济上之发展，社会正在大变革中。井田制日见崩溃，而土地私有制代之以兴，将由奴隶制转为封建制矣。诗云：适彼乐土、乐国、乐郊，在奴隶制下之农业奴隶皆被束缚于其一定之土地上，而无人身自由，恐不得有此迁徙自由之思想。此诗盖为新兴之贵族地主阶级，或少数占有私田之自由农民，为反对国君履亩之税而作乎？抑此新兴地主苛向佃农按亩收租，而农民有此呼吁之作也？

【简注】

葛屦

〔一〕《说文》无褄字。胡承珙据《玉篇》、《广韵》、《集韵》训褄为衣襻，为衣系，谓犹今人言纽。

〔二〕《毛传》：提提，安谛也。鲁，提作媞者，《尔雅》：媞媞，安也。《说文》：衣厚褆褆也。三字义略相近。

○屦，音句。掺读纤。要音腰。襋音急。辟读避。褊音扁。

汾沮洳

〔一〕莫，莫菜，又名酸模。俗名酸迷迷、醋醋流、牛舌头。蓼科，多年生草本。茎叶皆有酸味。

〔二〕荬，又名芒芋。泽泻科，多年生草本。

○汾音坟。沮音近租。茹音如平声或去声。藚音续。

陟岵

○岵音户。旃音占。屺音起。

伐檀

〔一〕魏源《诗古微》曰："《齐诗》最残缺，而张揖魏人习《齐诗》。其《上林赋》注曰：《伐檀》，刺贤者不遇明主也。其为《齐诗》之序明矣。"

〔二〕檀，青檀树，榆科。已见《将仲子》篇。

〔三〕禾，谷子，又名粟、粱、黄粱。去壳者称小米。禾本科一年生草本。

〔四〕貆，脊椎动物，食肉目，鼬鼠科。形略似猪，又似狸。俗称獾子或猪獾者是。

〔五〕鹑,有多种,鹌鹑其习见者。鸡形目,雉科。

○寘,今读如置。猗音依,音阿。穑音啬。狩音兽。县读悬。貆音桓、音喧,又读貛。辐音福。漘音辰。囷音屯、音群。鹑音纯。飧音孙。

硕鼠

〔一〕此诗当如鲁说为刺履亩之税而作。当时随生产力之发展,土地私有制之因素不断增长,奴隶主土地国有制亦日趋于瓦解。春秋之际,大量私田出现,使各国奴隶主公室不复能维持往昔所有地租与赋税合一之制度。管仲在齐,"相地而衰征",晋惠公"作爰田",鲁宣公"初税亩",其基本内容皆为承认土地私有而开始征收田租。秦国在当时比较落后,直到商鞅变法之前,秦简公之时,才开始"初租田"。从西周金文所说之贲(?),至春秋、战国所云之租,实具有深刻之社会变革之历史内容。

〔二〕硕鼠,大田鼠。脊椎动物。啮齿目,鼠科。黍,已见《黍离》篇。下文麦,已见《桑中》篇。

〔三〕逝将去女者,逝当读为誓。逝、誓古通。如《小雅・杕杜》篇:期逝不至。鲁作期誓不至。是也。

〔四〕爰,于何也。见《鄘风・桑中・郑笺》。爰得我所,谓于何得我之所居乎?所,方所也。读如《论语・为政》篇譬如北辰居其所之所。此全句犹言于何得我之居所也。《孔疏》谓得我所宜。失之矣。

〔五〕爰得我直句,译解可从毛、郑,写成"哪里得行我的正直"?或说直同值,谓相当值。犹今语谓相当之报酬,各取所值也。愚用此说,以其较合诗旨故也。

○硕音索、音石。号音豪。

诗经直解　卷十

唐第十　毛诗国风

唐国十二篇三十三章二百三句

蟋蟀三章章八句

《蟋蟀》，刺晋僖公也。俭不中礼，故作是诗以闵之，欲其及时以礼自虞乐也。此晋也，而谓之唐。本其风俗，忧深思远，俭而用礼，乃有尧之遗风焉。

蟋蟀在堂，〔一〕	蟋蟀在堂庑，
岁聿其莫。	一岁便残暮。
今我不乐，	今我不快乐，
日月其除。	光阴便要去。
无已大康，	不要过于大乐，
职思其居。〔二〕	常思所居职务。
好乐无荒，	爱好享乐莫荒唐，
良士瞿瞿！〔三〕鱼部。	良士要鹰眼四顾！

一章。“职思其居，言于行思其居也。”○勉为良士者一。○《朱子语类》云：“《唐风》自是尚有勤俭之意。作是诗是一个不敢放怀底人。说‘今我不乐，日月其除’；便又说‘无已大康，职思其居’。”○江永云：“莫、除、瞿，平、去为韵。”○陈奂云：“蟋蟀双声。”

蟋蟀在堂，	蟀蟋在堂庑，
岁聿其逝。	一岁便过去。
今我不乐，	今我不快乐，
日月其迈。	光阴便跑去。
无已大康，	不要过于大乐，
职思其外。	常思所有外敌。
好乐无荒，	爱好享乐莫荒唐，
良士蹶蹶！祭部。	良士要急起努力！

二章。“职思其外，言于内思其外也。”○勉为良士者二。

蟋蟀在堂，	蟋蟀在堂庑，
役车其休。	差车便停住。
今我不乐，	今我不快乐，
日月其慆。	光阴便溜去。
无已大康，	不要过于大乐，
职思其忧。	常思所有忧惧。
好乐无荒，	爱好享乐莫荒唐，
良士休休！幽部。	良士要乐善有余！

三章。“职思其忧，言于乐思其忧也。”（陆佃《埤雅》）○勉为良士者三。○孙鑛云：“劝行乐意，始于此诗见之。就岁暮起意，但即口头语道尽即止，随用戒语收转，构法最紧净。”○姚际恒云：“感时惜物诗，肇端于此。”○江永云：“一、二、三章，堂、康、荒隔韵。”

○今按：《蟋蟀》盖士大夫忧深思远，相乐相警，勉为良士之诗。姚际恒云：“《小序》谓刺晋僖公。《集传》谓民间终岁劳苦之诗。观诗中‘良士’二字，既非君上，亦不必尽是细民，乃士大夫之诗也。”其说较是。此诗关键在“良士”二字。良士者何？良臣之谓也。据

《周书》，秦穆公伐郑，晋襄率师败诸崤，还归作《秦誓》。首句："公曰，嗟我士！听无哗。"《孔传》："誓其群臣，通称士也。"中云："番番良士。"《孔传》："勇武番番之良士。"意指良臣。愚谓实指伐郑败归之三帅，孟明视、西乞术、白乙丙也。又云："仡仡勇夫。"《孔传》："仡仡壮勇之夫。"则泛指兵卒矣，与称武士、良士者有别。西周之世，其在统治阶级底层称为士，又泛称群臣亦谓士也。《孔疏》意谓此诗用夏正。冯景《蟋蟀诗用周正》云："《唐风・蟋蟀》之诗非周正乎？夫蟋蟀在堂，夏正十月耳。而即云岁聿其莫者，周建子，以十一月为正月，则十月非岁莫而何？故《孟子》十二月舆梁成，即夏正十月成舆梁也。哀十三年十二月螽。而《家语》载季康子之问，曰：'今周十二月，夏之十月也，而犹有螽，何也？'则《唐风》之为周正，灼然明矣。"（《解舂集・文录补遗》）此驳诗用夏正一说也。陈奂云："《史记・晋世家》，唐叔至靖侯五世。靖侯十七年，周厉王出奔于彘。大臣行政，故曰共和。十八年靖侯卒，子釐侯司徒立。釐侯十四年，周宣王初立。十八年釐侯卒。釐与僖同，僖公即釐侯。是僖公在共和、宣王世矣。晋阳、平阳皆尧旧都。故诗虽作于南徙曲沃之后，本尧之遗风，仍其旧号，谓之《唐》。《吕览・当赏》篇，晋文公曰：'若赏唐国之劳徒，则陶狐将为首矣。'是后世亦有谓晋为唐者。《正义》云：季札见歌《唐》曰：'思深哉！其有陶唐氏之遗风乎？不然，何其忧之远也？'案：此《序》之所本也。"此疏明《序》说之有据，可备参考。顾不知《序》说与诗义之不甚相应也。

山有枢三章章八句

《山有枢》，刺晋昭公也。不能修道以正其国，有财不能用，有钟鼓不能以自乐，有朝廷不能洒扫。政荒民散，将以危亡。四邻谋取其国家而不知，国人作诗以刺之也。

山有枢，鲁，枢作苉。　　高山有树叫枢，
隰有榆。〔一〕　　低地有树叫榆。
子有衣裳，　　你有衣有裳，
弗曳弗娄。鲁、韩，娄作摟。　　不拖不搂。
子有车马，　　你有车有马，
弗驰弗驱。　　不驰不驱。
宛其死矣，　　枯萎的死了，
他人是愉！侯部。○鲁、齐，愉作媮。　　给他人取去欢娱！

一章。“始言他人是愉。”○“要山上有枢树，平地有榆树，才能有枢榆的叶子饲蚕缫丝，制作衣裳。”○《朱子语类》云：“诗所以兴起人处全在兴。如山有枢，隰有榆，别无意义，只是兴起下面子有衣裳、子有车马耳。”○孙鑛云：“着力提醒，比前篇更露机锋，煞是峻快。”

山有栲，　　高山有树叫栲，
隰有杻。〔二〕　　低地有树叫杻。
子有廷内，　　你有厅堂内室，
弗洒弗扫。　　不洒不扫。
子有钟鼓，　　你有钟有鼓，
弗鼓弗考。　　不打不敲。
宛其死矣，　　枯萎的死了，
他人是保！幽部。　　给他人去保管牢！

二章。“中言他人是保。”○“要山上有栲树，平地有杻树，才能有栋梁之材建造房屋。”

山有漆，　　高山有树叫漆，

隰有栗。	低地有树叫栗。
子有酒食，	你有酒有食，
何不日鼓瑟？鲁，何作胡。	怎不日日鼓瑟？
且以喜乐，	姑且来欢喜快乐，
且以永日。	姑且来消遣长日。
宛其死矣，	枯萎的死了，
他人入室！脂部。	给他人进入住室！

三章。“末言他人入室。一节悲一节，此亦忧深思远也。”（谢枋得，见《传说汇纂》）〇“要山上有漆树，平地有栗树，才能有漆栗的种子制作酒食。（漆栗种子可磨面造酒）”（乐天宇：《森林在发展农业中的重大作用》）〇王世贞云：“‘宛其死矣，他人入室’，太促。”〇钟惺云：“行乐之词，乃以斥苦（涩苦）之音出之，开后来诗人许多忧生惜日之感。末语促节，便可当一部挽歌。”

〇今按：《山有枢》，盖写行将没落之奴隶主贵族颓废自放之诗。古文《毛序》未为甚误，朱子则以为《序》说大误。《辨说》云：“此盖以答《蟋蟀》之意而宽其忧，非臣子所得施于君父者。《序》说大误。”彼在《集传》谓《蟋蟀》为民间终岁劳苦，岁晚相与燕饮为乐之诗。复谓《山有枢》为答《蟋蟀》之诗。此皆臆说，诚属“大误”。民间岂有车马钟鼓可以恣其享乐者邪？此非奴隶主贵族君臣之所有事邪？考之今文三家说，王先谦云：“《史记·晋世家》，当周公、召公共和之时，成侯曾孙僖侯甚啬爱物，俭不中礼，国人闵之，唐之《变风》始作。以此推之，三家与毛异义。”古文《毛序》谓刺昭公；今文鲁说谓刺晋僖公，比毛提前五世。所刺之人异，而诗之生活内容一也。愚谓《毛序》刺晋昭公微弱将亡，较为近是已。

扬之水三章二章章六句一章四句

《扬之水》，刺晋昭公也。昭公分国以封沃，沃盛强，昭公微弱，国人将叛而归沃焉。

扬之水，鲁，扬作杨。　　一条激流的水，
白石凿凿。　　白石鲜明凿凿。
素衣朱襮，鲁，作襮，亦作绡。齐，作襮，亦作宵。　　素衣朱领，
从子于沃。　　跟你往到曲沃。
既见君子，　　既已见到君子，
云何不乐！宵部。　　怎么说不快乐！

一章。言从之，终见之，而为之乐。〇钟惺云："从子于沃，欲何为者？有密谋矣，晋危矣哉！"〇惠周惕云："扬之水，白石凿凿，言见之审也。水之停蓄者能鉴物。激扬之水似无所见，然水中之石凿凿然不能掩也。桓叔之谋其可掩乎哉？故终之曰：我闻有命，不敢以告人。则直指而明言之矣。假为喜乐于桓叔之前，诗人之所以免祸也。昭公卒不悟，所以见杀也。"（《诗说》）

扬之水，　　一条激流的水，
白石皓皓。　　白石美洁皓皓。
素衣朱绣，　　素衣朱绣，
从子于鹄。齐，鹄作皋。　　跟你往鹄邑跑。
既见君子，　　既已见了君子，
云何其忧！幽部。〇鲁，何作胡。　　怎么说会心焦！

二章。言从之，终见之，而释其忧。〇江永云："皓、绣、鹄、忧，平、上、去、入通韵。"

扬之水，　　一条激流的水，

白石粼粼。　　白石清澈粼粼。

我闻有命，鲁，作国有大命，不可以告人，妨其躬身。　　我听到有话说，

不敢以告人！真部。　　不敢拿它告人！

三章。从之者作诗，言不敢以告人，正是告人处也。○凌濛初云："素衣朱襮，何等服物？我闻有命，何等密谋？而明明见之篇什。且不敢告人一语直同儿戏，不虞败乃公事邪？谬意此阳虽从沃，阴实耸晋。犹厮养卒所云：名为求赵王，实欲燕杀之也。"○钱澄之云："此诗故为党沃之辞，乃阴其情以告昭公，使早为之备也。"○陈奂云："上二章就叛晋者说，末章即承此意以讽动昭公耳。"○江永云："粼、命、人，平、去为韵。"

○今按：《扬之水》，揭露桓叔既得封于曲沃，而阴谋叛乱之作。诗人既叛从桓叔，又欲以危言耸动昭公，故作首鼠两端之词。朱子《辨说》云："诗文明白，《序》说不误。"今文三家亦未见有以异于古文《序》说。据《蟋蟀》诗刺晋僖公，僖公之后，历献侯、穆侯、殇叔、文叔，至昭公。昭公，文侯之子。桓叔，文侯之弟，昭公之叔父也。昭公元年，"封桓叔于曲沃。靖侯之孙栾宾傅之。师服曰：'吾闻国家之立也，本大而末小，是以能固。故天子建国，诸侯立家。……今晋，甸侯也，而建国，本既弱矣，其能久乎？'"（桓二年《左传》）"曲沃邑大于翼。翼，晋君都邑也。成师封曲沃，号为桓叔。……桓叔是时年五十八矣。好德，晋国之众皆附焉。君子曰：'晋之乱其在曲沃矣。末大于本，而得民心，不乱何待？'七年，晋大臣潘父弑其君昭侯而迎曲沃桓叔。桓叔欲入晋，晋人发兵攻桓叔。桓叔败，还归曲沃。晋人共立昭侯子平为君，是为孝侯。诛潘父。孝公八年，曲沃桓叔卒，子鱓代桓叔，是为曲沃庄伯。"（《晋世家》）庄伯卒，子曲沃武公立，伐翼，灭晋侯缗。周釐王受赂，命曲沃武公为晋君，列为诸侯，尽并晋地。自桓叔初封，至武公灭晋，凡六十七年，卒代晋为诸侯。此曲沃灭晋之本末也。

椒聊二章章六句

《椒聊》，刺晋昭公也。君子见沃之盛强能修其政，知其蕃衍盛大，子孙将有晋国焉。

椒聊之实，〔一〕　　花椒毬的子儿，
蕃衍盈升。　　繁多装满一升。
彼其之子，　　他那样的一个人，
硕大无朋。蒸部。　　伟大无可比伦。
椒聊且，　　花椒毬哟，
远条且！幽部。　　香气远悠悠哟！

一章。硕大无朋，谓桓叔之大都耦国也。○陈奂云："椒聊、蕃衍叠韵。"

椒聊之实，　　花椒毬的子儿，
蕃衍盈匊。〔二〕　　繁多捧满两手。
彼其之子，　　他那样的一个人，
硕大且笃。幽部。　　伟大而且笃厚。
椒聊且，　　花椒毬哟，
远条且！　　香气远悠悠哟！

二章。硕大且笃，谓桓叔之厚施得众也。

○今按：《椒聊》，诗人以椒聊之蕃衍喻桓叔之盛强，国大而得众。李黼平《毛诗绌义》云："经二章，皆陈沃之蕃衍，即所以刺昭公之微弱，亦犹陈古所以刺今也。"《序》说推本诗人言外之意，得之。"三家无异义"。朱子《辨说》云："此诗未见其必为沃而作也。"据诗云'彼其之子，硕大无朋，硕大且笃'者，当时当地，非实指曲沃桓叔，可得指谁乎？吴闿生云：“案此诗刺昭绝无可疑。《序》末三语尤能阐发诗人言外之意。朱子议之，过也。章末二句咏叹淫溢，含意无穷。忧深思远之旨，一于弦外寄之。三代之高文大率如此。此等诗若不得《序》，则直不知其命意所在，薶却多少高文矣。”容庵弟子《诗义会通》绝少可取者，其论此诗却略有是处。

绸缪三章章六句

《绸缪》，刺晋乱也。国乱则昏姻不得其时焉。

绸缪束薪，	缠了又缠地捆束柴儿，
三星在天。	有三颗星星照在天中。
今夕何夕，	今夜是怎么一夜，
见此良人？	见到了这个良人？
子兮子兮，〔一〕	嗞啊嗞啊，
如此良人何！真部。	奈这个良人何！

一章。戏新妇喜见新郎之词。○“此诗设为旁观见人嫁娶之辞。见此良人，见其夫也。”○“‘三星在天’者，参三星也。时在冬季，参宿中天。《月令》：季秋草木黄落，乃伐薪为炭。诗‘绸缪束薪’，则燎炬以为烛，盖古嫁娶之礼然也。”○陈奂云：“绸缪叠韵。”

绸缪束刍，	缠了又缠地捆束草儿，
三星在隅。	有三颗星星照在天边。
今夕何夕，	今夜是怎么一夜，
见此邂逅？	见到了这个邂逅良缘？
子兮子兮，	嗞啊嗞啊，
如此邂逅何！侯部。○韩，逅作觏。	奈这邂逅良缘何！

二章。戏新夫妇初见，彼此喜悦之词。○"'见此邂逅'，见其夫妇相会合也。"○"'三星在隅'者，心三星也。时在春暮，心宿初升。《小雅》：'终朝采绿。'《笺》以绿为王刍，指暮春天气。〔束刍〕，亦犹桃夭之起兴也。"○江永云："刍、隅、逅，平、去为韵。"

绸缪束楚，	缠了又缠地捆束荆树，
三星在户。	有三颗星星照在门户。
今夕何夕，	今夜是怎么一夜，
见此粲者？	见到了这个美妇？
子兮子兮，	嗞啊嗞啊，
如此粲者何！鱼部。	奈这个美妇何！

三章。戏新郎喜见新妇之词。○"'见此粲者'，见其女也。"（马瑞辰）○"'三星在户'者，河鼓三星也。时及新秋，河鼓当户。《尔雅》：河鼓谓之牵牛。感牛女之相会，知嫁聚之及时。绸缪束楚，正霜降逆女之时也。所以不及夏者，非其时也。"（朱文鑫语，见金天翮《史记天官书恒星图考序》）○孙鑛云："三星入景妙。今夕何夕一语状心事刻酷，是神来句。"○钱澄之云："《序》云国乱，昏姻失时。此于初昏之时，旁人为之庆喜之辞。"（《田间诗学》）

○今按：《绸缪》，盖戏弄新夫妇通用之歌。此后世闹新房歌曲之祖。从来解《诗》者，不知其为戏弄新夫妇谐谑妒羡之辞。《抱朴子·疾谬》篇云："俗有戏妇之法，于稠众之中，亲属之前，问以丑言，责其慢对，其为鄙黩，不可忍论。"此俗决不始于魏、晋时代，盖远自奴隶制社会俘虏奴婢，掠夺婚姻，蛮俗之遗留。《易·贲六四》："贲如、皤如，白马翰如。匪寇？婚媾？"盖此一蛮俗最早之见于文字记载者乎？试复寻绎其文之义蕴而串讲之，盖谓：突见道上人众一行，有少而盛妆者，有老而朴素者，有白马鲜洁者。其马用之于之子于归乎？抑用之于捆载而归乎？匪寇乎？抑婚媾乎？而其下文云“疑也”。已自明其为疑似之辞也。下文又云:“匪寇?婚媾?终无尤也。”无尤,则终庆其为婚媾之胜利矣,而未见其必为匪寇也。赖此可以反映出上古初民掠夺婚姻(抢亲)之史影也。顷见国内报纸转载一九八二年二月二日《美洲华侨日报》雪人《巴黎航讯》一条,题为《北京歌舞团在巴黎》,特为介绍其《背新娘舞》一个节目说:“这是少数民族彝族的传统舞蹈,具有原始气息,新鲜而奇特。这一舞蹈的情节是:新婚喜庆之日,男家派出骑马或步行的众多‘劫手’,敲锣打鼓,前往女家‘抢劫’新娘。被劫的姑娘狂呼‘救命’,大叫‘亲娘’;女家亲属立即追赶抢救。但结果,胜利属于新郎。被劫的新娘,时而由新郎抱到马背上驮着急跑,时而由新郎背在背上狂奔,煞是令人惊奇。”读此,可悟愚用《易・贲六四》爻辞以释《绸缪》一诗之不谬。尚可借此《背新娘》一出歌舞喜剧之情节而驰骋其想象于《易・贲六四》爻辞写出之历史背景,以及《绸缪》一诗作出之民俗渊源也。《绸缪・序》囿于诗教。“三家无异义”。至朱子《辨说》云:“此但为昏姻者相得而喜之词,未必为刺晋国之乱也。”彼虽不为诗教所蔽,而谓为昏姻者相得而喜之词。世间岂有新夫妇喜至发狂,而自相嘲弄,资人笑噱,至于如此者乎?谬已!

杕杜二章章九句

《杕杜》,刺时也。君不能亲其宗族,骨肉离散,独居而无兄弟,将为沃所并尔。

有杕之杜,〔一〕	这株独生的野梨树,
其叶湑湑。	它的叶子稀松松。
独行踽踽。	独自走路冷清清。
岂无他人?	难道没有旁的人?

不如我同父！鱼部。　　不如我同父的弟兄！
嗟行之人，　　唉唉，过路的人，
胡不比焉？　　为什么不靠近哟？
人无兄弟，　　一个人没有兄弟，
胡不佽焉？脂部。　　为什么不帮衬哟？

一章。言同父之兄弟无有也。

有杕之杜，　　这株独生的野梨树，
其叶菁菁。　　它的叶子黑菁菁。
独行睘睘。鲁，睘作茕。　　独自走路孤零零。
岂无他人？　　难道没有旁的人？
不如我同姓！耕部。　　不如我同姓的弟兄！
嗟行之人，　　唉唉，过路的人，
胡不比焉？　　为什么不靠近哟？
人无兄弟，　　一个人没有兄弟，
胡不佽焉？　　为什么不帮衬哟？

二章。言同姓之兄弟亦无有也。故诗人以有杕之杜兴之。○顾起元云："各上五句，自伤其孤特。下四句，求助于人也。"（见《传说汇纂》）○江永云："菁、睘、姓，平、去为韵。"

○今按：《杕杜》，乞食者之歌。此亦韩说"饥者歌其食"之一例。犹之后世乞食者之莲花落，顺口溜，唱快板，告地状。《序》说囿于《诗》教。"三家无异义"。朱子《辨说》云："此乃人无兄弟而自叹之词。未必如《序》之说也。况曲沃实晋之同姓，其服属又未远乎？"又《朱传》云："此无兄弟者，自伤其孤特，而求助于人之词。"此得其近似矣。盍更孟晋一步，从民俗歌谣中求其本义乎？

羔裘二章章四句

《羔裘》，刺时也。晋人刺其在位，不恤其民也。

羔裘豹袪！　　羔皮袍子豹袖口！
自我人居居。　　使用我人民不当数。
岂无他人？　　难道没有旁的人？
维子之故！鱼部。　　只有念你的故旧！

一章。焦循《补疏》："《笺》云，此民，卿大夫采邑之民也。循案：采邑者，世禄之家。民为采邑之民，则非一世，所以有故旧之念。"○江永云："袪、居、故，平、去为韵。"

羔裘豹褎！　　羔皮袍子豹皮袖！
自我人究究。　　使用我人民极凶暴。
岂无他人？　　难道没有旁的人？
维子之好！幽部。　　只有对你的爱好！

二章。《孔疏》："《北风》刺虐，则云'携手同行'；《硕鼠》刺贪，则云'适彼乐国'。皆欲奋然而去，无顾恋之心。此则念其恩好，不忍归他人之国。其情笃厚如此，亦是唐之遗风。言犹有帝尧遗化，故风俗淳也。"按：章末二句皆为诘责之词。孔、焦皆从正面作解，恐非。此盖采邑之民讥刺其领主卿大夫之词。

○今按：《羔裘》，盖奴隶刺其小奴隶主贵族凶恶之诗。《序》说可不谓误。"三家无异义"。朱子《辨说》云："诗中未见此(《序》)意。"又《朱传》云："居居未详。""究究亦未详。""此诗不知所谓，不敢强解。"胡承珙云："案《吕记》引朱氏曰：在位者不恤其民，故在下者谓之曰，彼服是羔裘豹袪之人！是朱子初说本从《序》也。及著

《集传》，以居居、究究义未详，不敢强解。夫《尔雅》为释《诗》之祖，又兴于中古，在毛、郑之前。此而不信，是古书无可证据者矣。《毛诗写官记》乃又以居居、究究为美其大夫。苟蔑弃《雅》训，而徒凭臆决，亦复何所底止乎？”金履祥则以为“此妇人留所爱之词”。黄中松驳之云：“以魏、晋之俗等于郑、卫，尤可发粲。夫立说必期有本，未可以意为断也。”若此之类，无甚裨于治《诗》者，皆可以不陈矣。

鸨羽三章章七句

《鸨羽》，刺时也。昭公之后，大乱五世。君子下从征役，不得养其父母，而作是诗也。

肃肃鸨羽，	肃肃响的野雁的羽，
集于苞栩。〔一〕	落在那丛生的栎树。
王事靡盬，	王事没有宁息，
不能蓺稷黍；	不能种稷种黍；
父母何怙！	父母吃饭怎么靠得住！
悠悠苍天！	远悠悠的青天！
曷其有所？鱼部。	什么时候会有安居？

一章。“言居处何时而可定。”

肃肃鸨翼，	肃肃响的野雁的翼，
集于苞棘。	落在丛生的枣树里。
王事靡盬，	王事没有宁息，
不能蓺黍稷；	不能种黍种稷；
父母何食！	父母有什么东西吃！

悠悠苍天！　　远悠悠的青天！
曷其有极？之部。　　什么时候会有终极？

二章。"言行役何时而可已。"

肃肃鸨行，　　肃肃响的野雁成行，
集于苞桑。　　落在那丛生的野桑。
王事靡盬，　　王事没有宁息，
不能蓺稻粱；〔二〕　　不能种稻种粱；
父母何尝！　　父母有什么东西尝！
悠悠苍天！　　远悠悠的青天！
曷其有常？阳部。　　什么时候会有正常？

三章。"言旧时之乐何时而可复。复其常，则遂安居之乐矣。"(朱公迁)〇《孔疏》云："三章皆上二句言君子从征役之苦，下五句恨不得供养父母之辞。"〇王质云："诗以种蓺为辞，当是农民。"〇何楷云："《序》谓君子下从征役，案篇中有蓺稷黍等语，似与君子不类。"

〇今按：《鸨羽》，农民苦于征役，不得养其父母者，呼吁之诗。诗义自明。《序》说可不谓误。但君子非劳力之人，诗明为劳力种蓺黍稷稻粱之自由农民或所谓"耕战之士"所作。"三家无异义"。朱子《辨说》云："《序》意得之。但其时世则未可知耳。"此疑诗不作于晋昭公之后，孝侯、鄂侯、哀侯、小子侯、晋侯缗五世大乱之时。又《朱传》云："民从征役而不得养其父母，故作此诗。"其说是也。诗首二句言鸨性好涉水，以集树为苦；喻民性好和平，以征役为苦。毛、郑、陆玑、陆佃释此诗兴义者，皆可不谓误。诗言王事，与《邶风·北门》言王事，并与《卫风·伯兮》、《秦风·无衣》言王者，王之义同。《严缉》云："诸侯为天子牧民，公家之事皆王事也。或谓哀侯与缗之立皆有王命，故称王事。狭矣。"顾广誉《学诗详说》亦云：

“王事，下从上役，本于王朝之定制者即是。非必勤王而后为王事也。”其说皆通。且彼时诸侯皆可自王其国，在国内称王。此有若干周金文可证。王国维、郭沫若已言之详矣。

无衣二章章三句

《无衣》，美晋武公也。武公始并晋国，其大夫为之请命乎天子之使，而作是诗也。

岂曰无衣七兮？	难道没有官服级数是七啊？
不如子之衣，	不如您给的官服，
安且吉兮！脂部。	舒服而且吉利啊！

一章。“侯伯之礼七命，冕服七章。”“诸侯不命于天子、则不成为国君。”〇孙鑛云：“突出两句，前后更无衬语，机锋最冷。”

岂曰无衣六兮？	难道没有官服级数是六啊？
不如子之衣，	不如您给的官服，
安且燠兮！幽部。	舒服而且温燠啊！

二章。“天子之卿六命，车旗衣服以六为节。”（《毛传》）〇《孔疏》云：“经二章皆请命之辞。”

〇今按：《无衣》，曲沃武公灭晋侯缗之后，盖以其宝器赂献于周釐（僖）王，请命封为晋侯要挟之词。此《诗》亦为三百中最短之诗篇之一。诗设为晋武公之语，实刺之，《序》说以为美，误已。“三家无异义”。朱子《辨说》云：“《小序》之陋固多，然其颠倒顺逆，乱伦悖理，未有如此之甚者。”意谓武公弑君篡国，大逆不道，故自附于《春秋》之义，而责《序》说之非。此封建主义之卫道者，以道学家之俨然面目说教，是亦可笑也已。

有杕之杜二章章六句

《有杕之杜》,刺晋武公也。武公寡特,兼其宗族,而不求贤以自辅焉。

有杕之杜,　　这株独生的野梨树,
生于道左。　　生在大路的左边地。
彼君子兮,　　那些君子啊,
噬肯适我? 歌部。○鲁,噬作遾。韩作逝。　　可肯来到我这里?——
中心好之,　　"心里怀好意于他,
曷饮食之! 之、幽通韵。○之第一,幽第二,故得通用。　　何不拿饮食给他!"

一章。末二句,作者揣度彼君子之意而代言之。下章同。

有杕之杜,　　这株独生的野梨树,
生于道周。　　生在大路的大拐角。
彼君子兮,　　那些君子啊,
噬肯来游? 幽部。　　可肯打我这里过?——
中心好之,　　"心里怀好意于他,
曷饮食之!　　何不拿饮食给他!"

二章。全篇为乞食者之歌,与前《杕杜》篇同。

○今按:《有杕之杜》,亦为乞食者之歌。疑自《杕杜》篇分化而来,可视为同一母题之歌谣。《序》说囿于诗教。"三家无异义"。朱子《辨说》云:"此《序》全非诗意。"又《集传》谓"此人好贤,而恐不足以致之,但无自得而饮食之"。是朱子亦全不得其诗意。胡承珙云:"近人乃有以此诗美武公能好贤者。试思有杕之杜,是杜不皆杕。凡言有杕者，皆取兴于特貌。若果美其好贤，则当如《菁莪》、《棫朴》，举其盛者言之，何故以特生之杜起兴乎？此不待辨而明者矣。"愚谓诗以孑然独生之杜，兴茕独无依之乞食者也。以韩说"饥者歌其食"之义解之，则得之矣。

葛生五章章四句

《葛生》，刺晋献公也。好攻战，则国人多丧矣。

葛生蒙楚，〔一〕　　葛藤生了蒙盖着荆树，
蔹蔓于野。　　乌蔹生了蔓延在山野。
予美亡此，　　我的爱人不在这里，
谁与独处？鱼部。　　是谁给我独自居处？

一章。程子云："葛之生托于物，蔹之生依于地，兴妇人依君子。"(见《传说汇纂》)按：第就葛而言，此亦战死裹尸之物。《法言·重黎》篇注："死则裹之以葛，投诸沟壑。"盖古俗如此。

葛生蒙棘，　　葛藤生了蒙盖着枣树，
蔹蔓于域。　　乌蔹生了蔓延在墓地。
予美亡此，　　我的爱人不在这里，
谁与独息？之部。　　是谁给我独自寝息？

二章。葛蔹墓地之物，触目怵心，而忧伤予美之从军未还，未知死生也。

角枕粲兮，　　角枕儿漂亮啊，
锦衾烂兮。　　锦被儿发光啊。
予美亡此，　　我的爱人不在这里，

谁与独旦？元部。　　是谁给我独自天亮？

三章。“前三章就当时言。”○孙鑛云：“枕粲衾烂，其嫁未久也。独‘旦’字特新隋。”按：此章可当作杜诗《新婚别》来读。

夏之日！　　夏天的长日！
冬之夜！　　冬天的长夜！
百岁之后，　　百岁之后，
归于其居！鱼部。　　归到他的圹舍！

四章。孙鑛云：“夏日冬夜下，更不著情语，陡接‘百岁’句去，煞是奇峻。”○姚际恒云：“夏之日，冬之夜，不露思字妙。”○江永云：“夜、居，平、去为韵。”

冬之夜！　　冬天的长夜！
夏之日！　　夏天的长日！
百岁之后，　　百岁之后，
归于其室！脂部。　　归到他的墓室！

五章。“末二章就日后言。盖不至寡人之妻不止矣。”（顾广誉《学诗详说》）○《孔疏》云：“经五章皆妻怨之辞。”○姚际恒云：“冬之夜，夏之日，此换句特妙，见时光流转。”○陈澧云：“此诗甚悲，读之使人泪下。”（《读诗日录》）

○今按：《葛生》，夫从军未还，未知死生，其妻居家而怨思之作。《诗序》未为误。《郑笺》是也。“三家无异义”。宋儒无新说。惟见王柏《诗疑》云：“予观‘予美’二字，则知其非夫妇之正，是必悼其所私之人。”此诚无据之谬说。盖不自知其思有邪，而心理之不正常。安得新佛洛依德主义者从而诊断之？分析之？《骚》称美人且不论，即征之于《诗》。《陈风·防有鹊巢》：“谁侜予美。”《笺》云：“所美宣公也。”“予美”二字非秽语。陈奂云：“妇称夫谓美，犹称夫谓良。”至若何楷云:“《世说》,袁羊尝诣刘恢,恢方在内眠未起。袁因作诗调之曰:‘角枕粲文茵,锦衾烂长筵。’刘尚晋明帝女,〔公〕主见诗大不平。曰:‘袁羊古之遗狂!’刘孝标注亦引《小序》。以见袁以死嘲刘,故主不平耳。则其为悼亡之诗旧矣。”此说则有可以据者也。

采苓三章章八句

《采苓》,刺晋献公也。献公好听谗焉。

采苓采苓,〔一〕	采苓采苓,
首阳之巅?	首阳山的顶?
人之为言,	人家的谗言假话,
苟亦无信。真部。	真也不要信。
舍旃舍旃,	抛弃它,抛弃它,
苟亦无然。	真也不要这样啦。
人之为言,	人家的谗言假话,
胡得焉?元部。	会得到什么呀?

一章。言采苓首阳之巅乎?人之伪言无信也!〇按:山以首阳名者有五,古晋、唐之首阳山在河东蒲坂,今山西省平阳。又按:自“人之为言”至“胡得焉”二十三字实为一长句。言苟无信人之伪言,舍去人之伪言而不以为然,则人之伪言何所得乎?

采苦采苦,〔二〕	采苦荬,采苦荬,
首阳之下?	首阳山的下面来?
人之为言,	人家的谗言假话,
苟亦无与。鱼部。	真也不要睬。

舍旃舍旃，	抛弃它，抛弃它，
苟亦无然。	真也不要这样啦。
人之为言，	人家的谗言假话，
胡得焉？	会得到什么呀？

二章。言采苦首阳之下乎？人之伪言无与也！

采葑采葑，〔三〕	采芜菁，采芜菁，
首阳之东？	首阳山的迤东？
人之为言，	人家的谗言假话，
苟亦无从。东部。	真也不要听。
舍旃舍旃，	抛弃它，抛弃它，
苟亦无然。	真也不要这样啦。
人之为言，	人家的谗言假话，
胡得焉？	会得到什么呀？

三章。言采葑首阳之东乎？人之伪言无从也！〇《孔疏》云："经三章皆上二句刺君用谗，下六句教君止谗。皆是好听谗之事。"〇朱鹤龄云："苓生隰，苦生田野，葑生圃。今必曰生首阳，则驾虚之辞耳。故以兴谗言之不可信。"〇江永云："一、二、三章'人之为言'，与下'舍旃舍旃'隔韵。"

〇今按：《采苓》，刺听谗之诗。《序》说指实为刺晋献公好听谗言，亦未为不是。有《左传》、《国语》可据，又详《史记·晋世家》。"三家无异义"。魏源云："《采苓》，刺晋献公听谗也。其士芳辈劝申生出亡之诗乎？故三举首阳以寄兴。劝之为夷齐，犹劝之为吴太伯也。"此过于指实，则近凿矣。朱子《辨说》云："献公固喜攻战而好谗佞，然未见此二诗之果作于其时也。"郝敬驳之云："事之可据孰有如献公听谗者乎？如是犹谓不信，则诗必有年月日时、作者姓名乃可。"此诗难解启争，主要在其兴义。毛、郑、孔氏以来，解者甚多，辄逞博辩，不尽允惬。举其著者，有陆佃、范处义、何楷、朱鹤龄、汪梧凤、马瑞辰、俞樾诸家。愚有取于朱氏（鹤龄）一说简明切要；马氏一说似较深切著明，复不泥滞于指实。马氏云："案：《秦诗》言'隰有苓'，是苓宜隰不宜山之证。《埤雅》言葑生于圃，何氏楷又言苦生于田。是三者皆非首阳山所宜有。而诗言采于首阳者，盖故设为不可信之言，以证谗言之不可听，即下所谓'人之伪言'也。《笺》谓首阳山信有苓，失之。又案：苓为甘草，而《尔雅》名为大苦。则甘者名苦矣。苦为苦荼，而诗言'堇荼如饴'，则苦者实甘矣。《谷风》诗：'采葑采菲，无以下体。'《笺》云：'其根有美时，有恶时。'是葑又美恶无定时者。诗以三者取兴，正以见谗言似是而实非也。"

【简注】

蟋蟀

〔一〕蟋蟀，节肢动物。昆虫，直翅目，蟋蟀科。有吟蛩、金琵琶等多种。至夏秋之际，则两翅摩擦发美声。人常捕而笼养之，以为玩品。

〔二〕俞樾云：《尔雅》：职，常也，主也。职思之职当训为常。

〔三〕良士瞿瞿者，谓良士当眼光四顾也。《说文》：䀠，左右视也。瞿，鹰隼之视也。瞿从䀠取义。鹰隼下击，必左右视之以取物，故曰瞿。引申之，人左右视亦谓之瞿。

○聿读曰，又音律。莫同暮。蹶音鳜。

山有枢

〔一〕枢，刺榆。榆科，落叶小乔木或灌木。榆，枌，白枌，白皮榆，钱榆。榆科，落叶乔木。

〔二〕栲，俗名鸭椿。省沽油科，落叶小乔木。杻，菩提树。田麻科，落叶乔木。瘦果圆形，可作念佛珠。又大叶椴，亦名菩提树。佛书菩提树，属桑科。漆，栗，皆已见《定之方中》篇。按：枢、榆、栲、杻、漆、栗，六树之可为材用，已引当代名农学家乐天宇说，作为《鄘·定之方中》章指。一九八一年报载：八十一岁高龄之乐天宇教授已退休还乡，创办九嶷山学院。院址建在湖南省宁远县九嶷山舜源峰下。院内分设文史、农业生物、医药三系，学制四年。今年九月正式开学。乐天宇于解放之初，曾任北京农业大学第一任校长。他以自己五万元存款与每月工资之绝大部分捐为学院经费。

○隰音习。栲音考。杻音纽。

扬之水

○襮音博。皓音浩。陈奂云：皓作白旁非。粼音邻。

椒聊

〔一〕椒有多种，习见者为花椒，又名秦椒、家椒。芸香科，灌木或小乔木。《传》云：椒聊，椒也。阮元刻《七经孟子考文并补遗序》云：也字上必脱捄字。《郑笺》云：一捄之实。意实承《传》而述言之。愚谓椒聊云者，以其由一伞形花序，或圆椎花序所结之椒子，簇成毬形耳。

〔二〕匊，一升。见《孔丛子》三引《小尔雅》。诗二章同义。升、匊，容量数词，亦同义。而诗人重沓歌咏之，特换韵变文以避复耳。此例已数见不鲜矣。

○匊音菊。且音苴。

绸缪

〔一〕王引之《经义述闻》云：《传》：嗟兹，即嗟嗞。《说文》：嗞，嗟也。《广韵》：嗞，嗟，忧声也。《秦策》曰：嗟兹乎司空马！《管子·小称》篇曰：嗟兹乎圣人之言长乎哉！《说苑·贵德》篇曰：嗟兹乎我穷必矣！扬雄《青州牧箴》曰：嗟兹天王！附命下土。皆叹辞也。或作嗟子，《楚策》曰：嗟乎子乎！楚国亡之日至矣。《仪礼经传续》引《尚书大传》曰：诸侯在庙中者，愀然若复见文武之身。然后曰：嗟子乎！此盖吾先君文武之风也夫。是嗟子与嗟嗞同。经言子兮！犹曰嗟子乎！嗟嗞乎也！故《传》以子兮为嗟嗞。而《笺》谓子兮斥娶者，殆失其义。愚按：此亦古文《毛传》有较《郑笺》或今文三家说为长者之一显例也。

○绸缪，上音稠，下音矛。子兮之子读兹。粲者之者音如箸，与户韵。陈奂云。

杕杜

〔一〕杜,赤棠,杜梨,一名野梨。已见《甘棠》篇。《陆疏》云:赤棠与白棠同。子有赤白美恶。白色为白棠,甘棠也。少酢,滑美。赤棠子涩而酢,无味。俗语云:"涩如杜。"愚按:杕杜,有杕之杜,盖为道旁特生之杜。其果涩酢无味,而行人不食之,乞食者亦不取。则此涩杜正如昔人所谓道旁苦李者也。

○杕音第。湑音胥,音近疏。踽音矩。比如字去声。佽音次。睘音琼。

羔裘

○祛音去、音区。居读倨。褎读袖。

鸨羽

〔一〕鸨,野雁。雁形目,鸨科。其体较大于雁。头部扁。耳羽长,与颈项皆青灰色。背部有黄褐色与白色斑纹。腹灰白。翼较小,不善飞而善走。多群栖于平原或湖沼水边。食蠕虫、小鱼、谷物。卵产地上。肉柔可食。栩,又名栎、麻栎、柞树、橡碗子树。山毛榉科,落叶乔木。果实球形坚果,具皂斗。叶可饲柞蚕,果实可饲猪。

〔二〕稻,禾本科谷物,一年生草本。开小颖花,排列为圆锥花序。结颖果,稻谷是也。吾国水稻产量占全国粮食生产之第一位。粱,禾、小米、黄粱,又称粟。其品种甚多。李时珍曰:大种为粱,小种为粟。按:粟穗较粱短小,小穗著生极密。粱穗形长大而下垂,小穗著生颇疏。石声汉《中国农业遗产要略稿本》云:粱为稷之一个品种,决非今日之高粱。

○鸨音保。栩音许。盬音古。怙音户。俞樾云:怙乃糊之假字。其说亦通。行音杭。

无衣

○《释文》:奥本又作燠,于六反。今音郁。暖也。

葛生

〔一〕葛、楚及下文棘,已屡见于前。蔹,乌蔹母,五叶莓,木竹藤,五爪龙,茏草。葡萄科,多年生蔓草。有卷须适于攀缘。结球形浆果,紫黑色。

○蔹音敛。衾音今。

采苓

〔一〕苓，虎杖，大苦，红药子，黄药子，干烟。（旧说为甘草）蓼科，一年生草本。已见《简兮》篇。

〔二〕苦，苦荬。菊科，多年生草本。已见《谷风》篇。

〔三〕葑，芜菁，大头菜。十字花科，一年生草本。同上。

○苓音灵。人之为言之为读伪。舍音捨。旃音占。

诗经直解　卷十一

秦第十一　毛诗国风

秦国十篇二十七章百八十一句

车邻三章一章四句二章章六句

《车邻》，美秦仲也。秦仲始大，有车马礼乐侍御之好焉。

有车邻邻，鲁、齐，邻作辚。	有车辚辚地在响，
有马白颠。	有马白额叫的颡。
未见君子，	还没见到君子，
寺人之令。真部。○韩，令作伶。	使侍臣传达上。

一章。言求见秦君，先睹其车马之盛，侍御之好。○"未见时如此严肃。"○孙鑛云："陡出寺人字，绝有陗致，隐然微讽意。可见秦寺人重。后来赵高之祸，已兆于此。"

阪有漆，	高坡地方的树有漆，
隰有栗。	低湿地方的树有栗。
既见君子，	已经见了君子，
并坐鼓瑟：	同坐一起弹琴鼓瑟：
今者不乐，	"今天要不快乐，
逝者其耋！脂部。	过天就会衰耋！"

二章。“末二句述秦君之词。”〇俞樾云：“逝者对今者言。今者谓此日，逝者谓他日也。”

阪有桑，	高坡地方的树有桑，
隰有杨。〔一〕	低湿地方的树有杨。
既见君子，	已经见了君子，
并坐鼓簧：	同坐一起吹笙鼓簧：
今者不乐，	“今天要不快乐，
逝者其亡！阳部。	过天就会死亡！”

三章。以上两章言既见秦君，又睹其礼乐之简，欢洽之诚。〇“既见时如此简易，不惟尽宽礼数，且能备极宴乐。”（方玉润）〇钟惺云：“写出草昧君臣真率景象在目。”〇李光地云：“自古创业之君，未有不略其礼文，上下交欢而足以济。此秦所以成霸之本也。”（《诗所》）

〇今按：《车邻》，美秦仲始大，有车马礼乐侍御之好，并其君臣以闲暇燕饮相安乐而作。《序》、《笺》是也。三家说大同。朱子《辨说》谓未见其必为秦仲之诗。又《朱传》云：“是时秦君始有车马及此寺人之官。将见者必先使寺人通之。故国人创见而夸美之也。”倘此秦君非秦仲，又为秦之何君乎？陈奂云：“秦嬴姓。皋陶之子伯益之后。历夏、殷世至周孝王，封其苗裔非子于秦谷，为附庸国。《汉书·地理志》云：今陇西秦亭秦谷是也。《括地志》云：清水县本秦川，非子始封。案：今甘肃秦州清水县即其地也。”此言秦仲之先世。又云：“《史记·秦本纪》，秦仲立三年，周厉王无道，诸侯或叛之。西戎反王室，灭犬丘大骆之族。周宣王即位，乃以秦仲为大夫，诛西戎。西戎杀秦仲。秦仲立二十三年死于戎。徐广注云：宣王元年，秦仲之十八年也。《国语》，史伯曰：秦仲，嬴之隽也。且大，其将兴乎？史伯言嬴姓之大始于秦仲耳。非谓幽王之世秦仲尚在也。《序》与《国语》合。”此言秦仲其人其事。《序》说有据。秦仲固秦国开创霸业首出之英雄人物也。

驷驖三章章四句

《驷驖》，美襄公也。始命，有田狩之事，园囿之乐焉。

驷驖孔阜，三家，驷作四，驖亦作载。　　铁青四马好肥大，
六辔在手。　　六道缰绳在手下。
公之媚子，　　这是秦公的宠儿，
从公于狩。幽部。　　随公往猎把车驾。

一章。“将狩之时。言车马之盛，使令之多。”〇江永云：“阜、手、狩，上、去为韵。”

奉时辰牡，　　供奉这些应时兽，
辰牡孔硕。　　兽应时令好肥硕。
公曰左之，　　公说把箭向左发，
舍拔则获。鱼部。　　抛了箭头就捕获。

二章。“正狩时也。言待狩之礼，行狩之善。”

游于北园，　　一直游猎到北园，
四马既闲。元部。　　四匹马儿已熟练。
𬨎车鸾镳，　　轻车鸾铃马衔镳，
载猃歇骄。宵部。〇鲁、齐，歇作猲，骄作獢。　　载着猎狗猃、歇骄。

三章。“狩毕之时也。言劳逸之节，综理之周。马无事于驰驱，但见其闲习而已。车无事于逐禽，但见其有声而已。当斯时也，以是车也，休田犬之足力焉。”（黄佐，见《传说汇纂》）。〇孙鑛云：“‘载猃歇骄’，元美（王世贞）谓其太拙，余则善其古质饶态。”

〇今按：《驷驖》，描述秦襄公田猎之纪事诗。《序》说是也。“三家无异义”。宋儒无新说。陈奂云：“襄公，秦仲之孙也。《秦本纪》云：周避犬戎难，东徙雒邑。襄公以兵送周平王，平王封襄公为诸侯。《笺》云：始命，命为诸侯也。秦始附庸也。”襄公为有功于周室之人。马叙伦《石鼓为秦文公时物考》云：“《吴人石》中之中囿孔□，即《秦风·驷驖》诗之北园，在汧。汧源，乃秦襄公故都。”(《北平图书馆刊》七卷二号)郭沫若《古刻汇考序》云：“阅《秦风·诗序》，《驷驖》，美襄公也。则是与《石鼓诗》乃同时之作。诗云‘游于北园，四马既闲’，盖即西畤之后苑矣。”此皆确认《驷驖》诗于秦襄公有关也。

小戎三章章十句

《小戎》，美襄公也。备其兵甲以讨西戎，西戎方强而征伐不休。国人则矜其车甲，妇人能闵其君子焉。

小戎俴收，　　小兵车后面是低浅的登车横枕木头，
五楘梁辀，　　缠着五道花箍的是车辕稍弯的梁辀，
游环胁驱。幽部。　　四马的皮带，背上有游环，两旁有胁驱。
阴靷鋈续，〔一〕　　在车板底下的引带结子有镀锡环儿，
文茵畅毂，　　有虎皮褥子和长的车轮中心的圆木，
驾我骐馵。　　驾着我们的青黑色花马有白的左脚。
言念君子，　　当我每每想念了君子，
温其如玉。　　那么温润得好象美玉。
在其板屋，〔二〕　　住在那里的板屋，
乱我心曲！侯部。〇第三句连上读，作幽、侯合韵亦可。　　搅乱了我的心曲！

一章。“言车。而驾我骐馵，豫以起次章之马。”〇刘玉汝云：

“秦人强悍尚勇敢，又值犬戎之变而事战斗。其平居暇日所以备其车马器械，以备战伐之用者，无不整饰而精致，故家人妇女亦皆习见而熟知之。”（《诗缵绪》）〇钟惺云：“虽是文字艰奥，亦由当时人人晓得车制。即妇人女子触目冲口，皆能成章。车制不传，而此等语始费解矣。”〇江永云：“续、毂、馵、玉、屋、曲，去、入为韵。此章韵本分明，首三句收、辀、驱为一韵，下则五入一去为一韵。《载驰》首章驱字祛尤反，则此处亦当音丘。旧误以驱字连下为韵。”〇按：文茵叠韵。

四牡孔阜，	四匹雄马很高大，
六辔在手。幽部。	六道缰绳在手下。
骐駵是中，	青马红马在中央，
騧骊是骖。中、侵合韵。〇中十六，侵十八，故得合韵。	黄马黑马在两旁。
龙盾之合，	车篷是画龙文的盾牌合盖载着，
鋈以觼軜。〔三〕	用锡镀的衔盾绶的是有舌金环。
言念君子，	当我每每想念了君子，
温其在邑。缉部。	那么温厚的在边邑间。
方何为期，	将有什么日子是他归期，
胡然我念之？之部。	为什么这样我想念他的？

二章。“言马。而龙盾之合，鋈以觼軜，既以起卒章之兵器，又以终首章之车。”

俴驷孔群，〔四〕	披着薄皮马甲的驷马很能够合群，
厹矛鋈錞，文部。	三锋矛的柄下有圆椎形镀锡的镦，
蒙伐有苑。此句连上读，作文、元通韵亦可。〇韩，伐作瞂，宛作苑。	杂羽成画的中盾牌这多花纹。

虎韔镂膺,[五] 虎皮弓袋就在它的胸部镂金,
交韔二弓, 相交放在弓袋里的是两把弓,
竹闭绲縢。齐,闭作柲,鲁作柲。 竹制的整弓的弓架缚紧了绳。
言念君子, 当我每每想念了君子,
载寝载兴。韩,载作再。 再睡不是,再起也不成。
厌厌良人, 我安静厌厌的良人,
秩秩德音!蒸、侵通韵。○蒸十七,侵十八,故得通用。 有智慧秩秩的美名!

三章。"言兵器。而伐驷孔群,复蒙上章以言。此章法错综之妙也。"(顾广誉《学诗详说》)○愚按:每章前六句矜其君子服用之物,古奥直质。后四句自闵妇人思念之情,平易蕴藉。浓淡疏密,点缀见巧。或谓诗以君子、良人同称,又良人、男女通称,疑为秦君念其大夫征伐之诗。(如何楷、邹肇敏)非也。每章后四句皆作妇人善怀,温情柔语,岂君可施之于其臣者?当仍以《序》说妇人能闵其君子为是也。○江永云:"群、錞、苑,平、上为韵。"○按:厹矛叠韵。

○今按:《小戎》,美秦襄公讨伐西戎之诗。《序》说为是。"三家无异义"。朱子《辨说》谓此诗时世未必然。非也。此诗言车马兵甲之制,自来注释殊鲜明确。绝难以今语译成现代诗。愚试为之,涂改点窜,殆什佰计。较诸篇之难者,功已倍蓰,而译语仍觉殊为迂拙,始知《诗》三百篇之难以今语对译而成为白话诗篇也。世不乏称为《诗》、《骚》专家,或被封为语言艺术大师者,盍尝试之,树为典则,嘉惠初学,黜余恶札乎?(试译解其艰深者三四篇示例亦可)慎毋谓《诗》、《骚》经典伟著,具有神圣性,不可侵犯不敢译;具有神秘性,玄之又玄不能译也。先秦车制已不易知,戴震考工之图未为精确。晚近人挖掘殷周墓葬旧墟,屡见出土车架,而完整者绝少。闻有考古学者依样复制,顾未见其翔实说明。任谁译解《小

戎》，自是难惬人意。愚耄耋作健，造述《诗·骚直解》，不敢正言“今译”，实以古诗不易译为现代新体诗。即言“直解”，亦常见其有不可解处，勉力总结旧解，求其殆庶。强作解人，旨在迫使真解者予我教益（此在今俗象棋术语上叫做“将他一军”），不得谓知音者希，真赏殆绝也。古诗之自然、流丽、凝炼、含蓄，即如钟嵘《诗品》与司空图《诗品》所举之种种特色，岂是新体诗所易跂望者？一个古词在古诗中往往义蕴丰腴，而在今译中实难觅得对应之词，则必失其原来之诗味，甚至不免枯涩无味。而古诗之音调与格律往往表现其奇异微妙之作用，译成新体诗，不能运用音调与格律，或用之而未必臻于自然、成熟，甚至不免生搬硬套。论其妍媸，岂止西施、东施之别？古诗自有其时代及其社会之风貌与气息，译诗亦自有其时代及其社会之风貌与气息，纵使译者精心以求吻合其原作之风格，而假古董毕竟无能弥补其破绽。顷读王以铸《论诗之不可译》一文，觉其实属精辟之至。此虽是论译外国诗，实则移论以现代汉语译本国古典诗亦得。其文有云：“我们开门见山地说，我们认为诗这种东西是不能译的。理由很简单，诗歌的神韵、意境，或说得通俗些，诗的味道（英语似可译为 flavour），即诗之所以为诗的东西在很大程度上有机地溶化在诗人写诗时使用的语言之中，这是无法通过另一种语言（或方言）来表达的。”（《编译参考》总三十七期）学者立言不妨如此说。而愚为初学者计，效法郭鼎堂夙龄暮岁创为《卷耳集》、为《屈原赋今译》之所为，则又不得不用现代汉语作此《诗·骚直解》，庶几对于好学青年自学《诗》、《骚》者，不无涓埃之助也。适因译解《小戎》一诗而泛论之如此。陈启源云：“戎，世为秦患。而襄公时，周有骊山之祸，戎患尤剧。《小戎叙》所谓西戎方强，征伐不休，是也。幽王亡于襄公之七年，秦救周有功。十二年伐戎，至岐而卒。此数年中皆征伐之时矣。襄公奉天子命，乘国人好义之锐心，终身不能平戎方张之寇，信难以力碎也。子文公始败戎，收周余民而有之。至七世孙穆公用内史廖之计，取其谋臣由余,益国十二,遂霸西戎。至此戎弱而秦强矣。然襄公以义兴师,民心乐战,故子孙得收其成功耳。《小戎》一诗实秦业兴盛之本。”愚意襄公七年至十二年,五六年间,皆为伐戎之时。《小戎》诗当作于此一时间(周幽王十一年[公元前七七一]—周平王五年[公元前七六六])。魏源《诗古微》据襄公二十九年《左传》服虔注,以《小戎》为襄公追录先人之作,即以美庄公尝以七千兵破西戎之役。窃疑其未必为是也。

蒹葭三章章八句

《蒹葭》,刺襄公也。未能用周礼,将无以固其国焉。

蒹葭苍苍,〔一〕	芦荻色苍苍,
白露为霜。	白露已成霜。
所谓伊人,	据说这个人,
在水一方。	在水的一方。
溯洄从之,鲁,溯作遡。	逆流而上去从他,
道阻且长。	道路险阻又太长。
溯游从之,	顺流而下去从他,
宛在水中央。阳部。	宛然就在水中央。

一章。钟惺云:“异人异境,使人欲仙。”〇姚际恒云:“末四句即上在字注脚。特加描摩一番耳。”〇方玉润云:“兴起,虚点其地。展一笔,实指居处,仍用虚活之笔,妙妙。”〇按:蒹葭双声。

蒹葭凄凄,	芦荻冷凄凄,
白露未晞。	白露还没干。
所谓伊人,	据说这个人,

在水之湄。	在水的崖边。
溯洄从之，	逆流而上去从他，
道阻且跻。	道路险阻又难攀。
溯游从之，	顺流而下去从他，
宛在水中坻。脂部。	宛然就在水中滩。

二章。姚际恒云："此自是贤人隐居水滨，而人慕而思见之诗。'在水之湄'，此一句已了。重加'溯洄'、'溯游'，两番摹拟，所以写其深企愿见之状。于是于下一'在'字上加一'宛'字，遂觉点睛欲飞，入神之笔。上曰'在水'，下曰'宛在水'，愚之以为贤人隐居水滨，亦以此知之也。"

蒹葭采采，	芦荻密稠稠，
白露未已。	白露还没收。
所谓伊人，	据说这个人，
在水之涘。	在水的边头。
溯洄从之，	逆流而上去从他，
道阻且右。	道路险阻又偏右。
溯游从之，	顺流而下去从他，
宛在水中沚。之部。○韩，沚作诗。	宛然就在水中洲。

三章。王照圆云："《小戎》一篇，古奥雄深。《蒹葭》一篇，夷犹潇洒。"又云："《蒹葭》一篇最好之诗，却解作刺襄公不用周礼等语，此前儒之陋，而《小序》误之也。自朱子《集传》出，朗吟一过，如游武夷、天台，引人入胜。乃知朱子翼经之功不在孔子下。"（《诗说》）○方玉润云："三章只一意，特换韵耳。其实首章已成绝唱。古人作诗，多一意化为三叠。所谓一倡三叹，佳者多有余音。此则兴尽首章，不可不知也。"

〇今按：《蒹葭》，诗人自道思见秋水伊人，而终不得见之诗。黄中松云："细玩'所谓'二字，意中之人难向人说；而在水一方，亦想象之词。若有一定之方，即是人迹可到，何以上下求之而不得哉？诗人之旨甚远，固执以求之，抑又远矣。"诗境颇似象征主义，而含有神秘意味。此诗盖采自歌谣，不得谓民间无此诗人也。《诗》今文三家遗说无可考者。古文《诗序》谓刺襄公未能用周礼，殆是采诗、陈诗之义。《笺》云："秦处周之旧土，其人被周之德教日久矣。今襄公新为诸侯，未习周之礼法，故国人未服焉。"首章《传》云："白露凝戾为霜然后岁事成，国家待礼然后兴。"《笺》云："所谓是知周礼之贤人，乃在大水之一边。"推本毛、郑之意，《序》说殆谓襄公未习周之礼法，不用知周礼之贤人乎？"或以伊人之不出，为因周礼之不用"（崔述）乎？必如此添字解说，乃可以通。胡承珙云："案《序》首但云刺襄，而其下乃有未能用周礼之说，自必有所受之，《毛传》最简，此首章《传》（见前）如此委曲发明《序》意，亦是见《序》在《传》前，未可谓毛公未见《诗序》也。赵氏文哲曰：《诗序辨说》谓此诗不详所谓，而斥《序》之凿。于是后之说诗者，如朱氏公迁、朱氏善、黄氏佐、唐氏顺之，或以为朋友相念之词，或以为贤人肥遁之作，都无确指。试思作《序》者如果凿空妄说，则必依附诗辞，若近世伪为《申公诗说》者，谓此乃秦之君子隐于河上，秦人慕之而作。于以欺天下万世，岂不易易？必不凭虚而创一襄公不用周礼之说，与诗辞绝不相比附，以自纳于败阙也。（阙一作关）"此力为《序》说辩护。魏源论此诗，谓为讽襄公求贤尚德之作。王先谦云："魏说于事理诗义皆合，三家义或然。"至若汪梧凤云："《蒹葭》，怀人之作也。秦之贤者抱道而隐，诗人知其地，而莫定其所，欲从靡由，故以《蒹葭》起兴而怀之，溯洄溯游，往复其间，庶几一遇之也。自毛、郑迄苏、吕，无不泥《序》说秦弃周礼。黄茅白苇，《朱传》一扫空之，特未定其所指耳。然谓秋水方盛之时，所谓伊人者，乃在水之一方，上下求之而皆不可得，则已明为怀人之作矣。"此引申朱子一说，而自己得出结论：《蒹葭》，怀人之作也。今人或谓此诗人思见其情人之词。不见朱善云乎？“味其辞，有敬慕之意，而无亵慢之情。”（《解颐》）有此已足，不烦愚驳已。

终南二章章六句

《终南》，戒襄公也。能取周地，始为诸侯，受显服。大夫美之，故作是诗以戒劝之。

终南何有？有与止叶。	终南山有甚么？
有条有梅。〔一〕	有柚，有梅。
君子至止，	君子到了，
锦衣狐裘。	穿着锦衣狐裘。
颜如渥丹，韩，丹作沰，亦作赭。	面貌像涂朱砂，
其君也哉！之部。	真是国君了哟！

一章。言从上见其裘，见其颜。

终南何有？	终南山有甚么？
有纪有堂。〔二〕三家，纪作杞，堂作棠。	有枸杞，有甘棠。
君子至止，	君子到了，
黻衣绣裳。韩，黻作绋。	穿着龙袍绣裳。
佩玉将将，鲁，将作锵。	佩玉合拍锵锵，
寿考不亡！〔三〕阳部。○鲁、齐，亡作忘。	祝愿老寿无疆！

二章。言从下见其裳，见其步。○江永云：“一、二章，有、止隔韵。”

○今按：《终南》，亦美秦襄公之诗。秦大夫从襄公入朝而得赐服西归，途经终南山有作。《诗序》与诗义合。据《通鉴前编》载宋太宗时，秦襄公冢坏，得铜鼎，状方而四足。铭曰："天子迁洛，岐、丰锡公。秦之幽宫，鼎藏于中。"此铭首二语，可证《序》说取周地、受显服之确。"三家无异义"。宋儒无新说。范处义云："周地虽有王命，时尚为戎有。《序》云'戒劝'者，戒其无负天子之托，而勉其必取也。"(《补传》)《序》"戒劝"二字，有此宋人解说乃通。陈奂云："《汉书·地理志》，右扶风武功大一山，古文以为终南。(据今人游记，终南山佳胜以小五台为最，此即太乙山。)终南为汉京兆长安县之南山，今陕西西安府南五十里终南山即此。""诗何以咏终南也？终南为周西都地。其时故宗庙宫室尽为禾黍。而襄公来朝，受命东都，终南道所由经，故秦大夫偶以终南起兴。"此据地与史与人以证诗，诗义益明矣。

黄鸟三章章十二句

《黄鸟》，哀三良也。国人刺穆公以人从死，而作是诗也。

交交黄鸟，〔一〕	交交叫着的黄鸟，
止于棘。	落在小枣树里。
谁从穆公？	是谁从死穆公？
子车奄息。	子车氏的奄息。
维此奄息！	啊，这一个奄息！
百夫之特。之部。	是上百个人的匹敌。
临其穴，	面临他的墓穴，
惴惴其栗。脂部。	就抖抖的颤栗。
彼苍者天，	那青的天呀，
歼我良人！	杀害了我们的良人！
如可赎兮，鲁，兮作也。	假如可以赎出啊，

人百其身！真部。 吾人一身百死也成！

一章。哀奄息。○《毛传》云："兴也。黄鸟以时往来得其所，人以寿命终亦得其所。"○《郑笺》云："如此奄息之死，可以他人赎之者，人皆百其身。谓一身百死犹为之，惜善人之甚。"○按："人百其身"，《笺》语为是。深入诗旨，得其情理之正。陈奂、马瑞辰、俞樾之说皆非也。盖诗人重在非从死，从死一人已非之，而谓甘以百人从死，且至代人许身，必不为此违情悖理之语。《离骚》云："亦余心之所善兮，虽九死其犹未悔。"汪中云："死不能有九。"愚于此诗亦谓死不能有百。而诗人骚人言之者，特显其激情之极致，乃有此夸饰之词耳。

交交黄鸟， 交交叫着的黄鸟，
止于桑。 落了在桑树上。
谁从穆公？ 是谁从死穆公？
子车仲行。 子车氏的仲行。
维此仲行！ 啊，这一个仲行！
百夫之防。阳部。 是上百个人的比方。
临其穴， 面临他的墓穴，
惴惴其栗。 就抖抖的颤栗。
彼苍者天， 那青的天呀，
歼我良人！ 杀害了我们的良人！
如可赎兮， 假如可以赎出啊，
人百其身！ 吾人一身百死也成！

二章。哀仲行。○《朱传》云："临穴而惴惴，盖生而纳之圹中也。"按：三良入穴，皆被迫活埋。倘自杀而后入穴，诗安得皆云"临其穴，惴惴其栗"乎？况诗明云"如可赎兮"，自杀不得谓之赎。

《序》明云国人刺穆公以人从死，非人自为之也。自《郑笺》以来，凡谓三良自杀以从死者，皆非也。

交交黄鸟，	交交叫着的黄鸟，
止于楚。	落了在荆子树。
谁从穆公？	是谁从死穆公？
子车鍼虎。	子车氏的鍼虎。
维此鍼虎！	啊，这一个鍼虎！
百夫之御。鱼部。	是上百个人的抵御。
临其穴，	面临他的墓穴，
惴惴其栗。	就抖抖的颤栗。
彼苍者天，	那青的天呀，
歼我良人！	杀害了我们的良人！
如可赎兮，	假如可以赎出啊，
人百其身！	吾人一身百死也成！

三章。哀鍼虎。○王应麟《诗地理考》云："《括地志》，秦穆公冢在岐州雍县东南二里。三良冢在雍县一里故城南。"○顾广誉《学诗详说》："《扬子》云：秦大夫凿穆公之侧。服氏虔亦谓杀人以葬，旋环其左右。盖其葬别为之穴，而总不离乎左右。若葬非同处，何云殉葬？三良冢恐出后人附会，未可轻信。"○按：今陕西凤翔城内东南隅有一大土冢，传为秦穆公墓。

○今按：《黄鸟》，秦人刺穆公以人从死，而哀其三良之诗。诗义自明。《诗序》是也。三家说亦同。朱子《辨说》："此《序》最为有据。"文公六年《左传》："秦伯任好卒，以子车氏之三子奄息、仲行、鍼虎为殉，皆秦之良也。国人哀之，为之赋《黄鸟》。"按：鲁文公六年，当周襄王三十一年，公元前六二一年。赋《黄鸟》当在此时。此当为《序》说所本。殉葬蛮俗，由来古已。盖远在奴隶制社会之初已有之。秦殉葬之制见于《史记》。《秦本纪》:“武公卒,葬雍、平阳。初以人从死,死者六十六人。”“献公元年止从死。”可知秦自武公始定此制。以后十八君殆皆行殉葬。中惟特书穆公殉葬之事一次。“穆公卒,葬雍,从死者百七十七人。秦之良臣子舆氏三人,名曰奄息、仲行、鍼虎,亦在从死之中。秦人哀之,为作歌《黄鸟》之诗。”诗人只哀三良,其他百七十四人盖为奴隶,不足齿数乎!记《孟子》云:“孔子曰:‘始作俑者,其无后乎!’为其象人而用之也。”孔、孟非必颠倒为言,谓先有俑殉而后有人殉。此责俑殉而不责人殉者,明孔、孟之时人殉尚行,不得不危行言逊、避重就轻责之也。《墨子·节葬》篇云:“天子杀殉,众者数百,寡者数十。将军大夫杀殉,众者数十,寡者数人。”此亦据其当时或不甚远之往昔杀殉之实况言之也。郭沫若说:“殉葬的习俗除秦以外,各国都是有的。(就是世界各国的古代也是有的。)不过到这秦穆公的时候,殉葬才成了问题。殉葬成了问题的原因,就是人的独立性的发现。同一是关于秦穆公的文章,《书经》最后一篇有《秦誓》。这一篇文章不一定就是秦穆公做的。古代是左史记言,右史记事。所有古事古言都是出于史官之手。也就像现在的文牍、报告,都是幕僚做的一样。所以尽管《秦誓》里面把人的价值提到最高点,而穆公自己死的时候偏偏要教三良从葬。这不一定就是秦穆公自己的矛盾,这只是时代的矛盾的反映。秦穆公的时代应该是新旧正在转换的时代,这儿正是矛盾的冲突达到高潮的时候。像这样,《秦誓》在高调人的价值,《黄鸟》同时也在痛悼三良。所以人的发现,我们可以知道正是新来时代的主要脉博。”(《中国古代社会研究》)此用新史观为说,自为前人所不可能道。又据晚近考古发掘所得材料,可以考见殷商以至晚周殉葬蛮俗之一斑。郭宝钧云:“殷人用人遗迹见于小屯与侯家庄。小屯为殷人宗庙宫室所在地。侯家庄为殷人陵寝所在地。两地相比,以殷陵殉者为多,殷墟为少,合共二千人以上。此皆三千年前残暴社会之牺牲者。”“濬县辛庄发掘,得西周墓葬八十二。汲县山彪镇发掘，得战国墓葬九。辉县琉璃阁发掘，得战国墓葬六十四。合共不过百五十五墓，遇殉者六人，且都出诸侯阶级墓里。”（郭沫若《奴隶制时代》附《郭宝钧信》）愚见，春秋战国时代奴隶主贵族殉葬之蛮俗稍杀，而在秦新大之国则似方兴未艾。观秦穆公《秦誓》，虽似发见人之价值；而在其生前，尝与群臣饮酣，要约：“生共此乐，死共此哀。”三良不得不与许诺。（《汉书·匡衡传》应劭注）匡衡云：“秦穆贵信，士多从死。”岂虚语也哉！

晨风三章章六句

《晨风》，刺康公也。忘穆公之业，始弃其贤臣焉。

鴥彼晨风，〔一〕韩，鴥作鹬。鲁，晨亦作鷐。	快飞的鹞子似的那鷐风，
郁彼北林。齐，郁作温，鲁作宛。	飞到郁茂茂的那带北林。
未见君子，	没有见到君子，
忧心钦钦。侵部。	忧闷的心久久难禁。
如何如何？	奈何，奈何？
忘我实多！歌部。	忘记我了实在太多！

一章。《毛传》：“先君招贤人，贤人往之，驶疾如晨风之入北林。思望之，心中钦钦然。今则忘之矣。”

山有苞栎，〔二〕鲁，苞作枹。	高山有丛生的树叫麻栎，
隰有六驳。	平地有癣皮的树叫六驳。
未见君子，	没有见到君子，
忧心靡乐。宵部。	忧闷的心无可为乐。
如何如何？	奈何，奈何？
忘我实多！	忘记我了实在太多！

二章。《郑笺》:“山之栎,隰之驳,皆其所宜有也。以言贤者亦国家所宜有之。”

山有苞棣,	高山有丛生的树叫唐棣,
隰有树檖。〔三〕	平地有栽上的树叫赤梨。
未见君子,	没有见到君子,
忧心如醉。脂部。	忧闷的心好像醉的。
如何如何?	奈何,奈何?
忘我实多!	忘记我了实在太多!

三章。依毛、郑说,诗每章前四句言穆公求贤,后二句言康公弃贤。君子,穆公所求之贤人。我,穆公旧臣自我也。《严缉》亦谓“此穆公旧臣所作”。“今穆公死而康公立,我旧臣废弃不用,不得亲近进见,拳拳之忠,日望君子之召己。”此以诗君子为指康公,其说亦通。

〇今按:《晨风》,刺秦康公忘父业、弃贤臣之诗。《诗序》盖出国史。“三家无异义”。魏太子击于《诗》好《晨风》之一故事,可证此诗古义。魏文侯有子曰击,封中山,三年莫往来。其傅赵苍唐曰:“父忘子,子不可以忘父,何不遣使乎?臣请使。”击曰:“诺。”(《韩诗外传》八)苍唐为太子击使于文侯。文侯曰:“子之君何业?”苍唐曰:“业《诗》。”文侯曰:“于《诗》何好?”苍唐曰:“好《晨风》与《黍离》。”文侯自读《晨风》,云云。子之君以我忘之乎?苍唐对曰:“不敢时(是)思耳。”(《说苑·奉使》篇)魏文侯感悟,大悦,遂为父子如初。以此知《晨风》盖刺君忘其臣,故赵苍唐以之讽魏文侯,君父忘其臣子也。至宋儒乃有异说。朱子《辨说》云:“此妇人念其君子之辞。”《朱传》云:“此与《扊扅之歌》同意,盖秦俗也。”扊扅或作剡移,古称门牡、门扃,今言门杠、门栓。《扊扅之歌》何人所作?应劭《风俗通》云:“百里奚为秦相,堂上乐作。所赁瀚妇自言知音。

因援琴抚弦而歌曰：'百里奚！五羊皮。忆别离，烹伏雌，炊扊扅。今富贵，忘我为？'问之，乃其故妻，遂还为夫妇。"（《北堂书钞》一二八、《乐府诗集》六）盖朱子以为"秦人劲悍而染戎俗，故轻室家而寡情义。"明清间学者，于此诗毛、朱得失，讼言不休。戴震云："诗之说无从定矣。苟非大远乎义，兼收而并存之可也。"此可谓两可之辞，解纷之论已。

无衣三章章五句

《无衣》，刺用兵也。秦人刺其君好攻战，亟用兵，而不与民同欲焉。

岂曰无衣？衣与师叶。脂部。	难道说没有衣？
与子同袍。	和你同穿战袍。
王于兴师：	王往起兵：
修我戈矛，	修好我的戈矛，
与子同仇！幽部。○韩，仇作雠。	和你敌忾同仇！

一章。以同袍兴同仇。○《春秋》定四年《左传》，楚臣申包胥乞师拒吴，秦哀公为之赋《无衣》之诗。

岂曰无衣？	难道说没有衣？
与子同泽。〔一〕齐，泽作襗。	和你同穿汗衣。
王于兴师：	王往起兵：
修我矛戟，	修好我的矛戟，
与子偕作！鱼部。	和你一道同起！

二章。以同泽兴偕作。

岂曰无衣？	难道说没有衣？

与子同裳。〔二〕 和你同穿战裙。
王于兴师： 王往起兵：
修我甲兵，〔三〕 修好我的甲兵，
与子偕行！阳部。○齐，偕作皆。 和你一道同行！

三章。以同裳兴偕行。○按：三章一意，总谓国中勇士，慷慨从军，同心协力，杀敌致果耳。此盖秦人善战之军歌。古者戎服尚同。卒衣有题识，取其军容整肃。盖远在书契之初，即已有之。《方言》三："卒，谓之弩父。或谓之褚。"注："言衣赤也。"钱绎笺注云："卒，隶人给事者为卒。卒，衣有题识者。弩父，犹负弩，以其所事为名也。《说文》：褚，卒也。昭二年《传》：请以印为褚师。杜注：市官。市官谓之褚师，卒谓之褚，其义一也。《广韵》：帾，标记物之处也。标记物之处谓之帾，卒衣有题识谓之褚，其义一也。"○钟惺云："有吞六国气象。"○江永云："一、二、三章，衣、师隔韵。"

○今按：《无衣》，秦哀公应楚臣申包胥之请，出兵救楚拒吴而作，托为秦民应王征召，相约从军之歌。定四年《左传》："初，伍员与申包胥友。其亡也，谓申包胥曰：'我必复(覆)楚国。'申包胥曰：'勉之！子能复之，我必能兴之。'及昭王在随，申包胥如秦乞师。曰：'吴为封豕长蛇，荐食上国，虐始于楚。寡君失守社稷，越在草莽，使下臣告急。曰：夷德无厌，若邻于君，疆埸之患也。逮吴之未定，君其取分焉。若楚之遂亡，君之土也。若以君灵抚之，世以事君。'秦伯使辞焉，曰：'寡人闻命矣。子姑就馆，将图而告。'对曰：'寡君越在草莽，未获所伏，下臣何敢即安？'立，依于庭墙而哭，日夜不绝声，勺饮不入口，七日。秦哀公为之赋《无衣》。九顿首而坐，秦师乃出。"此可作为《无衣》诗本事读。又《史记·秦本纪》：秦哀公三十一年，"吴王阖庐与伍子胥伐楚，楚王亡奔随，吴遂入郢。楚大夫申包胥来告急，七日不食，日夜哭泣。于是秦乃发五百乘救楚，败吴师。吴师归，楚昭王乃得复入郢”。以《左传》、《史记》互证，并以证诗，适合。定四年当周敬王十四年，公元前五〇五年，《无衣》诗当作在此时。王夫之《稗疏》云：“《春秋》，申包胥乞师，秦哀公为之赋《无衣》。刘向《新序》亦云然。《吴越春秋》亦曰桓公（注云：桓当作哀）为赋《无衣》之诗。曰‘岂曰无衣’云云。为之赋云者，与卫人为之赋《硕人》、郑人为之赋《清人》，义例正同。则此诗哀公为申胥作也。若所赋为古诗，如子展赋《草虫》之类，但言赋，不言为之赋也。其言王者，因楚之僭号，对其臣而王之也。子者，斥指申胥也。于，曰也。言楚王命我兴师也。与子偕行，言随申胥而往也。其为答申胥而救楚之诗明矣。旧说删《诗》止于陈灵。乃黎侯失国在鲁宣公之末年；晋有公族、公行在成、厉二公以后，当鲁成、襄之间。孔子删《诗》在鲁哀公十二年以后，凡前此者皆得录焉。秦哀公有救患之义，申胥立誓死之诚，故节取之，存而不删。《六经》当残缺之后，编次随先儒之记忆，固不可以为年代之先后。如《载驰》后于《定之方中》，《河广》先于《木瓜》，《新台》后于《旄丘》，《清人》先于《萚兮》，讵以年代为次序邪？则亦勿疑此诗之连《黄鸟》而先《渭阳》矣。守一先生之传，而不参考之他经，所谓专己而保残也。”胡承珙《后笺》驳之云：“乃王氏《稗疏》即以为秦哀公时诗，夫《三百篇》岂有下至东周百年以后者乎？”此正《稗疏》所讥守一先生之传，而不参考之他经，专己而保残者也。顾《稗疏》亦有可商者：诗言“王曰兴师”，非必指楚王，盖秦人自称其君为王也。王国维《观堂别集·古诸侯称王说》云：“古时天泽之分未严，诸侯在其国自有称王之俗，即徐、楚、吴、越之称王者，亦沿周初旧习，不得尽以僭窃目之。”郭沫若《中国古代社会研究·矢令簋考释》云：“王、公、侯、伯、子，乃古国君之通称。”皆可为诸侯自王其国，在国内称王之证。愚见，记曾在《北门》、《伯兮》、《鸨羽》等篇言之矣。诗言子者，非必斥指申包胥；我者，非必秦哀公自谓，王先谦以为秦民相谓之词。是也。虽然一如《稗疏》所说可通，恐亦未为全解。

要之,《稗疏》以"《无衣》,哀公为申包胥作"。愚谓可为定论。古文《毛序》谓刺用兵,观诗无刺意。朱子《辨说》谓《序》意与诗情不协,是已。考之今文三家遗说,王先谦云:"案:毛谓《诗》之篇第以世为次,此在穆公后,宜为刺康公诗。其实世次之说出毛武断,而审度此诗词气又非刺诗,断从齐说。""《汉书·赵充国辛庆忌传赞》:山西天水、安定、北地,处势迫近羌、胡,民俗修习战备,高尚勇力、鞍马骑射。故《秦诗》曰:'王于兴师,修我甲兵,与子皆行。'其风声气俗,自古而然。今之歌谣慷慨,风流犹存耳。陈乔枞云:据班说,知《齐诗》不以《无衣》为刺。"此与古文《序》说异矣。《序》盖出自采《诗》之义,或自囿于诗教之说也。

渭阳二章章四句

《渭阳》,康公念母也。康公之母,晋献公之女。文公遭丽姬之难,未返,而秦姬卒。穆公纳文公。康公时为大子,赠送文公于渭之阳,念母之不见也,我见舅氏,如母存焉。及其即位,思而作是诗也。

我送舅氏,	我送舅氏,
曰至渭阳。鲁,曰至作至于。	就要送到渭阳。
何以赠之?	拿什么赠给他?
路车乘黄。阳部。	车子是大,四马是黄。

一章。"是送之有所在,而以所乘赠之。"

我送舅氏,	我送舅氏,
悠悠我思。	悠悠的是我所思。
何以赠之?	拿什么赠给他?

琼瑰玉佩。〔一〕之部。　　　　　　也有珠宝，也有玉佩。

二章。“是送之有所思，而以所佩赠之。”（薛应旂，见《传说汇纂》）〇按：琼瑰双声。

〇今按：《渭阳》，秦康公见舅思母，送别舅氏之诗。《序》说不误，误在末句“及其即位，思而作是诗”。此谓诗非康公时为太子赠送叙事之作，乃其即位以后追思别绪之作邪？抑谓即位者指其舅氏晋文公，因其即位而思之邪？即位者谁？文义不明。无怪朱子《辨说》力诋其不成文理，疑非一手所为矣。戴氏《续诗记》、何氏《古义》，谓《序》云即位者指晋文公，未见其必是；《孔疏》、姜炳璋《广义》、李黼平《绌义》，谓诗为秦康公即位后追思而作者，则见其为非。据《春秋左传》，晋文公由秦归国在僖二十四年，当周襄王十六年，次年即位（公元前六三五）。是《渭阳》一诗当作在僖二十四年，至迟亦不过次年。其时康公为太子。晋文公卒于僖三十二年，当周襄王二十四年，在位八年。秦康公即位在文七年，当周襄王三十二年。以知晋文公死后八年，秦康公始即位。彼固无缘于事过十六、七年之久，此时复述送别渭阳之事而著之于诗也。胡承珙《后笺》云：“案诗皆送舅之辞，而《序》云念母，则以经文‘悠悠我思’一语断之。送舅而有深长之思，非念母乎？《序》每求作诗之意于言外，所以不可废也。《后汉书·马援传》：建初八年，有司奏防兄弟（按：马援四子，廖、防、光、客卿），悉免，就国。临上路，诏曰：舅氏一门俱就国封，四时陵庙无助祭先后者，朕甚伤之。其令许侯（原注：马光封许侯）思愆田庐。（章怀注：留之于京，守田庐而思愆过也。）有司勿复请，以慰朕渭阳之情。《北齐书》：杨愔幼时，其舅源子恭问，读《诗》至《渭阳》未？愔便号泣，子恭亦对之歔欷。此皆见舅思母之意。”《渭阳》为见舅思母之诗明矣。陈奂《传疏》云：“案康公作诗时，穆公尚在。《坊记》：父母在，馈献不及车马。此赠车马，何也？《逸周书·太子晋》篇：师旷请归，王子赐之乘车四马。孔注云：礼，为人子，三赐不及车马。此赐则白王然后行，可知也。

然则康公亦白穆公而行欤?"专宗《毛诗》如陈氏，亦不曲从《序》说，以为康公及其即位，思而作是诗矣。王先谦《集疏》云:"《列女·秦穆姬传》：秦穆姬者，晋献公之女，贤而有义。穆姬死，穆姬之弟重耳入秦，秦送之晋，是为晋文公。太子罃思母之恩而送其舅氏也，作诗曰:'我送舅氏，至于渭阳。何以赠之？路车乘黄。'君子曰：慈母生孝子。《后汉书·马援传》注引《韩诗》曰：秦康公送舅氏晋文公于渭之阳，念母之不见也，曰:'我见舅氏，如母存焉。'是《鲁传》、《韩序》并与毛合，《齐诗》亦必同也。惟毛以为康公即位后方作诗。案赠送文公乃康公为太子时事，似不必即位后方作诗。鲁、韩不言，不从可也。"是则今文三家遗说与古文《序》说不同者，惟在《序》末句"及其即位思而作是诗"。王先谦亦如陈奂认为秦康公此诗作在其为太子时也。

权舆二章章五句

《权舆》，刺康公也。忘先君之旧臣与贤者，有始而无终也。

於我乎！	对于我哟！
夏屋渠渠；〔一〕鲁，渠渠亦作蘧蘧。	给用了大俎盛肉真巨巨；
今也每食无余。	于今呀每顿吃的没剩余。
于嗟乎！鲁，乎作胡。	啊，唉哟！
不承权舆？鱼部。	不继续当初？

一章。此章言用肉，下章言用饭，皆今昔丰啬不同，有始而无终也。○按：无余叠韵。

於我乎！	对于我哟！
每食四簋；	每顿给饭四大盆吃不了；

今也每食不饱。幽部。　　　　于今呀每顿吃的都不饱。
于嗟乎！　　　　啊，唉哟！
不承权舆？　　　　不继续当初？

二章。两章一意，皆言礼饩昔厚今薄，秦君养士不终。〇《孔疏》云："经二章皆言礼待贤者有始无终之事。"〇王世贞云："用意太直、太鄙。"〇江永云："'于嗟乎，不承权舆'，首章韵，二章遥韵。"

〇今按：《权舆》，刺秦康公忘旧弃贤，盖旧臣贤士一流所作。诗义与《晨风》同。《序》说不误。"三家无异义"。朱子《辨说》无辞。《朱传》云："汉楚元王敬礼申公、白公、穆生。穆生不嗜酒，元王每置酒，尝为穆生设醴。及王戊即位，常设，后忘设焉。穆生退曰：'可以逝矣。醴酒不设，王之意怠。不去，楚人将钳我于市。'遂称疾。申公、白公强起之，曰：'独不念先王之德与？今王一旦失小礼，何足至此？'穆生曰：'先王之所以礼吾三人者，为道之存故也。今而忽之，是忘道也。忘道之人，胡可与久处？岂为区区之礼哉！'遂谢病去。（按《汉书·楚元王传》所载字句稍异。）亦此诗之意也。"黄中松《诗疑辨证》云："《朱传》引穆生事为证，亦惟醴酒不设也。唐明皇时，薛令为东宫官，曰：'朝日上团团，照见先生盘。盘中何所有？苜蓿长阑干。饭涩匙难绾，羹稀箸易宽。'遂去。亦此诗之意也夫。"此所比拟，皆未深切。且汉、唐皆去秦时远矣。魏源《诗古微》云："长铗归来乎？食无鱼！出无车！《权舆》诗人其冯谖之流乎？"其视《权舆》为《弹铗之歌》，游士食客之所为。时世相近，风习相续，诗体亦同，此一比拟可谓至为确切者也。自秦仲始大，即已好客，并坐鼓瑟，竭诚尽欢。迨秦穆公图霸求士，取由余于戎，获百里奚于宛，迎蹇叔于宋，求丕豹、公孙枝于晋。且屡败犹用孟明，善马以养勇士。四方游士，望风奔秦。可见嬴秦迭有好养游士食客之君主。穆死康立，忘旧弃贤，诗人兴嗟，足补史阙。厥后秦孝公志在变法，尊战士，贵客卿。至秦始皇，席先世之余烈，为并六国，一天下，乃下令逐客矣！此读《诗》论世者不可不知也。

【简注】

车邻

〔一〕杨，蒲柳，柳树，江柳，河柳，北京柳。杨柳科，落叶乔木。漆栗桑已见《定之方中》篇。

○阪音板，一音反。隰音习。耋音迭，一音铁。

驷驖

○驖音铁。阜音妇，一音否。輶音犹。猃音险。

小戎

〔一〕鋈者，老化学家张子高(准)教授有《从镀锡铜器谈到鋈字本义》一文云：奋注：鋈，所谓白金，或冶白金，或销此白金者，实际即熔化锡之意。所谓鋈灌靷环者，即以靷环镀锡之意。鋈之本义即是镀锡。(《考古学报》总二十一册)

〔二〕板屋者，王闿运《补笺》云：屋幄通用字。板屋，屋更加版，汉以后谓之穹庐，今蒙古包。

〔三〕鋈以觼軜者，于省吾《诗经新证》云：《史记·苏秦列传》：革抉吠芮。《索隐》：吠与瞂同，芮谓系盾之丝绶也。軜芮古通，内纳古今字。鋈以觼軜者，衔绶之觼钮以白金也。《说文》：觼，环之有舌者。或作鐍。舌以衔绶也。

〔四〕俴驷者，《传》云：四介马也。《笺》云：俴，浅也。谓以薄金为介之札。介，甲也。俞樾云：郑谓薄金，恐未必然。古者战马之甲盖以他兽之皮、毛浅者为之。庄十年《左传》：蒙皋皮而先犯之。僖二十八年《传》：胥臣蒙马以虎皮。是也。

〔五〕镂膺者，《传》云：马带也。《笺》云：有刻金饰也。《严缉》云：镂饰弓室之膺。弓以后为背，则以前为膺，故弓室之前亦为膺。诗上言虎韔，下言交韔二弓，不应中及马带，《传》说非也。

○俴音浅。楘音木。辀音舟。靷音引。鋈音沃。毂音谷。骐音其。馵音注。骊音离。骝音留。騧音涡。盾如字，一音允。觼音决。軜音纳。厹音求。錞音敦，一音淳。韔音畅。镂音漏。膺音因。绲音滚。縢音滕。厌平声，读痻,一音愔。

蒹葭

〔一〕蒹,又名荻,俗名荻。禾本科,多年生草本。已见《硕人》篇。葭,又名芦。禾本科多年生草本。已见《驺虞》篇。

○蒹音兼,一音廉。葭音加。溯音朔。洄音回。晞音希,一音昕。湄音眉。跻同脐,音齐,上声。坻音迟。涘音俟。沚音止。

终南

〔一〕条,槄,又名柚、文旦。芸香科,常绿乔木。今中国南方习见之果树。已见《汝坟》篇。梅,枏,俗字作楠。樟科,常绿大乔木。

〔二〕纪,杞。此非杞柳,而为枸杞。茄科,落叶小灌木。今尚为陕、甘药材珍贵名产。尤其是集中产于宁夏卫宁盆地之中,宁县中卫县部分地区,清水河下游与黄河以南之七星灌区。顷已见其种地至一万多亩,产量达一百万多斤。堂,棠,甘棠。已见《甘棠》、《杕杜》等篇。

〔三〕寿考不亡者,忘亡古通。王引之云:亡,犹已也。寿考不亡,犹万寿无疆也。

○渥音握。黻音弗。

黄鸟

〔一〕黄鸟,此非黄莺,当是雀形目、黄雀瓦雀麻雀之类小鸟。棘与桑楚皆已见前。

○陈奂云:惴音揣。今读近坠。歼音千。防音方。鍼俗作针。

晨风

〔一〕晨风,一名鹯,今名鸵隼。隼形目,隼鹰亚目,隼科。

〔二〕栎,又名栩,俗名麻栎,山毛榉科,落叶乔木。已见《鸨羽》等篇。六驳,又名驳马,梓榆。樟科,落叶乔木。

〔三〕棣,唐棣,俗名郁李。已见《何彼襛矣》篇。檖,又名鹿梨,豆梨。河南俗名糖梨,山东俗名车头梨者,是也。蔷薇科,小乔木。

○鴥音聿。栎音历。檖音遂。

无衣

〔一〕泽者,汗衣。今或为背胸(背心)、马甲,或为衬衫、内衣。《释名》:汗衣,近身受汗之衣也。《诗》谓之泽。作之用布六尺,裁足覆胸背。汗衣滋液,故谓之泽。毛云:润泽。是也。

〔二〕裳者,此诗之裳,亦当为戎服。《左传》鄢之战,有韎韦之附注;郯之战,有甲裳。盖所以护腿足者。是其类也。清初武官戎服犹有战裙,今大博物馆有藏之者,如西安博物馆旧藏。

〔三〕甲兵者,与上文矛戈戟皆兵器。兵,兵器之通称。甲、盾为防御武器,大率以皮革薄金竹木为之。《荀子》:武王定三革,偃五兵。注谓三革犀兕虎。《周官》有司甲司兵,掌五兵五盾。戈,句兵,啄兵。为句挽或啄击敌人之具柄长兵,但较矛殳戟为短。远自新石器时代已有石戈,见安徒生《中华远古之文化》。铜戈,见李济《殷墟铜器五种及其相关之问题》。已出土之周代铜戈,见程瑶田《通艺录》及邹安《周金文录》、容庚《鸟书考》与《鸟书考补正》等论著。戟为戈矛合体,柄头竖有直刃可刺击,旁有横刃可句啄,兼有句刺之用。戈戟之辨在有刺与否,无之为戈,有之为戟。如所谓平头戈、三叉戟者,是也。今人郭宝钧有论戈戟之专篇。

○矛音谋,一音茅,俗音渺。戟音激。行音杭。

渭阳

〔一〕琼瑰,珠宝之类。马瑞辰说。

○乘如字去声。思如字去声。瑰音归。

权舆

〔一〕於我者,王闿运云:如何也。《蜉蝣》曰:于我归处?其说亦通。但此诗不必破字改解,从《郑笺》已通尔。夏屋者,《笺》:屋,具也。夏屋,大具。王肃以夏屋为大屋。杨慎、黄中松、陈启源、惠周惕、戴震、马瑞辰、俞樾皆从《郑笺》大具一说。《鲁颂·閟宫·笺》亦云,大房,玉饰俎也。其制足间有横,下有柎,似堂后有房然也。《礼记》:周以房俎。今世出土古俎,其形正如四柱平顶之房。苏辙、吕祖谦、朱熹、严粲、焦循、陈奂、王先谦皆从王肃大屋一说。两说角立,迄无定论。今断从《郑笺》、《孔疏》。孔云:始则大具,今终则无余。犹下章始则四簋,今则不饱。皆说饮食之事,不得言房屋。是也。

○于读吁。簋音轨,一音九,金文作𣪘。

诗经直解　卷十二

陈第十二　毛诗国风

陈国十篇二十六章百一十四句

宛丘三章章四句

《宛丘》，刺幽公也。淫荒昏乱，游荡无度焉。

子之汤兮，鲁，汤作荡。	你的放荡呀，
宛丘之上兮。	在宛丘之上呀。
洵有情兮，	真是有闲情呀，
而无望兮！阳部。	却没有德望呀！

一章。首举一“荡”字，即见全篇之意。○刘玉汝云：“惟用一‘汤’字，而下文所咏之歌舞皆非其正可知。”（《诗缵绪》）

坎其击鼓，	坎坎的敲着鼓，
宛丘之下。	在宛丘的低处。
无冬无夏，	没有冬来没有夏，
值其鹭羽。鱼部。	举起他指挥歌舞的鹭羽。

二章。《传》云：“鹭鸟之羽可以为翳。”《笺》云：“翳，舞者所持以指麾。”按：此诗之鹭羽鹭翿，与《简兮》之翟，《君子阳阳》之翿，义同。○孙鑛云：“有此乐舞，则固是有位者。”○按：鹭羽叠韵。

坎其击缶，　　坎坎的敲着瓦盆，
宛丘之道。　　正在宛丘的大道。
无冬无夏，　　没有冬来没有夏，
值其鹭翿。幽部。　　举起他指挥歌舞的鹭纛。

三章。后两章但再述其事，以见其游荡之无时耳。寒暑而不休，则无时或止矣。〇江永云："缶、道、翿，上、去为韵。"

〇今按：《宛丘》，刺陈国统治阶级游荡歌舞之诗，当出自民间歌手。古文《毛序》说："刺幽公。"诗"子之汤兮"，《毛传》云："子，大夫也。汤，荡也。"《序》、《传》为说不同，似不出自一人之手。《郑笺》云："子者，斥幽公也。游荡无所不为。"又云："此君信有淫荒之情，其威严无可观望而则效。"毛、郑两说，今皆不知其所据。要之，诗刺其君臣淫荒，无疑。今文三家无甚异义。刘玉汝云："《谱》谓歌舞之俗本于大姬。愚谓歌舞祭祀而亵慢无礼，楚俗尤甚，屈原《九歌》犹然。陈南近楚，此其楚俗之薰染欤？"（《诗缵绪》）据史，陈自胡公开国，至幽公宁六世。幽公，慎公之子，在位二十三年卒。《谥法》：动祭无常曰幽。陈自桓公鲍二十三年始入《春秋》。幽公事迹无考，但据《宛丘》、《东门之枌》两《序》皆云刺其淫荒，与谥号为幽合。诗即是史。朱子《辨说》疑幽公但以谥恶，故得游荡无度之诗。岂《序》所据者止此乎？《史记·陈世家》云："幽公十二年，周厉王奔于彘。"则此诗当作在厉王之世，或共和之世矣。《汉书·地理志》云："陈国，今淮阳之地。（王先谦云：今河南陈州府治，附郭淮宁县，陈故都也。）周武王封舜后妫满于陈，是为胡公。妻以元女大姬〔无子〕。妇人尊贵，好祭祀，用史巫，故其俗巫鬼。《陈诗》曰：'坎其击鼓'，云云。又曰：'东门之枌'，云云。此其《风》也。吴季札闻《陈》之歌，曰：'国亡主，其能久乎？'（师古曰：言政由妇人，不以君为主也。）自胡公以后二十三世，为楚所灭。"此亦班固以自然地理与人情风俗之因素论《国风》之一例也。陈奂云："《韩诗外传》云：子路与巫马期薪于韫丘之下。陈之富人有处师氏者，脂车百乘，觞于韫丘之上。此韫丘即宛丘。陈有宛丘，犹之郑有洧渊。(参看《溱洧》)皆是国人游观之所。处师氏脂车觞此，则陈大夫之游荡无度，习成风俗，由来久矣。”其说允也。

东门之枌三章章四句

《东门之枌》，疾乱也。幽公淫荒，风化之所行，男女弃其旧业，亟会于道路，歌舞于市井尔。

东门之枌，〔一〕	东门的白榆，
宛丘之栩。	宛丘的栎树。
子仲之子，	大夫子仲氏的儿子，
婆娑其下。鱼部。	婆娑起舞在树阴之下。

一章。言舞之地，以男言。○孙鑛云：“可见其盘游怠惰之状。婆娑字形容绝妙。”○陈奂云：“宛丘，疑地近东门。枌榆，人所宜休息者。故《传》云‘国之交会’，释首二句；云‘男女之所聚’，以总释全章也。”又云：“婆娑叠韵。”

穀旦于差，韩，差作嗟。	就在晴好的一天择了，
南方之原。	南方大夫原氏的女家。
不绩其麻，	不绩她们的麻，
市也婆娑。歌、元借韵。	同到闹市呀起舞婆娑。

二章。言舞之伴，以女言。

穀旦于逝，	就在晴好的一天去了，
越以鬷迈？〔二〕祭部。○韩，鬷作㚇。	为什么屡屡会合去耍？
视尔如荍，	瞧你好像一朵锦葵花，

贻我握椒。〔三〕幽部。　　　　赠我芬芳的花椒一把！

三章。言舞之乐，兼以男女言。

〇今按：《东门之枌》，描述陈国大夫之家男女歌舞淫荒之诗。与《宛丘》一诗主题相同。古文《序》说是也。今文"三家无异义"。顾王先谦又云："黄山云：诗'婆娑其下'，与'市也婆娑'，即是一人。下章言'不绩其麻'，则子仲之子亦犹齐侯之子、蹶父之子，明是女子子。《笺》因毛《序》云'男女弃其旧业'，遂以之子为男子。非也。《汉书・地理志》载大姬妇人尊贵，好祭祀，用史巫。匡衡《疏》：陈夫人好巫。张晏言大姬巫怪。《楚语》：男曰觋，女曰巫。《说文》：觋，能斋肃事神明也。巫，祝也。女能事无形以舞降神者也。是于嗟而祝，婆娑而舞，皆唯女巫降神为然，男子斋肃而已。巫怪之事，以大姬尊贵而好之，故国中尊贵女子亦化之。此诗既无男弃旧业之辞，三家亦无兼刺男子之说，不容以斋肃两字傅会成之也。"此强调三家之说，抱残守阙者之偏见也。虽曰世俗歌舞源于宗教歌舞，此诗明言世俗歌舞而非宗教歌舞。虽曰大姬尊贵好祭祀而用史巫，此诗则非止言尊贵女子亦化之之辞。虽曰宗教歌舞以女巫为主，世俗歌舞则男女并行。此诗明非止言女子，但观篇末"视尔如荍，贻我握椒"，正与《溱洧》篇末"维士与女，伊其将谑，赠之以勺药"，义例同。至诗中"于差"，韩"差"作"嗟"。古差、嗟互用。于差，于逝，词例同。倘释于差为吁嗟，同例释"于逝，犹吁嗟也"、"于逝，犹盱呼也"（马瑞辰）。破字改读，迂曲难通已。又《韩奕》"蹶父之子"，自指女子子；《何彼襛矣》"齐侯之子"，则当指丈夫子。要之，黄山之说非是，而已为其师《诗》今文学权威所引用。此徒惑乱人意，贻误后学，不可不坚决拒之也。愚见其人善弈，而谈弈尤善，亦能惑人云。

衡门三章章四句

《衡门》，诱僖公也。愿而无立志。故作是诗以诱掖其君也。

衡门之下，〔一〗　　在这衡门的下面，
可以栖迟。齐，亦作栖迟。　　可以从容游息。
泌之洋洋，〔二〗　　泌邱的泉水洋洋，
可以乐饥。脂部。〇鲁、韩，乐作疗。　　可以止渴疗饥。

一章。"诗人以陈僖公其性不放恣，可以勉进于善，而惜其懦无自立之志，故作诗以诱进之。云衡门虽浅陋，若居之不以为陋，则亦可以游息于其下。泌水洋洋然，若阅之而乐，则亦可以忘饥。陈国虽小，若有意于立事，则亦可以为政。"（欧阳修）〇"诱僖公，诱其求贤也。言衡门泌水之间大有人在。"（钱澄之）〇"首章上二句可见其隐居，下二句可见其自乐。"（刘瑾）〇陈奂云："栖迟叠韵。"

岂其食鱼，　　难道谁要吃鱼，
必河之鲂？〔三〗　　一定要黄河的鳊鱼缩项？
岂其取妻，　　难道谁要娶妻，
必齐之姜？阳部。　　一定要齐国的小姐姓姜？

二章。《埤雅》："里语曰：洛鲤伊鲂，贵于牛羊。"

岂其食鱼，　　难道谁要吃鱼，
必河之鲤？〔四〗　　一定要黄河的大鱼赤鲤？
岂其取妻，　　难道谁要娶妻，
必宋之子？之部。　　一定要宋国的小姐姓子？

三章。"既言国虽小亦可有为，又言何必大国然后可为。譬如食鱼者，凡鱼皆可食，若必待鲂鲤，则不食鱼矣。譬如娶妻，则诸姓之女皆可取，若必待齐、宋之族，则不娶妻矣。是首章之意，言小国皆可有为，而二章三章，言大国不可待而得也。"（欧阳修）按：欧阳修、钱澄之两家皆据《毛序》作解，而说有不同。〇"后两章，又可见其随遇而安，无求于世也。"（刘瑾）〇"衡门，贤士之居；乐饥，贫士之事。食鱼取妻亦与人君毫不相涉。朱子之说是也。”(崔述)按:刘瑾、崔述两家皆据《朱传》作解,而说颇一致。

〇今按:《衡门》,诱僖公立志之诗。古文《毛序》盖推本诗人言外之意而言。或出采诗、编诗、国史之义。自《传》、《笺》、《孔疏》以来,依《序》作解者,大抵拘墟难通。惟见欧阳修《诗本义》、钱澄之《田间诗学》两说各稍畅达。朱子《辨说》云:“僖者,小心畏忌之名。故以为愿无立志,而配以此诗。不知其为贤者自乐而无求之意也。”《朱传》云:“此隐居自乐而无求者之诗。”朱子似本《毛传》乐道忘饥为说。或疑此《传》见《孔疏》引王肃、孙毓语,乃王肃不好郑学所私撰。《说文》:瘵或作疗。《诗》“乐饥”,《郑笺》作“瘵饥”。“‘乐饥’二字本相连成文,今乃截乐字为乐道,截饥字为忘饥,毛公必不如是之支离也。”(卢文弨《龙城杂记》)王先谦总结《诗》今文三家义,云:“皆言贤者乐道忘饥,无诱进人君之意。即为君者感此诗以求贤,要是旁文,并非正义也。”是朱子一说亦与三家义有合。倘避迂曲为说,即用朱子、王先谦一说亦可。至若郭沫若先生认为此诗亦一饿饭之破落贵族诗人所作。(《中国古代社会研究》)今玩诗食鱼、取妻云云,确见贵族阶级烙印。此则为今后读者更进一解,大有助于直寻诗义也。

东门之池三章章四句

《东门之池》,刺时也。疾其君子淫昏,而思贤女以配君子也。

东门之池,	东门的池子,
可以沤麻。〔一〕	可以浸沤新割的麻。
彼美叔姬,	那美丽的叔姬,
可与晤歌?歌部。	可以和她相对唱歌?

一章。

东门之池，　　东门的池子，
可以沤纻。〔二〕　　可以浸沤新割的纻。
彼美叔姬，　　那美丽的叔姬，
可与晤语？鱼部。　　可以和她相对而语？

二章。

东门之池，　　东门的池子，
可以沤菅。〔三〕　　可以浸沤芭芒的秆。
彼美叔姬，　　那美丽的叔姬，
可与晤言？元部。　　可以和她相对一谈？

三章。三章一意。盖此池边沤麻之劳动妇女，妒羡所见彼冶容游荡贵族女子之词。何以不绩其麻，而市也婆娑乎？此亦可为韩说“劳者歌其事”之一例。

○今按：《东门之池》，《诗序》谓：“刺其君子淫昏，而思贤女以配君子。”“三家无异义”。朱子《辨说》云：“此淫奔之诗。《序》说盖误。”《朱传》云：“此亦男女会遇之词。盖因其会遇之地、所见之物以起兴也。”有驳《序》说者曰：“沤麻沤纻，绝不见有淫昏之意。即使君果淫昏，亦当思得贤臣以匡正之，何至望之女子？而人君礼不再娶，恐亦不容别求良配也。”（崔述）有驳朱子一说者曰：“《列女传·鲁黔娄妻传》：君子谓黔娄妻为乐贫行道。引《诗》曰：‘彼美淑姬，可与晤言。’又《晋文齐姜传》：君子谓齐姜洁而不渎，能育君子于善。引《诗》曰：‘彼美孟姜，可与晤言。’此谓晋文安于齐，姜氏劝之行之事，尤与此诗贤女切化意合。淑姬作孟姜者，或传写之误，或因齐姜氏牵引《有女同车》之诗耳。总之其非淫诗可知。且既云男女会遇，而经文曰‘彼美’，岂是觌面之辞？即以词意而言，亦可见其不类矣。”（胡承珙）此驳朱子淫奔会遇一说甚是，若为毛、郑一说回护则非也。或曰：“此男女婚姻之正也。时有亲迎者，故诗人因所见以起兴。与《桃夭》诗同。"(王照圆《诗说》)则似嘲弄道学家好谈淫诗矣。不指名,蔑视也。偶为侮辱女性者示戒也。此女作者亦悍矣哉!有别提一解者曰:"疑即上篇之意,取妻不必齐姜、宋子,即此淑姬可与晤对咏歌耳。"(姚际恒)则有驳之者曰:"竟欲取东池淑姬以配衡门隐士,岂非千秋笑柄?"(方玉润)愚见,旧有解说几于无一可通。盍若以此诗还诸歌谣,直寻本义,视为此池边沤麻之劳动妇女见彼不劳而食之贵族女子不可近前,而疾其时社会阶级之不平,发为歌谣者乎?

东门之杨二章章四句

《东门之杨》,刺时也。昏姻失时,男女多违。亲迎,女犹有不至者也。

东门之杨,〔一〕	东门的水杨,
其叶牂牂。齐,牂作将。	它的叶子壮壮。
昏以为期,	本来约定是黄昏,
明星煌煌。阳部。	于今启明星光亮亮。

一章。

东门之杨,	东门的水杨,
其叶肺肺。	它的叶子沛沛。
昏以为期,	本来约定是黄昏,
明星晢晢。祭部。	于今启明星光晢晢。

二章。两章一意。总谓约来者不能如期而至,使人望眼欲穿,但见水杨之茂盛昏晨如故耳。

〇今按:《东门之杨》,《诗序》谓:"刺昏姻失时,男女多违。亲迎，女犹有不至者。”“三家无异义”。《朱传》云：“此亦男女期会，而有负约不至者。故因其所见以起兴也。”朱子雅好谈《国风》淫诗，乃道学家之偏见。其论此诗，似本《郑笺》。有驳《郑笺》者，如汪梧凤《诗学女为》云：“按此诗乃泛指无信爽约者，不必定指男女。《楚辞》(《离骚》)‘曰黄昏以为期，羌中道而改路？初既与予成言兮，后悔遁而有他’，诗即此意。东门之杨，所约之地也。昏以为期，所约之时也。至于明星已出，而尚不赴约，无信之甚也。《郑笺》以杨叶牂牂为三月中，喻时晚，失仲春之月。明星煌煌为亲迎之礼以昏时。女留他色，不肯时行，乃大星煌煌然。皆拘泥不可从。”此说与刘玉汝《诗缵绪》所云：“此只言其负期耳。”“不必为男女期会。”大旨相同。黄中松《诗疑辨证》则云：“此疑朋友之间负约不至，故刺之。”姜炳璋《诗序广义》则云：“孤臣被弃，借事言情。”上举诸说，何者为是乎？诗言“昏以为期”，据《士昏礼》，婿亲迎，俟于门外，从者执烛前马。是古者亲迎之礼在黄昏之时。此为《序》说所本。而《楚辞・九章》云：“昔君与我成言兮，曰黄昏以为期。羌中道而回畔兮，反既有此他志！”想是骚人暗用此诗男女昏姻失时之意，以喻其君臣遇合之不能及时。《序》言“亲迎，女犹有不至者”何也？婚变多端，诗未明言。安得便言其为“女留他色，不肯时行”乎？郑申毛说，其实非也。毛谓“男女失时，不逮秋冬”，“期而不至”。据诗杨叶牂牂、昏以为期以释之。则亲迎，女犹有不至者，女或以非宜嫁娶之时，守礼以拒之也。安得谓古代社会无此贞信之女子邪？毛说允已。此诗毛、郑异义，老生不察尔。愚见，《毛诗・序》、《传》谓：刺昏姻失时，男女多违。浑括言之，尚不失诗义。而《郑笺》、《朱传》直指为淫诗，则无据矣。近世王闿运《补笺》，谓此诗“刺侈于昏礼者”。新昏之夕，狂欢达旦。“亲迎不至，诸侯邦交反复，有之。士大夫不待迎时始知不至也。亦无容自昏至明星时。”“盛其仪物，緐其文饰，因以聚会宾客，竞相夸炫。故皆以迟留为侈，虽贫家不能异。”辛亥革命以前，愚见吾湘社会风尚确是如此，第未知是否合乎二三千年前之中原社会情况也。

墓门二章章六句

《墓门》，刺陈佗也。陈佗无良师傅，以至于不义，恶加于万民焉。

墓门有棘，	墓门有小枣树，
斧以斯之。	用斧头去劈它。
夫也不良，	那个人呀不好，
国人知之。支部。	国人都知道他。
知而不已，	知道而不制止，
谁昔然矣！之部。	老早就如此呀！

一章。“言积恶不悛，而追咎其始，深绝之也。”〇按：襄三十年《左传》记郑城墓门；此诗墓门盖亦陈之城门，为城内出葬者之所由邪？

墓门有梅，鲁，梅作棘。	墓门外有梅树，
有鸮萃止。〔一〕	有猫头鹰正在聚集啦。
夫也不良，	那个人呀不好，
歌以讯之。讯叶音谇。脂、文借韵。〇鲁、韩，讯亦作谇，之作止。	就用这诗歌去警告啦。
讯予不顾，	警告了不睬我，
颠倒思予。鱼部。	跌倒了就会想起我啦。

二章。“言悔过无及，而永思其终，微教之也。”（薛志学，见《传说汇纂》）〇江永云：“顾、予，上、去为韵。”〇按：殷墟妇好（武丁妃）墓，出土青铜器二百一十件，其中有妇好鸮尊，盖以此恶禽为厌胜之物欤？此诗之鸮，则以刺国人皆知之恶人也。

〇今按：《墓门》，刺陈佗之诗。《序》说是也。朱子《辨说》云："陈国君臣事无可纪。独陈佗以乱贼被讨，见书于《春秋》，故以无良之诗与之。《序》之作，大体类此，不知其信然否也。"《朱传》云："所谓不良之人，亦不知其何所指也。"朱子之说非也。诗云："夫也不良，国人知之。"如此人物，非指陈佗而指谁乎？《毛传》云："夫，傅相也。"亦非。魏源云："《墓门》，刺陈佗也。桓公庶子佗，每微行淫泆，国人皆知其无行，而桓公不早为之所。其后佗竟杀嫡篡国，而佗亦以外淫被杀于蔡。诗人早见其微，故刺之。（《列女传》、《楚辞》王逸注、《公羊传》并同。）墓门，行淫期会之所。'夫也不良'，斥佗也。'讯予不顾，颠倒思予'，他日回思吾言，复何益哉？非作于篡立后，亦无代佗谋保身除患之义。"此说惟末句有误。诗云："夫也不良，歌以讯之。讯予不顾，颠倒思予！"安得谓此无代佗谋保自身除患之义乎？王先谦云："《列女·陈辩女传》：辩女者，陈国采桑之女也。晋大夫解居甫使于宋，道过陈。遇采桑之女，止而戏之。曰：'女为我歌，我将舍女。'采桑女乃为之歌曰：'墓门有棘，斧以斯之。夫也不良，国人知之。知而不已，谁昔然矣！'大夫又曰：'为我歌其二。'女曰：'墓门有楳，有鸮萃止。夫也不良，歌以讯止。讯予不顾，颠倒思予！'大夫曰：'其楳则有，其鸮安在？'女曰：'陈小国也。摄乎大国之间，因之以饥馑，加之以师旅，其人且亡，而况鸮乎！'大夫乃服而释之。君子谓辩女贞正而有词，柔顺而有守。《诗》曰：'既见君子，乐且有仪'，此之谓也。《楚辞·天问》：'何繁鸟萃棘，而负子肆情？'王逸注：晋大夫解居父聘吴，过陈之墓门。见妇人负其子，欲与之淫泆，肆其情欲。妇人则引《诗》刺之曰：'墓门有棘，有鸮萃止。'故曰'繁鸟萃棘'也。言墓门有棘，虽无人，棘上犹有鸮，女独不愧也？此皆鲁说。虽有使宋使吴、采桑负子之殊，记载小歧，情事相合。齐、韩未闻。"据此可见，一采桑女子遇见路过陈国晋大夫解居甫之调戏，而歌此诗以深讥之。藉知此诗其时已在陈国民间广泛传诵，诗盖出于民间歌手也。

防有鹊巢二章章四句

《防有鹊巢》,忧谗贼也。宣公多信谗,君子忧惧焉。

防有鹊巢?	堤上有喜鹊的巢?
邛有旨苕?〔一〕	邛丘上有好苕草?
谁侜予美,韩,美作娓。	谁要诳骗我爱人,
心焉忉忉!宵部。	我就忧心忉忉了!

一章。此章首二句,与下章首二句,同以喻无稽之谈。

中唐有甓?	院子里路有阶砖?
邛有旨鹝?〔二〕韩,鹝作虉。鲁、齐作虉。	邛丘上有好绶草?
谁侜予美,	谁要诳骗我爱人,
心焉惕惕!支部。	我就小心惕惕了!

二章。两章一意。皆言人有驾不根之词以诳予美,使生携贰之心者,而予心则为之忉忉、惕惕也。

○今按:《防有鹊巢》,诗人忧惧有人谗间于其所爱者之作。未知其为有关君臣之词欤?抑为有关男女之词欤?愚谓两说皆可通,而以后说为胜。然而赖有前说,俾诗得以流传至今也。主前说者:《序》谓刺陈宣公多信谗。据庄二十二年《左传》:"陈人杀其太子御寇,陈公子完与颛孙奔齐。"《史记·陈杞世家》:"宣公后有嬖姬,生子款,欲立之,乃杀其太子御寇。御寇素爱厉公子完,完惧祸及己,乃奔齐。"宣公多信谗,有史可证。公子完(陈敬仲,亦即田完)为一有政治野心之阴谋家。疑此诗为公子完所作也。予,完自谓;美,谓御寇也。主后说者:据《尔雅·释训》:"惕惕,爱也。"郭璞注:"诗云'心焉惕惕',《韩诗》以为悦人,故言爱也。"陈乔枞《鲁诗遗说考》云："《尔雅》训惕为爱，是《鲁诗》与《韩诗》同义。景纯不见《鲁诗》，故引《韩诗》悦人之说以证明《雅·训》。"今文鲁、韩说果皆以此诗为男女相悦之词邪？胡承珙《后笺》云："《韩诗》以为说人者，盖因予美而云然。说其人，故忧其被谗，然不必为男女之离间。《孟子》云：'为我作君臣相说之乐。'又曰：'说贤不能举。'是君臣亦可言说，不必定属男女也。"说颇圆通，其于《韩诗》说人之义仍著疑词。王先谦《集疏》云："三家义未闻。"又云："愚案，爱、说同义。说宣公之可与为善，惟恐为谗人所壅蔽，陷于不明。是说人即爱君，鲁、韩非有异义。"此亦不以《韩说》悦人即谓为男女之词也。果如其言，则此诗当作于公子款被杀之前矣。至若朱子《辨说》云："此非刺其君之诗。"《朱传》云："此男女之有私，而忧或间之之诗。"似用《韩说》。倘据诗出民间歌手而言之，则固亦云可也。

月出三章章四句

《月出》，刺好色也。在位不好德，而说美色焉。

月出皎兮，	月亮出来明皎皎呀，
佼人僚兮。	美人面孔多俏呀。
舒窈纠兮！	嘘，苗条得巧呀！
劳心悄兮。幽、宵通韵。	劳我心思好恼呀。

一章。言美人容貌身段之美。〇《吕记》云："此诗用字聱牙，意者其方言欤？"〇陈奂云："窈纠叠韵。"

月出皓兮，	月亮出来白皓皓呀，
佼人懰兮。	美人姿态多娇呀。

舒懮受兮！　　嘘，从容得好呀！
劳心慅兮。幽部。　　劳我心思好焦呀。

二章。言美人丰神姿态之美。〇陈奂云："懮受叠韵。"

月出照兮，　　月亮出来光在照呀，
佼人燎兮。　　美人热情在烧呀。
舒夭绍兮！　　嘘，委婉得妙呀！
劳心惨兮。宵部。〇惨当从《五经文字》作懆。　　劳我心思好躁呀。

三章。言美人情感炽热，而又有委婉之美。〇钟惺云："急调。"〇张尔岐云："《月出》一篇用字多不可解。姑以意强释之。男女相悦，千痴百怪，诗可谓能言丽情矣。"（《蒿庵闲话》）〇江永云："照、燎、绍、惨，上、去为韵。"〇陈奂云："夭绍叠韵。"

〇今按：《月出》，盖诗人期会月下美人，自道其相慕之诚，相思之劳而作。诗写美人只从幻想虚神著笔。所用动、状词汇，多不经见，义蕴含蓄。但觉其仙姿摇曳，若隐若现，不可端倪。即此已活描出一月下美人之形像。《焦氏笔乘》云："《月出》，见月怀人，能道意中事。太白《送祝八》：'若见天涯思故人，浣溪石上窥明月。'子美《梦太白》：'落月满屋梁，犹疑见颜色。'常建《宿王昌龄隐处》：'松际露微月，清光犹为君。'王昌龄《送冯六元二》：'山月出华阴，开此河渚雾。清光比故人，豁然展心悟。'此类甚多，大抵出自《陈风》也。"《诗序》于此诗谓"刺好色"未为不可。"三家无异义"。朱子《辨说》云："此不得为刺诗。"《朱传》云："此亦男女相悦而相念之词。"岂以诗为民俗歌谣之言，即不得云有所刺邪？固已！若如《诗义折中》及其前后何楷、魏源诸家说，皆以诗佼人指斥陈灵公所淫其大夫陈御叔之妻夏姬；而以诗舒字指实其为夏姬所生之子夏徵舒，即夏南。凿已！

株林二章章四句

《株林》，刺灵公也。淫乎夏姬，驱驰而往，朝夕不休息焉。

胡为乎株林，	“为什么往株林，
从夏南兮？	从夏南啊？”
匪适株林，	“不是往株林，
从夏南兮！侵部。	从夏南啊。”

一章。设为国人问，陈灵公答。○《毛传》云：“株林，夏氏邑也。夏南，夏徵舒也。”（徵舒字子南。）○《孔疏》云：“实从夏南之母。言从夏南者，妇人夫死从子，夏南为其家主，故以夏南言之。”按：讳言从夏姬。○胡承珙云：“据《笺》，首章每二句作一气读。曰：胡为乎适株林而从夏南乎？曰：非适株林而从夏南也。”

驾我乘马，	“驾着我的四马，
说于株野。鱼部。	休息到株野。
乘我乘驹，	乘着我的四驹，
朝食于株。侯部。	早餐要到株。”

二章。设为灵公续答。○《郑笺》云：“觝拒之辞。”○钟惺云：“疑疑信信，隐隐明明，极得立言之法。”○王先谦云：“灵公初往夏氏，必托为游株林。自株林至株野，乃税其驾。（舍马乘驹。《传》：大夫乘驹。《笺》：变易车乘。）然后微服入株邑，（《国语》：南冠已如夏氏。）朝食于株邑。此诗乃实赋其事也。”○又姜炳璋云：“《辑说》：两株林，两夏南，转换七个闲字，将当时车马拥簇，乡民聚观，嗫嚅附耳，道旁指摘，无不一一勾出。次将单襄公过陈一段（《国语·周语》：单襄公假道于陈，道路若塞，野场若弃，民将筑室于夏

氏。及陈，灵公与孔宁、仪行父、南冠已如夏氏，留宾不见。）槩括在里。时君臣只知夏氏，举国事民瘼，宾客交际，一齐置之。诗人只说一面，却面面俱到。”

○今按：《株林》，刺陈灵公淫乎夏姬之诗。《序》说与诗与史俱合。三家齐说（《易林》）亦依《左传》为言，鲁、韩盖无异说。朱子《辨说》云：“《陈风》独此篇为有据。”陈灵公此事具详宣九年、十年、十一年《左传》。其被杀在宣十年，当周定王八年，即公元前五九九年。《株林》诗当作在是年前也。《郑谱》云：“孔子录懿王、夷王时诗，迄于陈灵公淫乱之世。”郑意《诗经》时代下限迄于陈灵。未确。《邶风·燕燕》，《诗》三家说：“为卫定姜送妇之诗，又在陈灵之后。据《毛诗》则《变风》终于陈灵；据三家则当云《变风》终于卫献。而三家之说多不传，或更有后于卫献者，尤未可执《变风》终于陈灵以断之也。”（皮锡瑞《诗经通论》）又可检《秦风·无衣》一诗愚之今按。据《史记·陈杞世家》，灵公为胡公十八世孙，宣公之曾孙。历穆公、共公，而灵公平国立。“灵公元年，楚庄王即位，六年，楚伐陈，十年，陈及楚平。十四年，灵公与其大夫孔宁、仪行父皆通于夏姬，衷其衵衣以戏于朝。泄冶谏曰：‘君臣淫乱，民何效焉？’灵公以告二子，二子请杀泄冶，公弗禁，遂杀泄冶。十五年，灵公与二子饮于夏氏。公戏二子曰：‘徵舒似汝。’二子曰：‘亦似公。’徵舒怒。灵公罢酒出，徵舒伏弩厩门射杀灵公。孔宁、仪行父皆奔楚。灵公太子午奔晋。徵舒自立为陈侯。成公元年冬，楚庄王为夏徵舒杀灵公，率诸侯伐陈。已诛徵舒，乃迎陈灵公太子午于晋而立之，复君陈如故，是为成公。”此陈灵公事本末，亦可视为《株林》一诗之本事也。

泽陂三章章六句

《泽陂》，刺时也。言灵公君臣淫于其国，男女相说，忧思感伤焉。

彼泽之陂，　　　　　　那个湖边的拦水坝，
有蒲与荷。〔一〕鲁，荷作茄。　　　　有香蒲和开了的荷花。
有美一人，　　　　　　这美丽的一个人，
伤如之何？鲁、韩，伤作阳。韩，如作若。　　奴把她怎么办法？
寤寐无为，　　　　　　躺下来什么都不管，
涕泗滂沱！歌部。　　　　眼泪鼻涕好像雨下！

一章。首章言荷，末章言菡萏，皆指芙蕖之华。以兴女色之美，但变文以取韵耳。蒲，盖作者女奴自比焉。○按：鲁、韩异文"阳若之何"，为是。此古人所谓诗眼，画龙点睛也。○陈奂云："涕泗叠韵。泗，同洟。滂沱双声。"

彼泽之陂，　　　　　　那个湖边的拦水坝，
有蒲与蕑。〔二〕鲁，蕑作莲。　　　　有香蒲和芬芳的兰草。
有美一人，　　　　　　这美丽的一个人，
硕大且卷：　　　　　　身材长大又卷发好：
寤寐无为，　　　　　　躺下来什么都不管，
中心悁悁！元部。　　　　心里悁悁结着烦恼！

二章。次言兰，取芳香之草，以兴女有善闻。女未必有善闻，但诗人女奴言其主母之善耳。

彼泽之陂，　　　　　　那个湖边的拦水坝，
有蒲菡萏。　　　　　　有香蒲和待开的荷花。
有美一人，　　　　　　这美丽的一个人，
硕大且俨：韩，俨作嬐。　　身材长大又双颊巴：
寤寐无为，　　　　　　躺下来什么都不管，
辗转伏枕。侵、谈通韵。○侵十八，谈十九，故得通韵。○鲁、韩，辗作展。　　翻来覆去靠枕不下。

三章。仍以菡萏为比兴。全篇写此一美妇人之忧思悲伤，始而涕泗滂沱，继而中心悁悁，终乃辗转伏枕。忧愈深而人转静矣！〇按：菡萏叠韵。

〇今按：《泽陂》，《序》说刺灵公之时，男女相悦，忧思感伤之诗。（陈奂云：女，谓夏姬。是也。）泛泛言之，不甚切合诗义。而不悟诗"有美一人"云云，必有所指；"阳若之何"（从《韩诗》），诗人已自道其身分也。"三家无异义"。宋儒无新说。王先谦云："《孔疏》：毛于'伤如之何'下，《传》曰，伤无礼。是君子伤此有美一人之无礼也。《笺》易《传》，伤，思也。以为思美人不得见之而忧伤。陈奂云：有美一人，谓有礼者也。言有美一人见陈君臣淫说无礼之甚，而为之感伤也。三说并通。"其实，试以三说分别串讲全诗，并不可通。愚疑此诗悯伤夏姬，盖其女奴所作。作在陈灵公、夏徵舒相继被杀之际，夏姬适在忧思感伤、涕泗滂沱、寤寐无为、展转伏枕之中也。据诗"伤如之何"者，马瑞辰云："《尔雅》：阳，予也。郭注引《鲁诗》云：'阳如之何。'今巴、濮之人自呼阿阳。《易·说卦》：'兑为妾为羊。'郑本'羊'作'阳'。注：此阳谓为养。无家女，行赁炊爨，今时有之，贱于妾也。是阳读同厮养之养。自称阳者，谦词也。"据《周礼》：女史八人。注：女史，女奴晓书者。女奴晓书者可为女史，而未必尽为女史。是女奴固有作诗之可能也。诗"硕大且卷"、"硕大且俨"者，《严缉》云："或疑硕大非妇人之称。观《卫风》以硕人称庄姜。《车舝》称'辰彼硕女'，则《诗》以硕大称妇人多矣。"卷者，鬈之假字。《说文》："鬈，发好也。从髟，卷声。《诗》曰：'其人美且鬈'。"因声求义，卷、婘、鬈通。范处义、李樗皆释卷为鬈。鬈于男女皆可用。俨者，《说文》："嬒，含怒也。一曰难知也。从女，酓声。《诗》曰：'硕大且嬒'。"段注："《陈风·泽陂》文。今《诗》作'俨'。《传》曰：矜庄皃。一作曮。《太平御览》引《韩诗》作'嬒'。嬒，重颐也。《广雅·释诂》曰：嬒，美也。盖三家《诗》有作嬒者。许称以证字形而已。不谓《诗》义同含怒、难知二解也。"韩说曰："嬒，重颐也。"马瑞辰云："重颐，亦美皃也。《淮南·说林训》：靥辅在颊则好。是已。"愚谓嬒于男女皆可言，而字从女，言之于女尤宜。王先谦云："案俨训矜庄，非状妇人之美；重颐丰下，斯为男子之貌。"自注云："今俗云双颊巴。或以《淮南》'靥辅在颊'当之，非是。高注明释靥辅为颊上窐。宋苏轼所谓双颊生微涡也。"今谓王氏之说非也。王氏专疏《诗》三家义，只字碎义皆不放过。何独疏释此诗既失之于《鲁》、《韩诗》阳字，又失之于《韩诗》嬒字乎？诗以荷蕑、菡萏之香艳状有美一人，又极道其忧思感伤之惨，彼时彼地惟有贵妇人夏姬足以当之。而诗云"阳如之何"，诗人又自泄露其为贱于妾之女奴，故疑其为夏姬女奴悯伤主母之辞。愚固自信其说之较诸旧有注说尤为确切者也。姚宽《西溪丛话》云："夏姬，其子徵舒弑君，姬当四十余岁，乃宣公十一年。历宣公、成公，申公巫臣窃以逃晋，又相去十余年矣。后又生女嫁叔向，计其年六十余矣，而能有孕。《列女传》云：夏姬内挟技术，盖老而复壮者三，□为王后，七为夫人。或云：凡九为寡妇，当之者辄死。左氏所载，当之者已八人矣。宇文士及《妆台集序》云：春秋之初，有晋、楚之谚曰：夏姬得道，鸡皮三少。"卢文弨《钟山札记》云："《史通》引《列女传》云：夏姬再为夫人，三为王后，夫为夫人则难以验也，三为王后于周、楚皆无所处。以是为讥。余按《列女传》云：盖老而复壮者三。当句绝。（原注：郭璞《山海经图赞》云，夏姬是艳，厥媚三还。谚亦云：夏姬得道，鸡皮三少。）其下云：为王后。（句）七为夫人。余谓为王后上当有一字。左氏虽未曾言入楚宫，而《列女传》则言楚庄纳巫臣之谏，使坏后垣而出之。则姬固曾入楚宫矣。是非一为王后乎？至言七为夫人，若以国君言，诚无可言。或刘向因后世卿大夫妻通称夫人，则以之例前代，并淫乱者数之，固有七矣。（展按：成二年《左传》，〔楚〕王以〔夏姬〕予连尹襄老，襄老死于邲，不获其尸。其子黑要烝焉。并襄老、黑要父子计之，凡九人。）若《史通》云：再为夫人，则前御叔、后巫臣，更灼然。似作再字为是。"

考故书记夏姬事，皆不免夸饰。但谓“公侯争之，莫不迷惑失意”。其为尔时具有绝大魅力之尤物可知。今谓其有随侍之女奴深知其人，为此《泽陂》寄予同情之作，弥觉情事宛然。即后世之诗人学者，亦有不吝简牍，乐予记述，一若悯伤其红颜薄命、迭遭不淑者（如姚宽、卢文弨之流），不尽以淫娃妖妇视之也。

【简注】

宛丘

○汤读荡。缶音否。翿读纛，音导，一音陶，旗之类也。

东门之枌

〔一〕枌，榆，白榆也。榆已见《山有枢》篇。栩，柞，栎。已见《鸨羽》篇。

〔二〕越以，陈奂释为于以，是也。于以，疑问之词。见《采蘩》、《采蘋》等篇。

〔三〕荍，荆葵。锦葵科二年生草本。直茎高二三尺。叶浅五裂或七裂，边有微齿。夏开淡紫色或白色花。椒，花椒，有多种。已见《椒聊》篇。

○枌音焚。栩音许。娑音梭。鬷音宗。荍音乔。

衡门

〔一〕《毛传》：衡门，横木为门，言浅陋也。王引之云：门之为象，纵而不横。谓横木而为门于其下，则又不得谓之横矣。前有《东门之枌》，后有《东门之池》、《东门之杨》。窃疑衡门、墓门，亦是城门之名。

〔二〕《毛传》：泌，泉水也。俞樾云：蔡邕《郭林宗碑》云：栖迟泌丘。或本三家《诗》。泌之为丘名、为泉名，未知孰是，要皆实有所指之地。

〔三〕鲂，鳊鱼。鲤科。或云鲂科。已见《汝坟》、《敝笱》篇。《正字通》：鲂鱼，小头缩项。

〔四〕鲤，《尔雅》郭注：赤鲤。喉鳔类鲤科。

○衡音横。泌音闭。鲂音防，亦读鳑。取读娶。

东门之池

〔一〕麻，大麻。已见《丘中有麻》篇。沤者，谓以水久渍其纤维，使柔而脱胶，并便去其皮也。《葛覃》：是刈是濩。濩谓煮之使速脱胶也。

〔二〕纻，苎麻。荨麻科，多年生草本。

〔三〕菅，茅已沤者为菅。按《逸诗》：虽有丝麻，无弃菅蒯。虽有姜姬，无弃憔悴。菅可为索为屦。古以菅蒯与丝麻并称，殆亦治其纤维以为衣欤？抑取其花絮以褚衣也？菅又名白华、芭茅、芭芒、家芒、芦芒、荻芒。禾本科，多年生之高大草本。其茎可编织器物，如芭斗、芭篓、芭笠，是也。芭芒之白华者曰菅，黄华者曰蒯。

○沤音欧去声。纻音举，字亦作苎。菅音近千。蒯音近块，近瑰。

东门之杨

〔一〕杨，水杨，蒲柳，已见《车邻》篇。

○牂音将、音臧。肺音辈、音沛。与芾、旆、淠字音义俱近。晢音质、音制。与晳字音析者有别。

墓门

〔一〕鸮，一名枭，猛禽，有多种。鸮形目，鸱鸮科。

○鸮音嚣。讯音迅。

防有鹊巢

〔一〕苕，又名苕饶、翘摇。俗名红花菜，紫云英。豆科，二年生草本。

〔二〕鹝，绶草，今名盘龙参。兰科，多年生草本。茎高尺许。叶狭长形。夏开淡红小花，穗状花序盘旋而上，似绶，又似盘龙，故名。

○邛音穷。苕音调。侜音舟、音倜，诪张为幻之诪假字。忉音刀、音叨。甓音壁。鹝音鹢，近逆。一音隔。

月出

○僚音了。懰音柳。懮音扰。慅音草。惨音燥。

株林

○说音税。陈奂云：说音脱。

泽陂

〔一〕蒲，香蒲科，多年生之水草。已见《王风·扬之水》篇。荷，荷花，莲花。睡莲科，多年生之水生草本。已见《山有扶苏》篇。

〔二〕《毛传》云、蕑，兰也。兰，菊科多年生草本。已见《溱洧》篇。

○陂音皮。陈奂云：陂音波。蕑音奸。卷音权。悁音捐。菡音函，或函上声。萏音谈上声，近坦。枕古音耽。今如字。

诗经直解　卷十三

桧第十三　毛诗国风

桧国四篇十二章四十五句

羔裘三章章四句

《羔裘》，大夫以道去其君也。国小而迫，君不用道。好絜其衣服，逍遥游燕，而不能自强于政治。故作是诗也。

羔裘逍遥，	羔裘朝服游宴逍遥，
狐裘以朝。	狐裘便服穿了听朝。
岂不尔思？	难道不想到你？
劳心忉忉。宵部。	忧劳的心忉忉。

一章。“羔裘以游燕，狐裘以适朝。国无政令，使我心劳。”（《毛传》）

羔裘翱翔，	羔裘朝服游宴翱翔，
狐裘在堂。	狐裘便服来在公堂。
岂不尔思？	难道不想到你？
我心忧伤！阳部。	我的心里忧伤！

二章。“上二章唯言变易常礼，未言好絜之事。”（《孔疏》）

羔裘如膏，	羔裘光滑好像油膏，
日出有曜。	太阳出了这样照耀。
岂不尔思？	难道不想到你？
中心是悼！宵部。	心里痛的直跳！

三章。“卒章言羔裘之美，如脂膏之色。羔裘既美，狐裘亦美可知。故不复说狐裘之美。”（《孔疏》）按：此已言及好洁其衣服矣。○钱澄之云：“《论语》：‘狐貉之厚以居。’则狐裘燕服也。逍遥而以羔裘，则法服为逍遥之具矣。视朝而以狐裘，是临御为亵蝶之场矣。先言逍遥，后言以朝，是以逍遥为急务，而视朝在所缓矣。”（《田间诗学》）○江永云：“膏、曜、悼，平、去为韵。”

○今按：《羔裘》，《序》说国小而迫，君不用道，不能自强于国，大夫以道去其国而作。《笺》云：“以道去其君者，三谏不从，待放于郊，得玦乃去。”王先谦云：“王符《潜夫论·志姓氏》篇：会在河、伊之间，其君骄贪啬俭，灭爵损禄，群臣卑让，上下不缺。诗人忧之，故作《羔裘》，闵其痛悼也。符用《鲁诗》，此鲁说也。齐、韩无异义。”宋儒无新说。惟见清人俞正燮《桧羔裘义》，谓羔裘桧君，狐裘大夫。王闿运《补笺》亦谓诗无好服之意。羔裘，邦交傧聘之服，卿大夫之专称。此诗专言“羔裘”、“尔思”，盖大夫出使遂不还，作此以寄谏。此皆与《毛传》、《孔疏》谓羔裘狐裘同指国君者为异尔。桧国者何？桧盖出于远古氏族部落祝融氏之苗裔，妘姓。所封潧（溱）洧之间，郑灭之。（《说文》郐字下）《汉书·地理志》云：“济、洛、河、颍之间，子男之国，虢会为大。恃势与险，崈侈贪冒。”（师古曰：会读曰郐，字或作桧。）又谓：郑桓公死，（展按：《公羊传》言郑伯有通于郐夫人者。《外传》言郐由叔妘。此郑伯指桓公，叔妘指桧仲夫人。桧之亡未必由桧夫人也。）其子武公与平王东迁，卒定虢、会之地。僖三十三年《左传》：文夫人葬公子瑕于桧城之下。今河南密县东北五十里接新郑县界有郐城，即其地。桧君者何？《郑谱》云:“周夷王、厉王之时,桧公不务政事,而好絜衣服,大夫去之,于是桧之《变风》始作。”此言桧公不知为谁。郑樵《诗辨妄》云:“诸《风》皆有指言当代之某君者。唯魏、桧二《风》无一篇指言某君者,以此二国《史记·世家》《年表》、《书·传》,不见有所说,故二《风》无指言也。若《叙》是春秋前人作,岂得无所一言?”(周孚《非诗辨妄》)此疑《序》非子夏作或可,而疑是诗与桧君无关则不可。姜炳璋《诗序广义》云:“《郑语》:史伯谓郑桓公,桧仲恃险,有骄侈怠慢之心,而加之以贪冒。其云骄侈贪冒,正与《诗》合。”此以《羔裘》之诗系之亡国之君桧仲也。则此诗作于郑桓公之时,当幽王之世。至平王之世,桧即为郑武公所灭矣。

素冠三章章三句

《素冠》,刺不能三年也。

庶见素冠兮,	幸而见到素冠啊,
棘人栾栾兮,鲁,栾作脔。	孝子棘人栾栾地瘦小啊,
劳心慱慱兮。元部。	劳心慱慱地哀痛不了啊。

一章。言幸见期而小祥、素冠之棘人。不言斩衰齐衰服者,盖虽不终丧之人亦服之也。

庶见素衣兮,	幸而见到素衣啊,
我心伤悲兮,	我的心里伤悲啊,
愿与子同归兮!脂部。	愿和你居丧尽礼同归啊!

二章。愿与素衣之人同归于礼,仍指小祥之人,小祥之后,大祥之前,皆练冠麻衣也。

庶见素韠兮，	幸而见到白皮蔽膝啊，
我心蕴结兮，	我的心里忧伤郁结啊，
聊与子如一兮！脂部。	愿和你居丧用心如一啊！

三章。言幸见再期而大祥、素韠之人。《礼》：大祥祭，朝服素韠。思见能终三年丧制之人也。〇陈奂云："蕴结双声。蕴，《唐石经》初刻作蕰。《都人士》'菀结'，温宛声相近。"

〇今按：《素冠》，幸见能终三年之丧者，以刺短丧之诗。《序》说刺不能三年。是也。"三家无异义"。宋儒无新说。殷、周时代有无三年之丧，至今学者尚争论不休。（郭沫若《青铜时代·驳说儒》）儒家孔子主张三年之丧。《论语》："宰我问三年之丧。孔子曰：'子生三年然后免于父母之怀。夫三年之丧，天下之通丧也。'"顾《孟子》记滕国父兄百官皆言未尝行此丧制，而云："吾宗国鲁先君莫之行，吾先君亦莫之行。"桧小国，岂尝行此丧制而后废乎？据云"周礼尽在鲁矣"，何鲁先君不行此丧制也？《毛传》云："子夏三年之丧毕，见于夫子，援琴而弦，衎衎而乐。作而曰：'先王制礼，不敢不及。'夫子曰：'君子也。'闵子骞三年之丧毕，见于夫子，援琴而弦，切切而哀。作而曰：'先王制礼，不敢过也。'夫子曰：'君子也。'子路曰：'敢问何谓也？'夫子曰：'子夏哀已尽，能引而致之于礼，故曰君子也。闵子骞哀未尽，能自割以礼，故曰君子也。夫三年之丧，贤者之所轻，不肖者之所勉。'"《孔疏》引《檀弓》说子夏除丧之行，与此正反。而《说苑·修文》篇亦与此《传》大略相似，又以子路为子贡。皆所闻异也。（陈奂）可知孔子之门有行三年之丧者矣。此尚不足以谓为天下之通丧也。《墨子》非儒，主张节葬短丧，自为激于孔子力主三年之丧而发。愚见，即使上古奴隶制社会有此丧制，亦惟奴隶主贵族阶级行之，奴隶被迫劳动生产，不得与焉。诗"庶见素韠兮"，按：韠，蔽膝，以韦为之。蔽膝之合声为韠。《笺》云："祥祭朝服素韠者，韠从裳色。"《小雅·采菽·孔疏》云："《易·

乾凿度注》曰：古者田渔而食，因衣其皮。先知蔽前，后知蔽后。后王易之以布帛，而犹存其蔽前者，重古道，不忘本，是亦说芾(韨)之元由也。"意谓韨之为物，起源于初民蔽前遮羞，演进而为礼服装饰。且韨从裳色，色因尊卑等级而异。故《易·乾凿度》曰："孔子曰：绂(韠)者，所以别尊卑，彰有德也。"按：韨、绋，市、芾，韍、绂，袚、钹，古字通。于此可以想见韨之一名一物，盖由草由树叶，而鸟兽羽毛皮革，而布帛，而伐金所制作之历史演进过程。虽然今世外国人之舞蹈犹见有腰系草裙者，殆亦如中国为市芾蔽膝下裳遮羞之残遗欤？而吾人忘之久矣。幸赖有六书象形指事与形声假借孳乳之字存在，尚可试为追踪远溯而想象得之也。此上古蔽膝之制，亦惟奴隶主贵族阶级有之，庶民殆无此服饰。是说也，当为今之文化人类学家、历史唯物主义者，所皆赞赏而一致认同者也。

隰有苌楚三章章四句

《隰有苌楚》，疾恣也。国人疾其君之淫恣，而思无情欲者也。

隰有苌楚，〔一〕	低湿之地有羊桃，
猗傩其枝。	好婀娜的它的枝子。
夭之沃沃，	细嫩的而又肥美，
乐子之无知！〔二〕支部。	喜爱你的没有知识！

一章。乐苌楚之无知，反兴人以有知而不乐。○孙鑛云："无知，意绝妙。无家、无室，便微有迹。"○陈奂云："猗傩双声。如于那，此古音也。"按：又作叠韵。

隰有苌楚，	低湿之地有羊桃，
猗傩其华。鲁，猗傩作旖旎。	好婀娜的是它的花。

夭之沃沃，　　　　细嫩的而又肥美，
乐子之无家！鱼部。　　　　喜爱你的没有室家！

二章。乐苌楚之无家，反兴人以有家而不乐。

隰有苌楚，　　　　低湿之地有羊桃，
猗傩其实。　　　　好婀娜的它的果实。
夭之沃沃，　　　　细嫩的而又肥美，
乐子之无室！脂部。　　　　喜爱你的没有家室！

三章。乐苌楚之无室，反兴人以有室而不乐。〇钟惺云："亡国之音读不得。此诗更不必说自家苦，只羡苌楚之乐，而意自深矣。凡苦之可言者，非其至也。"〇陆奎勋云："《公羊》曰：郑先君通乎桧夫人，以取其国。观'乐子之无室'句，兴刺有因。然而温柔敦厚，《诗》教也。当以《朱传》之说为正。"（《陆堂诗学》）

〇今按：《隰有苌楚》，此痛感有知有家有室之苦者，转羡草木无知无家无室之乐，悲观厌世之诗。诗人见物起兴，语绝沉痛。《序》说不甚确切，亦未为大不是。"三家无异义"。希腊上古名哲学家亚里斯多德之"灵魂阶梯学说"，谓植物被认为具有生长之灵魂，动物具有生长与感觉之灵魂，而人则具有生长、感觉，与理性之灵魂。此谓人之灵魂最高。苌楚诗人告哀，转以植物但有生长之灵魂为乐邪？法国名生物学家屈费儿（居维叶）云："动物之性情亦与人类无以大异。强者好欺凌，弱者好卑屈。费大力以博顷刻之欢乐，久受痛苦，终归于死。其恶不减于人类，其痛苦亦不减于人类。至于植物则不为痛苦所困。吾人只见其华美而不见其忧愁，并不令人追想人类之情感忧虑与诸不如意之事。植物世界中只有恋爱而无妒忌，有美丽而无炫耀，有强力而无横暴，有死亡而无痛楚，与人类绝不相同。"（伍光建译、木尔兹著：《十九世纪欧洲思想史》第一编上册之一，一二五页。）可为读此诗及《小雅 · 鱼藻之什·苕之华》一诗者进一解。诗“乐子之无知”，此“知”字可用《老子》无知无欲之说解之，诗人殆有类似道家一流之颓废主义、消极思想。《郑笺》据《尔雅·释诂》：“知，匹也。”失之。知无匹义，《尔雅》殆专为此诗发诂。愚谓即不释此知为知识，亦当训此知为欲，如此则无知正与《序》“思无情欲”义相应。《乐记》云：“好恶无节于内，知诱于外。”郑注：“知，欲也。”移训此诗知字亦得。倘训知为匹，与室家义同，三章意思重复，无甚变化，单调寡味，诗为减色矣。“宋儒以其惊俗，仍解为知识义。”（《毛诗稽古编》）未为大不是。而陈启源、马瑞辰坚执《雅·诂》、《郑笺》知匹一义之为是，此亦《孟子》所谓固哉高叟之为《诗》也！朱子《辨说》直以此诗《序》说为误。《朱传》说：“政烦赋重，人不堪其苦，叹其不如草木之无知而无忧也。”沈德潜申之云：“政繁赋重，民不堪其苦。而《苌楚》一诗惟羡草木之乐，诗意不在文辞中也。至《苕之华》，明明说出。要之并为亡国之音。”（《说诗晬语》）皆谓此诗为乱世人民慨叹呻吟之作。至郭沫若先生则谓此诗为破产贵族怀疑厌世之作也。他说诗人“自己这样有知识挂虑，倒不如无知的草木！自己这样有妻儿牵连，倒不如无家无室的草木！做人的羡慕起草木的自由来，这怀疑厌世的程度真有点样子了”。“这种极端的厌世思想，在当时非贵族不能有，所以这诗也是破落贵族的大作。”（《中国古代社会研究》）目前读《诗》者不妨姑以此说为得其正解。

匪风三章章四句

《匪风》，思周道也。国小政乱，忧及祸难，而思周道焉。

匪风发兮，	那风在飘飘的刮啊，
匪车偈兮。齐、韩，偈作揭。	那车在快快的滑啊。

顾瞻周道，　　回头瞧瞧周的大道，
中心怛兮！祭、元通韵。《汉书·王吉传》(王治《韩诗》)引怛作制。　　心里害怕啊！

一章。姚际恒云："起得飘忽。"

匪风飘兮，　　那风在打回旋的飘啊，
匪车嘌兮。　　那车在无规律的叫啊。
顾瞻周道，　　回头瞧瞧周的大道，
中心吊兮！宵部。　　心里悲吊啊！

二章。"一章、二章叹其衰微。"○江永云："飘、嘌、吊，平、去为韵。"

谁能亨鱼？　　有何至亲好友能够烹鱼？
溉之釜鬵。　　就给小锅儿大锅儿揩洗。
谁将西归？鲁，谁作孰。　　有何至亲好友打算西归？
怀之好音！侵部。　　送来那里的一些好消息！

三章。"三章愿其兴复。"(朱公迁)○姚际恒云："末章风致绝胜。"

○今按：《匪风》，盖桧大夫以国小政乱，忧及祸难，而思周道之诗。《序》说是也。"三家无异义"。倘就诗叹驱车避难而言，则与《邶风·北风》篇相似，亦非小民之作也。汉王吉《上昌邑王疏》中引此诗云："东迁之初，士大夫各以车马载其孥贿疾驱而至。小国实逼处此，何以安存？故诗人忧之。"魏源云："大国恶有天子，而小国望之。周室东迁，桧逼于郑，思王灵之庇而不可得也。"此皆可谓窥见此小国诗人之忧思者矣。诗云"周道"者何？《毛传》云："下国之乱，周道灭也。"《郑笺》云："周道，周之政令也。"朱子《辨说》则以为"诗言周道，但谓适周之路"。马瑞辰云："按周道犹周行。《朱传》云:'周行,大道。'是也。周之言䌹。《广雅》:'䌹,大也。'周道又为通道,亦大路也。凡《诗》周道,皆谓大路。《孟子》云:'夫道若大路然也。'为诗以大路之坦平喻王道之正直则可,若遂以为周之政令则非。"愚谓《诗》、《书》时代,周道一语原有二义。此诗周道,疑为二义双关。一谓周之政令、周之王道、文武之道。是也。一谓周行、通道、大路。是也。至诗"匪风"之"匪",当从王念孙《广雅疏证》读匪为彼。王先谦云:"后人释匪为彼,道为路者,皆未可从。"此亦高叟之固也。倘从陈奂、王先谦固执毛、齐、韩古说之疏释,则于此诗串讲有拘迂难通者矣。后世文人常用"自桧以下"一语作为"微不足道"之代语、成语。据襄二十九年《左传》,吴公子季札来聘,请观周乐。云:"自《郐》以下无讥焉。"杜注:"《郐》第十三,《曹》第十四。"《孔疏》云:"言以下,知兼有《曹》也。"尔时桧亡,曹亦将亡矣。季札无讥,盖谓其小国,微不足道;抑或以其为亡国之音,不堪入耳乎?

【简注】

羔裘

〇忉,刀叨二音。膏如字或读其去声。曜音耀。

素冠

〇栾音圞。慱音团。韠音毕。蕴音温上声。

隰有苌楚

〔一〕苌楚,羊桃,猕猴桃,俗名羊桃藤。猕猴桃科,攀缘藤本。幼枝条、叶柄、叶脉皆有褐色毛茸。叶身倒卵形或心脏形。叶缘有细锯齿。花雌雄异株。夏日由叶液出花梗,开数个单形花,排列为聚伞花序。小蕊花萼片五个具毛茸,大蕊花较大,子房亦密生毛茸。果可生食。果中含有多种维生素,其中维生素丙之含量比苹果、梨子等水果高十几倍至数十倍,因此有"果中之王"之美誉。今中华猕猴桃产地,有河南、陕西、四川、湖南、福建、浙江、安徽等省。现已有三十八个果酒厂与食品罐头厂,利用此果加工为果酱、果脯、果汁、果酒等食品,进入国内外市场。其药用价值尤佳,根、茎、叶、花、果,皆可入药。近年经临床实验证明,猕猴桃对癌症有抑制作用。

〔二〕乐子之无知者:我国上古之无名诗人欣羡植物之无知。西方古之有名生物学家亦谓植物无知。现代西方之生物学家通过科学方法之研究与实验,有谓植物对于外界刺激能作出反应者,有谓植物也能叫喊痛苦者。苏联《在国外》周刊三十二期,载德国一位生物学家《普通植物之异常现象》一文说:"植物全然不是原始的创造物,而是极其复杂的生物。它们有自己的激素、肌肉和神经,有记忆力和音乐才能。它们也患感冒、消化不良、传染病,甚至癌症。""植物能嗅、能听,有触觉、有味觉。这个断言还由于说法的奇妙而使科学家不胜惊异。植物本来既没有眼睛又没有鼻子。它们的感觉器官的构造应当和我们人的截然不同。而且应当完全按照另外一种原则发挥作用。但是,一般说来,它们同动物的和人的感觉器官一样。""所有生物的共性还表现在它们的痛感上。当植物的枝叶受到摧折时,植物的电位测量显示出电压的激发,就像遭受痛苦的哑巴叫喊一样。相反,醉处理可使植物平静。"

○苌音长。猗傩,读如婀娜。

匪风

○偈音竭。怛音忒。嘌,票飘二音。亨读烹。溉读摡。章太炎《新方言》谓摡即俗语揩洗之揩。鬵音曾。

诗经直解　卷十四

曹第十四　毛诗国风

曹国四篇十五章六十八句

蜉蝣三章章四句

《蜉蝣》,刺奢也。昭公国小而迫,无法以自守,好奢而任小人,将无所依焉。

蜉蝣之羽![一]　　朝生暮死的蜉蝣的羽!
衣裳楚楚。三家,楚作黼。　　穿上的衣裳鲜明楚楚。
心之忧矣,　　心里的忧伤呀,
于我归处?[二]鱼部。　　可怜归依何处?

一章。"衣裳楚楚,见其鲜明。""朝时所服及其余衣服也。"○陈奂云:"蜉蝣叠韵。俗字《夏小正》作浮游。"

蜉蝣之翼!　　朝生暮死的蜉蝣的翼!
采采衣服。　　穿上形形色色的衣服。
心之忧矣,　　心里的忧伤呀,
于我归息?之部。　　可怜何处归息?

二章。"言采采,见其众多。""见其上下之服皆众多也。"○"首次章言群臣。"

蜉蝣掘阅！三家，掘作堀。	朝生暮死的蜉蝣突变了容色！
麻衣如雪。	穿上朝服麻衣，白皮蔽膝如雪。
心之忧矣，	心里的忧伤呀，
于我归说？祭部。	可怜何处归歇？

三章。“言麻衣，见其衣体。”“诸侯夕时所服。”“三章皆刺好奢，文互相见。”（《孔疏》）〇“三章兼君臣言之，其忧心更为切至。”（王先谦）〇江永云：“阅、雪、说，去、入为韵。”按：掘阅叠韵。

〇今按：《蜉蝣》，盖曹之破落贵族公子大夫之流，忧伤其君臣徒好衣裳楚楚，不知国亡将在旦夕而作。《序》说刺曹昭公之奢，亦不为误。朱子《辨说》云：“言昭公，未有考。”殆未见《汉书・人表》邪？《诗三家义集疏》云：“《汉书・人表》：曹昭公班，釐公子，作诗。此齐说，鲁、韩当同。”《郑谱》云：“周武王既定天下，封弟叔振铎于曹，其封域在雷夏泽之野。昔尧尝游成阳，死而葬焉。舜渔于雷泽，民俗始化。其遗风重厚，多君子。务稼穑，薄衣食，以致畜积。夹于鲁、卫之间，又寡于患难。末时富而无教，乃更骄侈。十一世，当周惠王时，政衰。昭公好奢而任小人，曹之《变风》始作。”蜉蝣者何？《孔疏》引汉末魏、晋间，樊光、陆玑、郭璞诸家说，以此为一种土生甲虫。而今据《夏小正》、《淮南・说林》（皆字作浮游）、郭义恭《广志》、傅咸《蜉蝣赋》说，此为一种水生昆虫。《傅赋》更确说其为朝生暮死。此为取足一日之“一日虫”。（《动物生活史》，J・A・Thomson 著，伍况甫、黄维荣译）二说孰是？至今昆虫学家犹有争论。主前一说者，朱弘复、高金生《本草纲目昆虫注》，谓蜉蝣可能是属于金龟子科中之一种昆虫。（《中国昆虫学报》第一卷，一九五〇年）主后一说者，邹树文《毛诗蜉蝣虫名疏证》，万字专篇，确认蜉蝣为一种水生昆虫，对于朱、高一说详加辨正。（《生物学通报》十二月号，一九五六年）邹老先生云：“《毛诗・曹风・蜉蝣》，这是我国现存文献中关于蜉蝣的最早记载，亦即后世解释这一虫名的最早根据。日本学者以此名作为 Ephemeroptera(蜉蝣目)一目昆虫的名称。我国现在昆虫学上一贯沿用,这是对的。""诗说心之忧矣,于我归处、归息、归说,充满了朝不保夕的忧虑。《毛传》指明蜉蝣朝生暮死,具体地说出了诗人的情绪。""蜉蝣目的昆虫发生,以湖泊地区为最显著。我们再看曹国所在的地方是不是最适合于这一虫类的突然大批发现? 据《尚书正义》,《禹贡·兖州》云:'雷夏既泽。'又云:'导菏泽,被孟猪。'案《地理志》,雷夏泽在济阴成阳县西北,菏泽在济阴定陶县东,二泽同属济阴。济阴曹都所在,是曹之封域在二泽。又据《传疏》,曹在今山东曹州府定陶县。更据《曹州府志·定陶县图》,有清河、柳河、白花河横贯。县有范蠡湖,是其养鱼处。曹国这样的地方,正是适合于蜉蝣目昆虫按季节大量发生而成群飞翔的地方。""综合以上的说法,体会诗人原意,蜉蝣是一种很漂亮的、惯于炫耀其羽翼鲜明而容貌鲜洁的昆虫。并且又是曹地所常见到其发生很多、却又生活不久的。诗人正可用这个虫的情况而兴其国小而迫,君臣习于奢侈,死亡无日之感。《毛传》具体道破了其为朝生暮死(当然是指其出水能飞之虫期而言),是君臣朝夕变易衣服之喻;《广志》和傅赋都肯定了《诗》咏蜉蝣是水生的昆虫;曹国地理又说明其地是适合这类水生昆虫大量发生之地。凡此种种,均可断定我国现在昆虫学上一贯沿用日本学者所用蜉蝣目的名称是不错的。"诗蜉蝣掘阅者,《郑笺》:"掘阅,掘地解阅,谓其始生时也。以解阅喻君臣朝夕变易衣服也。"《说文》堀下云:"突也。《诗》曰'蜉蝣堀阅'。"邹老先生据高翔麟《说文字通》,掘亦通崛。"扬雄《甘泉赋》:'洪台掘其独出兮。'注:掘亦作崛。""地字不一定作土地讲,而尽可作语助讲。""《郑笺》同于扬雄的用法,作突然发生讲。"友人范祥雍先生云:"地字作副词或语助词用,见于唐、宋人诗词,汉、晋诸书未有此例。《郑笺》掘地解阅,疑似樊光、陆玑诸儒以蜉蝣土生甲虫,故训掘为掘地(掘同堀),邹解虽善,恐非郑意。"愚谓邹解掘为突然,正据《说文解字》,其解地为语助，确有可疑。惟今者土生甲虫之说已破，水生昆虫之说确立；掘地旧解可以不陈，邹解待证，且备一义。今为串讲全章，但从经文直解掘阅为突然（掘从《说文》堀义）蜕变（当读阅为蜕），增字足义，则为突变容色（容色指其虫之生态），可信其在已有解说中最为直捷了当者也。邹氏最后云："《毛诗》原文对于所作名物的描写，以蜉蝣一篇最为详细，所以有可能根据原文以纠正注家之错误。至于《毛诗》所举其他虫名而仅作极短之比喻者，即难着手，不得不凭注家的说法，便不能知其是否错误了。"又自注云："蜉蝣之名首见于《毛诗》，据小《序》是为刺昭公之奢而作。昭公在共公前。昭公在位，纪元前六六一到六五一。而 Ephemeron 之名始于亚里斯多德（Aristotle，纪元前三八四到三二二）。所以我们用这个虫的名字还较早三百多年。"《诗》多识草木鸟兽之名，今后学者当从生物学上作出正确之解释。考释其草木者，已先后见有童士恺《毛诗植物名考》、陆文郁《诗草木今释》。其他关于鸟兽虫鱼之专著，寂无闻焉。愚撰《诗经直解》，龙凤麟三灵已从杨钟健说（略见《麟之趾》篇），今于蜉蝣从邹树文说，余则多试自为之。自知学非颛门，恐多误解，愿就当代专家而正之。惜愚衰耋，将就火焉，恐不复能得受教益矣！

候人四章章四句

《候人》，刺近小人也。共公远君子而好近小人焉。

彼候人兮，	那个迎送宾客的候人啊，
何戈与祋。齐，何作荷，祋作缀。	他是肩荷武器戈和殳的。
彼其之子，韩，其作己。	他们那样的人，
三百赤芾？祭部。○韩，芾作绂。	是三百个着红皮蔽膝的？

一章。言候人荷戈与殳，迎送宾客为劳。何彼小人为大夫而赤芾者，至三百人之多乎？问之也。○江永云："祋、芾，去、入为韵。"

维鹈在梁，〔一〕 啊，鹈鹕在水上鱼梁，
不濡其翼？ 不沾湿它们的双翼？
彼其之子， 他们那样的人，
不称其服！之部。 不配穿他们的朝服！

二章。言鹈鹕不濡翼而得食鱼乎？以兴彼小人不称其服。讥之也。

维鹈在梁， 啊，鹈鹕在水上鱼梁，
不濡其咮。韩，咮作噣。 不沾湿它们的嘴头。
彼其之子， 他们那样的人，
不遂其媾！侯部。 不会久享他们的优厚！

三章。言鹈鹕不濡咮而得食鱼乎？以兴彼小人当不久于见厚。亦讥之也。

荟兮蔚兮，脂、祭通韵。○鲁，荟作嬒。 好黑啊，好美啊，
南山朝隮。 南山早上的云升起。
婉兮娈兮，元部。 柔弱啊，可爱啊！
季女斯饥！脂部。 他的小女的挨饿受饥！

四章。言候人之季女忍受饥饿。以南山朝隮之云，兴季女之美。惜之也。○王先谦云："详味诗义，季女，即候人之女也。盖诗人稔知此贤者沉抑下僚，身丁困厄，家有幼女，不免恒饥，故深叹之。而其时群枉盈廷，国家昏乱。篇中皆刺其君之近小人，致君子未由自伸。作诗本意，止于首尾一见，不著迹象，斯为立言之妙。"

〇江永云:“荟蔚、婉娈,句中自为韵。”〇陈奂云:“荟蔚双声。”又云:“婉娈叠韵。”(《诗毛氏传疏》)

〇今按:《候人》,《序》说刺曹共公远君子而好近小人,与诗义合。“三家无异义”。朱子《辨说》云:“此诗但以三百赤芾合于左氏所记晋侯入曹之事,《序》遂以为共公,未知然否?”此不衷考其实,仍出于攻《序》偏见。据僖二十八年《左传》:“晋侯围曹,三月丙午入曹。数之以不用僖负羁,而乘轩者三百人也,且曰献状。”杜注:“轩,大夫车。言其无德居位者多,故责其功状。报飧璧之功。”诗“三百赤芾”,正与《左传》乘轩者三百人合。《史记·晋世家》记晋公子重耳亡命,由齐“过曹,曹共公不礼。欲观重耳骈胁。曹大夫釐(同僖)负羁曰:晋公子贤,穷而过我,奈何不礼?共公不从其谋。负羁乃遗重耳食,置璧其下。重耳受食还璧”。共公对于重耳骈胁特感兴趣,既使“裸浴薄观”(《左传》),又使“袒而捕鱼”(《淮南子》)。虽是好奇,而实无礼。后来晋文公重耳入曹,既数曹共公无礼之罪,又报僖负羁飧璧之功。非必由于恩怨分明,适为野心家霸主借以侵略小国之口实。不然,从亡之臣,介推、魏犨、颠颉之徒已劳矣,“劳之不图,报于何有?”此介推之所以不惜自焚其身;魏犨、颠颉之不惜违命杀身,一怒而火僖负羁之宅也。俞正燮《候人遂媾义》云:“《晋语》,曹共公不礼公子重耳,僖负羁言于曹伯不听。晋公子过宋、过郑,遂如楚。楚〔令尹〕子玉欲杀公子,又请止狐偃。楚子不可。曰:《曹诗》曰,‘彼已之子,不遂其媾’,邮(尤)之也。效邮,非义也。是《候人》之诗作于晋公子在曹之时。晋从者挟示路人,故楚子知之。”此非谓《候人》之诗为刺曹共公不礼晋公子重耳而作邪?考晋公子重耳过曹,在晋惠公十年,即曹共公十二年,鲁僖公十九年,当周襄王十一年,公元前六四一年。晋文公入曹数罪,在曹共公二十一年,即鲁僖公二十八年,当周襄王二十年,公元前六三二年。此重耳先后否泰、两次至曹之始末。当时楚子知《候人》诗刺曹共公,而不效其尤。则此诗作在晋公子过曹之时,即作在曹共公十二年，确乎有据。岂得如朱熹所说“未知然否”乎？最初引用《候人·诗序》而见于记载者，为魏文帝。由此而启后儒关于《诗序》作出时代及其作者为谁之争论。《三国·魏志》：“黄初中，尝有鹈集灵芝池，文帝识之。曰：‘此诗人所谓污泽者也。《曹诗》刺共公远君子，近小人，今岂有贤智之士处于下位？否则斯鸟胡为而至哉？’”宋儒郑樵、叶梦得，乃至近人，皆据黄初四年诏书引此诗《序》，视为《诗序》晚出，或后汉卫宏所作之证。清代不乏有名之汉学家驳斥此说之不可据。如陈启源《稽古编·鱼丽》篇、惠栋《九经古义》六、钱大昕《十驾斋养新录》一、王崧《说纬》、翁方纲《诗附记》之类，是也。钱大昕云：“王氏《困学纪闻》引叶氏云：‘汉世文章未有引《诗序》者。魏黄初四年诏云：《曹诗》刺远君子，近小人。盖《小序》至此始行。’（按：惠栋引此为郑樵语。）近儒陈启源非之云：‘司马相如《难蜀父老》云：王事未有不始于忧勤而终于逸乐。此《鱼丽·序》也。班固《东京赋》云：德广所被。此《汉广·序》及《鼓钟·毛传》也。一当武帝时，一当明帝时，皆用《序》语，可谓非汉世邪？’吾友惠定宇亦云：‘《左传》襄二十九年，季札见歌《秦》，曰，美哉！此之谓夏声。服虔《解谊》云：秦仲始有车马礼乐之好，侍御之臣，戎车四马田守之事，与诸夏同风，故曰夏声。（原注：《诗正义》引之。）又蔡邕《独断》：《周颂》三十一章尽录《诗序》，自《清庙》至《般》诗，一字不异。何得云至黄初始行于世邪？’（郑渔仲又谓《诗序》作于卫敬仲，亦臆说。）愚谓宋儒以《诗序》为卫宏作，故叶石林有是言。然司马相如、班固，皆在宏之前，则《序》不出于宏，已无疑义。愚又考《孟子》说《北山》之诗云：劳于王事而不得养父母。即《小序》说也。唯《小序》在《孟子》之前，故孟子得引之；汉儒谓子夏所作，殆非诬矣。说《诗》者不以文害辞，不以辞害志。诗人之志见乎《序》，舍《序》以言《诗》，孟子所不取。后儒去古益远，欲以一人之私意窥测古人，亦见其惑已！”要之，关于《诗序》作者及其作出时代，实为二千年来《诗经》上之一大公案。以后本书尚有涉及。

愚已于卷首别有《论诗序作者》一文，可供读者参阅也。诗“维鹈在梁，不濡其翼”，鹈为何鸟乎？《毛传》云：“鹈，洿（污）泽鸟也。梁，水中之梁。鹈在梁，可谓不濡其翼乎？”《郑笺》云：“鹈在梁当濡其翼而不濡者，非其常也。以喻小人在朝亦非其常。”曹国地处沼泽之间，即使鹈非本土之留鸟，冬时幽州（今关外松、嫩地区）冰冻，当有鹈群远自东北觅食来集，至春夏间乃去。故诗人即以此习见之候鸟水禽起兴焉。焦循《雕菰集》七，有《书鹈》一文云：“湖有鸟如鹤，而色不洁。喙长尺余，喙下肉囊大可容二斗。喙张则囊鼓翼开，两目荧荧顾人。俗呼曰突犁。突犁者，鹈之缓声也。戊午夏四月，偶止树间，为渔者所获。持至村市中，市人不识，目以为怪。好事者买以钱二百，畜诸鸭笼。每日所食，尽鱼数斤，苦不能膳，持货于城。是冬十月，余寓城中。相传市有凤皇，同人相约往观。则蔽以茨幕，标以彩绘。一人鸣铙，侈大其说。敛钱而后与视，观者竞入如蚁。余心颇为之动，从入观之，则向之鹈尔。余好虫鸟之学，涉猎《尔雅》诸书，素知其状，且见其所由来也，爰感而为之书。”盖南方扬州少见此鸟，见者诧为凤凰，故焦氏为之正名焉，亦可谓博物君子矣哉！夫鹈鹕欲以两翼一味皆不沾水而获食鱼贝，其事自不可能。《候人》诗人取以象征所谓“无功食禄”、“无德居位”、“三百赤芾”、暴发之户“小人”，亦颇恰切。郭沫若先生说：“这当然是讥诮那暴发户才做了贵族的人。这些由奴民伸出头来的人，在旧社会的耆宿眼里看来，当然是说他不配的。”（《中国古代社会研究》）愚谓，三百赤芾者固非奴隶革命之志士，曹共公又岂是倡导奴隶解放之首义乎？不过其事适然耳。要之，此诗正反映西周叔世，王纲解纽、社会大变革期中，贵贱对立面相互转化之一种现象也。

鸤鸠四章章六句

《鸤鸠》，刺不壹也。在位无君子，用心之不壹也。

鸤鸠在桑，〔一〕	鸤鸠呆在桑树，
其子七兮。	它的雏儿之多有七呀。
淑人君子！	善人君子！
其仪一兮。	他的行义平均如一呀。
其仪一兮？	他的行义平均如一呀？
心如结兮。脂部。	用心坚定好像是凝结呀。

一章。夸美曹君之德性。

鸤鸠在桑，	鸤鸠呆在桑树，
其子在梅。	它的雏儿寄在梅子树。
淑人君子！	善人君子！
其带伊丝。	他的大带是用丝来做。
其带伊丝？	他的大带是用丝来做？
其弁伊骐。之部。	他的皮帽装饰着黑玉。

二章。夸美曹君之服饰。

鸤鸠在桑，	鸤鸠呆在桑树，
其子在棘。	它的雏儿寄在酸枣树。
淑人君子！	善人君子！
其仪不忒。	他的行义没有差忒。
其仪不忒？	他的行义没有差忒？
正是四国。之部。	可领导着这四方诸国。

三章。夸美曹君于外为四国之长。

鸤鸠在桑，	鸤鸠呆在桑树，
其子在榛。	它的雏儿寄在榛树中。

淑人君子！	善人君子！
正是国人。	可领导着这些国人。
正是国人？	可领导着这些国人？
胡不万年！真部。	怎么不会是永保万年！

四章。夸美曹君于内永为国人之长。〇按：美非其实，适以为刺。主文谲谏，奴隶辞令。此前儒论《诗》者所谓“以美为刺”也。愚谓上骄下谄，自欺欺人，此亦人间喜剧，政治艺术之一。盖首基于奴隶制社会，而终古不衰。不独新莽君臣，偷安旦夕，习相诳耀，煦沫以喜已也。

〇今按：《鸤鸠》，疑为一群“小人”谄谀干进，歌功颂德之诗。此所以一时乘轩赤芾者骤至三百人之多也。朱子《辨说》云：“此美诗，非刺诗。”其殆庶乎？西周诸侯蕞尔小国如此，无怪西汉大一统时，诵莽功德者四五十万士人亦不为多也。或又疑为讽刺曹共公依附霸主，妄自尊大，犹复二三其德，执义不一而作。曹“昭公当齐桓之世，屡与盟坛，备勤战绩”。其子共公用父贻谋，“历事齐桓、宋襄、晋文三霸主”。亦屡与征伐会盟。“桓之衰也，宋人即伐曹矣。宋襄图霸，〔曹〕复同伐齐以纳孝公。桓公当日既失制命之义而轻属幼少，乃长子无亏既嗣立，虽以宋襄为主，奉少夺长以乱齐国，而曹伯（共公）亦不能无咎矣。轻从宋师以乱齐，复盟曹南而背宋，宜无解宋人之围也。”《鸤鸠》之作或在其时。诗云：“其仪不忒，正是四国。”非刺其乱齐背宋之事乎？“曹共之立，齐所定也。”齐桓既死，借宋乱齐，旋复背盟反宋。诗谓“其仪一兮，心如结兮”，美之，适所以刺之。曹共公乃执义不一，用心不固之人，不得谓之淑人君子也。诗咏鸤鸠，即《鹊巢》篇鹊巢鸠居之鸠，亦即布谷。鸤鸠不自伏卵哺雏，寄巢产卵，故其子在梅在棘在榛不一。鸤鸠之子托庇他鸟卵翼之下，羽毛未丰，反向他鸟之子攻击。诗人以鸤鸠之子兴曹昭公之子共公乱齐背宋，可谓能近取譬。《序》说“刺在位者无君子，用心之不壹”，意刺共公，或不为误。而以李超孙《诗氏族考》评述曹昭公共公父子事迹解之,《序》说与史事与诗义有合。王先谦云:“三家无异义。陈乔枞云:《鲁诗》说《鸤鸠》之义,词无讥刺,与毛异解。愚谓刺诗不在显言,《关雎》、《鹿鸣》皆其例也。”此说刺诗亦不为大误。诗“其弁伊骐”者,“骐”不读《尚书·顾命》“四人骐弁执戈”之“骐”,当从《郑笺》读为《周礼·弁师》“王之皮弁会五采玉璂”之“璂”。《孔疏》云:“皮弁是诸侯视朝之常服,又朝天子亦服之。”“其弁伊骐”与下文“正是四国”语义相贯,正指国君。倘谓诗“淑人君子”泛指一般君子,陈奂所谓“《序》云在位君子统君臣言”,则未为是也。究竟此诗主题维何?歧解之多,争论之烈,头绪紊乱,不可爬梳,在《诗》三百中亦为突出之一篇。或谓此美君子之用心均平专一,而不指实君子为何等人,如《朱传》是。或谓此美开国贤君曹叔振铎,如伪《申公诗说》、方玉润《诗经原始》是。或直以为此曹叔振铎训诫子孙之作,如姜炳璋《诗序广义》是。(姜氏并斥《诗故》以君子美公子臧,《蠡测》以为美周公,《诗亿》以为美僖负羁,《古义》以为美晋文公,皆非也。)或以为此美公子臧,如黄中松《诗疑辨证》引董氏、钱氏说是。或以为此美周公,《曹风》、《豳风》相联属,脱误在此,如《诗疑辨证》又引蒋仁叔说,并以为近是者是。或以为此曹人美晋文公使曹伯复国,如何楷《古义》、姚际恒《诗经通论》是。相反,或据《诗序》刺不一,以为此刺晋文公释卫侯,执曹伯,同罪异罚,是谓不一,如李黼平《绌义》、魏源《诗古微》、王闿运《补笺》是。或不指实其人为谁,但以为此思古刺今之作,如胡承珙《后笺》是。《诗》三百中类此者多,此其显例。诚如古人所谓“盲人扪象”,今人所谓“瞎子断匾”者也。

下泉四章章四句

《下泉》,思治也。曹人疾共公侵刻下民,不得其所,忧而思明王贤伯也。

洌彼下泉，泉与叹叶。元部。	冷冰冰的那条流泉，
浸彼苞稂。〔一〕	浸到那丛生的童粱。
忾我寤叹，鲁，忾作慨，韩作嘅。	唉我醒了长声叹息，
念彼周京！阳部。○彼音波，与我字作句中韵。	想念那西周的镐京！

一章。孙鑛云："只空空说念周京，然含意固深。"

洌彼下泉，	冷冰冰的那条流泉，
浸彼苞萧。	浸到那丛生的香蒿。
忾我寤叹，	唉我醒了长声叹息，
念彼京周！幽部。	想念那伟大的周朝！

二章。按：苞萧叠韵。

洌彼下泉，	冷冰冰的那条流泉，
浸彼苞蓍。〔二〕	浸到那丛生的灵蓍。
忾我寤叹，	唉我醒了长声叹息，
念彼京师！脂部。	想念那伟大的京师！

三章。已上三章悼今无明王。此诗果如何楷、马瑞辰、王先谦三人先后论证：盖作在周敬王之世，曹人在周者，为美晋荀砾纳敬王于成周而作乎？○江永云："一、二、三章，泉、叹隔韵。"

芃芃黍苗，	蓬蓬地长得茂盛的黍苗，
阴雨膏之。	就有阴雨好好地去浇它。
四国有王，	四方诸国有努力勤王的，
郇伯劳之。宵部。	就有郇伯好好地慰劳他。

四章。末章颂郇伯之贤。○孙鑛云："至此乃稍点意，然亦不甚露。"

○今按：《下泉》，盖衰周乱世，曹人思明王，颂贤伯之作。玩诗意，确有不胜今昔盛衰之感。其哀以思，诗或出于破落贵族，属于亡国之音。诗人为国运唱挽歌，亦为自己一阶级唱挽歌，与《匪风》同类。《诗序》不违诗旨。至说“曹人疾共公侵刻下民，不得其所”。或由于诗以洌泉浸稂起兴。《毛传》云：“兴也。稂，童粱，非溉草，得水而病也。”《郑笺》云：“兴者，喻共公之施政教，徒困病其民。”即谓诗以洌泉伤草，喻侵刻伤民。侵刻者，犹今言压迫与剥削也。朱子《辨说》云：“曹无他事可考，《序》因《候人》而遂以为共公。然此乃天下之大势，非共公之罪也。”从《序》说，诗疾共公，则诗当作在周襄王之世（公元前六五一—六一九）。而后人或以为此诗作在厉王流彸、共和摄政之世（公元前八四一—八三〇）。魏源云：“问：焦氏《易林》云：‘下泉苞稂，十年无王。郇伯遇时，忧念周京。’（《蛊之归妹》）何楷以晋荀砾纳敬王事当之，其说若何？曰：周敬王事在晋顷、鲁昭之世，距陈灵已九十二年（定王八年至敬王四年），距晋文则百有余年。又纳王亦是晋侯之功，何得归美荀砾？决非诗人所指。《曹风》四篇自是晋文入曹所陈。故《传》曰，曹文昭也，晋武穆也。会诸侯而灭同姓，不可。乃复封曹。《下泉》美郇伯，正以郇及曹同为文昭，殆作于分田畀宋、执而未封之时。以郇伯望晋文，故晋文悦而封之。乌得下移百余年之久乎？”“《笺》以郇为州伯。则河东冀州之伯。（河东荀城古郇国。荀、郇同字。晋灭之，以为荀县。）乌能劳及于青州之曹？当从《毛传》为二伯之一，主东诸侯者。考西周时十年无王，惟厉王流彸、共和摄政之世，王子朝告诸侯曰：厉王戾虐，民心弗忍，居王于彘。诸侯释位以间王政。宣王有志而后效官。（杜注：间，与也。去其位，间与王室之政事。《孔疏》谓指共和摄政。）则是共伯和摄之于内，郇伯劳之于外，皆同姓诸侯释位以间王政之事，故十年无王。而《下泉》诗人则曰，‘四国有王，郇伯劳之’。苟追述西周之盛，则礼乐征伐自天子出，何仅以四国有王归功方伯乎？”（《诗古微·陈曹答问》篇）陈奂云：“魏源据焦说十年无王，谓郇伯劳来当在厉王流彸、共伯摄政之世。奂窃谓《传》不言郇伯为文王子，《序》又不言古明王贤伯。《小雅·黍苗》刺幽王，但近述召穆公，已不必远追召康公。则此值晋文修怨之年，似不必更追述文王子之郇矣。焦说本三家《诗》，魏默深考厉王末年当之，说似有据。”何楷、马瑞辰、王先谦则谓此诗作在周敬王之世，曹人在周者，为美晋荀砾纳敬王于成周而作。马瑞辰云：“何楷据《易林》十年无王，荀伯遇时，此诗当为曹人美晋荀砾纳敬王于成周而作。其说以自《春秋》昭二十二年王子朝作乱，至昭三十二年城成周，为十年无王。《左传》天王使告于晋曰：‘天降祸于周，俾我兄弟并有乱心，以为伯父忧。我一二亲昵甥舅不遑启处，于今十年，勤戍五年，余一人无日忘之。’与《易林》‘十年无王’合。又以昭二十三年天王居于狄泉，即此诗下泉。郇伯，即荀砾也。荀即郇国之后，去邑（阝）称荀也。称荀伯者，《左传》昭三十一年，晋侯使荀砾唁公，季孙从知伯如干侯。知伯，即荀砾也。诸荀在晋，别为知与中行二氏，故又称知伯。荀伯，犹知伯也。美荀砾而诗列《曹风》者，昭二十五年晋人为黄父之会，盟王室，具戍人。二十七年会扈令戍周。三十二年城成周。曹人盖皆与焉，故曹人歌其事也。今案：《易林》说《诗》，多本三家。何楷以《左传》证之，似亦可备一说。昭二十二年，王子猛入于王城。《公羊传》：王城者何？西周也。二十六年冬十月，天王入于成周。《公羊传》：成周者何？东周也。孔广森曰：称成周不称京师者，敬王新居东周，非故京师矣。此诗‘念彼周京’，似王新迁成周，追念故京师王室之词。自是以后，诸侯不复勤王，故列国《风》诗终于此。亦可为何氏增一证也。”王先谦云：“愚案，何氏阐明齐说，深于诗义有裨。今从之。自文公定霸之后，曹之事晋甚恭，议戍必皆从役。而成周之城，则曹人明书于经，故曹人在周者为此诗。”又云：“《易林》云‘荀伯遇时，忧念周京’者，《左传》昭二十二年十月，荀砾与籍谈帅师纳王于王城。二十六年七月，知砾与赵鞅帅师纳王。荀氏在晋为名卿，纳王之事，身著勤劳。诗美其遇王室危乱之时，能以周京为忧念。故言黍之苗芃芃然盛者，以阴雨能膏泽之；今四国尚知有王事者，以郇伯能劳来之也。”果如其说，则此诗作在敬王四年，当公元前五一六年。旧说“《诗》讫于陈灵”，未是。记愚于《邶风·燕燕》、《秦风·无衣》、《陈风·株林》等篇，皆尝说及此点。何楷论《诗经》时代，上限始自夏少康之世，有《生民》、《公刘》、《七月》、《甫田》、《大田》、《良耜》、《载芟》、《行苇》，凡八篇，难以据信。下限讫于周敬王之世，有《下泉》一篇，似为有据。王夫之《稗疏》以为《秦风·无衣》一篇作于周敬王十四年，当公元前五〇五年，则《诗经》时代下限当讫于此。较《下泉》作出已迟十年。下距相传删《诗》正《乐》之孔子之死二十七年（敬王四十一年，当公元前四七九年）。孔子屡称《诗》三百，《下泉》、《无衣》不皆列在其中矣乎？

【简注】

蜉蝣

〔一〕蜉蝣，节肢动物，昆虫，拟脉翅类，蜉蝣目。邹树文云：按 Ephemeroptera 的得名始于古希腊学者亚里斯多德。古希腊字 Ephemeron 即是朝生暮死之意。这样短促的生命，当然只就出水能飞的虫期而言。其幼虫生于水中，是极好的供给鱼类的食料。因种类之不同而幼虫期有久暂，有长至二或三年者。惟其成虫（包括亚成虫）则自出水能飞到死，最短不过几个钟头，长亦不过数日。（子展按：《淮南·诠言训》：龟三千岁，蜉蝣不过三日。《大戴礼·易本命》篇引《淮南子》：蜉蝣不饮不食，三日而终。）此目昆虫在离水时期往往有同时出现的现象。于湖泊地区，每岁春夏之交，突然大批成群飞行，由亚成虫蜕化为成虫，交尾及产卵于水中，都不过数日之间完全消失，最易引人注意。此虫有一个亚成虫时期，即是出水能飞之后还要再蜕皮一次。仍旧成为有翅能飞之虫，与其初出水的亚成虫的形态不见差别。这是在昆虫世界上最独特之一类。成虫（包括亚成虫）的翅通常有四翼，均甚娇嫩，几乎透明，全部展开，静止时矗立背上，从不垂覆。即是无论在飞行或静息，虫翅都是全部呈现。虫体相当长，亦颇娇嫩，附有很长的尾须二根，亦有三根者。成虫不饮不食，以致消化器官失去效用，充满了空气，减轻了体重，帮助了飞行。飞起因风翱翔,令人看去有体态轻盈之感。

〔二〕于我归处者,犹言于何归处也。如以於为叹词,音乌,则犹言嗟何归处也。俞樾云:我何古音相近。《鹑之奔奔》篇:我以为兄,《韩诗外传》引作何以为兄。《周颂·维天之命》篇:假以溢我,襄二十七年《左传》引作何以恤我,《说文》言部引作誐以谧我。何之为我,犹誐之为何也。王闿运云:于我,如何也。以此于我与《秦风·权舆》于我乎同。

○蜉蝣读浮游。说音税,协音如字读。

候人

〔一〕鹈,鹈鹕。鹈形目、鹈鹕科。全体几近白色。眼黄白色。嘴灰色,前半及侧缘黄色。眼周裸皮与喉囊淡黄。脚腿皆蓝灰色。鹈鹕为大型水禽,栖息于大湖河汊中,好群居。捕食鱼贝,为渔业害。多瑙河三角洲,罗马尼亚境,水中最多,至称为鹈鹕世界。我国所见不多,上海西郊公园(现改名为上海动物园)天鹅湖中饲养之。

○何,荷,音贺。祋同殳,又音役。其音记。芾音弗。咮音昼。荟音会。隮读跻。

鸤鸠

〔一〕鸤鸠,布谷鸟。鹃形目、杜鹃科。已见《鹊巢》篇。梅桑棘榛已数见于前。

○鸤音尸。弁音卞。骐音其。忒音特。

下泉

〔一〕稂,狼尾草。禾本科,多年生草本,常生道旁。其茎丛生,高至一二尺。叶狭长而坚韧。茎梢生圆柱形之长穗,成总状花序,黑紫色,有芒与毛。一说稂为公禾,裸米所生,不结实者,故曰童粱也。萧,已见《采葛》篇。

〔二〕蓍,灵蓍,古人用作占筮。菊科,多年生草本。春由宿根簇生多茎。高约二三尺。叶互生,羽状深裂,裂片有锯齿。夏日茎梢分枝为伞房状,生多数小头状花,其周围有少数短形之舌状花冠,色淡红或白色,其中央为筒状花冠。结扁形瘦果。今以曲阜孔林所产者为最有名,俗名孔墓草。

○洌当作冽,同音列。稂音狼,又音良。蓍音尸。膏如字,或读去声。郇音旬。劳如字去声。

诗经直解　卷十五

豳第十五　毛诗国风

豳国七篇二十七章二百三句

七月八章章十一句

《七月》,陈王业也。周公遭变,故陈后稷先公风化之所由,致王业之艰难也。

七月流火,〔一〕	七月里黄昏大火星移下朝西,
九月授衣。脂部。	九月里天气渐冷发给了寒衣。
一之日觱发,韩,觱作毕。齐、鲁,觱发作滭冹。	十一月里有寒风猛吹的毕毕拔拔,
二之日栗烈。	十二月里有寒气发抖的栗栗冽冽。
无衣无褐,	没有好衣也没有粗服,
何以卒岁?祭部。	拿什么把这一年结局?
三之日于耜,	正月里要去修理农具犁头,
四之日举趾。齐,趾作止。	二月里提起脚板来把工做。
同我妇子,	同我的老婆儿女一路,
馌彼南亩,	送饭到那南亩而去,
田畯至喜。之部。	让田官到来饮酒吃饭舒服。

一章。总言衣食之事,深秋始授寒衣,并为来年春耕计。○诗

以“七月流火”发端者，盖由于上古时代划分季节是从火星昏见以决定之。《史记》载颛顼命火正黎，司地以属民。即为观测大火星昏见而专设此官耳。诗中称我者，我豳公也。或我豳公代理之人也。诗显然是氏族社会末期父家长奴役制下大家长率领家族成员共同耕种之遗迹。此与《甫田》、《大田》等诗略同，皆言王者或其代理人以其妇子馌彼南亩，田官至，则又加之以酒食也。○孙鑛云：“‘一之日’，句法奇甚。‘觱发’二字更奇陗。谚云：三九二十七，篱头吹觱栗。谓风著篱上作如此声耳。”按：觱栗又名悲栗，本龟兹乐，唐时已入中国，非必即诗之觱发也。○江永云：“火、衣，平、上为韵；发、烈、褐、岁，去、入为韵。”○陈奂云：“觱发叠韵。”（《诗毛氏传疏》）○按：觱发又作双声。栗烈双声。

七月流火，	七月里黄昏大火星移下朝西，
九月授衣。脂部。	九月里天气渐冷发给了寒衣。
春日载阳，	直到仲春日子便算青阳，
有鸣仓庚。〔二〕	那叫着的黄鹂又名离黄。
女执懿筐，	一些采桑女子手拿大筐，
遵彼微行，	沿着那条墙下小路前往，
爰求柔桑。阳部。	于是去找柔嫩嫩的新桑。
春日迟迟，	仲春日子慢慢地长了起来，
采蘩祁祁。	去采白蒿生蚕的人一堆堆。
女心伤悲，	这些女子心里不免伤悲，
殆及公子同归！脂部。	恐怕要和那些公子同归！

二章。言为来年春季养蚕计。○按：“女心伤悲，殆及公子同归”者，女子自知得为公子所占有，恐为公子强暴侵陵而伤悲耳。在奴隶制度下，生产关系之基础为奴隶主占有生产资料与生产工作者。此生产工作者即奴隶主所能当作牲畜买卖屠杀之奴隶。知

此，则知此女心之所以伤悲矣。〇陈奂云："仓庚叠韵。"

七月流火，	七月里黄昏大火星移下朝西，
八月萑苇。脂部。	八月里做蚕箔的芦荻准备齐。
蚕月条桑，韩，条作挑。	直到养蚕月季要挑一枝枝的桑，
取彼斧斨，	拿出那些斧头不管斧孔的圆方，
以伐远扬，	就用斧头砍伐桑枝的太老而长，
猗彼女桑。阳部。	采桑不伤枝条就斜攀那些嫩桑。
七月鸣鵙，〔三〕	七月里可有伯劳鸟儿叫唧唧，
八月载绩，	八月里丝事已完就把麻来绩，
载玄载黄，	丝麻染了黑的就黑，黄的就黄，
我朱孔阳，	我们有朱红的纺织品特别漂亮，
为公子裳。阳部。	拣这些高贵的料子做公子衣裳。

三章。续言来年春季养蚕事，并为秋冬织染计，重在为公子祭服朱裳耳。〇按：萑苇双声。

四月秀葽，《夏小正》作四月秀幽。	四月里有不开好花却又结实的苦葽，
五月鸣蜩。〔四〕幽宵通韵。	五月里有胡蝉儿不断叫着知了知了。
八月其获，	八月里大家忙的收获，
十月陨萚。鱼部。	十月里草木枝叶枯落。
一之日于貉，〔五〕	十一月里就去猎貉子，
取彼狐狸，	拿着那些狐狸的细毛，
为公子裘。之部。	为贵族的公子做皮袍。
二之日其同，	十二月里大家忙的聚拢，
载缵武功。	就继续练习些打猎武功。

言私其豵，　　归我们私有的只是小野猪，
献豜于公。东部。　　贡献三四岁的大野猪归公。

四章。略言夏畦、秋收、冬猎、讲武。重在为公与公子获得肉食与皮裘耳。

五月斯螽动股，　　五月里螽斯儿叫，切动它的两股，
六月莎鸡振羽。〔六〕　　六月里纺织娘叫，振动它的翅羽。
七月在野，　　七月里才出生在田野，
八月在宇，　　八月里在屋檐下泥土，
九月在户，　　九月里有的躲在人户，
十月蟋蟀入我床下。　　十月里这蟋蟀进入我们的床下。
穹窒熏鼠，　　将洞穴一起填塞先把鼠熏，
塞向墐户。　　塞好朝北的窗子泥好门缝。
嗟我妇子，　　可怜我的老婆儿女，
曰为改岁，齐，曰作聿。　　说是为了过年度冬，
入此室处！鱼部。○三句一韵。　　都进入这屋子居住！

五章。又略言夏秋冬之物候，几种常见昆虫之活动，重在入冬修理房舍，有如蟋蟀昆虫之类蛰伏越冬。○按：自“七月在野”，至“十月蟋蟀入我床下”，四句并言蟋蟀，而最后一句始点明蟋蟀者，倒文也。可见上古诗人构句之妙。○江永云：“间句韵。间二句如：嗟我妇子，曰为改岁，入此室处。”

六月食郁及薁，鲁、韩，薁作蘡。　　六月里可吃到郁李和野葡萄，
七月亨葵及菽。〔七〕　　七月里有冬苋菜和豆子烹调。
八月剥枣；　　八月里枣子成熟了要去扑枣；
十月获稻。　　十月里晚稻成熟了要去割稻。

为此春酒，　　就酿造这种春酒，
以介眉寿！幽部。　　去祝给豪眉大寿！
七月食瓜，　　七月里有甜瓜可以生吃，
八月断壶，〔八〕　　八月里摘断瓠瓜藤尖子，
九月叔苴，　　九月里搭起苴麻做羹汁，
采荼薪樗，〔九〕　　采了苦菜又砍臭椿做柴烧，
食我农夫！鱼部。　　养活我们农夫的可真糟糕！

六章。杂叙一年夏秋间果蔬稻酒之生产与收获，稻酒殆皆上献，故唯采荼薪樗，食我农夫耳。〇按：奴隶主占有生产资料与生产工作者，并支配一切生活物资，惟以其粗恶者衣食其奴隶焉。

九月筑场圃，　　九月里修筑好了场圃，
十月纳禾稼：鱼部。　　十月里把庄稼缴纳去：
黍稷重穋，三家，重穋作种稑。　　黍子稷子有晚造早造，
禾麻菽麦。〔一〇〕之幽通韵。　　及一切谷物麻麦和豆。
嗟我农夫！　　可怜的我们这些农夫！——
我稼既同，　　我们把庄稼都已聚拢，
上入执宫功。东部。　　还得上去做宫室里的工。
昼尔于茅，〔一一〕　　白昼呢就得去打丝茅，
宵尔索绹。幽部。　　夜里呢就得搓绳绞绹。
亟其乘屋，　　赶快的去爬顶修理野庐小屋，
其始播百谷！侯部。　　将要开始起来播种那些百谷！

七章。言秋收季节，修筑场圃，及时献纳庄稼。冬日则上入为宫廷服役，并准备来春耕种之事。〇按：自“嗟我农夫”句，破折号——以下，直至篇终，皆设为诗人代作农夫之词。读者细玩自晓。

二之日凿冰冲冲，	十二月里凿取冰块儿响冲冲，
三之日纳于凌阴。中、侵合韵。	正月里把它放进了冰窖凌阴。
四之日其蚤，齐、鲁，蚤作早。	二月里就在选好的一个清早，
献羔祭韭。〔一二〕幽部。	贡献羔羊韭菜开冰先祭寝庙。
九月肃霜，	九月里秋高天气肃爽，
十月涤场。〔一三〕	十月里草木摇落景象。
朋酒斯飨，	把酒一樽又一樽的宴飨，
曰杀羔羊。	于是宰杀了些肥嫩的羊，
跻彼公堂：	大家登上了那里的公堂：
称彼兕觥，〔一四〕	举起那贵重的酒器兕觥，
万寿无疆！阳部。○齐，万寿作受福。	祝愿他们受福万寿无疆！

八章。略言自冬春至秋收有暇，便为统治阶级享乐服役，如藏冰备暑、大饮祝福之类。此诗可视为殷周之际奴隶制社会典型环境中之典型作品。○按：后世封建制社会历有诗人画家作《豳风图》，题咏田家农夫之乐，不自知其为当时地主阶级服务，实由于不知从《七月》诗中只见到公与公子之乐，并无农夫之乐也。○孙鑛云："衣食为经，月令为纬，草木禽兽为色，横来竖去，无不如意。固是叙述忧勤，然即事感物，兴趣更自有余，体被文质，调兼《雅》、《颂》，真是无上神品。"○按，吾湘谚语云："饭饱文章健。"孙氏之说，的有见地。虽有周公之才之美，使饥且冻，其能为此孔曼且硕之诗乎？○按：肃霜、涤场双声。凌阴叠韵。

○今按：《七月》，为周初概述周代自后稷豳公（公刘）以来关于奴隶制社会之生产关系基础，以及其时农业知识与经验之不朽之伟大诗篇。或者说，此诗为高度概括周代先公先王居豳时期之农事诗。此决非一时一人之作，具有特大之历史价值，极高之文艺价值。《诗序》说此周公遭变，陈王业之艰难而作。襄二十九年《左传》："季札见歌《豳》，曰：美哉！荡乎！乐而不淫，其周公之东乎？"

此当为《序》说所本。而今文三家及宋儒朱子之说皆无以异之。意者：或如金履祥、黄中松、阎若璩，与崔述一流学者，疑为豳人旧作；而或周公增损之，以陈诗说教，故诗记时月兼用夏、周二历乎？日本汉学家林泰辅则决其为周公所作也。王先谦《集疏》："皮嘉祐（皮锡瑞子）云：此诗言月者皆夏正，言一二三四之日者皆周正，改其名不改其实。《逸周书·周月》篇云：亦越我周致伐于商，改正异械（按：谓礼乐兵甲之器），以垂三统（按：谓夏、殷、周三正）。至于敬授民时，巡狩祭享，犹自夏焉（按：谓从夏正也）。是为此篇之确证。"此可证《七月》作于西周之初，不必能证此诗为周公所作。要之，无论此诗是否出于周公之手，其在《诗》三百中自是一大杰作。此可作为周代农业史料读，可以作为豳地农谚、农活歌诀读，可以作为我国物候学史最古资料之一来读（其他有《逸周书·时训解》、《吕氏春秋·十二纪》、《大戴礼记·夏小正》、《礼记·月令》、《淮南子·时则训》等），尤可作为我国古代社会农业奴隶生活图说读。后世之《豳风七月图》或《豳风图》，正属此类。

其他有关《诗经》之图画，自汉、晋至隋、唐尝有多种官私名作。高似孙《纬略》十，云："汉桓帝时，刘褒画《云汉图》，见者皆热。又画《北风图》，见者复寒。（《博物志》）隋朝官本有卫协画《北风图》一卷，不复有汉人之笔矣。然古人多以《诗》为图，陆探微有《新台图》，卫协又有《黍离图》，司马昭（张彦远《历代名画记》作司马绍）又有《豳风七月图》。"王应麟《困学纪闻》三，云："《唐·志》，《毛诗草木虫鱼图》二十卷。开成中，文宗命集贤院修撰，并绘物象，学士杨嗣复张次宗上之。按《名贤画录》：太和中，文宗好古重道，以晋明帝朝卫协画《毛诗图》，草木鸟兽、古贤圣君臣之像，不得其真；召程修己图之，皆据经定名，任意采掇。由是冠冕之制，生植之姿，远无不详，幽无不显。然则所图非止草木虫鱼也。（按《隋·志》，梁有《毛诗古贤圣图》二卷）"

今之从事于我国古代社会研究，尤其是关于周代奴隶制社会研究者，一时风猋云涌，其说尚未能一致。近见日本佐野袈裟美《中国历史教程》一书，论到《豳风·七月》一诗云："这里是写着：把处女、红的美裳、皮裘、大豕等，献于公子。同时这诗也表示着奴隶制的存在。公子是残存的氏族种族的家长，是父家长制的家族的家长，是形成支配阶级的贵族。奴隶被放在其支配下。这显然是父家长制的奴隶制。在农夫方面，父家长制的家族集团，也作为奴隶而被放在公子的支配下面。在这父家长制的家族集团内，父家长同样是奴隶，率领农夫和一家的妇子而从事于生产。""奴隶的农夫食瓜、壶卢、麻子、苦菜等，勉强地生活着。农事监督官田畯时时来巡视。""父家长指挥农夫从事收获；更使他们从乡野到城市去，从事修理宫室的劳役。由此可以知道这父家长作为贵族的代理者而尽着忠实的义务的情形了罢。""土地当时已成了公子的私有土地。如果不是这样，那就是成了以公子为父家长的征服者氏族种族的共同体的名目上的所有地了。所以，收获物被缴纳到公子那儿了。但是，这和在农奴制下被缴纳于领主的地租性质是确实相同的。"此可为《七月》诗备一说。读者可取此说与范文澜、郭沫若诸家所说者，比较研究，加以批判，而自得之。愚愧隶也大耋，无能为役也。顾同意：周族早在灭殷商之前，尚停滞在氏族社会末期之父家长奴役制。既灭殷商，损益殷礼，全国土地为王者所有。复在氏族社会父系家长制血统关系之基础上，建立以小宗从大宗、以大宗从公室、以公室从宗周之宗法制度。并依宗法之体制，天子以畿外之土地人民分赐予诸侯；天子与诸侯以畿内之土地人民一部分又分予卿大夫士。所以从宗法血统关系而言，有如《左传》桓二年所云："天子建国，诸侯立家，卿置侧室，大夫有宾客，士有隶子弟。"是也。次从政治上隶属关系而言，有如《左传》昭七年所云："王臣公，公臣大夫，大夫臣士。"是也。再从经济上榨取关系而言，有如《国语·晋语》所云："公食贡，大夫食邑，士食田，庶人食力，工商食官，皂隶食职，官宰食加。"是也。自天子诸侯卿大夫降而至于士，形成周代各级之宗法贵族，皆依次而占有大小不等之土地。庶人工商皂隶则不占有土地。工商隶属官府，故云食官。皂隶则为各级贵族给役杂务，故云食职。庶人虽然通过自己所属公社配给部分私田，《王制》所谓受农田百亩者，但尚有待于定期重新分配。(《周礼·地官·小司徒》、《均人》，《公羊传》宣十五年何休注。)农民之于土地惟有使用权而无所有权，故不得私自买卖，《王制》所云“田里不鬻”，是也。农民于耕种自己分配所得之私田以外，必须为奴隶主贵族耕种公田，故曰庶人食力。《孟子》云：“乡田同井，出入相友，守望相助，疾病相扶持。”此显然反映周初在过去以血缘为纽带之氏族公社，已为以地域为纽带，即以近邻为联系之农村公社所代替。不过此一取而代之之公社仍保留浓厚之氏族制残余也。愚论《七月》一诗有取于佐野袈裟美之说而复稍广之，并愿与通读《诗》三百者一商榷之也。

近见竺可桢《中国古代在天文学上的伟大贡献》一文，其中云：“从殷墟时代起，我们已是农耕社会。一年四季寒来暑往的规律，对于农产品的培养、生长和收获，是有决定性的。必得把握这寒来暑往的规律才能把农产物搞好。稻麦五谷早种或迟种十天的差别，常会使农人一年辛苦的勤劳变为成功或失败。过去受了帝国主义宣传的毒素，总以为阳历是从西洋传来的，西洋古代历法要比中国来得精密高明。这是完全错误的。我们从甲骨文上可以看出三千年前殷代已有十三月的名称。《书经·尧典》说：‘期三百有六旬有六日，以闰月定四时成岁。’就是阴阳历并用。西洋在巴比伦时代或希腊、罗马时代，也夹用阴阳两历，和中国原是一样。不过同时代，我们的历法要比希腊、罗马来得进步。《孟子·离娄》篇说：‘天之高也，星辰之远也，苟求其故，千岁之日至，可坐而致也。’古人称冬至夏至为日至。像《孟子》所说，在战国时代我们测定阳历年的长短已极有把握。西洋到了我国西汉末年的时候，历法还是非常纷乱。罗马该撒皇帝定了《儒略历》，历法遂上轨道。”“我国在春秋中叶,已知道十九年七闰的方法,要比希腊梅冬发明周期,在时间上早一百六十七年。二十四节气也是中国历的特点。节气完全跟太阳走的,可称阳历的一部分。二至、二分,在春秋时候已经知道了。其余二十个节气到秦、汉之间才完备。西洋到如今只有春分、夏至、秋分、冬至四个节气,并不像我们中国有立春、雨水、惊蛰等名称。这二十四节气于实用上,给一般老百姓以极大方便。明末顾炎武《日知录》说:'三代以上,人人皆知天文。七月流火,农夫之辞也。三星在户,妇人之语也。月离于毕,戍卒之作也。龙尾伏辰,儿童之谣也。后世文人学士有问之而茫然者矣。'春秋以前,没有二十四节气,所以人们的衣食住行统要看星宿的出没来决定,天文常识就很普遍。秦、汉以后,有了节气、月令。像'清明下种、谷雨下秧'这类谣谚,和《九九歌》等,流行以后,一般老百姓就无需仰观天文了。中国古代定一年四季的方法,最初以黄昏星宿的出没为主。《尚书·尧典》以鸟、火、虚、昴四宿,为仲春仲秋仲夏仲冬黄昏时之中星。殷墟甲骨文中已有'火'和'鸟'的星名。司马迁《史记》称上古有火正,专门观测大火星的昏见。可见我国三千年前,春季黄昏大火即星宿第二星的初见,为一年农业上的大事,季节由大火的昏见而决定。到了春秋中叶,我国历学有了显著的进步。依据日本人新城新藏氏的推断,这是由于在鲁文公、宣公时代,即公历纪元前七世纪已采用土圭观测日影,以定冬至和夏至的缘故。希腊用土圭测定冬、夏至,始于纪元前六世纪的亚纳雪曼,尚在我国之后数十年。"据此可以略知:诗首"七月流火"具何意义。《诗》三百中何以往往说及星宿之名或其运转?《小星》、《大东》之于役行人宵征仰察,尤为显例。何以古时天文常识如此普遍?又《定之方中》:"揆之以日";《公刘》篇:"既景乃冈,相其阴阳";非谓已用土圭观测日影,以定季节;或择方所,而兴土木乎?同时可知:我国殷、周时代天文历学之发展,实与农业生产之发展相适应,且已各臻于相当之高度。而此二者之相互发展,较诸约与同时之古希腊、罗马所发展者，则似尤为先进也。

至若《汉书·地理志》云："昔后稷封斄(邰)，公刘处豳，太王徙郊(岐)，文王作丰，武王治鄗，其民有先王遗风，好稼穑，务本业，故《豳诗》言农桑衣食之本甚备。"清顾栋高《诗经类释》云："许谦曰：豳即邠州，唐开元时改豳字为邠。今为陕西西安府邠州三水县。《郡县志》云：古豳城在县西三十里，公刘所迁前，后稷封邰，在今西安府武功县西南二十二里，《诗》所谓即有邰家室。是也。又百泉、溥原、流泉(三地见后《公刘》篇)俱在今三水县界。"陈奂《传疏》云："豳，公刘国。周公既遭管、蔡之变，东征三年，后归朝廷，致太平。为成王营雒，仿佛公刘治豳，故托始于豳，而大师编《诗》遂以为豳国之《风》焉。""此周公遭管、蔡之变而作。"据此可知：豳今何地？豳公何人？《豳风·七月》作者何时何人？显知：《豳风》何为而作？以及有周一代农业发展之所自来。他若《周礼·春官·籥章》，说及《豳诗》、《豳雅》、《豳颂》，实同指《豳风》。盖因其为礼之不同，歌《豳》而或异其乐器与曲调，姑异其名目。非谓《七月》一篇可分割为《风》、《雅》、《颂》；亦非必别有所谓《豳雅》、《豳颂》，而妄取《雅》、《颂》中十许篇之农事诗有类《七月》者以实之，如前儒之争论喋喋不休也。

鸱鸮四章章五句

《鸱鸮》，周公救乱也。成王未知周公之志，公乃为诗以遗王，名之曰《鸱鸮》焉。

鸱鸮鸱鸮！〔一〕宵部。	鸱鸮，鸱鸮！
既取我子，之侯借韵。	既已夺取了我的儿子，
无毁我室。脂部。	就不要毁坏我的住室。

恩斯勤斯，鲁，恩作殷。　　恩情呀，殷勤呀，
鬻子之闵斯。文部。　　这个孩子的可怜悯呀。

一章。“悔已往之过。”〇按：诗首暗托为小鸟呼鸱鸮而告之：“既取我子，无毁我室。”鸱鸮，谓武庚。子，谓管、蔡。取子，谓已扇乱管、蔡。毁室，谓将颠覆我王室也。鬻子，稚子，斥成王也。〇钟惺云：“本是爱室，末语只说爱子，盖动之以至情也。石人下泪矣。”〇注意有句中韵。〇江永云：“子、室，上、入为韵；勤、闵，平、上为韵。”

迨天之未阴雨；　　趁着天气的没有阴雨；
彻彼桑土，韩，土作杜。　　剥取那些桑树的根皮，
绸缪牖户。　　好好结扎窗子和门户。
今女下民，　　如今你们这下面的人，
或敢侮予。鱼部。　　有的还敢来把我欺侮。

二章。“戒未来之祸。”〇按：小鸟自言迨未阴雨时，绸缪牖户。喻救乱于未然也。〇孙鑛云：“此章是诗骨。若成王早为计，殷人当不叛。遂说出许多苦，淋漓杂沓，真可谓善言苦。”

予手拮据：　　我的手爪已经有困难了：
予所捋荼，〔二〕　　我要是摘些做窠的白茅，
予所蓄租。　　我要是积蓄些垫窠的草。
予口卒瘏，　　我的嘴头也要终于累坏了，
曰予未有室家！鱼部。　　因为我还没有把室家弄好！

三章。“此及下章极言缔造、平乱之难。如闻羁鸟悲鸣，恒有毁巢破卵之惧。其自警者深矣。”（方玉润）〇按：小鸟自言手口并作、勤劳备至者，只为我未有完固之室家耳。末一句结上四句。〇陈奂云：“拮据双声。”

予羽谯谯，　　　　我的羽毛枯焦焦，
予尾翛翛。　　　　我的尾巴缩消消。
予室翘翘，　　　　我的住室险翘翘，
风雨所漂摇。三家，摇作飖。　　　　风吹雨打的在飘摇。
予维音哓哓！幽、宵通韵。〇三家，音下有之字。　　　　我啊声音的惨哓哓！

四章。小鸟自言羽焦尾敝而音哓哓者，为室家尚在风雨飘摇中耳。连上共下十予字，词急而情迫矣。〇姚际恒云："承上章'予'字，二章逐句以之装首，奇文奇文！""有风雨飘摇句方不板。"〇陈奂云："漂摇叠韵。"

〇今按：《鸱鸮》，盖周公救乱居东初年之作（《诗序》），旨在暗喻现实，藉明心迹。东征胜利以后，贻诗成王（《金縢》），旨在痛定思痛，居安思危。《尚书大传》所谓一年救乱，谓其避居决策之时。所谓二年克殷，三年践奄，谓其东征行动之时。居东，东征，为一时一事。所谓三年，为一时一事之连续。此固毋庸争论。鸱鸮，自是恶禽。古说其为鸋鴂、篾雀、鹪鹩、桃虫、巧妇、女匠、小鸟之类，托为周公自谓，皆误。"唯郭注《尔雅》、《方言》，王注《楚辞》，不同古说。"（陈奂）说为鸱类鸮鸟，可不谓误。此亦不用争论。《鸱鸮》一诗托为小鸟哀呼鸱鸮而告之，如物语（寓言）、如童话、如禽言诗，此在《诗》三百中风格独奇，盖源出于歌谣。《朱子语类》："问《鸱鸮》诗，其词艰苦深奥，不知当时成王如何便即理会得。曰：当时事变在眼前，故读其诗者便知其命意所在。自今读之，既不及见当时事，所以谓其诗难晓。然成王虽得此诗，亦只是未敢诮公，其心未必能遂无疑。及至雷风之变，启《金縢》之书后，方始释然开悟。"又云："诗词多是出于当时乡谈，杂而为之。如鸱鸮、拮据、捋荼之语，皆此类也。"魏源亦云："《七月》、《鸱鸮》皆邠国旧《风》也。"愚见，即令此二诗皆豳国旧《风》，周公述而不作，或述而加工，仍当视为周公作品；不则未必流传至今也。《七月·序》说本于《左传》季札见歌《豳》之语。《鸱鸮·序》说本于《尚书·金縢》:“周公居东二年,则罪人斯得。于后公乃为诗以贻王,名之曰《鸱鸮》。王亦未敢诮公。”皆有实据也。此诗前儒争论烦琐,今不具陈。唯将愚之研究所得结论著之于篇云。

东山四章章十二句

《东山》,周公东征也。周公东征,三年而归,劳归士。大夫美之,故作是诗也。一章,言其完也。二章,言其思也。三章,言其室家之望女也。四章,乐男女之得及时也。君子之于人,序其情而闵其劳,所以说也。说以使民,民忘其死,其唯《东山》乎!

我徂东山, 我们往到东山,
慆慆不归。脂、元合韵。脂第八,元第十,故得合用。○三家,慆作滔,亦作悠。 好久好久不归。

我来自东, 我们归来从东方动身,
零雨其蒙。东部。○鲁,零作霝,齐、韩作霝。 落着细雨这样的蒙蒙。

我东曰归, 我从东方说归,
我心西悲: 我心西向而悲:
制彼裳衣, 制好她那些寄我的裳衣,
勿士行枚。脂部。 我已不再从事行阵衔枚。
蜎蜎者蠋,〔一〕三家,蠋作蜀。 一弓一弓地爬的桑尺蠖,
烝在桑野; 久呆在种着桑树的田野;
敦彼独宿,蠋、宿,可作幽、侯合韵。 一堆堆那些独宿的士兵,
亦在车下。鱼部。 也已好久睡在兵车之下。

一章。泛言归途中思家之可悲。○《郑笺》云:“此(首)四句

者，序归士之情也。"○按：我心西悲者，念西方室家之悲也。制彼裳衣者，《郑笺》云："女制彼裳衣而来，谓兵服也。亦初无行阵衔枚之事。言前定也。"李慈铭云："盖言在家妇女方为制裳衣远寄，而东国已平，无有衔枚之事。所谓兵服，即征人所服，非为戎服。所谓无事衔枚者，不过谓无事征战。故《笺》云：言前定也。谓衣方来而事已定也。"（《越缦堂读书记》）按：古戎服尚同，《秦风·无衣》所谓"与子同袍"、"同泽"、"同裳"者是。又，古军容不入国。李说《笺》云兵服非为戎服，意谓兵服为士兵之便服。是也。○江永云："蠋、宿隔韵。"又云："一、二、三、四章三句见韵。隔章章首遥韵。"

我徂东山，	我们往到东山，
慆慆不归。	好久好久不归。
我来自东，	我们归来从东方动身，
零雨其蒙。	落着细雨这样的蒙蒙。
果臝之实，〔二〕实与室叶。脂部。	王瓜似的括楼的果实，
亦施于宇？	也许已经蔓延到檐下？
伊威在室，〔三〕	伊威那湿生的土鳖在住室，
蠨蛸在户？鱼部。	长脚的小蜘蛛蟢子在门户？
町畽鹿场，	田地被野兽践踏成了鹿场，
熠燿宵行？阳部。	可有鬼火在夜里流动发光？
不可畏也，	想象起来并不可畏呀，
伊可怀也！脂部。	这是早在我的胸怀呀！

二章。想象家园荒芜之可畏。○按：《唐音癸签》权德舆诗云："昨夜裙带解，今朝蟢子飞。铅华不可弃，莫是藁砧归？"蟢子，盖用此诗蠨蛸也。○江永云："实、室隔韵。"○陈奂云："果臝、蠨蛸叠韵。伊威、町畽、熠燿双声。"按：伊威又作叠韵。

我徂东山，	我们往到东山，
慆慆不归。	好久好久不归。
我来自东，	我们归来从东方动身，
零雨其蒙。	落着细雨这样的蒙蒙。
鹳鸣于垤，〔四〕	喜水的白鹳长叫了在蚁穴，
妇叹于室：	妻子高兴的叹息了在住室：
“洒扫穹室，	“洒扫了还塞鼠洞，
我征聿至！脂部。	我家的行人将至！
有敦瓜苦，	那一团团的瓜已老的苦了，
烝在栗薪。韩，栗作蓼。	好久就在许多木架上蔓延。
自我不见，	自从我们不得相见，
于今三年！”真部。	到于今恰有了三年！”

三章。想象初归到家之情景。〇按：“我征聿至”、“自我不见”者，全诗中只此二我字非归士诗人自我。故《郑笺》云：“行者于阴雨尤苦，妇念之则叹于室也。而我君子行役，述其日月，今且至矣。言妇望也。”〇王夫之云：“知‘池塘生春草’、‘蝴蝶满园飞’之妙，则知‘杨柳依依’、‘零雨其蒙’之圣于诗。司空表圣〔《诗品》〕所谓‘超以象外，得其环中者’也。”（《姜斋诗话》卷上）〇江永云：“垤、室、窒、至，去、入为韵。”〇按：洒扫双声。

我徂东山，	我们往到东山，
慆慆不归。	好久好久不归。
我来自东，	我们归来从东方动身，
零雨其蒙。	落着细雨这样的蒙蒙。
仓庚于飞，飞与归叶。脂部。	还有黄鹂儿在那里飞翔，
熠燿其羽？	鲜明发亮的是它的毛羽？

之子于归，　　　　　　想起了这个女子出嫁，
皇驳其马。鱼部。○鲁，皇作騜。　　　　有淡黄的和淡红的马。
亲结其缡，　　　　　　她母亲结好了她的佩巾头帕，
九十其仪。　　　　　　还叮咛着十来种新妇的礼节。
其新孔嘉，　　　　　　她做新媳妇时候是顶美的，
其旧如之何！歌部。　　　　她是旧媳妇了又怎么样嘞？

四章。想象室家重聚之欣幸。○姚际恒云："凯旋诗乃作此香艳幽情之语，妙绝。"○按："仓庚于飞，熠燿其羽"者，《郑笺》云："仓庚仲春而鸣，嫁取之候也。熠燿其羽，羽鲜明也。归士始行之时，新合昏礼。今还，故极序其情以乐之。"又，王先谦云："案《东山》一篇所记时物皆非春日，故以为推言始昏之时物。《孔疏》申毛，以为兴嫁子衣服鲜明。毛无此意也。"○王士禛云："《豳风·七月》、《东山》诸篇，述情赋景如化工之肖物。"（《池北偶谈》）"《东山》之三章，'我来自东，零雨其蒙。鹳鸣于垤，妇叹于室'。四章，'其新孔嘉，其旧如之何'，写闺阁之致，远归之情，遂为六朝唐人之祖。"（《渔洋诗话》）○王照圆云："《东山》诗何故四章俱云'零雨其蒙'？盖行者思家，惟雨、雪之际最难为怀。所以《东山》劳归士则言雨，《采薇》遣戍役则言雪，《出车》之劳还帅亦言雪。《七月》诗中有画，《东山》亦然。古人文字不可及处在一真字。如《东山》诗言情写景亦止是真处不可及耳。"（《诗说》）○江永云："飞归隔韵。"

○今按：《东山》，周公东征三年而归，归士中诗人途中有感之作。诗义自明。此归士自是武士，属于士之一阶层，至卑亦属于自由农民而自有田园者。观诗，"之子于归，皇驳其马"，《郑笺》谓其妇始嫁时车服盛，即此可知其人属何阶级矣。《诗序》以为周公劳归士，大夫美之而作。朱子《辨说》云："此周公劳归士之词，非大夫美之而作。"王先谦亦云："诗为周公劳归士作。毛云大夫美之，殆非。以诗（诗，原刊本误作序）代归士述室家想望之情，大夫不能如

此立言也。"愚独取《读风偶识》一说。崔述云："此诗毫无称美周公一语，其非大夫所作显然。然亦非周公劳归士之词。乃归士自叙其离合之情耳。"愚谓此诗只作归士中一人私情语，于一般归士无涉。似非周公作，亦似非大夫作。倘以当时情势论，《序》说或据国史编诗之义，而谓周公取此归士一人之诗，用作大劳一般归士之乐章，则亦庶乎云可也。诗发端即云"我徂东山"，东山何地？《传》、《笺》无说。胡承珙云："《破斧》：'周公东征，四国是皇。'《传》云：'四国，管、蔡、商、奄也。'《尚书大传》：奄君薄姑谓禄父曰：武王既死矣，今王尚幼矣，周公见疑矣，此百世之时也。请举事！然后禄父及三监叛也。周公以成王之命杀禄父。《左传》(昭九年)：薄姑、商奄，吾东土也。又(定四年)，因商、奄之民。《说文》：郁，周公所诛郁国，在鲁。郑注《多方》云：奄国，在淮夷之北。赵岐《孟子注》云：奄，东方国。据此可知，《孟子》登东山而小鲁，即《诗》之东山。《弘明集》引宗炳《明佛论》云：《孟子》登蒙山而小鲁。阎氏《四书释地》云：或曰，费县西北蒙山正居鲁四境之东，一名东山。然则东征践奄已入鲁境。东山，当是师行所至之地。故曰'我徂东山'。"其说允已。

破斧三章章六句

《破斧》，美周公也。周大夫以恶四国焉。

既破我斧，	既破坏了我们的圆孔斧头，
又缺我斨。	又缺损了我们的方孔斧头。
周公东征，	周公这次东征，
四国是皇。	四国就被匡正。
哀我人斯，	可怜我们这些人呀，

亦孔之将！阳部。　　也都算是强壮的很！

一章。孙鑛云："破斧缺斨，盖亦于美中微寓伤叹意。"○美籍教授周策纵博士所著《诗经研究》之一《破斧新诂》，可供读者参考。（一九六九年新社出版）

既破我斧，　　既破坏了我们的圆孔斧头，
又缺我锜。〔一〕　　又缺损了我们的三齿钉耙。
周公东征，　　周公这次东征，
四国是吪。鲁，吪作讹。　　四国就被感化。
哀我人斯，　　可怜我们这些人呀，
亦孔之嘉！歌部。　　也算是很大的可嘉！

二章。此章之我斧我锜，与上章之我斧我斨，及下章之我斧我銶，皆谓以农具为兵器，即我人所分用之兵器也。诗直赋其事，毛、郑以为比兴之义，非也。

既破我斧，　　既破坏了我们的斧头，
又缺我銶。〔二〕　　又缺损了我们的铧锹。
周公东征，　　周公这次东征，
四国是遒。　　四国就被安定。
哀我人斯，　　可怜我们这些人呀，
亦孔之休！幽部。　　也都算是很大的幸运！

三章。按诗，东征兵卒既美戡乱，又庆生还。三章只此一意，不过一倡三叹，变文以协韵耳。

○今按：《破斧》，周公东征胜利以后，兵卒庆幸生还之作。与上《东山》一诗主题性质略同。所不同者，《东山》当为个人创作，作者似是下级军官，属于士之一阶层。诗称我，大都作者自我，重在个人细致抒情。如云“我东曰归，我心西悲，制彼裳衣，勿士行枚”是也。《破斧》似为民间歌谣，作者当为兵卒一流歌手，属于庶民阶级。诗称我，皆作者我同伍，重在集体共同情感。如云“哀我人斯，亦孔之将”。又全诗连下九个我字，极言我人之庆幸生还。是也。《破斧》亦诗义自明。《序》说主题不为大误，惟嫌立言空泛，未能切合诗义。朱子《辨说》云：“此归士美周公之词，非大夫恶四国之诗也。且诗所谓四国，犹言斩伐四国耳。《序》说以为管、蔡、商、奄，尤无理也。”此较古文《序》说为妥，似出于今文三家遗说。但《朱传》又云：“从军之士以前篇周公劳己之勤，故言此以答其意。”大谬！彼时岂有主帅与其部曲之士卒相倡和者乎？况两诗语气明非互相呼应者也！故清儒朱鹤龄驳之云：“此周大夫代为征士之辞，未见其必为征士所作以答周公。”（《通义》）范家相亦驳之云：“此非周大夫之恶四国，亦非军士之答周公而慰之，盖东人美公以破敌之诗。”（《诗沈》）此诗今古文说不一致。王先谦云：“周公东征后，遂兼行黜陟之典。非仅如毛说管、蔡、商、奄也。从三家说为正。”又云：“诗称四国，犹《鸤鸠》篇正是四国之比，非有实指。东行述职，齐、鲁说同，韩可知矣。《孟子》言灭国者五十。《逸周书·作雒解》：周公立，相天子。三叔及殷东徐、奄及熊、盈以略。凡所征熊、盈族十有七国。俘维九邑，俘殷献民迁于九毕。是四国不专指管、蔡、商、奄之明证。”此据今文三家遗说推阐而得之结论，而与朱子《辨说》说四国有合者矣。惟朱说空疏，王说则确乎其有据也。此诗言斧斨及锜銶。《毛传》云：“斧斨，民之用也；礼义，国家之用也。”《郑笺》云：“四国流言，既破毁我周公，又损伤我成王，以此二者为大罪。”毛、郑以此等器物为比兴之义，大为迂谬。此实赋义，谓以农具为兵器。欧公《诗本义》、《朱传》皆直以斧斨为兵器，不为误。胡承珙据《严缉》、陈氏《稽古编》而申毛、郑此诗比兴之义，而自下结论云：“总之，斧斨锜銶，毛、郑只以为兴，不必定属军中所用。若谓经言东征，不应别有取兴；则严氏云：行师有除道樵苏之事,斧斨所用为多,〔历时之久则敝〕,义亦近之。"语似圆通,而乖实义。据《管子·禁藏》篇云:"缮农具当器械,耕农当攻战,推引铫耨以当剑戟。"又《轻重己》篇云:"张耜当弩,铫耨当剑戟。"可证古以农具当兵器。而兵农不分。至贾谊《过秦论》云:"锄櫌棘矜非铦于句戟长铩。""不用弓戟之兵,锄櫌白梃横行天下。"此谓秦末农民起义亦以农具为兵器。惟在秦始皇销天下兵铸为铜人十二立宫门前以后事耳。尝见晚近军事学家蒋方震、杨杰之流论兵制,解《孙子》,言及古者耕战并重,兵农合一,农具兵器不殊。又今之考古学家谓上古殷、周时代,虽有专用之兵器,与专用之农具或工具,但后者仍可用作兵器。此据从旧石器时代至新石器时代,乃至青铜器时代初期出土所得石骨角蚌青铜之类器物从事研究,皆以为工具兵器不分。即以此诗之金属斧斨而论,当从石斧之演进而来,原为尖劈斫击之工具转化而为兵器者也。

伐柯二章章四句

《伐柯》,美周公也。周大夫刺朝廷之不知也。

伐柯如何?	斫个斧柄怎么办?
匪斧不克。	没有斧头就不能。
取妻如何?	讨个老婆怎么办?
匪媒不得。之部。	没有媒人就不成。

一章。言伐柯、取妻各有其道,以喻迎周公之归亦必有其道。○《苏传》云:"伐柯而不用斧,取妻而不用媒,岂可得哉?今成王欲治国,弃周公而不召,亦不可得也。"

伐柯伐柯!	斫个斧柄,斫个斧柄!

其则不远。	它的法则不要远求。
我觏之子，	我们要会见这个人，
笾豆有践。〔一〕元部。	食器这样摆齐案头。

二章。明言迎周公之归，当用飨燕之礼。〇《严缉》云："有问伐柯以为斧柄者当如何乎？非斧则不能。其理易知，何必问也。有问取妻者当如何乎？非媒则不得。其理亦易知，何必问也。今欲周公之归，何必问人，但以礼迎之而已。""所伐之柯即此手中之柯，比而视之，旧柯短则如其短，旧柯长则如其长，其法则（犹今言规格）不远，亦易知也。我欲见周公，当陈其笾豆，践然有行列，隆礼以迎之而已。"

〇今按：《伐柯》，大夫愿望成王以礼迎归周公而作。据《序》、《传》、《笺》之意盖如此。"三家说不可见"。朱子无新说。宋儒之说，以《苏传》、《严缉》从毛、郑作解最为明快。此诗首章四句，与《齐风·南山》篇末章四句："析薪如之何？匪斧不克。取妻如之何？匪媒不得。"几于全同。想皆同用民间谣谚。尾章"我觏之子"一句，又与下篇《九罭》相同。故《诗序》作者认为同是有关周公之诗。两《序》文全同，特创此例。《郑笺》云："觏，见也。之子，是子，斥周公也。"使愚不读上下篇章，不睹毛、郑旧说，骤读此诗白文，则将臆度其为古士昏礼从俗飨媒之辞也。吴闿生《诗义会通》云："先大夫以为此诗与下《九罭》本一篇而误分之，当合读，其义乃见。"又云："先大夫曰：《伐柯》、《九罭》当为一篇，上言'我觏之子，笾豆有践'，此言'我觏之子，衮衣绣裳'，文义相应。后人误分为二，于是上篇无尾，而此篇无首，其词皆割裂不完矣。《毛传》亦本一篇，故通以礼为言，上言礼义治国之柄，此言周公未得礼，文义亦相联贯，不以为两篇也。《小序》二篇同词，则后人以一《序》分冠于二篇耳。"此谓先大夫者谁？吴汝纶也。《诗》、《传》祖本皆不可见，其说自属臆度。以其殊有思致，今复录之云。

九罭四章一章四句三章章三句

《九罭》，美周公也。周大夫刺朝廷之不知也。

九罭之鱼，	九囊网裹的鱼，
鳟鲂。〔一〕	有赤眼鱼和三角鲂。
我觏之子，	我们要会见这个人，
衮衣绣裳。阳部。○韩，衮作绲。	他穿的是龙衣绣裳。

一章。“此诗作于〔周公〕将归之时。首章叙得见之喜。下三章切愿留之情。”（沈守正，见《传说汇纂》）

鸿飞遵渚，〔二〕飞与归韵。脂部。	天鹅飞来沿着洲渚，
公归无所。	我公归去不知处所。
于女信处！鱼部。	啊，愿您两晚暂住！

二章。

鸿飞遵陆，	天鹅飞来沿着平岸，
公归不复。	我公归去一去不返。
于女信宿！幽部。	啊，愿您留两三晚！

三章。

是以有衮衣兮！〔三〕以与以使叶。之部。	这里已有龙衣啊！
无以我公归兮！	莫给我公西归啊！
无使我心悲兮！脂部。	莫使我心伤悲啊！

四章。孙鑛云：“此诗寓意深妙，实是冀朝廷迎周公，而不明说

出。若喜若欢，姿态煞是横溢，然大体却自浑融。”〇姚际恒云：“忽入急调，攀留情状如见。”

〇今按：《九罭》，此篇主题与《伐柯》篇全同。所不同者：一为欲以飨礼迎归，一为欲以请愿攀留。后世封建制社会施于所谓好官之饯别诗、去思碑，“把肉麻当有趣”，殆昉于此乎？《序》说不为误。“三家无异义”。《朱传》、朱子《辨说》、《语类》，皆从《郑笺》，以为此东人愿留周公之诗。诗义已自明其为周公东征胜利，以上公冕服西归，东人惜别之作也。

狼跋二章章四句

《狼跋》，美周公也。周公摄政，远则四国流言，近则王不知。周大夫美其不失其圣也。

狼跋其胡，〔一〕胡与肤叶。鱼部。
载疐其尾。齐，疐作躐。韩作踬。
公孙硕肤，
赤舄几几！脂部。〇三家，几几作掔掔，亦作己己。

狼有妨害它前进的颊巴，
又有阻碍它后退的尾巴。
周公逊避就是大美，
红靴金鼻还紧紧地不差！

一章。陆佃《埤雅》云：“《毛诗草虫经》曰：老狼项下有袋（悬肉如袋）。求食满腹，向前行乃触之，退后又自践踏上（上疑作而）疐其尾，进退有患，故以况〔人〕跋前疐后。”〇《朱子语类》云：“狼性不能平行，每行，首尾一俯一仰。首至地则尾举向上，胡举向上则尾疐至地。故曰‘狼跋其胡，载疐其尾’。”“此兴是反说，亦有些意义似程子说。但程子说得深，如狼性贪之类。”（按：程子云：狼，兽之贪者，猛于求欲，故陷于机阱罗织，进退困险。）〇孙鑛云：“反兴正承，意旨与他篇稍有不同。然跋胡疐尾，周公之迹固近之。第狼非佳物，所以人多致疑。如越王行成于吴，乃以狐比吴王，今人岂不忌？总是反意为比，要自无害耳。”〇江永云：“隔韵。”

狼疐其尾，	狼有阻碍它后退的尾巴，
载跋其胡。	又有妨碍它前进的颊巴。
公孙硕肤，	周公逊避就是大美，
德音不瑕！鱼部。	他的好声誉没什么疵瑕！

二章。诗两章，皆以狼比周公进退有难。盖沿用四国流言、敌人幸灾乐祸之词。诗人即以狼不失其猛，兴周公不失其圣也。后世腐儒多以狼喻周公为病，往复辩解，徒自喧扰。不知哲人老、庄之徒，早以圣人与大盗等视，盗丘与盗跖同科，揭开上古以来所谓圣人之假面具矣。

〇今按：《狼跋》，美周公当四国流言之际，幼主致疑之日，而能进退得宜、身名俱泰之诗。诗义自明。《序》说不为误。“三家无异义”。宋儒无新说。《郑笺》据诗赤舄以为此诗作在周公摄政之后，为太师之时。陈奂则云：“此诗既归朝廷而作，在摄政四年后事。”据史，周公摄政七年，成王七年复政于王，当公元前一一〇九年，则此诗作出年代可以约略推知。诗前章，“公孙硕肤，赤舄几几”，毛、郑有异解。《毛传》云：“公孙，成王也。豳公之孙也。硕，大。肤，美也。赤舄，人君之盛屦也。几几，绚貌。”《郑笺》云：“公，周公也。孙，读当如‘公孙于齐’之‘孙’，孙之言逊遁也。周公摄政七年致大平，复成王之位，孙遁辟此，成公之大美。欲老，成王又留之以为大师，履赤舄几几然。”异解主要在“公孙”二字。后儒从毛从郑，异解滋歧。愚今总结之，而下断语曰：《毛传》失之，《郑笺》得之。倘诗前后两章，每章首二句以狼比周公，尾二句以公孙美成王，则首尾断为两橛，上下文义不相比附，违反比兴之义例。究竟诗美成王乎？而美周公乎？有以知此一《传》说之为必不然矣。毛公缘何致误？盖以赤舄为人君之盛屦，则以公孙为成王矣。而似不知"王吉服有九。舄有三等，赤舄、白舄、黑舄。赤舄为上，王与诸侯同者也"（冯景《解春集·赐履解》）。陈奂云："冕服称舄、常服称屦，此析言之也；屦其大名也。故《传》以赤舄为人君之盛屦。赤舄其色，以金为饰则谓之金舄。《车攻·传》：金舄达屦。《笺》云：金舄黄朱色也。此诗以赤舄美周公，《韩奕》以赤舄赐韩侯，是赤舄为诸侯盛饰矣。云几几绚貌者，《屦人》注云，绚，谓之拘，箸舄屦之头以为行戒。《士冠礼》注云，绚之言拘也，以为行戒。状如刀衣鼻，在屦头。"陈奂专疏《毛传》，仍以公孙为成王，而又不得不以赤舄为美周公，谓为诸侯盛饰，其《疏》已易《传》矣。岂不知《序》说诗两章全美周公，每章四句；倘第三句公孙以为成王，实于上下文无涉，义有隔阂邪？即令第四句以赤舄美周公，仍于文义大有隔阂也。无疑《毛传》失之矣。

【简注】

七月

〔一〕火，大火星，此天蝎星座中最亮之一颗星。七月流火者，谓孟秋之月，火星流下向西，知是将寒之渐。《尧典》云：日永星火，以正仲夏。谓火星时在正南，为仲夏之月，知是将暑之渐。上古之人，已知不同之季节有不同之星座出现在天空。（《尧典》、《月令》）今之天文学家则谓此恰是地球公转反映在天空之情景也。无衣无褐者，余琰《席上腐谈》云：《孟子》云：视刺万乘之君如刺褐夫。亦言贵贱之殊耳。褐乃编枲粗衣，不黄不皂，贱者之服，非毛布也。褐字从衣。毼字从毛。郑氏误以毼为褐，遂云褐，毛布也。

〔二〕仓庚者，《传》：离黄也。即黄鹂。参阅《葛覃》篇释黄鸟。青阳者，《尔雅》释四时，春为青阳。

〔三〕萑为已成之菼、蒹。苇为已成之葭、芦。菼、蒹、葭、苇，皆已见前。鵙，鸣禽类，伯劳科。以其有捕食昆虫之益，认为有期保护鸟。

〔四〕秀葽之葽，刘向谓为苦葽，当是远志。《郑笺》以为王负，盖即王瓜。徐铉以为狗尾草。今用刘向说，苦葽，远志科，二年生草本。茎丛生，叶线形互生。四月始花，成疏总状花序。果实扁球状，微凹。枝叶根皆供药用。鸣蜩，节肢动物，昆虫，有吻类蝉科。

〔五〕貉，貉子，犬科。或云鼬科。狐、狸二物，今俗通称狐为狐狸。貉、狐、狸，同属脊椎动物裂脚类犬科。

〔六〕斯螽，即螽斯，已见《螽斯》篇。莎鸡，《古今注尔雅翼》以为络纬。黄中松、王先谦以为纺织娘或纺纱婆，实有多种。属昆虫，直翅类螽斯科。雄体右前翅有微凸之发声器，至夏秋能发美声。蟋蟀，习见昆虫，已注于《蟋蟀》篇。

〔七〕郁，郁李，唐棣。已见《何彼襛矣》篇。薁，山蒲桃，葡萄科。落叶藤本，有卷须。叶互生掌状，三至五裂。花冠五瓣，绿白色，排列为密椎花序。果为紫黑色浆果，可食。葵，又名冬寒菜或冬苋菜。锦葵科，二年生草本。古人种之为常食，今西南川、湘人喜食之。《诂经精舍文集·释葵》一题，作者多家，大都不得其确解，惟阮元以锦葵俗名金钱紫花或钱儿淑气者当之，近是。菽，又名大豆、黄豆。豆科，一年生含木质之草本。为从古栽培主要农作物之一，品种多而用途广。今为世界知名之油料植物。

〔八〕稻已见前。枣，鼠李科，落叶乔木。果为核果，红枣是也。以介眉寿者，金文作以匄眉寿。《广雅·释诂》：匄，予也。食瓜之瓜当为甘瓜，又名甜瓜，香瓜。胡卢科，一年生蔓生草本。《汉书·地理志》：敦煌，古瓜州地，有美瓜。是也。壶，瓠字之假借。朱骏声谓瓠即壶卢之合音。胡卢科，一年生蔓生草本。已见《匏有苦叶》篇。《诗疑辨证》，刘执中（彝）云：断壶，谓断其梢，枯者可为壶，嫩者可为茹，令勿复实，以坚其壶而大其茹。是也。

〔九〕樗，山椿，又名臭椿。苦木科，落叶乔木。荼，苦荬，已见《谷风》篇。苴，麻实，已见《丘中有麻》篇。

〔一〇〕黍稷，已见《黍离》篇。禾，谷物之大名。麦，已见《桑中》篇。

〔一一〕茅，已见《野有死麕》篇。

〔一二〕韭，韮菜。百合科，多年生草本，为我国自古栽培蔬菜之一。

〔一三〕旧注亦可不为误。王国维《观堂集林·肃霜涤场说》新释，较有诗意，故取之。其文略云：肃霜涤场皆互为双声，乃古之联绵字，不容分别释之。肃霜，犹言肃爽。涤场，犹言涤荡也。九月肃霜，谓九月之气清高颢白而已；至十月则万物摇落无余矣。

〔一四〕兕觥，已见《卷耳》篇。

○觱发音必拔。耜音似。馌音乙。畯音俊。喜，郑读饎。行音杭。萑音桓。斨音锵，又音强。猗音倚。鵙音决。葽音腰。蜩音雕。萚音托。貉音鹤。豵音踪。豜音肩，又音牵。墐音觐，又音斤。薁音郁。亨音烹。苴音近租，又音近趋。荼音徒，又音舒。樗音抒，又音于。食音嗣。稑音陆。绹音陶。凌音令，又音陵。兕音似，又音洗。

鸱鸮

〔一〕鸱鸮，猛禽。鸮形目，鸮科。鸮已见《墓门》篇。殷墟出土物有铜鸮、大理石鸮，盖为厌胜之物，是殷、周人已知其为猛禽矣。

〔二〕荼，已见《出其东门》篇。予所之所，当读如《论语》予所否者之所，假设连词。

○鸱鸮音疵嚣。鬻音育。○拮据音结居。捋音勒。瘏音屠。谯音焦。翛音消。漂音飘。哓音侥，又音尧。

东山

〔一〕蠋，桑虫，有多种。此以蜎蜎貌之，殆指桑尺蠖。此昆虫，鳞翅类，尺蠖蛾科，桑尺蠖幼虫。其体圆长，长约二寸。色褐灰间绿，如桑皮色。颈部扁平。行动时如尺之量物，故名。《方言》(十一)郭注：又呼步屈。是也。

〔二〕果蠃，括楼。胡卢科，多年生宿根攀缘植物。形态略似王瓜。其根制淀粉，名天花粉，供药用。

〔三〕伊威，俗名土鳖。昆虫，隐翅目，地鳖科。或云等脚目，海蛆科。栖于阴湿之壁角尘芥中。蟏蛸，俗名喜子。昆虫，蜘蛛类。体细长，色暗褐。脚甚长，比体长至三倍。巢亦为八卦形之网，多见于草木间。

〔四〕鹳，水鸟，有白鹳黑鹳等多种。鹳形目，鹳科。常见者为白鹳，体几纯白色，嘴黑色，眼周红色，腿脚红色。

○蠋音蜀。蜎音捐。士行之士，读事。士行之行，毛音衡，郑音衔。臧琳《经义杂记》斥王肃改读行为杭者非。愚从郑读。蠃音裸。蟏，《说文》作蠨，音夙。今或读如萧。蛸音梢。町音顶。畽音董。熠音煜，今音近育，又近叶。燿音耀。宵行之行音杭。

破斧

〔一〕陈乔枞云：《诗・召南・传》：釜有足曰锜。郭璞《方言》注：锜，三脚釜也。釜之有足者名锜，铧之有足者亦名锜。然则锜之为物盖如臿而有三齿。今世所用锄犹有三齿五齿者。

〔二〕《毛传》：木属曰銶。胡承珙云：器之以木为者多矣，要不得云木属。木属，殊不成语。疑木为芣字之误。《说文》：芣，两刃臿也。从木、丫，象形。《方言》，臿，宋、魏之间谓之铧。芣铧盖古今字，今人犹谓之铧錾。《释名》：臿，插也。掘地取土也。

○锜音奇。吪音讹。銶音求。遒音酋，又音揫。

伐柯

〔一〕俞樾云：践当读翦。《尔雅・释言》：翦，齐也。诗言笾豆之行列翦然而齐也。

○取读娶。觏音构。

九罭

〔一〕《说文》：鳟，赤目鱼，俗称赤眼鱼。其形略似草鱼而体较圆，嘴角有细短之小须，同属喉鳔类鲤科。或云、鳟属喉鳔类鲑科，体呈纺缍形而侧扁。常栖海中，初夏溯河而上，晚夏产卵沙砾中。稚鱼至秋冬之际乃入海。鲂，已见《汝坟》、《河广》等篇。鲂、鳊，鲤科。中国鲂鱼有长春鳊、团头鲂、三角鲂三种。后者常见于黄河及其支流。

〔二〕《郑笺》：鸿，大鸟也。按：字当作隺，假鸿为之。段玉裁、胡承珙皆谓此诗鸿为鸿鹄或黄鹄，非鸿雁、大雁。鸿雁(原鹅)与鸿(大雁、豆雁)属涉禽类，鸭科，雁亚科。鸿鹄、黄鹄，俗名天鹅，涉禽类，鸭科，鹄亚科。是为纯白色大型水鸟，头颈之长逾其躯体。栖息于湖泊或大沼泽中，飞行速而离地高。

〔三〕是以之以，当读既已之已。无以之以，当训为与。

○鳟音撙。罭音域。衮音滚。

狼跋

〔一〕狼，已见《齐风・还》篇。脊椎动物，食肉目，犬科。

○跋音拔。疐音质。又音致。公孙之孙，毛如字，郑读逊，今从郑。舄音昔。

诗经直解

下册

陈子展◎撰

中华经典直解

復旦大學出版社

诗经直解　卷十六

鹿鸣之什第十六　毛诗小雅

鹿鸣之什十篇五十五章三百一十五句

鹿鸣三章章八句

《鹿鸣》，燕群臣嘉宾也。既饮食之，又实币帛筐篚以将其厚意，然后忠臣嘉宾得尽其心矣。

按：《郑谱》云："《小雅》、《大雅》者，周室居西都丰镐之时诗也。""《大雅》之初，起自《文王》，至于《文王有声》。""《小雅》自《鹿鸣》至于《鱼丽》，先其文所以治内，后其武所以治外。""又《大雅·生民》及《卷阿》、《小雅·南有嘉鱼》，下及《菁菁者莪》，周公、成王之时诗也。""《大雅》十八篇、《小雅》十六篇为正经。""《大雅·民劳》、《小雅·六月》之后，皆谓之《变雅》。"《谱》大都据《序》为说，故其得失亦几与《序》全同。即以其《风》、《雅》正变之说而辨析之，亦未见其全可据信也。

呦呦鹿鸣，	呦呦的是鹿儿在叫，
食野之苹。〔一〕	吃着野地里的藾蒿。
我有嘉宾，	我有群臣嘉宾，
鼓瑟吹笙。耕部。	就要鼓瑟吹笙。
吹笙鼓簧？〔二〕	吹笙还要鼓簧？

承筐是将。　　于是进行捧受礼筐。
人之好我，　　人家的爱好我啊，
示我周行！阳部。　　指示我大道方向！

一章。首言乐与币。〇言始作乐，奉币帛以侑宾。而所以娱宾之意，在乎望嘉宾告我以至道也。〇“此诗三章文法参差，而义实相承。首章前六句言我之敬宾，后二句言宾之善我。”〇胡承珙云：“姚氏《识名解》，旧以鹿呼同类如君呼臣子，嫌于禽兽为比。然古人无所拘忌也。若《鱼藻》明以鱼在、王在相对言之。岂如后世必以称麟美凤为颂祷耶？”〇江有诰云：“按：《鹿鸣》每章一韵。首章作耕、阳通韵亦可。”

呦呦鹿鸣，　　呦呦的是鹿儿在叫，
食野之蒿。〔三〕　　吃着野地里的青蒿。
我有嘉宾，　　我有群臣嘉宾，
德音孔昭。　　他们的明德很为光耀。
视民不恌，三家，视作示。鲁，恌作偷，韩作佻。　　给人民瞧的不是轻佻，
君子是则是效。　　君子就相学习就相仿效。

我有旨酒，　　我有美酒，
嘉宾式燕以敖！宵部。　　嘉宾来宴而又自在逍遥！

二章。次言德与酒。〇言旅酬之礼既行，又欲其遨游以尽欢。然其所望于嘉宾者，在其有德可师可法也。〇“二章前六句即承首章人之好我言，后二句乃言我之乐宾。”〇江永云：“蒿、昭、恌、效、敖，平、去为韵。”

呦呦鹿鸣，　　呦呦的是鹿儿在叫，
食野之芩。〔四〕　　吃着野地里的芩草。

我有嘉宾，	我有群臣嘉宾，
鼓瑟鼓琴，	就要鼓瑟鼓琴，
鼓瑟鼓琴？	就要鼓瑟鼓琴？
和乐且湛。	和乐了而且乐到尽兴。
我有旨酒，	我有美酒，
以燕乐嘉宾之心！侵部。	来宴乐群臣嘉宾之心！

三章。末复合乐与酒言之。〇言和乐且湛，君臣䜣合无间。湛有过乐之义，《毛传》谓乐之久，犹今言尽兴也。〇“三章即接言宾之乐，后二句又申言我之乐宾。”（马瑞辰）〇《后汉·明帝纪》：永平九年，召校官弟子作雅乐，奏《鹿鸣》，帝自御埙篪和之，以娱嘉宾。〇《北史·裴骏传》：裴安祖讲《鹿鸣》，而兄弟同食。〇江有诰云：“按此诗每章一韵，首章作耕、阳通韵亦可。”

〇今按：《鹿鸣》，王者宴群臣嘉宾之诗。诗义自明。《序》说是也。陈奂云：“《鹿鸣》虽是文王燕群臣之乐，而《雅》、《颂》之作，实皆在成王之世。周公制礼，以《鹿鸣》列于升歌之诗。下篇《传》云，周公作乐以歌文王之道，为后世法。然则《鹿鸣》、《四牡》、《皇皇者华》三章皆周公本文王之道以为乐歌，《传》有明文也。”此据毛氏为说。今文三家说，齐、韩与毛义合，惟鲁为异。王先谦云：“鲁说曰，仁义陵迟，《鹿鸣》刺焉。（《史记·十二诸侯年表》）又曰，《鹿鸣》者，周大臣之所作也。王道衰，君志倾，留心声色，内顾妃后，设酒食嘉肴，不能厚养贤者，尽礼极欢，形见于色。大臣昭然独见，必知贤士幽隐，小人在位。周道陵迟，自以是始。故弹琴以风谏，歌以感之，庶几可复。歌曰‘呦呦鹿鸣，食野之苹’云云。此言禽兽得美甘之食尚知相呼，伤时在位之人不能，乃援琴以刺之，故曰《鹿鸣》也。（《御览》五百七十八引蔡邕《琴操》）”“鲁说最先以为刺诗，乃相传古训，即思初之义也。”此云以思初为刺，即思古刺今，非必为大臣所作。以美为刺，疑出瞽矇讽诵之义。诗、乐皆所以为教。古人歌《鹿鸣》者,不独乡饮酒礼、燕礼,及始入学。即《大戴礼·投壶》所云八篇可歌者,《鹿鸣》在焉,是投壶亦用之矣。瞽矇讽诵,亦其所以为教之一道也。此诗宋儒无新说。《朱传》见《仪礼》、《学记》之文,而改训之曰:"此燕飨宾客之诗也。"即谓"此燕飨通用之乐歌"。亦可谓不大误。(《后笺》)臧琳《经义杂记》云:"《汉书·艺文志》乐家:《雅歌诗》四篇。案《晋书·乐志》曰:汉自东京大乱,绝无金石之乐,乐章亡缺不可复知。魏武平荆州,获汉雅乐郎河南杜夔,能识旧法,以为军谋祭酒,使创定雅乐。""远详经籍,近采故事,考会古乐,始设轩悬钟磬。""据此知《汉志·雅歌诗》四篇即杜夔所传《鹿鸣》、《驺虞》、《伐檀》(或疑《伐檀》当作《伐木》)、《文王》也,魏武时尚存。及太和中,左延年改夔旧乐,而《驺虞》、《伐檀》、《文王》遂亡。然犹存《鹿鸣》一篇,自魏太和中至晋泰始五年皆用之。至荀勖,除《鹿鸣》旧歌,更作《行礼诗》,而《鹿鸣》亦亡矣。又《宋书·乐志》曰,汉太乐《食举》十三曲,一曰《鹿鸣》,其余俱非古歌。则汉虽存四篇,疑亦特用《鹿鸣》一篇耳。蔡邕《琴操》亦曰《鹿鸣》三章。是两汉、魏、晋以来惟《鹿鸣》最显。"可知秦火而后,《诗》、《乐》虽有缺亡,两汉、魏、晋间封建王朝所用礼乐,《鹿鸣》尚为雅歌古乐一大名曲。陈寿祺《左海经辨·雅乐四曲韶武二舞考》、严杰《经义丛编·汪家禧乐章乐器考》,亦皆说及《诗》、《乐》与《鹿鸣》古乐之兴废,可供研究。韩愈《送杨少尹序》云:"杨侯始冠,举于其乡,歌《鹿鸣》而来。"考唐宴乡贡,用少牢,歌《鹿鸣》。朱子《仪礼经传通解》载唐开元乡饮酒礼所奏十二曲,《鹿鸣》居首。此谱乃赵彦肃所传,即是所谓开元遗声。古声亡灭已久,不知当时乐工何所据而为此。以一声叶一字,朱子已疑其为非。后来科举制度,于乡试发榜之第二日,宴主考、同考、执事各官及乡贡士,谓为鹿鸣宴,亦复歌《鹿鸣》。据云歌时仍以一声一字,又未必即为开元遗声也。

四牡五章章五句

《四牡》，劳使臣之来也。有功而见知，则说矣。

四牡骓骓，牡与道叶。幽部。	四马跃跃如飞，
周道倭迟。齐，倭迟作郁夷，韩作威夷。	大道险阻迂回。
岂不怀归？	难道不想早归？
王事靡盬，	王事没有宁息，
我心伤悲！脂部。	我的心里伤悲！

一章。总提不以私害公，不以家事辞王事，先明大义。末句"我心伤悲"，则所以启下三章三"不遑"之意。○陈奂云："倭迟叠韵。"按：倭迟，《韩诗》作威夷，《齐诗》作郁夷，威、郁古通。《尔雅》西陵威夷，即作郁夷。郁夷双声。

四牡骓骓，骓与归叶。脂部。	四马跃跃如飞，
啴啴骆马。三家，啴作瘆。	气喘喘的黑鬣白马。
岂不怀归？	难道不想早归？
王事靡盬，	王事没有宁息，
不遑启处！鱼部。○鲁，遑作偟。	不暇在家危坐安处！

二章。申言征途遄行，不暇顾家。○江永云："隔韵。"

翩翩者鵻，〔一〕	翩翩地飞的鸽子，
载飞载下，	或飞上了或飞下，
集于苞栩。〔二〕	落在丛生的栎树。
王事靡盬，	王事没有宁息，

不遑将父！鱼部。　　不暇奉养老父！

三章。言不暇养父。

翩翩者鵻，　　翩翩地飞的鸽子，
载飞载止，　　或飞起了或停止，
集于苞杞。　　落在丛生的枸杞。
王事靡盬，　　王事没有宁息，
不遑将母！之部。　　不暇奉养老母！

四章。言不暇养母。

驾彼四骆，　　驾着那四匹黑鬣的白马，
载骤骎骎。　　就加鞭急走而快快向前。
岂不怀归？　　难道不想早归？
是以作歌，　　所以作这诗篇，
将母来谂！三句一韵。侵部。　　唯养老母是念！

五章。因上章之文而言唯母是念，述所以作歌之意作结。〇孙矿云："此自使臣在途自咏之诗。采诗者以其义尽公私，故取为劳使臣之歌。今之以歌娱客者，亦多此意。前后诸篇凡言遣劳燕答者皆然，皆是用旧诗为乐章。"〇江永云："骎、谂，平、上为韵。"

〇今按：《序》说："《四牡》，劳使臣之来也。"当是就其用作乐章而言，非必诗之本义。诗中称我，使臣或代使臣自我，自述出使思归之词耳。襄四年《左传》云："《四牡》，君所以劳使臣也。"《国语·鲁语》云："《四牡》，君所以章使臣之勤也。"盖为《诗序》所本。《毛传》云："思归者，私恩也。靡盬者，公义也。伤悲者，情思也。"《郑笺》云："无私恩，非孝子也。无公义，非忠臣也。君子不以私害公，不以家事辞王事。"此说首章大旨，实赅全篇而言。又《毛传》云："文王率诸侯，抚叛国，而朝聘乎纣。故周公作乐以歌文王之道，为后世法。”《郑笺》云：“文王为西伯之时，三分天下有其二，以服事殷。使臣以王事往来于其职，于其来也，陈其功苦以歌乐之。”是毛、郑以为诗作在文王为西伯之时，乐或作在周公相成王之日也。此诗与《南有嘉鱼》一诗皆云“翩翩者鵻”。鵻何鸟乎？此《传》云：“鵻，夫不也。”用《尔雅·释鸟》文。此《笺》云：“夫不，鸟之悫谨者。人皆爱之，可以不劳，犹则飞则下，止于栩木。喻人虽无事，其可获安乎？感厉之。”郑似已知鵻为人所驯养之鸟，故曰鸟之悫谨者，人皆爱之，可以不劳也。彼《传》云：“鵻，壹宿之鸟。”彼《笺》云：“壹宿者，壹意于其所宿之木。”合两诗《传》、《笺》观之，鵻实早为人所爱蓄之驯鸟，可以任其飞止，而有极顽强之归栖性，即所谓壹宿之鸟也。于以知三千年前诗人体物之妙，二千年来学者博物之精。至王闿运作《补笺》，直云：“鵻，祝鸠，今鸽也。”则鵻属于鸽形目、鸠鸽科，实为家鸽，有异于青鵻绿鸠之为野鸽也。诗取鵻悫谨壹宿之鸟，以兴使臣之必不辱使命而归，何等恰切！窃谓我国人知用信鸽传书，当远在唐人张九龄少时养群鸽，传书亲知，号为飞奴，此一史有记载（《唐书》）之前。（五代王仁裕《开元天宝遗事》中亦记之。）鸽之定向导航，依其感觉机能所具有之极敏锐之方向感，因而有其极顽强之归栖性。今之仿生学家疑鸽具有与生俱来对于地球磁场之感觉，即依地磁之磁力线以定方向，从而谓为地磁导航。盖鸽子头颅中含有磁铁矿之成分，因此能据地球之磁场以定向，而有回归能力，不致迷失航向。究之，其导航机能若何？尚在研究之中也。

皇皇者华五章章四句

《皇皇者华》，君遣使臣也。送之以礼乐，言远而有光华也。

皇皇者华，华与夫叶。鱼部。○鲁，皇作葟。	煌煌盛开的花，
于彼原隰。	在那平原低地。

駪駪征夫，鲁，駪作侁，韩作莘。　　车马已在汹汹响动着的行人，
每怀靡及！辑部。　　各人虽有私怀也没功夫顾及！

一章。言“忠臣奉使，能光君命，无远无近，如华不以高下易其色”（《毛传》）。“众行夫既受君命，当速行。每人怀其私相稽留，则于事将无所及。”（《郑笺》）〇江永云：“隔韵。”

我马维驹，　　我们的马是六尺高的一匹，
六辔如濡。　　六道缰绳好像油一样光洁。
载驰载驱，　　把马走着，把马赶着，
周爰咨诹。侯部。　　很忠诚地广为访问求策。

二章。言周爰咨诹。“自以每怀靡及，故广询傅访，以补其不及，而尽其职。”（《朱传》）

我马维骐，　　我们的马是淡黑色的叫骐，
六辔如丝。　　六道缰绳好像是六根柔丝。
载驰载驱，　　把马走着，把马赶着，
周爰咨谋。之部。〇鲁，谋作谟。　　很忠诚地广为访问筹谋。

三章。言周爰咨谋。

我马维骆，　　我们的马是黑鬣白毛的骆，
六辔沃若。　　六道缰绳的样子都很活络。
载驰载驱，　　把马走着，把马赶着，
周爰咨度。鱼部。　　很忠诚地广为访问商酌。

四章。言周爰咨度。

我马维骃，　　我们的马是灰白杂毛的骃，

六辔既均。　　　　六道缰绳都已摆动的均匀。
载驰载驱，　　　　把马走着、把马赶着，
周爰咨询。真部。　　　　很忠诚地广为访问探询。

五章。言周爰咨询。〇以上四章分言诹、谋、度、询，实为一意，皆谓使团行人同寅协恭，集思广益也。

〇今按：《皇皇者华》，与《四牡》同是使臣在途自咏之作。后乃作为乐章，一用之于君劳使臣之来，一用之于君遣使臣之往。一云"王事靡盬"，似为军事出使，一云"周爰咨诹"，似为聘问出使。《孔疏》(引《诗谱》)云："使臣往反，固非其一，《四牡》所劳，不必是《皇皇者华》所遣之使，二篇之作，又不必是一人，故以轻重为先后也。"此较论两诗异同并及其关系，是也。陈启源云："《诗》之次第虽间有倒置者，然《鹿鸣》、《四牡》、《皇皇者华》三诗，所谓工歌《鹿鸣》之三也，见《仪礼》、《左传》诸书，又见《六月·序》，其先后不可易矣。李氏《集解》以为〔或谓〕先遣后劳，《皇华》当在《四牡》前。真谬说。"此言两诗先后次第不必移易。是也。据《墨子·尚同中》云："夫唯能使人之耳目助己视听，使人之吻助己言谈，使人之心助己思虑，使人之股肱助己动作，助之视听者众，则其所闻见者远矣。助之言谈者众，则其德音所抚循者博矣。助之思虑者众，则其谋度速得矣。助之动作者众，即举其事速成矣。"下引《皇皇者华》四、三两章，可证此诗"周爰咨诹"云云之古义。王先谦云："《乡饮酒礼》郑注：《皇皇者华》，君遣使臣之乐歌也。更是劳苦，自以为不及，欲咨谋于贤知，而以自光明也。《燕礼》注同。此齐说，鲁、韩未闻。"此诗今古文说盖同。宋儒无新义。诗凡五章，《左传》析论有五善。(以咨、询、度、诹、谋为五善。见襄四年。)《国语》析论有六德。(以每怀与诹、谋、度、询、周为六德。见《鲁语》。)而《毛传》、《郑笺》与韦昭《国语》注，其于五善、六德又说各不同，导致诸说紊乱。虽精通训诂如王引之亦无能解纷，只得以不了了之，而曰："不知五善、六德不可比而同之也。”陈奂则云：“《内》《外传》皆出左氏，非有异也。”此强不同以为同，而不自知其非者也。

常棣八章章四句

《常棣》，燕兄弟也。闵管、蔡之失道，故作《常棣》焉。

常棣之华，〔一〕鲁，常作棠。韩，常棣作夫移。　　棠棣开放了它的花，
鄂不韡韡。鲁、韩，鄂作萼。韩，韡作炜。　　连萼托光辉在一起。
凡今之人，　　试看眼前一般的人，
莫如兄弟：脂部。　　没有能够像亲兄弟：

一章。总提至亲莫如兄弟意。○《唐书》载玄宗尝于宫西建“花萼相辉之楼”。常召其兄弟诸王升楼燕乐。○方玉润云：“良朋妻孥未尝无助于己，然终不若兄弟之情亲而相爱也。故曰：凡今之人，莫如兄弟。”

死丧之威，　　死亡是那样的可畏，
兄弟孔怀。脂部。○鲁，兄亦作昆。　　只有兄弟最为关怀。
原隰裒矣，鲁，裒作捊。　　管高地低地聚葬呀，
兄弟求矣。幽部。　　兄弟也会要寻来呀。

二章。言死丧则兄弟相收。○王先谦云：“‘原隰’句承上‘死丧’言。凡人之于兄弟，同气相爱，不间幽明。生则求其人，死则求其穴。虽高原下隰，捊聚一邱，犹洒涕墓门，含悲永隔。即或闻其野死，行迈呼天，如尹伯封之于伯奇，为赋《黍离》之诗，列于《王风》。此正兄弟死丧相求之事也。”

脊令在原？〔二〕　　啄鱼鹡鸰，总是相依在高岸？

兄弟急难。　不拘何处，兄弟总相救急难。
每有良朋，　虽有交情好的朋友，
况也永叹。元部。　只添加呀一声长叹。

三章。言急难则兄弟相救。○陈奂：“脊令双声。”

兄弟阋于墙，　兄弟尽管在墙内斗争，
外御其务；《左传》务作侮。　却同抵御他们的外侮；
每有良朋，　虽有交情好的朋友，
烝也无戎。无韵。　究竟呀没有什么照顾。

四章。言御侮则兄弟相助。

丧乱既平，　死亡祸乱已平，
既安且宁。　大家既安且宁。
虽有兄弟，　虽然有兄有弟，
不如友生？耕部。　那就不如友人？

五章。承上转下，一篇枢纽。言至平时安宁，乃有兄弟不如友生者，何也？诘责之词。自三章至五章皆举朋友为比，以明兄弟之当亲。○姚际恒云：“观‘丧乱既平’之语，酷似周公当日情事，故主为公作。”

傧尔笾豆，韩，傧作宾。　摆出你的食器笾豆，
饮酒之饫。韩，饫作䭰。　一家人的私宴饮酒。
兄弟既具，　兄弟既已俱在，
和乐且孺。宵、侯通韵。○宵第三，侯第四，故得通用。　和乐而且一叙长幼。

六章。言燕饮兄弟之乐。

妻子好合，合与翕叶。缉部。　　妻子相爱相合，
如鼓瑟琴，　　好像鼓瑟鼓琴。
兄弟既翕，　　兄弟既该合作，
和乐且湛。侵部。〇鲁，湛作沈。　　和乐而且尽兴。

七章。复举妻子为比，以明兄弟之当亲。可说二者亲爱惟钧。〇江永云："合翕隔韵。"

宜尔室家，　　弄好你的家室，
乐尔妻帑。鲁，帑作孥。　　喜爱你的老婆孩子。
是究是图，　　于是深思，于是图谋，
亶其然乎？鱼部。　　可确信它应该如此？

八章。仍承上文为说，望深思之，善谋之。即以此作结。〇钟惺云："说得委曲深至，要哭要笑只是一个真。"〇孙鑛云："反复缕说，有抑扬，有顿挫，全以气骨胜。"〇姚际恒云："此周公既诛管、蔡而作。后因以为燕兄弟之乐歌。"

〇今按：《常棣》，《序》说燕兄弟之诗，似谓诗为周公所作。此诗今古文、汉宋学，无甚争论，所争者唯在作者何人耳。《国语》记富辰之言，周文公（周公）之诗曰："兄弟阋于墙，外御其侮。"《左传》所记，又以为〔厉王之世〕召穆公思周德之不类，故纠合宗族于成周而作诗曰："常棣之华，鄂不韡韡。凡今之人，莫如兄弟。"杜预注云："周公作诗，召公歌之。"在当时以宗族血统为纠合（团结）纽带之奴隶制社会，兄弟实为此纽带重要之一环。《常棣》最先歌唱兄弟友爱，此《诗》三百中名篇杰作之一。《孔疏》云："郑答赵商云：凡赋诗者，或造篇，或诵古。所云诵古，指此召穆公所作诵古之篇，非造之也。此自周公之事，郑辄言召穆公事，因左氏所论而引之也。"记杨树达《积微居金石论丛》，据周金文六年《雕生𣪘》（《召伯虎𣪘》其二）认为《常棣》一诗确系召穆公所作。今已不复省记其语，夙亦

未知其审，有待于考古者作进一步之研讨也。

伐木三章章十二句

《伐木》，燕朋友故旧也。自天子至于庶人，未有不须友以成者。亲亲以睦，友贤不弃，不遗故旧，则民德归厚矣。

伐木丁丁！〔一〕	伐木的斧声丁丁！
鸟鸣嘤嘤。耕部。	鸟叫的惊呼嘤嘤。
出自幽谷，	它们从深谷出来，
迁于乔木。侯部。	迁徙在高树之中。
嘤其鸣矣，〔二〕鲁，嘤作莺。	黄莺的叫呀
求其友声。	求它的友声。
相彼鸟矣，	瞧那些鸟呀，
犹求友声；	还寻求友声；
矧伊人矣，	况且是人呀，
不求友生？	不寻求友人？
神之听之，	作为神的听了，
终和且平。耕部。	也会既和且平。

一章。言伐木闻鸟，鸟鸣求友，以喻人求友生，当为神所鉴许。○按：《毛传》以伐木为兴，实则伐木而鸟惊鸣高迁，当是直赋其事。嘤鸣以下，则又转为比耳。

伐木许许！三家，许作所，亦作浒。	伐木的锯声许许！
釃酒有藇。三家，藇亦作醑。	筛去了渣的酒这样丰富。
既有肥羜，	既有肥嫩的小羊，

以速诸父。　　就去请同姓的伯叔诸父。
宁适不来？　　为何偶而不来？
微我弗顾！鱼部。　　不要以为我不给予照顾！
於粲洒扫！　　啊，好美洁的洒扫！
陈馈八簋。　　陈设的米饭有八盆已够。
既有肥牡，　　既有肥壮的雄羊，
以速诸舅。　　就去请异姓的伯叔诸舅。
宁适不来？　　为何偶而不来？
微我有咎！幽部。　　不要以为我有什么得咎，

二章。言以羊酒燕飨诸父诸舅，殷勤恳至。

伐木于阪，　　伐木的人儿在坡阪，
酾酒有衍。　　筛去了渣的酒丰满。
笾豆有践，　　食器笾豆这样摆齐，
兄弟无远。　　兄弟之间不要疏远。
民之失德，　　一般人的失去恩情，
干馁以愆。元部。　　干点小食也是抱歉。
有酒湑我，　　有酒给我们用筛过的清酒，
无酒酤我。　　无酒给我们用带渣的新酒。
坎坎鼓我，齐、韩，坎作竷。　　坎坎响的鼓声给我们打鼓，
蹲蹲舞我。鲁，蹲作壿。　　蹲蹲跳的舞姿给我们起舞。
迨我暇矣，　　趁着我们闲暇的时候呀，
饮此湑矣！鱼部。　　同饮这种筛过的清酒呀！

三章。言以酒肴燕飨兄弟之辈，连下四我字，并人我两称之，如闻其亲热口吻。〇江永云："阪、衍、践、远、愆，平、上为韵。湑、酤、鼓、舞、暇、湑，上、去为韵。"

○今按：《伐木》，《序》说燕朋友故旧之诗。据诗一章首言朋友凡为人之所不可无。朋友庶姓，当为王之所友故旧也。二章言同姓诸父，父之党也。言异姓诸舅，母之党也。三章言兄弟。《郑笺》云："兄弟，父之党，母之党。"《孔疏》云："此燕朋友故旧，非燕族人，据族人为朋友者互说耳。举族可以兼异姓及庶姓矣。"细玩篇义及此章指，所谓兄弟，当兼同姓父党、异姓母党、妻党，以及庶姓朋友故旧诸为兄弟行者而言之。而《序》则但云朋友故旧。《孔疏》精博，繁不具举。可知此诗兄弟与《常棣》兄弟其义有广狭矣。一章《郑笺》云："言〔文王〕昔日未居位在农之时，与友生于山岩伐木为勤苦之事。"《孔疏》云："郑以为此章远本文王幼少之时，结朋友之事。言文王昔日未居位之时，与友生伐木于山阪。""《笺》必以为文王身与友生伐木者。""下二章酾酒文连伐木，是酒为伐木而设，即伐木之人是朋友矣。朋友既亲伐木，明文王与之俱行，故知亲在农。《礼记》注：士之子食禄不免农，则大夫以上免农矣。时文王为诸侯世子而在农者。案《史记·周本纪》，太王曰：'我后世当有兴者，其在昌乎！'则文王在太王之时，年已长大，是诸侯世子之子耳。太王初迁于岐，民稀国小，地又隘险而多树木，或当亲自伐木，所以劝率下民，不可以礼论也。"考太王、王季之世，迁岐草创。《大雅·皇矣》篇云："作之屏之，其菑其翳。修之平之，其灌其栵。启之辟之，其柽其椐。攘之剔之，其檿其柘。""帝省其山，柞棫斯拔，松柏斯兑。"文王时为诸侯世子之子，年渐长大，焉知其不躬与康功田功、伐木山阪之事，正如《郑笺》、《孔疏》之所云乎？岂得如焦循《补笺》所驳："文王幼时何曾为农？又何伐木之有？"如此率尔为说乎？再以今时历史唯物主义观点试论之：殷周之际，奴隶制社会虽早有农业，而田器与技术仍尚幼稚，生产力与生产量皆甚低下。奴隶主贵族子弟辄参加生产，即以监督奴隶劳动。故周公云："旧劳于外，爰暨小人。""君子所其无逸，先知稼穑之艰难乃逸，则知小人之依。""厥亦惟我周太王、王季克自抑畏，文王卑服即康功田功。"

(《无逸》)此固其已事,不亦可知乎?况在《诗》三百中关于周初农业生产、集体劳动之诗篇,所反映之奴隶社会,不难看出由原始氏族社会末期父系制相沿而来之父家长制;正如古罗马奴隶社会在发展中形成之父家长家庭,既包括有家人,有姻亲关系之家人,亦包括有一群奴隶,有时家子弟之地位适与奴隶相当,鲜有二致。此乃人类社会在演化过程中一若不可逾越之历史规律。使知乎此,则知文王少为世子之子,与奴隶为伍杂作,又何足怪乎?王先谦云:"愚案:诗是周公所作,故依文王尊为天子之后称之曰父舅。文王微时朋友皆是后来内外大臣,故有父舅之名。而伐木求友之事,非周公亦无由知而述之也。"又其《集疏序例》云:"盖《伐木》之诗,因文王少未居位时,借端求贤,与友生伐木山阪。迨身为国君,山林之朋友已为朝廷之故旧,宴饮叙情事,非周公不能知,诗非周公不能作也。年远世衰,贤人隐于伐木,歌此诗以见志。(《韩序》曰,《伐木》废,朋友之道缺。〔饥者歌其食〕,劳者歌其事。诗人伐木自苦其事,故以为文。)闻之者以为其所作,故云周衰作刺。(鲁说曰,周德始衰,《伐木》有鸟鸣之刺。)又谓《伐木》废,朋友之道缺也。若非古说尚有流传,此义当尘霾千载!"此推衍今文韩、鲁之说,虽未必尽确,其大较视古文毛说有进。朱子《辨说》无文,其他宋儒亦无新义也。

天保六章章六句

《天保》,下报上也。君能下下以成其政,臣能归美以报其上焉。

天保定尔,	上天要保定您,
亦孔之固。	也已好好的巩固。
俾尔单厚,鲁,单作亶。	使您得天独厚,

何福不除？〔一〕鲁，何作胡。　哪种福气不给备具？
俾尔多益，　使您多多的得益，
以莫不庶！鱼部。　因而没有一样不丰富！

一章。

天保定尔，　上天要保定您，
俾尔戬穀。　要使您增进福。
罄无不宜，　全没有不顺利，
受天百禄。　受到天给百禄。
降尔遐福，　赐您长远的福，
维日不足！侯部。　惟恐日子不足！

二章。

天保定尔，　上天要保定您，
以莫不兴。　因而没一样不兴隆。
如山如阜，　像山头，像高岭，
如冈如陵。　像山背，像丘陵。
如川之方至，　像河流的遍到，
以莫不增！蒸部。　因而没一样不添增！

三章。前三章言上天之福尔，以五如祝之。〇姚际恒云："忠爱之至，故多复词，山阜冈陵无大异，又云如南山之寿，皆涉复也。"

吉蠲为饎，鲁，蠲作圭，为作惟。齐，蠲作圭。　做了美好的清洁的酒食，
是用孝享，　就用这些去孝敬祭享，
禴祠烝尝，　夏禴春祠冬烝秋尝，
于公先王。　祭于自己的先公先王。

君曰卜尔， 先君说报酬您，
万寿无疆！阳部。 给您万寿无疆！

四章。按：烝尝双声。

神之吊矣， 神明的来呀，
诒尔多福。 赠给您多福。
民之质矣， 人民的安常呀，
日用饮食。 只知日用饮食
群黎百姓， 无论是庶民和贵族，
遍为尔德！之部。 遍感化于您的美德！

五章。江永云："吊质韵，福食韵。"

如月之恒， 像新月的弦紧，
如日之升。 像旭日的东升。
如南山之寿，寿与茂叶。幽部。 像南山的高寿，
不骞不崩。 既不会亏损，也不会下崩。
如松柏之茂， 像松柏的茂盛，
无不尔或承！蒸部。 无不是您有该受的歌颂！

六章。后三章言先公先王之福尔，以四如祝之，合前三章为九如之祝。〇钟惺云："前后九如字，笔端鼓舞，奇妙。"按：奇妙在往复贡谀献媚，似尚不自觉其肉麻耳。歌德派云乎哉！

〇今按：《天保》，《序》说下报上之词。可不谓误。"三家无异义"。《逸周书·度邑解》，"维王克殷"，"王曰，旦！予克致天之明命，定天保，依天室。""自洛汭延于伊洛，居阳，无固其有夏之居？我南望过于三涂，我北望过于有岳，丕愿瞻过于河宛。瞻于伊洛，无远天室，其曰兹，曰度邑。"此自以天保配天室各为一名词，与

《诗》常例截取发端首句二字标题以《天保》为一篇名者，显有不同。明清以来治《诗》者，如邹肇敏、何楷、魏源、王闿运，皆以《天保》为周公营雒定都之作。非也。诗中词义全与周公、武王时度邑，成王时作雒，无关。况此两时事，不得牵掍为一。且诗云“如南山之寿”，明为诗人时在镐京者也。《序》下云：“君能下下以成其政，臣能归美以报其上焉。”《郑笺》云：“下下，谓《鹿鸣》至《伐木》皆君所以下臣也。臣亦宜归美于王，以崇君之尊而福禄之，以答其歌。”《孔疏》云：“诗者，志也。各自吟咏。六篇之作非是一人而已。此为答上篇之歌者，但圣人示法，义取相成。比（比次之义，字一作此。）《鹿鸣》至《伐木》于前，此篇继之于后以著义，非此故答上篇也。何则？上五篇非一人所作，又作彼者不与此计议，何相报之有？郑云亦宜者，示法耳，非故报也。”《序》与《笺》语意皆含胡，《孔疏》分析至为明确。编《诗》著义示法，此《诗》教也。至宋朱子作《集传》，乃云：“人君以《鹿鸣》以下五诗燕其臣，臣受赐者歌此诗以答其君，言天之安定我君，使之获福如此也。”此仍误会《序》、《笺》，而于《孔疏》全不理会，遽以此六诗为一时君臣赠答之歌，岂不谬哉？

采薇六章章八句

《采薇》，遣戍役也。文王之时，西有昆夷之患，北有猃狁之难。以天子之命命将率，遣戍役，以守卫中国，故歌《采薇》以遣之，《出车》以劳还，《杕杜》以勤归也。

采薇采薇！〔一〕薇与归叶。脂部。	采薇，采薇！
薇亦作止。	这豆苗也新生了。
曰归曰归！	说归说归！

岁亦莫止。	这一年也快终了。
靡室靡家，	没有室、没有家，
猃狁之故。	为了猃狁之故。
不遑启居，	不暇危坐安居，
猃狁之故。鱼部。	为了猃狁之故。

一章。“首章言以猃狁之故而不得已于役。”〇江永云：“家、故，平、去为韵。”

采薇采薇！	采薇，采薇！
薇亦柔止。	这豆苗也柔嫩了。
曰归曰归！	说归说归！
心亦忧止。幽部。	我心里也忧闷了。
忧心烈烈，	忧闷的心如火烈烈，
载饥载渴。祭部。	又是腹饥，又是口渴。
我戍未定，	我们防务还没有定，
靡使归聘。耕部。	没有使人归家通问。

二章。

采薇采薇！	采薇，采薇！
薇亦刚止。	这豆苗也要枯硬了。
曰归曰归！	说归说归！
岁亦阳止。阳部。	这一年也到初冬了。
王事靡盬，	王事没有宁息，
不遑启处。鱼部。	不暇危坐安居。
忧心孔疚，	忧闷的心好苦，
我行不来！之部。〇鲁，来作倈。	我们远行不能归去！

三章。“次、三章，乃道其思家之情如此，先公后私之义。”〇按，靡使归聘，不问家事也。我行不来，不必生还也。下复云，一月三捷，急立功也。玁狁孔棘，严戒备也。先公后私，义固凛然。〇江永云：“疚、来，去、入为韵。”

彼尔维何？三家，尔作薾。	那盛开的花是什么？
维常之华。	是常棣的花。
彼路斯何？	那高大的车是谁的？
君子之车。鱼部。	是将帅的车。
戎车既驾，	兵车都已驾了，
四牡业业。	驷马的壮大业业。
岂敢定居？	难道敢于定居？
一月三捷！叶部。	要一个月里三捷！

四章。江永云：“一、二、三、四章薇、归韵，何、何韵。”

驾彼四牡，	驾着那些驷马，
四牡骙骙。	驷马的强盛骙骙。
君子所依，	这是将帅的凭依，
小人所腓。脂部。〇鲁，腓作芘，齐作萉。	这是士兵的掩蔽。
四牡翼翼，	驷马调练都已整齐翼翼，
象弭鱼服。	还有弓梢象牙、箭袋鱼服。
岂不日戒？齐，亦曰作日。	难道不要日日警戒？
玁狁孔棘！之部。	玁狁来犯很是紧急！

五章。“四、五章言师行，战则务捷，居则必戒。应首章玁狁之故。”〇按：此两章写出军容之壮，戒备之严，全篇气势为之一振。前后俱作私情软语，若不有此，则不成戎歌，不足劝士，即不能作为

遣戍役之乐章也。

昔我往矣，矣与思叶。之部。	从前我们去呀，
杨柳依依。	杨柳向人依依。
今我来思，	于今我们来哟，
雨雪霏霏。	雨雪迎人霏霏。
行道迟迟，	一路走来迟之又迟，
载渴载饥。	又是口渴，又是腹饥。
我心伤悲，	我的心里伤悲，
莫知我哀！脂部。〇齐，知作之。	没人知道我的悲哀！

六章。“卒章应次、三章之意。”（李光地《诗所》）〇孙鑛云：“首四句所谓眼前景，口头语，然风致却大妙，即深言之不能加。”〇方玉润云：“末乃言归途景物，并回忆来时风光，不禁黯然神伤。”〇按：首四句“兴寄深微”。（《香祖笔记》）“善于写物态，慰人情。”（《宋景文笔记》）“自是《诗》三百中最佳之句。”（谢玄）范晞文《对床夜话》云：“《诗》云：‘昔我往矣，杨柳依依。今我来思，雨雪霏霏。’东坡谓退之‘始去杏飞蜂，及归柳嘶蛰’，与《诗》意同。子建云：‘昔我初迁，朱华未希。今我旋止，素雪云飞。’又：‘始出严霜结，今来白露晞。’王元长云：‘昔往仓庚鸣，今来蟋蟀吟。’颜延年云：‘昔辞秋未素，今也岁载华。’退之又居其后也。”愚谓此《诗》句，历汉、魏、南朝至唐，屡见诗人追摹，而终有弗逮。今以现代语移易之，不得已也。

〇今按：《采薇》，描述边防军士服役思归，爱国恋家，情绪矛盾苦闷之作。《序》说文王遣戍役。据《逸周书·叙》云：“文王立，西距昆夷，北备猃狁，谋武以昭威怀，作《武称》。”朱右曾注：“昆夷，畎夷。猃狁，北狄。《诗·采薇·序》与此略同。《通鉴前编》引此，系之文王五祀。称，宜也。”又，《后汉书·西羌传》云：“文王为西伯，西有昆夷之患，北有猃狁之难，遂攘夷狄而戍之，莫不宾服，乃率西戎征殷之畔国以事纣。"前者与《序》说似是不谋而合，后者盖本于《序》说。王先谦云："鲁说曰，懿王之时，王室遂衰，诗人作刺。(《史记·周本纪》)又曰，古者师出不逾时者，为怨思也。天道一时生，一时养。人者天之贵物也，逾时则内有怨女，外有旷夫。《诗》曰：'昔我往矣，杨柳依依。今我来思，雨雪霏霏。'(《白虎通·征伐》篇)又曰，家有《采薇》之思。(蔡邕《和熹邓后谥议》)""齐说曰，周懿王时，王室遂衰。戎狄交侵，暴虐中国。中国被其苦，诗人始作，疾而歌之曰：'靡室靡家，猃狁之故。''岂不日戒？猃狁孔棘！'(《汉书·匈奴传》)又曰，《采薇》、《出车》、《鱼丽》思初。上下促急，君子怀忧。"(《易林·睽之小过》)"《韩诗》大旨当同。案：《采薇》乃君子忧时之作。《鲁诗》、《齐诗》有明文。《毛序》立异，与下章《出车》、《杕杜》称为遣戍、劳还、勤归，意仿周公《东山》之篇，次于文王之世，可谓谬矣。"此据鲁、齐遗说，以为今文三家说《采薇》为懿王之世之诗，与古文《毛序》说此诗作在文王之世大异。朱子《辨说》，疑"此未必文王之诗"。何楷谓诗作于季历之世，汪梧凤与魏源则谓作于宣王之世。愚谓猃狁患周，非止一世，仍用《序》说，姑从其朔，亦未为不可。倘《逸周书》非伪，不亦更有史可据矣乎？

出车六章章八句

《出车》，劳还率也。

我出我车，车与所、夫叶，鱼部。鲁，车作舆。	我出动我的兵车，
于彼牧矣。	在那牧地之上呀。
自天子所，	从天子那里，
谓我来矣。	叫我来做大将呀。
召彼仆夫，	召集那些人伕，

谓之载矣。　叫他们装载呀。
王事多难，　王事正多灾难，
维其棘矣！之部。　这事要赶快呀！

一章。此及下章设为将帅之言，受命出征之初，出车建旗，戒惧从事。○江永云："牧、来、载、棘，去、入为韵。"

我出我车，　我出动我的兵车，
于彼郊矣。　在那城外远郊呀。
设此旐矣，　设着这绣龟蛇的旗是旐呀，
建彼旄矣。　建立那旗杆头上的是旄呀。
彼旟旐斯，旐与悄叶，宵部。　那绣鸟鹰的旗是旟和旐哟，
胡不旆旆？　这些旗帜怎么不飞扬旆旆？
忧心悄悄，　忧惧的心只自悄悄，
仆夫况瘁！脂、祭通韵。　人伕更加累的憔悴！

二章。江永云："郊、旐、旄，平、上为韵。""旐、悄隔韵。"

王命南仲，齐，仲作中。　王命令了南仲，
往城于方。　前往筑城于方。
出车彭彭，鲁，车作舆。　出动了的兵车都是响声彭彭，
旂旐央央。　交龙的旂旗和旐旗鲜明央央。
天子命我，　天子命令了我们，
城彼朔方。　筑城那个朔方。
赫赫南仲，　威仪赫赫的南仲，
玁狁于襄！阳部。○齐、鲁，襄作攘。　为了除玁狁而往！

三章。言将帅南仲奉命往城于方，（按："于方"二字如不是一地名，则所谓方，当即周金文中之莽，莽京即丰京。）又城彼朔方，以

攘猃狁，车盛旗明，奋扬从事。诗人自言亦在城彼朔方之役，以此知其为随征军士也。

昔我往矣，	从前我们去呀，
黍稷方华。	黍子稷子正在扬花。
今我来思，	如今我们来哟，
雨雪载涂。	雨儿雪儿满路泥巴。
王事多难，	王事正多灾难，
不遑启居。	不暇危坐安居。
岂不怀归？	难道不想归家？
畏此简书！鱼部。	怕这紧急文书！

四章。诗人自言不以家事辞王事。昔也往城朔方，今也来伐西戎矣。因探下章薄伐西戎之文而知之也。○孙鑛云："方华、载涂微涉迹，不若依依、霏霏之饶态。"

喓喓草虫，〔一〕	喓喓叫的是草虫，
趯趯阜螽。	跃跃跳的是蚱蜢。
未见君子，	还没有见到君子，
忧心忡忡；	忧闷的心头冲冲；
既见君子，	终于见到君子，
我心则降。	我的心里就放松。
赫赫南仲，	威仪赫赫的南仲，
薄伐西戎！中部。	正在讨伐西戎！

五章。设为南仲室家之言，其未归也而望之。甫在讨伐西戎乎？何归之迟也？言念君子，点明南仲，知其为彼室家之言矣。

春日迟迟，　　春天日脚迟迟，
卉木萋萋。　　草木茂盛萋萋。
仓庚喈喈，　　黄鹂儿正叫的喈喈，
采蘩祁祁。　　采白蒿的人一堆堆。
执讯获丑，　　拷问所捉许多俘虏，
薄言还归！　　于是胜利而归！
赫赫南仲，　　威仪赫赫的南仲，
玁狁于夷！脂部。　　为平玁狁而来！

六章。仍设为南仲室家之言，其将归乎而喜之。春日之暄妍，大将之功伐，皆喜而道之也。蘩以生蚕，妇人之事。述其所见所感，知其为南仲室家之言也。○孙鑛云："状景物浓丽，以致美凯还，饶有风致，衬贴得恰好。"

○今按：《出车》，南仲奉命为将，北攘玁狁，西伐西戎，随征军士描述此一战役本末而作。《序》说"劳还率"，用作乐章之义，非诗本义。此诗六章，首两章设为南仲口吻，中两章作者自己口吻，末两章设为南仲室家口吻。其语气屡变，其文义因而不同。旧注不知此乃作者半客观半主观叙事之词，非一人纯主观抒情之作。而误以为全是诗人自道口吻，九"我"字全是诗人自我，用是串讲，大为扞格难通。诗南仲何时人？陈奂据《毛传》、《郑笺》，南仲，文王之属。魏源、王先谦据三家遗说，南仲，宣王之臣。郑玄兼通今文，偏用古文毛说。马融治《毛诗》，偏用今文三家说。此诗今古文说大有争论。朱子《辨说》又疑"此未必文王之诗"。但云："诗所谓天子，所谓王命，皆周王耳。"魏源《诗古微·小雅宣王诗发微》，载甘泉罗士琳《周无专鼎铭考》云："焦山旧藏周无专鼎，或云无惠，或又云无当作邪。铭凡十行，行九字。其第三行及后三行行十字。大共九十四字。其文曰：惟九月既望甲戌，王格于周庙，燔于图室。司徒南中。中、仲古通假字。《积古斋钟鼎款识》谓南仲有二，

《诗·出车》篇之南仲,《毛传》以为文王之属。《常武》篇之南仲,《毛传》以为王命南仲于太祖,是宣王之臣也。齐、鲁、韩三家《诗》并以《采薇》、《出车》之南仲皆为宣王〔时〕。然则鼎之或为文王时器,或为宣王时器,当以九月既望甲戌推之。”“文王自受命元年丙寅迄九年甲戌,据二术(殷、周二历)所推,皆不得九月既望甲戌。”“文王受命之先,自元年己丑迄三十七年乙丑,据二术用商正建酉为九月,推得甲戌皆不得既望。”“宣王自元年甲戌迄十六年己丑,据二术所推,惟是岁九月既望得甲戌,为月之十七日,与鼎铭合。”“予既推勘得九月既望甲戌在宣王十六年己丑,定此器为宣王时器。魏默深复云,此证鼎铭固无疑义矣。”“阮相国(元)曾疑此铭不类商器,当是宣王器。友人魏默深舍人源,历举齐、鲁、韩古谊,《出车》、《常武》皆宣王时诗,因以鼎铭请予推算,果得此确证,洵千古大快!”愚谓此据古鼎铭月日干支,与古历算科学,确可以证《常武》南仲为宣王之臣。《常武》今古文说固为一致。《出车》南仲,文王之属乎?宣王之臣乎?今古文说原不一致。谁得谁失,孰从而知之?不妨文王之世有南仲,宣王之世亦有南仲。犹之文王之世有周公、召公,厉王之末有周公、召公共和执政。他如家父之类,亦多有先后同名者也。(详后《节南山》篇)王先谦云:“南仲宣王时为将,详见《常武》,文王时并无其人,此毛妄说也。《六月》篇云:‘猃狁匪茹,整居焦穫。侵镐及方,至于泾阳。’盖猃狁居泾东之焦穫,逼近周京,纵兵四出,蹂躏方、镐、泾阳之地。合此诗及《六月》、《采芑》二篇观之,当日周廷命将,以方叔统重兵,厄驻泾西,屏蔽京邑,相机进击。吉甫自泾阳进兵镐地。南仲筑城于方。猃狁见首尾受敌,遂大奔窜。于是吉甫追至大原,南仲移兵西戎,克获而归。兵事可考见者如此。”此诚书生纸上谈兵!《出车》伐猃狁,“赫赫南仲”为主将。《六月》伐猃狁,“文武吉甫”为主将。《采芑》伐猃狁,“方叔元老”为主将。况复国史编《诗》,三诗不相比次,焉知三伐猃狁不在同时,三诗并非一时之作?吉甫、方叔、南仲三人虽同在宣王之世，亦未必同一战役，分作主将。猃狁侵周自文王时始，别有《逸周书·武称解》、《后汉书·西羌传》可证，已详上篇按语。《出车》为文王之属南仲讨伐猃狁之诗，岂得云全无根据，此毛妄说者乎？

杕杜四章章七句

《杕杜》，劳还役也。

有杕之杜，〔一〕杜与盬叶。鱼部。	这株独立的野梨树，
有睆其实。	这漂亮的它的果实。
王事靡盬，	王事没有宁息，
继嗣我日。脂部。	继续我念他的时日。
日月阳止，	日月已是初冬了，
女心伤止，	女人的心已伤了，
征夫遑止？阳部。	征夫可该不忙了？

一章。此及下二章皆述其私情，而兼公义为言。○“此诗本室家思其夫归而未即归之词。故始则曰‘征夫遑止’，言可以暇也，曷为而不归哉？”○江永云：“二、三章杜、盬隔韵。”（按：二、三章恐系一、二章之误。）

有杕之杜，	这株独立的野梨树，
其叶萋萋。	它的叶片儿密萋萋。
王事靡盬，	王事没有宁息，
我心伤悲。	我的心里伤悲。
卉木萋止，	草木都叶萋萋了，
女心悲止，	女人的心也悲了，

征夫归止！脂部。　　征夫可该还归了！

二章。钟惺云："诗以物纪时，妙笔，后人不能。"〇陈奂云："上章谓冬，此章谓春。诗人历道其所经，此所谓逾时也。"〇按，下章云采杞，采其浆果，则又在秋冬间矣。〇"继则曰'征夫归止'，言计其归期实可归也。"

陟彼北山，　　爬登那座北山，
言采其杞。　　就采那里的枸杞。
王事靡盬，　　王事没有宁息，
忧我父母。之部。　　忧虑到我们父母。
檀车幝幝，韩，幝作缕　　差车破旧迟缓缓了，
四牡痯痯，　　驷马也就瘦软软了，
征夫不远！元部。　　征夫归来该不远了！

三章。姚际恒云："末三句想象甚妙。"〇"既又曰'征夫不远'，言虽未归，其亦不远矣。"

匪载匪来，　　车不见载，人不见来，
忧心孔疚。之部。　　忧伤的心好痛。
期逝不至？入声。〇鲁，期作胡，逝作誓。　　为何约期过了不到？
而多为恤。〔二〕　　而只使我闷损。
卜筮偕止，　　卜龟打卦都已用了，
会言近止，〔三〕近不入韵，顾氏谓古音记，非　　三人合占都说近了，
征夫迩止！脂部。　　征夫归来该快迅了！

四章。卒言私情而不复及公义，情急可知。诚思妇之言也。〇"终则曰'征夫迩止'，言归程甚迩，岂尚诳邪？始终望归而未遽归，故作此猜疑无定之词耳。然期望虽殷，而终以王事为重，不敢

以私情废公义也。此诗人识见之大,讵得以寻常儿女情视之邪?”(方玉润)〇江永云:“来、疚、至、恤,去、入为韵。”

〇今按:《杕杜》,征夫逾时不归,妇人思怨之作。此与后世诗人所谓“闺思”“闺怨”之作同类。《采薇》、《杕杜》旷男怨女之词,疑皆采自歌谣,亦可视为“西周民风”。《序》说:“《杕杜》,劳还役也。”方玉润云:“劳之而不慰其心,酬其力,乃故作此妇人思夫之词以媚之,天下有是酬人法乎? 圣人纵曲体人情,亦不代人妻子作悲泣状也。即使为之,何益劳者,而谓劳者受之邪?”此殆不知《序》说乃用作乐章之义,非诗本义;而亦妄信天下真有所谓圣人,不知圣人不仁,以人民为刍狗者也。《杕杜》以勤归,固以征夫为刍狗矣。劳之云乎哉? 酬之云乎哉? 陈奂云:“《出车》篇云‘春日迟迟,卉木萋萋’,‘薄言还归’,文义与此〔诗二章〕同。此兼言伐西戎之事。《传》云,室家逾时则思者,盖室家之情有如是也。《盐铁论·繇役》篇,古者无过年之繇,无逾时之役。今近者数千里,远者过万里,历二期。长子不还,父母愁忧,妻子咏叹,愤懑之恨发动于心,慕思之积痛于骨髓。此《杕杜》、《采薇》之所为作也。案:诗中皆叙逾时期归之语,故三家《诗》以为二诗刺时而作。《毛诗》则以为尽人之情,极道其劳役之苦,室家之意,不泥于文辞,此毛氏之所以独胜三家也。”王先谦云:“据《盐铁论》,是《齐诗》之说,以《杕杜》及《采薇》同为刺诗,与《毛序》异。鲁、韩当与齐同。”愚谓三家刺时一说,正视现实,直寻诗义,未为大不是也。陈奂之说不免偏见。朱子《辨说》无文,其他宋儒亦无新说云。

鱼丽六章三章章四句三章章二句

《鱼丽》,美万物盛多,能备礼也。文、武以《天保》以上治内,《采薇》以下治外,始于忧勤,终于逸乐。故美万物盛多,可以告于神明矣。

鱼丽于罶，罶与酒叶。幽部。	鱼落在笼鱼篓，
鲿鲨。〔一〕	有黄鲿，有小鲨。
君子有酒，	君子有酒，
旨且多。歌部。	美而且多。

一章。江永云："一、二、三章隔韵。"○按：鱼、于叠韵。丽、罶双声。

鱼丽于罶	鱼落在笼鱼篓，
鲂鳢。〔二〕	有鳊鱼，有乌鳢。
君子有酒，	君子有酒，
多且旨。脂部。	多而且美。

二章。

鱼丽于罶，	鱼落在笼鱼篓，
鰋鲤。〔三〕	有鲇鱼，有大鲤。
君子有酒，	君子有酒，
旨且有。之部。	美而且有。

三章。"前三章皆言有酒，乃置酒之通名也。"

物其多矣，	物资的多呀，
惟其嘉矣。歌部。	这是它的可嘉呀。

四章。

物其旨矣，鲁，旨作指。	物资的美呀，
惟其偕矣。脂部。○鲁，惟作唯，下同。	这是它的完备呀。

五章。

物其有矣，　　物资的常有呀，
惟其时矣。之部。　　这是它的按季候呀。

六章。“后三章皆言物，则其所谓旨、所谓多者，皆以殽言矣。虽用字不同，其实嘉与时皆所以言旨也，有与偕皆所以言多也。不过即旨、多二义反复咏叹，以见主人礼意之殷勤也。”（季本《解颐》）○戴震云：“曰嘉曰旨皆美也，曰偕曰有皆备也。多贵其美，美贵其备，备贵其时。酒之备谓诸酒，物之备谓水陆之羞。”（《诗考正》）○范家相云：“美万物盛多，但言鱼者，在下动物之多莫如鱼也。《小雅》言丰年之兆亦曰众维鱼矣。”（《诗沈》）○郝懿行云：“梦鱼，丰年之瑞。太平歌《鱼丽》，衰乱吟《星罶》。”（王照圆《诗问》）○江永云：“有、时，平、上为韵。”

○今按：《鱼丽》，妒羡君子鱼酒旨多，生活美富之诗。盖为用罶捕鱼之小人所作。此亦《韩诗》说“劳者歌其事”之一例，亦可视为“西周民风”。在当时奴隶制社会，君子（奴隶主）与小人（奴隶）为两大对立阶级。此诗当为小人刺君子之诗，君子竟被此民间歌手瞒过，反以为美。《序》说“美万物盛多，能备礼也”。又云：“可以告于神明。”毛、郑谓以鱼荐宗庙邪？据《仪礼·乡饮酒》《燕礼》皆歌此诗，则知其尝用作燕飨之乐歌。故《朱传》云：“此燕飨通用之乐歌。”李光地《诗所》云：“此必荐鱼宗庙之后燕饮之诗。后乃通用为燕飨之乐歌。”《毛传》云：“太平而后，微物众多。取之有时，用之有道，则物莫不多矣。古者，不风不暴，不行火。草木不折不芟，斧斤不入山林。豺祭兽然后杀，獭祭鱼然后渔，鹰隼击然后罻罗设。是以天子不合围，诸侯不掩群，大夫不麛不卵，士不隐塞，庶人不数罟，罟必四寸然后入泽梁。故山不童，泽不竭，鸟兽鱼鳖皆得其所然。”《传》语自古者以下，当据成文，今不可考。与此相类似之文字，记尚见于《逸周书》、《国语·鲁语》、《周礼·大司马》《司裘》、《大戴记·夏小正》、《礼记·王制》《月令》《曲礼》。又见《孟子》，以及《荀子·王制》篇、《淮南子·主术训》、《贾子·礼》篇。此皆具有经济政策上利用物质、保养资源之重要意义。此种思想及其措施，盖远自渔猎时代，人知利用自然经济、采集经济，长期积累无数之经验知识而逐渐形成。此皆可供今之经济学者、治古代经济思想史者之参考也。

《南陔》，孝子相戒以养也。

《白华》，孝子之絜白也。

《华黍》，时和岁丰，宜黍稷也。有其义而亡其辞。

【简注】

鹿鸣

〔一〕鹿，反刍，偶蹄，鹿科。人所习知之脊椎动物。苹，又名藾萧，藾蒿。菊科，多年生草本。山野随在有之，可蒸食或炸食，并用以济荒。

〔二〕瑟与琴，弦乐器。笙与簧，管乐器。簧可无笙，笙不可无簧。喇叭、唢呐、口琴皆有簧。簧单用为啸子，俗称哨子、叫子。详见俞正燮《癸巳类稿·簧考》。此四乐器皆已见前。

〔三〕蒿，又名青蒿。菊科、越年生草本，古用以为蔬，又供药用。

〔四〕芩，芩草，又名蔓荸。禾本科、多年生草本，多生于近水处，用作牧草。

○呦音幽。苹音平。行音杭。恌音挑。芩音今。湛音沈。

四牡

〔一〕据《毛传》、《郑笺》、王氏《补笺》三说，鵻为家鸽，正确无疑，其他旧注未憭。国人以家鸽传书，唐宋以来屡见记载。据我所知，西方最先正式使用信鸽者，为罗维特·布宜斯·尤利斯男爵，一八一六年生于德·卡塞尔城。他于一八五〇年创办通讯社，在活动初期即依靠信鸽在国与国间传递消息。电讯术在一八三一年甫发明时，只运用于一个国家内不同城市之间有线通讯，在国与国间尚未能使用，信鸽便补此一空白。赖有此诗，知我国驯养家鸽之早也。

〔二〕栩，栎树，已见《鸨羽》篇。杞，枸杞，茄科、落叶灌木。果为红色浆果，供药用。嫩叶可用为蔬,但微苦耳。

○骓音非。盬音古。鵻音椎。骤音助、音促。骎音侵。谂音审、音念。

皇皇者华

○隰音习。驰音辛。濡音儒。辔音备。诹音邹。骐音其。骃音因。

常棣

〔一〕《陆疏》以夫移为奥李,合常棣唐棣为一,《毛诗植物名考》从之。《诗草木今释》云,常棣,又名小叶杨、青杨,杨柳科、落叶乔木。多种为风致林,行道树。

〔二〕脊令,一名䳭,雀形目、鹡鸰科。形小而瘦。头部圆而黑。前额纯白。嘴纤细而黑。喉部一部白,一部黑。体之上面概黑。翼长而端尖有白斑。胸部黑。腹部及下尾筒白。尾翨十二枚,色黑。两长脚亦黑。雌体概灰黑色。体长约五六寸。四季皆见之。常徐行于水边,尾向上下振动。食昆虫,虽亦食小鱼,仍认为保护鸟。

○鄂俗作鄂。韡,韦声,或音如夷。裒音近褒。脊令,令音零。阋音阒,近翕。御读御。务读侮。戎如字,或音汝。饫音豫。翕音习。帑同孥,音奴。亶音单,音但,平上两声。

伐木

〔一〕段玉裁云,丁丁,刀斧声。许许、所所,锯声。

〔二〕嘤其鸣矣,鲁嘤作莺,字今作莺。黄莺,黄鸟,雀形目、黄鹂科。已见《葛覃》、《七月》。韦绚《刘宾客嘉话录》云,今谓进士登第为迁莺者久矣。顷岁试《早莺求友诗》,又《莺出谷诗》,盖自《毛诗·伐木》篇,并无莺字;别书无证据,岂非误欤?此因《鲁诗》唐时已亡,不知《伐木》有莺字也。

○丁丁,音打,又音争。嘤音婴。酾音师,音筛。芎音叙,音与。羜音煮。于粲,于音乌。酤音古,音沽。蹲音撙节之撙,音尊。

天保

〔一〕俞樾云:何福不除,除当读为储。《易·萃·象传》,君子以除戎器。《释文》曰,除本作储。是其例也。

○戬音践。蠲音圭、音坚、音捐。饎音炽、音熹。禴音礿,今音约。骞音愆。

采薇

〔一〕薇，野豌豆苗，已见《召南·草虫》篇。

○莫读暮。猃狁，猃允。猃殓皆音险。戍音恕。疚音救。骙音葵。腓音肥。弭音米。霏读飞。

出车

〔一〕喓喓草虫六句与《草虫》篇大同，盖同出民风。此室人思念其君子之词也。

○旐音兆。旄音毛。旟音余。旆音沛。瘁音悴。旂音芹。古旂旗二字有别。襄如字，又音羊。雨雪，《释文》，雨于付反。又如字。按，黍稷二物，雨雪二事，雨当如字读之。喓音腰。趯音狄，音吊。螽音终。

杕杜

〔一〕杕杜，已见《甘棠》、《有杕之杜》、《杕杜》等篇。下章杞，见上《四牡》篇。

〔二〕而多为恤，俞樾《群经平议》云，此多字当读为亦祇以异之祇。祇，适也。言本与我期者，欲我知有归期而不忧也。今期已往而犹不至，则适使我忧伤而已。多，古与祇同声而通用。详见襄二十九年《左传》，及《论语·子张·正义》。

〔三〕会言近止者，孔广森《经学卮言》云，会合之字皆从亼。《说文》曰，人三合也。《礼》：旅占必三人。会有三义。故《毛传》云，会人占之。若但以为筮与卜合，于文似便，于训未精。宋元说经者唯逐文便，乃小学训诂之就湮也。

○杕音第。睆音莞。幝音阐。痯音管。筮音逝。

鱼丽

〔一〕鲿，黄鲿，又名黄颊鱼，黄颡鱼。俗名阿鲿、盎丝。鲿科。为常见之淡水中小型或中型鱼类。鲨，《尔雅》郭注：今吹沙小鱼，体圆而有黑点文。焦循《虎鲨吟序》：吹沙小鱼俗谓之虎鲨。湖中人张瓦取之以当蔬菜。此在今鱼类学上属何种类，待考。岂所谓银飘或飘鱼耶？

〔二〕鲂，已见前。鳢，乌鳢，今名乌鱼、黑鱼、财鱼。鳢科。为淡水中肉食性之鱼类，有食用价值，但亦为害养鱼业。又，七星鱼亦名花财鱼，与乌鱼相似，惟无腹鳍。因其头部有七星点，道家谓其首戴斗，俗或忌食之。

〔三〕鰋，又名鮧，鳀。俗又名鲶，而四川人称为胡子鲢。鲇科。其体上方灰色，下方淡黄色。为常见之淡水中小型或中型食用鱼类。

诗经直解　卷十七

南有嘉鱼之什第十七　毛诗小雅

南有嘉鱼之什十篇四十六章二百七十二句

南有嘉鱼四章章四句

《南有嘉鱼》，乐与贤也。大平之君子至诚，乐与贤者共之也。

南有嘉鱼，　　南方有嘉鱼，
烝然罩罩。韩，罩作淖。　　多的是摸它用的罩。
君子有酒，　　君子有了酒，
嘉宾式燕以乐。宵部。○鲁，燕作宴。　　嘉宾来宴就同热闹。

一章。以嘉鱼入罩为兴。○"罩罩，恐其逸，故罩之使入也。"○江永云："罩、乐，去、入为韵。"

南有嘉鱼，　　南方有嘉鱼，
烝然汕汕。齐、韩，汕作浐。　　多的是撩它用的罾。
君子有酒，　　君子有了酒，
嘉宾式燕以衎。元部。○韩，燕作宴。　　嘉宾来宴就同开心。

二章。以嘉鱼入汕为兴。○"汕汕，恐其伏，故汕之使出也。"

南有樛木，　　南方有曲木，

甘瓠累之。〔一〕	甜壶卢瓜藤缠着它。
君子有酒，	君子有了酒，
嘉宾式燕绥之。脂部。	嘉宾来宴就安乐他。

三章。以甘瓠累于樛木为兴。〇“累之，乃瓠之自累。”

翩翩者鵻，〔二〕	翩翩的鸽子，
烝然来思。	很多的飞来都看见哟。
君子有酒，	君子有了酒，
嘉宾式燕又思。之部。	嘉宾来宴把酒相劝哟。

四章。以飞鵻来思为兴。〇“来思，乃鵻之自至。”“四章皆言待贤者以燕礼。”（《范补传》）〇江永云：“来、有，去、入为韵。”

〇今按：《南有嘉鱼》，君子以鱼酒燕乐嘉宾之诗。诗义自明，《序》说未为不是。但当指出者，疑此采自西周民风，亦为彼时奴隶制社会中与君子阶级对立之小人阶级所作，刺诗也。其所谓嘉宾，为君子所搜求所豢养之臣仆，或视《鹿鸣》嘉宾等而下之耳。王先谦云：“《仪礼·乡饮酒》郑注：《南有嘉鱼》，言太平君子有酒，乐与贤者共之也。能以礼下贤者，贤者累蔓而归之，与之燕乐也。此齐说，义与毛同。鲁、韩无闻。”此诗今古文无争论。据《孔疏》，谓此诗“当周公成王太平之时”。盖因《郑谱》以《鱼丽》为武王时诗，《嘉鱼》至《菁菁者莪》为成王时诗也。朱子《辨说》云：“《序》得诗意，而不明其用。（据《乡饮酒》）其曰太平之君子者本无谓，而说者又以专指成王，皆失之矣。”此与《序》说稍异。诗首句“南有嘉鱼”者云何？《毛传》云：“江汉之间，鱼所产也。”《郑笺》云：“言南方水中有善鱼。”此以嘉鱼为通名。陆佃《埤雅》云：“嘉鱼，鲤质鳟鳞，肥肉甚美。食乳泉，出于丙穴。故《南都赋》云：嘉鱼出于丙穴。先儒言丙穴在汉中沔南县北，有乳穴二，常以三月取之，穴口向丙，故曰丙也。旧言尾像篆文丙字，故曰丙穴也。盖《尔雅》：鱼枕谓之丁，鱼肠谓之乙，鱼尾谓之丙。则鱼尾像丙，岂特嘉鱼而已？”此谓嘉鱼为丙穴鱼之专名，其尾像丙又其特征也。《吕记》、《朱传》、李氏《集解》皆用此说。王质《诗总闻》云：“嘉鱼，今鄂州、辰州皆有，鄂州取以名县，恐或是因《诗》取号。”亦似以嘉鱼为通名。但见古以嘉鱼为县专名，未见古以嘉鱼为鱼专名。或以后世之武昌鱼一名当之。一千七百多年前，三国时代有所谓武昌鱼。彼时武昌在今湖北鄂城县，今武昌则为彼时之江夏。鄂城樊口梁子湖产鳊鱼，其味腴美。古称此鱼为鲂鱼。中国鲂鱼有长春鳊、团头鲂、三角鲂三种，武昌所产者盖为团头鲂。向有“鳊鱼产樊口者甲天下”之说也。至今人张春霖《鱼类图说》所称卷口鱼，又名嘉鱼。其口部特别，口在头之腹面。上唇有四小须。惟产于广东，常蓄养于池塘中。则亦非此诗之嘉鱼矣。

南山有台五章章六句

《南山有台》，乐得贤也。得贤，则能为邦家立大平之基矣。

南山有台，〔一〕
北山有莱。
乐只君子，
邦家之基！
乐只君子，
万寿无期！之部。
一章。

南山有莎草叫台，
北山有藜菜叫莱。
乐哉君子，
您是国家之基！
乐哉君子，
愿万寿无穷期！

南山有桑，
北山有杨。

南山有树叫桑，
北山有树叫杨。

乐只君子，
邦家之光！
乐只君子，
万寿无疆！阳部。

乐哉君子，
您是国家之光！
乐哉君子，
愿你万寿无疆！

二章。上两章美其有德，祝其有寿。

南山有杞，〔二〕
北山有李。
乐只君子，鲁，乐只作凯悌。
民之父母！
乐只君子，
德音不已！之部。

南山有狗骨树叫杞，
北山有果子树叫李。
乐哉君子，
您就是人民的父母！
乐哉君子，
您的声誉远扬不已！

三章。此章专美其德。

南山有栲，
北山有杻。〔三〕
乐只君子，
遐不眉寿！
乐只君子，
德音是茂！幽部。

南山有鸭椿树叫栲，
北山有菩提树叫杻。
乐哉君子，
怎不秀眉大寿！
乐哉君子，
声誉这样美茂！

四章。此章又祝其有寿，而美其有德。

南山有枸，
北山有楰。〔四〕
乐只君子，
遐不黄耇！

南山有枳椇树叫枸，
北山有冬青树叫楰。
乐哉君子，
怎不黄发高寿！

乐只君子，	乐哉君子，
保艾尔后！侯部。	保管您会有后！

五章。末章仍祝其有寿有后作结。〇孙鑛云："可谓极其祝颂，然总不出德、寿、后人三意，而所重似尤在德。"〇友人范祥雍云："《庄子·天地》篇，华封人三祝（寿、富、多男子）亦臣下祝君上之词。三祝与此篇德、寿、后人，意亦近是。"

〇今按：《南山有台》，臣工祝颂天子之诗。《吕记》、《严缉》、姚际恒《诗经通论》所说皆不为误。诗称君子，当与前篇《鱼丽》、《南有嘉鱼》一例，同指王者，非必指贤臣嘉宾。刘瑾《通释》云："或疑宾客不足以当万寿之语。愚谓此诗上下通用之乐，当时宾客容有爵齿俱尊足当之者。盖古人简质，如《士冠礼·祝辞》亦云'眉寿万年'。又况古器物铭所谓'用蕲万年'、'用蕲眉寿'、'万年无疆'之类，皆为自祝之辞。则此诗以万寿祝宾，庸何伤乎？"此虽博学善辩可通，未必即为确诂。不知诗有作诗之义，有用作乐章之义，不必强同也。《序》说"乐得贤"，此用作乐章之义，不必于诗义切合。《诗》三百中此例甚多，自《二南》以下，愚已反复言之，不惮烦矣。朱子《辨说》既云"《序》首句误"，《集传》又云"此亦燕飨通用之乐歌"。是殆不思用此作为燕飨乐歌，正谓王者以得贤者式燕为乐，而贤者相与祝颂王者，自是其所有之事也。王先谦云："《仪礼·乡饮酒》郑注：《南山有台》，言太平之治以贤者为本，爱友贤者为邦家之基，民之父母，既欲其身之寿考，又欲其德音之长也。齐义与毛大同。鲁、韩未闻。"此诗今古文又无争论，皆同据《乡饮酒礼》释此诗为用作燕享乐章之义。《毛序》、郑注皆通也。若必谓诗中不及酒肴乐舞之事、劝侑之辞，如郝敬《原解》所云"本非为燕飨作"；陈启源《稽古编》所云"疑非燕飨之诗"。是亦不知诗语即于燕飨之事物无关，仍不妨用作燕飨乐章。此《诗》合乐之常例。愚亦已数数言之矣。

《由庚》,万物得由其道也。
《崇丘》,万物得极其高大也。
《由仪》,万物之生各得其宜也。有其义而亡其辞。

蓼萧四章章六句

《蓼萧》,泽及四海也。

蓼彼萧斯,〔一〕	长而大的那些香蒿,
零露湑兮。	落的露水几许啊。
既见君子,	已经见了君子,
我心写兮。	我的心就倾吐啊。
燕笑语兮,	宴饮而且笑语啊,
是以有誉处兮。鱼部。	是以这样喜乐相处啊。

一章。言已见君子,燕飨笑语,得倾其向慕之忱。〇按:誉处叠韵。

蓼彼萧斯,	长而大的那些香蒿,
零露瀼瀼。	下的露水泱泱。
既见君子,	已经见了君子,
为龙为光。	他是龙,是日光。
其德不爽,	他的品德不坏,
寿考不忘!〔二〕阳部。	祝他寿考无疆!

二章。言君子人物非凡,祝其寿考无已。〇按:寿考叠韵。

蓼彼萧斯,	长而大的那些香蒿,

零露泥泥。 下的露水腻腻。
既见君子， 已经见了君子，
孔燕岂弟。 他很安详，和乐平易。
宜兄宜弟， 宜做阿兄，宜做阿弟，
令德寿岂。脂部。 他有美德、高寿、乐意！

三章。言君子以兄弟相待，祝其德寿且乐。○按：岂弟叠韵。

蓼彼萧斯， 长而大的那些香蒿，
零露浓浓。 下的露水浓浓。
既见君子， 已经见了君子，
鞗革冲冲， 马头金勒摇的冲冲，
和鸾雝雝。 小铃大铃响的嗈嗈。
万福攸同！东、中通韵。 这是万福的所会同！

四章。言君子车驾之盛，祝其为万福所聚。○孙鑛云："写一时欢乐光景，蔼然可味。首章点得透快。二、三章归之德，是诗骨。末章借车马写意。陡发而缓收，正是顿挫。"

○今按：《蓼萧》，《序》说"泽及四海"，盖谓此为燕远国之君之乐歌。"三家无异义"。朱子《辨说》云："《序》不知此为燕诸侯之诗，但见零露之云，即以为泽及四海，其失与《野有蔓草》同。臆说浅妄类如此云。"此攻《序》已甚。《序》止一句，安知非据国史编《诗》之文耶？何谓四海？《郑笺》云："九夷、八狄、七戎、六蛮，谓之四海。国在九州之外，虽有大者，爵不过子。《虞书》曰：州十有二师，外薄四海，咸建五长。""既见君子者，远国之君朝见天子也。"陈启源云："周之王业虽成于文、武，然兴礼乐、致太平，实在周公辅成王时。尝读《戴记·明堂位》、《周书·王会解》二篇，想见当时华夷统一之盛。《蓼萧》泽及四海，《孔疏》引越裳来朝事，以为此诗之作，当在周公摄政之六年，良有以也。合《明堂》、《王会》二文以读此诗，觉成周一会俨然未散。”彼谓此诗作在周公辅成王之世，不为无据。诗既为远国之君来朝受宴而作，即用远国之君口吻颂扬天子。诗既见君子，为龙、为光。远国之君自谓蒙受宠荣也。此义据《毛传》、《郑笺》以及昭十二年《左传》。若谓远国之君颂美天子为龙、为日，此近代俞樾《群经平议》之说也。两说皆通，愚以后说为是。诗既见君子，宜兄宜弟。远国之君谓彼此之间以兄弟之义平等相待也。《毛傅》云：“为兄亦宜，为弟亦宜。”而王先谦云：“《沔水·传》：‘兄弟，同姓臣也。’四海远国未必有同姓兄弟往封，此言君子接待同姓无不相宜，故远人慕德而称愿之。”此解误已。诗宴远国之君，与同姓臣何关？远国之君决不称美君子接待同姓之臣无不相宜以自外，而或用是为刺也。今人读此诗，可知远在上古之世，我国对于四邻远国之君，已有采取兄弟相处之和睦政策者矣。

湛露四章章四句

《湛露》，天子燕诸侯也。

湛湛露斯，	沉沉的露珠儿，
匪阳不晞。	不是日出不干。
厌厌夜饮，鲁，厌作愿，韩作愔。	安安然的夜饮，
不醉无归。脂部。	不是醉了不还。

　　一章。以湛露之匪阳不晞，兴夜饮之不醉无归。

湛湛露斯，	沉沉的露珠儿，
在彼丰草。	在那里的茂草。
厌厌夜饮，	安安然的夜饮，
在宗载考。幽部。	于同姓成礼了。

二章。以湛露之在彼丰草，兴夜饮之在宗室成礼。

湛湛露斯，	沉沉的露珠儿，
在彼杞棘。〔一〕	在那枸杞、枣叶。
显允君子，	光明诚笃君子，
莫不令德。之部。	莫不是有美德。

三章。以湛露之在彼杞棘，兴显允君子之在己成德。

其桐其椅，〔二〕	那桐树、那椅树，
其实离离。	它的果实离离。
岂弟君子，	和乐平易君子，
莫不令仪。歌部。	无不有美威仪。

四章。以桐椅之果实离离，兴岂弟君子之威仪济济。

○今按：《湛露》，西周王室盛时，夜宴同姓诸侯之诗。诗云："厌厌夜饮，在宗载考。"已自点明诗义矣。胡承珙云："案经言宗者，古人谓同姓为宗。如《左传》'肸之宗十一族'，及'宗不余辟'之类。在者，于也。在宗，犹言于同姓也。《传》云，夜饮必于宗室者，宗室即谓同姓。于者，于其人，非于其地。言必于同姓乃有夜饮之礼，正以明异姓则否耳。故《笺》申之云，夜饮之礼，在宗室同姓诸侯则成之，于庶姓让之则止。《正义》云，以其宗室之故，则留之而成饮，不许其让，以崇亲厚焉。《笺》、《疏》皆善读《传》文。后人泥《传》宗室为夜饮之地，其说多不可通。"《后笺》此说是也。《诗》序："《湛露》，天子燕诸侯也。"《郑笺》云："燕，谓与之燕饮酒也。诸侯朝觐会同，天子与之燕，所以示慈惠。"此通用为乐章之义，非诗本义。王先谦云："《易林·屯之鼎》云，《湛露》之欢，三爵毕恩。《讼之恒》、《同人之离》同。又《讼之既济》云，白雉群雊，慕德贡朝。《湛露》之恩，使我得欢。是天子燕诸侯之说，三家与毛同也。左文四年

《传》,诸侯朝正于王,王宴乐之,于是乎赋《湛露》。尤为天子燕诸侯之塙证。"据《左传》赋诗之文,统言诸侯,不分同姓异姓。《六月·序》云:"《湛露》废,则万国离矣。"更足证此兼同异姓言之。要之,此赋诗之义,用作乐章之义。今古文说同,亦未见宋儒有何新义也。

彤弓三章章六句

《彤弓》,天子锡有功诸侯也。

彤弓弨兮,	朱弓放松了啊,
受言藏之![一]	接受就收藏它!
我有嘉宾,	我有嘉宾,
中心贶之。	衷心的颁赏他。
钟鼓既设,	钟鼓都已陈设,
一朝飨之。阳部。	这一天宴享他。

一章。《郑笺》云:"凡诸侯赐弓矢,然后专征伐。"○"言锡弓矢而飨之。"○江永云:"藏、贶、飨,平、去为韵。"

彤弓弨兮,	朱弓放松了啊,
受言载之!	接受就装载它!
我有嘉宾,	我有嘉宾,
中心喜之。	衷心的喜爱他。
钟鼓既设,	钟鼓都已陈设,
一朝右之。之部。	这一天厚待他。

二章。"飨之未足而右之。"○江永云:"载、喜、右,上、去为韵。"

彤弓弨兮,	朱弓放松了啊,

受言櫜之！	接受就套了它！
我有嘉宾，	我有嘉宾，
中心好之。	衷心的爱好他。
钟鼓既设，	钟鼓都已陈设，
一朝酬之。幽部。	这一天报酬他。

三章。“右之未足而酬之。此亦中心喜好之实也。”(谢枋得)○辅广云:“大抵此诗首章已尽其意。下两章只是咏叹以加重焉耳。櫜重于载,载重于藏。好诚于喜,喜诚于贶。酬厚于右,右尊于飨。”(皆见《传说汇纂》)○江永云:“櫜、好、酬,平、去为韵。”

○今按:《彤弓》,言天子以彤弓赐有功诸侯之诗,通用为天子锡有功诸侯之乐歌。《序》说不误。“三家无异义”。宋儒无新说。文四年《左传》云:“卫宁武子来聘,公与之宴,为赋《湛露》及《彤弓》,不辞,又不答赋。使行人私焉。对曰:臣以为肄业及之也。昔诸侯朝正于王,王宴乐之,于是赋《湛露》。则天子当阳,诸侯用命也。诸侯敌王所忾而献其功,王于是赐之彤弓一,彤矢百,玈弓矢千,以觉(明也)报宴。今陪臣来继旧好,君辱贶之,其敢干大礼以自取戾?”可知《序》说《湛露》、《彤弓》皆有所本。彤弓何物?当是《周礼》(《夏官·司弓矢》:唐弓大弓以授劳者)、《春秋》(定八年经:盗窃宝玉大弓。《穀梁传》:周公受赐藏之鲁)所说之大弓。大弓与宝玉并重。周自东迁以后,平王以晋文侯迎立有功,赐以“彤弓一,彤矢百。卢弓一,卢矢百。”(卢、玈古通,黑也。)详《尚书·文侯之命》。至襄王时,晋文公以城濮之役,伐楚有功,亦受弓矢之赐。僖二十八年《左传》云:“晋侯献楚俘于王,赐之彤弓一,彤矢百,玈弓、矢千。”襄八年《左传》云:“季武子赋《彤弓》。宣子曰:我先君文公献功于衡雍,受彤弓于襄王,以为子孙藏。”昭十五年《左传》云:“彤弓虎贲,文公受之。”《左传》再三侈夸晋文公受赐彤弓之宠光。可以想见赐诸侯以弓矢,盖自周初以来国家酬庸(报功)之大典也。

菁菁者莪四章章四句

《菁菁者莪》，乐育材也。君子能长育人材，则天下喜乐之矣。

菁菁者莪！〔一〕韩，菁作蓁。	好青青的抱娘蒿！
在彼中阿。	在那个山湾里。
既见君子，	已经见了君子，
乐且有仪。歌部。	欢乐而且有礼仪。

一章。言"君子能长育人材，如阿之长莪菁菁然"（《毛传》）。〇"此天子视学，太学之士乐君子之育材而作此诗。"（姜炳璋《诗序广义》）

菁菁者莪！	好青青的抱娘蒿！
在彼中沚。	在那个小洲里。
既见君子，	已经见了君子，
我心则喜。之部。	我的心中就欢喜。

二章。此及上下三章，言"因育材之有地，喜已材得成也"（何楷《古义》）。

菁菁者莪！	好青青的抱娘蒿！
在彼中陵。	在那山岭里面。
既见君子，	已经见了君子，
锡我百朋。〔二〕蒸部。	赐我的贝钱百串。

三章。"古者货贝，五贝为朋。赐我百朋，得禄多，言得意也。"（《郑笺》）〇按：王国维《说玨朋》："古制，贝、玉皆五枚为一系，二系一朋。"（《观堂集林》）郭沫若《安阳圆坑墓中鼎铭考释》："墓中有三

堆海贝，其中有一堆可以看出确是十贝为朋，联成一组。”（《考古学报》）周器《遽伯睘卣铭》：“遽伯睘作宝隮彝，用贝十朋又四朋。”作一宝器止用贝十四朋，贝为贵币，略可考见。金文中所见锡贝最多者亦为百朋，如《周公东征鼎铭》是；其次五十朋，如《小臣静彝》、《敌毁》、《效卣》等铭是；最少者仅十朋五朋，如《小臣单觶》、《趞尊》等铭是也。《两周金文大系考释》所收一百六十二件，记锡贝者有二十一件。彼时锡贝固常事，锡贝百朋，则诚得禄多矣。

泛泛杨舟，	泛泛着杨木舟，
载沈载浮。	或沉重，或轻浮。
既见君子，	已经见了君子，
我心则休。幽部。	我的心里就甘休。

四章。“自谓多士之材，如以杨为舟，可用以济。始者未见君子，惧其不见用；今既见君子，我心不复有私忧过计也。”（《范补传》）按：读此诗，则知利欲熏心，患得患失，此知识分子之传统陋习，盖自三千年前已萌其端矣。岂如列宁所谓“和狼在一起，就要作狼叫”。士风使然邪？○“上三章，言君子之长育人材。沚之长莪，陵之长莪，犹阿之长莪也。末章，又以舟之载物，兴君子之用人材。”（陈奂《传疏》）

○今按：《菁菁者莪》，《序》说“乐育材”。是诗主题今古文无争论。王先谦云：“徐幹《中论·艺纪》篇，先王之欲人之为君子也，故立保氏。掌教六艺：一曰五礼，二曰六乐，三曰五射，四曰五御，五曰六书，六曰九数。教六仪：一曰祭祀之容，二曰宾客之容，三曰朝廷之容，四曰丧纪之容，五曰军旅之容，六曰车马之容。大胥掌学士之版，春入学，舍菜，合《万舞》。秋班学，合声讽诵，讲习不解（懈）于时。故《诗》曰：‘菁菁者莪，在彼中阿。既见君子，乐且有仪。’美育人材，其犹人之于艺乎？既修其质，且加其文，文质著然后体全。体全然后可登乎清庙，而可羞乎王公。故君子非仁不立，非义不行，非艺不治，非容不庄，四者无愆，而圣贤之器就矣。徐用《鲁诗》，所说诗义乃鲁训也。古者育材之法备于此矣。齐、韩无异义。”远在奴隶制社会，教育贵族子弟之法，德智体美，四者几全，果有如此之备乎？维时朝廷已有育材之事，士子已有仕禄之途，则无疑也。《尚书·洪范》云：“天乃锡禹洪范九畴，彝伦攸叙。”《泰誓》云：“天佑下民，作之君，作之师。”盖上古相信君权神授，而君师合一，政教不分。《菁莪》君子，即指掌握政教全权之大奴隶主乎？朱子《辨说》云：“此《序》全失诗意。”《朱传》云：“此亦燕饮宾客之诗。”文三年《左传》云：“公如晋，晋侯飨公，赋《菁菁者莪》。庄叔以公降拜曰：小国受命于大国，敢不慎仪？君贶之以大礼，何乐如之！抑小国之乐，大国之惠也。”《朱传》盖本乎此。不知春秋之世，赋《诗》常例为断章取义，非必《诗》之本义乎？陈启源云：“朱子释《子衿》、《菁菁者莪》二诗皆不从《小叙》，而自立新说。及作《白鹿洞赋》，中有曰：广《青衿》之疑问。又曰：乐《菁莪》之长育。门人问其故。答曰：旧说亦不可废。可见朱子传《诗》之意，只为从来遵《叙》者株守太过，不能广开心眼，玩索经文，领其微旨。故悉扫旧诂，别开生面，为学《诗》者示一变通之法，以救后学之滞，俾与古注相辅而行。原不谓《集传》一出，便可尽废诸家之义也。其中或矫枉过直，不无所偏，朱子固自知之，应不罪后儒之指摘耳。今人奉《集传》为绳尺，束《注疏》而不观，此末学之陋，非朱子之本怀也。”陈氏论《诗》，往往指摘《朱传》之谬，不免汉宋门户之见。独论朱熹此诗新说，尚觉平心静气。愚谓《菁莪》育材，《子衿》废学，皆为名篇，习用典记。约定俗成谓之宜，非有确证，骤难改易也。

六月六章章八句

《六月》，宣王北伐也。《鹿鸣》废，则和乐缺矣。《四牡》废，则君臣缺矣。《皇皇者华》废,则忠信缺矣。《常棣》废,则兄弟缺矣。《伐木》废,则朋友缺矣。《天保》废,则福禄缺矣。《采薇》废,则征伐缺矣。《出车》废,则功力缺矣。《杕杜》废,则师众缺矣。《鱼丽》废,则法度缺矣。《南陔》废,则孝友缺矣。《白华》废,则廉耻缺矣。《华黍》废,则蓄积缺矣。《由庚》废,则阴阳失其道理矣。《南有嘉鱼》废,则贤者不安,下不得其所矣。《崇丘》废,则万物不遂矣。《南山有台》废,则为国之基队矣。《由仪》废,则万物失其道理矣。《蓼萧》废,则恩泽乖矣。《湛露》废,则万国离矣。《彤弓》废,则诸夏衰矣。《菁菁者莪》废,则无礼仪矣。《小雅》尽废,则四夷交侵,中国微矣。

六月栖栖,栖与骙叶。脂部。	六月里检阅,栖栖,
戎车既饬。	兵车都已经整饬。
四牡骙骙,	驷马跑的威武骙骙,
载是常服。	车里载上这韦弁军服。
猃狁孔炽,	猃狁气焰好炽,
我是用急。齐,急作戒。	我们所以紧急。
王于出征,	王说出兵征战,
以匡王国。缉、之通韵。	以此匡救王国。

一章。六月,夏正。《诗疑辨证》云:"猃狁入寇常在秋冬,今六月入寇,故分外匆遽。"○宣王北伐,据《竹书》,在五年(公元前八二三年)六月;据《经世历》,北伐在元年,南征在二年。《竹书》当有所本。可参读郭沫若《两周金文辞大系·召伯虎毁铭文考释》。○江永云:"栖、骙隔韵。"

比物四骊,	比齐黑色驷马力量,
闲之维则。	训练它们是有法则。

维此六月，　　　　就在这个六月的时候，
既成我服。　　　　已经制成我们的被服。
我服既成，成与征叶。耕部。　　　　我们的被服已经制成，
于三十里。　　　　说是每日行军三十里。
王于出征，　　　　王说出兵征伐，
以佐天子。之部。　　　　以此辅佐天子。

二章。首、次章三“于”字皆当读曰。○江永云：“成、征隔韵。”

四牡修广，　　　　驷马又长又壮，
其大有颙。　　　　它们高大的是这些个头。
薄伐猃狁，　　　　于是讨伐猃狁，
以奏肤公。东部。　　　　来把大功成就。
有严有翼，　　　　这样的威严，这样的敬慎，
共武之服。　　　　小心地为战斗之事出力。
共武之服，　　　　小心地为战斗之事出力，
以定王国。之部。　　　　以此安定王国。

三章。已上三章，备言六月受命出征之由，车马军容之盛，治戎戒备之严。

猃狁匪茹，　　　　猃狁不自量度，
整居焦穫。鱼部。○鲁，穫作护。　　　　安然占据焦穫。
侵镐及方，　　　　侵向镐京和丰京，
至于泾阳。　　　　至于泾水的北方。
织文鸟章，　　　　军徽绣的猛鸟图样，
白旆央央。鲁，作帛旆英英。　　　　白绸旗子鲜明央央。
元戎十乘，　　　　大兵车是有十辆，

以先启行。阳部。　　　　就先去开路冲上。

四章。言猃狁入侵，逼近京邑，从而御之。〇按：焦穫、镐、方、泾阳四地，必相去不甚远。陈奂谓焦穫，今陕西西安府三原、泾阳二县之间有焦穫泽，即此。泾阳，今甘肃平凉府，府西南有汉泾阳故城即此地。其说为是。镐，旧说或以为非镐京。方，旧说以为朔方。恐皆未是。可用今人说，镐即镐京，在今陕西西安市西南部。方，即今所见周金文中之葊字。葊京即丰京。可参读郭沫若《臣辰盉》、《麦尊》、《遹毁》诸器铭文考释。又，黄盛璋《周都丰镐与金文中的葊京》一文(《历史研究》一九五六年十期)。

戎车既安，　　　　兵车都已开动得很安详，
如轾如轩。　　　　一忽儿而低，一忽儿而昂。
四牡既佶，　　　　驷马都已跑得正常，
既佶且闲。　　　　跑得正常而且熟练。
薄伐猃狁，　　　　于是讨伐猃狁，
至于大原。　　　　一直到了大原。
文武吉甫，　　　　有文有武的尹吉甫，
万邦为宪！元部。　　　　万邦作为模范大员！

五章。言治戎有备，车马安闲，驱敌出境，不穷追也。至此始点明北伐大将为文武吉甫。〇按：王国维《观堂别集·兮甲盘跋》："此人以兮为氏，名甲而字吉甫，尹其官名。"当即此诗之吉甫也。〇顾炎武《日知录》云："大原，当即今之平凉。而后魏立为原州，亦是取古大原之名尔。计周人之御猃狁，必在泾原之间。若晋阳之太原在大河之东，距周京千五百里，岂有寇从西来，兵乃东出者乎？故曰'天子命我，城彼朔方'。而《国语》料民于大原，亦以其地近边而为御戎之备，必不料之于晋国也。"〇按顾颉刚、章巽、谭其骧《历史地图集》：西周太原，今山西西南部。西周焦穫，今山西阳城以

西，中条山东端。是此诗大原、焦穫两地何在，至今犹有问题也。

吉甫燕喜，	尹吉甫受宴很欢喜，
既多受祉。	已经多受赏赐福祉。
来归自镐，	这次来归于镐京，
我行永久。	我们行军已长久。
饮御诸友，	进酒的有许多僚友，
炰鳖脍鲤。	清蒸甲鱼、炒片赤鲤。
侯谁在矣？	是谁在朝里留守呀？
张仲孝友！之部。	张仲这人很是孝友！

六章。言克胜饮酒，得与留守者孝友之臣同其燕喜。〇姚际恒云："如此大篇，结得冷而妙。"按：结句添写一陪客，突如其来，戛然而止，更无余语，出人意外，自是奇文。《易林·小过之未济》云："《六月》、《采芑》，征伐无道。张仲季叔，孝友饮酒。"似是此次克胜饮酒，陪客有张氏兄弟三人在。刘敞《公是集》有《张仲簠赞》，《先秦古器记》有《张伯匜》。记云："按其器曰：张伯作旅匜，疑为张仲昆季。"岂张仲昆季果为此伯仲叔季四人，一时存在，俱见于金文中邪？亦奇矣哉！倘如其说，则赖有出土古器而知之，可补史之阙文也。〇孙鑛云："《六月》严整闳壮，俨然节制之师气象。语不浓，却劲色照人，盖自古质中炼出。"

〇今按：《六月》，宣王北伐之诗。《序》说是也。《朱传》云："成康既没，周室寖衰，八世而厉王胡暴虐，国人逐之，出居于彘。猃狁内侵，逼近京邑。王崩，子宣王静即位，命尹吉甫率师伐之，有功而归。诗人作歌以序其事如此。"此申《序》说不误。王先谦云："齐说曰：宣王兴师命将，征伐猃允。诗人美大其功。（《汉书·匈奴传》）鲁说曰：周室既衰，四夷并侵，猃允最强，至宣王而伐之。诗人美而颂之曰：'薄伐猃狁，至于太原。'又曰：'啴啴推推，如霆如雷。显允方叔，征伐猃狁，荆蛮来威。'故称中兴。(《汉书·韦玄成传》引《刘歆议》)又曰：周宣王命南仲吉甫攘猃狁，威蛮荆。(蔡邕《谏伐鲜卑议》)据此，齐、鲁与毛同。韩盖无异义。"愚谓今文说与古文说有异者，惟在大将吉甫而外，似尚有方叔、南仲。已于《出车》篇略论及之矣。诗"来归自镐"云何？盖谓吉甫来归于镐，至丰受燕也。当时可省丰字，后人致有歧解。《诗》之文法疏阔往往如此。文王都丰，武王都镐，丰、镐相去三十里。都镐以后，丰京未废。丰有文王之明堂、辟雍，灵台、灵囿。并有其他宗庙宫室。金文《臣辰盉》云："王徭(出)饔(馆)莽京。"《麦尊》云："客莽京。"《卯段》云有"莽宫"，《史懋壶》云有"湿宫"。乘舟，行猎，见于《麦尊》。呼渔，见于《遹段》。射箭，见于《静段》。似丰又为周王之离宫别馆所在。尤为重要者，周王往往于此召见大臣，发布命令，祭祀，燕飨。如《尚书·召诰》云："王朝步自周则至于丰。"此王命召公往洛相宅也。程大昌《雍录》云："武王继文，虽改邑于镐，而丰宫无不移徙。每遇大事如伐商作洛之类，皆步自宗周而往，以其事告于丰庙，不敢专也。"此不仅有《周书》、《逸周书》可证武王、成王之世如此；今据周金文为证，尤见程氏之说符合史实也。

采芑四章章十二句

《采芑》，宣王南征也。

薄言采芑，〔一〕	我们正好去采苦荬，
于彼新田，田与千叶。真部。	在那休耕后而种的新田，
于此菑亩。	并在这休耕一年的菑亩。
方叔莅止，	方叔来到了，
其车三千，	他的兵车是三千乘，

师干之试。　　士卒都有捍敌之用。
方叔率止，　　方叔统率了，
乘其四骐，　　驾着他的驷马是骐，
四骐翼翼。　　驷马是骐，有力翼翼。
路车有奭，　　大车是这样的红色，
簟茀鱼服，　　纹簟车篷，鱼皮车箱，
钩膺鞗革。之部。　　马胸有带钩，马头有金勒。

一章。此及下章皆先以采芑发端，军行采之，人马皆可食也。而后言其军容之盛壮，大将之威仪。〇金鹗《求古录·礼说》云："方叔南征，车三千乘，每乘二十五人，三千乘得七万五千人，是王六军之制也。"〇江永云："芑、亩、止、试，上、去为韵。""田、千三句隔韵。"

薄言采芑，芑与止叶。之部。　　我们正好去采苦荬，
于彼新田，　　在那休耕后而种的新田，
于此中乡。　　并在这休耕菑田的中乡。
方叔莅止，　　方叔来到了，
其车三千，　　他的兵车是三千乘，
旂旐央央。　　交龙旗子、龟蛇旗子，都很鲜明央央。
方叔率止，　　方叔统率了，
约軝错衡，　　长轴包皮是朱红，辕上横梁饰花样，
八鸾玱玱。　　前后八个鸾铃都响的锵锵。
服其命服，　　穿上了他的大将礼服，
朱芾斯皇，鲁，芾作绋。　　红皮护膝是这样的煌煌，
有玱葱珩。阳部。〇韩、齐、鲁，珩作衡。　　这玱玱地响的是佩玉葱珩。

二章。江永云："三句隔韵。芑、止韵，田、千韵，乡、央韵。"

鴥彼飞隼，	快飞鹞子似的那些飞鹰，
其飞戾天，天与千叶。真部。	它们飞到了天空，
亦集爰止。	也来集了而在停留中。
方叔莅止，	方叔来到了，
其车三千，	他的兵车是三千乘
师干之试。	士卒都有捍敌之用。
方叔率止，之部。	方叔统率了，
钲人伐鼓，	钲人鸣钲，鼓人击鼓，
陈师鞠旅。鱼部。	摆起阵头，誓告师旅。
显允方叔，	英明而有威信的方叔，
伐鼓渊渊，鼓与旅叶。鱼部。	击鼓进军时响的渊渊，
振旅阗阗。真部。○韩，阗作嗔，齐作輷。	退兵击鼓时响的填填。

三章。以鴥隼之飞止有时，兴行军之有节，其胜敌也必矣。○《朱子语类》云："南征蛮荆，想不甚费力，不会大段战斗，故只极称其军容之盛而已。"○江永云："隼、止、试，上、去为韵。""三句隔韵。天、千韵。"

蠢尔荆蛮，	蠢动的你荆楚南蛮，
大邦为雠。	把我大国作为对头。
方叔元老，	方叔是一位元老，
克壮其犹。韩，犹作猷，鲁，犹亦作猷。	能够大展他的谋猷。
方叔率止，	方叔统率了，
执讯获丑。幽部。	抓着拷问捉来的俘虏。
戎车啴啴，	许多兵车杂响啴啴，
啴啴焞焞，鲁，焞作推。	杂响啴啴，热闹推推，
如霆如雷。	好像霹雳，也好像雷。

显允方叔，　　　　英明而有威信的方叔，
征伐猃狁，　　　　讨伐了猃狁强敌以来，
荆蛮来威！三句一韵。脂部。　　　　荆楚南蛮就以此为畏！

四章。美其成功，而原其老谋，著其宿望。〇陈鹏飞云："南征北伐二诗皆是班师时作。《六月》之辞迫，《采芑》之辞缓。《六月》以讨而定，《采芑》以威而服也。"〇朱公迁云："猃狁匪茹，犯义者也。蠢尔蛮荆，无知者也。非文武之吉甫，无以却猃狁；非显允之方叔，无以威蛮荆。二诗皆美当时将帅，而因可以见宣王中兴之功也。"（《传说汇纂》）〇孙鑛云："叙述军容处，华而不堆，壮而有度，此《小戎》所不及。"〇江永云："雠、犹、丑，平、上为韵。"〇按：啴焞双声。

〇今按：《采芑》，宣王南征之诗。《序》说是也。"三家无异义"。朱子《辨说》无文。据《竹书》，宣王五年六月北伐，八月南征。据《诗》，北伐大将为文武吉甫，南征大将为方叔元老。诗云："显允方叔，征伐猃狁，荆蛮来威。"岂南征之方叔亦尝躬与北伐邪？陈奂云："案诗章末正言方叔率师南征荆蛮，而因及征伐猃狁者，《六月》伐猃狁，其时方叔为上公。折冲御侮虽遣贤臣尹吉甫，而帷幄主谋总在方叔运筹之内，故守卫中国，功必归焉。《易林・离之大过》并云：'《六月》、《采芑》，征伐无道。张仲方叔，克胜饮酒。'据焦说，方叔与张仲类列。则《六月》所云饮御诸友中有方叔矣。方叔未尝北伐，此为得其实。又《汉书・陈汤传》刘向《疏》曰：昔周大夫方叔、吉甫为宣王诛猃狁而百蛮从。《笺》云，方叔先与吉甫征伐猃狁。郑用刘子政说。《后汉书・李膺传》言冯绲前讨荆蛮，均吉甫之功。其说又稍异。"此谓方叔未尝北伐，犹之吉甫未尝南征，其说殆是也。郭沫若《师寰𣪘铭文考释》，以为师寰即是方叔，名寰（圜）而字方叔，正是名与字相反为训之一例。按：师，当是官号，如师尚父，师尹之比。今据周金文，始知李超孙《诗氏族考》谓诗方叔，方，采地。则未可必其为是也。

车攻八章章四句

《车攻》，宣王复古也。宣王能内修政事，外攘夷狄，复文、武之竟土。修车马，备器械，复会诸侯于东都，因田猎而选车徒焉。

我车既攻，	我们的车已经修理精工，
我马既同。	我们的马已经训练齐同。
四牡庞庞，	驷马已经充实庞庞，
驾言徂东。东部。	驾了车子就往到东。

一章。此诗发端两句，“我车既攻，我马既同”，正与《石鼓文》之一（旧次《甲鼓》、郭次《车工》第六）发端两句“避（吾，当读我）车既工（攻），避马既同”相同。

田车既好，	猎车已经准备好了，
四牡孔阜。	驷马都是好大而高。
东有甫草，三家，甫作圃。	东有圃田的一大片草，
驾言行狩。幽部。	驾着车子就去打猎了。

二章。首、次两章，言整备车马东行，至于圃田行狩。〇按：“田车既好，四牡孔阜”两句，与上举《石鼓文》之一“避车既孜（好），避马既駍（阜）”以及“田车孔安”（旧次《丙鼓》、郭次《田车》第七）等句相似。〇江永云：“好、阜、草、狩，上、去为韵。”

之子于苗，	这些随从的人都要出去夏猎了，
选徒嚣嚣。	清点随驾的人役喧闹的嚣嚣。
建旐设旄，	树着龟蛇旗，安设旗竿的旄，
薄狩于敖。宵部。	于是同去打猎要前往敖山了。

三章。

驾彼四牡，	他们驾着那些驷马，
四牡奕奕。齐，作䌛䌛。	驷马的精神奕奕。
赤芾金舄，鲁，芾作绋。	红皮蔽膝，金黄色的靴，
会同有绎。鱼部。	会同的人们这样整齐。

四章。三、四两章，言夏猎于敖山，点明诸侯会同。

决拾既佽，佽与柴叶。支、脂通韵。〇鲁，佽作次。	扳指袖套已经齐备，
弓矢既调，	弓箭也都已经调配，
射夫既同，	射手们又都已经合拢来成对，
助我举柴。鲁，柴作㧘。齐、韩，柴作柴。	帮助我们举起猎获物的尸堆。

五章。

四黄既驾，	黄色的驷马已驾，
两骖不猗。	两旁的马没有偏差。
不失其驰，	不错他们的步伐，
舍矢如破。〔一〕歌部。	抛了箭就目的必达。

六章。五、六两章，皆言射猎之事。写射夫射御之能，猎获之多。〇江永云："驾、猗、驰、破，平、去为韵。"

萧萧马鸣，萧与悠叶。幽部。	萧萧叫着的马声，
悠悠旆旌！	悠悠飘着的旗影！
徒御不警，	徒步的赶车的岂不机警，
大庖不盈？耕部。	大厨师的野物岂不充盈？

七章。钟惺云:“萧萧马鸣四语,装点太平光景殆尽。”〇方玉润云:“马鸣二语写出大营严肃气象,是猎后光景。杜诗‘落日照大旗,马鸣风萧萧’,本此。”〇按:“徒御不警”句,与《石鼓文》“徒驭孔庶”(旧次《丁鼓》、郭次《銮𨟻》第六)、“徒驭汤汤”(旧次《戊鼓》、郭次《霝雨》第二)两句,亦相仿佛。

之子于征,	这些随从的人猎毕在行,
有闻无声。	有听到的也像没有声音。
允矣君子!	真是哟君子!
展也大成。耕部。	确是呀大有成功。

八章。七、八两章,写猎毕而归,军容整肃。诗人以咏叹作结。〇《宋景文笔记》云:“《诗》曰‘萧萧马鸣,悠悠旆旌’,见整而静也。颜之推爱之。”《渔洋诗话》云:“颜之推标举王籍‘蝉噪林逾静,鸟鸣山更幽’,以为自《小雅》‘萧萧马鸣,悠悠旆旌’得来。此神契语也。古人勿袭形模,正当寻其文外独绝处。”

〇今按:《车攻》,宣王会同诸侯于东都田猎之诗。《序》说是也。朱子《辨说》无文。胡承珙云:“《正义》曰:〔《序》〕言复文、武之境土,以文、武周之先王举以言之,此当复成、康之时也。成初武末,土境略同。故知复古,复成、康之时,以文、武先王举而言之耳。案此《疏》是也。《序》又云复会诸侯于东都,此与复古复字同。成、康之时,本有会诸侯于东都之事。《逸周书·王会解》首云成周之会。孔晁注云,王城既成,大会诸侯及四夷也。《竹书》,成王二十五年大会诸侯于东都,四夷来宾。皆其明证。宣王中兴,重举是礼,故曰复会。”此以史事证《序》说是也。王先谦云:“《易林·履之夬》云,《吉日》、《车攻》,田弋获禽。宣王饮酒,以告嘉功。《鼎之随》同,惟宣王句作反行饮至。班固《东都赋》嘉《车攻》。用此经文。皆《齐诗》说,鲁、韩无异义。”是今古文说皆以此篇为宣王田猎之诗也。前此已读关于行猎之诗，如《兔罝》、《驺虞》、《野有死麕》、《叔于田》、《大叔于田》、《女曰鸡鸣》、《还》、《卢令》、《驷驖》等篇，非民间士庶人日常出猎谋生，即奴隶主贵族阶级有心出猎行乐。其中具有政治上或军事上之意义者，止见《驺虞》、《驷驖》两篇。至描述大奴隶主较以大规模之形式田猎者，唯此《车攻》、《吉日》两篇。其在政治上与军事上之意义，又较约与同一时代之作品《石鼓文》为大。尤以《车攻》一篇极与《石鼓文》相类似。可以察出其使用共同语言文字之形式，具有同一生活方式之内容。即令《石鼓文》不是唐宋人所谓周宣王时之器物，而是稍晚平王之世秦襄公（郭沫若先生认为秦襄公八年立西畤时所作。当公元前七七〇），或秦文公（清代震钧认为秦文公东猎时所作。当公元前七六三），抑或更后秦穆公时（马衡先生认为秦穆公始霸西戎，天子致贺时所作。当公元前六五九——前六二一。）之器物，亦足以证《车攻》一诗确为宣王之世，诸侯会同、行狩东都而作也。且《墨子·明鬼》篇云："昔周宣王合诸侯而田于圃田，车数百乘。"此不更足以确证《车攻》为宣王会猎东都圃田之诗乎？

附　记

最后范祥雍先生校阅此稿时，假我《故宫博物院院刊》一九五八年第一期，获读唐兰《石鼓年代考》一文，知其考定此一秦刻石作于秦献公十一年（当周烈王二年，公元前三七四）。其文中之公，系献公自称；嗣王，以称周烈王。是年，据《史记·秦本纪》，周太史儋见献公，曰：周故与秦国别而合，别五百岁复合，合七十七岁而霸王出。又是年，《六国表》记献公县栎阳。盖太史儋之来见或与县栎阳有关也。文中正记及周王遣使至秦，秦公至汧游猎。后孝公下令中有语云，献公即位，镇抚边境，徙治栎阳，且欲东伐，复穆公之故地。献公自是穆公后、孝公前之一雄主也。《石鼓文》当为描叙献公修治道涂、旅游渔猎之作。后于秦景公《秦公簋》约一百六七十年（景公卒于公元前五三七），早于〔秦武王〕《诅楚文》计六十四年（公元前三一〇），早于秦始皇《绎山刻石》有一百五十五年（公元前二一九）。此唐先生远从彼时之铭刻、文字、文学、书法等等方面之发展过程而观察所得之结论，较为精确可信。至谓《石鼓文》"为《三百篇》之摹仿者"，例如"吾车既工，吾马既同。吾车既好，吾马既骓"，显然承袭《诗・车攻》篇之"我车既攻，我马既同"，"田车既好，四牡孔阜"。如"其鱼维何？维鲊与鲤"，则承袭《采绿》篇之"其钓维何？维鲂及鲊"。至于"骍骍角弓"，即《角弓》篇之"骍骍角弓"。又"亚箬其华"，即《隰有苌楚》篇之"猗傩其华"。此皆整句袭用者也。并谓《石鼓文》之摹仿《三百篇》，与《诅楚文》之摹仿春秋时代晋国之《吕相绝秦》（原注：参考容庚《古刻石零拾》），此战国中叶之风气。最录于此，可为读《诗・吉日》《车攻》者之一助也。

吉日四章章六句

《吉日》，美宣王田也。能慎微、接下，无不自尽以奉其上焉。

吉日维戊，〔一〕	吉日的干支是戊辰，
既伯既祷。	已祭马祖，已做祈祷。
田车既好，	猎车已经备好了，
四牡孔阜。	驷马好大而高。
升彼大阜，	登上那个较大的山丘，
从其群丑。幽部。	追赶那里的一群野兽。

一章。言戊日祭马祖，出猎于一无名之大阜。〇《孔疏》云："天子之务，一日万几。尚留意于马祖之神为之祈祷，能谨慎于微细也。"此申《序》说慎微。

吉日庚午，	吉日的干支是庚午，
既差我马。	已经拣好我们的马。
兽之所同，同与从叶。东部。	野兽的各自聚拢，
麀鹿麌麌。	母鹿和雄獐一股股。
漆沮之从，	沿着漆沮水边的追踪，
天子之所。鱼部。	一直赶到天子的处所。

二章。言庚日择马，出猎于漆沮之间。○江永云：“同、从隔韵。”

瞻彼中原，	瞧瞧那草原里的地方，
其祁孔有。	它是广大而且野物多有。
儦儦俟俟，韩，作駓駓俟俟，亦作駓駓騃騃。	凶凶地跑来，大大地走过，
或群或友。	或三三为群，或两两为友。
悉率左右，	都顺着它们的左右追赶，
以燕天子！〔二〕之部。	以此欢迎来射的天子！

三章。再言发见之兽群，驱之以待天子之射。此《易・比》所谓“王用三驱”，《周礼・田仆》所谓“设驱逆之车”欤？○程子云：“‘漆沮之从，天子之所。’‘悉率左右，以燕天子。’皆群下尽力奉上。”此申《序》说无不自尽以奉其上。

既张我弓，	已经张好我们的弓弦，
既挟我矢。	已经挟好我们的箭头。
发彼小豝，	一箭去射那只小母猪，
殪此大兕。〔三〕	一箭射死这条大兕牛。
以御宾客，	把它烹好进献宾客，
且以酌醴！脂部。	姑且把它来下甜酒！

四章。言猎获之兽类，并言猎后给宾作结。○《孔疏》云："人君游田或意在适乐。今王求禽兽唯以给宾，是恩隆于群下也。"此申《序》说接下。○按，《吉日》择吉以祭，择马以驱，谨慎微细之事。从容布置，好乐无荒。与《车攻》大张旗鼓以壮声势，又自不同。朱子《辨说》云："《序》慎微以下，非诗本意。"殆不然也。

○今按：《吉日》，亦为关于宣王田猎纪事之诗。观其首先记日、记祭，当为史巫之流所作。《序》说："美宣王田。"是也。"三家无异义"。魏源云："《车攻》，宣王会诸侯〔田〕于东都也。""《吉日》，宣王田于西都也。《吉日》、《车攻》，田猎获禽。宣王饮酒，以告嘉功。(《易林》)盖《吉日》在成功之后，故猎于西都之漆沮。其在朔方北伐之后乎？《车攻》在举事之先，故会狩于东都以谋武事。其在《常武》南征之前乎？"陈奂云："昭三年《左传》：郑伯如楚，子产相。楚子享之，赋《吉日》。既享，子产乃具田备。案此《吉日》为出田之证。《车攻》会诸侯而遂田猎，《吉日》则专美宣王田也。一在东都，一在西周。"魏、陈二氏论《车攻》、《吉日》两诗之主题异同及其作出先后，论宣王两次田猎之意义及其地点，各有见到处，语亦简洁明确。愚按：《车攻》'大庖不盈'，《传》云："不盈，盈也。一曰干豆(祭品)，二曰宾客，三曰充君之庖。"大奴隶主大田猎之用意实不止此三者，但观《车攻》、《吉日》两诗之主题思想，即可以知之也。

【简注】

南有嘉鱼

〔一〕瓠，壶，匏，瓜名。已见《匏有苦叶》篇、《七月》篇。

〔二〕翩翩者鵻，已见《四牡》篇。

○衎音看。瓠音获，音壶。樛音纠。绥音虽。

南山有台

〔一〕台，扶须，莎草。莎草科、多年生草本。自生于原野水湿之地，习见植物，茎叶可编蓑笠。莱，藜，又名胭脂菜、灰天苋。藜科、一年生草本。自生原野，常见植物。有多种。其种之为蔬者，米苋、苋菜，是也。

〔二〕杞，《释文》引《陆疏》，其树如樗，一名狗骨。按，又名猫儿刺，叶有五刺如猫狗之头与四肢形故名。俗又名鸟不宿，常植以为篱。冬青科常绿灌木或小乔木。今欧美人多用为圣诞树。

〔三〕栲，杻，已见《山有枢》篇。

〔四〕枸，枳枸。鼠李科、落叶乔木。果实初冬成熟，圆形而小。果柄肥大多肉，味甜可食。《陆疏》称为木蜜。今湘名鸡脚梨，蜀名金钩梨，滇名鸡橘子(橘当作距)，日本名玄圃梨者，是也。楰，鼠梓，又名大女贞、冬青树、蜡树。木犀科、常绿灌木或小乔木。

○枸音具，今字作椇，与枸杞之枸音苟者有别。楰音庾。耇音苟，又读垢。

蓼萧

〔一〕萧，已见《采葛》篇。

〔二〕寿考不忘，忘疑作亡。王引之云，亡，犹已也。作忘者假借字耳。寿考不亡，犹言万寿无疆也。今按，仍依经文不忘作解，亦通。

○蓼音六。湑音叙。瀼音羊。泥如字上声。岂音凯。肇音攸、音条。革如字或读勒。雝同雍。

湛露

〔一〕杞，已见《四牡》篇。棘，已见《凯风》篇。

〔二〕桐、椅，俱见《定之方中》篇。

○湛，《释文》湛直减反。今音斩，或读如斩去声。厌如字平声。

彤弓

〔一〕受言藏之，犹言受而藏之。言，句中助词。《毛传》训言为我，非也。

○彤，陈奂云，彤音融，隶变作彤。《释文》彤徒冬反，今音同。弨音超。贶音况。櫜音高。

菁菁者莪

〔一〕莪，王闿运云，今因陈也。按：此即抱娘蒿，十字花科、一年生草本。自生山野间。茎可作蔬，又可救荒充饥。

〔二〕商周时代已用贝为货币。安阳侯家庄 HS57 坑出土卜辞，有“光取贝一百”、“□取贝六百”、“逩取贝朋”，等语。此最古关于贝币之记录也。

○菁音精、音青。莪音俄。

六月

○栖栖古今字。骙音葵。颙音容。旆音沛。镐，《释文》镐胡老反。今音浩。轾音至。佶音结、音吉。大音泰。炰，当读炰，今音庖。脍音桧。

采芑

〔一〕芑，《陆疏》，芑似苦菜。是亦苦荬。苦荬有多种，《诗》有称苦、称荼者，是也。菊科、一年生或二年生草本。自生于山地或原野间。新、菑，解见后《周颂·臣工》篇。

○芑音起。菑音缁、音灾。奭，陈奂云，奭读若赫。《说文》云，奭读若郝。今或音释，音弼。茀音弗。鞗革，已见上《蓼萧》篇。干，陈奂云，干读扞。軧音纸。衡读横，又音杭。玱音铃。芾音弗。珩音衡。鴥音聿，音曰。隼音笋。钲音征。阗音填。啴音单，音它。焞音堆。

车攻

〔一〕舍矢如破，王引之云，如破，而破也。舍矢如破，与舍拔则获同意，皆言其中之速也。又上《六月》，戎车孔安，如轾如轩。古如、而通用。

○甫音圃。舄音昔。绎音亦。柴如字，又音绩。猗，当作倚，如字读，或音阿。

吉日

〔一〕吉日维戊，《朱传》云，以下章推之，是日也，其戊辰欤？

〔二〕以燕天子，燕，欢悦也。义见《史记·乐书》“宋音燕女溺志”，《集解》引王肃说。

〔三〕豝，已见《驺虞》篇。兕觥，酒器，已两见前。兕牛字，今常用犀，或仍称雌者曰兕。脊椎动物，奇蹄目犀科，一名鼻角科。犀角为贵重药品。犀牛，缅甸、印度等处产之，今在我国，惟滇边有之。或云，古兕牛即今水牛，一名青牛。诗大兕，谓野水牛也。小豝，则为小野母猪。

○阜音妇。麀音攸。麌音语。儦音标。殪音一，音翳。

诗经直解　卷十八

鸿雁之什第十八　毛诗小雅

鸿雁之什十篇三十二章二百三十句

鸿雁三章章六句

《鸿雁》，美宣王也。万民离散，不安其居，而能劳来、还定、安集之，至于矜寡无不得其所焉。

鸿雁于飞，〔一〕	大鸿小雁都在那里飞，
肃肃其羽。	沙沙响的是它的翅羽。
之子于征，	这些人都要出差，
劬劳于野。	勤劳奔走在旷野。
爰及矜人，〔二〕	于是连同苦人，
哀此鳏寡！鱼部。	可怜这些鳏寡！

一章。以鸿雁肃羽，兴之子于征，少壮者行而及于矜人鳏寡矣。诗盖言尽驱饥民以行也。《朱传》谓之子为流民自相谓。是也。于征何为乎？下章乃点明之。○按：鳏寡双声。

鸿雁于飞，	大鸿小雁都在那里飞，
集于中泽。	落了下来就在湖沼里。
之子于垣，	这些人都要去筑城墙，

百堵皆作。　　五百版城墙同时筑起。
虽则劬劳，　　虽然就是工作勤劳，
其究安宅！鱼部。　　他们究竟安居托庇！

二章。以鸿雁集泽，兴之子于垣。城垣既成，而在上者安宅矣。其究安宅，微词。诗盖讽其以工代赈、有名无实之救济政策为欺骗也。况周制，"用民之力岁不过三日"(《礼记·王制》)，而"凶札则无力政"(《周礼·均人》)者乎！即有力役之征，"国中贵者、贤者、服公事者；老者、疾者，皆舍"(《周礼·乡大夫》)。诗之子于征、于垣，爰及矜人、鳏寡，自非凶年饥岁，民命倒悬，安得采此紧急措施邪？

鸿雁于飞，　　大鸿小雁都在那里飞，
哀鸣嗷嗷。　　它们哀鸣的声音嗷嗷。
维此哲人，　　只有这些明智的人，
谓我劬劳；　　就说我们的工作勤劳；
维彼愚人，　　只有那些愚蠢的人，
谓我宣骄！宵部。　　就说我们的态度现骄！

三章。以鸿雁之哀鸣嗷嗷，兴之子之呼号索食。此哲人，之子自相谓。而彼愚人督工者，不知其劬劳，反谓其宣骄矣。诗盖讥其给养不足也。诗人难言之，而兴义盖隐晦，顾从哀嗷之语而可玩索得之也。我，诗人自我。诗盖之子于征者所作，流民中人也。〇钟惺云："哀鸣在中泽后，所谓痛定思痛也。"〇姚际恒云："陈道掌曰：《鹿鸣》至此二十余篇，皆朝廷制作，不应忽采民谣一篇杂入其中。"此不知其中"西周民风"已非止一篇也。

〇今按：《鸿雁》，自是关于政府救济流民之诗。诗义自明。此正韩说"饥者歌其食，劳者歌其事"之诗，亦今人所谓"古典现实主义"者之显例也。诗"之子于垣，百堵皆作"，王夫之《稗疏》云："百堵皆作，《集传》以为筑室以自居，安有乍还复业之流民而能筑此广袤之室乎？《郑笺》云：墙壁者，城垣也。国已坏灭，则城郭颓圮。百堵之作，其为筑城明矣。”“厉王失道，诸侯擅相吞灭，国破民流。而宣王兴灭国，而为之安集，如鸿雁之飞集。”“新造之君，大修城池，为长久之计。”据此而言，诗谓乱后灾余，政府救济流民，征召流民修筑城垣。有如后世之所谓以工代赈者也。《序》说“美宣王”安集流民。“三家无异义”。愚谓，《序》盖美其动机，非美其实效。据《周礼·地官·遗人》：掌邦之委积以待施惠，县都之委积以待凶荒。《旅师》：凡用粟，春颁而秋敛之。凡新甿之治皆听之，使无征役，以地之媺恶为之等。《廪人》：掌九谷之数，以治年之凶荒，令邦移民就谷。遗人旅师皆是士。廪人有下大夫二人。是赈贷存恤皆用大夫士主持其事。再考《春秋传》关于天灾流行，以及禁止遏粜之记载；《孟子》说及梁惠王对于凶岁移粟移民之救济措施；吾人有根据、有理由，相信《鸿雁》一诗确是关于政府救济流民、使之筑城之诗。此诗旧有解说皆未能串讲全通。胡承珙《后笺》总结汉宋诸家之说，仍未得其全解。即其所称范氏《补传》“善读经文，亦不背《传笺》之意，似较胜于诸家”。愚亦未多见其胜处。《补传》云：“《鸿雁》为使臣之诗，先儒之说是也。然不必以鸿雁比使臣。盖诗有哀鸣嗷嗷语，使臣岂至是哉？之子，谓使臣也。《车攻》以有司为之子，亦此类也。末章离散之民喜使者之来，皆合词告诉，如鸿雁之哀鸣嗷嗷。使者于是告之曰：凡尔庶民有哲而知人者，有愚而无知者。我被命而出，哲人则知我劬劳于国事，愚人则以我宣示其骄耳。”此惟录与愚说并存之，以俟今后读者之批判可也。姑先置疑于此。倘诗之子谓指使臣而非指流民，则哀鸿之兴义究何所托乎？

庭燎三章章五句

《庭燎》，美宣王也，因以箴之。

夜如何其？　　夜怎么啦？
夜未央。　　夜不忙。
庭燎之光。　　这是大烛发的光。
君子至止，　　君子要到了，
鸾声将将。阳部。　　车铃的响声锵锵。

一章。《传》云："君子，谓诸侯也。"《笺》云："此宣王以诸侯将朝，夜起曰：夜如何其？问早晚之词。"〇按：《说文》，央，中也。夜未央，言夜未中也。

夜如何其？　　夜怎么啦？
夜未艾。〔一〕　　夜未毕。
庭燎晣晣。鲁，晣作晢。　　大烛的光正清清晰晰。
君子至止，　　君子要到了，
鸾声哕哕。祭部。〇鲁，鸾作銮。齐、韩，哕作钺。　　车铃的响声有规有律。

二章。

夜如何其？　　夜怎么啦？
夜乡晨。　　夜将晓。
庭燎有辉。　　大烛的烟光这样在照。
君子至止，　　君子要到了，
言观其旂。文部。　　就看得见那铃旗飘摇。

三章。通篇问答夜之早晚如何，虽似愈逼愈紧，但三章只是一意，直至辨色视朝之时而止。明是一时事，魏源谓有今昔之不同，失之。〇王夫之《诗译》云："庭燎有辉，乡晨之景莫妙于此。晨色渐明，赤光杂烟而叆叇，但以'有辉'二字写之。"〇孙鑛云："《小序》谓因以箴之，最说得妙。箴即在美中，诵毕自见。"

〇今按：《庭燎》，盖为宣王中年怠政，早朝晏起，姜后脱簪待罪，宣王纳谏改过而作。《序》说："美宣王也，因以箴之。"《郑笺》云："诸侯将朝，宣王以夜未央之时问夜早晚。美者，美其能自勤以政事。因以箴者，王有鸡人之官，凡国事为期，则告之以时。王不正其官，而问夜早晚。"此诗系之宣王，《序》自不误。好攻《序》说如朱子《辨说》，亦于此无文。惟《序》言美言箴，未能明确。《郑笺》以来，歧解不一。胡承珙《后笺》尝作总结。因谓翁氏《附记》、《田间诗学》"二说皆以箴字只大概言之，语甚圆通"，"然《列女传》：宣王晏起，姜后脱簪，未可谓无其事，则《序》箴字亦未必竟为泛设也"。据此而言，则箴字有着落矣。王先谦云："《易林·颐之损》：庭燎夜明，追古伤今。（《剥之大有》作追嗣日光）阳弱不制，阴雄坐戾。此齐说。陈乔枞云：《列女传》宣王尝夜卧晏起，后夫人不出房。姜后脱簪珥待罪于永巷。使其傅母通言于王曰：妾之不才，至使君王失礼而晏朝，以见君王乐色而忘德也。敢请婢子之罪！宣王曰：寡人不德，实自生过，非夫人之罪。遂复姜后，而勤于政事，早朝晏退，卒成中兴之名。宣王中年怠政而《庭燎》诗作。脱簪之谏，当在此际。愚案，陈氏引《列女传》姜后事，以证《易林》之说，是鲁、齐说合。所谓阴雄坐戾者，殆即不出房之后夫人。宣王能纳谏改过，所以为贤。而《庭燎》之诗亦不为徒作矣。韩说未闻。"此诗今古文说无争论。今且综合胡承珙、陈乔枞、王先谦三氏之说作为定论。

沔水三章二章章八句一章六句

《沔水》，规宣王也。

沔彼流水，水与隼、弟叶。脂部。	满满的那流水，
朝宗于海。	往朝拜于大海。

鴥彼飞隼，〔一〕	快飞的那小鹰，
载飞载止。	有时飞，有时止。
嗟我兄弟，	唉唉我的兄弟，
邦人诸友！	以及国人诸友！
莫肯念乱，	没有肯念乱的，
谁无父母？之部。	哪个没有父母？

一章。“言人皆不知忧乱。”〇“海之朝宗，隼之飞止，两兴皆喻诸侯朝天子。首章言朝。”〇钟惺云：“‘谁无父母’四字，词微意苦，可思可涕。”

沔彼流水，	满满的那流水，
其流汤汤。	它奔流的汤汤。
鴥彼飞隼，	快飞的那小鹰，
载飞载扬。	有时飞，有时扬。
念彼不迹，	想它不循正道，
载起载行。	有时起，有时行。
心之忧矣，	心里的忧伤呀，
不可弭忘！阳部。	不可中止而忘！

二章。“言己独忧人之造乱。”〇“次章言不朝”。〇江永云：“水、隼隔韵。”（按：一章水、隼、弟亦为隔韵。）

鴥彼飞隼，	快飞的那小鹰，
率彼中陵。	顺往那个岭中。
民之讹言，	人们的造谣言，
宁莫之惩？	怎么不把他惩？
我友敬矣，	我的朋友警惕呀，

谗言其兴！蒸部。　　　　　　谗言将乘隙而兴！

三章。“言在位者敬以自持，则可止谗而息乱。”（朱公迁，《传说汇纂》）〇“隼之飞循陵中而至止。《笺》云：喻诸侯之守职循法度。”（陈奂）〇王应麟《困学纪闻》云：“宣王晏起，姜后请愆，则《庭燎》之箴，始勤终怠可见矣。杀其臣杜伯而非其罪，则《沔水》之规，谗言其兴可见矣。”

〇今按：《沔水》，《诗序》说“规宣王”，而不知其所规者何事。《朱传》说“此忧乱之诗”，而亦不知何时何人所忧者何乱。今文“三家未闻”。朱子《辨说》无说。姚际恒《诗经通论》云：“谓规宣王者，以诗中‘谗言其兴’也。谓忧乱者，以诗中‘莫肯念乱’也。不知作何归著。其余诸解纷纷，悉属猜摹，更不能详悉也。”所谓其余诸解，不知何指。今据愚所知，有严粲、陈启源以及陈奂一说，以为《沔水》是宣王听谗，而诸侯不朝之诗；何楷一说，以为《沔水》畏谗之诗，疑是杜伯之子隰叔所作。其前有王应麟《困学纪闻》，其后有胡承珙《后笺》，皆以为此诗于杜伯因谗被杀事有关。王照圆则以为此大夫忧谗之辞，或云张仲作。兹即依次略评严粲、陈启源一说，何楷一说，王照圆一说。严粲、陈启源之说若何？《稽古编》云：“《周语》：三十二年，宣王伐鲁，立孝公，诸侯从是而不睦。不睦则朝宗之典缺矣。宣王废长立少，仲山甫谏而不听，终致鲁人弑立。鲁之乱，宣王为之也，何以服诸侯乎？宜有不朝者矣。《沔水》之诗其作于三十二年之后乎？”严粲《诗缉》但言《沔水》规宣王，在“规其听谗而诸侯携贰”。陈启源且据史事以实之矣。何楷之说若何？《古义》云：“《沔水》，畏谗也。疑隰叔所作。”“是诗也，其作于杜伯遭谗将见杀之时，左儒九谏而王不听之日乎？”“作此诗者，其父母必有身遭谗言，而将罹凶祸之事。故悲痛其词以声动之曰：诸友纵不肯念乱，然谁人无父母乎？而何独使我父母至于此极乎？愚所以疑为隰叔之作者以此。以宣王末年有杀杜伯一事，而其子隰叔因之以奔晋也。”（《国语》，隰叔违周难于晋）此说前有王应麟之启示，后得胡承珙之支持。又何氏于其解下《黄鸟》一诗中云：“《竹书》纪宣王四十三年，王杀大夫杜伯，其子隰叔出奔晋。《汲冢瑣语》云：宣王之妾女鸠欲通杜伯，杜伯不可。女鸠反诉之王，王囚杜伯于焦。杜伯之友左儒九谏而不听，并杀之。《周语》内史过云：周之衰也，杜伯射王于鄗。《墨子》引《周春秋》云：宣王杀杜伯而无辜。后三年宣王会诸侯田于圃田。日中，杜伯起于道左，衣朱衣朱冠，操朱弓朱矢，射宣王，中心折脊而死。今案《竹书》，宣王以四十六年陟。距杀杜伯时仅三载，与《瑣语》、《周春秋》所记俱合，盖杜伯为祟也。”此疑《沔水》隰叔所作，或有可能。而谓杜伯为祟，宣王鬼诛，白昼见鬼，焉有此事乎？以神话视之，则亦庶乎其可也。王照圆之说若何？愚观其《诗问》，似据《文昌化书》。张仲云：“予为《沔水》之诗。”谓规宣王勿用谗言，而始终信任尹吉甫。倘用此乱书以证《沔水》张仲所作，则未免荒谬可笑已。阮元《诂经精舍文集》九，胡缙《文昌星象祀典考》谓自南宋以来，俗传道士之说，以梓潼神文昌帝君为张仲。李超孙《诗氏族考》云：“《困学纪闻》：张良，张仲三十代孙。按《灵应宝录》称梓潼君降生于周，初为张善勋，性至孝。宣王时又降生于张无忌家，为张仲，以孝友著称。顾再世降生，道书神异之说，不足信也。”是疑《沔水》为张仲所作者，羌无证据。但信道书神异之说，则不值今之唯物论者之一哂也。

鹤鸣二章章九句

《鹤鸣》，诲宣王也。

鹤鸣于九皋，〔一〕	白鹤叫在九曲的湖边，
声闻于野。	它的声音远闻于四野。
鱼潜在渊，	鱼儿潜伏在深渊，

或在于渚。鱼部。	有的浮游在水泊。
乐彼之园，	喜爱那里的一个园，
爰有树檀；元部。	而有种植的树叫檀；
其下维萚。	檀树的下面是落叶。
它山之石，	那山里的石头，
可以为错。〔二〕鱼部。○鲁，错作厝。	可以用作钻石。

一章。陈奂云："诗全篇皆兴也。鹤鱼檀石，皆以喻贤人。""树檀、下萚，喻用贤者而退小人。"下章"穀与《黄鸟》之穀同。《传》云：恶木。喻小人"。○方玉润云："园字是全诗眼目，前后景物皆园中所有。""乐彼之园，此中有人，呼之欲出。"○王先谦云："愚案，诗全篇比喻，与《匏有苦叶》同体。"

鹤鸣于九皋，	白鹤叫在九曲的湖边，
声闻于天。	它的声音上闻至于天。
鱼在于渚，	鱼儿浮游在水泊，
或潜在渊。真部。	有的潜伏在深渊。
乐彼之园，	喜爱那里的一个园，
爰有树檀；元部。	而有种植的树叫檀；
其下维穀。〔三〕	檀树的下面是构树。
它山之石，	那山里的石头，
可以攻玉。侯部。○合石字，可作侯、鱼通韵。	可以琢磨美玉。

二章。诗写乐彼之园为主，从园外到园内，又到园外，两章一意。而结体独特，使人不易捉摸主题。《朱子语类》云："《鹤鸣》做得巧，含蓄意思全不发露。"《朱传》云："盖鹤鸣于九皋，而声闻于野，言诚之不可掩也。鱼潜在渊，而或在于渚，言理之无定在也。园有树檀，而其下维萚，言爱当知其恶也。他山之石，而可以为错，

言憎当知其善也。由是四者引而伸之，触类而长之，天下之理其庶几乎！”〇王夫之《夕堂永日绪论》云：“《小雅·鹤鸣》之诗全用比体，不道破一句，《三百篇》中创调也。要以俯仰物理而咏叹之，用见理随物显，惟人所感，皆可类通。而非有所指斥一人一事，不敢明言而姑为隐语也。”〇沈德潜《说诗晬语》云：“《鹤鸣》本以诲宣王，而拉杂咏物，意义若各不相缀，难于显陈，故以隐语为开导也。汉枚乘《奏吴王书》本此。”

〇今按：《鹤鸣》，似是一篇《小园赋》，为后世田园山水一派诗之滥觞。如此小园位于湖山胜处，园外邻湖，鹤鸣鱼跃。园中檀构成林，落叶满地。其旁有山，山有坚石可以攻错美玉。一气写来，词意贯注。诗中所有，如是而已。倘谓有贤者隐居其间，亦止是诗人言外之意，读者推衍之意。务求甚解，何异射覆猜谜？虽然春秋战国间谐隐流行，有《左传》、《国语》、《国策》、《史记》可证，顾《鹤鸣》一诗未必便是廋词隐语也。《序》说：“《鹤鸣》，诲宣王。”而不知其所诲者何事。一章发端《传》云：“言身隐而名著也。”结尾《传》云：“举贤用滞则可以治国。”《序》下《笺》云：“诲，教也。教宣王求贤人之未仕者。”是毛、郑皆以为此诗教诲宣王求贤而访隐也。诗“乐彼之园”，盖为贤而隐者之所居乎？王先谦云：“《后汉·杨震传》：野无《鹤鸣》之士。《杨赐传》：速征《鹤鸣》之士。皆指隐士言。二杨皆鲁说。《易林·师之艮》：鹤鸣九皋，避世隐居。抱朴守贞，竟不随时。《无妄之解》：鹤鸣九皋，处子失时。处子即处士。诗言贤者隐居。此齐说。《韩诗》盖同。”可证此诗今古文说略同。宋儒释此诗用毛、郑说者，如《范补传》谓毛、郑在众说之先，必有师承。《吕记》、《严缉》亦皆云然。惟严既遵古注，又附录程子语耳。宋儒说此诗而反毛、郑者，则有程、朱各自以其所谓义理说之。清汉学家陈启源《稽古编》已抨击之，而各中其要害矣。

祈父三章章四句

《祈父》,刺宣王也。

祈父!鲁,一作颀甫。　　大司马,圻父!
予王之爪牙。韩,予作维。　　我是王的爪牙。
胡转予于恤?　　为什么移我到困境?
靡所止居!鱼部。　　没有一定的安居!

一章。《毛传》云:"祈父,司马也。职掌封圻之兵甲。"是封圻即邦畿,祈父即圻父矣。〇《郑笺》云:"此勇力之士责司马之词也。我为王之爪牙,爪牙之士当为王闲守之卫。女何移我于忧,使我无所止居乎?谓见使从军,与姜戎战于千亩而败之时也。六军之士出自六乡,法不取于王之爪牙之士。"

祈父!　　大司马,圻父!
予王之爪士。　　我是王的爪牙之士。
胡转予于恤?　　为什么移我到困境?
靡所底止!之部。　　没有一定的限止!

二章。"上两章言自戕其上之卫。"〇戴震云:"转之为言,有迁转不已之意。凡军士皆王之爪牙也,不宜使爪牙困敝。何使之转于忧恤中,无复安居之望乎?诗作于役久困敝,非谓不应从征也。"(汪梧凤《诗学女为》)

祈父!　　大司马,圻父!
亶不聪。　　真是有耳朵也不能听。
胡转予于恤?　　为什么移我到困境?

有母之尸饔！〔一〕东部。○韩，饔作雍。　　　　有老母的失供奉！

三章。“末章言不体其下之情。”（辅广，《传说汇纂》）○吕祖谦云：“越句践伐吴，有父母耆老而无昆弟者，皆遣归。（《国语·吴语》）魏公子无忌救赵，亦令独子无兄弟者归养。（《史记》本传）则古者有亲老而无兄弟，其当免征役，必有成法。故责司马之不聪，其意谓此法人皆闻之，汝独不闻乎？乃驱吾从戎，使吾亲不免薪水之劳也！责司马者，不敢斥王也。”（《朱传》）愚按，诗“有母之尸饔”一句，可释为有老母之子当在家养亲，陈其薪水之力也。○钟惺云：“三呼祈父，已见其不聪矣。”○姚际恒云：“三呼而责之，末始露情。”

○今按：《祈父》，“此勇力之士责司马之词”。“责司马者，不敢斥王也。”《序》说“《祈父》刺宣王”，亦不为误。《郑笺》云：“刺其用祈父不得其人也。官非其人则职废。祈父之职掌六军之事，有九伐之法。祈圻畿同。”《孔疏》云：“《常武》，美宣王命程伯休父为大司马，则休父贤者也。《笺》言职废者，盖休父卒后，他人代之，其人不贤，故职废也。”或谓魏源疑此“诗作于兵士，不作于大夫，则是民风，安得入王朝之《雅》？”是不知《小雅》中不乏“西周民风”，前已数见，此后将更多见之。诗“予王之爪士”，可见其人属于士之一阶层，而或为武士卑官如司右、虎贲之类。《国语·周语》：“天子听政，使公卿至于列士献诗。”此勇力之士自可献诗而得“入王朝之《雅》”。《雅》为政治诗，凡公卿至于列士献诗，乃至庶人传语，但有关于王朝大小政治者，皆可入大、小《雅》。故《小雅》中多见西周民风，可能《大雅》中亦有之也。

白驹四章章六句

《白驹》，大夫刺宣王也。

皎皎白驹，　　　　皎皎的白驹子，

食我场苗。　　吃我场圃禾苗。
絷之维之，　　绊住它，拴住它，
以永今朝。　　就来长度今朝。
所谓伊人，　　所说的这个人，
于焉逍遥！宵部。　　将在这里逍遥！

一章。《毛传》云："宣王之末，不能用贤，贤者有乘白驹而去者。"○《郑笺》云："愿此去者乘其白驹而来，食我场中之苗，我则绊之系之，以永今朝。爱之欲留之。"

皎皎白驹，　　皎皎的白驹子，
食我场藿。　　吃我场圃豆叶。
絷之维之，　　绊住它，拴住它，
以永今夕。　　就来长度今夜。
所谓伊人，　　所说的这个人，
于焉嘉客！鱼部。　　将是这里嘉客！

二章。"前二章望贤者之来。"○王先谦云："在朝则皆王人，去则客之。"

皎皎白驹，　　皎皎的白驹子，
贲然来思。　　是很快地跑来的。
尔公尔侯，　　你是公，你是侯，
逸豫无期。〔一〕　　安乐也没有穷期。
慎尔优游？　　你真是要优游生活？
勉尔遁思！之部。○一、三、五句，可作幽、侯合韵。　　勉抑你的逃避心思！

三章。"第三章冀其来，而惧其隐。"○钟惺云："慎、勉二字下得深妙。'毋金玉尔音，而有遐心'，与此二字正相应。"〇江永云："驹、侯、游韵，来、期、思韵，分明是隔韵。"〇按：优游叠韵。

皎皎白驹，	皎皎的白驹子，
在彼空谷。韩、齐，空作穹。	已在那个深谷。
生刍一束，	这里有鲜草一束，
其人如玉。侯部。	那个人洁身如玉。
毋金玉尔音，	莫太宝贵你的声音，
而有遐心！侵部。	而有远远逃避之心！

四章。"此章前四句高其隐遁，下二句尚望其以声音相通也。'生刍一束'，言我虽设生刍一束以待之，方欲秣其马，而其人高隐，比德如玉，不可得见也。"（马瑞辰）〇孙鑛云："写依依不忍舍之意，温然可念，风致最有余。"

〇今按：《白驹》，《序》说"大夫刺宣王"。毛、郑释为刺"宣王之末不能用贤"。说亦可通。陈乔枞、王先谦据汉今文三家遗说，谓此"贤人远引，朋友离思"之作。而谓"毛之说《诗》，每以诗先后限断时代，其说多不可从。宣末失政，尚非衰乱。毛特以诗寘于此，断为一王之诗耳。其为贤人远引，朋友离思，固无可疑。而必谓刺王不能留，则诗外之意也"。朱子《辨说》无文。《朱传》谓"为此诗者，以贤者之去而不可留"。明清以来释《诗》者，尚有多说。其有可称者，惟邹氏《诗传阐》、何氏《古义》，皆以此诗再三言"皎皎白驹"，则殷人尚白，大夫乘驹，疑为武王饯送箕子之诗。其说饶有䚡理耳。最近又见一新说，尤为令人惊奇可喜。郭沫若《盠器铭考释》云："王初执驹于㡴。……言王亲自参加执驹之礼，可见古代重视马政。（《周礼・校人》和《庾人》均有执驹之明文）……在此，《小雅・白驹》一诗可以获得正确的解释。""这首诗分明是中春通淫、行执驹之礼时的恋诗，决不是《诗序》所谓大夫刺宣王。对白驹而絷之维之，即此尊铭所谓执驹或拘驹。诗中言‘尔公尔侯’，正表明公侯也参预典礼。牧场里是有女子的。伊人可能是公侯的仆从，或者同来的公子之类。《鲁颂》有《駉駉牡马》和《有駜有駜》两诗，我看，毫无疑问也是中春通淫时的颂诗。”此所谓中春通淫自指为马育种交配。郭先生似亦联想到《周礼·媒氏》：“中春之月，令会男女。”“奔者不禁。”以谓执驹之礼，郭先生已明指为《周礼·校人》《庾人》之春祭马祖与执驹。如此言之，诚可谓人畜同性，物我皆春。马通淫，人相恋，同见《诗》、《礼》，于斯为盛。有劳天子公侯亲临，以及公子、仆从参豫，岂仅重视马政云乎哉！至郭先生之此诗今译，自是妙文，同见于《考古学报》（总十六册），亦可供读者作进一步之研究也。

黄鸟三章章七句

《黄鸟》，刺宣王也。

黄鸟黄鸟！	黄鸟，黄鸟！
无集于榖，〔一〕	不要落住在构树，
无啄我粟。	不要啄食我的粟。——
此邦之人，	这个国土的人，
不我肯榖。	不肯给我好好生活。
言旋言归，	就要打转就归去，
复我邦族！侯部。	回到我自己的邦族！

一章。言不我肯榖，故复我邦族。〇按：此诗作弃妇语。回复我邦族，当是自异国来嫁者，盖畿内小国也。陈乔枞云。

黄鸟黄鸟！	黄鸟，黄鸟！

无集于桑，	不要落在桑树上，
无啄我粱。[二]	不要啄食我们的粱。——
此邦之人，	这个国土的人，
不可与明。	不可和他们来结盟。
言旋言归，	就要打转就归去，
复我诸兄！阳部。	回到我的诸位弟兄！

二章。言不可与盟，故复我诸兄。

黄鸟黄鸟！	黄鸟、黄鸟！
无集于栩，	不要落在栎树，
无啄我黍。	不要啄食我们的黍。——
此邦之人，	这个国土的人，
不可与处。	不可来和他们共处。
言旋言归，	就要打转就归去，
复我诸父！鱼部。	回到我的伯叔诸父！

三章。言不可与处，故复我诸父。三章一意，同以黄鸟为兴，喻此邦之人恶我如黄鸟（麻雀），此邦不可居也。○孙鑛云："此两篇（《白驹》、《黄鸟》）与《风》无异，不知何以谓之《雅》。"此不知《风》、《雅》亦有以乐分者也。○汪梧凤云："每章首三句皆述此邦之人之言。黄鸟，诗人自喻。"按：每章后四句皆诗人自述。我者，诗人自我也。与前三句中我字托为此邦之人自谓者不同。此妇人远适异国，被弃思归之词。

○今按：《黄鸟》，《序》说"刺宣王"，未说所刺者何事。《毛传》云："宣王之末，天下室家离散，妃匹相去，有不以礼者。"《郑笺》云："刺其以阴礼教亲而不至，联兄弟之不固。"所谓阴礼，即男女之礼，男女之事为阴。所谓联兄弟，即谓夫妇相联如兄弟。《孔疏》云：

"夫妇而谓之兄弟者,《列女传》曰:执礼而行夫妇之道。何休亦云:图安危可否,兄弟之义,故比之也。"倘不读《周礼·地官·大司徒》、《秋官·士师》,则不知《笺》说何据,及《序》说刺宣王为何事矣。今文三家遗说与古文说,于此诗主旨同。《朱传》云:"民适异国不得其所,故作此诗。"胡承珙总结之云:"此诗自《传》、《笺》以来,人人说殊。王氏、苏氏以为贤者不得志而去。《吕记》、《严缉》以为民适异国,不得其所之诗。然以经文证之,此言'复我邦族',与《我行其野》之'复我邦家'正同。彼明言昏姻之故,而与此诗相次,则此诗自亦为室家相弃而作。毛、郑之说不可易矣。《易林·乾之坎》云:'黄鸟采蒉,既嫁不答。(原注:今本《易林》作黄鸟来集。此据宋本。)念我父母,思复邦国。'焦氏正用毛义也。"郭沫若先生云:"黄鸟就是瓦雀。这和耗子一样,也就和坐食阶级一样,没有一个国是没有的。痛恨本国的硕鼠逃了出来,逃到外国又遇着有一样的黄鸟。(按:此以诗黄鸟喻异国之人,亦通。)天地间哪里有乐土呢?倦于追求的人,他又想逃回本国了。"(《中国古代社会研究》)此盖暗用宋儒民适异国之说,而推陈出新者也。

我行其野三章章六句

《我行其野》,刺宣王也。

我行其野,	我出走在这个旷野,
蔽芾其樗。〔一〕	小叶掩盖的是臭椿树。
昏姻之故,	为了婚姻的缘故,
言就尔居。	我就来依你同居。
尔不我畜?	你不高兴扶养我了?
复我邦家!鱼部。	再回到我的国家去!

一章。言女被弃之后，归家途中，悔恨交集。〇“首章言居，欲为久居也。”〇王先谦云：“愚案，《笺》谓仲春樗生，是也。但此女行野之所见非嘉木，所采亦非嘉卉，言外意，自含蓄不尽。”

我行其野， 我出走在这个旷野，
言采其蓫。〔二〕齐、韩，蓫作蓄。 就采这里的野萝卜。
昏姻之故， 为了婚姻的缘故，
言就尔宿。 我就来依你同宿。
尔不我畜？ 你不高兴扶养我了？
言归斯复！幽部。 我归就有家可恢复！

二章。“次章言宿，则暂寓矣。人情于其相待之薄者，则望之也愈轻；于其相待之厚者，则望之之意日进矣。”（段昌武，见《传说汇纂》）〇“一章、二章自决以义，而其意确。”

我行其野， 我出走在这个旷野，
言采其葍。〔三〕 就采这里的小旋花菜。
不思旧姻，鲁，思作惟，姻作因。 不念旧时婚姻，
求尔新特。 求这新的匹配。
成不以富， 老实说不是因为他有钱，
亦祇以异！〔四〕之部。 也只因你见异思迁不对！

三章。卒章女言己亦将不念旧情，别求新偶，以示报复。〇“三章责人以恕，而其意微。”（朱公迁，见《传说汇纂》）按：朱说是已。尔，当训彼。求尔新特，非责人，乃自道，报复之恨词耳。千载而下，读其诗者，犹闻其愤怒之声。此章旧解皆有未审。

〇今按：《我行其野》，《序》说“刺宣王”。《毛传》云：“宣王之末，男女失道，以求外昏，弃其旧姻而相怨。”（各本此十九字窜入《笺》语。今从陈奂《传疏》本。）《郑笺》云：“刺其不正嫁娶之数，而

有荒政,多淫昏之俗。”此篇与上篇皆似《国风》中歌谣形式之诗。其所以列于王朝之《雅》者,或如魏源所云:“皆大夫陈民隐以告王”;或谓采自王畿民风,而合乐为《雅》;要之,不必深求,无关宏旨。龚橙《诗本谊》,尝独指出《小雅》自《黄鸟》、《我行其野》,至《谷风》、《蓼莪》、《都人士》、《采绿》、《隰桑》、《绵蛮》、《瓠叶》、《渐渐之石》、《苕之华》、《何草不黄》,凡十二篇,皆为“西周民风”,其说大都可信。愚于上文亦已指出《采薇》、《鱼丽》、《杕杜》、《祈父》等篇皆似民风,此后尚当续指。其实《大雅》、《三颂》何尝不间有类似民风之作乎?

斯干九章四章章七句五章章五句

《斯干》,宣王考室也。

秩秩斯干,	清清流动的这溪涧,
幽幽南山。元部。	幽幽深远的那南山。
如竹苞矣,	如竹子的本根坚固呀,
如松茂矣。	如松树的枝叶美茂呀。
兄及弟矣,	兄和弟一道呀,
式相好矣,	要互相和好呀,
无相犹矣!幽部。	莫互相欺巧呀!

一章。首从山水竹木之美、兄弟家族之和说起。○“首章言天下亲、富。”○“一章总述其宫室之面势,而愿其兄弟亲睦。”○孙鑛云:“首四句已道尽作室佳处,风度绝胜。”○姚际恒云:“如‘竹苞’二句,因其地所有而咏之。王雪山曰:如,非喻,乃枚举焉尔。此善于解虚字也。”○江永云:“苞、茂、好、犹,平、上、去为韵。”

似续妣祖， 继承着先妣先祖，
筑室百堵， 筑的宫室版墙百堵，
西南其户。 西南各有它的门户。
爰居爰处， 于是安居，于是相处，
爰笑爰语。鱼部。 于是欢笑，于是言语。

二章。言承先志，创新业，为建筑宫室提纲。○“二章乃作之。”

约之阁阁，鲁，阁作格。 绳子扎版的上下一格格，
椓之橐橐。祭部。○鲁，橐作橐。 大木头筑土的声音橐橐。
风雨攸除， 风雨就可免除了，
鸟鼠攸去， 鸟鼠就可赶去了，
君子攸芋！鱼部。○鲁，芋作宇。 君子就可有大房子好住了！

三章。二、三、四、五章皆言建筑之事。宗庙宫寝或分或合言之。虽然尚俭，亦可见其工程之不易，规模之不小。○“三章言作之攻、坚。”○“二章、三章述其作室之意，与营筑之状。至于风雨攸除，鸟鼠攸去，则宫室成矣。”○江永云：“除、去、芋，平、去为韵。”

如跂斯翼，韩，跂作企。 如人举起脚跟的敬谨沉着，
如矢斯棘，韩，棘作朸。 如一枝箭的正直而有棱角，
如鸟斯革，之部。○韩，革作翱。 如鸟的张开翅膀宏阔，
如翚斯飞， 如大锦鸡的飞动活泼，
君子攸跻！脂部。 君子就可有高房子登着！

四章。“四章言得其形制。”○“四章言望其外，则雄壮轩翥如此。望其外，则未入也。故曰‘君子攸跻’，言其方升也。”○孙鑛云：“上章述筑构之坚好，此章说形势之壮丽，下章写气象之深邃，

宫室之美尽矣。简而浓，华而不骋，有境有态。读此便觉《灵光》、《景福》俱赘。”〇按：“如鸟斯革，如翚斯飞”，此赅檐与屋顶而言之，建筑学家梁思成氏之所谓“大屋顶”者也。古代建筑由于采光而创造之反宇结构，因而四面坡之屋面，自然形成屋角反翘。复经夸张与加工，即出现甍宇翚飞之屋顶。此一形像能致减弱屋顶所给予人之沉重感觉，从而产生一种既稳重又轻快之典型感受。此决非偶然者也。（陈干、高汉：《建筑艺术中社会主义现实主义和民族遗产的学习与运用的问题的商榷》一文，见《文艺报》一九五四年第十六号，可供参考。）

殖殖其庭，	平平正正的是它的前厅，
有觉其楹。	这么粗直的是它的两楹。
哙哙其正，	广大而爽快快的是它的日里，
哕哕其冥，	深远而光暖暖的是它的夜中，
君子攸宁！耕部。	君子就在这里住得自在安宁！

五章。复综合已上各章诗写建筑情况言之，当时建筑宫室之方法，盖以版筑为主，而以木柱构架，屋顶如翼，庭院平正，已成为定制。〇“五章言庭室宽明。”〇“五章言观其内，则高明深广如此。观其内，则已入也，故曰‘君子攸宁’，言其既处也。”

下莞上簟，〔一〕莞与安叶。元部。	下有蒲席，上有竹簟，
乃安斯寝。	于是妥帖了的就寝。
乃寝乃兴，	于是睡了，于是起了，
乃占我梦。蒸部。	于是去占我的梦。
吉梦维何？	好梦是什么？
维熊维罴，	是熊，是罴，
维虺维蛇。〔二〕歌部。	是虺，是蛇。

六章。“六章乃言考之也。既考之后，居而寝宿。下至九章，言其梦得吉祥，生育男女，贵为王公，庆流后裔。”(《孔疏》)○“六章以下皆祷颂之辞。”(《吕记》)○何楷云：“皆未然事。盖因梦兆而豫卜其将然也。”

大人占之：	大人把它占了：
维熊维罴？罴与蛇叶。	是熊，是罴？
男子之祥！	生男子的吉兆！
维虺维蛇？鲁，维作惟。	是虺，是蛇？
女子之祥！阳部。	生女子的吉兆！

七章。孙鑛云：“考室以男女为祝，固是情理。但从梦说来，直至如此细陈琐列，在汉以后人，决无此调。”

乃生男子：	于是生了男子：
载寝之床，	就给他睡的床，
载衣之裳，	就给他包裹一件下衣的叫裳，
载弄之璋。	就给他玩弄一块玉版的叫璋。
其泣喤喤，	他的哭声喤喤响亮，
朱芾斯皇，鲁，芾作绋。	他的朱红护膝就光泽煌煌，
室家君王！阳部。	一家之内不是国君就是天王！

八章。祝其室家君王，非大奴隶主不足以当之。《序》系之宣王，盖有所本。○陈启源云：“《斯干》之为宣王诗，见刘向《昌陵疏》，非《小叙》一家之说也。而朱子终以为疑。《新宫》之名见《仪礼》(《燕礼》)、《左传》(昭二十五年)、郑杜两注，及《诗》之《笺》、《疏》(见《由仪叙》下)，皆以为逸篇，而朱子引李氏(樗)之说，以为即《斯干》诗。于先儒所信则疑之，于先儒所阙则实之，意在立异而已。”

乃生女子：	于是生了女子：
载寝之地，	就给她睡的地，
载衣之裼，韩，裼作禘。《说文》作禘。	就给她包裹一块方布的叫褓衣，
载弄之瓦。〔三〕	就给她玩弄一件瓦器的叫纺锤。
无非无仪，	不要违命，不要擅自作为，
唯酒食是议，	只把做酒做饭的事情来议，
无父母诒罹！歌、支通韵。	不要给父母贻留什么忧虑！

九章。六、七、八、九各章言室成居入之后，将见寝安梦祥，生男生女，富贵之极。此乃颂祷想象之词。中言弄璋弄瓦、男尊女卑之习，盖远萌于原始氏族社会父系制之时。洎乎奴隶社会，此习已成定制矣。《严缉》云："考室之时，当有颂祷之语以终之。居室之庆，莫过于子孙之繁衍。故愿入此室处之后，发于梦兆，而开子孙之祥。盖设为之辞，非实有其梦也。"〇江永云："瓦、仪、议、罹，平、上为韵。"

〇今按：《斯干》，"宣王考室"之诗。《序》说盖不误。何谓考室？《郑笺》云"考，成也。德行国富，人民殷众，而皆佼好，骨肉和亲。宣王于是筑宫庙群寝，既成而衅之，歌《斯干》之诗以落之，此之谓成室。宗庙成，则又祭先祖。"是筑宫庙群寝既成，涂血为祭，谓之衅礼，谓之考室。犹之后世所谓落成之礼矣。据今文家遗说，《斯干》美宣王"迁都，俭宫室"。此似今文家通经致用之谰言，古为今用之长技也。迁都何地？其说不明。胡承珙云："姚姬传《九经说》曰：西周之都尝数迁矣。文王居丰，武王居镐。至穆王居郑，懿王居废丘。遭厉王流彘之祸，宣王中兴，盖废丘宫室之坏，而镐京之废久矣。宣王更宜择都邑，建宫庙。史不著宣王所迁之邑，以《斯干》及申伯信迈、王饯于郿度之，盖宣王都汉右扶风之邑，南山之北，渭水之南，雍郿间也。太史公云：雍旁有吴阳武畤，雍东有好畤，晚周尝郊焉。事不诬也。故宣王石鼓出于陈仓。方周未东迁之时，而《都人士》之诗已作。王在在镐，《鱼藻》诗人以伤今而思古焉。则未知其在郑欤，在废邱欤？抑宣、幽之世欤？刘子政说《斯干》之诗，以为上章言宫室之如制，意厉王以前，宫室奢侈矣。宣王立都，改而从俭，故曰‘风雨攸除，鸟鼠攸去，君子攸芋’。言宫室取避风雨鸟鼠而已，此君子所以为大也。承珙案：臣瓒注《汉书·地理志》云，周自穆王以下都于西郑。而右扶风槐里下，班固自注云：周曰犬邱，懿王都之。《索隐》引宋衷注《世本》云：懿王自镐徙都之。夫懿王为穆王之孙，若穆王已都西郑，又不应言懿王自镐矣。此皆矛盾不合。故颜师古谓穆王以下无都西郑之事。《诗谱·正义》云：《鱼藻·序》，王居镐京。是幽王以上皆居镐也。《世本》云：懿王徙居犬邱。《地理志》云：京兆槐里县，周曰犬邱。京兆郡，故长安县也。皇甫谧云：镐在长安南二十里。然则犬邱与镐相近，有离宫在焉，懿王暂居之，非迁都也。据此，宣王承厉王之乱，改建宫室，事当有之，不必以迁都始然矣。”此驳今文家《斯干》宣王迁都俭宫室之说，允已。姚氏意欲证成今文家宣王迁都一说，非也。

无羊四章章八句

《无羊》，宣王考牧也。

谁谓尔无羊？	谁说你没有羊？
三百维群。	三百头的羊就是一大群。
谁谓尔无牛？	谁说你没有牛？
九十其犉。文部。	九十头的大黄牛黑嘴唇。
尔羊来思，	你的羊来了哟，
其角濈濈。	它们休息，头角戢戢地聚在一起。
尔牛来思，	你的牛来了哟，

其耳湿湿。缉部。 它们反刍，耳朵摄摄地摆动不已。

一章。言牛羊之多少，以问答开端，起势飘忽。虽作排体，惟以呼应见势。

或降于阿， 有的下来在坡里，
或饮于池， 有的喝水在池里，
或寝或讹。歌部。○降、饮、寝可作中、侵合韵。 有的休息打盹，有的跳动游戏。
尔牧来思， 你的牧人来了哟，
何蓑何笠， 背上蓑衣，背上笠子，
或负其糇。三句一韵。 有的还带上了干粮。
三十维物， 是三十来种的毛色，
尔牲则具。侯部。 你要用的牲畜就具备了各样。

二章。接写牧场牛羊生态、毛色，中及牧人形像。虽是速写、素描，却错落得妙，似是一幅生动出色之《放牧图》。○方玉润云："'尔牲则具'一语为全诗主脑。盖祭祀、燕飨，及日用常馔所需，维其所取，无不具备，所以为盛，固不徒专为牺牲设也。然淡淡一笔点过，不更缠绕，是其高处。若低手为之，不知如何郑重以言，不累即腐。文章死活之分，岂不微哉！"○江永云："物、具，去、入为韵。"

尔牧来思， 你的牧人来了哟，
以薪以蒸， 饲草有粗有嫩，
以雌以雄。 种畜有雌有雄。
尔羊来思， 你的羊群来了哟，
矜矜兢兢， 坚坚强强争向前进，
不骞不崩。 也不受损，也不染病。

麾之以肱， 指挥它们的是两臂挥动，
毕来既升！蒸部。 要来的尽来，要升的都升！

三章。言牧人之技术，羊群之健壮。○按："以薪以蒸"者，谓饲食也。俞正燮《癸巳类稿·薪蒸义》云：古草木通曰薪。"以雌以雄"者，谓育种也。《苏传》云：取其薪蒸，合其牝牡。范氏《诗沈》云："以薪以蒸，别牧也。以雌以雄，别群也。皆牧法也。"汪氏《诗学女为》云："言刍牧孕字之得其时也。"○王士禛《渔洋诗话》云："《诗·国风》如《燕燕》、《蒹葭》、《豳风·东山》《七月》诸篇，述情赋景，如化工之肖物。即如《小雅·无羊》之'或降于阿，或饮于池，或寝或讹。尔牧来思，何蓑何笠，或负其糇'，'麾之以肱，毕来既升'，字字写生，恐史道硕、戴嵩画手擅场，未能如此极妍尽态也。"○姚际恒云："此两章是《群牧图》。或写物态，或写人情，深得人物两忘之妙。"○方玉润云："此章单写羊，体物入微，文笔一变。"○陈奂云："矜矜兢兢，双声。兢，兢之省变。"

牧人乃梦： 牧人于是做梦：
众维鱼矣！〔一〕 蝗子变为鱼呀！
旐维旟矣！鱼部。○鲁，维作惟。 龟蛇旗变为鸟隼旗呀！
大人占之： 大人于是占它：
众维鱼矣？ 蝗子变为鱼呀？
实为丰年！ 这是丰年！
旐维旟矣？ 龟蛇旗变为鸟隼旗呀？
室家溱溱！真部。○鲁，溱作蓁。 室家人口满满地增添！

四章。言牧人之梦想或愿望作结。○沈德潜《说诗晬语》云："《斯干》考室，《无羊》考牧，何等正大事，而忽然各幻出占梦。本支百世，人物富庶，俱于梦中得之。恍恍惚惚，怪怪奇奇，作诗要得此段虚景。"

○今按：《无羊》，《序》说宣王考牧也。"三家无异义"。朱子

《辨说》无文。何谓考牧?《郑笺》云:“厉王之时,牧人之职废。宣王始兴而复之,至此而成,谓复先王牛羊之数。”此释宣王考牧。《孔疏》云:“王者牛羊之数,经典无文,亦应有其大数。《周礼》有牧人,下士六人,府一人,史二人,徒六十人。又有牛人、羊人、犬人、鸡人,唯无豕人。郑以为豕属司空,《冬官》亡,故不见。《夏官》又有牧师,主养马。此宣王所考,则应六畜皆备。此独言牧人者,《牧人》注云:牧人养牲于野田者。其职曰:掌牧六牲,而阜蕃其物。则六畜皆牧人主养。其余牛人、羊人之徒各掌其事,以供官之所须,则取于牧人,非放牧者也。《羊人》职曰:若牧人无牲,则受布(货币)于司马,买牲而供之。是取于牧人之事也。唯马是国之大用,特立牧师、圉人使别掌之。则盖拟驾用者属牧师,令生息者属牧人,故牧人有六牲。郑云:六牲谓牛、马、羊、豕、犬、鸡。是牧人亦养马也。此诗主美放牧之事。经有‘牧人乃梦’,故唯言牧人也。牧人六畜皆牧,此诗唯言牛羊者,经称尔牲则具,主以祭祀为重。马则祭之所用者少,豕犬鸡则比牛羊为卑,故特举牛羊以为美也。”此释诗牧人及其所牧者,重在牛羊也。何楷《古义》云:“《孔丛子》载孔子曰:‘于《无羊》见善政之有应也。’按《列子·黄帝》篇曰:周宣王之牧正有役人梁鸯者,能养野禽兽。委食于园庭之内,〔虽虎狼雕鹗之类,无不柔驯者。〕雄雌在前,孳尾成群。〔异类杂居,不相搏噬也。〕王令毛邱园传其术。梁鸯曰:‘凡顺之则喜,逆之则怒,此有血气者之性也。今吾心无逆顺者也,则禽兽之视吾犹其侪也。故游吾园者,不思高林旷泽,寝吾处者,不愿深山幽谷,理使然也。’《列子》之书大都诙谐不足信。然彼生于周末,而以此事属之宣王,则当日宣王之留意牧事可知矣。”此虽出伪书寓言,盖录自先秦佚史遗文,亦或可为诗言宣王考牧之一旁证。诗牧人能称其职,其殆梁鸯、毛邱园之俦欤?

【简注】

鸿雁

〔一〕鸿雁,已见《新台》、《九罭》篇。

〔二〕矜人，章太炎《新方言》，谓犹俗语光棍。此诗谓可矜悯之人也。

○劬音拘。垣音袁。嗸音敖。

庭燎

〔一〕《新方言》，今绍兴谓已毕为艾哉。

○其音基。燎音了、音僚。艾音刈。晣音质，与晰音析者有别。哕音秽。乡音向。辉音晕、音薰、音辉。旂音芹，与旗音有别。

沔水

〔一〕鴥彼飞隼，犹言鴥彼晨风，已见《晨风》篇。

○鴥音聿，音曰。隼音笋。沔音面、音勉。汤，旧音伤，陈奂读荡。弭音米。

鹤鸣

〔一〕鹤，涉禽，鹤科，似鹭而大。今繁殖于黑龙江等处，冬则南来，夏则北去。

〔二〕它山之石，可以为错者，《说文》错作厝。云：厉石也。段注：厉石当作厝石，谓石之可以攻玉者，如今之金刚钻之类，非厉石也。按：厝石，错石，盖后世玉工之所谓解玉砂，或金刚砂，以黄石英，或细砂岩、红砂石榴石为之。

〔三〕《传》：榖，恶木也。桂馥《札朴》云：滇人呼榖树为构浆，以其折枝则浆出也。陶注《本草》云：榖音构。（从木，㱿声。与谷字从禾者有别。）按：榖，构树。桑科，落叶小乔木。果实秋熟，红色，形似杨梅。其叶可饲猪，其皮可造纸。

○皋音羔。闻音问。渚读猪。萚音托。

祈父

〔一〕马瑞辰云：尸，古有失义。尸饔，谓奉养不能具也。愚按，此较《传》、《笺》义长，但所据不甚坚实耳，待再详之。旧有注说，愚未见其有可用者。

○父音甫。底音砥。亶音单、音但。

白驹

〔一〕俞正燮《癸巳类稿·逸豫无期申笺义》，未是。俞樾《群经平议》：期当读为綦，极也。《诗》中万寿无期，逸豫无期，皆谓无穷极也。

○絷音执。藿音霍。贲音奔。慎读真。刍音初、音邹。

黄鸟

〔一〕无集于穀，穀当读构。已见《鹤鸣》篇。不我肯穀者，穀，善也，养也。上穀从木，下穀从禾，字形有别。

〔二〕粱，当是稷之一种，非高粱也。如古语黄粱，今语黄米子者是。

我行其野

〔一〕樗，臭椿树。已见《七月》篇。

〔二〕蓫，又名羊蹄、牛舌、鬼目。蓼科，生于路旁或原隰之多年生草本。开伞状下垂之淡绿色花。有长而粗大之黄色根，似莱菔，可食。古人用以济荒。

〔三〕葍，又名葍茅、燕葍根、小旋花、大碗花。旋花科，生于田野之多年生蔓草。开漏斗状红花。地下茎有甘味，可食。古人用以济荒。

〔四〕异，读见异思迁之异。或读《静女》洵美且异之异。韩，异作𤸫。云：𤸫，悦也。

○芾音弗。樗音于、音吁。蓫音逐、音蓄。葍音福。

斯干

〔一〕莞，又名苻蓠、莞蒲、水葱、席草。莎草科，生于池沼浅处之多年生草本。叶呈圆柱形，青葱直上。

〔二〕熊，脊椎动物，裂脚类，熊科。熊有多种，今常见者为黑熊，俗称“黑瞎子”，一名狗熊。罴，其大者。体色棕褐，或稍近黑色，性尤强暴。今之动物学者，或云：美属阿拉斯加南部是沿太平洋海岸而形成一片如“锅柄”之狭长地带，其称为阿留申群岛者，有如从亚洲延伸至美洲之踏脚石。即在其科迪亚克岛上生长一种棕色大熊，是世界上最大之食肉动物，双脚直立，身高丈余，体重约至一吨左右。故有科学家认为棕熊即中国古书上所称之罴，来自中国北部满蒙地区，是经由白令海峡而至阿留申群岛者。其说殆不诬也。虺，比蝮蛇小。爬虫，管牙类蝰科，响蛇亚科。常见之毒蛇如竹叶青、饭匙倩、五步蛇、龟壳花等，都是。蛇，则蛇类之通称也。

〔三〕《毛传》云：瓦，纺专也。班昭《女诫》：古者女生三日，弄之瓦专，明习劳，主执勤也。纺专之形若何？《甲骨文编》卷三载有专字三十一例。象用手拨或搓一件工具使之运转，即是纺专。其形略作椭圆，上有三股线头。其字形之一如[illegible]，隶定当作叀。今正楷作专。

○椓音琢、音笃。橐音托。翚音辉。跻音齐。哙音快。哕音秽。莞音官、音浣。簟音垫。罴音皮。虺音毁、音灰。罹音丽。

无羊

〔一〕众维鱼矣。马瑞辰云：众当为螽及蠡之省借。螽，蝗也。按：此新解为善。蝗，节肢动物，昆虫，直翅目、飞蝗科。

○犉音淳、音敦。何读荷。骞音愆。麾音挥。肱音昆。旐音兆。旟音余。溱音臻、音曾。

诗经直解　卷十九

节南山之什第十九　毛诗小雅

节南山之什十篇七十九章五百五十二句

节南山十章六章章八句四章章四句

《节南山》，家父刺幽王也。

节彼南山，	瞧那座高峻的南山，
维石岩岩。齐，维作惟。	它是石头岩岩的堆积。
赫赫师尹，	赫赫显贵的太师尹氏，
民具尔瞻。	人民都在瞧着你。
忧心如惔，韩，惔作炎。	忧闷的心好像火烧，
不敢戏谈。	不敢有什么戏谈的。
国既卒斩，	国运已经要尽斩绝，
何用不监？谈部。	你为什么不曾察及呢？

一章。“言尹氏之失民望，而致愁蹙。”○钟惺云：“不敢戏谈，从古亡国之象皆如此。”○姚际恒云：“诗人愁苦，必用危言耸听。如曰‘国既卒斩’，及下篇‘褒姒威之’，是也。其实未斩未威也。”○阮元《补笺》云：“自《节南山》至《小旻》，《序》皆曰刺幽王。今以皇父、褒姒人事，及《十月之交》术法推验皆合。”“师尹，太师尹氏也，吉甫之族。幽王时不用皇父，任尹氏为太师，尸位不亲民，故诗

人刺之。”(《揅经室集》三)〇江永云:“岩、瞻、惔、谈、斩、监,平、上为韵。”

节彼南山, 瞧那座高峻的南山,
有实其猗。〔一〕 这广大的是它的斜坡。
赫赫师尹, 赫赫显贵的太师尹氏,
不平谓何? 你不平正奈何?
天方荐瘥,三家,瘥作嵯。 上天正要再降灾荒,
丧乱弘多。 死亡乱离的又广又多。
民言无嘉, 人民的话没有给你好的,
憯莫惩嗟!歌部。 你还不知道有所儆戒哟!

二章。“言为政不平,而不顾天怒民怨。”〇王引之云:“‘有实其猗’者,言南山之阿实然广大也。如为政不平之师尹势位赫赫然也。”

尹氏大师! 尹氏太师!
维周之氐。鲁,氐作底。 你是周家的柱石。
秉国之均,均与天叶。真部。〇齐,均作钧。 掌握国家的政权,
四方是维, 四方诸侯就靠你维系,
天子是毗,鲁,毗作痺。 天子就靠你辅弼,
俾民不迷。鲁,俾作卑。 要使得人民方向不迷。
不吊昊天! 不好呀昊天!
不宜空我师。脂部。 不该使我们大众穷困难为。

三章。“言太师为国根本,为政当均平,而其任之重如此。”〇孙鑛云:“刺其人,却颂其职,盖反意责之,用以起下章意。”〇陈乔枞云:“案《郑笺》释‘不吊昊天,不宜空我师’,云:不善乎昊天!

慹之也。不宜使此人居尊官，困穷我之众民也。此诗屡言昊天，如‘昊天不佣’、‘昊天不惠’、‘昊天不平’、‘不吊昊天，乱靡有定’，皆呼天而慹之之词。”

弗躬弗亲，	做事不躬不亲，
庶民弗信？真部。	庶民可不是对你信任？
弗问弗仕，	用人不问不察，
勿罔君子？	可不是会把君子屈煞？
式夷式已，	因而被伤害，因而被罢免，
无小人殆？	没有为小人所危殆？
琐琐姻亚，	猥猥琐琐裙带亲属，
则无膴仕？之部。	就不曾给他们高官厚禄？

四章。“言任用小人，连引私党。”○孙鑛云：“实指尹氏过失正在此。只是不亲事，寄柄琐小辈，此乃世臣常态。”○阮元云：“尹氏不躬亲教养，民不谅之。尹氏不问察谗言，致诬罔君子。《郑笺》：仕，察也。义本《尔雅》。《易·序卦》曰：夷，伤也。君子之在位者或伤或已，皆为小人所殆。尹氏当谏。”

昊天不佣！韩，佣作庸。	昊天呀不均平！
降此鞠讻。东部。	降下这个极凶。
昊天不惠！	昊天呀没恩惠！
降此大戾。	降下这个大罪。
君子如届，	君子如果遇事躬亲，
俾民心阕。	可使人民止息不信任之心。
君子如夷，	君子如果察问公平，
恶怒是违。脂部。	就去掉人民厌恶恼怒之情。

五章。“言君子可消天变。”〇按：此章正承上章而言之，旧有注说皆不明确。届，谓遇事躬亲，非弗躬弗亲也。夷，谓察问得平，非弗问弗仕也。此君子指尹氏，与上章君子小人对举为泛指者不同。〇江永云：“届、阕，去、入为韵。”

不吊昊天！	不好呀昊天！
乱靡有定。	乱子并没有平定。
式月斯生，	因一月一月的发生，
俾民不宁。	使得人民不能安宁。
忧心如酲，	我的忧心好像醉了没醒，
谁秉国成？齐，谁下有能字。	是谁掌握了国家的权柄？
不自为政，齐，政作正。	不自行好好为政，
卒劳百姓！耕部。〇合首句，作真、耕通韵亦可。	结果劳苦了百姓！

六章。“承上言尹氏不但不能弭天变，抑且生祸乱。下四句则应前四章，而又起下章欲遁逃之意。”〇江永云：“定、生、宁、成、政、姓，平、去为韵。”

驾彼四牡，	我驾着那四马，
四牡项领。	四马久不驾了都是大颈。
我瞻四方，	我瞧天下四方，
蹙蹙靡所骋！真、耕通韵。	穷蹙蹙地没有地方驰骋！

七章。“言欲遁则无所往。”〇按：段玉裁云：“项即洪之假借。”马瑞辰云：“《传》盖以项为琟（鸿）之假借。”故《笺》训项领为“大领”，即谓大颈也。盖马久不得驾且劳，则有肥颈之患，喻贤者有才，而久不得试也。

方茂尔恶，恶与怿叶。鱼部。	正当使你拚命作恶的时候，

相尔矛矣！　他瞧你像枝杀人的长矛呀！
既夷既怿，　他竟使你开心，他竟使你喜悦，
如相酬矣！幽部。　就好像宾主劝酒的互相酬劳呀！

八章。"言小人情状。"○钟惺云："画千古小人如在目前。"○江永云："恶、怿隔韵。"

昊天不平！　昊天呀不公平！
我王不宁。　他使我们的王不安宁。
不惩其心，　不自儆戒他的心，
覆怨其正。耕部。　反而抱怨给他的规正。

九章。"言尹氏自用拒谏。"

家父作诵，三家，家作嘉。　家父作此讽谏诗篇，
以究王讻。　来穷究王的凶德。
式讹尔心，　因而改变你的心，
以畜万邦！东部。　来安抚着这万国！

十章。"归之于王。""此诗刺王用尹氏，前九章惟极言尹氏之罪，而卒章以言归之王心，则轻重本末自见。此家父之善于辞也。其所以刺尹氏者，大要有二事：为政不平，而委任小人。"（《许白云诗钞》）○按：五章"昊天不佣，降此鞫讻"，马瑞辰云：讻，读日月告凶之凶，谓凶咎也。鞫讻，犹言极凶，与大戾同义。则此章之讻当与彼章讻同。以究王讻，犹言以究王之凶德也。○江永云："诵、讻、邦，平、去为韵。"

○今按：《节南山》，大夫家父刺幽王任用师尹，听政不平之作。诗似刺师尹，《序》说"刺幽王"，自是推本之词，以责重在王耳。三家齐说以此为刺周卿大夫好利，争田兴讼之诗。朱子《辨说》无文。师尹为谁？王应麟《困学纪闻》云："尹氏不平，此幽王所以亡。《春

秋》于平王之末，书‘尹氏卒’，见权臣之继世也。于景王之后，书‘尹氏立王子朝’，见权臣之危国也。《诗》之所刺，《春秋》之所讥。”据《春秋》书“尹氏卒”，所以讥世卿。《公羊传》云：“尹氏者何？天子之大夫也。其称尹氏何？贬。曷为贬？讥世卿。世卿，非礼也。”何休注：“世卿者，父死子继也。氏者，起其世也。若曰世世尹氏也。”则知宣王时有贤臣尹吉甫，幽王时有师尹专政，平王时犹为卿。景王后又有尹氏擅立王子朝。师尹盖吉甫之裔，伯封之后。尹氏世卿，贵族官僚。但观《节南山》诗刺师尹，即知远在西周奴隶制社会，官僚主义已有若何之发展与危害。读幽王之世诸诗，谓幽王亡于官僚主义，而谓国家之败由官邪也，亦无不可。家父为谁？幽王时之大夫乎？据《春秋》桓八年，天王使家父来聘。《公羊传》何休注：“家，采地。父，字也。天子中大夫氏采，故称字，不称伯仲也。”桓十五年，天王使家父来求车。《孔疏》云：“桓十五年上距幽王之卒七十五岁。此诗不知作之早晚。若幽王之初，则八十五年矣。韦昭以为平王时作。此诗不应作在平、桓之世而上刺幽王。但古人以父为字，或累世同之。宋大夫有孔父者，其父正考父，其子木金父。此家父或父子同字父，未必是一人也。”“《春秋》时，赵氏世称孟，智氏世称伯。”是肯定此诗作在幽王之世。古人父子同字，求车之家父未必是作诗之家父也。范家相《诗沈》云：“朱子谓《序》之时世不足信，然《孔疏》谓古人父子同字往往有之。《左传》文十一年有富父终甥，哀三年又有富父槐。吴子寿梦之后，又有太子寿梦。公子光之父名诸樊，光之子亦名诸樊。此家父亦是父子同字耳。”魏源《诗古微》云：“《春秋》，郑有两子孔，晋有二士匄，卫、宋俱有公孙朝，郑、卫俱有公孙挥，乌知家父非同字之人？”且郑重言之云：“知予主《毛序》刺幽者非苟同，则其力辩《毛序》非刺幽者非苟异。”愚谓姚际恒、范家相、胡承珙与魏源诸家，皆支持《毛序》、《孔疏》家父为幽王时人一说，是也。试考唐、虞、后稷之后，不有世称后稷者乎？

正月十三章八章章八句五章章六句

《正月》,大夫刺幽王也。

正月繁霜,	夏历四月多霜,
我心忧伤。	我的心里忧伤。
民之讹言,	人们的讹言怪话,
亦孔之将。	也有很大的夸张。
念我独兮,	念我孤独啊,
忧心京京!	忧闷的心却大大地不放!
哀我小心,	哀我小心啊,
癙忧以痒! 阳部。	忧惧了而病得不成模样!

一章。言天时不正,人多讹言,触动诗人深忧孤愤,作为总冒。据《竹书》,幽王四年夏四月陨霜。○钟惺云:"'念我独兮',古今乱亡通患。若忧之者众,则亦不至乱亡矣。"

父母生我,	父母生下了我,
胡俾我瘉?	怎么使我苦透?
不自我先,	不在我生以前,
不自我后。	不在我生以后。
好言自口,	好话也由人口,
莠言自口。	坏话也由人口。
忧心愈愈,鲁,愈作瘐。	忧伤的心愈愈恐惧,
是以有侮! 侯部。	所以愈有人来欺侮!

二章。自言生不逢时,谗言之可惧。

忧心惸惸，	忧伤的心惸惸，
念我无禄。	念我太没有福。
民之无辜，	人们的无罪无辜，
并其臣仆。	还连及他的奴仆。
哀我人斯！	可怜我这个人哟！
于何从禄？	于何处追求幸福？
瞻乌爰止，	瞧乌鸦何处下落，
于谁之屋？侯部。	它落在谁家的屋？

三章。自伤无福，无辜受罪，而后患莫测。

瞻彼中林，	瞧那森林之中，
侯薪侯蒸。	是灌木，是草丛。
民今方殆，	人们如今将有危殆，
视天梦梦。齐，梦作芒。	看老天爷还是昏昏。
既克有定，	他既能够这样笃定，
靡人弗胜。	就没有人不被侵陵。
有皇上帝！	这样伟大的上帝！
伊谁云憎？蒸部。○合首句，作蒸、侵通韵亦可。	是谁人敢说憎恨？

四章。言祸由天定，不敢怨憎。

谓山盖卑？	说山怎么低平？
为冈为陵。	其实是高冈，是高陵。
民之讹言，	人们的讹言怪话，
宁莫之惩？	难道不给他们儆惩？
召彼故老，	招来那些耆老，
讯之占梦。	只问他们占梦。

具曰予圣，　　都说我是圣人，
谁知乌之雌雄？蒸部。　　谁知道乌鸦的雌雄？

五章。钟惺云："'具曰予圣'，其实怕耳。处乱世自应如此。然使人至此，已是亡国之象矣。"

谓天盖高？　　说天怎么高？
不敢不局。无韵。○韩、鲁，局作跼。　　其实不敢不弯腰。
谓地盖厚？　　说地怎么厚？
不敢不蹐。齐，蹐作趚。　　其实不敢不轻足。
维号斯言，鲁，维作惟。　　虽是呼号的话，
有伦有脊。齐，脊作迹。　　却是有道有理。
哀今之人！　　可怜如今的人！
胡为虺蜴？支部。○齐，蜴作蜥。　　为啥要做毒蛇蜥蜴？

六章。五、六两章，言讹言不止，是非莫辨。○姚际恒云："'谓天盖高'四句，即唐人诗曰：'出门即有碍，谁云天地宽。'（孟郊）此必古语，故承之曰'维号斯言'。"

瞻彼阪田，　　瞧那片崎岖瘠薄的田里，
有菀其特：　　它也有郁茂的特出的苗：
天之扤我，　　老天爷的以风雨动摇我啊，
如不我克。　　好像恐怕不能够战胜我。
彼求我则，〔一〕　　当他有求于我呢，
如不我得。　　好像得不到我的同意。
执我仇仇，　　掌握我了又慢慢搁起，
亦不我力！之部。　　也就用不到我的气力！

七章。自伤孤特无力，用舍由人。○姚际恒云："末六句中用

六'我'字,弄姿。"

心之忧矣,	心里的忧伤呀,
如或结之。	好像有结子结了它。
今兹之正,	如今的政治,
胡然厉矣?	为什么这样丑恶呀?
燎之方扬,齐,扬作阳。	那野火的正在高扬,
宁或灭之?齐,宁作能。	难道会有人扑灭它?
赫赫宗周,	赫赫盛大的镐京,
褒姒威之?脂、祭通韵。○鲁,威作灭。	褒姒可要毁威它?

八章。言王宠褒姒,将致灭亡。至此始揭出主题。○按:褒姒,褒国之女。褒国在今陕西褒城县。县北木龙沟至马道驿间,有褒姒店、褒姒娘娘庙,传为褒姒出生地。○孙鑛云:"前面俱说怨恨,至此乃指出事来。'威之'二字点得煞然险峻。此必作未然说,方有味。"

终其永怀,	既已那么深忧,
又窘阴雨。	又还困于阴雨。
其车既载,	那辆车子已经装载了,
乃弃尔辅。	竟丢弃你的箱版不顾。
载输尔载:	就会堕下你的装载:
将伯助予!鱼部。	"请老大哥帮助我一步!"

九章。

无弃尔辅,	不要丢弃了你的箱版,
员于尔辐。	要加固你的车子轮辐。

屡顾尔仆， 经常照顾你的车夫，
不输尔载。 不堕下来你的装载。
终逾绝险： 最后越过绝险地方：
曾是不意？之部。 怎么这样不肯留意？

十章。九、十两章，以行车安危喻政治成败。〇姚际恒云："此承上纯作比意，妙。一往摹神。"〇江永云："辐、载、意，去、入为韵。"

鱼在于沼， 鱼活在池里，
亦匪克乐。 也不能快乐。
潜虽伏矣， 虽潜在深水里藏了，
亦孔之炤。齐，炤作昭。 也很被显然的见着。
忧心惨惨， 忧伤了的心惨惨无欢，
念国之为虐！宵部。 想到国里的有人作恶！

十一章。以鱼潜池沼亦为人见，暗喻畏祸而无藏身之所。

彼有旨酒， 他们有了美酒，
又有嘉殽。幽、宵通韵。 又有的是佳肴。
洽比其邻， 联欢了他们的邻人，
昏姻孔云。〔二〕 裙带关系很加庇荫。
念我独兮， 念我孤独呀，
忧心殷殷！文、真通韵。 忧伤的心隐隐作痛！

十二章。江永云："三句见韵。"

佌佌彼有屋，齐、韩，佌作傴。 佌佌微贱的那些人有了大屋，
蔌蔌方有谷。鲁，作速速方穀。 蔌蔌丑恶的人正有了好生活。

民今之无禄，	如今人们的没有福禄，
天夭是椓。鲁，作夭夭是加。	老天爷降灾了就打击的难受。
哿矣富人，	可喜呀那些富人！
哀此惸独！侯部。○鲁，惸作茕。	可哀呀这个孤独！

十三章。十二、十三两章，以坏人得志，与已失意对比，愈见忧愤之深，作为结束。○孙鑛云："是深悲极怨之调，新意层出，愈说愈不能尽。"

○今按：《正月》，《序》云："大夫刺幽王也。"刺幽王何事？诗云："赫赫宗周，褒姒威之？"《毛传》云："有褒国之女，幽王惑焉，而以为后，诗人知其必灭周也。"则知此诗重在刺幽王惑于褒姒，必致亡国而作。"三家无异义"。朱子《辨说》无文。陈启源云："〔朱子〕《集传》载或说，疑《正月》诗是东迁后作。""夫'赫赫宗周，褒姒威之'，何害为西周未亡时语耶？《国语》：幽王三年三川震。伯阳父料周之亡不过十年。又郑桓公为周司徒，谋逃死之所。史伯引檿弧之谣、龙漦之谶，决周之必弊，其期不及三稔。然则周之必亡，而亡周之必为褒姒，当时有识之士固已明知之，且明言之矣。安在褒姒威周之语独不可著之于诗乎？况篇中所云'具曰予圣'，及'旨酒'、'嘉肴'、'有屋'、'有谷'等语，显是荒君乱臣奢纵淫泆、燕雀处堂之态。若犬戎一乱，玉石俱焚，此辈已血化青磷，身膏白刃，尚得以富贵骄人哉！"戴震云："《节南山》、《正月》、《十月之交》、《雨无正》，《序》皆以为刺幽。据日食为幽王六年。而其辞有似西周已亡者。盖犹祖伊之言'天既讫我殷命'，'殷之即丧'云尔。"此皆认定《正月》是西周未亡时诗。宋人疑此诗是东迁后作者，误也。陈奂云："褒姒威周，莫详于史伯告郑桓公语。《国语·郑语》云：褒人褒姁有狱，而以为〔女〕入于王，王遂置之，而嬖是女也，使至于为后而生伯服。是褒女为后之事也。又云：王欲杀太子以成伯服，必求之申，申人弗畀，必伐之。若伐申，而缯与西戎会以伐周，周不守矣。

幽王八年而桓公为司徒，九年而王室始骚，十一年而毙。韦注云：骚，谓适庶交争，乱虐滋甚。是即灭周之事也。考《史记·周本纪》言幽王三年，王之(往)后宫，见褒姒而爱之，生子伯服。是立后当在四、五年间。六年而遭日食之变，大夫作《十月之交》以刺之。至王欲放杀大子，而其傅作《小弁》之诗，自在九年中事。此《传》但云幽王惑于褒姒，立以为后，不及放杀大子。则此篇与《十月之交》篇先后同作，总在史伯告桓公八年之前。据《传》证《史》，可以得其岁次矣。然而嬖褒灭周，其兆既成，贤者为之忧伤而作是诗，其即伯阳父流亚与？"此推测《正月》篇作出年代在幽王六年至八年之间，亦为有据。但其作者未必即为伯阳父也。至若魏源谓此诗为大夫"怨申后之废，因代为申后之辞"。则亦未见其为必然者矣。

十月之交八章章八句

《十月之交》，大夫刺幽王也。

十月之交，	十月的日月交会，
朔月辛卯。	月初一辛卯。
日有食之，	日光又被食了，
亦孔之丑！幽部。	也是好大的丑！
彼月而微，	那月亮就有亏微，
此日而微？	这日光也有亏微？
今此下民，	如今这下面的人，
亦孔之哀！脂部。	也有好大的悲哀！

一章。言日食天变，是在上者之丑，下民之哀。〇按：《孔疏》论日食，袪迷精确。龚自珍云："日食为凶灾，孰言之？《小雅》之诗人言之。""《诗》者讽刺恢怪，连犿杂揉，旁寄高吟，未可为典正。"

(《乙丙之际塾议第十七》、《与陈博士书》,俱见《龚定盦全集》)〇《毛传》云:"之交,日月之交会。"《郑笺》云:"周之十月,夏之八月也。八月朔日,日月交会而日食。"〇按:月绕地转,地绕日转。当月转至地与日之间,三者近于一直线,而月掩日,是谓交会,是谓日食。诗指周幽王六年,十月建酉,辛卯朔,日入食限。即"指公元前七七六年九月六日的日食"(陈遵妫:《从十二月十四日日环食谈起》,一九五五年《光明日报·科学》四十四期)。

日月告凶,鲁,告作鞫。	日月告人灾凶,
不用其行;	不用它们的常轨运行;
四国无政,	四方诸国没有善政,
不用其良,	不用他们的忠良之臣。
彼月而食,鲁,食作蚀。	那月亮被食了,
则维其常。齐,维作惟。	就是它的常道。
此日而食,	这日光被食了,
于何不臧!〔一〕阳部。	唉,是怎样的不好!

二章。言日月食天变,是由于失政。〇林兆丰《隶经賸义·彼月而食解》云:"匪特幽王六年十月朔,食入交限;即前一月望,食亦入交限。此日而食,指十月朔食言;彼月而食,又是指前一月望食言。"

烨烨震电,	闪闪发光的大雷电,
不宁不令:真部。	天下不安,不善之证:
百川沸腾,韩,腾作滕。	百川如沸水腾涌,
山冢崒崩。〔二〕	山顶就猝然下崩。
高岸为谷,	高崖下陷变为深谷,

深谷为陵。　　深谷突起变为高陵。
哀今之人，　　可怜如今的人，
胡憯莫惩？蒸部。　　怎么还不自儆？

三章。言大雷电，川溢山崩，而人不知儆之可哀。○姚际恒云："写得直是怕人。"○陈奂云："《刘向传》云：天变见于上，地变动于下，水泉沸腾，山谷易处。刘子政以此诗上二章为天变，此章为地变。"○按：幽王二年当公元前七八○年，陕西曾发生一次大地震，河流堵塞，地裂山崩，山岭或变为谷地，深谷或成为高陵。（上海师范大学地群：《我国古代对地震的认识》，《科学普及》一九七五年三期）盖此诗人于前二章哀今之天变，于此一章追哀前数年之地变邪？抑今兹仍见此地变耶？

皇父卿士，士与宰、史、氏叶。之部。　　皇父是卿士，
番维司徒。齐，番作皮，韩作繁。　　番氏是司徒。
家伯维宰，　　家伯是太宰，
仲允膳夫。齐，仲尤作中术。　　仲允是膳夫。
棸子内史，之部。○齐，棸作掫。　　棸子是内史，
蹶维趣马。齐，蹶作橛。　　蹶氏是趣马。
楀维师氏，齐，楀作万，鲁作踽。　　楀氏是师氏，
艳妻煽方处！鱼部。○鲁，艳作阎，煽作扇。齐，艳作剡。韩，煽作偏，处作炽。　　艳妻煽宠，正同恶相处！

四章。言艳妻煽宠，小人用事，而皇父为之魁。○季本云："以宠任为先后，故尊卑不嫌杂陈。"○姚际恒云："末五字句别收，妙。"○江永云："士、宰、史、氏隔韵。"

抑此皇父！　　噫，这个皇父！

岂曰不时？　难道会说自己不该？
胡为我作，　为什么用我们工作，
不即我谋？　不就我们商量安排？
彻我墙屋，　撤毁了我们的墙屋，
田卒污莱。　田里尽是污秽草莱。
曰予不戕，　还说我不曾伤害你，
礼则然矣！之部。　制度就是这样的呢！

五章。接言皇父筑采邑，毁屋废田。○《郑笺》云“此皇父所筑邑，人之怨辞”是也。○按：礼，为西周奴隶制以及奴隶主阶级之意识形态之总称。其中包括奴隶制上层建筑中之分封制、等级制、世袭制三种制度。春秋末期，奴隶起义风起云涌，从根本上动摇奴隶主贵族之统治。新兴地主阶级对奴隶主阶级展开激烈之夺权斗争，出现礼崩乐坏之形势。此章亦反映其时奴隶要求解放之愿望。○江永云：“时、谋、莱、矣，平、上为韵。”

皇父孔圣！　皇父好聪明！
作都于向。　作都邑在向。
择三有事，　选择了这三卿，
亶侯多藏！　真是有钱多赃！
不憖遗一老，　不肯留一个老成人，
俾守我王。鲁，守作屏。　使他守卫我们的王。
择有车马，　还选择了有车马的人，
以居徂向。阳部。　就把居处迁移了到向。

六章。再言皇父惟知自营私邑于向，聚敛财富而往。○按：襄十一年，诸侯伐郑师于向。杜注：向城在长社东北。《方舆纪要》：在开封府尉氏县西南五十里。王先谦云：皇父所邑，当为尉氏之向。〇孙鑛云:“此章语特醒陗。”〇江永云:“向、藏、王,平、去为韵。”

黾勉从事,鲁,黾勉作密勿。　　勉勉努力从事,
不敢告劳。　　不敢说是辛劳。
无罪无辜,　　我本无罪无辜,
谗口嚣嚣。宵部。〇鲁、韩,嚣作嗸,鲁,又作謷敖。　　谗人众口嚣嚣。
下民之孽,　　下面人们的自作罪孽,
匪降自天。　　不是从天降下的灾凶。
噂沓背憎,三家,噂作僔。　　当面谈笑而背面仇恨,
职竞由人![三]真部。　　但是一切并由于人!

七章。诗人自言勤劳王事,而无辜被谗。《毛传》所谓“亲属之臣,心不能已”者,是邪?〇按:黾勉双声。

悠悠我里,鲁,悠作攸。韩,里作痗。　　悠悠不断是我的忧思,
亦孔之痗。之部。　　也是很大的积忧成病。
四方有羡,　　四方之人都有余裕,
我独居忧。　　我偏一人困居苦境。
民莫不逸,　　人没有不安逸,
我独不敢休。幽部。　　我独不敢庆幸。
天命不彻,　　天道运行不遵循轨迹,
我不敢效我友自逸!脂、祭通韵。　　我不敢像我的僚友自求安逸!

八章。又自言独自忧劳,而安命尽职作结。〇钟惺云:“末二语善于自处,省了许多怨气。”〇孙鑛云:“人我相较间,说得顿挫有逸态。”〇姚际恒云:“八字句收。”〇江永云:“里、痗,上、去为韵。”

〇今按:《十月之交》,《序》说“大夫刺幽王”之诗。刺幽王何

事？按，刺幽王宠艳妻，用小人，致有灾异，诗中已自表明。“三家义当与毛同”。朱子《辨说》无文。《郑笺》云：“当为刺厉王。”刺幽？刺厉？学者争辩二千数百年。其间宋范氏《补传》、清阮氏《补笺》，或从史事，或从古历法科学，确认刺幽。今又得到现代天文历法科学家之证实。《汉书·古今人表》以皇父卿士、司徒皮、大宰家伯、膳夫中术、内史掫子、趣马橛、师氏万，并列下下，在幽王褒姒之后。此当出于《齐诗》，与《毛诗》合。幽王妻党七子，皇父居首。皇父何许人？《人表考》：皇，氏。父，字。《世本》：姜姓。或以为“宣王太师皇父之后为皇父卿士”（王氏《困学纪闻》、又何氏《古义》），或以为此皇父卿士即宣王时之太师皇父（阮氏《补笺》、李超孙《诗氏族考》）。礼命、年龄，两有未合。前说近是，后说殆非。皇父之非止一人，犹家父之非止一人，南仲之不必一人也。至阮元云：“皇父明是贤臣。而自汉以来皆视为奸佞之首，徒以此诗与艳妻同举故耳。”“沉冤经史中数千载矣，不可不力辨之。”如此殽乱是非，为皇父之流八人翻案，其如显与诗旨相背何？艳妻为谁？《毛传》云：“艳妻，褒姒。美色曰艳。”鲁艳作阎。齐艳作剡。王先谦云：“阎、剡音随字变，齐鲁不同。学者各据所闻为说，其非褒姒甚明。幽王之好内嬖，必不止一褒姒，诗人随时纪实。”“此诗作于幽王六年，当时申后之眷已衰，褒姒之宠未甚，三夫人之内必更有剡姓擅宠者。”此今古文家各执一说，羌无是非得失可言，并录存之，可也。

雨无正七章二章章十句二章章八句三章章六句

《雨无正》，大夫刺幽王也。雨自上下者也。众多如雨，而非所以为政也。

浩浩昊天！一、三句，可作文、真通韵。	浩浩广大的昊天！
不骏其德？	不长保他的恩德？

降丧饥馑，	降下死亡饥馑，
斩伐四国。之部。	杀害四方诸国，
昊天疾威，威与罪叶。脂部。	昊天呀可恨可怕！
弗虑弗图？鲁，弗作不。	他不考虑也不计划？
舍彼有罪，	舍去那些有罪的人，
既伏其辜。〔一〕	尽隐瞒他们的罪行。
若此无罪，	若是这些无罪的人，
沦胥以铺。鱼部。○韩，沦作勋。铺作痡。鲁、齐，沦作薰。	就相率而活受苦痛。

一章。既言昊天降丧饥馑，又言昊天疾威，而刑罚不平，借怨天以刺王。○孙鑛云："起得甚闳壮。'不骏其德'，语甚陗。"○按：饥馑双声。虑图叠韵。

周宗既灭，	镐京已经溃灭，
靡所止戾？	没有地方可以安处？
正大夫离居，	长官大夫离居，
莫知我勚？脂、祭通韵。	没人知道我的劳苦？
三事大夫！	三公大夫！
莫肯夙夜。	不肯早夜尽忠。
邦君诸侯！	国君诸侯！
莫肯朝夕。	不肯朝夕补过。
庶曰式臧，	幸以为就此好了，
覆出为恶！鱼部。	相反，还出来作恶！

二章。

如何昊天！	奈何呀昊天！

辟言不信？ 规矩的话不信？
如彼行迈， 像那赶路的人，
则靡所臻？ 就没有一个止境？
凡百君子！ 凡百君子！
各敬尔身。 各自儆惕你们自身。
胡不相畏， 为什么不相畏惧，
不畏于天？真部。 不畏惧于天神？

三章。二、三两章痛斥诸臣逃避、自全，实亦为恶而无忌惮。一至四章，每章前半为疑词以刺王，后半责诸大臣，从来注家不得其全解。

戎成不退？ 兵祸成而不消退？
饥成不遂？ 饥荒成而不顺遂？
曾我暬御， 怎么我侍御近臣，
憯憯日瘁？ 惨惨的日益憔悴？
凡百君子！ 凡百君子！
莫肯用讯。鲁，讯作谇。 没有人肯用话来箴规。
听言则答，鲁，答作对。 说中听的话就得进用，
谮言则退。脂、文借韵。 说谏争的话就被斥退。

四章。言外患日深，饥荒日甚，己独忧劳成疾，诸臣莫肯进言。诗云："曾我暬御，憯憯日瘁。"诗人已自明言我为侍御大夫矣。

哀哉不能言！ 可哀哟有话不能说！
匪舌是出，〔二〕 不是舌头就会生病，
维躬是瘁。脂部。 只是自身就会受损。
哿矣能言！ 可喜呀有话便能说！

巧言如流，　　　　巧言顺耳像流水一样顺溜，
俾躬处休。幽部。　　　　使得自己居高官厚禄不愁。

五章。言忠者不能言，能言者不必忠。○江永云："出、瘁，去、入为韵。"

维曰于仕？　　　　大家只说往做官供职？
孔棘且殆！　　　　国事很紧急而且是险事！
云不可使，　　　　你说坏事使不得，
得罪于天子。　　　　就会得罪于天子。
亦云可使，　　　　你也说坏事使得，
怨及朋友。之部。　　　　就被朋友埋怨你的不是。

六章。又代在朝诸臣自解，言出仕之难，进退有咎。○孙鑛云："不能言，能言；不可使，可使；两章语势亦若相应。"

谓尔迁于王都，　　　　要请你们迁往王都，
曰予未有室家。鱼部。　　　　就说我们没有室家。
鼠思泣血，　　　　暗自忧惧哭出血来，
无言不疾。　　　　无话不被你们嫉视。
昔尔出居，　　　　从前你们出王都去住，
谁从作尔室？脂部。　　　　谁给你们作好了家室？

七章。望离居诸臣还迁于王都，严加诘责。自伤泣血陈言而见嫉视，沉痛已极。无怪收语陡削，特有机锋耳。○钟惺云："读此诗，使人不忍说'明哲'二字。君子处乱世，身在事外，方可用'明哲'二字。若身在事中，惟用得一'敬'字耳。除此则苟免矣。故'我友敬矣'，'各敬尔身'，'各敬尔仪'，'敬而听之'，诗人屡言之也。"

○今按：《雨无正》，大夫刺幽王昏暴，并刺同僚诸臣自私误国之诗。诗云：“曾我暬御，憯憯日瘁。”据此可以知其作者为谁矣。胡承珙云：“此诗自是暬御之臣所作。而《序》云大夫刺幽王，则暬御未必是小臣之称。”“毛以侍御训暬御，则当为左右亲近之臣。故章末《传》云：遭乱世，义不得去。则其非小臣可知。后世侍中、常侍，何尝非尊官乎？《笺》泥于暬字之解（《说文》暬字训狎习相嫚），以为左右小臣，恐非毛旨。”诗云正大夫离居，盖指上篇皇父卿士之流，以居徂向之事。又云戎成不退，盖指西戎侵周之事。于此可知其为刺幽王之诗。《郑笺》云：“亦当为刺厉王。”王先谦云：“三家诗义当与《笺》同。”《笺》说误也，已辨于《十月之交》等篇。至《朱传》引或说，“疑此亦东迁后诗”。则陈启源、胡承珙辨之已审，而魏源更坚持“《雨无正》之为西都诗必矣”。《雨无正》篇名特殊，而《序》说为宋儒欧、朱所抨击。陈启源云：“诗篇以意取名者，《雨无正》、《巷伯》、《常武》、《酌》、《赉》、《般》，凡六，而《雨无正》之名尤难解。《叙》云：《雨无正》，大夫刺幽王也。雨自上下，云云。《笺》、《疏》发明其意，以为王之教令甚多而事皆苛虐，非所以为政之道。意始晓然。《叙》语简质，词旨艰深，古文类多有此。朱子（《辨说》）讥其尤无义理，不已过乎？又永叔谓此诗七章无众多非政之义，与《叙》绝异，所当阙疑。源谓叙此诗者解命题之意，原作诗之由，如是而已。所云众多非政，乃谓诗由此而作，非谓诗中语悉不离乎此也。”此外，范氏《补传》、胡氏《后笺》，论此诗篇与《序》语，亦皆有可取者。读者合而观之，可自得结论矣。

小旻六章三章章八句三章章七句

《小旻》，大夫刺幽王也。

旻天疾威！　　　　可怜的天呀暴虐！

敷于下土。　　遍及于下面国土。
谋犹回遹，齐，遹作穴，韩作鴥，又作泬。　　政策邪僻，
何日斯沮？鱼部。　　何日就停止没有？
谋臧不从，　　政策好的不行，
不臧覆用。　　不好的反而要用。
我视谋犹，　　我看政策，
亦孔之邛。东部。　　也有好大的毛病。

一章。总言当日政策之非。此诗言谋犹，或单言谋，言犹，皆系同义语。如今人语谓政策也。〇江永云："从、用、邛，平、去为韵。"

潝潝訿訿，韩，潝作翕，鲁作翕，又作歙。訿亦作呰。　　唯唯否否可没是非，
亦孔之哀！　　也是好大的悲哀！
谋之其臧，　　政策定的可好，
则具是违。　　就都这样违背。
谋之不臧，　　政策定的不好，
则具是依。　　就都这样依随。
我视谋犹，　　我看政策，
伊于胡底？脂部。　　这将何所依归？

二章。首、次两章言政策不正确之危害。政策之不正确，由于事前不能辨别政策之臧否，临事不能决定政策之依违。〇江永云："哀、违、依、底，平、上为韵。"

我龟既厌，　　我们占卜的龟灵已经厌倦，
不我告犹。　　不再告诉我们政策的吉凶。

谋夫孔多，　　划策的人好多，
是用不集。韩，集作就。　　所以没有成功。
发言盈庭，　　发言的人满庭，
谁敢执其咎？　　谁敢负他的责任？
如匪行迈谋，　　像那赶路的谋于路人，
是用不得于道。幽部。　　所以得不到一定路程。

三章。言政策不定，无人负责之危害。〇钟惺云：“‘执其咎’三字难言，非胆识兼到不能。”〇孙鑛云：“此章特露精神，说得最中人情，最醒快。”

哀哉为犹！　　可哀哟，所行的政策！
匪先民是程，　　不是要效法古代的人，
匪大犹是经。〔一〕　　不是有大计划要进行。
维迩言是听，　　只是浅近的话就听，
维迩言是争。　　只是浅近的话就争。
如彼筑室于道谋，　　像那造屋的谋于路人，
是用不溃于成！耕部。　　所以不至于有成功！

四章。言决定政策无远大之见，但凭浅近之言，必无成功之望。〇《宋景文笔记》：“古语，谋道作舍，三年弗架。”

国虽靡止，　　国虽不大，
或圣或否。　　有的圣智，有的则否。
民虽靡膴，韩，膴作腜。　　人虽不多，
或哲或谋，之、鱼借韵。之部。〇齐，哲作悊。　　有的明哲，有的善谋，
或肃或艾。　　有的严肃，有的干材。
如彼泉流，　　像那流动的泉水清澈可爱，

无沦胥以败！祭部。　　莫使它相率而至污浊腐败。

五章。设言虽国小民寡，亦有才智之士，可与决策图功，莫使共同失败。暗示况我如此广土众民者乎！

不敢暴虎，　　不敢徒手打虎，
不敢冯河。　　不敢徒步渡河。
人知其一，　　人都知道这一类事情危险，
莫知其他。歌部。　　没人知道其他的危险还多。
战战兢兢，　　戒慎恐惧呀战战兢兢，
如临深渊，　　好像怕坠，面临了深水，
如履薄冰！蒸部。〇冰，当作仌，冰，乃古凝字。　　好像怕陷，踏上了薄冰。

六章。以暴虎、冯河，临渊、履冰，反复设喻。暗示执政而无政策，或有政策而不能掌握之危害。〇孙鑛云："以上通论谋，皆是实说。唯此章寓言微婉，盖叹息省戒，以申其惓惓未尽之意。"〇按：全篇一气呵成，词意完足。主题明确，比喻恰切。尤其末章全用比喻，却不点明正意，令人玩味不尽。从《毛传》、《郑笺》以来，解者皆不得其情趣。徒从本章孤立作解，故不见全篇完整之美，亦不见本章比兴之妙。

〇今按：《小旻》，大夫刺幽王，谋夫孔多，莫决国是之词。毛意盖谓刺王谋为政之道未善。《朱传》则谓"大夫以王惑于邪谋不能断以从善，而作此诗"。皆不可谓为误。"三家诗义未详"。诗首章云："谋犹回遹，何日斯沮。"已自揭明其为一篇之主旨。篇中云"谋犹"者再，云"谋"者七，云"犹"者三，实为贯通全篇之脉络。毛、郑皆云：犹，道也。郑又云：犹，图也。愚谓谋犹者，犹今言政策也。再，犹、猷古通用。《方言》：猷，诈也。《广雅》：犹，欺也。欺诈，意与回遹、邪僻、阴谋诡计之语义相当。奴隶主阶级之政策往往具有欺骗性。不明乎此，不足以通读此诗。篇名《小旻》，小者谓何？《郑笺》、《孔疏》、《苏传》、郝氏《原解》、姚氏《通论》、胡氏《后笺》，释者纷嚣，莫衷一是。胡氏试总结之，而不得其定解。乃云“然则名篇之义竟从阙疑为是”也。此诗《郑笺》云：“亦当为刺厉王。”据《郑谱》，《十月之交》、《雨无正》、《小旻》、《小宛》皆刺厉王诗。《孔疏》：《十月之交》、《雨无正》、《小旻》、《小宛》四篇，为一人作。阮元《补笺》：《正月》、《十月之交》、《雨无正》、《小旻》四篇，皆辔御大夫一人所作。孔、阮皆以《小旻》诗同列幽王之世。惟以《十月之交》确是幽王六年日食之诗，已有科学上之证据。愚谓自《节南山》至《小旻》五篇，《序》皆云刺幽王者，为可信已。《郑笺》云刺厉王者，非也。

小宛六章章六句

《小宛》，大夫刺幽王也。

宛彼鸣鸠，〔一〕	短尾的那鸣鸠，
翰飞戾天。韩，戾作厉。	高飞到了天空。
我心忧伤，	我的心里忧伤，
念昔先人。齐，昔作彼。	想念昔日先人。
明发不寐，	醒了达旦不睡，
有怀二人。真部。	还想他们二人。

一章。言追念先人，思继先德。○孙鑛云：“念先人、怀二人，意若重，然姿态却正在此。”

人之齐圣，	凡是正直聪明的人，
饮酒温克。	饮酒能够蕴藉和缓。
彼昏不知，	那些糊涂无知的人，

壹醉日富。〔二〕鲁，壹作一。　　聚饮沉醉日益自满。
各敬尔仪，　　各自儆惕你们的威仪，
天命不又。之部。　　天命去了就不能再返。

二章。暗刺君臣纵酒，失仪败德，将致灭亡。以此知诗为大夫君子之流所作。○孙鑛云："'富'字深酷，又字新隋，皆葱茜有色。此便是后来响字所祖。"江永云："克、富、又，去、入为韵。"

中原有菽，　　田野里有大豆，
庶民采之，　　庶民去采摘它。
螟蛉有子，　　螟蛉蛾有幼子，
蜾蠃负之。〔三〕三家，蜾作蠣。　　蜾蠃蜂抱了它。
教诲尔子，　　教诲好你的儿子，
式穀似之！之部。　　就教好接代的呀！

三章。言教诲其子。○姚际恒云："'中原'二句，'螟蛉'二句，此双兴法，亦奇。"按：《孙文学说・知行总论》首先从近代昆虫学上释及螟蛉蜾蠃，极为明快可观。○陈奂云："螟蛉双声，蜾蠃叠韵。"按：螟蛉又作叠韵。

题彼脊令！〔四〕鲁，题作相，脊令作鹏鸰。　　细看那些鹡鸰！
载飞载鸣。　　一边飞，一边鸣。
我日斯迈，　　我日日的前进，
而月斯征。　　你月月的前行。
夙兴夜寐，　　早而起，晚而睡，
毋忝尔所生！耕部。○合首句，可作真、耕通韵。○三家，毋作无。　　莫辱没生你的人！

四章。言勉励其弟。○按：后四句，徐幹《中论》引之云："迁善不懈之谓也。"

交交桑扈，[五] 扈与寡叶。鱼部。 飞来飞去的蜡嘴桑扈，
率场啄粟。 沿着场圃去啄食小米。
哀我填寡，韩，填作瘆。 可哀我穷困寡财的人，
宜岸宜狱？ 韩，岸作犴。 该罚做苦工，该关在牢里？
握粟出卜， 抓一把小米出去问卦，
自何能穀？ 侯部。 从哪里能够得到吉利？

五章。言民困已深，有出卜以问生路者，绝望之甚。〇《笺》云："可哀哉我穷尽寡财之人，仍有狱讼之事，无可以自救。但持粟行卜，求其胜负，从何能得生？"是也。〇姚际恒云："持粟出卜，古人常事。近代以来，然后用银钱也。《管子》曰：握粟而筮者屡中。《史记·日者传》曰：卜而有不当，不见夺糈。皆可证。《集传》谓言掘粟以见其贫窭之甚。此以后世说古，非也。"〇孙鑛云："细看来，此章正是诗骨。盖感无辜之被系，乃作此诗耳。不然，则此章语与上稍觉不合。"〇江永云："扈、寡隔韵。"

温温恭人， 温温恭谨的人，
如集于木！ 好像打住在树木！
惴惴小心， 惴惴小心，
如临于谷！ 侯部。 好像面临于深谷！
战战兢兢， 战战兢兢，
如履薄冰！ 蒸部。 好像脚踏着薄冰！

六章。言勉为恭人，小心儆惕，畏祸之甚。〇《笺》云："衰乱之世，贤人君子虽无罪犹恐惧。"是也。〇钟惺云："此诗自是一篇家箴，不独处乱世宜然。"〇孙鑛云："此诗意颇错杂，今作自戒解，果顺。然亦孰非刺王？凡言刺王者，不必句句著王身上说。"

〇今按：《小宛》，大夫遭乱畏祸，兄弟相戒之诗。诗中已自揭明其主旨。忧乱刺王乃其余事。《序》说："大夫刺幽王。"窃意诗次

章，盖暗刺君臣纵酒败德，将致灭亡。《严缉》云："或疑饮酒小节，未必系天命之去留。殊不知荡心败德，纵欲荒政，疏君子而狎近幸，玩寇雠而忘忧患，皆自饮酒启之。禹恶旨酒，曰：后世必有以酒亡国者。历观前史，其事可监。晋元帝以王导一言而覆杯，其能植立江左，宜哉！"按：酒之由来尚已！《尚书》云："若作酒醴，尔惟曲糵。"《淮南子》云："酒醸之美，始于耒耜。"又，据《尚书》，周初开国已有《酒诰》。监于殷纣，"诞唯厥纵淫泆于非彝，用燕丧威仪，民罔不衋伤心"，"故天降丧于殷，罔爱于殷，惟逸"。前代以酒亡国，新邦乃不许群饮。顾后世犹有沉湎酒色者，厉、幽是已。诗云，"彼昏不知，壹醉日富。各敬尔仪，天命不又"，非又重申《酒诰》之意以刺时王乎？诗五章云，"哀我填寡，宜岸宜狱？握粟出卜，自何能榖"，《毛传》云："言上为乱政，而求下之治，终不可得也。"诗语如此悲悯下民，非如《传》意刺王而刺谁乎？不过诗非通篇刺王，诗人重在自儆，非专刺王耳。《朱传》云："此大夫遭时之乱，而兄弟相戒以免祸之诗。"是也。又云："此诗之词最为明白，而意极恳至。说者必欲为刺王之言，故其说穿凿破碎，无理尤甚。"此腐儒尊王说教而攻《毛序》，亦已甚矣！陈启源云："《小宛》刺幽王，解者纷纷。《朱传》尽扫诸说，定为兄弟相戒之诗。合之诗词，甚为相似。独'天命不又'一语，终属难通。《朱传》曰：'各敬慎尔之威仪，天命已去，将不复来，不可不惧也。'惟天子受命于天耳，大夫戒其兄弟，可妄称天命乎？下复云，时王以酒败德，臣下化之，故首以为戒。仍不能脱刺时义矣。"此评《朱传》尚平允。魏源云："若谓大夫不得言天命，则试问《国策》称犀首云：是工用兵，又有天命也。枚乘《谏吴王书》云：弊天命之上寿，全无穷之极乐。扬雄《法言叙》曰：明哲煌煌，旁烛无疆。孙子不虞，以保天命。陶渊明《归去来辞》云：乐夫天命复奚疑？是皆为帝王言之乎？"是则不免为《朱传》强辩矣。至魏氏云："《小宛》为兄弟相戒，此本三家古义，非《集传》之说也。《礼记·祭义》引'明发不寐，有怀二人'，郑注谓明发为明日绎祭之夜，自夜达旦。二人,谓父母。与《毛传》以先人、二人指文、武者迥异。则是鲁、韩以此诗为大夫兄弟绎祭其先人而相戒之诗。"三家古义果如是乎?何以《诗三家义集疏》作者王先谦而曰"三家《诗》义未详也"?

小弁八章章八句

《小弁》,刺幽王也。大子之傅作焉。

弁彼鸒斯,〔一〕	快乐的那乌鸦,
归飞提提。支部。	飞回来一起起。
民莫不穀,	人莫不好好生活,
我独于罹。	我偏落在忧愁里。
何辜于天,	有什么得罪于天,
我罪伊何?	我的罪是什么呢?
心之忧矣,	我心里的忧伤呀,
云如之何?歌部。	可奈它怎么样呢?

一章。呼天控诉,总起。此放子之辞。

踧踧周道,	平平易易的周京大道,
鞫为茂草。	尽是茂盛的草。
我心忧伤,	我的心里忧伤,
惄焉如捣。韩,捣作疛。	想起来就像心里在捣。
假寐永叹,韩,假作寤。	和衣睡了长叹,
维忧用老。韩,维作唯,鲁作惟。	只因忧伤就老。
心之忧矣,	心里的忧伤呀,

疢如疾首！幽部。 烦热起来就头痛了！

二章。言道路景象，放逐心情，忧伤已极。○钟惺云："古今说忧，尽此数语，非身历不知，只'维忧用老'一句，何等深沉！"○朱鹤龄云："诗言'踧踧周道，鞫为茂草'，是忧国家之将亡，非宜臼作，必无此语。"(《通义》)

维桑与梓，〔二〕 是故乡的桑树和梓树，
必恭敬止。 父老所栽的定要敬重。
靡瞻匪父， 没有瞻仰的不是父亲，
靡依匪母。 没有依靠的不是阿母。
不属于毛， 不是属于父亲的皮肉，
不罹于里？《唐石经》，罹作离。 不是着于母亲的胎里？
天之生我， 上天的生我呀，
我辰安在？之部。 我的时运何在？

三章。言失父母之忧，语至沉痛。

菀彼柳斯， 郁茂的那柳儿，
鸣蜩嘒嘒。〔三〕 蝉子叫起来嘒嘒。
有漼者渊， 这多深的大水，
萑苇淠淠。鲁，萑作莞，韩作萑。 芦苇长起来沛沛。
譬彼舟流， 譬如那船在流，
不知所届。鲁，届作艘。 不知道它流到哪里。
心之忧矣， 心里的忧伤呀，
不遑假寐。脂、祭通韵。 不暇和衣睡下休息。

四章。言父母不能见容。○《郑笺》云："柳木茂盛则多蝉，渊深而旁生萑苇。言大者之旁，无所不容。"

鹿斯之奔，　鹿儿的奔走觅群，
维足伎伎。　脚是急急的飞行。
雉之朝雊，　雄性野鸡的早上叫着，
尚求其雌。　还在追求雌性的爱情。
譬彼坏木，鲁，坏作瘣。　譬如那些坏树，
疾用无枝。　病枯了就没有枝叶。
心之忧矣，　心里的忧伤呀，
宁莫之知？支部。　为什么没有人晓得？

五章。四、五两章，以舟流无届、坏木无枝、鹿奔觅群、雉雊求雌为譬，以见逐子失亲而无所依归之苦。不若鸣蜩依柳、萑苇依渊，犹能见容也。

相彼投兔，　瞧那被掩捕了的兔子，
尚或先之。〔四〕　或许还有人来开放它。
行有死人，　路上有了死人，
尚或墐之。齐、韩，墐作殣。　或许还有人来埋葬他。
君子秉心，　不料君子居心，
维其忍之！　竟是那样狠的！
心之忧矣，　心里的忧伤呀，
涕既陨之！文部。　涕泪早已滚的！

六章。言君子忍心。先以对于逃兔、路毙之仁，反跌忍心。〇江永云："先、墐、忍、陨，上、去为韵。"

君子信谗，　君子听信谗言，
如或酬之。　好像有人敬酒就接受它。
君子不惠，　君子不给爱护，

不舒究之。幽部。　　就不肯从从容容察究它。
伐木掎矣，　　伐木的要斜牵树顶呀，
析薪扡矣。　　劈柴的要顺着柴纹呀。
舍彼有罪，　　舍去那些有罪的，
予之佗矣！歌部。　　加给我的罪名呀！

七章。言君子不惠。后以伐木析薪之顺理，反形不惠。可观两章章法之变且巧。〇江永云："酬、究，平、去为韵。掎、扡、佗，上、去为韵。"

莫高匪山，　　没有高的不是山，
莫浚匪泉。　　没有深的不是泉。
君子无易由言，　　君子不要易于发言，
耳属于垣！元部。　　怕有耳朵贴在墙垣！
无逝我梁，　　不要去到我拦鱼的鱼梁，
无发我笱。　　不要拨开我捕鱼的鱼笱。
我躬不阅，　　我自身还不能见容，
遑恤我后！侯部。　　何暇忧虑到我以后！

八章。言慎言、恤后，可见被迫害者之心理。即以此自儆自宽作结。〇按："无逝我梁"四句已见《邶风・谷风》篇，盖古谣谚成语。〇孙鑛云："说诗最苦切，真出于中心之恻怛，语语割肠裂肝，此所谓情来之调。"

〇今按：《小弁》，放子呼吁之词。《序》说："《小弁》，刺幽王也，大子之傅作焉。"诗首章，《传》说："幽王娶申女，生太子宜咎。又说褒姒，生子伯服，立以为后，而放宜咎。"此古文毛氏说。魏源云："《小弁》，尹吉甫之子伯奇被放而作也。（原注：鲁、韩诗说）"王先谦云："鲁说曰：《小弁》，《小雅》之篇，伯奇之诗也。伯奇仁人而父虐之，故作《小弁》之诗。（赵岐《孟子章句》）又曰：《履霜操》者，尹吉甫之子伯奇所作也。吉甫娶后妻，生子曰伯邦。乃谮伯奇于吉甫，放之于野。伯奇清朝履霜，自伤无罪见逐，乃援琴而鼓之。宣王出游，吉甫从之。伯奇乃作歌，以言感之于宣王。王闻之，曰：此孝子之辞也。吉甫乃求伯奇于野而感悟，遂射杀后妻。（蔡邕《琴操》、《文选・舞赋》李注）齐说曰：谗邪交乱，贞良被害，自古而然。故伯奇放流，孟子宫刑，申生雉经，屈原赴湘。《小弁》之诗作，《离骚》之词兴。（《汉书・冯奉世传》）又曰：尹氏伯奇，父子生离。无罪被辜，长舌所为。（《易林・讼之大有》）"《御览・琴部》、扬雄《琴清英》云："尹吉甫子伯奇至孝，后母谮之，自投江中，衣苔带藻，忽梦见水仙赐其美药。唯念养亲，扬声悲歌，船人闻而学之。吉甫闻船人之声，疑思伯奇，作《子安之操》。"王先谦云："伯奇逐后，于野、投江，盖传闻不一。《履霜操》是求之于野，《子安操》则求之于江，莫知所终也。"《后汉书・黄琼传》：伯奇至贤，终于放流。李注引《说苑》云："王国子，前母子伯奇，后母子伯封。〔后母〕欲立其子为太子，说王曰：伯奇好妾！王不信。其母曰：令伯奇于后园，妾过其旁，王上台视之即可知。伯奇入园，后母阴取蜂十数置单衣中，过伯奇旁曰：蜂螫我！伯奇就衣中取蜂杀之。王遥见之，乃逐伯奇也。"王先谦云："尹吉甫为周名臣，不闻封国所在。《说苑》称王、称太子，未知其审。据《琴操》，后母子为伯邦，《说苑》则欲立者为伯封。《王风・黍离》篇，三家以为伯封求兄之作，而又载别说乱之。皆当阙疑。此鲁说。"上引魏、王二氏皆据今文三家义为说。是《诗》今古文为说不同，未知孰是。朱子注《孟子》从《序》，以《小弁》为太子之傅作。其作《集传》，即用此"旧说，幽王太子宜臼被废而作此诗"。其作《辨说》，又疑非宜臼诗，尤疑非太子之傅作。此一人为说而先后自相矛盾如此，究以何者为是乎？

巧言六章章八句

《巧言》,刺幽王也。大夫伤于谗,故作是诗也。

悠悠昊天!	我想想昊天呀!
曰父母且。	以为是父母啦。
无罪无辜。	没有罪没有辜,
乱如此幠。〔一〕鱼部。	乱子像这样大。
昊天已威!	昊天呀很可畏!
予慎无罪。〔二〕脂部。	我真是没有罪。
昊天泰幠!	昊天呀太糊涂!
予慎无辜。鱼部。	我真是没有辜。

一章。再三呼昊天上帝而诉之。自审无罪无辜,而何以遭乱如此之大乎?〇江永云:"隔韵遥韵。首尾且、辜、幠、幠、辜为韵,中间隔'昊天已威'二句,威、罪,平、上自为韵。"

乱之初生,	乱子的初生,
僭始既涵。三家,僭作谮,涵作减。	谗言开始已受了宽容。
乱之又生,	乱子的又生,
君子信谗。谈部。	君子听信说谗言的人。
君子如怒,	君子假如该恼的就恼,
乱庶遄沮。鱼部。	乱子庶几快快停了。
君子如祉,	君子假如该喜的就喜,
乱庶遄已。之部。	乱子庶几快快而止。

二章。

君子屡盟，	君子屡和谗人誓言，
乱是用长。阳部。	乱子所以就愈增添。
君子信盗，	君子听信骗子胡闹，
乱是用暴。宵部。	乱子所以愈见凶暴。
盗言孔甘，	骗子胡闹的话听起来好甜，
乱是用餤。谈部。	乱子所以好像吃甜的又添。
匪其止共，	不是他们要做到尽职，
维王之邛！东部。	只是造成了王的过失！

三章。二、三两章言乱由谗生，而信谗召乱，由于赏罚不当，诚伪莫辨。〇按：两用"盗"字，古义奇语。《老子》云："是谓盗之夸也，非道也哉！"上章《毛传》云："盗，逃也。"胡氏《后笺》云："《传》意以谗人谓之盗者，义取于逃，谓隐匿其情，而以言诱人。下文'盗言孔甘'，所谓以甘言诱之也。"是诗谓盗犹今言骗子，盗言犹今言欺骗之言或谎言也。又甘餤字相应，亦同是奇语也。

奕奕寝庙，	奕奕高大的宫室寝庙，
君子作之。	这是君子造作的。
秩秩大猷，三家，秩秩作戴戴。齐，猷作繇。	秩秩明智的大政方针，
圣人莫之。鲁，莫作漠，齐作谟。	这是圣人计划的。
他人有心，	他人有了心事，
予忖度之。	我可以测度的。
跃跃毚兔，齐、韩，跃作趯。	跃跃地跳的毚兔，
遇犬获之！鱼部。	遇犬会被捕获的！

四章。言君子圣人之有猷有为，光明正大，人皆见之。而谗人之用心险恶，予亦不难忖度，犹毚兔虽狡，终亦不免被捕获也。毚、谗似谐音双关。〇孙鑛云："前起处，极其怨恨，此下但从讪笑去。"

荏染柔木，　　种下荏染随人的柔木，
君子树之。　　这是君子自己所做的。
往来行言，〔三〕　　往来无定的流言谣说，
心焉数之。　　这是人的心里有数的。
蛇蛇硕言，鲁，蛇蛇一作虵虵。　　夸夸其谈的大言，
出自口矣！　　出来从一张口呀！
巧言如簧，　　巧言好像吹簧，
颜之厚矣！侯部。　　真是脸皮的厚呀！

五章。言柔木之生，君子所自树；流言之起，则人自心焉数之。暗示培植善类，心有判断，则硕言巧言无自而入矣。〇陈奂云："荏染双声。"

彼何人斯？　　他是什么人儿？
居河之麋。鲁，麋作湄。　　住在大河的水草之边。
无拳无勇，勇与尰叶。东部。　　看他无力无勇，
职为乱阶。脂部。　　但他常是祸乱的根源。
既微且尰，齐、韩，尰作瘇。　　既烂腿子又肿脚，
尔勇伊何？伊与几叶。脂部。　　你的勇气是甚么？
为犹将多，　　施的阴谋诡计太多，
尔居徒几何？〔四〕歌部。　　你蓄养的党徒几何？

六章。言彼何人斯，斥谗人也。而不指名，盖贱之之词。写其形象，显露特征。此中有人，呼之欲出。当时写实，今不可考矣。〇吴师道云："前三章刺听谗者，后三章刺谗人。"（见《传说汇纂》）〇孙鑛云："末章总是嗤其无能为意。"〇江永云："勇、尰隔韵。"

〇今按：《巧言》，刺王信谗召乱之诗。《序》说可不谓误。王先谦云："《易林·随之夬》：'辩变白黑，巧言乱国。大人失福，君子迷

惑。'此齐说。鲁、韩无闻。"是《诗》今古文说盖同。朱子《辨说》无说。诗先三呼"昊天",次七言"君子",皆指王。故《序》云"刺幽王"。陈启源云:"《小雅》多呼天之语。如'昊天不佣'、'昊天不惠'、'昊天不平'、'浩浩昊天'、'如何昊天'、'昊天已威'、'昊天泰怃'之类。天字皆当稍断,当云昊天乎!盖呼天而诉之也。古注本如此。今皆以为归罪于天,则非刺时也,乃刺天矣。恐无是理。"此暗驳《朱传》无所归罪而归罪于天之说。"一条狗有了权,人也得服从它。"(莎士比亚《李尔王》)从来有权力之独夫民贼迷信权力,爱听盗言,乐闻谄语,自我陶醉,强人服从。盖远自奴隶制社会大奴隶主始矣。诗所谓盗言、硕言、巧言,自是奴颜婢膝、无耻之小人,作为服从权力、取得禄位之一种绝技。初不问其于国于民、于公于私,有何危害也。诗刺幽王之世,形象丑恶之谗人,必为当时贵族官僚。如非赫赫之师尹,孔圣之皇父,盖为虢石父一流人物。《史记·周本纪》:"幽王以虢石父为卿,用事,国人皆怨。石父为人佞巧善谀,好利,王用之。又废申后,去太子也,申侯怒,与缯、西夷、犬戎攻幽王。幽王举烽火征兵,兵莫至。遂杀幽王骊山下。"幽王宠艳妻,用谗人,荒淫无道。此其所以自召祸乱、自取灭亡者邪!

何人斯八章章六句

《何人斯》,苏公刺暴公也。暴公为卿士,而谮苏公焉,故苏公作是诗以绝之。

彼何人斯!	他是什么人儿!
其心孔艰?	他的用心好深?
胡逝我梁,	为啥过我的鱼梁,
不入我门?	不进入我的大门?

伊谁云从，　　　　他听从谁的话，
维暴之云？文部。　　　　就是说的暴公？

一章。诗刺暴公，却从暴公之从行者诘责其用心之艰险，而过门不入，作为陪衬说起。意暴公之从者亦与之同僚，固当相见耳。

二人从行，　　　　二人相随而行，
谁为此祸？　　　　谁弄出来这个祸？
胡逝我梁，　　　　为啥过我的鱼梁，
不入唁我？　　　　不进门来慰问我？
始者不如今：　　　　当初不像于今：
云不我可！歌部。　　　　说我不是好家伙！

二章。诗责暴公及其从行者共为此祸，致己身受其殃。又何以过门不入，不相慰唁乎？〇按：《载驰》"归唁卫侯"，《毛传》云："吊失国曰唁。"苏公此祸盖为失国欤？张氏《诗贯》云："平王之废苏，暴公实阴构其间，而苏公乃因之得祸。"王先谦云："此祸者，盖为苏被谮得罪，卒致失国。《左传》所云桓王与郑以苏忿生之田者，即司寇苏公之世业也。"

彼何人斯！　　　　他是什么人儿！
胡逝我陈？　　　　为啥过我的前庭？
我闻其声，　　　　我听到他的声音，
不见其身。鲁，身作人。　　　　不见他的人身。
不愧于人？　　　　不惭愧于人情？
不畏于天？真部。合第三句，可作真、耕通韵。　　　　不畏惧于天神？

三章。"此三章极力摹写谗人性情不常，行踪诡秘，往来无定。跟上心艰，起下鬼蜮，可谓穷形尽相，毫无遁情。"（方玉润）

彼何人斯！	他是什么人儿！
其为飘风？	岂是一阵飘风？
胡不自北，	为啥不于北行，
胡不自南？	为啥不于南行？
胡逝我梁，	为啥过我的鱼梁，
只搅我心？侵部。	只是搅乱我的心？

四章。再三再四诘责暴公之从行者来时过门不入。诗屡言彼何人斯，穷诘之语，亦鄙视之词。不直斥暴公者，为之留余地，忠厚之意存焉，故卒章自谓好歌耳。

尔之安行，	你的缓行，
亦不遑舍。	也不暇来休息一下。
尔之亟行，	你的快行，
遑脂尔车？〔一〕	有暇停住你的车吗？
壹者之来，	一昨的你来，
云何其盱！鱼部。	我怎样的张眼望煞！

五章。江永云："舍、车、盱，平、上为韵。"

尔还而入，	你回头而进我的门，
我心易也。韩，易作施。	我的心里就好呀。
还而不入，	回头而不进我的门，
否难知也。	隔阂就难知道呀。
壹者之来，	一昨的你来，
俾我祇也！支部。	已经使我病倒呀！

六章。五六两章诘责其还时亦过门不入。诗改称尔，似专指暴公。知者，探下章尔指暴公而知之也。《孔疏》云："经八章皆言

暴公之侣。"似未是。〇钟惺云:"模写暴公百千闪烁,著骨著髓,只是一个内惭耳。微辞缓调,无可藏身,真甚于豺虎有北之投矣。"〇孙鑛云:"以上六章,烦烦絮絮,总是指过门不入一事。盖似夙本相厚,一旦背而潜谮耳。"〇江永云:"易、知、祇,平、去为韵。"

伯氏吹壎,	你是阿哥,吹的乐器是埙,
仲氏吹篪。	我是阿弟,吹的乐器是篪。
及尔如贯,	我和你好像一串东西,
谅不我知?	真的是你不对我深知?
出此三物,	拿出了这三牲猪犬鸡,
以诅尔斯!〔二〕支部。	来凭神诅咒你该死的!

七章。言己与暴公兄弟之交,而乃凶终隙末,相厄若不相知,愿诅于神以示诀绝。《世本》云:"暴辛公作壎,苏成公作篪。"则知吹壎为暴,吹篪为苏,尔指暴公矣。〇孙鑛云:"此章及下章亦可谓峻诋,然却用壎篪说起,此正是极恨处。"

为鬼为蜮,	是鬼是害人妖精,
则不可得。	就不可能料到。
有靦面目,〔三〕	这样俨然面目,
视人罔极?	也示人不可靠?
作此好歌,	作了这篇善意的诗歌,
以极反侧!之部。	来穷究你的反复颠倒!

八章。自言作诗之由作结。〇王安石云:"作是诗,将以绝之也。而曰'好歌'者,有欲其悔悟之心焉耳。"(见《传说汇纂》)。钟惺云:"此处用'好歌'二字,谗人愧死!"

〇今按:《何人斯》,《序》说此"苏公刺暴公也。暴公为卿士而谮苏公焉,故苏公作是诗而绝之"。诗七章云"伯氏吹壎,仲氏吹篪”，谯周《古史考》云：“古有埙篪，尚矣。周幽王时，暴辛公善埙，苏成公善篪。记者（指《世本》）以为作，谬矣。”《诗序》当是据国史编诗之义，证之古史传说正合。据诗苏公、暴公同为公卿，固政治上之同僚；同善壎篪，亦艺术上之同志。始也“及尔如贯”，终焉“以诅尔斯”。争权夺利，尔虞我诈，人间之祸，焉有穷哉？如狗咬狗，此特其小焉者耳！埙篪为吹奏相和之旋律乐器。篪，竹制管乐。埙，形如橄榄之陶制口哨。晚近已有殷商时代之陶埙出土。（李纯一：《原始时代和商代的埙》，《考古学报》总三十三册）埙篪虽不作于苏、暴，但谓其人始以善于其事名，则亦未为不可也。苏、暴之国焉在？《郑笺》云：“暴也、苏也，皆畿内国名。”苏者，《孔疏》云：“苏忿生之后。成十一年《左传》曰：昔周克商，使诸侯抚封，苏忿生以温为司寇。则苏国在温。杜预曰：今河内温县。”陈奂云：“《汉书·地理志》：河内郡，温故国，己姓，苏忿生所封也。今河南怀庆府温县是其地。”暴者，胡承珙云：“《路史》：暴辛公采地，郑邑也，一云隧。成十七年《左传》云，楚侵郑及暴隧。是暴一名暴隧，春秋时郑地也。其地在今怀庆府原武县境，与温接壤。”王先谦云：“《淮南·精神训》：延陵季子不受吴国，而讼闲田者惭矣。高注，讼闲田者，虞、芮及暴桓公、苏信公是也。陈乔枞云：据高注知《鲁诗》之说是以暴公与苏公因争闲田构讼而作此诗也。二人皆王朝卿士，其争田兴讼，曲直固不可知，然亦轻朝廷而羞当世之士矣。大抵西周末造，朝臣竞利营私，风气日下。以尹氏太师而有与人争田之讼，其他更无论矣。是以移风易俗必自上始。”是诗今古文说有不同。宋儒则疑暴无其国，暴公无其人，暴公和苏公相谮相厄无其事。或云诗“言维暴之云者，谓暴虐之人也”（郑樵《诗辨妄》、周孚《非诗辨妄》）。或云：“《书》（《立政》篇）有司寇苏公，《春秋传》有苏忿生，战国及汉时有人姓暴，（韩有将军暴鸢，秦有将军暴莺，汉有大夫暴胜之。）则固应有此二人矣。但此诗中只有暴字而无公字及苏公字。不知《序》何所据而得此事也？”（朱子《辨说》）其好疑毛、郑也过矣！

巷伯七章四章章四句一章五句一章八句一章六句

《巷伯》，刺幽王也。寺人伤于谗，故作是诗也。巷伯，奄官兮。

萋兮斐兮！脂部。句中韵。○韩，萋作缕。　　错纵啊，花纹啊！
成是贝锦。〔一〕　　织成了这贝锦。
彼谮人者，　　那毁谤人的人，
亦已大甚！侵部。　　也就已经太甚！

一章。江永云："句中韵。萋、斐，平、上为韵。"○陈奂云："萋斐叠韵。"

哆兮侈兮！歌部。句中韵。○鲁，哆作誃。　　张口啊，放大啊！
成是南箕。　　成为这天口星南箕。
彼谮人者，　　那毁谤人的人，
谁适与谋？之部。　　谁愿往给他主谋的？

二章。"一章、二章责之。"○姚际恒云："贝锦、南箕，妙喻。"○方玉润云："凡谮人者，不外文致、簸扬两端。首二章已将小人伎俩从喻意一面写足。以下便不费手。"○江永云："哆侈自为韵。"○按：哆侈叠韵。

缉缉翩翩！齐、鲁，缉作咠。韩，翩作缤。　　耳语缉缉，往来翩翩！
谋欲谮人。　　阴谋要毁谤人。
慎尔言也！韩，也作矣。　　谨慎你的话呀！
谓尔不信。真部。　　人说你不可信。

三章。按：毛作"缉缉"，用假字；齐、鲁，缉作咠，用本字。《说文》："咠，聂语也。聂，附耳小语也。"章太炎《新方言》："今人状私小语曰，咠咠错错。”

捷捷幡幡！三家，捷作唼，亦作倢。 媚语捷捷，往来幡幡！
谋欲谮言。 阴谋要说谗言。
岂不尔受？ 难道不受你的骗？
既其女迁！元部。 终究要给你靠边！

四章。“三章、四章诲之。”○钟惺云：“每于谗人用叠字，极力描写。”○姚际恒云：“此章较前章意深。”○方玉润云：“此二章进一层说，言谮人者亦将自受其谮。”

骄人好好，骄与劳叶。宵部。○鲁，好作旭。 得志的人骄气多豪，
劳人草草。幽部。○鲁，草作慅。 失意的人劳心多躁。
苍天苍天！ 青天，青天！
视彼骄人， 你瞧那得志的人罢，
矜此劳人！真部。 可怜这失意的人罢！

五章。“怨而诉之。”○孙鑛云：“上面俱是急调，至此入慨叹意，却作缓势腰锁。下章又极其痛斥，此是节奏。”○方玉润云：“谮人与受谮于人，两面双提，总上起下，为全篇枢纽。”

彼谮人者， 那毁谤人的人，
谁适与谋？ 谁愿往给他主谋的？
取彼谮人，齐、韩，谮作谗。 拿那个毁谤人的人，
投畀豺虎！〔二〕之、鱼借韵。 丢给豺狼老虎！
豺虎不食， 豺狼老虎不吃，
投畀有北！之部。 丢给那寒带北极。
有北不受， 那寒带北极不受，

投畀有昊！幽部。　　丢给那老天爷追究！

六章。“深恶而痛疾之。”姚际恒云：“刺谗诸诗无如此之快利，畅所欲言。”〇江永云：“无韵之句。首二句复次章起下文。顾氏谓者与虎韵，非是。”又云：“五句见韵。章首复第二章语起下文，本不为韵。旧叶谋满补反，误。一说此二句衍文。如此，则第三句见韵。”

杨园之道，　　杨园的一条道路，
猗于亩丘。幽部。　　加在亩丘。
寺人孟子，　　寺人孟子，
作为此诗。　　起来做了这篇诗。
凡百君子，　　凡百君子，
敬而听之！之部。〇一、三、五句，可作之、幽通韵。　　都要儆惕而听之！

七章。“言作诗以为君子之戒也。”（朱公迁）〇《孔疏》云：“杨园，亦园名。于时王都之侧，盖有此园丘，诗人见之而为此词也。”“《巧言》、《何人斯》、《巷伯》三篇，具述谗言之祸，与谗人之情状，可谓极矣。”（陈栎，见《传说汇纂》）方玉润云：“淡淡作收，笔意一变。”

〇今按：《巷伯》，诗云：“寺人孟子，作为此诗。”明为奄官巷伯伤谗而遭宫刑，悔恨之作。《毛传》云：“寺人而曰孟子者，罪已定矣，而将践刑，作此诗也。”陈奂《传疏》云：“此自明其被谗之祸，且以原其作诗之由也。罪定践刑，于经无当，当是相传古说如此。”“《序》以巷伯为奄官，则巷伯寺人为一人。”斯人即孟子，《序》说是也。至若刘敞《七经小传》云：“孟子仕人，以辟嫌不审，为谗者谮之，至加宫刑为寺人，故作此诗。诗名《巷伯》者，是其身所病者，故以冠篇。”此申《序》与《传》。孟子何人？缘何事而遭何刑？其说为是。诗二章“哆兮侈兮，成是南箕”，《毛传》云：“哆，大貌。南箕，箕星也。侈之言是必有因也。斯人自谓辟嫌之不审也。昔者颜叔子独处于室,邻之釐妇又独处于室。夜暴风雨至而室壞。妇人趋而至,颜叔子纳之,而使执烛。放乎旦而蒸尽,搐屋而继之。自以为辟嫌之不审矣。若其审者,宜若鲁人然。鲁人有男子独处于室,邻之釐妇又独处于室。夜暴风雨至而室坏。妇人趋而托之,男子闭户而不纳。妇人自牖与之言曰:'子何为不纳我乎?'男子曰:'吾闻之也,男子不六十不闲居。今子幼,吾亦幼,不可以纳子。'妇人曰:'子何不若柳下惠然?妪不逮门之女,国人不称其乱。'男子曰:'柳下惠固可,吾固不可。吾将以吾不可,学柳下惠之可。'孔子曰:'欲学柳下惠者,未有能似于是也。'"《郑笺》云:"箕是哆然踵狭而舌广。(箕四星,二为踵,二为舌。)今谗人之因寺人之近嫌而成言其罪,犹因箕星之哆(张口)而侈大之。"盖孟子自谓避男女之嫌不审,被帷薄之谤而遭宫刑,诗之所为作也。愚读此诗,见俞正燮《癸巳类稿·巷伯作诗义》,谓《传》、《笺》有截然不同者,《正义》有误解《传》意者。陈启源《稽古编》有攻《朱传》者。翁方纲《诗附记》又攻《稽古编》。王先谦《集疏》引其门人黄山语,以今文齐说两可,而疑古文毛氏说。今当拨弃无关宏旨之众说,一依毛氏说,得以释明此诗主旨可矣。《毛传》精简,绝少支离。而此引逸典,独不惮烦,盖有以也。孙志祖《读书丛脞录续编·毛诗逸典》一则,指出所引逸典凡二十一例。《巷伯·传》中独详记颜叔子、鲁男子二人故事,即其一显例云。

【简注】

节南山

〔一〕王引之云:猗疑当读为阿,古音猗、阿同,故通用。《楚辞·九歌》:若有人兮山之阿。王注:阿,曲隅也。实,广大貌。《鲁颂·閟宫》:实实枚枚。《传》曰:实实,广大也。有实其阿者,言南山之阿实然广大也。如为政不平之师尹势位赫赫然也。

○节读截。韩说曰:节,视也。惔音谈,音炎。瘥音磋。憯音近惨,或音曾。空音控。膴音武、音抚。届音戒。阕音缺。酲音呈。蹙音促。骋音逞。

怿音亦。

正月

〔一〕彼求我则者，马瑞辰云：按则字为句末语助词。故《笺》但云王之始征求我，不释则字。俞樾云：以《笺》说考之，此经当以彼求我三字为句，则如不我得五字为句。

〔二〕昏姻孔云。《传》：云，旋也。谓周旋回护之意。云，即古雲字。《说文》：云象雲回转之形。

○癙音鼠。痒音羊，陈奂音蛘。瘉音愈。莠音酉。惸，《释文》本又作茕。梦音蒙。盖，陈奂云：盖读同盍。蹐音脊。号音豪。虺音灰、音毁。蜴音亦，音剔。阪音反、音版。菀音郁。抓音兀、音月。仇音求。将音铃。沼音藻。炤音灼、音昭。佌音此、音徙。蔌音速。椓音琢、音笃。哿音可，陈奂音嘉。

十月之交

〔一〕于何不臧，犹云吁嗟乎何其不臧。于即吁字。俞樾说。

〔二〕王引之云：崒，读卒。卒当为猝。猝，急也，暴也。卒崩与沸腾相对。

〔三〕职竞由人者，《古书虚字集释》：职、直古通，犹但也。竞，并也。职竞，犹言但皆也。

○烨音浥、近乙。令音灵。聚音邹。蹶音厥、音鳜。趣音促。楀音举。戕音臧、音墙。憖音念、音佞。黾音闵、音猛。噂音撙。痗音悔、音昧。

雨无正

〔一〕舍彼有罪，既伏其辜者，王引之云：伏者藏也、隐也。谓王之舍彼有罪也，则既隐藏其罪而不之发矣。

〔二〕匪舌是出者，马瑞辰云：朱彬谓出当读屈与绌，方与上下文相贯。今按：《说文》：疝，病也。出，当即疝之省借。言匪舌是病，维躬是病也。

○丧如字去声。馑音仅。勚音异、音泄。暬音亵、音势。谮音寸。

小旻

〔一〕匪大犹是经者，朱彬谓经当训行。《孟子》：经德不回。赵注：经，行也。按：日月经天之经训行。

○旻，陈奂云：《召旻》以为闵字。今音民。遹音聿。沮音阻。邛音穷。

潝音吸、音胁。訿音紫、音疵。如匪行迈谋，匪读彼。否音鄙。膴已见《节南山》，亦音谟、音无。暴如字，又读搏。冯音凭。马瑞辰云：冯者，淜之假借。《说文》：淜，无舟渡河也。

小宛

〔一〕鸣鸠，鹘鸠，俗名斑鸠。鸽形目、鸠鸽科之一种。

〔二〕壹醉日富者，孔广森《经学卮言》云：壹，聚也。聚醉犹群饮之意。马瑞辰云：富之言畐也。《说文》：畐，满也。醉则日自盈满，与温克相反。

〔三〕螟蛉有子，蜾蠃负之者：旧注：螟蛉，桑虫；蜾蠃，蜂虫。今之昆虫学者，则谓螟蛉：节肢动物，昆虫，鳞翅目、螟蛉科。体色淡绿，每环节有黄色或黑色之点纹，害食植物。此虫遇外物即卷作环状佯死。成蛹化蛾，蛾有鳞翅，产卵后死。蜾蠃者：节肢动物，昆虫，膜翅目、黄蜂科，一名蜾蠃科。旧注蜾蠃为蠮螉，土蜂，细腰蜂，则属细腰蜂科。二科差别甚微。其豫取他虫幼虫，产卵其上，螫入毒液使之麻痺。储作子粮，习性全同。故又谓之寄生蜂也。近见报载《伏虎茧蜂防止地老虎》新闻一条，云云南昭通县植物保护站，利用寄生蜂产卵地老虎幼虫身上，蜂生而害虫地老虎死矣。故称之为"伏虎茧蜂"也。按：目前欧美国家亦已有利用小胡蜂挽救庄稼者：即利用其以己卵钻入害虫所下之卵中，阻止害虫继续繁殖。据云一公顷土地止须放入十万只无害之小胡蜂，便可代替有毒而污染环境之化学杀虫剂。墨西哥已有十九个繁殖小胡蜂中心，其他各国亦在繁殖。

〔四〕题，《毛传》：视也。今广东方言犹云视为睇。脊令，已见《常棣》篇。

〔五〕桑扈，青雀，俗名蜡嘴，蓄为笼鸟。雀形目、雀科。余见后《桑扈》篇。

○螟音冥。蛉音零。蜾音果。蠃（字亦作蠃）音裸、音卵。题音睇。扈音户。填音滇，音诊。岸读犴。惴音醉、音坠。

小弁

〔一〕鷽斯，鸦乌，乌已见《北风》篇。鷽斯，与下柳斯、鹿斯，皆以二字复合为一名，犹螽斯之比。斯，助词也。

〔二〕桑梓，自汉以来文人即用此桑梓言乡里。《通鉴》胡注：桑梓，谓其祖若父之所树者。是也。

〔三〕鸣蜩，已见《七月》篇。下萑苇，已见《驺虞》、《硕人》、《大车》、《蒹葭》、《七月》等篇。

〔四〕马瑞辰云：《广雅》，先，始也。义与开近。《礼记》，有开必先。先即所以开之也。开创谓之先，开放亦谓之先。先之，即开其所以塞也。

○弁音盘。鸒音豫。罹音离、音丽。踧音狄。陈奂云：《尔雅》儵儵，即踧踧之异文，音条。鞫读鞠。惄音溺。捣音祷。疢读疹，今音趁。漼音崔。淠音沛。伎音歧。雊音构。墐读殣，音仅。掎音倚、音阿。扡音侈、音拖。佗音移、音它。

巧言

〔一〕幠，有广大义，乱如此幠，是也。又有覆蔽义，《礼》，幠用敛衾，是也。昊天泰幠，亦谓天甚有所覆蔽而不明也。

〔二〕予慎无罪，予慎无辜者，慎义已见《白驹》篇。胡承珙云：经典诚伪之诚无用真字者，惟独诸子百家乃有真字。然观《尔雅》慎诚之训，当即以慎字为真字之假借。真之本义为变化，引申之则为真诚。慎从真声，即具真义。

〔三〕往来行言者，俞樾云：行言，轻浮之言。小人之言轻浮无根，故谓之行言。曰往来者，正见其无定也。《尚书・盘庚》篇浮言，《金縢》篇流言，并与行言同。

〔四〕《广雅》：犹，欺也。俞樾云：《论语・公冶长》篇，臧文仲居蔡。皇侃疏曰：居，犹蓄也。尔居徒几何者，言尔所蓄徒众几何人也。

○且音苴，陈奂云：语助。幠音抚、音芜。威，陈奂读畏。僭音甑、近寸。沮音己，陈奂音阻。餤音谈，陈奂音沾。共作恭，又作供。邛音穷。蛇音它、音移。微如字，或读如牧。尰音肿。

何人斯

〔一〕遑脂尔车者，马瑞辰云：脂音支，即支字之假借。支与榰通。《尔雅》：榰，柱也。脂尔车，即榰尔车，亦以轫支而止也。遑，正言不遑也。按：脂为脂膏之脂，脂车之脂有加油之义。此诗之脂姑用马说，愚说存考。

〔二〕以诅尔斯者，按：斯古训有斩伐义，《墓门》篇：斧以斯之，是也。又有灭亡义，沈钦韩《左传补注》：斯，灭也，尽也。是也。又，斯、澌古字通。

《方言》三云：斯，败也。澌，尽也。旧注此斯字皆不明确。

〔三〕有靦面目者，有，指示之词。胡承珙云：《国语》范蠡曰：余虽靦然而人面哉！详其词意，当谓面貌靦然，犹云俨然人面也。

○搅音绞。盱，读《卷耳》篇云何其盱之盱。否音鄙。壎音勋。篪音池。诅音祖。蜮音域。靦音舔、音腆。

巷伯

〔一〕《郑笺》：贝，锦名。愚尝观友人金且同主办之台湾高山族文物展览会，犹见有编织贝粒为美锦之女服者。但又据今人说，贝锦殆指织成各种花纹之纺织品。《夏书·禹贡》"厥篚卉服"，即指棉布。《史记·货殖列传》之"榻布"即《汉书·货殖传》之"答布"，旧注谓为"白叠"，亦指棉布也。考古学家夏鼐认为贝锦不必为丝织品。贝，绝非实物，与《禹贡》"厥篚织文"之文同指文采。汉代我国西南少数民族早"知染彩文绣"。以棉纺织品织成文章如绫锦，此可能即是汉末南方流行"五色斑布"之前身也。

〔二〕豺，脊椎动物，裂脚类，食肉目犬科。形多瘦，略似狼。盗食小兽，或成群袭牛羊。

○斐音匪。大音泰。哆音察，音近侈。适如字，又音敌。幡音翻。豺音才。猗音倚。

诗经直解　卷二十

谷风之什第二十　毛诗小雅

谷风之什十篇五十四章三百五十六句

谷风三章章六句

《谷风》,刺幽王也。天下俗薄,朋友道绝焉。

习习谷风,	习习和畅的东风,
维风及雨。	是风和雨一道。
将恐将惧,	又恐又惧的时候,
维予与女。	是我和你相好。
将安将乐,	又安又乐的时候,
女转弃予!鱼部。	你反丢弃我了!

一章。《毛传》云:“风雨相感,朋友相须。言朋友趋利,穷达相弃。”〇按:诗中人真似忘恩负义之中山狼。谚云:好人做不得。难乎其为东郭先生也!“子系中山狼,得志便猖狂。”(诗语见《红楼梦》)此诗可与明人马中锡《中山狼传》、康进之《中山狼杂剧》同读。

习习谷风,	习习和畅的东风,
维风及颓。〔一〕	是风和龙卷风一起。

将恐将惧，又恐又惧的时候，
寘予于怀。把我放在怀里。
将安将乐，又安又乐的时候，
弃予如遗！脂部。○鲁，予作我。丢我好像忘记！

二章。钟惺云："'寘予于怀'，形容小人之情如画。"姚际恒云："俱较前深。"○按：湘谚云："要我，抱在怀里；不要我，推在崖里。"

习习谷风，习习和畅的东风，
维山崔嵬。韩，崔嵬作岑原。鲁，维作惟。是吹在山顶崔巍？
无草不死，没有些草不死，
无木不萎。鲁，无皆作何。没有些树不萎。
忘我大德，忘记了我的大德，
思我小怨！脂、元合韵。只念着我的小怨！

三章。首、次二章平列，只是一意。讥刺此人可与共患难，不可与共安乐。末一章结言，如非诘责而是怨词，则谓忘德、思怨，凡人之常情。殆如一般草死、木萎，为自然规律也。○孙鑛云："道情事真切，以浅境妙。末两句道出受病根由，正是诗骨。"

○今按：《谷风》，朋友相弃相怨之诗。缘何相弃相怨？诗云："忘我大德，思我小怨。"可与共患难，不可与共安乐。此权势之场通例，弃予之叹恒情也。《序》说可不为误，三家说略同。此诗风格绝类《国风》，盖以合乐入于《小雅》。《邶·谷风》，弃妇之词。或疑《小雅·谷风》亦为弃妇之词。母题同，内容往往同，此歌谣常例。《后汉·阴皇后纪》，光武诏书云："吾微贱之时，娶于阴氏。因将兵征伐，遂各别离，幸得安全，俱脱虎口。""将恐将惧，维予与女。将安将乐，女转弃予。《风》人之戒，可不慎乎！"此可证此诗早在后汉之初，已有人视为弃妇之词矣。

蓼莪六章四章章四句二章章八句

《蓼莪》，刺幽王也。民人劳苦，孝子不得终养尔。

蓼蓼者莪？〔一〕	又长又大的可是抱娘蒿？
匪莪伊蒿。	不是抱娘蒿，是一般的蒿。
哀哀父母！	哀哀父母！
生我劬劳。宵部。	生我痛苦勤劳。

一章。

蓼蓼者莪？	又长又大的可是抱娘蒿？
匪莪伊蔚。〔二〕	不是抱娘蒿，叫角蒿的蔚。
哀哀父母！	哀哀父母！
生我劳瘁。脂部。	生我勤劳憔悴。

二章。一、二两章，行役之人，先言父母之劬劳、劳瘁，总起。〇《毛传》："兴也。"《郑笺》："兴者，喻忧思，虽在役中，心不精识其事。"〇或云："以莪美而蒿、蔚恶为兴，自喻非美材，不能终养，而伤父母之劬劳、憔悴。"

缾之罄矣，三家，缾作瓶，罄作窒。	小瓶子的空空呀，
维罍之耻。	是大酒尊的羞耻。
鲜民之生，〔三〕齐，生下有矣字。	这孤苦少福人的生存呀，
不如死之久矣！之部。	还不如老早老早的去死！
无父何怙？鱼部。（自为韵。）	没有父哪有依？
无母何恃？之部。（自为韵。）	没有母哪有靠？

出则衔恤，	出门就含着深忧，
入则靡至！脂部。	入门就像还没到！

三章。次言无父无母，揭出主题。此以缾罍为兴，以喻小民之困穷为在上者之羞耻，而伤无父无母之民孤露尤苦。〇《后汉·陈宠传》，宠子忠《疏》云："周室陵迟，礼制不序。《蓼莪》之人作诗自伤曰：'瓶之罄矣，惟罍之耻。'言己不得终竟子道者，亦上之耻也。"〇江永云："恤、至，去、入为韵。"

父兮生我，	父啊生我，
母兮鞠我，	母啊养我，
拊我畜我，三家，拊作抚。	抚我，爱我，
长我育我，	成长我，培育我，
顾我复我，	照顾我，殷勤我，
出入腹我。幽部。	出入提携保抱我。
欲报之德，	想要报答这个恩德，
昊天罔极！之部。〇鲁，昊作皞。	昊天哟可靠你不得！

四章。言不能报父母之恩，呼天自诉。连下九"我"字，体念至深，无限哀痛，有泪有血。〇王引之云："言我方欲报是德，而昊天罔极，降此鞠凶，使我不得终养也。昊天罔极，犹言昊天不佣，昊天不惠，朱子所谓无所归咎而归之天也。《汉司隶校尉鲁峻碑》：'悲蓼义(同莪)之不报，痛昊天之靡嘉。'得诗人之意矣。"(《经义述闻》)

南山烈烈，	南山烈烈，山路的坏，
飘风发发。	飘风发发，风刮的快。
民莫不穀，	他人莫不养好父母，
我独何害？祭部。	我独何故要遭这害？

五章。

南山律律，　　　　南山律律，石路难极，
飘风弗弗。　　　　飘风拂拂，灰尘刮起。
民莫不穀，　　　　他人莫不养好父母，
我独不卒！脂部。　　　　我独不能供养到底！

六章。五、六两章言自苦于役，重自哀伤，以申不能终养之意。以众衬己，见己之抱恨独深。诗言南山，知其为西周人诗也。两章双陪作收，篇法整饬。

〇今按：《蓼莪》，大夫行役，自伤不得终养父母之诗。诗义自明。《序》不为误。《郑笺》云："不得终养者，二亲病亡之时，时在役所，不得见也。"此申《序》说，是也。王先谦云："《释训》：哀哀凄凄，怀报德也。郭注：悲苦征役，思所生也。《尔雅》正释此诗之旨。是鲁说以《蓼莪》为困于征役，不得终养而作。《后汉·陈宠传》宠子忠《疏》云云（见上三章之章指）。陈乔枞云：忠于《春秋》称《公羊》说，亦齐学也。此据《齐诗》之说，与《大戴礼·用兵》篇引《诗》义同。是鲁、齐说与毛合，《韩诗》当同。"此诗义今古文说同。宋儒无甚新义。《朱传》云："晋王裒以父死非罪，（按，司马昭为魏安东将军，与吴战败。昭问于众曰：近日之事谁任其咎？王裒父仪曰：责在元帅。昭怒而斩之。）每读《诗》至'哀哀父母，生我劬劳'，未尝不三复流涕。受业者为废此篇，诗之感人如此！"胡承珙云："晋王裒、齐顾欢并以孤露读《诗》至《蓼莪》，哀痛流涕。唐太宗生日，亦以生日承欢膝下，永不可得，因引'哀哀父母，生我劬劳'之诗。是自汉至唐无不以此诗为亲亡后作者。欧阳《本义》乃谓《郑笺》泥滞。试思诗中'无父无母'、'衔恤'、'靡至'等语，尚得为父母在之辞邪？"可为此诗定论。

大东七章章八句

《大东》，刺乱也。东国困于役而伤于财，谭大夫作是诗以告病焉。

有饛簋飧，　　有堆满着金盆的熟食，
有捄棘匕。　　有弯而长的枣木匙子。
周道如砥，　　周家的大道平正好像磨石，
其直如矢。　　它的直呢好像箭一样的直。
君子所履，　　君子走过的道路，
小人所视：　　小人见过的事实：
睠言顾之，　　眷恋地回顾了它，
潸焉出涕！脂部。　　就水潸潸地流涕！

一章。言西周盛时，赋敛不苛，行旅不苦，眷恋回顾，不觉泣下。〇据近岁陕西永寿县好畤河发见古铜器，有铜匕一，正置鼎内。铭文："中枏父乍匕永宝用。"《说文》段注：匕，即今之饭匙。《少牢馈食礼》注：所谓饭橾也。按：匕有黍稷之匕，亦有牲体之匕。吉事用棘匕，丧事用桑匕。

小东大东！　　小也征求于东，大也征求于东，
杼柚其空！东部。　　织布机的梭子轴子也将一空！
纠纠葛屦，　　纠纠结结的破葛鞋，
可以履霜？　　可以踏着冻霜行走？
佻佻公子，鲁，佻作苕，韩作嬥。　　急急远行的公子，
行彼周行。阳部。　　行走在那条大路。
既往既来，　　又往又来的不息，
使我心疚！之部。　　使我的心里难受！

二章。言东人伤于财，困于役。〇江永云："来、疚，去、入为韵。"〇陈奂云："杼轴，杼声；轴，各本误作柚。"按：杼柚双声。

有冽氿泉，泉与叹叶。元部。　　这清凉的旁出的泉水，

无浸获薪。　　莫浸透干枯了的柴棍。
契契寤叹，　　契契忧苦，暗自叹息，
哀我惮人！　　可怜我们劳苦的人！
薪是获薪，薪与人叶。真部。　　劈这干枯了的柴棍，
尚可载也。　　还可用车子装载呀。
哀我惮人，　　可怜我们劳苦的人，
亦可息也！之部。　　也该可以有休息呀！

三章。言困于役者，希望小休。〇江永云："泉叹隔韵。"

东人之子，四子字为韵。　　东方国家的子弟们，
职劳不来？[一]　　但当苦差不当抚慰？
西人之子，　　西方京师的子弟们，
粲粲衣服！　　楚楚衣裳可不惭愧！
舟人之子，　　舟人的子弟们，
熊罴是裘？　　就把熊罴皮毛做裘？
私人之子，　　私人的子弟们，
百僚是试？之部。　　就把大小百官来试？

四章。以东人西人对照言之，一劳苦，一逸乐。西方舟人私人（奴仆）之子有富贵者，亦非东人之子所能企及。按：舟人暗指周人，语意双关，"廋词"也。（记见何焯《义门读书记》）〇江永云："裘、试，平、去为韵。"

或以其酒，　　有的人受用着他的酒；
不以其浆？　　有的人用不到他的水浆？
鞙鞙佩璲，鲁，鞙作琄，齐、韩作绢。　　有的人绢绢玉珮有带；
不以其长？[二]　　有的人用不到珮带的长？

维天有汉！　　啊，天上是有天河！
监亦有光？　　用做镜子也该有光？
跂彼织女，　　三角形的那三颗织女星，
终日七襄？阳部。　　一天到晚更换七个辰光？

五章。仍以西人东人对照言之，何以丰俭苦乐不均？忽尔转到夜观天象，见景生情，开拓思路，而言河汉织女何以有名无实？盖以喻当时王室徒有虚位而无实力。神思奇想，光怪陆离。○按：自此章以下，全作问头语，而旧有注说家无一知之者，故其为说皆不甚明确也。○《范补传》云："自'维天有汉'以下，皆指周室而言。盖小国之视京师，犹下土之视霄汉故也。"○钟惺云："此下历数织女、牵牛、启明、长庚，天毕、南箕、北斗。想头甚奇，出语似谑，颠倒淋漓，变幻鼓舞，只是穷极呼天常态，生出许多波澜耳。不必明解，不必深求，如痴人说梦也。晋明帝'长星劝汝一杯酒'，语态近此。"○按：自此以下皆续上问天责天之词，即所以怨责周之王室也。

虽则七襄，　　虽则更换七个辰光，
不成报章？　　不能往复织成文章？
睆彼牵牛，　　明亮的那牵牛星，
不可以服箱？[三]　　不可用来驾车箱？
东有启明，　　早上日出东方，星有启明，
西有长庚？[四]　　晚边日落西方，星有长庚？
有捄天毕，　　这个柄子弯而长的天网星，
载施之行？阳部。　　就徒张设在它的行列之中？

六章。续问织女、牵牛、启明、长庚，以及天毕之星，亦皆以有名无实为喻。○孙鑛云："所征天象，亦是谓徒有虚名而不适于用。以喻财用匮乏，总是申杼柚其空意。命意造语俱奇甚。末章再说一遍，而意更深一层，绝有奇态。"○陈奂云："长庚叠韵。"

维南有箕！	啊，南有箕星！
不可以簸扬？	不可用来簸米扬糠？
维北有斗！〔五〕	啊，北有斗星！
不可以挹酒浆？阳部。	不可用来斟酒酌浆？
维南有箕！	啊，南有箕星！
载翕其舌？韩，翕作吸。	就引长了它的舌根？
维北有斗！	啊，北有斗星！
西柄之揭？祭部。	从西高举了的把柄？

七章。末言箕、斗二星有名无实。并以箕引其舌，若将吞噬；斗揭其柄，若将挹取；隐喻赋敛无厌，剥削不已，回到主题，慨叹作结。盖先有《诗》人之小《天问》而后有《骚》人之大《天问》乎？二者虽有椎轮大辂之殊，但亦不妨同视为古典现实主义与浪漫主义相结合之杰作。〇按：《国风・小星》已言"维参与昴"，又言"定之方中"，及"七月流火"。《小雅》亦言牵牛织女、毕与箕斗。《楚辞・天问》则言角宿未旦，而角为二十八宿之起首。盖自《吕览》、《月令》等古籍始见二十八宿全名。可知应用二十八宿为周天星距，当溯源于周初，而早于印度所用者矣。

〇今按：《大东》，东国困于役而伤于财，谭大夫告病刺乱之作。此从《序》说。《郑笺》云："谭国在东，故其大夫尤苦征役之事也。鲁庄公十年（周庄公十三年、公元前六八四年）齐师灭谭。"至晚近，谭国遗址已在山东济南附近发见，见《城子崖发掘报告》。朱子《辨说》云："谭大夫未有考，不知何据，恐或有传耳。"王先谦云："《潜夫论・班禄》篇：赋敛重而谭告通。陈乔枞云：谭，本皆误作译，莫知其为指此诗矣。顾广圻（千里）据《毛诗序》谭大夫作此以告病，证译字即谭之讹。其说是也。愚案，谭告通者，盖《鲁诗》原有此文，言谭大夫告东国之病苦，具诗上达于周廷也。《后汉・杨震传》，震《疏》云：《大东》不兴于今。震习《鲁诗》，是鲁篇名亦作《大东》。

《易林·复之兑》:'赋敛重数,政为民贼。杼轴空虚,去其家室。'《否之丰》、《晋之复》同。焦用《齐诗》经文,与《毛序》义合。《汉书·古今人表》,谭大夫次厉王世。然则非幽王诗也。"诗"大东小东"云何?《郑笺》云:"小也,大也,谓赋敛之多少也。小亦于东,大亦于东,言其政偏,失砥矢之道也。"杨慎《升庵经说》云:"周自平王遭父子之变,去丰镐而迁洛,周始东也,故曰大东。自敬王遭兄弟之变,子朝居王城曰西王,敬王居狄泉曰东王,周又东也,故曰小东。周有二东之变。王迹熄矣,王室乱矣。大国攻战会盟,小国贡赋奔走,故空其杼柚而怨刺作也。"惠周惕《诗说》云:"小东大东,言东国之远近也。""谭在济南平陵县,实是东国,因其国而及其邻封,故言大东小东也。"已上二说,似皆可通,今仍以《郑笺》为是矣。

四月八章章四句

《四月》,大夫刺幽王也。在位贪残,下国构祸,怨乱并兴焉。

四月维夏,	四月就是夏天,
六月徂暑,	六月到了盛暑。
先祖匪人,	先祖不是他人,
胡宁忍予!鱼部。	怎么忍我受苦!

一章。言夏日于役之苦,抱怨先祖不能默佑。

秋日凄凄,	秋日凉风凄凄,
百卉具腓。韩,具作俱。	百草都要枯萎。
乱离瘼矣!韩,瘼矣作斯莫,鲁作斯瘼。	乱离害人苦呀!
爰其适归?〔一〕脂部。	何处将是依归?

二章。言秋日途中、触景伤时。

冬日烈烈，鲁，烈烈作栗栗。　　冬日烈烈，气候很坏，
飘风发发。　　飘风发发，刮得很快。
民莫不穀，　　他人莫不好好生活，
我独何害？祭部。　　我独为何要遭这害？

三章。言冬日途中，触景自伤。○按：此章四句几与《蓼莪》第五章全同，非必一人之作，岂同用谣谚成语邪？

山有嘉卉，　　山上有好果树，
侯栗侯梅。三家，侯作维。　　是栗子又是梅。
废为残贼，　　惯作摧残损害，
莫知其尤！之部。　　不知谁的罪尤！

四章。言见嘉树栗梅惯为人残贼。语当有所寄托。

相彼泉水，　　瞧瞧那条泉水，
载清载浊。　　有时清来也有时浊。
我日构祸，　　我在天天遭祸，
曷云能穀？侯部。　　何时才能好好生活？

五章。言泉水有清有浊。我惟日见构祸而已。

滔滔江汉，　　滔滔不绝的长江汉水，
南国之纪。　　这是南国诸水的纲纪。
尽瘁以仕，　　鞠躬尽瘁来作王事，
宁莫我有？之部。　　怎么给我一个不理？

六章。言于役南国，忠于王事，而不见亲信。○孙鑛云：“忽举江汉，觉语意不伦。岂作诗者居(行)近江汉，因以起兴邪？”

匪鹑匪鸢，〔二〕　　那是雕，那是鸢，
翰飞戾天！　　猛鸟高飞到天！
匪鳣匪鲔，〔三〕　　那是鳣，那是鲔，
潜逃于渊！真部。　　大鱼潜逃在渊！

七章。言见鸟飞鱼跃，反兴自己无容身之地。○孙鑛云："意新语险。"

山有蕨薇，　　山上的草有蕨有薇，
隰有杞桋。〔四〕　　低地的树有杞有桋。
君子作歌，　　君子作这诗歌，
维以告哀！脂部。○鲁，维作唯。　　只是用来告哀！

八章。自述作诗之由，维以告哀。○孙鑛云："实无可控诉，但自道其哀已耳。"○按：诗末二语，道尽古来诗歌作者类皆有其心绪激切之动机。正太史公所谓《诗》三百篇大抵皆古圣贤发愤之所为作也。

○今按：《四月》，大夫自述行役，一年间自夏历秋至冬，途中见闻，以及忧乱、构祸、尽瘁、思隐，种种复杂心情之诗。《序》说空泛、含糊，不切诗旨。朱子《辨说》无文。王先谦云："此篇为大夫行役过时，不得归祭，怨思而作。《中论》之说与左氏同。故首章即以先祖为言，与下篇《北山》劳于王事不得养父母，诗旨正为一类。《毛序》泛以为在位贪残，下国构祸，未得其要。""《中论·谴交》篇：古者行役过时不反，犹作诗怨刺。故《四月》之篇，称'先祖匪人，胡宁忍予'，徐用《鲁诗》，是《鲁诗》以为行役过时不反而作。左文十三年《传》杜注：《四月》之诗，行役过时，思归祭祀。说与《中论》合。是此诗古无异义。盖四月不反，已为过时，又历秋至冬，故作诗以刺。因言四月立夏，六月暑盛，又将往矣，不能归而祭祀，故思先祖也。"据此可知是诗主旨今古文说颇有异同。诗"先祖匪人、胡宁忍予”二句,《郑笺》云:“我先祖非人乎？人则当知患难,何为曾使我当此乱世乎?”虽曰出悖慢之言,明怨恨之甚。(《孔疏》)但詈先祖为非人,岂理也哉？(王楙《野客丛书》)若曰匪人者,谓先祖匪复以人意相慰恤。(俞正燮《癸巳类稿·四月匪人义》)说亦迂曲。王夫之《稗疏》云:“《笺》云：先祖非人乎？以不胜乱离之苦而遂詈及先祖,市井无赖者之言。其云‘匪人’者,犹非他人也。《頍弁》之诗曰:‘兄弟匪他。’义同。此自我而外,不与己亲者,或谓之他,或谓之人,皆疏远不相及之词。犹言‘父母生我,胡俾我瘉’也。”其他别解尚有欧阳修、范处义、何楷、钱澄之、陈启源、金甡、李黼平、汪梧凤、陈奂十数家,唯此王氏一说可为“匪人”二句定解。真点睛之笔也!

北山六章三章章六句三章章四句

《北山》,大夫刺幽王也。役使不均,己劳于从事,而不得养其父母焉。

陟彼北山,	登上了那座北山,
言采其杞。	我采那里的枸杞。
偕偕士子,	强强壮壮的士子,
朝夕从事。	起早睡晚的从事。
王事靡盬,	王事还没有宁息,
忧我父母! 之部。	忧虑了我的父母!

一章。言于役勤劳,不得养父母。我者,士自我也。明为武士。

溥天之下,三家,溥作普。	普天之下,
莫非王土。〔一〕鱼部。	没有不是王的国土。

率土之滨， 从国土的边境，
莫非王臣。 没有不是王的臣民。
大夫不均， 大夫，劳逸苦乐不均，
我从事独贤！〔二〕真部。 我做的事偏多得很！

二章。言同居王土，同属王臣，大夫士不均，使我从事独为贤劳。○孙鑛云："'独贤'二字甚奇陗。"○按：《尚书·梓材》云："皇天既付中国民，越厥疆土，于先王肆。"（按：此句末肆字当属下句，旧读属上句，误。）《大盂鼎铭》云："粤我其遹相先王，受民，受疆土。"咸与此诗二章首四句语异而义同，即王者拥有统治人民与土地之权力，是天命的、神授的。其由来已久。盖早在原始氏族社会末期父系制确立，出现英勇之酋长或元首，成为部落国家之共主，神幻化而为天子，此君权神授说之所由来也。

四牡彭彭， 驷马奔走慌慌，
王事傍傍。 王事紧急忙忙。
嘉我未老： 幸喜我还不老：
鲜我方将， 难得我正强壮，
旅力方刚， 我的膂力正刚，
经营四方。阳部。 可以经营四方。

三章。言使我从事独贤之故，聊自宽解。○钟惺云："'独贤'字不必深解，'嘉我未老'三句，似为'独贤'二字下一注脚，笔端之妙如此。"

或燕燕居息，鲁，燕燕作宴宴。 有的人安安然在家休息，
或尽瘁事国。之部。○鲁，瘁作顇。 有的人要尽瘁从事报国。
或息偃在床， 有的人没事躺在床上，

或不已于行。阳部。　　有的人不断出差打仗。

四章。

或不知叫号，　　有的人不知道有号召，
或惨惨劬劳。宵部。　　有的人惨惨痛苦勤劳。
或栖迟偃仰，　　有的人游息悠闲，俯仰自在，
或王事鞅掌。阳部。　　有的人王事烦劳，仓皇失态。

五章。陈奂云："叫号、鞅掌叠韵。偃仰双声。"

或湛乐饮酒，　　有的人狂欢作乐饮酒，
或惨惨畏咎。幽部。　　有的人惨惨害怕得咎。
或出入风议，　　有的人进退自由放言高论，
或靡事不为。歌部。　　有的人没有一事不负责任。

六章。已上三章，以劳逸、苦乐、善恶、是非，两两相形。连下十二"或"字，作为六个对比来说，真使人愤懑不平。〇孙鑛云："末章只如此便住，更不著收语，盖总出之无意、必。"〇姚际恒云："'或'字作十二叠，甚奇。末更无收结，尤奇。"〇沈德潜云："《鸱鸮》诗连下十'予'字，《蓼莪》诗连下九'我'字，《北山》诗连下十二'或'字。情至，不觉音之繁、辞之复也。后昌黎《南山》用《北山》之体而张大之，下五十余'或'字。然情不深而侈其辞，只是汉赋体段。"

〇今按：《北山》，刺士大夫间劳逸不均之诗。《孟子》论是诗劳于王事而不得养父母。虽未为大误，顾犹是断章取义，引《诗》以就己说之义。诗明刺役使不均，非刺失养父母，主题固在彼而不在此也。诗云："大夫不均，我从事独贤。"大毛公以后，汉唐经师皆以为此诗作者为大夫。至姚氏《诗经通论》，独以为此"士者所作，以怨大夫"。谁士谁大夫，诗中"均有明文"。其说是也。士降于大夫一等，士与大夫等级间之对立，不均之矛盾，此可以想象得之。王臣

公,公臣大夫,大夫臣士,一层奴役一层。此固当时奴隶制社会统治阶级内部不可逾越之等级。其下则为庶人(包括自由民)与皂隶,其间亦复有等级,同属于被统治阶级。《北山》之诗,即为对于当时统治阶级内部一种矛盾尖锐化之反映也。同时对立阶级间之矛盾尖锐化,民族间之矛盾尖锐化,其他《小雅》诗篇亦反映之。兹复申言之,此诗当为周代奴隶制社会统治阶级基层,即士之一阶层,有人呼吁等级不平、苦乐不均而作。"天有十日,人有十等",是当时等级制社会现象显然存在之反映。殷商时代已有王、侯、邦伯、男、子等奴隶主贵族等级;而众、工、臣、妾、仆等,则是广大被压迫奴隶之称呼。迄于周代,此一制度发展更为完备,并带有明显之宗法性质。国家常依据宗法血缘关系之远近亲疏,以确定等级之尊卑高下。周天子是最高等级之奴隶主,拥有全中国之土地,是谓公田,是谓井田;占有全中国之奴隶,是谓臣妾,是谓庶人。诗所谓"溥天之下,莫非王土。率土之滨,莫非王臣"是也。即《左传》昭七年所谓"天子经略,诸侯正封,古之制也。封略之内,何非君土?食土之毛,何非王臣"是也。周天子大规模封邦建国,将大部分土地与奴隶分封于同姓异姓之诸侯,又将一部分土地与奴隶分赐于卿大夫。当时等级制与分封制世袭制,分而异用,合而一体。在此统治阶级等级制中,士属基层,亦恒怀不满。此《三百篇》中《北山》而外,《北门》、《小星》以及《绵蛮》一类之诗所为作也。当时此等等级支配社会生活之各方面,大之典章制度军宾朝聘,小之冠昏丧祭衣食住行,皆各有等级规定,不得僭越,此之谓"礼"。厉、幽之世,王纲解纽,礼治陵迟,已进入社会急剧变革之时代矣。此诗主旨今古文说不殊。王先谦云:"《后汉·杨赐传》,赐《疏》云:劳逸无别,善恶同流,《北山》之诗所为作。此鲁说,齐、韩盖同。"宋儒无新义。朱子《辨说》无文。是诗描述大夫士不均之矛盾情状极为突出。清初傅恒、孙嘉淦等奉敕撰《诗义折中》云:"或安居于家,或尽瘁于国。或高卧于床,或奔走于道。则苦乐大大悬殊矣。此不均之实也。或耳不闻征发之声，或面带忧苦之状。或退食从容而俯仰作态，或经理烦剧而仓卒失容，极言不均之致也。不止劳逸不均而已。或湛乐饮酒，则是既已逸矣，且深知逸之无妨，故愈耽于逸也。或惨惨畏咎，则是劳无功矣，且恐因劳而得过，反不如不劳也。或出入风议，则已不任劳，而转持劳者之短长。或靡事不为，则是勤劳王事之外，又畏风议之口而周旋弥缝之也。此则不均之大害，而不敢详言之矣。”官书官话，鲜有可取，而论此诗，颇有是处，故录之也。

无将大车三章章四句

《无将大车》，大夫悔将小人也。

无将大车！	不要推挽大车！
祇自尘兮。	只把自己弄得一身灰尘啊。
无思百忧！	不要想到百种烦恼！
祇自疧兮。文部。	只把自己弄得一身毛病啊。

一章。

无将大车！	不要推挽大车！
维尘冥冥。	这灰尘暗冥冥。
无思百忧！	不要想到百种烦恼！
不出于熲。耕部。	使人不能出向光明。

二章。

无将大车！	不要推挽大车！
维尘雝兮。	这灰尘四面壅蔽啊。

无思百忧！ 不要想到百种烦恼！
祇自重兮。东部。 只是把自己受累啊。

三章。三章一意，悔将大车，不怨天，不尤人，只自恨自解而已。此被奴役者绝望之辞，温柔敦厚而似失之愚者也。

〇今按：《无将大车》，当是推挽大车者所作。此亦“劳者歌其事”之一例。其风格绝类《国风》，盖采自西周民风，是由国史、太师，采入乐章而列在《小雅》。《序》说：“大夫悔将小人。”《荀子》云：“言无与小人处。”（《大略》篇）《韩诗》云：“所树非其人。”（《外传》七）《易林》云：“大舆多尘，小人伤贤。”（《井之大有》）可证此诗古义今古文说同。同具有象征意味，但《毛传》未明言其为兴耳。朱子《辨说》云：“此《序》之误，由不识兴体，而误以为比也。”《朱传》云：“兴也。”又云：“此亦行役劳苦而忧思者之作。”第据其论此诗而言，朱熹岂得谓为能识《诗》之赋比兴之义者邪？胡承珙《后笺》驳之，允已！何谓大车？何谓无将大车？《集疏》：“孔云：《冬官》‘车人为车’，有‘大车’。郑云：大车，平地载任之车。其车驾牛。故《酒诰》曰：‘肇牵车牛，远服贾用。’是小人之所将也。小人扶进大车而尘及己，君子扶进小人而病及己，故以为喻。”此申毛、郑比兴之义，可不谓误。愚谓不如以诗还诸歌谣，视为劳者直赋其事之为确也。

小明五章三章章十二句二章章六句

《小明》，大夫悔仕于乱世也。

明明上天， 明明上天，
照临下土。 照察下土。
我征徂西， 从我出征往西，
至于艽野。 到了远荒之野。

二月初吉，　那是二月初吉，
载离寒暑。　今已更历寒暑。
心之忧矣，　心里的忧伤呀，
其毒大苦。　它受的毒害太苦。
念彼共人，齐，共作恭。　想那敬谨供职的人，
涕零如雨。　落泪好像下雨。
岂不怀归，　难道不想归去，
畏此罪罟！鱼部。　害怕这个罪网挂住！

一章。《郑笺》云：“诗人，牧伯之大夫，使述其方（《疏》作四方）之事，遭乱世劳苦而悔仕。”

昔我往矣，　当初我出发呀，
日月方除。　日月正是除旧更新。
曷云其还？　什么时候将还？
岁聿云莫！　一年就已年终！
念我独兮，　想到我孤独啊，
我事孔庶。　我的事务很众。
心之忧矣，　心里的忧伤呀，
惮我不暇。　劳苦着我没有闲空。
念彼共人，　想那敬谨供职的人，
眷眷怀顾。　眷眷关怀回顾。
岂不怀归？　难道不想归去？
畏此谴怒！鱼部。　害怕这个谴责恼怒！

二章。《郑笺》云：“我事独甚众，劳我不暇，皆言王政不均，臣事不同也。”

昔我往矣，	当初我出发呀，
日月方奥。	日月正是温暖时候。
曷云其还？	什么时候将还？
政事愈蹙！	政事愈来愈见迫蹙！
岁聿云莫，	一年就已年终，
采萧获菽。	采摘青蒿，收获大豆。
心之忧矣，	心里的忧伤呀，
自诒伊戚。	自己留下来这个罪受。
念彼共人，	想那敬谨供职的人，
兴言出宿。	我就起身而离开歇宿。
岂不怀归？	难道不想归去？
畏此反复！幽部。	怕这反复不测的罪咎！

三章。《郑笺》云："我冒乱世而仕，自遗此忧。悔仕之辞。"○按：前三章言西征已久，而劳苦、忧伤、思贤、怀归。虽有悔仕乱世之意，但一转念在朝之恭人，则又将以"靖共尔位"相勉。诗人非皇父之徒、营私误国者比也。盖位卑少藏使然邪？○按：反复双声。

嗟尔君子！	唉唉你们君子！
无恒安处。	不要常常大意安居。
靖共尔位，鲁，共一作恭。韩，靖共作静恭，一作靖恭。	筹思敬谨供你们的职，
正直是与。	正直的人就和他相与。
神之听之，	作为神的听到了，
式穀以女！〔一〕鱼部。	就会把好处给汝！

四章。《吕记》云："前三章皆言悔仕乱朝，苦于劳役，欲安处休息而不可得，虽怀归而自知其不可归。故后二章又戒其僚友在朝

者，深见乱世之不可仕也。”

嗟尔君子！	唉唉你们君子！
无恒安息。齐，无恒作毋常。	不要常常放心休息。
靖共尔位，齐，共作恭，靖共作靖恭，一作静共。	筹思敬谨供你们的职，
好是正直。	爱好的就是这个正直。
神之听之，	作为神的听到了，
介尔景福！之部。	就会助给你大福！

五章。后二章嗟叹贤者在位，宜居安思危以自勉。诗前所谓“共人”，后所谓“靖共尔位”之君子，僚友之贤者也。前后意义自相联贯。〇朱鹤龄《通义》云：“此诗乃西征大夫寄其余友之处者而作。前三章以仕于乱世，久役不休，故有怀归之叹。后二章则与其僚友自相劳苦，而告以善全之道也。”

〇今按：《小明》，大夫自述久役、忧时、思友、怀归，种种复杂心情之作。诗由行役而作，与《四月》、《北山》两诗同，诗人忧时畏罪，亦复相似也。《序》说：“《小明》，大夫悔仕于乱世也。”“三家无异义”。朱子《辨说》无文。顾镇《虞东学诗》云：“此篇诗义，说者纷错。《笺》以共人指君，固属迂曲。后儒或谓大夫之友隐居不仕者（邱氏），或谓先时曾谏阻大夫之仕者（陈少南），皆无可据。惟谢叠山谓共人即‘靖共尔位’之君子，与诗人志同道合者也。其言通贯前后。盖仕乱世者，惟敬戒可免，故君子本共而又勉以靖共。”胡承珙《后笺》云：“辅汉卿曰：僚友不一而足，有出者，有处者，宜也。己之征役固劳苦矣，然以其所谓罪罟、谴怒、蹙急、反复者观之，则僚友之处者亦岂有乐事哉？此所以思之而涕零如雨也。严华谷曰：君子仕于乱世，懔懔畏罪。然其势不可以去也，则惟敬共以听天命而已。盖以己之所自处者告其同志也。二说似于经旨有合。”此皆总结之词，可供参考。愚每读此诗，便觉得做官吃饭之士，患得患失，畏首畏尾，大可嗤笑。倘不做官，“穿自己的大衣，皇帝值个屁！”（西班牙谚语，见西万提斯《堂·吉诃德》）远在上古，我国自食其力之自由农民，即有“帝力何有于我哉”之谣谚也。篇名小明，小者云何？盖《雅》有大小，编诗或序诗者用此小字以识别。然亦不必有称大之一篇乃有名小之一篇以相配也。自郑、孔，以至欧阳修、苏辙，迄于陈启源，辨之烦矣，并无定解，亦可不求甚解云。

鼓钟四章章五句

《鼓钟》，刺幽王也。

鼓钟将将，	击钟的声音锵锵，
淮水汤汤，	淮河的水势汤汤，
忧心且伤。	我的心里既忧且伤。
淑人君子，	想那善人君子，
怀允不忘！阳部。	怀念诚不可忘！

一章。陈奂云：“鼓钟，击钟，谓金奏也。大飨，王出入奏《王夏》，宾出入奏《肆夏》。宾为诸侯。诗为幽王会诸侯，则所谓鼓钟者，奏《王夏》与《肆夏》也。凡飨食宾射尚金奏，故诗四章皆言鼓钟。”

鼓钟喈喈，	击钟的声音谐谐，
淮水湝湝，	淮河的水流湝湝，
忧心且悲。	我的心里既忧且悲。
淑人君子，	想那善人君子，
其德不回！脂部。	他的德行不亏！

二章。

鼓钟伐鼛，	击钟还打着大鼓，
淮有三洲？	淮河里有几个洲渚？
忧心且妯。韩，作忧心且陶。	我的心里既忧且郁。
淑人君子，	想那善人君子，
其德不犹！幽部。	他的德行不可比喻！

三章。前三章言今奏乐非其所，使人忧伤思古。○《淮南子·主术训》："鼛鼓而食。"高注："鼛鼓，王者之食乐也。《诗》曰：'鼓钟伐鼛。'"

鼓钟钦钦，	击钟的声音钦钦，
鼓瑟鼓琴，	还要弹瑟弹琴，
笙磬同音。	笙磬同声相应。
以《雅》以《南》，	无论乐舞是《雅》是《南》，
以《籥》不僭！侵部。	是《籥》，都不越礼乱分！

四章。陈奏乐正礼以责之。○孙鑛云："写奏乐绝妙，直画出音来。凡乐奏皆以钟为纲领，诸音随之，而磬乃齐其节，所谓金声玉振。金是腔，玉是板。"

○今按：《鼓钟》，《序》说"刺幽王也"。止此一句。三家说与此不同，谓诗为昭王南巡，由淮入汉时所作者。王先谦云："《孔疏》，郑于《中候·握河纪》注云：昭王时，《鼓钟》之诗所为作者。郑时未见《毛诗》，依三家为说也。马瑞辰云：郑君先通《韩诗》，以《鼓钟》为昭王诗，盖《韩诗》之说。故王应麟《诗考》，以《孔疏》所引列入《韩诗》。陈乔枞云：《中候》多齐说，如《擿雒戒》言剡者配姬以放贤。是其明证。《鼓钟》之诗，郑据《齐诗》为说也。"朱子《辨说》云："此诗文不明，故《序》不敢质其事，但随例为刺幽王诗耳。实皆未可知也。"此不知《序》首句允为古义，转较其下续申之词为可信。诗云："鼓钟伐鼛，淮有三洲。"朱右曾《诗地理徵》云："案《水经注》

曰：淮水又东为安风津，津中有洲，俗号关洲。盖津关所在，故洲纳厥称。通校全淮，唯此有洲。在今霍邱县北也。”此已指出诗鼓钟奏乐之地在淮水何处。汪梧凤《诗学女为》云：“《诗揆》曰：昭王巡狩，没于汉滨，穆王车辙马迹遍天下，共王游于泾水之上，疑此三王事，非幽王也。欧阳氏云：考《诗》、《书》、《史记》无幽王东巡之事，无由远至淮上而作乐，当阙其所未详。愚案《竹书纪年》，幽王十年春，王及诸侯盟于太室。秋，王师伐申。《左传》，楚灵会于申。椒举曰：幽王为太室盟，戎狄畔之。太室，即嵩山之东别名。申，在今南阳县北三十里。淮水出南阳胎簪山，至桐柏而大。太室也，申也，桐柏也，皆豫州地。而胎簪与申则皆隶南阳府，地为尤近。盖是时幽王已有事于东方，自太室而申而淮，自春而秋而冬，从流忘返。始则淮水汤汤，既而湝湝，终而水落洲见。诗人因鼓钟之声，思淑人之德，为婉言以讽之，冀其早自修省，而王卒不悟也。明年犬戎难作，而西周果亡矣。”此则据《左传》幽王为太室盟之文而认定《鼓钟》为幽王之诗。陈启源、胡承珙、朱右曾，以及姜炳璋、范家相诸家之说同，三占从二，则胡一桂、陆奎勋两家之说，殆不然矣。

楚茨六章章十二句

《楚茨》，刺幽王也。政烦赋重，田莱多荒，饥馑降丧，民卒流亡，祭祀不飨，故君子思古焉。

楚楚者茨，〔一〕	一簇簇的是蒺藜，
言抽其棘。	就去抽除它的刺。
自昔何为？	从古以来这为什么呢？
我蓺黍稷。	我要种黍子和稷子。
我黍与与，	我的黍子众多，与与，

我稷翼翼。　　我的稷子茂盛，翼翼。
我仓既盈，　　我室内的粮仓已经满了，
我庾维亿。　　我室外的谷囤难以数计。
以为酒食，　　这就用来做酒做饭，
以享以祀，　　用来孝享，用来打祭，
以妥以侑，　　用来安席，用来劝酒，
以介景福！之部。　　用来求助大福气！

一章。言丰收而后祭祀。此是孝孙备祭前一大段。〇江永云："祀、侑，上、去为韵。以介景福与前遥韵。"

济济跄跄！　　来祭的人济济跄跄！
絜尔牛羊，　　洁净了你们的牛羊，
以往烝尝。　　拿去冬祭叫烝，秋祭叫尝。
或剥或亨，　　有的人宰割，有的人烹饪，
或肆或将。〔二〕　　有的人摆牲，有的人调酱。
祝祭于祊，〔三〕鲁，祊作閍。齐、韩，祊作鬃。　　祝官先祭庙门之内叫祊，
祀事孔明。　　祭祀的事办得很漂亮。
先祖是皇，　　先祖就来彷徨，
神保是飨，　　祭司神保就来进飨，
孝孙有庆：　　孝孙将有神的赐赏：
报以介福，　　报酬给孝孙大福，
万寿无疆！阳部。　　万寿无疆！

二章。江永云："连十句为韵。'济济跄跄'至'孝孙有庆'。"〇按：济跄双声。

执爨踖踖， 掌厨走来踖踖小心，
为俎孔硕， 用的肉俎就很大了，
或燔或炙。 肉有的烧，肝有的烤。
君妇莫莫， 主妇勉勉尽心，
为豆孔庶。 用的食器就很多了。
为宾为客， 做宾尸的，做客人的，
献酬交错。 敬酒还敬交错得巧。
礼仪卒度，韩，仪作义。 礼仪既尽合乎制度，
笑语卒获。 笑语尽得时宜为好。
神保是格： 祭司把神请到了：
报以介福， 报酬给孝孙大福，
万寿攸酢！鱼部。 万寿就是所报！

三章。二、三两章言秋冬祭祀宗庙，极言祭礼之盛，降福之多。此是孝孙行祭时二大段。

我孔熯矣！ 我们好敬谨呀！
式礼莫愆。 因而礼仪上没有毛病。
工祝致告， 祝官报告祭礼举行，
徂赉孝孙：元、文通韵。 神去赐福于主祭的孝孙：
苾芬孝祀，韩，苾作馥。 苾苾芬芬的馨香孝祀，
神嗜饮食。 神就嗜好这种饮食。
卜尔百福， 报给你上百种的福气，
如几如式。 它来如有定期，多少如有定式。
既齐既稷， 都已齐集，都已迅急，
既匡既敕。 都已匡正，都已谨饬。
永锡尔极， 永远赐给你最好的福气，

时万时亿！之部。　　　　这是以万计，这是以亿计！

四章。记工祝嘏辞。此章工祝致告，谓正祭。下章工祝致告，谓绎祭。○陈奂云："齐、稷、匡、敕，皆祭祀肃敬之意。"○江永云："熯、愆，平、上为韵。祀、食，去、入为韵。"

礼仪既备，　　　　礼仪都已具备，
钟鼓既戒。　　　　钟鼓都已儆戒。
孝孙徂位，　　　　孝孙去了主祭之位，
工祝致告：之、幽通韵。　　　　祝官报告祭礼已毕：
神具醉止，　　　　神灵俱已饮醉。
皇尸载起。之部。　　　　大神的代表就起来告辞。
鼓钟送尸，　　　　打鼓敲钟来送神尸，
神保聿归。　　　　司祭神保就此告归。
诸宰君妇，　　　　几个膳夫还有主妇，
废彻不迟。　　　　撤去席面不稍延迟。
诸父兄弟，　　　　然后诸父兄弟，
备言燕私。脂部。　　　　说尽宴饮恩私。

五章。言神醉尸起，送尸归神。神保，犹《楚辞》之所谓灵保也。四、五两章是祭时二大段。○《白虎通阙文・宗庙》篇："祭所以有尸者何？鬼神，听之无声，视之无形。升自阼阶，仰视榱桷，俯视几筵。其器存，其人亡。虚无寂寞，思慕哀伤，无所写泄。故坐尸而食之，毁损其馔，欣然若亲之饱，尸醉若神之醉矣。《诗》云：'神具醉止，皇尸载起。'"按：祭先祖得筮族人无父之子有爵有德者为尸。《曲礼》云："为人子者祭祀不为尸。"是也。○江永云："备、戒、位，去、入为韵。戒入声。"

乐具入奏，	乐器俱拿进正寝演奏，
以绥后禄。侯部。	来安享祭后的福禄。
尔殽既将，	那些殽馔都已捧进，
莫怨具庆。阳部。	没有抱怨，俱是庆幸。
既醉既饱，	都已喝醉，都已吃饱，
小大稽首。	少长告辞一起叩首。
神嗜饮食，	神灵就嗜好你的饮食，
使君寿考。幽部。	使你做主子的寿考。
孔惠孔时，	很顺礼也很适时，
维其尽之。	这就是尽了孝道。
子子孙孙，	但愿你的子子孙孙，
勿替引之！真部。	不要废掉，把它长存的好！

六章。言绎祭（祭之明日又祭）毕，即私宴同姓诸臣。是祭后一大段。○孙鑛云："气格闳丽，结构严密。写祀事如仪注，庄敬诚孝之意俨然。有境有态，而精语险句，更层见错出，极情文条理之妙。读此便觉三闾《九歌》微疏微佻。"按：此正道出《雅》、《颂》与巫音《九歌》不同处。

○今按：《楚茨》，当是有关王者秋冬祭祀先祖，祭后私宴同姓诸臣之诗。诗中称我，称孝孙，皆为周王自称，或诗人代称之之词。此诗首章说丰收以后之祭祀，故又可以列在西周农事诗一类，被视为所谓《豳雅》之一。《七月》为长篇农事诗，列在《豳风》，又称《豳诗》。《楚茨》、《信南山》、《甫田》、《大田》四篇亦为篇幅较长之农事诗，同列《小雅》，所以有人疑为此即《豳雅》。（如《朱传》引或说）尚有《思文》、《臣工》、《噫嘻》、《丰年》、《载芟》、《良耜》或短或长之六篇，亦皆为农事诗，同列《周颂》，所以有人疑为此即《豳颂》。（亦见《朱传》）郭沫若《中国古代社会研究·诗书时代的社会变革及其思想上之反映》，与《青铜时代·由周代农事诗论到周代社会》，皆可供吾人参考。《周礼·春官》云:“籥章掌土鼓豳籥。中春昼击土鼓,龡《豳诗》,以逆暑。中秋夜迎寒,亦如之。凡国祈年于田祖,龡《豳雅》,击土鼓,以乐田畯。国祭蜡,则龡《豳颂》,击土鼓,以息老物。”郑注:“《豳诗》,《豳风·七月》也。”“《豳雅》,亦《七月》也。”“《豳颂》,亦《七月》也。”据此,《七月》一诗入乐实兼《风》、《雅》、《颂》。别无所谓《豳雅》、《豳颂》也。此《诗序》云:“《楚茨》,刺幽王。”“民卒流亡,祭祀不飨。”陈奂云:“诗先言民事而及神飨获福也。陈古以刺今。”所谓陈古以刺今者,乃谓衰世瞽矇讽诵之义邪?此诗主旨,今古文无甚争论,汉宋学大有异同。朱子《辨说》云:“自此篇至《车舝》凡十篇,似出一手。词气和平,称述详雅,无讽刺之意。《序》以其在《变雅》中,故皆以为伤今思古之作,诗固有如此者。然不应十篇相属,而绝无一言以见其为衰世之意也。窃恐《正雅》之篇有错脱在此者耳。《序》皆失之。”其说颇有见地。黄中松《诗疑辨证》云:“夫班、张之赋,喜述西京之盛仪;元、白之诗,多咏开元之盛事。古人身居衰季,而遐想郅隆,恨不生于其时,而反复歌咏,固无聊寄托之词也。然追慕之下必多感慨,词气之间时露悲伤。而十诗典洽和畅,毫无怼怨之情,何必变欣慰为愤懑,易颂美为刺讥乎?故就诗论诗,《朱传》得之者盖十之八九矣。”此特为朱子一说张目者也。但《朱传》以《楚茨》以下四篇为公卿有田禄或力农者奉祭之诗,何楷、范家相、胡承珙皆大非难之。胡氏《后笺》云:“《集传》公卿之说,不独祊祭求神,鼓钟送尸,非公卿所有;即如絜牛骍牡之牲,君妇诸宰之号,奏寝之乐,燕毛之礼,千仓万箱之入,四方八腊之祭,皆非公卿所宜有也。”驳之允已。此诗亦如《七月》诗,是可证西周社会确有奴隶制存在之诗篇之一。如日本佐野袈裟美《中国历史教程》引用此诗说:“在这儿,若把称‘我’的看为父家长制的氏族社会的代表者,——即父家长的公子,那就容易理解全体了。全体的意义是:父家长的公子代表征服者种族,特别是其中的贵族集团,使被征服者种族的奴隶农民从事耕作,差不多收缴其全部收获，把这分量非常多的谷物装进父家长的公子的仓里，更把不能装进的堆在外面。这父家长的公子代表一族，用这谷子制造食物和酒，而飨于其祖先，举行祭祀，更祈求给与景福。”愚谓此说尚非定论，录供读者研讨云尔。

信南山六章章六句

《信南山》，刺幽王也。不能修成王之业，疆理天下，以奉禹功，故君子思古焉。

信彼南山，	延伸很长的那带南山，
维禹甸之。韩，甸作敶。	是大禹治水施工过的。
畇畇原隰，	垦好的高高低低的田地，
曾孙田之。真部。	是曾孙耕种过的。
我疆我理，	我划定田界，我整理田土，
南东其亩。之部。	都是或南或东分向的田亩。

一章。言疆理修。

上天同云，	上天是一色的阴云，
雨雪雰雰。文部。○三家，雰作纷。	落下来的雪花纷纷。
益之以霡霂，	还加之以小雨，
既优既渥，	雨水已多已厚，
既霑既足，	已沾已足，
生我百谷。侯部。	生长我的百谷。

二章。言雨雪时。○陈奂云：“霡霂、优渥叠韵。”按：霡霂、优渥又作双声。

疆埸翼翼，　田边路上行人整整齐齐不乱，
黍稷彧彧。　黍子稷子都郁郁茂盛的好看。
曾孙之穑，　是曾孙的收获，
以为酒食。之部。　拿来做酒做饭。
畀我尸宾，　献给我们的神尸、来宾，
寿考万年！真部。　获得神佑就老寿万年！

三章。言黍稷盛。○孙鑛云："是纪祀事诗，却乃远从田事说来。首章田，次章雨、雪，三章乃及尸、宾。"

中田有庐，〔一〕　旱田里有便庐，
疆埸有瓜。韩，疆作壃。　道路边有瓜蔬。
是剥是菹，　就来采割，就来腌制，
献之皇祖。　把它献给皇祖。
曾孙寿考，　曾孙就得到老寿，
受天之祜！鱼部。　受着天神的福佑！

四章。言瓜菹具。

祭以清酒，　献祭用的是清酒，
从以骍牡，　跟着献的用黄牛，
享于祖考：幽部。　来孝敬于祖考：
执其鸾刀，　拿了那带铃子的刀，
以启其毛，　先去启告它的纯毛，
取其血膋。宵部。　取出它的血和烧香的脂膏。

五章。言犧牲美。

是烝是享，　于是冬祭，于是孝享，

苾苾芬芬，鲁，苾作馥。　　苾苾芬芬的一股馨香，
祀事孔明。　　祭祀的事办得很漂亮。
先祖是皇：　　先祖就来彷徨：
报以介福，　　酬给曾孙大福，
万寿无疆！阳部。　　万寿无疆！

六章。言祀事明。〇姚际恒云："此篇与《楚茨》略同。但彼篇言烝尝，此独言烝，盖言王者烝祭岁也。"

〇今按：《信南山》，盖为烝祭之乐歌。《楚茨》云："以往烝尝"，可能尚赅禴祠，春夏秋冬皆得用之。故范家相《诗沈》云："《楚茨》，天子时祭之乐歌也。"《信南山》但云"是烝是享"，可能止用于冬祭。诗次章云"雨雪雰雰"，此正表明冬祭之时节。《诗序》又以为此诗"刺幽王"，不能"疆理天下"，"故君子思古"。"三家义未闻"。《朱传》云："此诗大指与《楚茨》略同。"何楷《古义》云："《楚茨》、《信南山》为一时之作。"诗"曾孙"当与《楚茨》"孝孙"同义。朱子《辨说》云："曾孙，古者事神之称。《序》专以为成王，则陋矣。"吕氏《读诗记》云："诗之'曾孙'，泛指周之盛王。"愚谓，曾孙专指成王，泛指周王，皆无不可。今已无从决之也。据《序》言疆理天下，明此诗涉及田制或井田制问题。据诗一章，首言"信彼南山，维禹甸之"。末言"我疆我理，南东其亩"。明此诗人根据大禹治水之古史传说，并或以为田制始于大禹。《孟子》说井田，亦谓始于夏后氏。后儒遂以为井田制"三代相因，改邑不改井"。禹时有无井田？今无可考。但谓禹为"爬虫"，则今已有学者言之矣。(《古史辨》)疆理二字连文，《诗经》再三说及。如《绵》篇"迺疆迺理"，《江汉》篇"于疆于理"。此当与《孟子》所谓"经界"之语义同，乃言田制者也。田制之立，实与自然地理(包括地势、河流、物产、土宜等)，灌溉系统(沟洫之制)，道路规划(阡陌，程瑶田《阡陌考》)，乡邑区域(乡、遂、都、鄙)，赋税方法(包括兵役、贡纳)，乃至戎车战术(如成二年《左传》：

晋郤克伐齐，使齐之封内尽东其亩，唯戎车是利。《韩非子·外储说右上》篇、《吕览·简选》篇皆言晋文公伐卫，东卫之亩），皆有密切之关联。古之所谓体国经野莫大乎此。试读清代汉学家关于《周礼·小司徒·遂人》、《考工记·匠人》、《司马法》等考证文字，即可知此皆为极其复杂纷歧之问题。即使遍读程瑶田《通艺录·沟洫疆理小记》等篇，金鹗《求古录·礼说》《井田考》《司马法非周制说》诸篇，徐养原《顽石庐经说·井田议》大文，林颐山《经说》关于井田赋税之文，亦尚不能全面解决周之田赋制或井田制问题。郭沫若《十批判书·古代研究的自我批判》一文三四两段，则从古文献与古器物学上研究、而确认西周时代有井田制之存在也。此《信南山》诗亦如上篇《楚茨》诗，显见其有奴隶主贵族阶级之烙印。诗云："曾孙之穑。"佐野袈裟美《中国历史教程》说："这儿的曾孙也是指父家长的公子说的。由种族奴隶耕作的黍稷很茂盛，但是，这成了曾孙的穑（收获）。收获不是作为贡物缴纳，或者当作租税或地租而征收一定的分量。收获物是全部被认为曾孙的。这曾孙用这些收缴的谷物造酒而供祭祖先神，希望受天的幸福。我们若想象到在当时有奴隶制存在着，则'曾孙之穑'的句子也便不难于解释了。"诗四章"中田有庐"，自来说者纷歧，今总结之，大较可得三说：首为五亩之宅说。《孟子·梁惠王》篇："五亩之宅，树之以桑。"盖此言庐舍不在公田之中也。而赵岐注云："庐，井邑居各二亩半以为宅，冬入保城二亩半，故曰五亩。"此与庐舍二亩半之说牵掍。并不知五亩宅在城郭都鄙，与田庐本不相涉也。次为庐在公田中、二亩半庐舍说。宣十五年《穀梁传》："古者什一，藉而不税。""古者三百步为一里，名曰井田。井田者九百亩，公田居一。""古者公田为居，井灶葱韭尽取焉。"范宁注："此除公田八十亩，余八百二十亩。故井田之法，八家共一井，八百亩。除二十亩，家合二亩半为庐舍。""八家共居。"《韩诗外传》四："古者八家而井田，其田九百亩。八家为邻，家得百亩。家为公田十亩，余二十亩共为庐舍，各得二亩半。"班固《汉书·食货志》、何休《公羊传》,以及赵岐《孟子》"耕者九一"注:"八家耕八百亩,其百亩者以为公田及庐井,故曰九一也。"又"方里而井"注:"公田八十亩,以为庐井宅园圃,家二亩半也。"说皆大同。已上首、次二说,细研讨之,则皆有含糊不清、抵牾不合之失,兹不具陈,愚皆不取;独谓"中田有庐",《郑笺》不明著庐亩之数,得之。《笺》云:"中田,田中也。农人作庐焉,以便其田事。"金鹗《井田考》云:"诗所谓井中有庐者,乃于田畔为之,以避雨与暑,大不容一亩,必无二亩之广在公田之中也。"马瑞辰《通释》:"《说文》:庐,寄也。秋冬去,春夏居。古者井田之制,私田在外,公田在中,庐舍又在公田之中,故曰中田有庐。"陈奂《传疏》云:"《公刘·传》、庐,寄也。《说文》:庐,寄也。秋冬去,春夏居。此即在田曰庐之谓也。"金鹗、马、陈三家之言,皆暗合郑义。三人为众,从郑义者多。三占从二,愚姑以此作出结论。未有定论以前,愚将僭用吾说为正解矣。合上首、次两说,并此而得三说。简言之,三为便庐一说。愚敢用今语释庐古义。以谓中田有庐之庐,不必破字改读,迂曲为说;(如读庐为芦菔之芦,或读庐为壶卢之卢。)姑且名之为季节性临时寄居或休憩所用简易之便庐(如茅棚)也可。

【简注】

谷风

〔一〕颓风,如《毛传》以及胡承珙、王先谦所释,此风具有由一处突起向上旋卷而强大之破坏力,似为今气象学上所谓龙卷风,俗所谓挂龙、龙吸水也。愿俟专家正之。

○寘读如置。嵬音巍。

蓼莪

〔一〕莪,已见《菁菁者莪》篇。《本草纲目》云:莪抱根丛生,俗谓之抱娘蒿。蒿,牡蒿。已见《鹿鸣》篇。

〔二〕蔚,有牡蒿、马新(先)蒿两说。牡蒿属菊科。马新蒿即角蒿,属紫葳科,或云属玄参科。

〔三〕阮元《揅经室集·释鲜》谓鲜民当读为斯民。古鲜、斯声近义通。按：鲁公子鱼字奚斯，名与字之义相应，斯、鲜相通之一例也。

○蓼音六。劬音拘、音瞿。蔚音尉，陈奂音郁。烈古音厉。

大东

〔一〕俞樾训职为常。亦通。按：职当读为直，但也。

〔二〕或以其酒，不以其浆。《毛传》或醉于酒，或不得浆。按：推之下文，鞙鞙佩璲，不以其长。当谓或鞙鞙佩璲，或不得其佩之长耳。自《笺》以下，诸注皆失《传》意，而此二句遂不得其解。

〔三〕服箱者，桂馥《札朴》云：戴侗曰：按毛郑皆以服与箱为二物，《说文》径以箱为牝服。详诗人辞意，服、牛服盐车之服。谓是虽有牵牛，而不可用之以服车箱也。馥案，《后汉书·张衡传》：羁要袅以服箱。李注、服，驾也。箱，车也。

〔四〕启明、长庚，实为一星，是谓金星。此星较地球更近太阳，距太阳不过一万万多公里。以其接受更多之太阳光与热；又以其表面有一层非常浓厚之大气，其反射太阳光之力量亦非常强；故除日月大流星大彗星而外，此亦天空中最亮之一星也。当其夕出现在太阳之东，则为吾人共见之所谓长庚星；当其晨出现在太阳之西，则为吾人共见之所谓启明星。

〔五〕维北有斗者，此指北极星，即在小熊星座，由七颗较亮之星组成，如一水杓状。其三颗略似一直线之星视为杓柄，其他四颗略成方形之星视为杓斗。小熊星座在仙后星座与大熊星座之间。大熊星座亦由七颗较亮之星组成，但形体稍大，而且恰与小熊星座之杓子形状颠倒。

○饛音蒙。簋音轨。飧音孙。捄音纠。砥音底。潸音删。杼音舒。柚读轴。屦音巨。佻音挑。周行之行音杭。洌音烈。氿音轨。来音赉。罴音皮。熊罴猛兽，已见《斯干》篇。睆读如皖。簸音播。挹音邑。翕音吸。揭音桀。

四月

〔一〕丁晏《颐志斋文集·王肃私改毛诗爰其适归作奚辨》，申毛驳王。按：爰，亦有奚、何义。《鄘风·桑中》篇：爰采唐矣？沫之乡矣。《郑笺》云：于何采唐必沫之乡乎？是也。

〔二〕匪鹑匪鸢。《说文》引作匪𪆂匪蔦。匪，当读彼。按：鹑当读敦，读雕。此猛禽，又名金雕，红头雕。又名鹫，狗鹫。鸢、蔦古今字，今音缘。此亦猛禽，今名黑耳鸢，又名老鹰，鹞鹰。鹑、鸢皆属隼形目、鹰科。

〔三〕鳣、鲔，已见《硕人》篇。匪，亦当读彼。鳣音占。鲔音尾。鳣，一名鲟，中华鲟，俗名鳇鱼、苦腊子。

〔四〕蕨、薇，已见《草虫》篇。杞，已见《四牡》篇。枸杞，茄科。桋音夷。《毛传》：赤楝，今字或作赤榛。又名血槠、苦槠、槠栗、厚叶椎栗。山毛榉科，常绿乔木。其种子为扁球形坚果，具壳斗。种仁可作豆腐，苦槠豆腐是也。

○徂音祖、音租。卉音讳。腓音肥。瘼音莫、音模。相音象。隰音习。

北山

〔一〕王田者何？即《孟子》侈言之井田，今再稍以今之新史学家见地而释之。中国奴隶制社会之土地所有制为奴隶主之土地国有制，即在西周全部土地属于以周天子为代表之奴隶主所有制。周武王灭商以后，以土地及其居民分封诸侯。诸侯在国内又按宗法关系分封采邑与其卿大夫士。奴隶主之最低等级为士，士一般皆有禄田。此自上而下之分封，成为土地占有之等级结构。但所有分封之土地不能自由买卖，亦不能私相授受，故曰“溥天之下，莫非王土”。又《礼记・王制》云：“田里不鬻。”在此一财产形态下，正如马克思所云：“主权就是在全国范围内集中的土地所有权。”(《马恩全集》卷一，页三八二)而田租与赋税自然合一。但看周金文《兮甲鼎》、《毛公鼎》、《颂鼎》所征收之賨便是如此。

〔二〕《毛传》：贤，劳也。按：贤之本义为贝多，为多。引申之义为劳。《郑笺》贤才，失之。

○盬音古，义见《鸨羽》、《采薇》二篇。鞅音快。惨字又作懆。湛音耽、音沈。风如字，或音讽。

无将大车

○疷音底，与尘不协。段氏《诗小学》，疷读若真。马瑞辰云：疷当读如疹。颎音炯。《朱传》：颎与耿同。

小明

〔一〕式穀以女者，谓用善与汝，或用禄与汝也。以，犹与也，于也。《笺》云：

其用善人则必用女。疑失之。

○艽音求。罟音古。除如字，去声。莫、暮古今字。惮音但。奥读燠，音郁。蹙音促。

鼓钟

○将将，当是锵锵之假借。喈喈、湝湝者，陈奂云：喈读如八音克谐之谐，则湝当音皆矣。鼛音高。妯音抽。籥音药。僭音谮，近憎，又音俭。

楚茨

〔一〕茨，已见《墙有茨》篇。黍稷，已见《黍离》篇。

〔二〕或肆或将。《毛传》：肆，陈也。将，齐也。或陈于互，或齐其肉。按，《周礼·牛人》注：互，若今屠家县肉格。陈奂《传疏》：将，读与酱同。将有分齐之义。陈氏有取于王肃所云分齐其肉之所当用也。

〔三〕祝祭于祊，郭沫若释祊为祭生殖器，此道前人所未道者。

○蓺、艺古今字。与音余。庾音臾，或臾上声。侑音又。济如字，上声。跄音锵。亨、烹古今字。祊音旁。爨音窜。踖音昔、音错。燔音烦。炙音只。酢音祚。音醋。熯，段氏《小笺》云：戁之假借字，音赧。熯今亦音汉。赉音来，或来去声。苾音秘。几读期。

信南山

〔一〕中田有庐，旧释庐舍，大有争论。略见马瑞辰《通释》、金鹗《井田考》。记王闿运《补笺》以庐为植物，今苦不能举其词。郭沫若云：中田有庐，疆埸有瓜，庐瓜对文，当同为植物，庐为芦之假借。《说文》：芦，芦菔也。南山有台，北山有莱。台莱对文。七月食瓜，八月断壶。风壶对文。是皆同为植物可证。最后见吾乡学人钱剑夫《诗中田有庐解新探》一文谓庐即卢字，亦即壶庐。此皆可备一说，尚未成为塙诂也。

○信读伸。甸音佃。畇音均、音旬。霡音脉。霂音沐。霑音沾。埸音易。彧音郁。畀音俾，又比去声。菹音俎、音租。祜音户。

诗经直解　卷二十一

甫田之什第二十一　毛诗小雅

甫田之什十篇三十九章二百九十六句

甫田四章章十句

《甫田》,刺幽王也。君子伤今而思古焉。

倬彼甫田,韩,倬作菿。	开朗的那大片的田,
岁取十千。	每年拿得谷物成万成千。
我取其陈,	我拿那些陈旧的谷物,
食我农人,	养活我的农人,
自古有年。真部。	从古以来就是丰年。
今适南亩,	如今前往向阳的南亩,
或耘或耔,齐,耘作芸,耔作芓。	有的中耕除草,有的培根加粪,
黍稷薿薿。齐,薿作儗。	直到黍子稷子薿薿的茂盛。
攸介攸止,〔一〕	于是在舍,于是休息,
烝我髦士。之部。	并进修了我俊秀之士的本领。

一章。言督耕求获之事。

以我齐明,	用我的粢盛,
与我牺羊,	和我的牛羊,

以社以方。　　用它祭社神，用它祭四方。
我田既臧，　　我的田都已种好，
农夫之庆。阳部。　　就把农夫来赏。
琴瑟击鼓，　　弹琴弹瑟击鼓，
以御田祖。　　来迎祭田祖。
以祈甘雨，　　来祈求好雨，
以介我稷黍，　　来长大我的稷子黍子，
以穀我士女。鱼部。　　来养好我的男男女女。

二章。言未获而先祭方、社、田祖诸神。

曾孙来止！　　曾孙来了！
以其妇子，　　和自己的老婆儿子，
馌彼南亩，　　送饭到那南亩，
田畯至喜。〔二〕　　田官到了高兴的用酒食。
攘其左右，　　让开他的左右，
尝其旨否。　　亲尝食物的味道好否。
禾易长亩，　　禾都管理得法而生长满亩，
终善且有。　　真是既好而且年成大有。
曾孙不怒，　　曾孙就不恼怒，
农夫克敏。之部。　　农夫能够做的迅速。

三章。重言督耕求获之事。自此改用第三者口吻。则知上二章言我者，我曾孙也。否则诗人代曾孙自我也。下篇《大田》同。

曾孙之稼，　　曾孙的庄稼，
如茨如梁。　　像盖屋的茅草，像高拱的桥头。

曾孙之庾，　　曾孙的谷囤，
如坻如京。　　好像沙洲，好像高丘。
乃求千斯仓，　　于是寻找千数的粮仓，
乃求万斯箱。　　于是寻找万数的车箱。
黍稷稻粱，　　有了黍子稷子稻子黄粱，
农夫之庆。　　就把农夫来赏。
报以介福，　　神灵报答给曾孙大福，
万寿无疆！阳部。○一、三句，可作侯、鱼通韵。　　万寿无疆！

四章。终言大获，祭神求福，作结。

○今按：《甫田》，当是王者春夏祈谷于上帝，祭方（四方之神）、祭社（后土之神）、祭田祖（先农之神），以及时雩旱祷诸神之乐歌。诗义自明。诗二章云“以社者，蔡邕所谓春藉田祈社稷也。以方者，亦邕所谓春夏祈谷于上帝（四方及中央之帝）也。御田祖者，班固所谓享先农也。祈甘雨者，皇甫谧所谓时雩旱祷也。皆春夏王者重农所有事，诗历言之”（《诗三家义集疏》引黄山语）。古文毛氏义如《序》、《传》，今文“三家义未闻”。诗二章，“我田既臧，农夫之庆”，《郑笺》云：“我田事已善，则庆赐农夫。”而《朱传》云：“我田之所以善者，非我之所能致也，乃赖农夫之福而致之耳。”诗四章，“黍稷稻粱，农夫之庆”，《郑笺》云：“庆，赐也。年丰则劳赐农夫益厚，既有黍稷，加以稻粱。”而《朱传》则并及其下文“报以介福、万寿无疆”二句而串释之，乃云：“凡此黍稷稻粱皆赖农夫之庆而得之。是宜报以大福，使之万寿无疆也。其归美于下而欲厚报之如此。”愚谓《郑笺》不为误，《朱传》则大谬。岂有大奴隶主而肯自谓其福乃赖农夫之福而致之，而思是宜报以大福，使之万寿无疆，其归美于下而欲厚报之如此者乎？宋儒说《诗》，师心自用，侈谈义理之正，辄陷大谬而不自知者，此类是也。

大田四章二章章八句二章章九句

《大田》,刺幽王也。言矜寡不能自存焉。

大田多稼:	大田要多种庄稼:
既种既戒,	都已选种,都已准备,
既备乃事,	都已准备你们的事务,
以我覃耜,鲁,覃作剡。	用我锐利的犁头,
俶载南亩。之部。	开始工作在南亩。
播厥百谷,	播种的那些百谷,
既庭且硕,	都已挺生而且肥硕,
曾孙是若。鱼部。〇合第六句,作侯、鱼通韵亦可。	曾孙就会顺意舒服。

一章。从春时耕种说起。

既方既皂,	都已扬花,都已结实,
既坚既好,	都已坚皮,都已成熟,
不稂不莠。幽部。	没有白穗,没有叫狗尾草的莠。
去其螟螣,	除去那些吃心的螟、吃叶的螣,
及其蟊贼。〔一〕之部。	以及那些吃根的蟊、吃节的贼。
无害我田稚!	不许伤害我田里的嫩禾!
田祖有神,	田祖是有神通的啊,
秉畀炎火!脂部。〇韩,秉作卜。	把这些害虫都付给烈火!

二章。言夏时耘草除虫。〇江永云:"稚、火,上、去为韵。"

有渰萋萋，齐，渰作黤，鲁作暗，韩作弇。齐，萋作凄。 这片阴云的黑凄凄，
兴雨祁祁。三家，兴雨作兴云。 落起雨来徐徐密密。
雨我公田， 落到了我们的公田里，
遂及我私。 就落到了我们的私地。
彼有不获稚， 那里有不曾收割的嫩谷子，
此有不敛穧； 这里有不曾拾起的禾捆子；
彼有遗秉， 那里有掉下来的禾把子，
此有滞穗： 这里有留下来的禾穗子：
伊寡妇之利！脂部。 这就是寡妇们的福利事！

三章。言秋时得雨丰收。〇钟惺云："陈者以食农人，弃者以利寡妇，何其意之大而且密也。前事可为悭吝者之戒，后事可为暴殄者之法。"〇姚际恒云："'雨我公田，遂及我私'，正以无理语见其忠恳。描摹收获之多，全用闲情别致，泥句下，便非。""即上篇'千斯仓、万斯箱'之意，而别以妙笔出之。"〇按：所谓公田，即天子赐予各级奴隶主之井田。所谓私田，则为各级奴隶主利用奴隶劳动于井田之外开垦而得之土地。或说，此私田是井田九百亩中公田百亩之外：分与农夫八家八百亩之田。

曾孙来止！ 曾孙来了！
以其妇子， 和他自己的老婆儿子，
馌彼南亩， 送饭到那南亩，
田畯至喜。 田官到了高兴的用酒食。
来方禋祀：〔二〕 此来正要举行禋祀：
以其骍黑， 用那些黄的牛、黑的羊豕，
与其黍稷。 和那些黍子稷子。

以享以祀， 拿来上供，拿来打祭，
以介景福！之部。 拿来求助大福气！

四章。言祭祀祈福作结。

〇今按：《大田》，当是王者祈年报赛而祭祀田祖之乐歌。《序》又说：“刺幽王，言矜寡不能自存。”仍以为此思古刺今之作。“三家义未闻”。朱子《辨说》：“此《序》专以‘寡妇之利’一句生说。”近是。《朱传》：“此诗为农夫之词以颂美其上，若以答前篇之意。”大谬。此不知诗中称我，非必曾孙自我，而为诗人自我。诗人盖王之代理人，奴隶农民之头目，而亦骑在农民头上者也。于其出辞气知之。诗云“秉畀炎火”，盖为上古一种防治农作物害虫有效之方法。《唐书·姚崇传》载崇据《诗》“秉彼蟊贼，付畀炎火”，以此焚瘗之法治蝗，果获奇效。开元四年（公元七一六）山东大旱蝗。崇乃出御史为捕蝗使，分道捕蝗。单以汴州刺史倪若水一官而言，即得蝗十四万石，蝗害讫息。盖以蝗既能飞，夜必赴火（飞虫之向光性如此）。夜中设火，火边掘坑，且焚且瘗，古之遗法如此。愚谓在姚崇之前，五胡十六国时代，石勒之臣靳准，即曾用此扫聚坑埋之法灭蝗奏效者也。殷周之际奴隶制社会，其发展过程尚未完全明确，有待于今后马克思主义之史学家详加研讨。今且仍用佐野袈裟美《中国历史教程》一说作为参考：“在题为《大田》的诗里，有‘雨我公田，遂及我私’的句子。井田制说的辩护者把它拿来做井田制的证据。可以说，这是不妥当的。我认为应该把‘公田’看为氏族种族共同体共有的田。‘我私’是父家长的贵族私有地。而向父家长制家族的发展，不外说明贵族的土地私有化的进展。总之，由以上的诗里（《楚茨》、《信南山》、《甫田》、《大田》），我们可以认为在农业的领域从事于生产的奴隶数相当的多，占相当重的比重。但是，和希腊、罗马的古典的奴隶制比较起来显然还在未发达的状态。氏族种族共同体迟缓其崩坏过程，自然阻止了奴隶制的发展，这确实表示了亚细亚的特征。把西周时代生产的奴隶劳动的量估计得过低，而认为在古代中国的奴隶，主要的是家庭劳动，那是不正确的。确实，生产领域内的奴隶劳动虽然还不怎样发达，但却不能不认为它在实质上、在量上，都是非常重要的。于是我们得到一个恰当的结论，即：'亚细亚的生产样式，因为在中国特殊的具体条件下，不外是奴隶占有者的生产样式（古代的生产样式变形罢了）。'"愚谓此论殷周奴隶制之发展情况，仍嫌估价过低，说亦未臻圆畅。当共相研讨，庶几益见其明确也。我可同意：西周之土地所有制形态是属于马克思之所谓"古亚细亚形态"，井田即古代之农村公社。作为井田生产者之庶人，即马克思所谓"即公社的统一体人格化的那个人的奴隶"。西周时代除去"山林薮泽原陵淳卤之地"而外，凡平土与水利灌溉之地区普遍存在井田。此为多数历史学者所公认之事实。不仅早如《孟子·滕文公》篇、《汉书·食货志》所云周代井田之制及其农民一年中生活情况之大较已也。而《小雅》之《甫田》、《大田》所描述者亦有同于《周颂》之《臣工》、《载芟》，皆谓周天子方有事于藉田。《甫田》之"今适南亩"，《大田》之"馌彼南亩"，亦即《载芟》之"馌彼南亩"之"南亩"。从《大田》"雨我公田，遂及我私"而观之，《大田》南亩应包括属于周天子所有之公田与配给农民之私田。顾诗所描述者，则惟农民在藉田亦即公田上耕作之情形。公田或藉田为天子所自掌握之土地，由农民耕种而收获归公。所以《甫田》诗说到当"黍稷薿薿"之时，即说"我田之臧，农夫之庆"；当"禾易长亩，终善且有时"，即说"曾孙不怒，农夫克敏"。我，自是我曾孙，《郑笺》指成王。卒之"曾孙之稼，如茨如粱，如坻如京，乃求千斯仓，乃求万斯箱"。《大田》亦说到农夫"以我覃耜，俶载南亩，播厥百谷，既庭且硕"，即说"曾孙是若"。何以曾孙是若乎？自是农夫在南亩所播种者既庭且硕之百谷，皆归我曾孙所有也。天子率领卿大夫士庶人同耕藉田，显然是父系家长制下大家长率领家族成员共同耕作之遗迹。《甫田》、《大田》二诗皆言农夫从事于公田，天子及其妇子与田官前来馈食：“曾孙来止，以其妇子，馌彼南亩，田畯至喜。”《郑笺》：“喜，读为饎，酒食也。成王来止，谓出观农事也。亲与后、世子行，使知稼穑之艰难也。为农人之在南亩者设馈以劝之。司啬至，则又加之以酒食。”此即今史学家范文澜之所谓“馌礼”（？）者，是也。此非显然尚犹保留氏族父系家长制下生产资料公有之遗迹乎？但此时周天子之有事于藉田，只是例行一年中之一大仪式。观于《国语·周语》，宣王不藉千亩，虢文公述古者藉田之制云：“王耕一发，班三之，庶人终于千亩。”《甫田》诗云：“我取其陈，食我农人。”则当时阶级之分已严，不已明乎？

瞻彼洛矣三章章六句

《瞻彼洛矣》，刺幽王也。思古明王能爵命诸侯，赏善罚恶焉。

瞻彼洛矣，	瞧那洛水呀，
维水泱泱。	它的水势泱泱。
君子至止，之部。	君子到了，
福禄如茨。	福禄像盖屋茅草一样。
韎韐有奭，鲁，奭作赩。	染绛皮护膝这样红，
以作六师。脂部。	就来奋起六军。

一章。美其军帅戎服。或天子亲御戎服，统率六军邪？按：甲骨文中已见“乍三自”语。〇段玉裁《小笺》云：“自魏黄初以前，雍州渭洛字作洛，豫州伊雒字作雒，绝无混淆。至黄初以后，乃乱矣。其云至汉改伊洛者，伪也。”〇钮氏《匪石日记》云：“段懋堂先生云：‘瞻彼洛矣’之‘洛’，毛公不作‘雒’解。‘实始翦商’之‘翦’，毛公作‘齐’解。论甚精确。”

瞻彼洛矣，	瞧那洛水呀，
维水泱泱。	它的水势泱泱。
君子至止，	君子到了，
鞞琫有珌。	刀鞘玉饰有琫又有珌。
君子万年，	君子万年，
保其家室！脂部。	永保他的家室！

二章。美其所用佩刀，考古学家所谓玉具剑也。〇孙鑛云："姿态乃在韎韐、琫珌两语上。"〇按：鞞琫双声。

瞻彼洛矣，	瞧那洛水呀，
维水泱泱。	它的水势泱泱。
君子至止，	君子到了，
福禄既同。	福禄都已聚齐了一样。
君子万年，	君子万年，
保其家邦！东部。	永保他的家邦！

三章。专美其福禄作结。〇江永云："一、二、三章隔章章首遥韵。"

〇今按：《瞻彼洛矣》，当是周王会诸侯洛水之上，检阅六军之诗。《朱传》云："此天子会诸侯于东都以讲武事，而诸侯美天子之诗。言天子至此洛水之上，御戎服而起六师也。"就诗寻义，其语近是。惟洛水未必是伊雒而非渭洛耳。此诗主旨毛、郑说有不同，亦即今古文说有不同，郑盖用今文鲁、韩说。王先谦云："《白虎通·爵》篇：世子上受爵命，衣士服，何？谦不敢自专也。故《诗》曰：'韎韐有奭。'谓世子始行也。陈乔枞云：《白虎通》以此诗首章为世子始行，衣士服，而上受爵命。本于《鲁诗》之说。《郑笺》三章俱就世子言，与《鲁诗》合，亦据《鲁诗》为解也。"又《白虎通》引《韩诗内传》："诸侯世子三年丧毕，上受爵命于天子。"诗中君子，古文以为指天子，今文以为指诸侯世子。世子何人乎？何楷《古义》谓为郑武公，李黼平《细义》谓为晋文侯，皆未必然也。愚谓诗之君子倘为诸侯世子，则以作六师之事岂彼所能当？君子万年之祝，岂彼所能受？鞞琫有珌之玉具剑，岂彼所能佩者乎？《笃公刘》篇云："何以舟之？维玉及瑶，鞸琫容刀。"据此而言，周自夏末，先公公刘崛起骄贵，已佩宝剑，作为容刀，如今之所谓佩刀或礼刀也。是则《瞻彼洛矣》篇统率六师之君子必为周有天下以后之天子可知。《楚辞·九歌·东皇太一》云："抚长剑兮玉珥，璆锵鸣兮琳琅。"素描佩剑，有声有色。《汉书·郊祀志》云："天神贵者太一。"楚国王室祀此最尊贵之天神，所以象神之尸巫即得佩此最珍贵之玉具宝剑矣。

裳裳者华四章章六句

《裳裳者华》，刺幽王也。古之仕者世禄。小人在位，则谗谄并进，弃贤者之类，绝功臣之世焉。

裳裳者华，鲁、韩，裳作常。	这堂堂的是花，
其叶湑兮。	它的叶子很茂啊。
我觏之子，	我遇见了这个人，
我心写兮。	我的心就倾吐啊。
我心写兮，	我的心就倾吐啊，
是以有誉处兮。鱼部。	所以有喜乐而相处啊。

一章。言待以诚。

裳裳者华，	这堂堂的是花，
芸其黄矣。	它是纷纭的黄呀。
我觏之子，	我遇见了这个人，
维其有章矣。	是他的服饰有文章呀。

维其有章矣，　　是他的服饰有文章呀，
是以有庆矣。阳部。　　所以有赏赐的喜庆呀。

二章。言遇以礼。

裳裳者华，　　这堂堂的是花，
或黄或白。　　有的黄，有的白呀。
我觏之子，　　我遇见了这个人，
乘其四骆。　　驾着那白毛黑鬣的四马。
乘其四骆，　　驾着那白毛黑鬣的四马，
六辔沃若。鱼部。　　六道缰绳样子很是光滑。

三章。言赐以车马。

左之左之，　　要左的就是左的，
君子宜之。歌部。　　君子应付的本领是妥的。
右之右之，　　要右的就是右的，
君子有之。　　君子应付的本领是有的。
维其有之，鲁，维作唯。　　只因他应付的本领是有的，
是以似之。之部。　　所以就有后人给他继续的。

四章。言念君子肆应贤能，以世禄录其后嗣。○江永云："左、宜，平、上为韵。"

○今按：《裳裳者华》，言周王进用世禄子孙之诗。此大奴隶主妄自颂其分封世禄制之善者也。而后儒莫知。裳裳者华，《毛传》："兴也。"盖以是华喻世禄子孙之美。诗称我，我周王。之子，指世禄子孙。君子，指世禄子孙之先人。《郑笺》、《孔疏》皆以我者，我世禄子孙。之子，指古明王，未是。据《伐柯》、《九罭》二诗亦有"我觏之子"句，彼我者，我成王。之子，指周公。此篇义例盖同。前人

解说纷歧，不可究诘。诚如《序》说刺幽王进用谗谄小人，弃绝世禄贤者乎？或如《朱传》谓此天子美诸侯之辞。盖以答《瞻彼洛矣》天子会诸侯于东都讲武，而诸侯美天子之诗乎？抑或如何楷《古义》谓美郑武公帅师兴复之事乎？再者如李光地《诗所》谓天子朝会毕而见诸侯之诗乎？乃至如龚橙《诗本谊》谓宣王朝有功，疑享吉甫之作乎？殆皆盲人扪象之谈也。

桑扈四章章四句

《桑扈》，刺幽王也。君臣上下，动无礼文焉。

交交桑扈，	飞来飞去的桑扈，
有莺其羽。	有很文彩的羽翼。
君子乐胥，	君子乐有才智，
受天之祜。鱼部。	受到天赐的福气。

一章。言其才智之足以受福。〇江永云："扈、羽、胥、祜，平、上为韵。"

交交桑扈，	飞来飞去的桑扈，
有莺其领。	有很文彩的颈项。
君子乐胥，	君子乐有才智，
万邦之屏。真、耕通韵。	他是万邦的屏障。

二章。言其才智之足以安万邦。〇首、次两章以桑扈之有莺其羽、有莺其领，兴君子之乐胥。释者不必破字改读，读胥为兮也。

之屏之翰，	这是屏障，这是骨干，
百辟为宪。	百国诸侯以为模范。

不戢不难？	敢不靠拢，敢不柔顺？
受福不那！元部。○那当从《说文》作傩。奴言反。	受的福不是多得很！

三章。言其功在百辟而能敬，不当受多福乎？

兕觥其觩，	兕觥那样的弯角，
旨酒思柔。	甜酒这样的柔和。
彼交匪敖？齐，彼交作匪儌。	他不过激，他不倨傲？
万福来求！幽部。	万福就会来相聚合！

四章。言其在燕，情通而亦能敬，足以受多福也。

○今按：《桑扈》，《朱传》以为此天子燕诸侯之诗。李光地《诗所》云："朝会既毕而燕诸侯之诗。盖必元侯而受方伯之任者，其在东都，则周公、君陈、毕公之伦也。"诗云："万邦之屏"，"百辟为宪"，非出为方伯、入为卿士之诸侯实不足以当此。诗称君子，《郑笺》以指王者，《朱传》以指诸侯。朱鹤龄《通义》云："今按：'之屏之翰，百辟为宪'，即'维周之翰，四国于蕃'、'文武吉甫，万邦为宪'也。从朱说甚安。"二朱之说是也。诗"交交桑扈"，与《小宛》篇句同。彼《传》："交交，小貌。桑扈，窃脂。"《笺》："窃脂，肉食。"此《笺》："交交犹佼佼，飞往来貌。"《陆疏》、《尔雅·释鸟》郭注，以窃脂为窃人脯肉脂膏之名，盖皆沿《郑笺》而误。郑仅云肉食，可不谓误。《孔疏》据昭十七年《左传》九扈之说，谓"窃即浅之古字"，桑扈"窃脂，浅白"。陈大章《诗传名物集览·桑扈》一则云："此鸟今谓之蜡觜。性甚慧可教。色微绿。觜似蜡，言浅有脂色也。"盖用郑樵之说，是也。是书难得有此一条正确。桑扈虽食谷物果树嫩叶种子，而以肉食昆虫为主，故得视为益鸟焉。《诗序》仍以为诗刺幽王，谓其君臣上下动无礼文。陈奂云："诗亦陈古君臣之词。"王先谦云："三家义未闻。"

鸳鸯四章章四句

《鸳鸯》,刺幽王也。思古明王交于万物有道,自奉养有节焉。

鸳鸯于飞,	鸳鸯在那里飞,
毕之罗之。〔一〕	长柄网捞它,大围网捉它。
君子万年!	君子万年!
福禄宜之。歌部。	就有福禄来适合他。

一章。以鸳鸯于飞为兴,祝其万年福禄。〇按:鸳鸯双声。

鸳鸯在梁,	鸳鸯正在鱼梁,
戢其左翼。	插着它们的嘴头在左翼。
君子万年!	君子万年!
宜其遐福。之部。	适合于他的远大福气。

二章。仍以鸳鸯在梁为兴,祝其万年遐福。〇王应麟《困学纪闻》三,云:"艾轩云:读《风》诗不解《芣苢》,读《雅》诗不解《鹤鸣》,此为无得于《诗》者。傅至乐读《诗》至《鸳鸯》之二章,因悟比兴之体。"

乘马在厩,	驷马正在马房,
摧之秣之。韩,摧作莝。	铡了草喂它,拌了粟喂它。
君子万年!	君子万年!
福禄艾之。祭部。	就有福禄来保卫他。

三章。更以乘马在厩为兴,祝其万年福禄。

乘马在厩,	驷马正在马房,
秣之摧之。	拌了粟喂它,铡了草喂它。

君子万年！　　君子万年！
福禄绥之。脂部。　　就有福禄来安慰他。

四章。仍以乘马在厩为兴，祝其万年福禄。三番四次，阿谀祝福，此亦奴隶社会无耻奴才之词。〇此诗盖取鸳鸯雌雄同游，以兴男女之乐。乘马、摧、秣在厩，以兴亲迎之礼。象征隐约，在可解不可解之间，故受之者不以为侮嫚。其言万年、福禄等语，则当时例祝王者或贵族巨室之谀词谄语。此不独屡见于《诗》，且有先后出土无数之金文宝书可证也。

〇今按：《鸳鸯》，疑是颂祝贵族君子新婚之歌，具有歌谣风格。倘认其与幽王有关，与其说刺幽王废后，毋宁说是美幽王大婚。或说追美其大婚，以刺其废后，而说皆近乎迂曲矣。何楷《古义》疑此美幽王大婚，王照圆《诗问》则以此为刺幽王废申后。姜炳璋《广义》云："《传》、《笺》疑《后序》(《小序》续申之辞)之说，义终牵强，不如何氏《古义》之妥。"姚际恒《通论》云："邹肇敏谓咏成王初昏，而何氏因以为幽王，较邹自胜。何氏解《诗》穿凿，似此近理者绝少。恐其埋于荆榛中，故表而出之。"何氏释此诗"疑为咏幽王娶申后作"。自谓为疑，固未认其必然也。自朱熹攻《序》，谓"此《序》穿凿尤为无理"(《辨说》)。而谓"此诸侯所以答《桑扈》，亦颂祷之词"(《集传》)。岂自陷穿凿则谓为有理乎？此《序》、《孔疏》呕心作解，仍不免强作解人也。"三家义未闻"。

頍弁三章章十二句

《頍弁》，诸公刺幽王也。暴戾无亲，不能宴乐同姓，亲睦九族，孤危将亡，故作是诗也。

有頍者弁！　　有高戴的皮帽子！

实维伊何？	这是为什么呀？
尔酒既旨，	您的酒既美，
尔殽既嘉。	您的肴既佳。
岂伊异人？	难道是外人？
兄弟匪他！歌部。	兄弟不是他人呀！
茑与女萝，	寄生草与松萝，
施于松柏。〔一〕	都依靠在松柏。
未见君子，	还没见到君子，
忧心奕奕。	忧心摇摇不歇。
既见君子，	既已见到君子，
庶几说怿！鱼部。	庶几心里喜悦！

一章。孙鑛云："转折铺张多，意态自浓。茑萝二句是俊语，得此乃更有奇色。"

有頍者弁！	有高戴的皮帽子！
实维何期？	这是怎么的哟？
尔酒既旨，	您的酒既美，
尔殽既时。	您的肴既好。
岂伊异人？	难道是外人？
兄弟具来！之部。	兄弟都已来了！
茑与女萝，	寄生草和松萝，
施于松上。	依靠在松树上。
未见君子，	还没见到君子，
忧心怲怲。	忧心满满不放。
既见君子，	既已见到君子，
庶几有臧！阳部。	庶几有好心向！

二章。首、次两章言宴乐之难得。〇江永云："上、怲、臧，平、去为韵。"

有頍者弁！	有高戴的皮帽子！
实维在首。	这是戴在头上啊。
尔酒既旨，	您的酒既美，
尔殽既阜。	您的肴既多。
岂伊异人？	难道是外人？
兄弟甥舅！幽部。	兄弟和甥舅哟！
如彼雨雪，	好像那下雪的时候，
先集维霰。鲁，霰作霓。	先落下的雪珠叫霰。
死丧无日，	死亡不知何日，
无几相见。	没有几次相见。
乐酒今夕，鲁，夕作昔。	今夜开怀畅饮，
君子维宴！元部。	君子设了欢宴！

末章。言当乐饮，以尽今夕之欢。

〇今按：《頍弁》，言西周末年王室宴乐同姓诸臣之诗，当是与宴诸公中之贵族诗人所作。诗云："死丧无日，无几相见。"可以想见诗人豫感王室孤危将亡之悲哀。诗首句，"有頍者弁"，《孔疏》云："弁者，冠之大名，称弁者多矣。""唯皮弁上下通服之，故知皮弁也。""昭九年《左传》，王使詹桓伯辞于晋曰：'我在伯父，犹衣服之有冠冕。'僖八年《穀梁传》曰：'弁冕虽旧，必加于首。周室虽衰，必先诸侯。'然则王者之在上位，犹皮弁之在人首，故以为喻也。"诗三言有頍者弁，五言君子，皆以指王。又，三言兄弟，当指同姓贵族。一言甥舅，当指异姓贵族。《礼记·文王世子》篇云："公若与族燕，则异姓为宾。"是也。愚读此《诗序·孔疏》，觉其未能洽畅。嗣据严氏《诗缉》、胡氏《后笺》，乃知《序》说可不谓误。朱熹《辨说》攻

《序》,殆不其然。"读《诗》与他书别,唯涵泳浸渍乃得之。"(《严缉》)可知读《诗》而有得之之为不易也。

车舝五章章六句

《车舝》,大夫刺幽王也。褒姒嫉妒无道,并进谗巧败国,德泽不加于民。周人思得贤女以配君子,故作是诗也。

间关车之舝兮,	辗转的是车轴两头的辖啊,
思变季女逝兮。	这个可爱的少女要出嫁啊。
匪饥匪渴,	也不是饥,也不是渴,
德音来括。祭部。	望有善言来相制约。
虽无好友,	虽无同好贤友,
式燕且喜。之部。	来宴而且喜乐。

一章。孙鑛云:"首两语曼声、绵丽,有姿态。"〇陈奂云:"间关叠韵。"按:又作双声。

依彼平林,	在殷盛的那一带树林,
有集维鷮。[一]	有落下的是长尾野鸡。
辰彼硕女,鲁,辰作展。	及时而嫁的那美女,
令德来教。宵部。	望有美德来相教益。
式燕且誉,	来宴而且悦乐,
好尔无射!鱼部。	爱你不会厌弃!

二章。江永云:"鷮、教,平、去为韵。"

虽无旨酒,酒与殽叶。幽、宵通韵。	虽然没有旨酒,

式饮庶几。	饮来也差不多。
虽无嘉殽，	虽然没有嘉殽，
式食庶几。脂部。	吃来也差不多。
虽无德与女，	虽无大德于你，
式歌且舞！鱼部。	来歌而且舞啊！

三章。前三章就思得贤女以配君子说。

陟彼高冈，	爬上那个高的山腰，
析其柞薪。〔二〕真、阳合韵。○真十二，阳十四，故得合用。	劈下那柞栎树来烧。
析其柞薪，	劈下那柞栎树来烧，
其叶湑兮。	它的叶子多好啊。
鲜我觏尔，〔三〕	难得遇见了你，
我心写兮！鱼部。	我的忧心就消啊！

四章。江永云："'析其柞薪'叠句，二'薪'字自为韵。"

高山仰止，	高山是可以仰望到的，
景行行止。〔四〕阳部。	大路是可以前行到的。
四牡骈骈，	驷马飞飞似的不停，
六辔如琴。	六道缰绳好像弹琴。
觏尔新昏，	我遇见了你新婚，
以慰我心！侵部。○韩，慰作愠。	就安慰了我的心！

五章。后二章就乐得贤女既配君子说。○胡承珙云："'四牡'二句，为往迎贤女，正与车舝为首尾之词，于上下皆顺。"○江永云："仰、行，平、上为韵。"

○今按：《车舝》，如其不是思得贤女以配君子，便是诗人自道求女之诗。诗中称我，诗人自我，或代诗中主人公自我，诗人自是君子阶级中人物。其称季女、硕女，是他称女者；单称女、称尔，是对称女者；皆指贤女。诗“式燕且喜，式歌且舞”，盖言宴客受贺，婚礼举乐。俞正燮《癸巳存稿》二：“《郊特牲》云：昏礼不用乐，幽阴之义也。乐，阳气也。《曾子问》云：娶妇之家，三日不举乐，思嗣亲也。言三日不举乐，则其家必能日举乐者。且《关雎》之诗云：‘琴瑟友之，钟鼓乐之。’《车舝》之诗云：‘式歌且舞。’则用乐古有之也。婚礼不贺，人之序也。而《曲礼》云：为酒食以召乡党僚友，以厚其别也。若不贺者，何以赴召乎？但王侯不以贺婚礼为邦交，若晋之少姜耳。”又朱鹤龄《通义》云：“《戴记》所云，恐是士庶之礼。天子纳后，其承宗庙社稷，必与士庶家不同。”可知杨慎《丹铅续录》、何楷《古义》必以为古婚礼不举乐，不受贺，不宴客，皆未免读《礼》拘泥。《朱传》云：“此燕乐其新昏之诗。”朱善《解颐》云：“《正小雅》有《鹿鸣》以燕群臣，有《常棣》以燕兄弟，有《伐木》以燕朋友，而独于夫妇缺焉。则此诗虽燕乐新昏之诗，其亦昏礼上下通用之乐也与？”此皆以为是诗无关于幽王，与古文《序》说相违。今文“三家义未闻”。此一《序》说诚有可訾议者。姚际恒《通论》云：“《小序》大夫刺幽王。《大序》谓褒姒嫉妒无道，周人思得贤女以配君子，故作是诗。邹肇敏曰：思得变女以间其宠，则是张仪倾郑袖、陈平绐阏氏之计耳。以孽易孽，其何能淑？且赋《白华》者安在，岂真以不贤见黜？诗不讽王复故后，而讽以别选新昏。无论艳妻骄扇，宠不再移，其为倍义而伤教，亦已甚矣！阅此可以击节。”愚按，是皆未免腐论。诗人未必见及。且诗之本义亦未必与此有关。自《楚茨》至《车舝》十篇，《毛序》皆以为刺幽王，伤今思古之作。盖有所本。《荀子·大略》篇云：“《小雅》不以于污上，自引而居下。（注：以，用也。污上，骄君也。言作《小雅》之人不为骄君所用，自引而疏远也。）疾今之政以思往者，其言有文焉，其声有哀焉。（注：《小雅》多刺幽、厉而思文、武。）”毛公之学果出于荀卿欤？何其《序》与《荀子》之言疾今之政以思往者，若合符节也！愚谓诗倘作于盛世，厥后合乐《小雅》，衰世犹弦歌之，其言有文焉，其声有哀焉。《毛序》盖用瞽矇讽诵之义，则亦未为不可也。

青蝇三章章四句

《青蝇》，大夫刺幽王也。

营营青蝇，〔一〕三家，营作謍。　　嗡嗡往来的苍蝇，
止于樊！齐，樊作藩，鲁作藩，亦作蕃，韩作楙。　　停在园篱笆上！
岂弟君子，　　和乐平易的君子，
无信谗言！元部。　　莫相信谗言毁谤！

一章。欧阳修《诗本义》云："诗人以青蝇喻谗言，取其飞声之众可以乱听，犹今谓聚蚊成雷也。其曰'止于樊'者，欲其远之，当限之于藩篱之外。郑说是也。"〇《吕记》云："营营青蝇止于樊，行且至于几席盘杅(盂)之间矣。盖忧之也。"〇朱鹤龄《通义》云："青蝇驱之不去，小人亦驱之不去。"

营营青蝇，　　嗡嗡往来的苍蝇，
止于棘！〔二〕　　停在酸枣树上！
谗人罔极，鲁，人作言。　　说小话的谗人没准儿，
交乱四国！之部。　　遍搅乱子于四方诸邦！

二章。王充《论衡》云："人中诸毒，一身死之。中于口舌，一国溃乱。《诗》曰：'谗人罔极，交乱四国。'四国犹乱，况一人乎？故君子不畏虎，独畏谗夫之口。谗夫之口，为毒大矣。"(《言毒》篇)〇《严缉》云："谗言无有穷极，岂特近者不安，虽四国之远亦以交乱，其祸甚大矣。"〇按："谗人罔极，交乱四国"，明此谗人为王之所最亲信，而非泛指者也。

营营青蝇，	嗡嗡往来的苍蝇，
止于榛！	停在榛子树中！
谗人罔极，	说小话的谗人没准儿，
构我二人！真部。	使得捣乱在我们二人！

三章。罗愿《尔雅翼》云："君子之于谗也，初盖易之，至于乱之又生，而后君子信（信当作知）其谗。故首章但云毋信谗言。至其二章，则已交乱在外四国。至其三章，则虽同心如我二人者，亦不能相有。其始轻之而不忌，皆如此蝇矣。"〇魏源《诗古微》云："《易林》云：'患生妇人。'（《豫之困》）'恭子离居。'（《观之革》）夫幽王听谗，莫大于废后放子。而此曰'患生妇人'，则明指褒姒矣。'恭子离居'，用申生恭世子事，明指宜臼矣。故曰：'谗人罔极，构我二人。'谓王与母后也。'谗人罔极，交乱四国。'谓戎、缯、申、吕也。"此以诗为刺幽王听谗，而废后放子之作。

〇今按：《青蝇》，《毛序》云："大夫刺幽王也。"大夫何人？刺幽王何事？王先谦云："《易林·豫之困》：'青蝇集藩，君子信谗。害贤伤忠，患生妇人。'据此，《齐诗》为幽王信褒姒之谗而害忠贤也。《困学纪闻》云：袁孝政释《刘子》曰：魏武公信谗，诗刺之曰：'营营青蝇，止于藩。'此《小雅》也，谓之魏诗可乎？案魏当卫之误，三家《诗》以此合下篇皆卫武公所作。何楷说同。愚案，卫武公王朝卿士，诗又为幽王信谗而刺之，所以列于《小雅》。若武公信谗而他人刺之，其诗当入《卫风》矣。即此可证明其误。鲁、韩未闻。"是谓诗刺幽王信褒姒之谗而伤害忠贤，盖为卫武公所作。此或合于三家齐说，则足以补明毛义者也。

宾之初筵五章章十四句

《宾之初筵》，卫武公刺时也。幽王荒废，媟近小人，饮酒无度，天下化之。君臣上下，沉湎淫液。武公既入，而作是诗也。

宾之初筵，	宾客的初就筵席，
左右秩秩。	左右周旋秩秩有礼节。
笾豆有楚，三句起韵。	食器这样清楚的布置，
殽核维旅。鱼部。○鲁，维作惟。	鱼肉果蔬都已经陈列。
酒既和旨，	酒味都是醇和甜美的，
饮酒孔偕。〔一〕脂部。	饮酒的人很普遍热烈。
钟鼓既设，	钟啦鼓啦都已悬设，
举酬逸逸。脂、祭通韵。	举爵还敬的人络络绎绎。
大侯既抗，	打靶的大射皮既已举起，
弓矢斯张。〔二〕阳部。	弓矢之类就都摆出。
射夫既同，	射箭的人都已配合齐整，
献尔发功。东部。	就呈献你发射的本领。
发彼有的，	发射着那里的某个目的，
以祈尔爵。〔三〕宵部。	我就祝你健康干杯来饮。

一章。言既饮而射，饮酒之有礼。《毛传》："有燕射之礼。"○按：章末二句，《郑笺》："射之礼，胜者饮不胜，所以养病也。"《礼·射义》郑注："《诗》云：'发彼有的，以祈尔爵。'祈，求也。求中以辞爵也。酒者，所以养老也，所以养病也。求中以辞爵者，辞养也。"○姚际恒云："阅至后，方知此起四句之妙。"○江永云："首二句无韵。"

籥舞笙鼓，	籥舞开始有应和的笙鼓，
乐既和奏，	一切乐器都已和谐演奏，
烝衎烈祖。鱼部。	进而享乐有功烈的先祖。

以洽百礼，　　就来配合着百礼，
百礼既至。脂部。　　百礼都已周到之至。
有壬有林，〔四〕　　这很伟大，这很隆重，
锡尔纯嘏，　　神要赐你大福，
子孙其湛。　　子孙都将尽兴。
其湛曰乐，　　都将尽兴以为喜乐，
各奏尔能。侵部。　　各自呈献你们的技能。
宾载手仇，　　来宾就自取比射的对手，
室人入又。〔五〕　　主人又加入发射以陪来宾。
酌彼康爵，　　酌起那个空爵，
以奏尔时。之部。　　来进献给你射中的为敬。

二章。言因祭而饮，饮酒之有礼。《郑笺》言“将祭而射，谓之大射”。大射之礼，此章为近。射礼有三，诗不及宾射之礼明矣。○按：章末二句，谓主人（室人）酌彼虚爵以进于尔射中者之宾也。○江永云：“鼓、奏、祖，上、去为韵。能、仇、又、时，平、去为韵。”○按：壬林叠韵。

宾之初筵，　　宾客的初就筵席，
温温其恭。　　温温的那么恭敬。
其未醉止，三句起韵。○止与止叶。之部。　　他们还没醉啦，
威仪反反。韩，反作昄。　　威仪板板的慎重。
曰既醉止，　　说是已经醉啦，
威仪幡幡。　　威仪翻翻的失掉作用。
舍其坐迁，　　丢了他们应坐应起的礼节，
屡舞仙仙。元部。　　常舞得仙乎仙乎地飞动。
其未醉止，　　他们还没醉啦，

威仪抑抑。	威仪抑抑的慎密。
曰既醉止，之部。	说是已经醉啦，
威仪怭怭。三家，怭作佖。	威仪怭怭的轻鄙。
是曰既醉，	这是说都已经醉了，
不知其秩。脂部。	不知道饮酒的常例。

三章。泛言饮之未醉有礼，醉则失礼之状。〇记宋人平话小说中《酒戒》云："少吃不济事，多吃济甚事？有事坏了事，无事生出事！"〇江永云："首二句无韵。""四句见韵。""反、幡、迁、仙，平、上为韵。"

宾既醉止，	宾客都已经醉啦，
载号载呶。宵部。〇句中韵。	有的大叫，有的喧哗。
乱我笾豆，	搅乱了我的食器笾豆，
屡舞僛僛。	常舞得一僛一僛地歪斜。
是曰既醉，	这是说都已经醉了，
不知其邮。之部。	不知道他们的过差。
侧弁之俄，	歪戴着皮帽的不端正，
屡舞傞傞。歌部。〇三家，傞作娑。	常舞得一蹉一蹉地失容。
既醉而出，	已经醉了而出，
并受其福。	宾主并受饮酒的福。
醉而不出，	醉了而不肯出，
是谓伐德。之部。	这就叫做败德。
饮酒孔嘉，	饮酒本来是很美的事，
维其令仪！歌部。	只是饮酒的要有好礼节！

四章。再特写既醉无礼之状，尤为生动有致。〇钟惺云："画出饮中恶道。既醉而出，非惟饮之有节，饮酒之趣自亦如此。所谓

唯酒无量不及乱，饮之圣也。”〇姚际恒云：“屡舞醉态，凡作三层，写一层，深一层。”〇翟灏《通俗编》一，云：“古籍之语，今多有祖其意而变其文者。虽极雅俗之殊，而渊源犹可溯也。《诗》‘侧弁之俄’，《疏》云：醉不自知而倾侧其弁。今变之曰：‘侧戴帽儿吃白酒。’”〇江永云：“呶、豆，平、去为韵。”〇按：号呶叠韵。

凡此饮酒，　　凡是这些饮酒的人，
或醉或否。　　有的是醉，有的不是。
既立之监，　　既要设立掌令的酒监，
或佐之史。　　或者帮设记事的酒史。
彼醉不臧，　　他自己醉了被责不好，
不醉反耻。　　不醉的反被罚酒为耻。
式勿从谓，〔六〕　　用不着跟他殷勤劝说，
无俾大怠。之部。　　不要使得他大大失礼。
匪言勿言，　　不该说的不要向他去说，
匪由勿语。〔七〕　　不该做的不要和他戏语。
由醉之言，　　依着他醉了拒劝的一派胡言，
俾出童羖。鱼部。　　会强使你拿出没角的山羊羖。
三爵不识，　　饮过三爵的人就不清醒，
矧敢多又！〔八〕之部。　　况敢多多地相劝他再饮！

五章。言饮酒有监史之制，及其所以对待醉者。上二章陈古，下三章刺今，作者盖亦有自儆之意也欤？〇按：玩末章首四句，则知当时大小奴隶主贵族置酒，已有酒令之制。俞正燮《癸巳存稿》十一，据宋窦苹《酒谱》第十二《酒令》云：“诗，饮之立监史，所以已乱而备酒祸。案，其事有证。”俞氏所举证三：《史记·滑稽列传》，淳于髡语：“御史在前，执法在后。”《韩诗外传》，齐桓公置酒语：“令

诸侯大夫曰，后者，饮一经程。管仲后，当饮一经程。”《说苑·善说》篇，魏文侯与大夫饮酒，使公乘不仁为觞政，不仁语：“君已设令，令不行可乎？”〇孙鑛云：“长篇大章，铺叙详备。首两章述礼处甚浓古。三、四章写醉态淋漓。末章申戒收归正。构法匀整。后三章稍露跌荡。”〇姚际恒云：“俾出童羖，奇语。”〇马瑞辰云：“《大雅·抑》之诗曰：‘彼童而角。’是无角者而言其有角。此诗‘俾出童羖’，又是有角者而欲其无角。二者相参，足见诗人寓言之妙。”马氏解此末章较旧注为胜，今多从之。如此串讲乃通矣。

〇今按：《宾之初筵》，卫武公入为王朝卿士，眼见君臣上下饮酒无度，陈古以刺今，自儆以刺时之作。《毛序》说“刺时”，《韩诗》说“饮酒悔过”，各自其一面而言之，皆可不谓为误。朱子《辨说》是韩说而非毛说，则未见其为必是。若自其全面而言之，复辨证而观之，乃能洞见此一作者老奸巨猾之深意。《史记·卫康叔世家》云：“武公即位，修康叔之政，百姓和集。四十二年，犬戎杀周幽王。武公将兵往，佐周平戎甚有功，周平王命武公为公。”是《宾之初筵》诗作在平王之世，当以之刺平王。非必如陈奂所云“是诗为追刺幽王而作”也。关于酒之文学，《周书·酒诰》之笔，《宾之初筵》之诗，自是古典杰作。厥后扬雄《酒箴》、刘伶《酒德颂》、杜甫《饮中八仙歌》，虽是小品短篇，亦皆名作。但论艺术性与思想性兼而有之，仍推《宾之初筵》为首创杰作。黄榆《双槐岁抄》录汪广洋《奉旨讲宾之初筵叙》，谓明太祖朱元璋听讲此诗大为感动，仍命缮写数十本颁赐文武大臣，俾揭之高堂。厥后大戮功臣，纵酒败度，亦当是一种口实。此诗极写奴隶主贵族阶级酗酒伐德，酒精中毒之为害。并可据以想见其时酿酒之术已精。《三百篇》中所见之酒，有醴与春酒（冻醪）、旨酒、清酒、醽酒、湑酒、酤酒、秬鬯诸名。大抵醴与旨酒、春酒、酤酒，皆糖化多而酒化少，属于今之所谓酒酿、米酒或甜酒一类。而旨酒常与嘉殽对文，可能酒分较高，而酒质较美。其他清酒、醽酒、湑酒、秬鬯，皆属于去糟之酒，即酿期较长，或须重酿而酒分较浓之酒。《周礼·天官·酒正》，"辨三酒之物，一曰事酒，二曰昔酒，三曰清酒"。所谓昔酒，或如今之所谓陈年老酒。所谓事酒，或为寻常含糟之酒。意者，旨酒、清酒、秬鬯、昔酒，各含酒分较高而有差。《宾之初筵》酒既和旨，殆不外此数者，其酒分决不高于今之所谓陈年绍酒若干。要之，周代尚未有用蒸馏法制造之白酒，可以断言。白居易《忠州荔支楼对酒》诗云："荔支新熟鸡蛋色，烧酒初闻琥珀香。"又雍陶诗云："自到成都烧酒熟，不思身更入长安。"可证唐代巴蜀已有烧酒，四川大曲之由来久矣。《唐国史补》："酒有剑南之烧春。"翟灏《通俗编》："东坡言唐时有酒名烧春者，当即烧酒也。元人谓之汗酒。十思义有《汗酒》诗。或称阿剌古酒，作歌云：'年深始作汗酒法，以一当十味且浓。'"记《吕氏春秋》中云："越王之栖于会稽也，有酒投江，民饮其流，而战气百倍。"梁元帝萧绎《金楼子自序》云："有银瓯一枚，贮山阴甜酒。"可证绍酒善酿之由来尤古也。

【简注】

甫田

〔一〕攸介攸止，句与《生民》篇同。犹云爰居爰处也。《笺》释不误。

〔二〕以其妇子三句，《甫田》、《大田》皆有，与《七月》篇同。惟彼其字作我，似诗中我农夫之头目或父家长自我，此则似指曾孙自身。又彼馌为常馌，此馌或为范文澜教授所谓"馌礼"耶？

○倬音到，音卓。食音嗣。齐音粢。御音迓。畯音俊。攘音让。茨音资。庾音与。坻音支。

大田

〔一〕螟，稻螟虫，玉米螟。昆虫，鳞翅目、螟蛾科。螣，疑非黏虫，属于昆虫，鳞翅目、拟尺蠖科；则疑为稻蝽，属于昆虫，鞘翅目、金花虫科。蟊，疑为蝼蛄，俗称土狗子或地老虎者是。昆虫，直翅目、蟋蟀科。贼，邹汉勋《读书偶识》云：今之火灭也。小如虱，绕禾节而居，有翼能飞。好赴火，故名火灭，又名银虫。疑为稻虻，昆虫，双翅目、大蚊科。待专家正之。

〔二〕来方禋祀，毛奇龄《毛诗写官记》云：曾孙之来本劝农也，然馌食之余，方且以禋祀为事。

○耜音似。俶音叔。庭，俞樾读挺。皂音早。稂音郎、音良。已见《下泉》篇。莠音酉。畀音比。螣音殆、音特。蟊音矛。渰音掩。雨我，雨如字去声。穧音济。穗音惠、音遂。

瞻彼洛矣

○韎，许从末音末；郑从未音妹。韐音阁。奭音郝、音释。鞞音裨、音秉。琫音捧。珌音必、音秘。

裳裳者华

○裳读堂。湑音胥上声，近许。誉、豫古通，乐也。

桑扈

○祜音户。戢音辑。难，难如猗傩之傩。那音挪。兕音洗、音似。觥音光、音觵。觩音求、音斛。

鸳鸯

〔一〕鸳鸯，涉禽，雁形目、鸭科。其雄者为最美丽之鸭类。栖息于内陆湖泊及山麓之江河。平时成偶生活而不分离，相传其一死亡，其他则自此单居。善于行走与游泳，飞行力亦强。筑巢于树洞，多树之小溪边或沼泽区之高地上。春季经过山东河北甘肃等地，到内蒙与东北地区繁殖，在华南越冬。今公园或蓄为观赏之水禽。毕之罗之者，罗则张以待鸟，毕则执以掩物。网小而柄长谓之毕，有似于今之采集生物标本所用之捕虫罩也。

○乘如字去声。厩音救、音九。摧如字，或读莝，或读刍。秣音末。绥音虽。

頍弁

〔一〕茑，又名桑寄生，寄生草。桑寄生科，寄生小灌木。或云，茑属虎耳草科。其茎为蔓状，为攀缘古木之落叶小灌木。女萝，又名松上寄生。日本名金线草。松萝科一种悬垂之地衣类植物，多附着于古木枝梢。松柏已屡见前。

○頍旧音跬，音恢、近魁。弁音卞。茑音鸟、音吊。萝音罗。怿音亦，陈奂读如释。期音基。怲音病、音傍。雨雪，雨如字去声。霰音现。

车舝

〔一〕鷮，长尾雉。雉已见《雄雉》篇。

〔二〕柞，柞栎，山毛榉科。或以为柞凿音近，柞，为凿子木，椅科。

〔三〕鲜我觏尔，戴震《诗考正》云：言鲜矣我之得见尔，美其贤之词，言世所罕见也。

〔四〕高山景行云者，黄氏《日抄》谓述道涂之所经。按：此承上章陟彼高冈而来，确是即兴语。马瑞辰云：景行，与高山对言，犹言大道也。按马申《毛传》，是也。郑易毛训景为明，后儒或训景为慕，皆不及毛大道之义明确。

○舝辖古通用。鷮音乔、音骄。景行如字，下行音杭。

青蝇

〔一〕青蝇，旧注皆以为苍蝇，可不谓误。此节肢动物，昆虫，双翅目、家蝇科。愚疑青蝇或为金蝇，蝇之一种。体长二三分，金绿色。复眼，赤褐色，或黑褐色。胸下蓝绿色。背有黑毛甚细。其躯体较苍蝇为小。

〔二〕棘，已见《凯风》篇。下榛已见《简兮》篇。

宾之初筵

〔一〕《传疏》：《丰年·传》云，皆，遍也。偕与皆通。

〔二〕《传》：大侯，君侯也。抗，举也。有燕射之礼。《笺》：射礼有三，有大射，有燕射，有宾射。《周礼·梓人》，张皮侯而栖鹄。天子诸侯之射皆张三侯，故君侯谓之大侯。大侯张，而弓矢亦张，节也。将祭而射，谓之大射。下章言烝衎烈祖，其非祭与？

〔三〕《笺》：发矢之时，各心竞云：我以此求爵女。射之礼，胜者饮不胜，所以养病也。按：以祈尔爵，爵当读釂，饮酒尽也。

〔四〕《传》：壬，大。林，君也。马氏《通释》：有壬，状其礼之大；有林，状其礼之多。《尔雅》：林烝并训为君，又训为众，其义一也。

〔五〕《传》：手，取也。室人，主人也。主人请射于宾，宾许诺，自取其匹（仇）而射，主人亦入于次，又射以耦宾也。按：金鹗《求古录·礼说补遗》有射耦考，可参读。

〔六〕式勿从谓者,《通释》:《释诂》谓勤也。勤为勤劳之勤,亦为相劝勉之勤。

〔七〕匪言勿言、匪由勿语者,《通释》:自言谓之言,以言问人亦谓之言。《尔雅·释言》:讯,言也。《广雅》:言,问也。是也。《方言》、《广雅》并曰:由,式也。式,法也。匪由勿语,犹《孝经》非法不道也。

〔八〕《通释》:礼饮献、酬、酢(三爵)之外又有旅酬,不止三爵。惟君侍君小燕,则以三爵为度。(《玉藻》)《孔疏》引《春秋传》曰:臣侍君燕过三爵,非礼也。《公羊》何休注:礼,饮酒不过三爵。皆指平时侍燕而言。即此诗所谓三爵也。《周官·宫正》以乐侑食。郑注,侑,劝酒也。又,即侑之假借,谓劝酒也。

○籥音钥。衎音侃、音堪。嘏音古。湛读耽、读沈。舍读捨。呶音奴、音闹。僛音欺。傞音磋。羖音古。

诗经直解　卷二十二

鱼藻之什第二十二　毛诗小雅

鱼藻之什十四篇六十二章三百二句

鱼藻三章章四句

《鱼藻》，刺幽王也。言万物失其性，王居镐京，将不能以自乐，故君子思古之武王焉。

鱼在在藻？〔一〕藻与镐叶。宵部。	鱼在什么地方，在水藻？
有颁其首。鲁，颁作贲。	这么肥的是它的头。
王在在镐？	王在什么地方，在镐京？
岂乐饮酒！幽部。○鲁，岂作恺。	他正在欢乐呀饮酒！

一章。何楷云："鱼在在藻，王在在镐，两句炤映甚明。鱼兴王，藻兴镐。"○姚际恒云："二在字见姿。"

鱼在在藻？	鱼在什么地方，在水藻？
有莘其尾。	这么长的是它的尾巴。
王在在镐？	王在什么地方，在镐京？
饮酒乐岂！脂部。	他正在饮酒欢乐呀！

二章。首、次二章言王之在镐饮酒作乐。

鱼在在藻?	鱼在什么地方,在水藻?
依于其蒲。〔二〕	正依靠在那里的香蒲。
王在在镐?	王在什么地方,在镐京?
有那其居!鱼部。	这么高大的他的住处!

三章。末章言王之在镐高大其居。全篇以问答为之,自问自答。口讲指画,颇似民谣风格。方玉润云:“细民声口。”是也。〇按:此诗有别解。邹肇敏以为武王饮至,何元子踵之,因以诗“岂乐”为凯旋之乐。何氏云:“《鱼藻》,武王克商饮至也。”“饮至者,嘉其行至,故因在庙中饮酒为乐也。”“岂乐者,奏岂(凯)而乐也。”〇江永云:“一、二、三章隔韵。”

〇今按:《鱼藻》,盖刺周王高居镐宫饮酒作乐之诗。诗义自明。《序》说仍“反经以序之”,可通,而未必是。“三家无异义”。《朱传》谓此天子燕诸侯,而诸侯美天子之诗。语出诗义之外,细玩索之,乃知其非也。胡承珙云:“案此诗《传》、《笺》以在藻依蒲为鱼之得所,兴武王之时民亦得所。欧阳《本义》,李、黄《集解》,及《埤雅》、《尔雅翼》皆从此义。范氏《补传》、严氏《诗缉》乃以藻蒲水浅为鱼之失所,以兴幽王之民失所。然经文曰在、曰依,似非失所之喻。《苏传》又谓在藻之鱼不知将为人取,兴王饮酒自乐不知危亡。亦与经言岂乐、言有那者不合。惟从毛、郑,则词旨与《鸳鸯》相类,但陈古之美,而刺意皆在言外。《文选》王元长《曲水诗序》:‘信凯燕之在藻,知和乐于食苹。’此取其诗词本言武王,故可用为颂美耳。《隋书》,炀帝见薛道衡《高祖颂》,以为此《鱼藻》之义。刘知幾《史通·载文》篇:‘观《猗与》之颂,而验有殷方兴。观《鱼藻》之刺,而知宗周将陨。’此皆正用《毛序》之义者也。”胡氏《后笺》相信此诗《序》说,陈古刺今,以美为刺。倘吾人知《序》固有反经以序之一例,或知《诗》亦有合乐与瞽矇讽诵之义,则知此《序》亦可通也。

采菽五章章八句

《采菽》，刺幽王也。侮慢诸侯。诸侯来朝，不能锡命以礼，数征会之，而无信义，君子见危而思古焉。

采菽采菽，〔一〕	采大豆呀，采大豆呀，
筐之筥之。	筐子盛它，篓子盛它。
君子来朝，	君子来朝，
何锡予之？	什么东西赐给他？
虽无予之，	虽没什么赐给他，
路车乘马。	有的是大车驷马。
又何予之，鲁、韩，予作与。	还有什么赐给他？
玄衮及黼。鱼部。	玄色龙袍和绣褂。

一章。“言其思也。”〇姚际恒云：“下四句，承上作两叠文法。”

觱沸槛泉，韩，觱亦作泮。鲁、韩，槛作滥。	泮沸正出的流泉，
言采其芹。〔二〕	我采那里的水芹。
君子来朝，	君子来朝，
言观其旂。文部。	我看见了他的旗影。
其旂淠淠，	他的旗子飘飘在动，
鸾声嘒嘒。	鸾铃响声嘒嘒可闻。
载骖载驷，	驷马的或排三或排四，
君子所届。脂、祭通韵。	君子早就完成。

二章。“言其至也。”〇陈奂云：“觱沸叠韵。”按：又作双声。

赤芾在股，鲁，芾作绋。	赤色的皮护膝在腿，
邪幅在下。	裹腿的斜布在腿下。
彼交匪纾，鲁，彼作匪。	也不骄傲，也不怠慢，
天子所予。鱼部。	天子会要赏赐的呀。
乐只君子！	乐哉君子！
天子命之。	天子有恩情命令他。
乐只君子！	乐哉君子！
福禄申之。真部。	福禄再三的增进他。

三章。“言其见也。”〇姚际恒云：“写服饰有别致妙义。”〇江永云：“股、下、纾、予，平、上为韵。命、申，平、去为韵。”

维柞之枝，〔三〕	这是柞栎树的枝子，
其叶蓬蓬。	它的叶子蓬蓬。
乐只君子！	乐哉君子！
殿天子之邦。	镇抚天子所有诸邦。
乐只君子！	乐哉君子！
万福攸同。	万福都来聚拢。
平平左右，韩，平作便。	平平治理左右邻封，
亦是率从。东部。	邻封诸邦也就服从。

四章。“言其功也。”

泛泛杨舟，	泛泛流着的杨木船，
绋缅维之。鲁，缅作缡。	有索子缆子系住它。
乐只君子！	乐哉君子！
天子葵之。	天子总打算赐予他。
乐只君子！	乐哉君子！

福禄膍之。韩，膍作肶。　　福禄重叠的照顾他。
优哉游哉！韩，游作柔。　　优哉游哉！
亦是戾矣。脂部。　　这里也就是安居呀。

五章。“言其去而留也。”〇王照圆云：“经言天子，是大夫美诸侯之辞，非天子自美之。”（《诗问》）〇按：此美诸侯来朝之诗。盖言诸侯而任方伯连率之职者，于其礼命之隆、职掌之重见之，而其人不可考矣。〇江永云：“哉、矣，平、上为韵。戾字非韵。”按：江有诰以戾字为韵，读平声。〇陈奂云：“缅维叠韵。”

〇今按：《采菽》，述诸侯来朝，王赐车马衣服之作。虽然未必如《白虎通》说，诗言九锡；要之，此言赏赐大典，非一般诸侯所有事，唯方伯连率足以当之。何楷云：“康王即位，召公、毕公为东西二伯，率诸侯来朝，王锡命之。”可备一说。此诗今古文说有异同。《序》说又是反经以序之。《孔疏》云：“《序》皆反经为义。”“于经无所当。”是也。陈乔枞云：“《白虎通·黜陟》篇：九锡皆随其德可行而赐，能安民者赐车马，能富民者赐衣服。以其进退有节，行步有度，赐之车马以代其步。言成文章，行成法则，赐之衣服以表其德。《诗》曰：‘君子来朝，何锡与之？虽无与之，路车乘马。又何与之？玄衮及黼。’案韦昭《晋语》注，以此诗为王赐诸侯命服之乐，与《白虎通》说合。”（《鲁诗遗说考》）王先谦云：“案：鲁家以为王赐诸侯命服之诗。齐、韩未闻。”《朱传》以《鱼藻》、《采菽》两篇为天子与诸侯互相颂美赠答之作，臆说可笑也。

角弓八章章四句

《角弓》，父兄刺幽王也。不亲九族而好谗佞，骨肉相怨，故作是诗也。

骍骍角弓，　　调整好好的角弓，

翩其反矣。	会翩然地翻转呀。
兄弟昏姻，	兄弟婚姻，
无胥远矣。元部。	不要太相疏远呀。

一章。言角弓不可松弛，喻兄弟不可疏远。昏姻盖言异姓兄弟，连类及之，非必确有所指也。〇按：何楷以为此刺幽王宠任昏姻而疏远兄弟之诗。《十月之交》所言皇父七子皆褒姒姻党，《正月》又言“昏姻孔云”。“无胥远矣”，言王者之视兄弟不必与昏姻大相悬绝也。

尔之远矣，	您这样的疏远呀，
民胥然矣。元部。	人家都会以为然呀。
尔之教矣，	您这样的教导呀，
民胥效矣。宵部。〇鲁，胥作斯。	人家都会相仿效呀。

二章。言尔之疏远兄弟，民亦相仿效。江永云：“远、然，平、上为韵。”

此令兄弟，	这是善良兄弟，
绰绰有裕。	彼此绰绰留有余裕。
不令兄弟，	不是善良兄弟，
交相为瘉。侯部。	彼此互相为害不顾。

三章。言兄弟有善良，有不善良。〇江永云：“裕、瘉，上、去为韵。”

民之无良，	有些人的不善良，
相怨一方。	互相抱怨于一方。
受爵不让，	怨受一爵酒而不相让，

至于己斯亡！〔一〕阳部。　　轮到自己就这样善忘！

四章。言不善良之兄弟，失意杯酒之间，责人而不责己。前四章重在刺王不亲兄弟。〇钟惺云：“‘相怨一方’，说尽千古人情。‘受爵不让’是相怨之根。故‘老马’以下皆承此意。受爵不让则争，争则谗人乘隙间之，故有末二章云云。”

老马反为驹，　　把老马反当作小驹，
不顾其后：　　不照顾到它的以后：
如食宜饇，韩，宜作仪。　　比如吃饭宜给适当吃饱，
如酌孔取。〔二〕侯部。　　比如酌酒要给适量合扣。

五章。一喻小人不知优老。又两喻小人须知养老。确似“父兄”口吻。〇姚际恒云：“取喻多奇。”〇江永云：“驹、后、饇、取，平、上、去通韵。”

毋教猱升木，〔三〕　　莫教猴子上树，
如涂涂附。　　莫像泥上着泥。
君子有徽猷，　　君子有骨肉团聚的良策，
小人与属。侯部。　　小人就会相与联属不离。

六章。言小人之道不可长，宜以善道教人相亲为善。〇孙鑛云：“少微婉，多切直，然新意新语竞出，风骨自高奇。”〇江永云：“木、附、属，去、入为韵。”

雨雪瀌瀌，鲁、韩，瀌作麃。　　落下雪花瀌瀌，
见晛曰消。鲁、韩作曣晛聿消。　　一见日出了而积雪就消。
莫肯下遗，鲁，遗作遂，韩作隤。　　小人不肯谦卑远避自了，
式居娄骄。宵部。　　因此而居然屡屡的骄傲。

七章。此及下章言雪见日出而消，以反喻小人之骄横莫制。○陈奂云："见晛，《韩诗》作曣晛。《荀子》作宴然。皆叠韵连绵字。"

雨雪浮浮，	落下雪花浮浮，
见晛曰流。	一见日出了而雪化水流。
如蛮如髦，	小人好像南蛮好像夷髦，
我是用忧！幽部。	我所以为他们而有深忧！

八章。末以忧伤作结。后四章重在刺小人谗佞得逞。○按：旧评此诗"光怪陆离，眩人耳目"。盖以其行文之脉络难明，今试为疏明章指如此。○按：蛮髦双声。

○今按：《角弓》，盖王室父兄刺王好近谗佞小人，不亲九族，而骨肉相怨之诗。诗义自明。《序》说不误，但谓刺幽王，则不知其是否耳。《汉书·刘向传》，向上《封事》云："幽、厉之际，朝廷不和，转相非怨。诗人刺之曰：'民之无良，相怨一方。'"是则以幽、厉之世统言之矣。此诗反映远自原始氏族社会而来之一种宗法思想，即以宗族为纽带而互相维系之思想。首章"兄弟昏姻，无胥远矣"，似将同姓兄弟与异姓兄弟并说。但三章两提兄弟，不见再提昏姻，可见重点落在同姓兄弟。首章兄弟昏姻并说，因说兄弟而连及昏姻，《郑笺》、《孔疏》说皆不误。不惟《頍弁》以兄弟甥舅连言，《伐木》亦以诸父诸舅并说，又云"兄弟无远"。《孔疏》谓《郑笺》以昏姻之亲与宗族同，故通言骨肉。是也。

菀柳三章章六句

《菀柳》，刺幽王也。暴虐无亲，而刑罚不中，诸侯皆不欲朝，言王者之不可朝事也。

有菀者柳！柳与蹈叶。幽部。　　这郁茂的是柳树！
不尚息焉？　　不想去休息遮荫？
上帝甚蹈，韩，蹈作陶。　　上帝太变动不测，
无自昵焉。　　不要自己去相亲近。
俾予靖之，　　会使我受到惩治的，
后予极焉！之部。　　我后到那里去朝觐！

一章。江永云："柳、蹈隔韵。蹈，徒候切。不必读作神。"

有菀者柳！　　这郁茂的是柳树！
不尚愒焉？　　不想去歇下凉快？
上帝甚蹈，鲁，帝作天，蹈作神。　　上帝太神圣可怕，
无自瘵焉。鲁，焉作也。　　不要自己去受患害。
俾予靖之，　　会使我受到惩治的，
后予迈焉！祭部。　　我后往那里去朝拜！

二章。以上两章言朝王将有不测之祸。江永云："一、二章柳、蹈，上、去为韵。"

有鸟高飞？　　这只鸟高高地飞？
亦傅于天。　　也还是附在青天。
彼人之心，　　那个人的心向，
于何其臻？　　他将走到哪一边？
曷予靖之，　　何时我会受到惩治的，
居以凶矜？真部。矜当从令，见《六书正讹》。　　坐着而有凶祸和危险？

三章。言不去朝王乎？亦将有不测之祸。彼人，斥王也。〇姚际恒云："喻得淡妙。"

〇今按:《菀柳》,言王者之不可朝,诸侯皆不敢朝之诗。诗义自明。《序》说亦不为误,但云刺幽王则未有据耳。“三家无异义”。《朱传》亦以为王者暴虐,诸侯不朝而作。“盖诸侯不朝而己独至,则王必责之无已,如齐威王朝周而后反为所辱也。”但未言王者为谁。魏源则以为此刺厉王之诗。其《诗古微》云:“试质诸《大雅》刺厉刺幽之诗则了然矣。厉王暴虐刚恶,乃武乙、宋康之流;幽王童昏柔恶,特后汉桓、灵之比。故刺厉之诗皆欲其收辑人心;刺幽王之诗皆欲其辨佞远色。”“征以厉王诸诗,一则曰‘上帝板板’,再则曰‘荡荡上帝’。与此《菀柳》篇‘上帝甚神’,皆监谤时不敢斥言托讽之同文也。”《孔疏》申述毛、郑,以此诗为诸侯不朝王者所自作。胡氏《后笺》云:“此为幽王暴虐,诸侯畏祸,不敢朝王,于是在王朝者作诗以著其事而原其情,故得列之于《雅》。其曰予者,盖代诸侯自予。诗中言我言予,多代述之辞。《疏》泥于予为自言。”愚谓此诗风格近似歌谣,其亦出自民间歌手恐喝其国君不欲入朝乎?

都人士五章章六句

《都人士》,周人刺衣服无常也。古者长民,衣服不贰,从容有常,以齐其民,则民德归壹,伤今不复见古人也。

彼都人士,士与改叶。之部。	那些京都人士,
狐裘黄黄。	狐皮袍子亮黄黄。
其容不改,	他们的容貌不改常态,
出言有章。	吐出的言语又像文章。
行归于周?	将往归于周京呵?
万民所望!阳部。	这是万民的所希望!

一章。首章单提男性人物,而叹彼都之今不可归。诗称彼都,

知其为由西都而迁东都之诗人追忆之作也。

彼都人士，	那些京都人士，
台笠缁撮。	莎草笠子和青布冠。
彼君子女，	那些贵族女子，
绸直如发。〔一〕	密密直直的是头发。
我不见兮，	如今我都见不到啊，
我心不说！祭部。	我的心里就不喜悦！

二章。孙鑛云："绸直如发，若言发美，则当是故倒说耳。"按：绸、稠古通，而如古通。孙氏盖训绸为丝，正言当为发如束丝之直耳。说似可通，而亦见诗人之语妙。〇按：绸直双声。

彼都人士，	那些京都人士，
充耳琇实。	冠冕旁的耳坠子都是宝石。
彼君子女，	那些贵族女子，
谓之尹吉。	都说她们的大姓是尹是姞。
我不见兮，	如今我都见不到啊，
我心苑结！脂部。	我的心里就很郁结！

三章。二、三两章特以彼时彼地具有典型性之男女人物之形象并提，而叹其人之今皆不可得见。〇按：尹吉皆为贵族妇女姓氏，有《尹姞鼎》、《公姞鼎》等周金文可证。

彼都人士，	那些京都人士，
垂带而厉。齐，而作如，鲁，而作若。	垂下的带子好像绸条在飘。
彼君子女，	那些贵族女子，
卷发如虿。〔二〕	卷起的头发好像蝎尾上翘。

我不见兮，　　　　　　　　　如今我都见不到啊，
言从之迈！祭部。　　　　　　我愿跟着他们同跑！

四章。孙鑛云："观直、卷两语，当是直处如丝，卷处如虿耳。彼时发容亦既媚巧如此。"○姚际恒云："带、发，倩句。下更重加摹写一层，真有形容不尽之意。"

匪伊垂之，　　　　　　　　　不是他要垂下它，
带则有余。　　　　　　　　　带子就该有的多余。
匪伊卷之，　　　　　　　　　不是她要卷起它，
发则有旟。　　　　　　　　　头发就该有的高举。
我不见兮，　　　　　　　　　如今我都见不到啊，
云何盱矣？鱼部。　　　　　　怎样的忧伤呀四顾？

五章。四、五两章亦男女人物并说，而重叹其带与发之美，今皆不可见。盖以此二物最为当日彼都贵族男女形象之特征。○按：诗人追忆彼都，第从彼都盛时人物仪容服饰上着眼，将其主次特征扼要描述之，以唤起读者之回忆与想象，便使之同有不胜今昔盛衰之感。此其艺术上之成功处。

○今按：《都人士》，平王东迁，周人思西周之盛，不胜今昔盛衰之感而作。此属于乱世之音、亡国之音一类作品。《序》止"伤今不复见古人"一句已道破诗旨。此西周旧人物幻想复辟之悲哀，实为没落阶级之悲哀，决非止"周人刺衣服无常"也。"三家无异义"。《朱传》云："乱离之后，人不复见昔日都邑之盛，人物仪容之美，而作此诗以叹惜之。"其说是也。《序》说与《礼记·缁衣》篇说同，孰先孰后？孰创孰因？抑同用故书雅记，或同用公孙尼子之言？陈启源、钱大昕主《缁衣》用《诗序》一说。陈氏云："朱子《辨说》云：'《都人士·叙》盖用《缁衣》之误。'是殆不然。《叙》纵非子夏所作。然其由来古矣。《缁衣》，公孙尼子作也。尼子者七十子之徒，与大

毛公俱六国时人。毛公作《诗叙》，尼子作《缁衣》，孰先孰后，未可定也。何知非《缁衣》用《叙》，而必为《叙》用《缁衣》乎？古人文字互相仍袭者甚多，《易》、《书》、《诗》皆圣经，亦往往有之。《叙》所谓古者'长民，衣服不贰'云云。当是先正遗言。叙《诗》者与尼子各述所闻，著之于书耳。"魏源、王先谦主《诗序》用《缁衣》一说。魏氏云："钱大昕据《孟子》'劳于王事不得养父母'，为《孟子》之用《小序》。《缁衣》篇，'长民者衣服不贰，从容有常'，为公孙尼子之用《小序》，则不如据《论语》'《关雎》乐而不淫，哀而不伤'，夫子用《小序》之为愈也。"以上两说，未知孰是。以俟后之能作批判者。

采绿四章章四句

《采绿》，刺怨旷也。幽王之时多怨旷者也。

终朝采绿，〔一〕鲁，绿作菉。　　整天采染黄的荩草，
不盈一匊。　　还是不满一双手。
予发曲局，　　我的头发卷曲，
薄言归沐。幽、侯合韵。幽第三，侯第四，故得合用。　　于是归去洗头。

一章。按：曲局叠韵。

终朝采蓝，〔二〕　　整天采染青的蓼蓝，
不盈一襜。〔三〕　　还是不满一围襟。
五日为期，　　约期相会是五月之日，
六日不詹。谈部。　　六月之日也不见来临。

二章。首、次二章从去后着想，极写幽怨神理，刻画情思入微。○孙鑛云："《郑笺》谓是五月之日，六月之日，近有理。若止争一日，何便如此极思？"

之子于狩，　　这个人去打猎，
言韔其弓。　　我就套好他的大弓。
之子于钓，　　这个人去把钓，
言纶之绳。蒸部。一、三句，可作幽、宵通韵。　　我就结好他的丝绳。

三章。孙鑛云："亦竟不点出归来字，大抵此诗只是横说，更不直叙。"

其钓维何？　　他钓的是甚么？
维鲂及鱮。〔四〕　　是鳊鱼和鲢鱼。
维鲂及鱮？　　是鳊鱼和鲢鱼？
薄言观者！〔五〕鱼部。○韩，观作睹。　　于是去看多少何如！

四章。三、四两章从归后想象，极写倡随之乐，愈见别离之苦。示欲无往而不与之俱，意中事，诗中景也。○孙鑛云："言钓则狩可例见，于理无不可，顾今人或不敢耳。"○姚际恒云："只承钓言，大有言不尽意之妙。"

○今按：《采绿》，君子于役，过期不归，妇人怨思之作。《序》说不为误。"三家义未闻"。朱子《辨说》云："此诗怨旷者所自作，非人刺之，亦非怨旷者有所刺于上也。"此驳《序》语。陈启源云："《叙》云刺怨旷也，盖谓刺时之多怨旷耳。征役过时，王政之失，故复申言之云，幽王之时多怨旷者也。则刺怨旷者，正刺幽王也。""征役频兴，室家暌隔，民生愁困，谁实使然？"此申《序》说。诗"五日为期，六日不詹"，《毛传》云："妇人五日一御。"王肃云："五日一御，大夫以下之制。"虽曰女子善怀，迟一日进御，便迫不及待，而怨思有作邪？《严缉》云："去时约以五日而归，今六日而不见，时未久而怨，何也？古者新昏三月不从政。此新昏者之怨辞也。"此诗岂谓大夫被命从政，迫作《新昏别》之辞乎？《郑笺》云："妇人过于时乃怨旷。五日、六日者，五月之日、六月之日也。期至五月而归，今六月犹不至，是以忧思。"《孔疏》及姜炳璋《广义》以为"此诗妇人所作"，龚橙《诗本谊》以为此《小雅》中"西周民风"之一。似皆可谓不误。

黍苗五章章四句

《黍苗》，刺幽王也。不能膏润天下，卿士不能行召伯之职焉。

芃芃黍苗，〔一〕　　蓬蓬生长的黍苗，
阴雨膏之。　　阴雨浇好它。
悠悠南行，　　长长一队的南行，
召伯劳之。宵部。　　召伯慰劳它。

一章。言召伯能抚慰南行之众。

我任我辇，〔二〕　　我们挑担的，我们挽轿的，
我车我牛。　　我们驾车的，我们牵牛的。
我行既集，　　我们出差的任务已经完成，
盖云归哉！之部。　　大概就可以归家了呢！

二章。言力伕因功就而思归。诗我，我力伕也。

我徒我御，　　我们有步兵，我们有车兵，
我师我旅。　　我们或为师，我们或为旅。
我行既集，　　我们出差的任务已经完成，
盖云归处！鱼部。　　大概就可以复员了哩！

三章。言兵卒因功就而思归。诗我，我兵卒也。

肃肃谢功，　　火速速的谢邑工事，

召伯营之。	召伯经营它。
烈烈征师，	火热热的从行人众，
召伯成之。耕部。	召伯统领它。

四章。言召伯营治谢邑。

原隰既平，	高田低地都已修整，
泉流既清。	井泉流水都已弄清。
召伯有成，	召伯任务这样完成，
王心则宁！耕部。	王的心里就已安宁！

五章。言召伯营治谢邑，任务完成。〇按：谢邑在今河南唐县，与湖北枣阳近。〇何楷云："谢为荆、徐要冲之地，封申伯于此，则足以镇抚南国，宣王之心则安也。"

〇今按：《黍苗》，诗人叙述召穆公营治谢邑之作。与《大雅》之申伯入谢，同时所作，皆宣王全盛时诗。《序》说刺幽王云云，陈奂云："召伯，召穆公虎也。申伯封谢，召伯述职。诗陈古以刺今。"顾朱子《辨说》已云："此宣王时美召穆公之诗，非刺幽王也。"刘玉汝云："此行者归而作此诗。其曰我，故知为行者所作。曰'归哉'，'归处'；曰'成之'，'有成'；故知其归而作。召伯营谢城邑，虽有旅从，而非征伐，故征为征行。成之，有成，谓成营谢之功。""《黍苗》为营谢方毕而归之诗，《崧高》为营谢既成，申伯出封之诗。此二诗之表里先后也。"(《诗缵绪》)其分析诗之字句用意及其主题所在，简明扼要。姚际恒云："宣王命召伯营谢功成，徒役作此。""此篇与《崧高》同一事，分大、小《雅》者，此为士役美召伯之作，彼为朝臣美申伯之作，此为短章，彼为大篇也。""《左传》云：'君行师从，卿行旅从。'则天子之卿与诸侯同，故有师旅也。"说亦允当。王先谦云："三家说曰：召伯述职，劳来诸侯也。""《国语》韦注：《黍苗》，道召伯述职，劳来诸侯也。《左传》襄十九年杜注：《黍苗》，美召伯劳来诸侯。其义盖本三家，与《毛序》异。”此三家说已先有驳之者，如何楷云：“诗言营谢功成，于述职何与？其云劳之者，乃劳南行师旅，非劳来诸侯甚明。”驳语简劲之至！

隰桑四章章四句

《隰桑》，刺幽王也。小人在位，君子在野，思见君子尽心以事之也。

隰桑有阿，	低地的桑树这样美啊，
其叶有难。	它的叶子是这样的多。
既见君子，	既已见到君子，
其乐如何！歌部。	其为快乐如何！

一章。按：隰桑双声。

隰桑有阿，	低地的桑树这样美啊，
其叶有沃。	它的叶子这样柔沃沃。
既见君子，	既已见到君子，
云何不乐！宵部。	怎么说不快乐！

二章。

隰桑有阿，	低地的桑树这样美啊，
其叶有幽。	它的叶子这样黑黝黝。
既见君子，	既已见到君子，
德音孔胶。幽部。	他的教言甚善可靠。

三章。“首三章是屡兴其见之之喜。”〇《孔疏》云：“难，为叶之茂。沃，言叶之柔。幽，是叶之色。言桑叶茂盛而柔软，则其色纯黑，故三章各言其一也。”〇《吕记》云：“是诗三以隰桑为兴，皆形容

乐见贤者之精神情意也。”

心乎爱矣，　　心里正在喜爱呀，
遐不谓矣。脂部。　　怎不殷勤期待呀。
中心藏之，　　心里正中意了他，
何日忘之！阳部。　　哪一天忘记了他！

四章。“末一章是极道爱之之诚。”（黄佐，《传说汇纂》）

○今按：“《隰桑》，思见君子。东周之世，贤才遗佚。”魏源云：“义用《诗序》，惟非刺幽王。”王先谦云：“三家义未闻。”朱子《辨说》疑“此亦非刺诗”。《朱传》则云：“此喜见君子之诗，词意大概与《菁莪》相类。然所谓君子，则不知其何所指矣。”陈启源云：“《隰桑》诗音节与《风雨》同，使编入《国风》，朱子定以为淫诗！”此以冷语致讥，未免唐突大贤也！

白华八章章四句

《白华》，周人刺幽后也。幽王取申女以为后，又得褒姒而黜申后。故下国化之，以妾为妻，以孽代宗。而王弗能治，周人为之作是诗也。

白华菅兮，　　白华草被沤成了菅啊，
白茅束兮。〔一〕　　白茅草被捆成了束啊。
之子之远，　　这个人的疏远，
俾我独兮。侯部。　　使得我孤独啊。

一章。以菅茅皆相沤相束为用，兴夫妇相须为活。反兴幽王相弃，而申后独苦。○《朱子语类》云：“读《诗》之法，且如此章，盖言白华与茅尚能相依，而我与子乃相去如此之远，何哉？”

英英白云，韩，英作泱。	一朵朵的白云，
露彼菅茅。	覆荫那些菅茅。
天步艰难？	是天运的艰难？
之子不犹！幽部。	这个人的不好！

二章。以白云覆露菅茅，同蒙庇荫，反兴天步艰难，偏使申后独不蒙王之恩泽。之子同上，谓幽王也。〇《严缉》云："言王之恩泽当均及之，如白云之覆露菅茅，皆蒙润泽也。今天运艰难，而幽王不如是也。幽王不道，而归之天运，谓己所遭之不幸耳。"〇钟惺云："虫飞薨薨，朝景之有声者，荟蔚朝隮、白云菅茅，朝景之有色者，皆一幅图画。然荟蔚二语景密而浓，白云二句景疏而淡，各自成象。"

滮池北流，三家，滮作淲，池作沱。	滮池水向北流，
浸彼稻田。	灌溉那些稻田。
啸歌伤怀，	长啸高歌伤心，
念彼硕人！真部。	想到那个美人！

三章。以池水灌稻生长，反兴王无恩泽于后。硕人，谓褒姒也。《郑笺》云："池水之泽，侵润稻田使之生殖，喻王无恩意于申后，滮池之不如也。"〇孙鑛云："啸歌伤怀，所谓长歌之哀，惨于痛哭。"〇王筠《菉友臆说》云："《三辅黄图》曰：冰池在长安西。《旧图》云：西有滮池，亦名圣女泉。盖冰滮双声，传说之讹也。"

樵彼桑薪，薪与人叶。真部。	砍那桑树做柴烧，
卬烘于煁。〔二〕	俺就烘火在地灶。
维彼硕人，	就是那个美人，
实劳我心！侵部。	这就劳了我的心！

四章。以桑薪烘煁为无釜之炊，兴申后之失宠被废。我，我申

后也。〇崔述云:"'樵彼桑薪,卬烘于煁'等语,皆似里巷人之言,不类王后语气。"(《丰镐考信录》)此不知古今帝王家之经济生活丰啬苦乐大有悬殊也。〇王先谦云:"诗人每以薪喻昏姻,桑又女工最贵之木也。以桑而樵之为薪,徒供行灶烘燎之用,其贵贱颠倒甚矣。"〇江永云:"薪人隔韵。"〇按:桑薪双声。

鼓钟于宫,	敲着钟在宫中,
声闻于外。	声音闻到外面。
念子懆懆,	想到您,我就躁躁不安,
视我迈迈?祭部。韩,迈作怖。	看到我,您就恨恨讨厌?

五章。以鼓钟外闻,兴王废申后,国人皆知。〇《毛传》云:"有诸宫中,必形见于外。"

有鹙在梁,	有秃鹙在鱼梁,
有鹤在林。〔三〕	有白鹤在树林。
维彼硕人,	就是那个美人,
实劳我心!侵部。	这就劳了我的心!

六章。以鹤鹙失所,兴后妾易位。〇《郑笺》云:"鹙也,鹤也,皆以鱼为美食者也。鹙之性贪恶而今在梁,鹤洁白而反在林,兴王养褒姒而馁申后,近恶而远善。"〇按,《北史》后魏明帝时,获鹙鸟于宫内,遂养之。崔光以为《诗》所谓"有鹙在梁"者。魏黄初中,鹈暂集而去,犹以为戒。况饕餮之禽,必资鱼肉菽麦稻粱之养,岂可留意于丑形恶声哉!

鸳鸯在梁,〔四〕梁与良叶。阳部。	鸳鸯成双成对的在鱼梁,
戢其左翼。	插着它的嘴在左边翅膀。
之子无良,	这个人没有良心,

二三其德。之部。　　　　再三变了他做人的花样！

七章。以鸳鸯相爱，得其所止，反兴幽王无良，二三其德。〇陈奂云：“《鸳鸯·传》云：鸳鸯，匹鸟。又云：戢其左翼，言休息也。言此者，以喻夫妇之道各有配偶，然后休息得所，刺今之不然。”〇马瑞辰云：“诗盖以鸳鸯匹鸟得其所止，能不贰其偶，以兴幽王二三其德为匹鸟之不若也。”〇江永云：“梁良隔韵。”

有扁斯石，　　　　这扁的是垫脚石，
履之卑兮。　　　　踏的它矮了啊。
之子之远，　　　　这个人的太疏远，
俾我疷兮！支部。　　　　使得我病坏了啊！

八章。以扁石为人践踏而愈卑下，兴申后为王废黜而愈悲苦。〇孙鑛云：“登车则履乘石以上，即今之马台石也。”〇王先谦云：“盖以乘石为王所履，兴后之为王所弃耳。”〇按：此诗八章八换比兴之义，大都难以捉摸，有较上篇《隰桑》为甚者。倘专从一家之说，则不得其全解。今择诸众说，善善从长，盖得其近是矣。此可作为兴义难明之一例。然此正是诗之语言有异乎寻常之语言。其言外之意、弦外之音，有耐人玩味处。

〇今按：《白华》，刺幽王宠褒姒、废申后之诗。诗用第一身称，似出申后口吻。此如《序》说，周人托为申后之词；或如《朱传》说，此为申后自作乎？《郑笺》意谓诗五我字，皆申后自称；诗称之子、称子，皆指幽王；称硕人、“妖大之人，谓褒姒”；统与诗语意合。《孔疏》引王肃、孙毓说，硕人指申后，误。《朱传》硕人指幽王，亦误。王照圆《诗问》亦以硕人指幽王，误；复以之子指斥伯服，褒姒之子；变文言之，子指宜臼，申后之子；则益误矣。诗之文法组织，语气脉络，往往难明如此。朱子《辨说》云：“此事有据，《序》盖得之。但幽后字误，当为申后刺幽王也。下国化之以下皆衍说耳。又《汉书》

注引此《序》，‘幽’字下有‘王废申’三字，虽非诗意，然亦可补《序》文之缺。”王先谦云：“《汉书·班捷伃传》：‘绿衣兮白华，自古兮有之。’班氏家学《齐诗》，所举齐义，明与毛同。”是诗主题，今古文、汉宋学，无争论。据《孔疏》引《帝王世纪》，幽王三年纳褒姒，八年立以为后。则黜申后当在八年，此诗当作在其见黜之后。幽王十一年被杀，诗当作在其八年至十一年之间(公元前七七四—前七七一)。

绵蛮三章章八句

《绵蛮》，微臣刺乱也。大臣不用仁心，遗忘微贱，不肯饮食、教、载之，故作是诗也。

绵蛮黄鸟！〔一〕	文彩绵密的黄鸟！
止于丘阿。	落在丘陵的一坡。
道之云远，	道路的这么遥远，
我劳如何？歌部。	我们劳累了奈何？——
饮之食之，	渴就把水给他，饿就把饭给他，
教之诲之。	有事预先教他，临事当面诲他。
命彼后车，	命令那些后车，
谓之载之。之部。	照顾他，装载他。

一章。陈奂云：“绵蛮双声。”

绵蛮黄鸟！	文彩绵密的黄鸟！
止于丘隅。	落在丘陵的一角。
岂敢惮行？	难道是害怕步行？
畏不能趋。侯部。	怕的不能赶上着。——
饮之食之，	渴就把水给他，饿就把饭给他。

教之诲之。	有事预先教他，临事当面诲他。
命彼后车，	命令那些后车，
谓之载之。	照顾他，装载他。

二章。

绵蛮黄鸟！	文彩绵密的黄鸟！
止于丘侧。	落在丘陵的一边。
岂敢惮行？	难道是害怕步行？
畏不能极！之部。	怕的不能到终点。——
饮之食之，	渴了把水给他，饿了把饭给他，
教之诲之。	有事预先教他，临事当面诲他。
命彼后车，	命令那些后车，
谓之载之。	照顾他，装载他。

三章。全诗三章只是一个意思，反复咏叹。先自言其劳困之事，鸟犹得其所止，我行之艰，至于畏不能极，可以人而不如鸟乎？后托为在上者之言，实为幻想，徒自道其愿望：饮之食之，望其周恤也；教之诲之，望其指示也；谓之载之，望其提携也。

○今按：《绵蛮》，言大臣不仁，遗忘微贱，微臣刺乱之作。《序》说不为误。此诗反映其时奴隶制社会微臣与大臣之间等级不同之矛盾；劳逸不同、苦乐不同之矛盾。与《小星》、《北门》、《北山》等篇极相类似。何谓微臣？《郑笺》云："微臣，谓士也。古者卿大夫出行，士为末介。士之禄薄，或困乏于资财，则当赒赡之。幽王之时，国乱。礼废恩薄，大不念小，尊不恤贱，故本其乱而刺之。"微臣与大臣、士与卿大夫之矛盾，诗但就其于役同行一事揭露之。当时所谓士与武士，属于统治阶级之底层，虽云微贱，要较庶人高贵，亦有阶级对立之区别。士犹以于役为苦，则庶人服役之苦为何如乎？此诗今古文无争论。《朱传》谓此微贱劳苦而思有所托者，为鸟言以自比也。竟谓禽鸟亦自愿望有饮食教诲之事，而以此诗为鸟言邪？朱鹤龄《通义》云："黄震曰：《集传》，黄鸟自言止于丘隅而不能前。恐不若诸家谓役人奔走道路，见黄鸟得其所止而感叹也。郝敬曰：朱子《辨说》以诗中未见刺大臣意。夫行有后车，能食人饮人，非大臣而何？又谓《序》言褊狭，无温柔敦厚之意。不知温柔敦厚以求《诗》，非以求《序》也。况诗人之旨不敢直怼而自托于鸟，不敢辞劳而但告哀于人，志苦而词卑，乃所谓温柔而敦厚也。又谓全诗皆鸟言，尤不成文义。"其友人陈启源《稽古编》亦云："案：诗之托为鸟言者，必如《鸱鸮》篇则可。彼云彻土，云捋荼，云予羽，云予尾，以为鸟自谓，宜也。"此驳《朱传》一说皆允已！

瓠叶四章章四句

《瓠叶》，大夫刺幽王也。上弃礼而不能行，虽有牲牢饔饩不肯用也。故思古之人不以微薄废礼焉。

幡幡瓠叶，〔一〕	翻翻的瓠瓜藤叶子，
采之亨之？	采了它，烹了它？
君子有酒，	君子有酒，
酌言尝之。阳部。	酌起来而试饮了它。

一章。《孔疏》云："幡幡然者，是瓠之叶也。采取之又烹煮之，酿以为饮酒之菹也。"

有兔斯首，〔二〕首与酒叶。幽部。	有兔子的头，
炮之燔之？	连毛包泥煨了它，去毛加火烧了它？
君子有酒，	君子有酒，
酌言献之。元部。	酌起来而敬献了它。

二章。《郑笺》云："炮之燔之者，将以为饮酒之羞也。饮酒之礼，既奏酒于宾，乃荐羞。"江永云："燔、献，平去为韵。"

有兔斯首，　　有兔子的头，
燔之炙之？　　去毛加火烧了它，叉子叉着烤了它？
君子有酒，　　君子有酒，
酌言酢之。鱼部。　　酌起来而还敬了它。

三章。《郑笺》云："凡治兔之宜，鲜者毛炮之，柔者炙之，干者燔之。"

有兔斯首，　　有兔子的头，
燔之炮之？　　去毛加火烧了它，连毛包泥煨了它？
君子有酒，　　君子有酒，
酌言酬之。幽部。　　酌起来而劝饮了它。

四章。杜预云："古人不以微薄废礼，虽瓠叶兔首，犹与宾客享之。"（昭元年《左传》注）〇张彩云："一物而三举之者，以礼有献酢酬故也。酒三行而殽惟一兔首，益以见其约矣。"（《传说汇纂》）〇江永云："二、三、四章隔韵。"

〇今按：《瓠叶》，盖"诗人因时王惜物废礼，故言虽瓠叶兔首之微薄，亦可以合群习礼。"（王先谦）《序》说又以为此思古刺今之作。"三家义未闻"。据《传》、《笺》，此庶人燕饮朋友之诗。庶人而依士礼，筹思以瓠叶兔首为燕饮之词，非家有牲牢饔饩者之言也。《传》云："幡幡，瓠叶貌。庶人之菜也。"《笺》云："熟瓠叶者，以为饮酒之菹也。此君子，谓庶人之有贤行者也。其农功毕，乃为酒浆以合朋友，习礼讲道艺也。"诗之音节重沓，具有歌谣形式，似出自庶人歌手。龚橙《诗本谊》谓此《小雅》"西周民风"之一。愚意《笺》云"庶人依士礼"，当指自由农民。士而行士礼、用庶人之菜，殆士之贫困者;或已没落为庶人,为自由民,故诗犹称君子;抑或自由民而有道艺者之称也。李黼平《紬义》云:“按,《传》以庶人二字释经君子。《白虎通》曰:‘或称君子,何? 道德之称也。君之为言群也。子者,丈夫之通称也。……何以言知其通称也? 以天子至于民。故《诗》云:凯弟君子,民之父母。《论语》云:君子哉若人! 此谓弟子。弟子者,民也。’是君子得为庶人也。《传》意以庶人尚不以微薄废礼,王有牲牢饔饩乃不肯用,所以为刺。”此申《传》意,与《序》说尚合。

渐渐之石三章章六句

《渐渐之石》,下国刺幽王也。戎狄叛之,荆舒不至,乃命将率东征,役久病于外,故作是诗也。

渐渐之石,	崭崭的山石,
维其高矣。	是那样的崇高呀。
山川悠远,	山水的长远,
维其劳矣。	是那样的辛劳呀。
武人东征,	武人东征,
不皇朝矣。宵部。	不暇计及几朝呀。

一章。“兵起在道,而无休息之期。”

渐渐之石,	崭崭的山石,
维其卒矣。	是那样的高巅呀。
山川悠远,	山水的长远,
曷其没矣。	何处将是终点呀。
武人东征,	武人东征,

不皇出矣。脂部。　　不暇计及出险呀。

二章。“悬军入险，而无出险之期。”○按：悠远双声。

有豕白蹢，一、三句，可作支、脂通韵。　　这猪猡是白蹄子，
烝涉波矣。　　一群渡过水波呀。
月离于毕，鲁，离作丽。　　月亮靠近了毕星，
俾滂沱矣。鲁，俾作比。　　使得大雨滂沱呀。
武人东征，　　武人东征，
不皇他矣。歌部。　　不暇计及其他呀。

三章。“以持戈持戟之劳，有濡体涂足之苦。”（朱公迁《诗经疏义》）○钟惺云：“三‘不皇’，皆有意，不皇他，更可怜。”○方玉润云：“此必当日实事。月离毕而大雨滂沱，虽负涂曳泥之豕，亦烝然涉波而逝，则人民之被水灾而几为鱼鳖者可知；即武人之濡体涂足，冒险东征，而不遑他顾者更可见。”○胡承珙云：“后儒有谓犬戎在西，幽不备而征东，故此诗三言东而末露一他字，微见其意者。此说似于情事有合。”○江永云：“蹢、毕隔韵。”○陈奂云：“滂沱双声。”

○今按：《渐渐之石》，诗人描述东征途中见闻之作。诗义自明。《郑笺》云：“武人，谓将率也。”但诗非将帅所作。《序》说：“役久困于外，故作是诗。”《笺》云：“役，谓士卒也。”皆意以为诗是士卒所作，殆不误。此诗亦可视为“西周民风”之一。“三家义未闻”。朱子《辨说》：“《序》得诗意，但不知果为何时耳。”《序》云：“下国刺幽王也。”亦可不谓误。胡承珙云：“《田间诗学》曰：或谓幽王东征之役，史传无所经见。案《四月》篇有云：‘我日构祸。’是出征事也。曰‘滔滔江汉，南国之纪’，非东征之实纪乎？承珙案，《左传》：椒举曰：‘幽王为大室之盟，戎狄叛之。’《序》言固有征矣。《鼓钟·传》云：‘幽王会诸侯于淮水之上。’《苕之华·序》云：‘幽王之时，东夷

西戎交侵。'则当其会诸侯于淮，或即以东夷之叛而征之。《严缉》谓史之所无，《诗》即史也。无庸更求他据矣。"此肯定幽王之时有东征之事。又云："《序》于戎狄则曰叛，于荆舒但曰不至。则似问罪之师宜先戎狄。而乃命将率东征，是已失其轻重缓急之宜。况役久病深，恐致变生不测，下国之所刺者，疑在于此。"则又认定诗刺幽王用兵犯战略上之错误矣。

苕之华三章章四句

《苕之华》，大夫闵时也。幽王之时，西戎、东夷，交侵中国，师旅并起，因之以饥馑。君子闵周室之将亡，伤己逢之，故作是诗也。

苕之华，〔一〕	陵霄藤上的花，
芸其黄矣。	它纷纭的黄呀。
心之忧矣，	心里的忧苦呀，
维其伤矣。阳部。	是那样的伤呀。

一章。姚际恒云："此遭时饥乱之作，深悲其不幸而生此时也。与《兔爰》略同。"〇王引之云："芸其黄矣，言其盛非言其衰。故次章云其叶青青也。诗人之起兴，往往感物之盛而叹人之衰。'有杕之杜，其叶湑湑'，何其盛也。'独行踽踽'，何其衰也。'隰有苌楚，猗傩其华'，何其盛也。'乐子之无家'，何其衰也。然则'苕之华，芸其黄矣'云云，'苕之华，其叶青青'云云，物自盛而人自衰，诗人所叹也。"

苕之华，	陵霄藤上的花，
其叶青青。	它的叶子青青。
知我如此，	早知我是这样，

不如无生！耕部。　　　　那就不如莫生！

二章。首、次两章，言苕也华黄叶青，生气盎然；反兴人之忧伤憔悴，生不如死。〇按：《荀子》有云："水火有气而无生，草木有生而无知，禽兽有知而无义。人有气，有生、有知，亦且有义，故最为天下贵也。"夫人既生而为天下之贵物，及其遭乱而饥也，转谓不如无生，其悲苦之至，为何若邪？

牂羊坟首，齐，坟作羵。　　　　母绵羊瘦小了只见突出大头，
三星在罶。　　　　三颗大星静静照在捕鱼的罶。
人可以食，　　　　人人个个都可以吃，
鲜可以饱！幽部。　　　　但是只有少数的人可以吃饱！

三章。言牂羊瘦而坟首，三星静而在罶，水陆之物凋耗如此，正兴人之饥饿。〇《朱子语类》云："周家初兴时，周原膴膴，堇荼如饴，苦物亦甜。及其衰也，牂羊坟首，三星在罶云云，直恁地萧索。"〇范家相云："牂羊坟首，野无青草之故。三星在罶，水无鱼鳖可知。生意尽矣。"〇按：牂羊叠韵。

〇今按：《苕之华》，"困于饥馑者之作"（李光地《诗所》），可作《韩诗》所谓"饥者歌其食"之一例。《序》说殆不误。"三家义未闻"。王照圆《诗说》云："尝读《诗》至《苕之华》，'知我如此，不如无生'，二语极为深痛。盖与'尚寐无讹'、'尚寐无觉'之句，同其悲悼也。然'苕华芸黄'尚未写得十分深痛。至'牂羊坟首，三星在罶'，真极为深痛矣，不忍卒读矣。太平之日，虽堇荼亦如甘饴，饥馑之年，即稻蟹亦无遗种。举一羊而陆物之萧索可知，举一鱼而水物之凋耗可想。东省乙巳、丙午（乾隆五十年、五十一年）三四年，数百里赤地不毛，人皆相食。鬻卖男女者，廉其价不得售，率枕藉而死，景象目所亲睹。读此诗，为之太息弥日。"又自注云："巳午年间，山左人相食。默人（牟相庭）与其兄鹤岚先生谈《诗》及此篇，乃曰：人

可以食，食人也。鲜可以饱，人瘦也。此言绝痛。”注意此篇末二句有此别解。

何草不黄四章章四句

《何草不黄》，下国刺幽王也。四夷交侵，中国背叛，用兵不息，视民如禽兽。君子忧之，故作是诗也。

何草不黄？	哪一种草不枯黄？
何日不行？	哪一天不行军忙？
何人不将，	哪一个人不出征，
经营四方？阳部。	一道去经营四方？

一章。姚际恒云：“征伐不息，行者愁怨之诗。”〇按：经营叠韵。

何草不玄？	哪一种草不枯黑死尽？
何人不矜？	哪一个人不苦打单身？
哀我征夫，	可怜我们征夫，
独为匪民！真部。	偏偏不算是人！

二章。点明哀我征夫，可知其作者为何等人矣。

匪兕匪虎，	那是兕牛，那是老虎，
率彼旷野。	顺着那个旷野奔走。
哀我征夫，	可怜我们征夫，
朝夕不暇！鱼部。	早晚没有闲暇时候！

三章。孙鑛云：“诗人语多拗。此还是谓兕虎率旷野，与下章狐率幽草同意。”〇王念孙云：“匪，彼也。言彼兕彼虎则率彼旷野

矣。哀我征夫何亦朝夕于野而不暇乎？犹下言'有芃者狐，率彼幽草；有栈之车，行彼周道'也。"〇江永云："虎、野、暇，上、去为韵。"

有芃者狐，狐与车叶。鱼部。	这尾毛蓬蓬的狐儿，
率彼幽草。	顺着那些茂草。
有栈之车，	这棚子高高的差车，
行彼周道！幽部。	走在那条大道！

四章。后二章，说视民如禽兽，曾不相恤。〇方玉润云："纯是一种阴幽荒凉景象，写来可畏。所谓亡国之音哀以思。诗境至此，穷仄极矣。"〇江永云："隔韵。"〇按：幽草、周道叠韵。

〇今按：《何草不黄》，征役不息，征夫愁怨之作。此属于乱世之音、亡国之音一类作品。《序》说亦不误。"三家无异义"。朱公迁云："自《菀柳》至此，其诗多似《风》体。《雅》降而为《风》，其亦有渐欤？"范家相云："幽王征伐之事不见古史。以此三诗观之，则其残民以逞者非一，《诗》即史也。"陈启源云："《渐渐之石・叙》云：'戎狄叛之，荆舒不至，乃命将帅东征。'《苕之华・叙》云：'西戎、东夷，交侵中国，师旅并起，因之以饥馑。'《何草不黄・叙》云：'四夷交侵，中国背叛，用兵不息。'三叙所言，乃一时之事，而不见于史，此可补其阙矣。"方玉润云："周衰至此，其亡岂能久待？编诗者以此殿《小雅》之终。"

【简注】

鱼藻

〔一〕藻，多年生之水生草本，金鱼藻科。已见《采蘋》篇。

〔二〕蒲，多年生之水生草本，香蒲科。已见《王风・扬之水》、《陈风・泽陂》篇。

〇颁音贲，音坟。镐音皓。岂音凯。那音挪，近傩。

采菽

〔一〕菽，大豆、黄豆。已见《七月》篇。

〔二〕芹，伞形科、多年生草本，水边自生或栽培。习见之蔬类植物。

〔三〕柞，柞栎。已见《鸨羽》篇及《车舝》篇。

○觱音斧。筥音举。衮音滚。予音与。旂音芹，亦音祈。淠音沛。嘒音慧。骖音参。届音界。芾音弗。纾音舒。平音便。绋音弗。缅音离。膍音毗。葵如字，读揆。

角弓

〔一〕王引之云：亡即忘字。言但怨人之不让己，而忘乎己之不让人，正所谓人之无良也。

〔二〕章太炎《新方言》：今人谓度量多少勿令过剂为扣。扣分、扣数，是也。扣即孔字。扣亦竘也。《广雅》：竘，巧。今言竘巧。按：湖南方言，谓恰如其量为合竘，竘读扣平声。

〔三〕猱，《传》云：猿属。盖长臂猿之一种。脊椎动物，狭鼻目、人猿科。胡承珙云：此章申第二章尔教之义，而禁止之。毋字贯二句，言毋教猱升木，毋以涂附涂。喻禁王毋以薄为教，使小人相效而为恶。下二句承上言之，徽猷承教字，言君子有美道，则非教猱之为。与属承附字，言小人所顺从，则非泥涂之附。如此诠释，似稍明顺。按：何楷云：《说文》，徽，三纠绳也。属，连也。此与二章反应。言在上者若能亲其骨肉，有缩结而不可解之谋；则小人效之，亦皆连属而相亲矣。

○骍音辛。效效古今字。食音嗣。饇音饫、近豫。猱音柔。瀌音镳。见如字。晛音现。娄屡古今字。髦音髳、音牟。

菀柳

○菀音郁。昵音匿。愒音歇，音憩。瘵音祭。曷音盍。

都人士

〔一〕绸直如发，《毛传》密直如发也。读绸为稠。王引之云：绸直而发也。读如为而。马瑞辰云：如发，犹云乃发。乃犹其也。即谓绸直其发耳。马说为长。

〔二〕卷发如虿，《释文》引服虔《通俗文》：长尾曰虿，短尾为蝎。诗以虿状卷发。今验蝎子遇敌则举尾，而尾自断，跳动不已以威敌，蝎乘间逃矣。又见有蝎蛉。尾端具小铗，常上举，故名。此属节肢动物，昆虫，脉翅目、举尾虫科。

〇望音王。撮音缺。今读近捉。说悦古今字。苑，《释文》、《孔疏》皆作宛，徐音郁。卷音权。虿音迈。旟，《释文》音余。陈奂云：音举。盱音舒。

采绿

〔一〕《郑笺》：绿，王刍也。今名荩草，禾本科、越年生草本。其茎纤细，长六七分米，末端分歧成数枝，蔓延于地上。叶卵形或披针形，边缘有毛。九月顷，枝上丛生花穗，长三四厘米，呈紫褐色。此草为自古有名之黄色染料。

〔二〕《郑笺》：蓝，染草也。今名蓼蓝，蓼科、一年生草本。其茎高六七分米。叶长椭圆形，互生，叶柄基部有鞘状之膜质托叶。秋日茎端叶腋抽出长梗，著生五瓣之红色小花，排列成穗状。花后结瘦果，呈赭褐色，有光泽。此草亦为我国自古有名之染料。所谓蓝靛、花青，是也。

〔三〕《方言》四：襜，谓之蔽。注：衣掖下也。《礼记·儒行》郑注：大掖之衣，大袂禅衣也。《孔疏》：大掖，谓肘腋之所宽大。今所见者，肩腋之间有圈，而背无裾，以带系之。其实为无袖之围襟，俗称围裙。

〔四〕鲂，鳊鱼。鲤科，或谓鲂科。已屡见前。鲔，鲢鱼，白鲢。喉鳔类，鲤科。

〔五〕薄言观者，《说文》：观，谛视也。段注：《小雅·采绿·笺》曰：观，多也。此引申之义，物多而后可观，故曰观也。按：《鲁颂·駉·孔疏》，薄言駉者，有何马也。同一句例，此薄言观者，当谓往观有多少鱼也。

〇匊言菊。襜音担。韔音畅。纶音伦。

黍苗

〔一〕黍，已见《黍离》篇。

〔二〕我辇者，按《史记·河渠书》禹山行乘桥。桥，轿也。《说文》：辇，挽车。此诗我辇下有我车字，故直解此辇为轿。轿字始见于《汉书·严助传》。释辇为轿，详见俞正燮《癸巳类稿·轿释名》。

〇芃音蓬。膏如字，或读膏去声。召读邵。劳如字，或读劳去声。辇，《释文》，力展反。今音近碾。隰音习。

隰桑

〇难，《释文》：乃多反。今音傩，近罗。藏，古止作臧，《释文》本尚未改。

白华

〔一〕白华，名荻，又名芭、芭芒、芦芒，禾本科之高大草本。已见《东门之池》篇。白茅，亦禾本科多年生之草本，已见《野有死麕》篇。

〔二〕《尔雅·释言》：煁，烓也。注：今之三隅灶。湖南方言谓之地灶，东北方言或谓之地火龙，越冬烘火之行灶也。

〔三〕鹙，据《本草纲目》云：其嗉下有胡袋如鹈鹕状。当是鹈形目、鹈鹕科一种大型之水鸟。此与鹤属鹳形目鹤科者有别。

〔四〕鸳鸯，已见《鸳鸯》篇。

绵蛮

〔一〕绵蛮黄鸟，马瑞辰云：绵蛮二字双声，盖文采缛密之貌。黄鸟，黄莺。已见《葛覃》篇。

瓠叶

〔一〕瓠叶，已见《匏有苦叶》篇。

〔二〕兔，已见《兔罝》、《有兔爰爰》篇。陈奂云：兔首，亦示微薄之意。按：王肃、孙毓述毛云，惟有一兔头耳。《孔疏》因而有空用其头，其肉安在之诮。斯首之斯，之也。

〇幡音翻。亨音烹。燔音蕃。酢音醋。

渐渐之石

〇渐，陈奂读巉、嶄、巉，并云字异而义同。皇同遑。蹢音敌、音蹄。离音丽。

苕之华

〔一〕苕，陵苕、陵霄，又名傍墙花。紫葳科、有攀援性之落叶木本。夏秋间开多数大型之合瓣花，外橙黄而内朱红，甚美观。花粉有毒，伤人目。结长形蒴果，亦有毒。

〇苕，《释文》音条，徐音韶。青如字，或读菁。牂音祥，音臧。罶音柳。

何草不黄

〇矜，读鳏，音近关、近鲲。章太炎《新方言》云，光棍。兕音洗、音似。

诗经直解　卷二十三

文王之什第二十三　毛诗大雅

文王之什十篇六十六章四百一十四句

文王七章章八句

《文王》,文王受命作周也。

文王在上,	文王在上,
於昭于天!	啊,显现在天上!
周虽旧邦,	周家虽是旧邦,
其命维新。真部。	她的国运却是新气象。
有周不显?	这周家的前途不是很光明?
帝命不时?	天命给了她不是很恰当?
文王陟降,	文王的进退升降,
在帝左右!之部。	都在上帝的左右两旁!

一章。总冒。言文王受命,克配于天,视之为天神。《墨子·明鬼》篇:"若鬼神无有,则文王既死,彼岂能在帝之左右哉?"据此诗为证,以明有鬼,岂真有鬼邪?〇方玉润云:"姚氏曰:每四句承上语作转韵,委委属属,连成一片。曹植《赠白马王彪诗》本此。愚谓曹诗只起落处相承。此则中间换韵亦相承不断,诗格尤奇。"按:此在修辞上称为蝉联格。每段语意相承而下。颜延之《秋胡行》亦

用此法。〇江永云:“时、右,平、上为韵。”

亹亹文王!	勉勉进取的文王!
令闻不已。	美善的声誉不止。
陈锡哉周,鲁、韩,哉作载。	见到他施恩惠开创周代,
侯文王孙子。之部。	就是文王的孙子。
文王孙子,子与士叶。之部。	文王的孙子,
本支百世。	嫡系旁支都传百世。
凡周之士,	凡是周家的群臣贵族,
不显亦世?祭部。	不是也会显贵到累世?

二章。言文王有贤子孙,继世垂统。〇孙鑛云:“弇州《卮言》,谓陈思《赠白马王》诗,全法《文王之什》。”

世之不显?	累世的不是显贵?
厥犹翼翼。	他们的谋略小心翼翼。
思皇多士,	愿这皇天生下多士,
生此王国。之部。	生在这个王国。
王国克生,	王国能够生了他们,
维周之桢。	这都是周家的骨干之臣。
济济多士,	有了威仪济济的多士,
文王以宁。耕部。	文王的国家就因此安宁。

三章。言周有多士,继世为辅。

穆穆文王!	美哉穆穆的文王!
於缉熙敬止。	啊,既是光明又做到了敬。
假哉天命!	大哉天命!

有商孙子。　　占有殷商的子孙。
商之孙子，　　殷商的子孙，
其丽不亿？　　他们的数目不是成万成亿？
上帝既命，　　上帝已经授命文王之后，
侯于周服！之部。　　他们又都是对周臣服！

四章。言周受天命，商之子孙已臣服于周。

侯服于周，　　他们又都是臣服于周，
天命靡常。　　可见天命的予夺无定。
殷士肤敏，　　殷商的多士都很漂亮聪敏，
祼将于京。阳部。　　执行灌酒的事助祭于周京。
厥作祼将，　　他们起来执行灌酒的事情，
常服黼冔。　　照常穿戴殷人的衣领帽子。
王之荩臣，　　王的进用诸臣，
无念尔祖？鱼部。　　可不念及你们的祖上先世？

五章。言殷士已来助祭于周京。〇钟惺云："说来自然，可畏可思。"〇陈启源云："夫多士周桢，文王进臣之事也。诗之文义前后相应，古注允矣。今解为忠荩之臣，恐太迂。荩本染草之名，诗人以其音同，故借为进。毛义得于师授，当不误也。"

无念尔祖，鲁，无作毋。　　可不念及你们的祖上先世，
聿修厥德？鲁，聿作述。　　于是进修你们的品德？
永言配命，　　长久修德而配合天命，
自求多福。之部。　　自己就会求得多福。
殷之未丧师，　　当初殷商没有丧失民众，
克配上帝。　　能够配合上帝。

宜鉴于殷，齐，宜作仪。　　　　应该借镜于殷商的兴亡，
骏命不易！支部。○齐，骏作峻。　　知道保持大命的不容易！

六章。追述殷德未失，亦可配天，以警殷士，亦以自警。

命之不易，　　　　知道保持大命的不容易，
无遏尔躬！　　　　就不要遏止在你们的身上！
宣昭义问，　　　　宣明您的美善的声望，
有虞殷自天。真部。　　又考虑到殷商兴亡是由天的意向。
上天之载，鲁，载作縡。　　上天做的事只在冥冥之中，
无声无臭。　　　　没有声音可听，没有气味可闻。
仪刑文王，鲁，刑作形。　　好好效法文王，
万邦作孚！幽部。○齐，邦作国。　万国诸侯就都起来相信、服从！

七章。又言宜以殷为鉴，以文王为法。并以天事不可知，遥应首章文王受命、配天，作结。篇章结构严整。○《朱子语类》云："《大雅》非圣贤不能为，平易明白，正大光明。"按：此不知奴隶制社会统治阶级妄托天命，愚弄人民之奸猾也。圣贤云乎哉？○孙鑛云："全只述事谈理，更不用景物点注，绝去风云月露之态。然词旨高妙，机轴浑化，中间转折变换，略无痕迹，读之觉神采飞动，骨劲色苍，真是无上神品。"○江永云："臭、孚，平、去为韵。"

○今按：《文王》，歌颂文王受命作周之诗。《郑笺》云："受天命而王天下，制立周邦。"此解《序》说不误。作为乐章，用在宗祀明堂，用在天子诸侯朝会，用在诸侯两君相见，隐然为周之国歌。《吕览·古乐》篇云："周文王处岐，诸侯去殷三淫而翼文王。散宜生曰：'殷可伐也。'文王弗许。周公旦乃作诗曰：'文王在上，於昭于天。周虽旧邦，其命维新。'以绳文王之德。"《汉书·翼奉传》亦云："周公作诗深戒成王，以恐失天下。诗曰：'殷之未丧师，克配上帝。宜监于殷，骏命不易。'"皆谓诗为周公所作。惟一谓作在文王时，

一谓作在成王时耳。据《墨子·明鬼》篇，当以后一说为是。何况试读其诗，其义不已自明邪？何谓文王受命？说者不一，可读唐梁肃《文王受命称王议》、清阮元《大雅文王诗解》、俞樾《文王受命称王改元说》诸文。陈奂据古文家说，谓文王受命于殷之天子为西伯。王先谦据今文家说，谓文王受天命而称王改元。后一说较合古史、神话、传说。有《诗》、《书》与诸《纬》书（《孔疏》引）以及周金文无数资料可证。且君权神授之说，不惟上古中国有之，如古希腊君主自称为天神之嫡系子孙，古埃及王自称为法老，法老本身即天神也。皆当以历史唯物主义解之。《孔疏》云："陆曰：自此以下至《卷阿》十八篇，是文王、武王、成王、周公之《正大雅》。据盛隆之时，而推序天命，上述祖考之美，皆国之大事，故为《正大雅》焉。《文王》至《灵台》八篇，是文王之《大雅》。《下武》至《文王有声》二篇，是武王之《大雅》。"

大明八章四章章六句四章章八句

《大明》，文王有明德，故天复命武王也。

明明在下，	有明明的功德在下民，
赫赫在上。	有赫赫的显应在天上。
天难忱斯，鲁、齐，忱作谌，韩作訦。	天命是难相信的呀，
不易维王。	不容易做的就是王。
天位殷适，	居帝位的本来是殷王的嫡子，
使不挟四方。阳部。	却使他的命令不遍达于四方。

　　一章。言天命无常，惟德是予。殷之兴亡，由于天意。○江永云："上、王、方，平、去为韵。"

挚仲氏任， 挚国任姓仲女，
自彼殷商， 从那殷商近畿，
来嫁于周， 来嫁于周邦，
曰嫔于京。鲁，曰作聿。 就是做新妇于周京。
乃及王季， 她跟她的丈夫王季，
维德之行。 只做有德的事情。
大任有身，三家，身作娠。 这太任她有了妊，
生此文王。阳部。 生下了这个文王。

二章。言文王父母之德。〇方玉润云："此章先出大任，后出王季。"〇按《列女·周室三母传》："大任者，文王之母，挚任氏中女也。王季娶为妃。"挚国在今河南汝宁。

维此文王！齐，维作惟，亦作唯。 啊，这个文王！
小心翼翼。 为人小心翼翼。
昭事上帝， 明白怎样奉事上帝，
聿怀多福。齐，聿作允。 就招来了许多的福。
厥德不回， 他的德行不坏，
以受方国。之部。 因而受到四方诸国归附。

三章。言文王之德。

天监在下， 天监察在下面，
有命既集。 这天命随又迁就。
文王初载， 文王即位的初年，
天作之合：缉部。 天作成他的配偶：
在洽之阳， 在洽水的北方，
在渭之涘。之部。 在渭水的边头。

四章。陈奂云:“诗言洽阳,非即郃阳县故地。(《清一统志》:陕西同州府洽阳县,洽水在县南一里,名瀵水。)盖水以北为阳,洽阳洽水以北。是商莘国在洽水北,不在洽水南。渭,亦莘国之水名。莘虽东滨大河,亦在渭水之北,故下文云亲迎于渭也。”〇方玉润云:“此章先出文王,后出太姒。”

文王嘉止,	文王的嘉礼到了,
大邦有子。之部。	大国有一个女子。
大邦有子,	大国有一个女子,
伣天之妹。韩,伣作磬。	好比天上的妹子。
文定厥祥,	决定了聘礼的吉祥,
亲迎于渭。脂部。	前往亲迎到了渭水。
造舟为梁,	聚合多船做了浮桥,
不显其光?阳部。	不是显出了他的荣耀?

五章。四、五两章言文王之婚礼。〇陈奂云:“《笺》谓文为文王,定祥为纳币。与《白虎通义》人君无父母自定娶者,亦引此诗,其说合。当是三家《诗》义。然亦可证亲迎大姒,在王季既殁,文王即位之年。毛义亦然也。渭水在莘国之南郊,故文王躬迎大姒必至于渭也。”〇方玉润云:“太任则曰来嫁,太姒则曰亲迎,两世昏配作两样写法。”

有命自天,天与莘叶。真部。	这命令是从天来,
命此文王:	命令了这个文王:
于周于京。	改号为周,改邑为京。
缵女维莘,	这继妃是莘国女子,
长子维行,	长子是已死亡,

笃生武王。　　天特生了武王。
保右命尔，　　保佑而命令他，
燮伐大商。阳部。　　协同诸侯去伐大商。

六章。言武王之生，亦是神话。○按：于周于京者，《白虎通·号》篇云："《诗》曰：'命此文王，于周于京。'此改号为周，改邑为京也。"缵女维莘者，《列女·周室三母传》云："大姒者，文王之妃，武王之母，禹后有莘姒氏之女也。"文王即位后，行亲迎之礼，继娶太姒为元妃。此说邹肇敏主之(《诗传阐》)，陈奂、王先谦从之，殆成定论已。长子维行者，长子指伯邑考，维行之行，当读《小尔雅·广名》"讳死谓之大行"之行。长子维行，犹言长子维逝，或长子维亡耳。陈奂、王先谦解此行字如维德之行之行，误矣。○江永云："天、莘隔韵。"

殷商之旅，旅与野女叶。鱼部。　　殷商的师旅很盛，
其会如林。齐、韩，会作旝。　　他们的炮石如林。
矢于牧野，　　武王誓师于牧野，
维予侯兴：　　说是我周君要兴：
上帝临女，　　上帝监视了你们，
无贰尔心！蒸、侵通韵。○齐，无亦作毋，贰亦作二。　　你们不要有二心！

七章。按：其会如林者，《说文》："旝，建大木，置石其上，发以机，以追敌也。《诗》曰：'其旝如林。'"此本三家《诗》说。则知旝为上古之世、木石所制，利用机械抛射远攻之重武器也。其解说详见沈钦韩《春秋左氏传补注》(桓三年《传》，旝动而鼓)、《诂经精舍文集》五、徐鲲《炮考》、刘仙洲《中国机械工程史料》八"兵工炮类"。○江永云："旅、野、女隔韵。"

牧野洋洋，　　牧野地方广大洋洋，

檀车煌煌， 檀木兵车鲜亮煌煌，
驷騵彭彭。齐，驷亦作四。 红身白腹的驷马威武骉骉。
维师尚父！ 啊，太师尚父吕望！
时维鹰扬， 这是老鹰一般的飞扬，
凉彼武王。鲁、韩，凉作亮。 帮助那个武王。
肆伐大商，鲁，肆作袭。 突然袭击大商，
会朝清明！阳部。〇韩作会朝瀞明。 一朝会师而天下有清明气象！

八章。七、八两章言武王誓师伐商。结句“会朝清明”，则言其速战速胜耳。〇按：会朝清明者，《毛传》云：“会，甲也。不崇朝而天下清明。”惠栋《九经古义》云：“会朝，甲朝，一朝也。故又云不崇朝。”《楚辞·天问》亦云：“会朝争盟，何践吾期？”〇按：鹰扬双声。

〇今按：《大明》与上篇《文王》，同是周人自述开国史诗之一。诗自文王父母王季、太任及文王出生叙起，至武王伐纣胜利为止，重点实在武王，不在王季、太任与文王、太姒。《序》说是也，朱子《辨说》误已。马瑞辰云：“《大明》，盖对《小雅》有《小明》篇而言。《逸周书·世俘解》：籥人奏《武》，王入奏《万》，献《明明》三终。孔晁注：《明明》，《诗》篇名。当即此诗。是此诗又以《明明》名篇，盖即取首句为篇名耳。”作为周代开国之伟大人物，半神半人具有史诗性质之英雄人物，依次有后稷、公刘、太王、王季、文王、武王六人。作为周人自述之开国史诗，则有《生民》、《笃公刘》、《绵》、《皇矣》、《文王》、《大明》六篇，但诗之编次不如此耳。范家相云：“《大雅》，自《文王》至《卷阿》皆《正雅》，自《民劳》至《召旻》皆《变雅》，秩然不紊，与《小雅》之前后凌乱不同。就《正雅》观之，周人尊后稷以配天，则《生民》当居《雅》首。以追王之意推之，《绵》诗当继《生民》。顾周追王先世之说，始自《史记·周本纪》，与《诗·郑笺》。窃疑太王、王季、文王皆原自称王，并非追王。（王国维《观堂别集·古诸侯称王说》可供参考。）若依世次，则《笃公刘》又当在《绵》

之上。而今《诗》之次第如此者，文王为周室开王之始，故《风》、《雅》、《颂》皆以文王为始也(按指四始)。且以乐谱《诗》，有不可以追王世次论者。《文王》、《大明》用之大朝会、受釐、陈戒，乐莫大焉。乐之大者宜居《雅》首。是故《雅》有大小，而小大之中又有小大焉，不可不知也。”(《诗沈》)

绵九章章六句

《绵》，文王之兴，本由大王也。

绵绵瓜瓞！	绵绵不绝的大瓜小瓞！
民之初生，	这一民族的起初生活，
自土沮漆。齐，土作杜。	是在杜水漆沮水之侧。
古公亶父！	古公亶父！
陶复陶穴，三家，复作寝。	有窑一样的地室，窑一样的洞穴，
未有家室。脂部。	他还没有建立家室。

一章。言周之兴，由于太王避狄迁岐，艰难创始。〇钟惺云："只'绵绵瓜瓞'四字比尽一篇旨意。"

古公亶父！	古公亶父！
来朝走马。韩，走作趣。	来时一清早赶着马。
率西水浒，	沿着邠西漆水之涯，
至于岐下。	到了岐山之下。
爰及姜女，	于是和他的妃子姜女，
聿来胥宇。鱼部。	就来睃一睃所居屋宇。

二章。言太王来岐，偕其妃太姜，先视察所居之处。〇程大昌《雍录》云："古皆驾车，今曰走马，恐此时或已变乘为骑。盖避翟之

遽，不暇驾车。”顾炎武《日知录》云：“国邻戎狄，习尚相同。”“至六国之时，始有车骑。”按，《韩非子》：“秦穆公送重耳，畴骑二千。”则车骑非始于六国也。〇爰及姜女，聿来胥宇者，按，姜女见《列女·周室三母传》。章太炎《新方言》：“今四川谓窃视曰胥，言转如梭，俗作睃，汉中亦如之。”

周原膴膴，韩，膴作腜。	岐周的山地膴膴肥美，
堇荼如饴。〔一〕	堇葵苦菜像蜜糖滋味。
爰始爰谋，	于是开始，于是设计，
爰契我龟：齐，契作挈。	于是占卜刻了我们的龟：
曰止曰时，	说是定居，说是适宜，
筑室于兹。之部。	建筑宫室就在这里。

三章。言卜居岐周高平之原，肥美之地。

乃慰乃止，	然后安心下来，然后定居下来，
乃左乃右。	然后分左，然后分右，分到东西。
乃疆乃理，	然后规划疆界，然后区分地理，
乃宣乃亩。	然后宣泄沟渠，然后整理田地。
自西徂东，	从西到东，有阡有陌，
周爰执事！之部。	普遍的都是执行他们的事业！

四章。言定点安居，整理经界，一时人皆忙于兴作。

乃召司空，	于是召来职掌营造都邑的司空，
乃召司徒，	于是召来职掌奴隶劳役的司徒，
俾立室家。鱼部。	使他们建立安居的室家。
其绳则直，	那些施工用的绳尺就该要直，

缩版以载，齐，版作板。　　筑墙用的两边直板因而树立，
作庙翼翼！之部。　　造作宗庙时候真是小心翼翼！

五章。言作宗庙。

捄之陾陾，　　盛土入筐的拥挤重重，
度之薨薨。　　投土入板的鼓劲纷纷。
筑之登登，　　筑土用力的打击登登，
削屡冯冯。　　削平隆高的声音凭凭。
百堵皆兴，　　高墙百堵同时兴工，
鼛鼓弗胜！蒸部。　　大鼓小鼓打的力不能胜！

六章。言作宫室。

乃立皋门，韩，皋作高。　　然后建立外郭的皋门，
皋门有伉。韩，伉作阆。　　皋门这样高耸。
乃立应门，　　然后建立王宫的应门，
应门将将。鲁，将作锵。　　应门匡匡方整。
乃立冢土，　　然后建立祭土神的大社，
戎丑攸行。阳部。　　大众就好有所行动。

七章。言立门、社。

肆不殄厥愠，殄与陨叶。　　故今不能绝了对敌人的愤恨，
亦不陨厥问。文部。　　也就不致废了对邻邦的聘问。
柞棫拔矣，　　柞树槲树拔尽了呀，
行道兑矣。　　人行道路开通了呀。
混夷駾矣，三家，駾作突。　　犬夷惊骇奔腾了呀，
维其喙矣！祭、元通韵。三家，喙作呬。　　啊，他们喘息疲困了呀！

八章。言文王伐木开路，犬夷惊走。〇孙鑛云："上面叙迁岐事，历历详备，舒徐有度。至此则如骏马下坂，将近百年事数语收尽。笔力绝雄劲，绝有态，顾盼快意。"〇按：章首肆字承上启下之词。由太王说到文王，衔接得巧，不露痕迹。

虞芮质厥成，	虞芮两国争田来诉的事已经和平，
文王蹶厥生。耕部。	文王感动了他们相让相爱的天性。
予曰有疏附，鲁，曰皆作聿。齐，疏作胥。	我以为他有了团结上下之臣，
予曰有先后，	我以为他有了辅导先后之臣，
予曰有奔奏，齐，奏作辏。鲁，奏作走。	我以为他有了奔走宣传之臣，
予曰有御侮。侯部。	我以为他有了折冲御侮之臣。

九章。言文王外和邻部，内有良臣。以见周之兴，由于太王开拓，文王昌大。〇钟惺云："过至文王处，若断若续，妙甚。结四语，奇。"〇姚际恒云："以四句直收，章法甚奇，亦饶姿态。"〇江永云："附、后、奏、侮，上、去为韵。"

〇今按：《绵》篇，叙述太王迁岐之诗。周人自述开国史诗六篇之一，《文王》第五篇，《大明》第六篇，此其第三篇，孙鑛《批评诗经》云："此诗不但称古公，且仍出其名，乃后又称文王，岂武王初克商，甫尊文王，尚未追王太王，是彼时作邪？"又云："此诗如此收束，当是未克商时作。然则文王应实有受命称王之事矣。《武成》已称太王，若周公戒成王诗，岂应复称古公邪？"此论《绵》篇作者及其年代提出疑点。魏源《诗古微》则合据《郑笺》、赵岐《孟子章句》、韦昭《国语注》为说，肯定此诗为周公美文王之作。愚意，诗必作于周初，作者未必为周公。与其说诗美文王，毋宁说诗美太王。倘就诗之作为乐章，用于典礼，而谓出于相传制礼作乐之周公，则亦未为不可。《毛传》云:“古公处豳,狄人侵之,事之以皮币不得免焉,事之以犬马不得免焉,事之以珠玉不得免焉。乃属其耆老而告之曰:‘狄人之所欲者吾土地也。吾闻之,君子不以其所养人者害人。二三子何患乎无君!’去之,逾梁山,邑于岐山之下。豳人曰:仁人之君,不可失也。从之如归市。”《史记·周本纪》云:“于是古公乃贬戎狄之俗,而营筑城郭屋室,而邑别居之。作五官有司。民皆歌乐之,颂其德。”从避狄迁岐之古史传说观之(《孟子·梁惠王》、《庄子·让王》、《吕览·审为》、《淮南子·道应》《诠言》《泰族》、《书大传·略说》、《说苑·至公》),太王自是一有远见、有魄力之部落国家之伟大元首。此周之先世“复修后稷、公刘之业”,杰出之英雄人物也。

棫朴五章章四句

《棫朴》,文王能官人也。

芃芃棫朴,〔一〕	蓬蓬的槲树和麻栎,
薪人槱之。	砍伐了它,堆起烧它。
济济辟王,	威仪济济的是君王,
左右趣之。幽、侯合韵。〇齐,趣作趋。	左右诸臣追随了他。

一章。“见众贤之集于朝,辅助政教。”〇马瑞辰云:“古者燔柴以祭天神。《说文》:‘禷,以事类祭天神。’《周官·小宗伯》郑注:‘类者,依因其正礼而为之。’则类祭上帝依乎郊祀,是亦用燔柴也。《王制》:‘天子将出征,类乎上帝。’此诗二章奉璋,是发兵之事。三章六师,是伐崇之事。”〇按:诗称辟王、周王、我王,《郑笺》以为皆称文王。顾广誉云:“以尊言,曰辟王;以实言,曰周王;以亲言,曰我王。”(《学诗详说》)〇按:棫朴双声。

济济辟王，　　　　威仪济济的是君王，
左右奉璋。阳部。　　　　左右诸臣捧着玉璋。
奉璋峨峨，　　　　捧着玉璋仪容堂堂，
髦士攸宜。歌部。　　　　方俊之士位置恰当。

二章。“述祀事之得人。”〇一、二两章，“此文王之郊也”。〇按：毛用《周礼·典瑞》：牙璋以起军旅，以治兵守，即《白虎通》璋以发兵一义。郑则用祭祀之礼，王祼(灌)圭瓒，臣亚祼璋瓒一义，以今文说易毛。今所发见之殷周圭，有石圭玉圭。尖首方底，上半作等腰三角形，下半作等腰四边形。璋则古谓之半圭者也。

淠彼泾舟，　　　　劈拍响的那泾水的船，
烝徒楫之。　　　　许多役夫打桨划着它。
周王于迈，　　　　周王前往出征，
六师及之。辑部。　　　　六军跟上了他。

三章。“言戎事之得人。国之大事，在祀与戎，举此二者以明贤才之用。”〇“此文王之伐崇也。上章奉璋，下章伐崇，以见文王之先郊而后伐也。”(王先谦)

倬彼云汉，　　　　浩大的那是天河，
为章于天。　　　　成为文彩在天空。
周王寿考，　　　　周王寿考，
遐不作人！真部。　　　　怎么不作育新人！

四章。“言文王作人之化，纣之污俗，咸与维新。”〇方玉润云：“以天文喻人文。光焰何止万丈长耶？”

追琢其章，鲁，追作雕。　　　　雕琢是他的修饰，金玉其相。　　金玉是他的资质。
勉勉我王，鲁、韩，勉作亹。　　勉勉进取的我王，
纲纪四方！阳部。　　他就把四方统治！

五章。“言文王圣德，纲纪四方，无不治理。又总著政教之美，官人之效。经之设文，盖有次第矣。”（汪龙《毛诗异义》）〇朱子《诗传遗说》云：“遐不作人，却是说他鼓舞作兴底事。功夫细密处，又在此一章，如曰‘勉勉我王，纲纪四方’，四方都便在他线索内牵着都动。问：勉勉即是纯一不已否？曰：然。如‘追琢其章，金玉其相’，是那工夫到后，文章真个是盛美，资质真个是坚实。”按：又是美化文王之诗，周人自圣其先王，后之腐儒亦皆从而圣之矣。批之不胜批也！〇陈奂云：“追琢，追读雕，双声。”

〇今按：《棫朴》，古文毛说：“文王能官人。”今文齐说：“文王受命则郊，郊乃伐崇。”两说皆通。故诗之章指兼采汪龙、王先谦两说。何谓官人？襄十五年《左传》：“君子谓楚于是乎能官人。官人，国之急也。”古语官人原有举贤授职之意。胡承珙云：“《大戴礼》、《逸周书》皆有《文王官人》篇。《荀子》亦云：文王以官人为能。并与此《序》语合。毛于首章《传》，即以山木茂盛为贤人众多之兴，全诗大旨已明，故下四章但训诂经文而已。”可知文王能官人，出于古史传说，亦有此诗为证也。齐说云：“天子每将兴师，必先郊祭以告天，乃敢征伐，行子之道也。文王受天命而王天下，先郊乃敢行事，而兴师伐崇。其《诗》曰：‘芃芃棫朴，薪之槱之。’‘济济辟王，左右趋之。’‘济济辟王，左右奉璋。奉璋峨峨，髦士攸宜。’此郊辞也。其下曰：‘淠彼泾舟，烝徒檝之。周王于迈，六师及之。’此伐辞也。其下曰：‘文王受命，有此武功。既伐于崇，作邑于丰。’以此辞者，见文王受命则郊，郊乃伐崇。”此《春秋繁露·郊祭》篇文。又《四祭》篇与此语意全同。是今文齐说以此诗为言文王郊祭伐崇之事也。

旱麓六章章四句

《旱麓》，受祖也。周之先祖，世修后稷、公刘之业。大王、王季申以百福干禄焉。

瞻彼旱麓，	瞧那旱山的山脚下，
榛楛济济。〔一〕	榛树荆树多的济济。
岂弟君子，	和乐平易的君子，
干禄岂弟。脂部。	求禄就在和乐平易。

一章。《汉书·地理志》：汉中郡南郑县旱山，沱（池）水所出，东北入汉。《一统志》：旱山在汉中府城西南六十五里，盖即《诗》之旱麓也。

瑟彼玉瓒，三家，瑟作邮。	鲜明的那是玉柄的勺子，
黄流在中。	黄酒秬鬯是在金勺子中。
岂弟君子，	和乐平易的君子，
福禄攸降。中部。	是福禄的所降临。

二章。姚际恒云："首二句，华语。"

鸢飞戾天，	鹞儿飞到天空，
鱼跃于渊。	鱼儿跃在水中。
岂弟君子，	和乐平易的君子，
遐不作人？真部。〇鲁，遐作胡。	怎么不作育新人？

三章。"上三章皆述文王求福之隆。"〇按：鸢体形似鹰，羽毛茶褐色，俗称鹞鹰、老雕。猛禽类，鹰科。今海南岛之海南鸢亦其一种。

清酒既载，	清酒已经陈设，
骍牡既备。	黄牛已经准备。
以享以祀，	就来孝敬，就来祭祀，
以介景福。之部。	就来求助更大福气。

四章。“此及下章言享祀获福而神劳来之，即是《序》云受祖之义。”〇江永云：“载、备、祀、福，上、去、入为韵。”

瑟彼柞棫，〔二〕	鲜明的那栎树槲树，
民所燎矣。	是人们要焚烧的呀。
岂弟君子，	和乐平易的君子，
神所劳矣！宵部。	是天神要慰劳的呀！

五章。马瑞辰云：“此诗《释文》云，燎，《说文》作尞。一云：柴祭天也。是知民所燎矣，当谓取〔柞棫〕为燔柴之用。”

莫莫葛藟，	密密的葛藤山葡萄，
施于条枚。韩，施作延。	蔓延到了树的枝条。
岂弟君子，齐，岂作凯。韩，岂作恺，弟作悌。	和乐平易的君子，
求福不回！脂部。	求福不违先祖正道！

六章。“末章述文王求福，由于有小心之德，但言求福而福自隆盛。受祖之义唯著于四、五两章而已。”（陈奂）〇江永云：“藟、枚、回，平、上为韵。”

〇今按：《旱麓》，盖文王受祖之诗。《序》说可不谓误。“三家无异义”。何谓受祖？《孔疏》云：“言文王受其祖之功业。”愚谓受祖为受釐于祖之意。魏氏《诗古微》云：“祭祖受祜。”是也。《吕记》云：“《序》：周之先祖以下，皆讲师所附丽。此篇《诗传》以为文王之诗，故有大王、王季申以百福干禄之说，于理虽无害，然百福干禄之语则不辞矣。”朱子《辨说》云：“《序》大误。其曰百福干禄者，尤不成文理。”胡承珙云：“案，干禄百福出《假乐》之篇，彼谓求禄而得百福，此《序》即用其语。言百福干禄者，谓得天之百福与所求之禄耳。《疏》云：福言百，明禄亦数多。禄言干，明福亦求得。盖古文自有此种互文，何得谓其不辞？段氏《诗传》云：此《序》干字是千字之误。引《假乐·笺》子孙得禄千亿为证。案，此说亦可不必。”马瑞辰云：“案，干禄与百福对言，干禄疑千禄形近之讹。此诗‘干禄岂弟’，及《假乐》‘干禄百福’，干皆当作千百之千，传讹已久，遂以干禄释之耳。”干禄乎？千禄乎？涉及文法、修辞、校勘上之诸问题，未易骤作批判，暂存两说可也。

思齐五章二章章六句三章章四句

《思齐》，文王所以圣也。

思齐大任，	这庄敬的太任，
文王之母。	是文王的母亲。
思媚周姜，	这可爱的周姜，
京室之妇。之部。	也是王室的妇人。
大姒嗣徽音，	太姒继承了她们的美名，
则百斯男！侵部。	像有百把个的男儿出生。

一章。言“周室三母”之德，以见文王之母教有自。〇欧阳修云：“文王所以圣者，世有贤妃之助。”〇孙鑛云：“本重在太姒，却从太任发端，又逆推上及太姜，然后以嗣徽音实之，极有波折。若顺下，便味短。”

惠于宗公，	他顺于尊贵的先公，
神罔时怨，	神就没有所怨恨，

神罔时恫。东部。　　神就没有所伤痛。
刑于寡妻，　　他做了模范于嫡妻，
至于兄弟，二句一韵。脂部。　　至于他的兄弟，
以御于家邦。东部。　　还管到了家国之中。

二章。言文王事神、治人，两尽其道。〇王先谦云："刑寡妻至兄弟，以御家邦，即身修、家齐、国治之道也。"

雝雝在宫，一、三句，可作中、侵合韵。　　和雝雝的在宫室，
肃肃在庙。　　敬肃肃的在宗庙。
不显亦临，　　不显明的地方也像有人在瞧，
无射亦保。幽、宵通韵。　　没有讨厌于人也要慎重自保。

三章。言文王之德，自强不息，无时或懈。〇姚际恒云："皆选言而出，精工练净。"

肆戎疾不殄，　　故今西戎的灾难不是绝迹，
烈假不瑕？韵未详。〇按：假、瑕自为韵。　　疫蛊害人的恶病不是远离？
不闻亦式，　　不是闻善言也就采用，
不谏亦入？缉、之通韵。　　不是见谏诤也就采进？

四章。言文王好善修德之效。〇按：末二句，王引之云："不，语词。亦，亦语词。言闻善言则用之，进谏则纳之。"（《经传释词》）其说固通，然愚直解之，亦觉觵理自然，正合上二句为一气也。此章两亦字不当与上章两亦字异训。

肆成人有德，　　故今成年人有德，
小子有造。　　小子们也有造就。
古之人无斁，〔一〕　　古之人教士可真不坏，

誉髦斯士。之、幽通韵。　　　　士子都是有名的俊秀。

五章。言文王化成人材，小大皆有成就。此亦好善修德之效。〇薛瑄云："《思齐》一诗，修身、齐家、治国、平天下之道备焉。"（见《传说汇纂》）〇王先谦云："称古之人者，周之学制创自公刘。见《泂酌》篇。"〇江永云："三、四、五，无韵之章。"

〇今按：《思齐》，亦可作为歌咏周初开国人物之史诗读。此诗先提"周室三母"（见《列女传》）之德，而后及文王之圣、修身、齐家、治国之事。《序》说不为误。"三家无异义"。此诗亦美化文王，迷信个人。文王果圣，文王所以圣，非必由于有圣母，非必由于有天才。此涉及伟大人物在历史上之作用问题，亦当代历史唯物主义者之一大课题也。恩格斯说："恰巧某个伟大人物在一定时间出现于某一国家，这当然纯粹是一种偶然现象。但是，如果我们把这个人除掉，那时就会需要有另外一个人来代替他，并且这个代替者是会出现的，——或好或坏，但是随着时间的推移总是会出现的。……"（见《马恩选集》第四卷，五〇六—五〇七页）此为恩格斯关于伟大人物出现之历史必然性与某个人成为如此人物之偶然性相结合之观点。他用此观点解释拿破仑，亦用之以解释世界无产阶级革命导师马克思。著名之马恩主义大众哲学家艾思奇同志，即曾用此观点解释中国人民伟大领袖毛泽东同志之出现。吾人据此推而用之于解释上古周代开国之英雄人物——文王之所以成为文王，自亦未为不可也。三千年前，《雅》《颂》诗人歌舞周代之先公先王，美化神化后稷、公刘、太王、王季、文王、武王，而崇拜之，而迷信之，而使之成为半人半神之英雄人物。吾人自不能与之认同，但亦不必以吾人所持之观点强加于古人，而菲薄其人并非英雄人物；而又菲薄其时诗人之诗不具有史诗价值；而或转诬我国先民"没有史诗的头脑"，"缺乏想象力"，如梁任公先生之所云也。此诗《孔疏》云："作《思齐》诗者，言文王所以得圣，由其贤母所生。文王自天性当圣，圣亦由母大贤。故歌咏其母，言文王之圣有所以而然也。"《严缉》云："此诗五章，皆言文王之所以为圣也。孔氏以为文王所以得圣，由其贤母所生，止是首章之意耳。"《朱传》云："此诗亦歌文王之德，而推本言之。""上有圣母，所以成之者远；内有贤妃，所以助之者深。"此较《孔疏》愈见夸饰周室三母在周初开国史上之作用。文王之世，离简狄、姜嫄之世已远，而原始氏族社会母系中心之意识似尚残留，而屡反映在周初涉及先世后妃夫人之诗中也。

皇矣八章章十二句

《皇矣》，美周也。天监代殷莫若周，周世世修德莫若文王。

皇矣上帝！	伟大呀上帝！
临下有赫。	看到下面这样分明。
监观四方，	观察着天下四方，
求民之莫。鲁、齐，莫作瘼。	寻求人民的安定。
维此二国！〔一〕	啊，只此郃、豳两个小国！
其政不获。	他的大政就不得施行。
维彼四国！鲁，维作惟，下全同。	啊，想到那四方诸侯之国！
爰究爰度？	于何去图谋，于何去居定？
上帝耆之，〔二〕	上帝要致送给他的，
憎其式廓。	加强了他的扩张作用。
乃眷西顾，鲁，眷一作睠。	于是关怀西顾，
此维与宅。鱼部。〇鲁，与作予。宅一作度。	这里土地是好给他安身。

一章。首言太王事。〇按：维此二国，《毛传》云：二国，殷、夏也。《诗沈》云：二国，郃与豳也。章末云"乃眷西顾，此维与宅"者，谓上帝使太王西徙于岐山之下也。至文王，则宅西久矣。〇按：监观双声。

作之屏之，屏与平叶。耕部。　　斩伐它，屏除它，
其菑其翳。韩，翳作殪。　　那立起而死的树，那自倒而死的树。
修之平之，　　修翦它，删平它，
其灌其栵。脂、祭通韵。　　那丛生的小树，那再生的小树。
启之辟之，辟与剔叶。支部。　　开垦它，辟除它，
其柽其椐。〔三〕　　那些柽柳树，那些灵寿树。
攘之剔之，　　排除它，剔去它，
其檿其柘。〔四〕　　那些山桑，那些柘树。
帝迁明德，　　上帝迁就这有明德的人，
串夷载路。　　那串夷就疲困而去。
天立厥配，鲁，配作妃。　　天立了他的配天的人，
受命既固。鱼部。　　太王受的天命就已巩固。

二章。此亦言太王事。〇孙鑛云："上章是势，故此章以缓排语承之。一直一横，政是节奏。"〇按：诗作之屏之云云者，谓太王宅西，乃贬戎狄之俗，而恳辟定居，而营建城郭宫室，而邑别居之也。言"串夷载路"者，串夷，薰育、戎狄之类，太王不欲与之战，遂去豳止岐，而串夷疲困自退也。自毛、郑以来解《诗》者，皆谓此篇首、次二章言文王，大误已。〇江永云："椐、柘为韵。"又云："平、屏隔韵。辟、剔隔韵。"

帝省其山：　　上帝察看那里的山林：
柞棫斯拔，　　栎树槲树之类的根已经拔尽，
松柏斯兑。祭部。　　松树柏树之间的路已经畅通。
帝作邦作对，　　上帝造作一个国，造作配天的君，
自大伯王季。脂部。　　要从太伯王季相让才行。
维此王季！　　啊，想到这个王季！

因心则友，依他的本心就能友爱，
则友其兄。三句一韵。就能友爱他的阿兄。
则笃其庆，就增厚他的福庆，
载锡之光。才赐给他的光荣。
受禄无丧，受到了福禄而没有丧失，
奄有四方。阳部。广有了天下四方的臣民。

三章。方玉润云："夹写太伯，从王季一面写友爱，而太伯〔让国〕之德自见。"

维此王季！三家，王季作文王。啊，想到这个王季！
帝度其心，上帝忖度了他的心，
貊其德音。侵部。〇韩，貊作莫。默忍了他的美德声名。
其德克明，他的美德在于是非能明，
克明克类；是非能明，善恶能分；
克长克君，能教诲不倦为师长，能赏罚必信为人君。
王此大邦，统治这个大国，
克顺克比。文部。当作克比克顺。〇齐、鲁，比作俾。能做到慈和遍服，能做到择善而从。

比于文王：〔五〕影响及于他的儿子文王：
其德靡悔。他的德行没有什么悔恨。
既受帝祉，既已受到上帝的福祉，
施于孙子。之部。还要延及到他的子孙。

四章。三、四两章特言王季，点明主题，末乃递及文王。〇江永云："类、比、悔、祉、子，上、去为韵。"

帝谓文王：　　上帝告文王：
无然畔援，齐作畔换，韩一作伴换。　　不要如此跋扈，
无然歆羡，　　不要如此贪婪，
诞先登于岸。元部。　　当你初登在高位的时候。
密人不恭，鲁，恭作共。　　密须国人不肯恭顺，
敢距大邦，　　敢于抗拒大邦，
侵阮徂共。东部。　　侵略阮国进到了共。
王赫斯怒，　　文王赫然的愤怒，
爰整其旅，　　于是整齐了他的师旅，
以按徂旅。　　就去遏制密人往莒。
以笃于周祜，　　以此增厚了周代的国运，
以对于天下。鱼部。　　以此回答了天下向周之心。

五章。按：以按徂旅，《孟子》作以遏徂莒。朱右曾《诗地理徵》云：莒亦作旅，旅、鲁古同，假借作卤。《地理志》：安定有卤县也。莒当为密周邻接之地。《朱传》：密，密须氏，姞姓之国，在今宁州。阮，国名，在今泾州。共，阮国之地名，今泾州之共池。宋宁州，今甘肃静宁县。宋泾州，今甘肃泾川县。是谓密、阮、莒共在旧平凉府泾州一带之地。今甘肃灵台县百里公社有密城遗址。〇按：畔援，即叛援，同畔换、伴换、判涣，叠韵。

依其在京，　　殷殷强盛的在高地的师旅，
侵自阮疆。〔六〕　　息兵归来从阮国的地方。
陟我高冈：阳部。　　爬登了我方的高冈：
无矢我陵！　　莫陈兵于我的丘陵！
我陵我阿。　　这是我的丘陵，这是我的山坡。
无饮我泉！　　莫饮我的泉水！

我泉我池。歌部。　　这是我的井泉，这是我的水池。
度其鲜原，　　测量了那一块好地叫做鲜原，
居岐之阳，　　安居在岐山的南边，
在渭之将，　　就是在渭水的边上。
万邦之方，　　这是万邦的所效法，
下民之王！阳部。　　这是下民的所归往！

六章。此文王警告密人不得侵扰之语，义正词严。〇按：度其鲜原者，《逸周书·和寤解》："王乃出图商，至于鲜原。"孔晁注："近岐周之地也。小山曰鲜。"〇按：鲜原叠韵。

帝谓文王：　　上帝告文王：
予怀明德，　　我赋与你的天性明德，
不大声以色，　　不夸大号令的声威和严厉的颜色，
不长夏以革。〔七〕　　不长用教刑的夏楚和官刑的鞭革。
不识不知，鲁，不一作弗。　　好像不识不知，
顺帝之则。之部。　　顺着上帝的自然法则。
帝谓文王：　　上帝告文王：
询尔仇方，　　商量好你的一般邻邦，
同尔弟兄。阳部。〇《孔疏》本作兄弟。　　联合好你的兄弟国家。
以尔钩援，　　用你钩梯之类的武器好把城爬，
与尔临冲，韩，临冲作隆冲。　　和你的俯攻的临车、陷阵的冲车，
以伐崇墉。东部。　　去把崇国的城池打下。

七章。方玉润云："以上叙伐密伐崇，连用'帝谓文王'句特笔提起，是何等声灵！通篇文势皆振。后代文唯韩愈往往有此。"

临冲闲闲，　　临车冲车闲闲的移动，

崇墉言言。　　崇国城墙言言的高大。
执讯连连，　　拿问俘虏连连地不忙，
攸馘安安。元部。　　所获俘耳安安然割下。
是类是祃，　　于是祭天叫类，于是祭旗叫祃，
是致是附，　　于是把财物送还，于是把人民安抚，
四方以无侮！侯、鱼通韵。　　四方诸侯之国因而莫敢欺侮！
临冲茀茀，　　临车冲车茀茀的强盛，
崇墉仡仡。　　崇国城墙仡仡的摇动。
是伐是肆，　　于是攻击，于是冲锋，
是绝是忽，　　于是杀绝，于是斩尽，
四方以无拂，脂部。　　四方诸侯之国因而莫敢违命！

八章。后四章言文王伐密伐崇之事。〇孙鑛云："长篇繁叙，规模闳阔，笔力甚驰骋纵放；然却有精语为之骨，有浓语为之色，可谓兼终始条理。此便是后世歌行所祖。以二体论之，此尤近行。"王季可谓巧于继序，确有深谋远虑者矣。后世之唐宗明祖一流大人物皆敻乎莫及也。〇江永云："祃、附、侮，上、去为韵。"

〇今按：《皇矣》，言王季上承其父太王，下传其子文王，并友于其兄泰伯，全篇实为周人歌颂王季之德而作。《序》说美周，可不谓误；说周世世修德莫若文王，则偏矣。"三家无异义"。朱子《辨说》无说。此亦周人自述开国史诗六篇之一。其次当第四篇。《史记·周本纪》云："古公有长子曰大伯，次曰虞仲。太姜生少子季历。季历娶太任，皆贤妇人。生子昌，有圣瑞。古公曰：'我世当有兴者，其在昌乎！'长子太伯、虞仲知古公欲立季历以传昌，乃二人亡如荆蛮，文身断发，以让季历。古公卒，季历立，是为公季。公季修古公遗道，笃于行义，诸侯顺之。"季历后为商纣所杀（《竹书纪年》）。诗第三章云："帝作邦作对，自大伯王季。"《毛传》云："从大伯之见王季也。"《郑笺》云："作，为也。天为邦，谓兴周国也。作

配，谓为生明君也。是乃自大伯、王季时则然矣。大伯让于王季而文王起。”王先谦云：“诗言天之兴周邦，立明君，自大伯、王季之相让始。”可知是诗重在叙述王季。诗第四章首句：“维此王季。”此据《孔疏》本固有《郑笺》申毛可证，不误。陈奂《传疏》本改王季为文王，大误。王先谦坚持三家说，王季作文王，亦大误。王氏盖不及知其稍前，咸、同间，丁晏《颐志斋文集》有《王肃私改毛诗唯此王季作文王辨》一文，已了此一桩公案矣。

灵台五章章四句

《灵台》，民始附也。文王受命，民乐其有灵德以及鸟兽昆虫焉。

经始灵台，	开始要筑灵台，
经之营之。	计划它，营造它。
庶民攻之，	人民动手来做它，
不日成之。耕、东合韵。○耕十三，东十五，故得合用。	不到几日完成它。

一章。《孟子》云：“文王以民力为台为沼，而民欢乐之，谓其台曰灵台，谓其沼曰灵沼，乐其有麋鹿鱼鳖。古之人与民偕乐，故能乐也。”（《梁惠王》篇）

经始勿亟，	开始工作并不要求急迫，
庶民子来。	人民像儿子一般来干活。
王在灵囿，	文王来在灵囿休息，
麀鹿攸伏。〔一〕之部。	母鹿就在这里睡着。

二章。方玉润云：“民情踊跃，于兴作自见之。”

麀鹿濯濯，	母鹿嬉游濯濯，

白鸟翯翯。鲁，翯作皜，一作鹤。　　白鸟肥泽翯翯。
王在灵沼，　　文王来在灵沼游览，
於牣鱼跃！宵部。　　啊，充满了鱼的跳跃！

三章。前三章言文王有台池苑囿鸟兽游观之乐。○孙鑛云："鹿善惊，今乃伏；鱼沉水，今乃跃。总是形容其自得，不畏人之意。"○姚际恒云："白鸟大概是鹭，然亦可谓之鹤也。鹿本骇而伏，鱼本潜而跃，皆言其自得而无畏人之意，写物理入妙。"○江永云："囿、伏，去、入为韵。濯、翯、沼、跃，上、入为韵。"

虡业维枞，　　座柱横版和悬编钟的载钉，
贲鼓维镛。　　军用的大鼓和特悬的大钟。
於论鼓钟！　　啊，有规律的鼓钟声音！
於乐辟廱！东部。　　啊，可喜乐的辟廱大宫！

四章。胡承珙云："三灵（台、囿、沼）自为游观之所，辟廱自为礼乐之地。""《三辅黄图》所载，灵台在长安西北四十里，灵囿在长安西四十二里，灵沼在长安西三十里者，似非无据。至辟廱即《周颂》之西雍，则在西郊又可知。"

於论鼓钟！　　啊，有规律的鼓钟声音！
於乐辟廱！　　啊，可喜乐的辟廱大宫！
鼍鼓逢逢，鲁，逢作韸。　　鼍皮大鼓打起来蓬蓬，
矇瞍奏公。东部。鲁，公作工，亦作功。　　盲人乐工把工作进行。

五章。后二章言文王有辟廱钟鼓之乐。○孔颖达云："《灵台》一篇有灵台，有灵囿，有灵沼，则辟廱及三灵同处在郊矣。"○王先谦云："此篇毛作五章章四句，而《新书》两引皆'经始灵台'六句为章，'王在灵囿'六句为章。是鲁作四章。齐、韩当同。"○江有诰云："此诗毛、郑分五章，顾氏、段氏从之。愚案：'经始勿亟'，紧跟

‘经始灵台’，‘麀鹿濯濯’，紧接‘麀鹿攸伏’，似以分四章为是。”按：毛、鲁分章，两说皆通。

〇今按：《灵台》，歌颂周初大奴隶主文王役使新占有之奴隶从事于土木工程，而建灵台——包括三灵、辟雍之诗。当周民族尚未征服殷民族以前，已有种族氏族奴隶，此皆历由战争俘获者。如《大雅·文王有声》诗：“既伐于崇，作邑于丰。”《尚书》亦有《西伯戡黎》篇。据知周人征服殷人之前，已非止一役征服邻近之小国。盖如芮人、邘人、密人、耆人、崇人等，皆被迫而成为种族氏族奴隶。《灵台》诗即显示周人灭崇，大量崇人被迫从事建设丰邑之奴役。《序》说“民始附”，当谓崇人始附。“三家无异义”。朱子《辨说》攻《序》，乃曰“民之归周也久矣，非至此而始附也”。灵台在丰水东。丰邑在丰水西，鄠县东。镐在丰水东，丰在镐水西，丰镐相去二十五里(或云三十里)。灵台故址，明清以来学者颇多争论。至近人黄盛璋(《周都丰镐与金文中的莽京》，《历史研究》一九五六年十期)有驳石璋如之说(《传说中周都的实地考察》)，似犹未了。其言金文中之莽京为丰京，则得郭沫若之说益明确矣。何谓灵台？《郑笺》云：“天子有灵台者所以观祲象，察气之妖祥也。”据《孔疏》，此灵台似是以观天文之雏型天文台。非以观四时施化之时台(气象台)，亦非以观鸟兽鱼鳖之囿台(囿中看台)也。何谓辟雍？《毛传》云：“水旋丘如璧曰辟雍，以节观者。”《鲁颂·泮水·毛传》云：“天子辟雍。”《郑笺》云：“筑土雍水之外圆如璧，四方来观者均也。”戴震《诗考正》云：“辟雍于经无明文。汉初说《礼》者，规放故事，始援《大雅》、《鲁颂》立说，谓天子曰辟雍，诸侯曰泮宫(原注：卢植云，汉文帝会博士诸生作《王制》篇)。如诚学校重典，不应《周礼》不一及之，而但言成均、瞽宗。《孟子》陈三代之学，亦不涉乎此。他国且不闻有所谓泮宫者。”“此诗灵台、灵沼、灵囿与辟雍连称，抑亦文王之离宫乎？闲燕则游止肆乐于此，不必以为太学，于诗辞前后尤协矣。”今据《孟子·梁惠王》篇两引此诗而释之，则三灵辟雍之地，确似文王离宫之所在。美化之而妄谓与民偕乐，一若为文王向人民公开之王室花园。囿则大之七十里，有似后世之田猎围场；小之如《周礼》囿人所掌之囿游，汉时所谓离宫小苑观处；又有似今日公园中之动物园区。灵囿，当是囿之小者。孟子混同于文王方七十里之大囿，好辩之过也。灵沼，沼名去灵，适符其实，不用诠释矣。

下武六章章四句

《下武》，继文也。武王有圣德，复受天命，能昭先人之功焉。

下武维周，	后代能继迹先祖的是周邦，
世有哲王。	一代一代地都有明哲之王。
三后在天，	太王、王季、文王三君在天，
王配于京。阳部。	武王又上合天命在镐京。

一章。言周之世有哲王，以颂美三后与武王。

王配于京，	武王又上合天命在镐京，
世德作求。	做到上比先代有德之人。
永言配命，	长久的上合天命，
成王之孚。幽部。	又有成王的诚信。

二章。上二句颂美武王，下二句颂及成王，颂其皆能合天命，比先德。

成王之孚，	又有成王的诚信，
下土之式。	做了天下的标准。
永言孝思，	长久的有孝思，

孝思维则。之部。○鲁,维作惟。　　孝思是上法先人。

三章。颂美成王为天下法式,能效法先人。

媚兹一人,　　可爱的这天子一人,
应侯顺德。鲁,顺作慎。　　担当的是顺着德行。
永言孝思,　　长久的有孝思,
昭哉嗣服!〔一〕之部。　　诏告哟要继承!

四章。

昭兹来许!三家,兹作哉,许作御。　　诏告哟这后进!
绳其祖武。三家,绳作慎。　　慎继他的先祖往迹。
於万斯年!　　啊,万数之年!
受天之祜。鱼部。　　享受天赐的大福气。

五章。四、五两章承上,颂及康王顺祖德,受天祜。○按:祖武叠韵。

受天之祜,　　享受天赐的大福气,
四方来贺。　　四方诸侯都来朝贺。
於万斯年!　　啊,万数之年!
不遐有佐?歌部○本作左,俗作佐。　　不是远方都有人来辅佐?

六章。颂美康王时,四方来贺,而有辅佐,作结。必须如此作解,方见篇章组织完整。○按:前后四章皆章末章首两句相承,为蝉联格。中两章独用第三句相承,格又稍变。

○今按:《下武》,康王即位,诸侯来贺,歌颂先世太王、王季、文武、成王之德,并及康王善继善述之孝而作。此诗如非史臣之笔,则为贺者之辞。《朱传》云:"或疑此诗有成王字,当为康王以后之诗。"何楷《古义》云:"《下武》,康王祭成王庙,受釐陈戒之诗。此与

《昊天有成命》同为一时之作。知为受釐陈戒之诗者,以‘昭兹来许’二章知之。”至其释篇名《下武》为堂下奏周公所作《大武》之乐,则亦是何氏惯作异解奇语之一例也。陆奎勋《陆堂诗学》以为此康王即位而诸侯朝贺之作。其言曰:“‘下武维周’,犹《长发》之‘濬哲维商’也。王配于京,美武王也。成王之孚,美成王也。周公之戒成王者曰:‘永言配命,自求多福。’故继言之曰:‘永言配命,成王之孚也。’‘永言孝思,孝思维则’,则此美康王之辞。‘昭哉嗣服’,即《顾命》所云‘命汝嗣训,临君周邦’也。‘绳其祖武’,即所云答扬文武之光训也。‘四方来贺’,即《康王之诰》所云‘诸侯皆布乘黄朱,(按《孔传》:诸侯皆陈四黄马朱鬣,以为庭实。)奉圭兼币也’。‘不遐有佐’,即所云‘太保率西方诸侯入应门左,毕公率东方诸侯入应门右也’。”以经证经,似不为无据。《序》云:“《下武》,继文也。”《笺》云:“继文王之王业而成之。”陈奂云:文,文德也。文王以上,世有文德。“三家无异义”。何谓下武?《传》云:“武,继也。”《笺》云:“下,犹后也。后人能继先祖者,维有周家最大。”宋儒自吕、朱以降,释《下武》乃有别解。如《严缉》、《戴续记》,或谓下武即不尚武,有偃武意。或谓世修文德,以武为下。清之汉学家有坚守毛、郑一说者,如陈启源与戴震、胡承珙是。有赞同宋儒一说者,如翁方纲(《诗附记》)与桂馥(《札朴》)、马瑞辰是。戴氏《诗考正》云:“按自上世数而下,故下有后义。下武,谓继承步武,故曰世有哲王。《国语》:‘在下守祀,不替其典。’注亦云:‘下,后也。’屈原《离骚》之赋曰:‘及前王之踵武。’”此申毛、郑,而于诗义允洽也。

文王有声八章章五句

《文王有声》,继伐也。武王能广文王之声,卒其伐功也。

文王有声,　　　　文王有好名声,

遹骏有声。三家，遹作欥。 就是大有好名声。
遹求厥宁， 就是求其天下安宁，
遹观厥成。耕部。 就是观其事业成功。
文王烝哉！合下七章为韵。 文王真是好君哟！

一章。戴震云："《诗》中聿、曰、遹三字互用。《说文》有欥字，注云：诠词也。从欠，从曰，曰亦声。引《诗》'欥求厥宁'。然则欥盖本文，省作曰，同声假借用聿与遹。诠词者，承上文所发端，诠而释之也。"按：《淮南·诠言训》高注：诠，就也。谓就其言而诠释之也。此章旧注，未见有串讲圆畅者。愚之此章译语，乃申《说文》及高、戴之说也。

文王受命， 文王受了天命，
有此武功。 才有这个武功。
既伐于崇， 既已讨伐邘崇，
作邑于丰。东部。 又作京邑于丰。
文王烝哉！ 文王真是好君哟！

二章。俞樾云："按既伐于崇，作邑于丰，初非对文，于崇之于当作邘，亦国名也。《尚书大传》，文王受命，一年断虞芮之讼，二年伐邘，三年伐密须，四年伐犬戎，五年伐耆，六年伐崇。此云既伐邘崇，盖言邘言崇，而密须也，犬夷也，耆也，皆包其中矣。"

筑城伊淢，鲁、韩，淢作洫。 筑的城墙是围有深池，
作丰伊匹。脂部。 作的丰邑是恰好相称。
匪棘其欲，齐，棘作革，欲作犹。 不是急于满足他的欲望，
遹追来孝。幽、侯合韵。○齐，遹作聿。 就是上追先代以为孝顺。
王后烝哉！ 君王真是好君哟！

三章。按：遹追来孝者，犹言聿追是孝也。旧有注说大都不得其解。王引之乃释来为往，释孝为美德之通称。谓上追前世之美德，故为往孝，欲成其功业。犹言追孝于前文人（有文德之人，或疑文字衍）耳。此说仍觉牵强。〇江永云：“欲、孝，去、入为韵。”

王公伊濯，	王的功业光大了，
维丰之垣。	又有丰邑的宫墙。
四方攸同，	四方诸侯所同归向，
王后维翰。元部。	君王是他们的保障。
王后烝哉！	君王真是好君哟！

四章。前四章言文王作丰邑，着重在遹追来孝。

丰水东注，	丰水向东方下泄，
维禹之绩。	这是大禹的功德。
四方攸同，	四方诸侯所同归向，
皇王维辟。支部。	大王是他们的君长。
皇王烝哉！	大王真是好君哟！

五章。方玉润云：“以丰水作两京枢纽。”

镐京辟雍！	镐京有朝见的辟雍！
自西自东，东部。〇韩，西东作东西。	于西于东，
自南自北，	于南于北，
无思不服。之部。	没有不是服服帖帖。
皇王烝哉！	大王真是好君哟！

六章。《毛传》云：“武王作邑于镐京。”《郑笺》云：“武王于镐京行辟雍之礼。自四方来观者，皆感化其德，心无不归服者。”

考卜维王，齐，维作惟。	求卜的是武王，
宅是镐京。阳部。〇齐，宅作度。	定居在这镐京。
维龟正之，齐，维作惟。	是龟甲卜准了它，
武王成之。耕部。	武王就筑成了它。
武王烝哉！	武王真是好君哟！

七章。

丰水有芑，〔一〕	丰水里还有芑菜，
武王岂不仕？齐，仕作事。	武王难道没有事？
诒厥孙谋，鲁，诒作贻。	留给他的子孙良谋，
以燕翼子。之部。〇齐，燕一作宴。	用来保安辅助后嗣。
武王烝哉！	武王真是好君哟！

八章。后四章言武王作镐京，着重在诒厥孙谋。〇按：诗《序》首句继伐，意当在此。"诒厥孙谋，以燕翼子"二句。非必如续申之词，惟谓武王继伐也。五章言"丰水东注，维禹之绩"，殆以丰水作为丰、镐两京枢纽。丰水之西为丰邑，丰水之东为镐京。不言西而言东，递出镐京，了无痕迹。首尾各二章直称文王、武王，中间四章称文王为王后，称武王为皇王，特变文以成章。每章末句各用"烝哉"二字作结，其文不变，皆有条不紊。此在《三百篇》中又是一格。〇江永云："一章至八章皆以烝哉遥韵。"

〇今按：《文王有声》，叙文王伐崇以后都丰，武王灭纣以后都镐，周初开国两个英雄人物之两件大事。《朱传》云："此诗言文王迁丰，武王迁镐之事。"不错。又《朱子诗传遗说》云："徐寓问：三分天下有其二，以服事殷。使文王更在位十三四年，将终事纣乎？抑为武王牧野之事乎？曰：看文王亦不是安坐不做事底人。如诗中言'文王受命，有此武功，既伐于崇，作邑于丰，文王烝哉'云云。武功皆是文王做来。诗载武王武功却少，但卒其伐功耳。观文王一时气势如此，度必不终竟休了。一似果实，文王待他十分黄熟自落下来，武王却似生擘破一般。”此明言文王在位更十三四年时，未必不为武王灭纣之事。并不讳言野心家阴谋家之文王争夺权力。是则受命作周之说岂非鬼话？腐儒之说亦偶有不腐。《序》言“继伐”，又说“伐功”。《郑笺》云：“继伐者，文王伐崇，武王伐纣。”释伐为征伐。庄二十八年《左传》：“且旌君伐。”杜注：伐为功。此伐之又一义。后儒因上篇《序》说“继文”，此篇《序》说“继伐”，作为对文来说，即以“继伐”说成“继武”。（《后笺》）《序》说往往含胡，足令后儒困惑，此例不胜具举也。近年（如一九五一——一九五三）有关西周时代之考古工作证明丰镐二京位置与文献记载相去不远。别详《历史研究》、《考古》等刊物，兹不謏论。记愚于《六月》、《灵台》两篇解说中，亦曾涉及丰镐而有取于今之考古工作者之成果也。

【简注】

文王

〇於音乌。时读是。时平去通读。陟音植。亹音尾，又音门。哉读载。闻音问。假音嘏。祼如字，或音灌。荩音晋。黼音斧。冔音武、音于。遏音厄、音鄂。载读事。

大明

〇适，古嫡字。挚音至。伣音现、音显。燮音协。凉音亮。

绵

〔一〕《毛诗植物名考》：堇，堇菜科，即今之紫花地丁也。《诗草木今释》：堇，又名回回蒜，油灼灼，胡椒菜。毛茛科一年生直立草本，为现代有名之有毒植物。古时救荒亦有采其苗叶食用者。荼，苦菜，已见《谷风》、《采苓》、《采芑》等篇。

〇瓞音迭。亶音但。父音甫。膴音武，音谋。堇音谨。饴音怡。捄音鸠。陾音仍。屡音楼。冯音凭。鼛音羔。胜音升。伉音亢，音冈。殄音腆。棫音域。混音昆。駾音突。喙音诲。芮音内、音锐。蹶俱卫反，今音近贵。

棫朴

〔一〕棫朴皆已见前。《传》分训为二木。今按二木皆属山毛榉科、落叶乔木。连类称之,有此词例。庞元英《文昌杂录》云:兵部杜员外言,今关中有白蕤,棫朴也。芃芃丛生。民家多采作薪。且言烟与他木异。尝取试之,其烟如线,高五七丈不绝。《诗》所谓薪之槱之。物虽微,可以升燎于上帝,亦蘋蘩蕰藻之谓邪?

○槱音酉。趣读趋,今读或近促。髦音毛。淠音沛、音拍、音辟。倬音卓,音到。追音雕。

旱麓

〔一〕榛,已见《简兮》篇。楛即荆、楚。楚见《汉广》篇。

〔二〕柞棫,已见上。葛藟,已见《南有樛木》、《葛藟》篇。记彼皆释为一物,今可释为二物:葛,豆科。藟,山葡萄科。

○楛音户。降如字或音洪。鸢音缘,音冤。岂音凯。

思齐

〔一〕古之人无斁者,按:上云无射,此云无斁,义当有别,不当同训无厌。马瑞辰云:古斁、择、殬三字同音通用。《云汉》:耗斁下土。《笺》:斁,败也。斁即殬字假借。

○齐音斋。恫音通、音痛、音洞。射音亦。烈读厉。假读蛊。斁音择、音萚。

皇矣

〔一〕维此二国,《毛传》谓指夏、殷,《郑笺》谓指纣及崇侯,皆从《范沈》谓指邰、豳。又维彼四国,《笺》谓指密、阮、徂、共,亦非。

〔二〕上帝耆之者,《周颂·武·传》:耆,致也。《说文》:致,送诣也。盖谓送而付之也。

〔三〕其柽者,柽柳,观音柳。柽柳科灌木或小乔木。其椐者,灵寿木,糯米树,蝴蝶戏珠花。忍冬科灌木。

〔四〕其檿者,山桑。桑科。其柘者,柘桑,刺桑树,野梅子。桑科。檿柘皆灌木或小乔木。

〔五〕比于文王者,比读《孟子·梁惠王》篇比其反也之比,及也。旧解俱误。

〔六〕《集疏》：王引之云：依，盛貌。依之言殷殷盛也。言文王之兵盛依然其在京地也。侵自阮疆者，戴震云：疑侵当作寝兵之寝。息兵也。字形相似，又因上文侵阮致讹。

〔七〕亦详见《集疏》引马瑞辰用汪德钺说。今从省。以愚之译解得之也。

○耆，读《周颂·武·传》耆致也之耆，意致。憎读增。菑音缁、音灾。栵音例、音列。柽音圣，音赪。椐音倨。柘音蔗。馘音虢。祃音马。仡音屹。

灵台

〔一〕麀鹿，当指麋鹿之牝。据《孟子·梁惠王》篇，文王灵台有麋鹿。按：麋鹿为我国特产，早为国人所驯养，俗称四不像。其头像马，角像鹿，蹄像牛，尾像驴。又其尾长至踝，其角岁再脱，殊异于常鹿。从殷虚、周口店、淮河以及南通地区、苏北沿海等处，晚近考古发掘，有此兽骨化石，可证上古黄河南北曾有野生麋鹿大量存在。清康熙时，北京南苑皇家围场养有一群麋鹿。八国联军入侵之役，麋鹿全被劫走。今为英国饲养者，尚有数百头。解放以后，我国从英国交换若干头归来，养于北京动物园等处。甚矣帝国主义之掠夺者无所不用其极也！又北京附近亦曾发现几十万年前之麋鹿化石。

〔二〕白鸟翯翯，《陆疏》释为鹭。毛奇龄《续诗传鸟名》释为鹤。云：白鹤鹤鹤者，犹《汉书》颜注鹄声鹄鹄也。

○ 翯音鹤、音塙。沼音藻。于如字或音乌。牣音刃。虡音矩、音巨。枞音从，音冲。贲音奔。论音伦。辟读璧。鼍旧音檀，今音驼。逢音蓬。矇音蒙。瞍音叟。

下武

〔一〕昭哉嗣服，与下昭兹来许，章太炎《新方言》云：昭，并即今诏字。诏，告也。

○应当读为膺。於音乌。祜音户。

文王有声

〔一〕芑，《毛传》释为草，《孔疏》释为菜。马瑞辰读芑为萱，芹也。芹已见《采芑》篇。

○ 遹音聿，音曰。淢音域。

诗经直解　卷二十四

生民之什第二十四　毛诗大雅

生民之什十篇六十五章四百三十三句

生民八章四章章十句四章章八句

《生民》，尊祖也。后稷生于姜嫄，文、武之功起于后稷，故推以配天焉。

厥初生民，	当初周民族的发生，
时维姜嫄。元、真合韵。〇鲁，维作惟。韩，嫄作原。	这是由于那个姜嫄。
生民如何？	周民族的发生怎样？
克禋克祀，	她能够烧香，她能够祭祀，
以弗无子！〔一〕三家，弗作祓。	因而不无儿子！
履帝武敏歆，	踏了上帝的脚迹大拇指好欣喜，
攸介攸止。〔二〕之部。	于是在舍，于是休息。
载震载夙，	就怀孕动胎，就严肃自己，
载生载育。	就生下来，就养育起。
时维后稷。之、幽通韵。	这就是周民族的始祖后稷。

一章。言其受孕之灵异。〇江永云："祀、子、止、稷，上、入为韵。"又云："'时维后稷'与'攸介攸止'，上、入遥为韵。'载震载夙，

载生载育’二句自为韵。”

诞弥厥月，〔三〕　当她怀孕满足了那些月数，
先生如达。〔四〕　头胎生子就像是再胎三胎。
不坼不副，　下体不坼不裂，
无菑无害。祭部。　临产无灾无害。
以赫厥灵，　因为显了这样的灵，
上帝不宁。耕部。　上帝呀，她的心里就不安宁。
不康禋祀，　她因为不健康而烧香祭祀，
居然生子。之部。　居然生下了这样一个儿子。

二章。言其诞生之灵异。〇按：末四句旧解唯以《郑笺》为善。愚意，此四句实总上两章而言之。伊因不康而禋祀，因禋祀而生子，因生子而不宁，似以倒文出之，读者未易察觉耳。〇又按：上云“以弗无子”，此云“居然生子”。上云“履帝武敏歆”，此云“上帝不宁”，皆微词，寓有深意。《鲁颂·閟宫》篇述姜嫄事，檃括此章，为言曰“上帝是依”，亦微词也。

诞寘之隘巷，　当安置他在一条小巷里，
牛羊腓字之。字与翼叶。之部。　就有牛羊来庇护爱抚他。
诞寘之平林，　当安置他在一大片林子里，
会伐平林。侵部。　恰遇砍伐林子的人拾了他。
诞寘之寒冰，　当安置他在一块寒冷的冰上，
鸟覆翼之。之部。　就有大鸟来盖着翅膀温暖他。
鸟乃去矣，　大鸟然后飞去呀，
后稷呱矣：　后稷叫的呱呱呀：
实覃实訏，　这样的长，这样的巨，

厥声载路！鱼部。

他的声音布满了大路！

三章。言其屡弃不死之灵异。〇孙鑛云：“不说人收，却只说鸟去，固酝藉有致。”〇俞樾云：“初不言其弃之由，而卒曰‘后稷呱矣’。盖设其文于前，而著其义于后，此正古人文字之奇。”〇江永云：“字、翼，去、入为韵，呱、讦、路，平、去为韵。”又云：“‘鸟覆翼之’与‘牛羊腓字之’，去、入遥韵，中间二林字自为韵。”

诞实匍匐，
克岐克嶷，鲁，嶷作㘈。
以就口食：之部。
蓺之荏菽，〔五〕
荏菽旆旆。韩，荏作戎。
禾役穟穟，脂、祭通韵。〇三家，役作颖。
麻麦幪幪，
瓜瓞唪唪。东部。〇三家，唪作菶。

当他这样子手忙脚乱的爬行，
到能够有所知，能够有所识，
他就去求自己的口食：
他种的是大豆，
大豆儿一荚荚地挺出。
禾穗子一串串地好极，
麻和麦子幪幪地茂盛，
大瓜小瓜捧捧地多结。

四章。言其自幼即表现有特异之农艺才能。

诞后稷之穑，
有相之道。
茀厥丰草，韩，茀作拂。
种之黄茂。
实方实苞，〔六〕
实种实褎。
实发实秀，
实坚实好。幽部。
实颖实栗，

当后稷的从事稼穑，
有观察的诀窍。
除去那些很多很长的草，
他种的谷物都是黄熟、美好。
这样开始吐芽，这样渐渐出苞，
这样短短的芽，这样长长的苗。
这样发茎，这样成穗，
这样茎管坚强，这样均齐可爱。
这样垂下穗来，这样颗粒不坏，

即有邰家室！脂部。○邰，鲁、韩作台，齐作斄。　就受封到这邰国成家立室起来！

五章。言其有功于农业而受封于邰。○按：邰在今陕西汉中武功县。城内西山有后稷祠，兼祀姜嫄。别有教稼台古迹。今有西北农学院设立于此。○江永云："道、草、茂、苞、褎、秀、好，平、上、去为韵。"

诞降嘉种：三家，种作谷。　当上天降下了好谷种：
维秬维秠，三家，维作惟。　是黑黍的秬，是一皮两米的秠，
维穈维芑。〔七〕三家，穈作虋。　是赤茎粟的穈，是白茎粟的芑。
恒之秬秠，　遍地种的都是秬和秠，
是获是亩。　于是收割，于是把亩均产量估计。
恒之穈芑，　遍地种的都是穈和芑，
是任是负；　于是抱起，于是背起，
以归肇祀。之部。　就归去开始举行大祭。

六章。言其丰收之后，创立祀典。

诞我祀如何？　当我们祭祀的时候怎么样？
或舂或揄，三家，揄作舀。　有的舂米脱糠，有的从臼舀米，
或簸或蹂。　有的簸去糠秕，有的擦米使细。
释之叟叟，鲁，释作淅，叟作溞。　淘米洗糠的声音溲溲，
烝之浮浮。幽、侯合韵。○鲁，浮作烰。　蒸饭做酒的气味浮浮。
载谋载惟：　就谋卜祭日，就筹思郊祭之礼：
取萧祭脂。脂部。　拿出香蒿和牲油烧起。
取羝以軷。　拿出雄绵羊先把路祭。
载燔载烈。　牲体有火煨熟的，有火烤熟的。

以兴嗣岁。祭部。　　以求兴旺来年，继续往岁。

七章。言其祭祀之诚，重在以祈来年。末五句旧注亦以《郑笺》较善。〇江永云："軷、烈、岁，去、入为韵。"

印盛于豆，　　俺把祭品盛在食器木豆，
于豆于登。　　盛在木豆，也盛在瓦登。
其香始升，　　它的香气开始上升，
上帝居歆。蒸、侵通韵。　　上帝就将受享来闻。
胡臭亶时！　　这大的香气真算好的事！
后稷肇祀，齐，肇作兆。　　从后稷开始了祭祀，
庶无罪悔，之部。　　幸而没有什么罪悔，
以迄于今！与歆叶。　　直到于今！

八章。言其后人郊天祀祖，迄今不息。〇孙鑛云："次第铺叙，不惟记其事，兼貌其状，描摹入纤，绝有境有态。"〇江永云："时、祀、悔，平、上、去为韵。"又云："'以迄于今'，与'上帝居歆'遥韵。中间时、祀、悔自为韵。"〇按：豆登双声。

〇今按：《生民》，叙述周民族始祖后稷事迹之诗。此周人自叙开国史诗六篇之一，亦其第一篇。据诗，后稷生于上古唐、虞时代，事迹荒渺难稽，实为古史神话传说中半神半人之英雄人物。《史记·周本纪》云："周后稷名弃，其母有邰氏女，曰姜原。姜原为帝喾元妃。姜原出野，见巨人迹，心忻然说，欲践之，践之而身动如孕者。居期而生子，以为不祥。弃之隘巷，马牛过者皆辟而不践；徙置之林中，适会山林多人；迁之而弃渠中冰上，飞鸟以其翼覆荐之。姜原以为神，遂收养长之。初欲弃之，因名曰弃。弃为儿时，屹如巨人之志。其游戏好种树麻菽，麻菽美。及为成人，遂好耕农。相地之宜，宜谷者稼穑焉。民皆法则之。帝尧闻之，举弃为农师。天下得其利，有功。帝舜曰：'弃！黎民始饥，尔后稷播时百谷。'封弃

于邰，号曰后稷。别姓姬氏。”司马迁用《诗》古文家说，后稷之母姜嫄为有邰氏女，帝喾元妃。又用《诗》今文家说，姜嫄履巨人迹有孕而生子。厥后褚少孙补《史记·三代世表》，亦用此两可之说。且云：“一言有父，一言无父，信以传信，疑以传疑，故两言之。”据《孔疏》引许慎《五经异义》。郑玄《驳异义》。郑云：“玄之闻也，诸言感生得无父，有父则不感生，此皆偏见之说也。”又《郑志》云：“即姜嫄诚帝喾之妃，履大人之迹而歆歆然，是非真意矣，乃有神气故意歆歆然。天下之事以前验后，其不合者，何可悉信？是故悉信亦非，不信亦非。”此亦调停两可之说，与司马迁、褚少孙同也。而是诗毛、郑异义矣。《说文》云：“古之神圣母感天而生子，故称天子。”许君《异义》早成，用古文说；《说文》晚成，用今文说也。马瑞辰、皮锡瑞皆用今文三家说，即用后稷实无父，由母感天而生之古史神话传说。皮氏《诗经通论》云：“古文说，圣人皆有父，以姜嫄、简狄皆帝喾之妃。如其说，则殷周追尊自当妣祖并重，何以周立先妣姜嫄之庙不祀帝喾？《生民》等诗专颂姜嫄有娀之德不及帝喾？《仪礼》曰，禽兽知母而不知父。如古文说，稷、契皆有父，而作诗者但知颂稷、契之母而不及其父，得毋皆禽兽乎？古文似正而非，今文似奇而是。”疑稷、契皆非帝喾子，此说并非出于马、皮两氏。元李冶《敬斋古今黈》云：“后稷、挚、尧、契，四人同为帝喾高辛氏之子。契则十三叶而得汤，稷则十四叶而得文王。然夏之世历四五百年，而商之世又历五六百年，计千余年而文王始生。若以代数较之，文王之于汤但不及一叶耳。是则殷之先一何夭，周之先一何寿乎？此为甚可疑者，前志必有脱误。”清崔述《唐虞考信录》云：“《书》云，帝曰：‘弃！黎民阻饥，汝后稷播时百谷。’帝曰：‘契！百姓不亲，五品不逊。汝作司徒，敬敷五教在宽。’是稷、契皆至舜世然后授官，暨禹播奏庶艰食也。若稷果喾元妃之子，则喾之崩，稷少亦不下五十岁，又历挚之九十年，尧之百年，百有六十岁矣。契于此时亦当不下百数十岁。有是理乎？尧之兄弟有如此两圣人，而终尧之身不知用，四岳亦不之荐，迨舜然后举之，可谓不自见其眉睫者矣。尚何明之明，而侧陋之扬哉！”严杰《经义丛钞》，载有汪家禧《稷契非帝喾子说》，言之益明允。他如李惇《群经识小录》、邹汉勋《读书偶识》，亦皆于后稷史事有所置疑，今不暇一一觑缕陈之也。郭沫若《中国古代社会研究导论》云：“黄帝以来的五帝和三王的祖先的诞生传说都是感天而生，知有母而不知有父。那正表明是一野合的杂交时代或血族群婚的母系社会。”可以推知后稷所生之时代犹有原始氏族社会母系制之不少残留。后稷之母姜嫄可能为有邰氏部落之女酋长。传说中之后稷与其相先后之“圣人”感天而生，此适表明后人不知社会之史之发展者，曲解或神幻化由上古野合杂交或血族群婚向对偶婚过渡时期之一种婚姻现象也。至传说中之姜嫄(《列女传》)好种穑稼，而教子种树桑麻，得居稷官。此正表明后稷其人其事是由母系制向父系制过渡时期之一显明之标识。后稷实为此一历史过渡时期传说中之半神半人之英雄人物也。

行苇七章二章章六句五章章四句

《行苇》，忠厚也。周家忠厚，仁及草木，故能内睦九族，外尊事黄耇，养老乞言，以成其福禄焉。

敦彼行苇，〔一〕	成堆的那路边芦苇，
牛羊勿践履。	牛羊不要踩伤踏毁。
方苞方体，	正在放苞吐芽，正在长茎成体，
维叶泥泥。鲁，维作惟，泥作柅。韩作苨。	啊，它的叶子是嫩腻腻的可喜。
戚戚兄弟，	自己戚戚相亲的兄弟，
莫远具尔！〔二〕脂部。	不要疏远，都要在这里！

一章。言其仁及草木，则亲于兄弟可知，先提总纲。

或肆之筵，	有的人为他们铺筵，
或授之几。脂部。○按：江氏以此二句属上章。	有的人为他们送几。
肆筵设席，	铺筵的，设席的，
授几有缉御。御与斝叶。	送几的，都有侍候的相继。
或献或酢，	有的敬酒，有的还礼，
洗爵奠斝。鱼部。	有的洗爵再敬，有的受爵摆起。

二章。江永云："席、酢韵。御、斝韵。"

醓醢以荐，	肉汁肉酱都给送进来了，
或燔或炙，	有的肉附火烧，有的肉串着烤，
嘉殽脾臄。	加肴是百叶毛肚和口上唇为好。
或歌或咢。鱼部。○按：江氏以二、三章为一章。	有的人合乐唱歌，有的人光把鼓敲。

三章。二、三两章言燕礼场面。盖将射也，必行燕礼。

敦弓既坚，	雕弓已经张的很是坚韧，
四鍭既钧。	四个箭头已经合了标准。
舍矢既均，	发箭的已经把目标打中，
序宾以贤。真部。	排列宾位要依宾客贤能。

四章。方玉润云："此及下射作两层写。"

敦弓既句，鲁作雕弓既彀。	雕弓已经张的恰好满彀，
既挟四鍭。	弦上已经夹了四个箭头。
四鍭如树，	四个箭头中着而且是树起，

序宾以不侮。侯部。　　排列宾位以不侮慢为合礼。

五章。四、五两章言射礼程序。盖养老之先，必行射礼。○江永云："句、鍭、树、侮，上、去为韵。"

曾孙维主，　　曾孙真是主子，
酒醴维醹。　　酒醴真是很浓。
酌以大斗，　　酌酒是用的大斗，
以祈黄耇。侯部。　　来祝福黄发老人。

六章。方玉润云："以曾孙为主，则兄弟为宾。""老者不射，酌大斗饮之，座中乃不寂寞。"

黄耇台背，〔三〕鲁，台作鲐。　　黄发老人有了鲐背，
以引以翼。　　要用引导，要用扶翼。
寿考维祺，　　老寿的人都是很吉利，
以介景福！之部。　　来增大他们的好福气！

七章。六、七两章言养老之礼，祝福作结。陈奂云："《笺》云：周之先王将养老，先与群臣行射礼，以择其可与者以为宾。郑盖探末二章养老而言。段氏《经韵楼集》云：天子诸侯先大射，后养老，《行苇》之射必为大射。又云：古之养老，用乡饮酒之礼，故《礼》注谓养老为饮酒。古大射、宾射、燕射，不外乡射之礼，故《礼》大射有如乡射之礼之文。盖其仪虽多不同，而其为尊长养老一也。"

○今按：《行苇》，古文《毛序》以为泛言周先世忠厚之诗，今文三家遗说以为专写公刘仁德之诗。胡承珙云："案此诗章首即言戚戚兄弟，自是王与族燕之礼，与凡燕群臣国宾者不同。然所言献酢之仪，殽馔之物，音乐之事，皆与《仪礼·燕礼》有合。则其因燕而射，亦如《燕礼》所云，若射则大射正为司射，是也。至末言以祈黄耇，则又如《文王世子》所谓公与父兄齿者。此其与凡燕有别者也。

然则此诗只是族燕一事，而射与养老连类及之。《序》以睦族为内，养老为外，盖由养九族之老而推广言之，以见周家忠厚之至耳。”此用古文《毛序》为说者也。王先谦云：“案《列女·晋弓工妻传》，弓工妻谒于平公曰：‘君闻昔者公刘之行乎？羊牛践葭苇，恻然为民痛之。恩及草木，仁著于天下。’《潜夫论·德化》篇，《诗》曰：‘敦彼行苇，牛羊勿践履。方苞方体，维叶柅柅。’公刘厚德，恩及草木。牛羊六畜，仁不忍践履生草，则又况于民萌而有不化者乎？又《边议》篇，公刘仁德，广被行苇。况含血之人，己同类乎？以上鲁说。班彪《北征赋》：‘慕公刘之遗德，及行苇之不伤。’此齐说。《吴越春秋》：‘公刘慈仁，行不履生草，运车以避葭苇。’此韩说。明三家同以此为公刘之诗。《后汉·寇荣传》：‘公刘敦行苇，世称其仁。’《蜀志·彭羕传》：‘体公刘之德，行勿践之惠。’据诸说，足证汉人旧义大同。盖公刘举射飨之礼，出行有此故事，诗人美之，因以名篇。《毛序》删之，特以示异于众。”此用今文三家遗说，而似以其义较古文《毛序》为长者也。诗“曾孙维主”云云者，何楷云：“按《史记》，后稷卒，子不窋立。不窋卒，子鞠立。鞠卒，子公刘立。是公刘者，后稷之曾孙也。故《豳雅》若《大田》、《甫田》皆称之为曾孙焉。又礼，凡主祭者皆得称曾孙。但此诗无言祭祀之事，其为以世次称公刘明矣。主之言君也。曾孙为一国之主，故曰维主，非主人之谓。主人乃膳宰为之，臣莫敢与君抗礼，何曾孙为主人之有乎？”何氏《古义》以为“公刘有仁厚之德，行燕射之礼，以笃同姓，诗人美之。”并以为《诗》三百中最古之作，始自夏少康之世。如《公刘》、《七月》、《大田》、《甫田》、《丰年》、《良耜》、《载芟》、《行苇》八篇，皆美公刘之作。此皆大胆之假设也。陈启源云：“曾孙虽是主祭之称，然非祭时亦可称也。《狸首》诗言射不言祭，亦云‘曾孙侯氏’矣。蒯聩自称曾孙以告三祖（哀二年），乃是战时，非祭时。”戴震云：“古者适孙则曰曾孙。《书》曰：‘有道曾孙。’《考工记》曰：‘曾孙诸侯。’是也。此燕族人故称曾孙，明祖之适孙以与同祖之人燕于此也。”（见《诗学女为》）凡《雅》、《颂》中称曾孙者，其所含义盖亦不逾越乎此数义乎？

既醉八章章四句

《既醉》，大平也。醉酒饱德，人有士君子之行焉。

既醉以酒，	已经醉了的是酒，
既饱以德。	已经饱了的是德。
君子万年！	君子万年！
介尔景福。之部。	赐给您的大福。

一章。以既字起，起得突兀。○姚际恒曰："不言殽，妙。"

既醉以酒，	已经醉了的是酒，
尔殽既将。	您的殽馔已经很精。
君子万年！	君子万年！
介尔昭明。阳部。	赐给您的光明。

二章。姚际恒云："不言饱，妙。"

昭明有融，	光明又是融融相续，
高朗令终。中部。	高明在有好的结局。
令终有俶，	好的结局又是个好的起头，
公尸嘉告。幽部。	扮神受祭的公尸善言相祝。

三章。前三章是参加祭毕宴会，群臣颂王之词。而以最后二句云："令终有俶，公尸嘉告。"将借公尸善言以告之，为一篇承上启下之关键。

其告维何？	他的祝词又是怎样？
笾豆静嘉。	食器笾豆都很美洁。
朋友攸摄，	群臣朋友于是辅佐，
摄以威仪！歌部。	辅佐是用威仪美德！

四章。

威仪孔时，	威仪用的很是，
君子有孝子。之部。	君子又是个孝子。
孝子不匮，	孝子不会乏绝，
永锡尔类。脂部。	永赐给您同类同德。

五章。江永云："时、子，平、上为韵。"

其类维何？	那同类同德又是怎样？
室家之壸。	治国是治室家的扩充。
君子万年！	君子万年！
永锡祚胤。文部。	永赐福禄于您的子孙。

六章。江永云："壸、胤，上、去为韵。"

其胤维何？	那子孙又是怎样？
天被尔禄。	上天加给您的福禄。
君子万年！	君子万年！
景命有仆。侯部。	上天大命您有奴仆。

七章。

其仆维何？	那奴仆又是怎样？
釐尔女士。鲁，女士作士女。	赏给您女口男丁。

釐尔女士， 赏给您女口男丁，
从以孙子！之部。 加以他们的孙子！

八章。后五章用问答的方式，逐层逼出公尸以善言相告之内容，但并不即是嘏词原文。自“景命有仆”以下，旧注皆不得其解，盖不知当时社会为奴隶制社会，而奴仆亦世袭勿替者也。

〇今按：《既醉》，叙述西周盛时，王者祭毕飨燕，而公尸祝福之诗。顾《序》说，核与诗旨殊不切合。“三家无异义”。《严缉》云：“此诗成王祭毕而燕群臣也。太平无事，而后君臣可以燕饮相乐，故曰太平也。讲师言醉酒饱德，止章首二语；又言人有士君子之行，非诗意矣。”此已指及《序》之误处。《朱传》云：“此父兄所以答《行苇》之诗，言享其饮食恩意之厚，而愿其受福如此也。”是何以知此诗与《行苇》为王与族人宴，而一倡一和之作乎？范家相《诗沈》云：“此正是王与群臣宴毕，饮燕于寝，而群臣颂君之词，非父兄之答《行苇》也。《行苇》但言燕射而不言祭。此篇特言公尸嘉告，笾豆静嘉，明其为祭毕之燕也。”此驳《朱传》是也。《严缉》、《范沈》似皆触及诗旨，较《毛序》、《朱传》为合。魏源《诗序集义》云：“《既醉》，绎嘏公尸也。武王有天下后，上祀先公天子之礼，旅酬下遍群臣，至于无算爵。乃见十伦之义(《祭统》、《郑笺》)，而兴嘏祝焉。”此其为说，又有进矣。其所谓绎，祭之明日又祭之谓也。其所谓公尸，扮神受祭之活见鬼也。诗云“景命有仆”者，言上天大命尔有奴隶也。诗云“釐尔女士”者，上天赐尔以男女奴隶也。俞樾《平议》云：“谨按，以‘女士’为女有士行，其说巧矣。然经文平易，恐不如是也。《甫田》篇：‘以穀我士女。’此云‘女士’，彼云‘士女’，倒文以协韵耳。下云：‘从以孙子。’‘孙子’即‘子孙’，则‘女士’即‘士女’也。《夏小正》：‘绥多女士。’女士亦即士女也。臧氏琳曰：《毛诗》、《周礼》、《仪礼疏》，皆引‘绥多士女’，今本误倒。然士女、女士，于义俱通，不必乙正。”盖以诗之女士为兼指男女之词，是也。在周金文中，屡见大奴隶主以男女奴隶或其头目赐小奴隶主（诸侯）与贵族官僚之记载。有《作册夨令簋》、《大盂鼎》、《不娶簋》等铭文可证。今人知此，则知《既醉》一诗“公尸嘉告”、“景命有仆”、“釐尔女士”诸句之实义矣。此前儒之知所不克逮者也。

凫鹥五章章六句

《凫鹥》，守成也。大平之君子能持盈守成，神祇祖考安乐之也。

凫鹥在泾！〔一〕	野鸭白鸥在直波之中！
公尸来燕来宁。	公尸来宴来就心宁。
尔酒既清，	你的酒都是清的，
尔殽既馨。	你的殽都有香气。
公尸燕饮，	公尸宴饮过了，
福禄来成！耕部。	福禄来成就你！

一章。“水鸟而居水中，犹人为公尸之在宗庙也，故以喻焉。”○按：燕饮双声。

凫鹥在沙！	野鸭白鸥在水旁沙地！
公尸来燕来宜。	公尸来宴来就相宜。
尔酒既多，	你的酒已经很多，
尔殽既嘉。	你的殽已经很美。
公尸燕饮，	公尸宴饮过了，
福禄来为！歌部。	福禄来帮助你！

二章。“水鸟以居水中为常。今出在水旁，喻祭四方百物之尸也。”

凫鹥在渚!	野鸭白鸥在水中洲渚!
公尸来燕来处。	公尸来宴就要安处。
尔酒既湑,	你的酒既已去渣,
尔殽伊脯。	你的殽又是干脯。
公尸燕饮,	公尸宴饮过了,
福禄来下! 鱼部。	福禄就来降下!

三章。“水中之有渚,犹平地之有丘也。喻祭天地之尸也。”

凫鹥在潨!	野鸭白鸥在汇流之中!
公尸来燕来宗。	公尸来宴来受尊敬。
既燕于宗,〔二〕	已经宴饮和受尊敬,
福禄攸降。	这是福禄的所降临。
公尸燕饮,	公尸宴饮过了,
福禄来崇! 中部。	福禄来得重重!

四章。“潨,水外之高者也。有瘞埋之象。喻祭社稷山川之尸。”

凫鹥在亹!	野鸭白鸥在过水峡门!
公尸来止熏熏。鲁,作公尸来燕醺醺。	公尸来宴和悦醺醺。
旨酒欣欣,	美酒使他欢乐欣欣,
燔炙芬芬。	烧肉烤肉香气芬芬。
公尸燕饮,	公尸宴饮过了,
无有后艰! 文部。	没有什么后艰!

五章。“亹之言门也。燕七祀之尸于门户之外,故以喻焉。”(《郑笺》)《孔疏》云:“毛于首章《传》曰:大平,则万物众多。则不以凫鹥所在兴祭处也。二章《传》曰:‘厚为孝子。’则是于祖考也。卒章《传》曰:‘不敢多祈。’则是述孝子之情,非尸有尊卑也。然则毛

以五章皆为宗庙矣。”〇按：此诗公尸毛、郑义异。〇孙鑛云：“满篇欢宴福禄，而以‘无有后艰’收，可见古人兢兢戒慎意。”

〇今按：《凫鹥》，亦为绎祭宴饮公尸之诗。范氏《补传》云：“《既醉》、《凫鹥》皆祭毕燕饮之诗，故皆言公尸。然《既醉》乃诗人托公尸告嘏以祷颂，《凫鹥》则诗人专美公尸之燕饮。”胡氏《后笺》云：“《既醉》为正祭后燕饮之诗，《凫鹥》为事尸日燕饮之诗。”“二诗皆言公尸。上篇云‘孝子不匮’，明为宗庙祭祀。此篇公尸自不应有异。”古者天子诸侯祭祀，第一日正祭，享祀神灵。第二日绎祭，燕饮公尸。公尸，象神者也。又谓之皇尸、神尸。天子行祭，尸用卿大夫。《尔雅·释诂》：公，君也。故称公尸。宗庙之祭，尸用同姓而父已殁之嫡子。非宗庙之祭，尸用异姓，亦用同姓。《孔疏》据《石渠论》，周公祭天，以太公为尸，异姓也。又据《白虎通》，周公祭泰山，以召公为尸，同姓也。《孔疏》云：“作《凫鹥》诗者，言保守成功不使失坠也。致太平之君子成王，能执持其盈满，守掌其成功，则神祇祖考皆安宁而爱乐之矣。故作此诗以歌其事也。上篇言太平，此篇言守成，即守此太平之成功也。太师次篇，见有此义，叙者述其次意，故言太平之君子，亦乘上篇而为势也。”“神者天神，祇者地祇，祖考则人神也。经五章，毛以为皆祭宗庙，则是祖考耳。而兼言神祇者，以推心事神，其致一也。能事宗庙，则亦能事天地，因祖考而广言神祇，明其皆安乐之也。”此释《诗序》近是也。“三家无异议”。《郑笺》以经五章分言宗庙，四方百物、天地、社稷山川、七祀之公尸。盖据三家之义欤？欧阳《本义》则直讥其为臆说矣。

假乐四章章六句

《假乐》，嘉成王也。

假乐君子，　　　　好呀快乐呀君子，

显显令德。之部。〇齐，假作嘉，显作宪。　　有明显显的美德。
宜民宜人，　　宜安民，宜官人，
受禄于天。　　受福禄于天神。
保右命之，齐，右作佑。　　保佑而授命他，
自天申之！真部。　　从天神申警他！

一章。言敬天。〇江永云："命、申，平、去为韵。"

干禄百福，　　求禄而得百福，
子孙千亿。之部。　　子孙上千上亿。
穆穆皇皇，齐，皇作煌。　　美哉穆穆，大哉皇皇，
宜君宜王。　　宜为君，宜为王。
不愆不忘，齐，愆作骞。　　不要犯错，不要遗忘，
率由旧章！阳部。　　遵从先王的制度典章！

二章。言法祖。〇俞樾云："干字疑千字之误。千禄百福，言福禄之多也。子孙千亿，言子孙之多也。郑作干禄而训为求，殆其所据之本误耳。"按：《郑笺》亦通。

威仪抑抑，　　威仪要抑抑的很慎密，
德音秩秩。　　教令要秩秩的有次第。
无怨无恶，　　没有怨恨，没有厌恶，
率由群匹。脂部。〇齐，群作仇。　　遵从群臣朋友的辅弼。
受福无疆，　　受到的福气没有止境，
四方之纲。阳部。　　这是统治四方的纲纪。

三章。言用贤。

之纲之纪，　　就是这个纲，就是这个纪，

燕及朋友。　　宴乐和群臣朋友在一起。
百辟卿士，　　畿内诸侯，王朝卿士，
媚于天子。之部。　　就都会亲爱于天子。
不解于位，　　都不懈怠于他们的职位，
民之攸塈！脂部。○鲁，塈作呬。　　此人民之所以得到休息！

四章。言安民。

○今按：《假乐》，嘉美成王能守成功之诗。《诗序》、《孔疏》皆可谓不误。何楷《古义》云："《假乐》，赞美武王之德，为祭武王之诗。"惟历举三证，无一可据。姜炳璋《广义》云："成王之守成而致太平，其实功实事皆于此篇发之。"此谓诗言及成王敬天、法祖、用贤、安民之事邪？王闿运《补笺》云："假，嘉，嘉礼也。盖冠词。成王抗世子法，故有冠礼。""宜王者，未王也。时周公摄位。"仅据诗一假字转训为嘉字，遂以诗系周公为成王行嘉礼即冠礼之冠词邪？最后王先谦《集疏》云："《论衡·艺增》篇：诗言子孙千亿，美周宣王之德，能慎(顺)天地，天地祚之，子孙众多，至于千亿。是《鲁诗》与《毛序》不同。齐、韩未闻。"此则以为今文鲁说美宣王，与古文《毛序》嘉成王，义异矣。

公刘六章章十句

《公刘》，召康公戒成王也。成王将莅政，戒以民事，美公刘之厚于民，而献是诗也。

笃公刘！　　老实忠厚的公刘！
匪居匪康。　　他不只是住下，他不只是安康。
乃埸乃疆，〔一〕　　于是整理田界，于是划定土疆，
乃积乃仓。　　于是积好谷物，于是备好粮仓。

乃裹糇粮，	于是包扎好干粮，
于橐于囊。	放在小袋的橐，放在大袋的囊。
思辑用光。	人民这样团结，因而国家有光。
弓矢斯张，〔二〕	弓箭准备这样的紧张，
干戈戚扬，	干戈斧钺的准备同样，
爰方启行！阳部。	于是并起开路就向前行！

一章。言由邰迁豳之始。治埸积谷，是纪居邰事也。裹糇粮于橐囊，是纪去邰事也。邰、豳相去百余里。尔时公刘之国，其封域广轮殆及五六百里之远，兼有今甘陕泾渭漆沮之间，庆阳至武功邠州一带之地。○崔述云："通篇之文皆自'匪居匪康'来。陟冈觏京，度原彻田，以至涉渭取厉，何一非匪居匪康之事乎？诗人诚善于立言哉！"（《东壁遗书·丰镐考信录》）○江永曰："连句韵。连九句如'匪居匪康'至'爰方启行'。"

笃公刘！	老实忠厚的公刘！
于胥斯原。	于是去睃一睃这里的平原地方。
既庶既繁，	人口已经很多，物产已经很旺，
既顺乃宣，	民心已经归顺，民情于是舒畅，
而无永叹。	而且没有什么人长叹怨望。
陟则在巘，	他上去了就在小山之巅，
复降在原。元部。	又下来了就在平地之上。
何以舟之？	他拿什么佩带的？
维玉及瑶，	是美玉和宝石的瑶，
鞞琫容刀！宵部。	呵，装饰了刀鞘的玉具佩刀！

二章。孙鑛云："于相地之时，却叙述佩剑之丽，似涉无紧要，然风致正在此。"○姚际恒云："后五句描摹极有致态，亦复精彩。"

〇江永云:"原、繁、宣、叹、巘,平、去为韵。"〇按:鞞琫双声。《左传》桓公二年作鞞鞛。

笃公刘!	老实忠厚的公刘!
逝彼百泉,	往看那里的百泉,
瞻彼溥原。元部。	瞻望那里的溥原。
乃陟南冈,	于是爬上南冈,
乃觏于京。阳部。	就见到叫京的一个地方。
京师之野:	在这个叫京师的山地:
于时处处,	于是安居的就安居起来,
于时庐旅,	于是作客的就作客起来,
于时言言,	于是欢言的就欢言起来,
于时语语。鱼部。	于是笑语的就笑语起来。

三章。二、三两章言其至豳相地之宜,与初到民情之洽。〇按:此章之百泉、溥原,与下文五章流泉三地,俱在旧西安府邠州三水县界,盖后人因《诗》语以名地。豳在邠州,今邠县。

笃公刘!	老实忠厚的公刘!
于京斯依。	就在这叫京的地方相依住起。
跄跄济济,	随从的人都有威仪跄跄济济,
俾筵俾几,	使他们有席,使他们有几,
既登乃依。脂部。	已经登上席子,于是依几如礼。
乃造其曹,三家,造作告。	于是告祭那豕先之神,
执豕于牢;	捉猪于养猪的牢;
酌之用匏。幽部。	酌酒用壶卢瓜儿做的瓢。
食之饮之,	给他们来食,给他们来饮,

君之宗之。中侵合韵。　对异姓的做大君，对同姓的还做大宗。

四章。言其落成迁居，祭毕宴饮之乐。○马瑞辰云："何楷、钱澄之并以'于京斯依'四句为宗庙始成之礼，是也。《礼》：君子将营宫室，宗庙为先。公刘依京筑室，宜莫先于宗庙。"

笃公刘！　老实忠厚的公刘！
既溥既长。　他的土地已广已长。
既景乃冈，　已用日圭测影定位就登上高冈，
相其阴阳。阳部。　勘察了那里的日照南北阴阳。
观其流泉；　观看了那里流泉灌溉的方向；
其军三单，　他的军旅经过了几次轮流换防，
度其隰原。元部。　来此测量了那低低高高的地方。
彻田为粮；　治理了田地是为了收粮；
度其夕阳，　还测量了那山西面所谓夕阳的地方，
豳居允荒！阳部。　这个豳邑的所在真是广大可居之邦！

五章。重言相地之宜，率军治田。盖为后世筹边、以军屯田之始乎？○《宋景文笔记》云："莒公尝言山东曰朝阳，山西曰夕阳。故《诗》曰：'度其夕阳。'又曰：'梧桐生矣，于彼朝阳。'指山之处耳。"○按：阴阳双声。

笃公刘！　老实忠厚的公刘！
于豳斯馆。鲁，馆作观。　在豳地要营造他的宫室。
涉渭为乱，　渡过渭水是横渡去的，
取厉取锻。[三]元部。　采取砺石，采取锻石。
止基乃理，　定居的基础就理好了，
爰众爰有，之部。　于是啥也多了，于是啥也有了，

夹其皇涧，	夹着那条皇涧，
溯其过涧。元部。	上溯那条过涧。
止旅乃密，	定居的人众于是心安，
芮鞫之即！〔四〕脂部。○鲁、齐、韩，鞫作阮，又作坈、泦。	靠着水涯的一个大拐湾！

六章。言其营建定居。○姚际恒云："末四句分明图画。"○江永云："馆、乱、锻，上、去为韵。"

○今按：《公刘》，叙述公刘去邰迁豳之诗。此亦周人自叙开国史诗六篇之一，即其第二篇。在周人先公先王历史上，后稷（《生民》）为第一伟大人物，公刘（《公刘》）为第二伟大人物。自此以降，依次为太王（《绵》）、王季（《皇矣》）、文王（《文王》）、武王（《大明》），合为周代开国六个伟大人物，亦即周之先世具有史诗性质半神半人之英雄人物也。《序》说，《公刘》，召公戒成王而作。陈奂云："召公献《公刘》，周公陈《七月》。召公相雒，周公营雒，左右成王，二诗共作。"《公刘》、《七月》果皆作在成王七年（公元前一一〇九）亲政前后邪？王先谦云："《史记·周本纪》：公刘虽在戎狄之间，复修后稷之业，务耕种，行地宜。自漆沮渡渭，取材用。行者有资，居者有蓄积，民赖其庆，百姓怀之，多徙而保归焉。周道之兴自此始，故诗人歌乐思其德。《索隐》：即《诗·大雅》篇'笃公刘'是也。此鲁说。《易林·家人之临》：节情省欲，赋敛有度。家给人足，公刘以富。此齐说。《吴越春秋》一：公刘避夏桀于戎狄，变易风俗，民化其政。《吴越春秋》五：昔公刘去邰，而德彰于夏。此齐说。据鲁说，诗专美公刘，不关戒成王，亦不言召公作。齐、韩当同。"据此、知《诗》今文说与古文《序》义异。《史记》既记后稷、不窋、鞠、公刘，四世相续，似即公刘为后稷之曾孙。且云："不窋末年，夏后氏政衰，去稷不务。不窋以失其官，而奔戎狄之间。"《史记正义》云："《括地志》：不窋故城在庆州弘化县南三里。"案，唐庆州即汉北地郡，清甘肃庆阳府。不窋冢在府城东三里，城内有不窋庙。是不窋窜居在庆阳也。《史记》又云："周之先，自后稷，尧封之于邰，积德累善十有余世，公刘避桀居豳。"(《刘敬传》)即知公刘为后稷之十余世孙，世次中阙，莫知其纪。当以此说为是，说详戴震《诗考正》。前观《绵》篇叙述古公亶父(太王)迁岐，建筑城郭宫室。据《史记·五帝本纪》、《夏本纪》等篇记载：黄帝"邑于涿鹿之阿，迁徙往来无常处，以师兵为营卫"。尧、舜"堂崇三尺，茅茨不翦"，"采掾不刮"。舜"一年而所居成聚，二年成邑，三年成都"。禹"卑宫室，致费于沟淢"。可知远自黄帝至夏禹之世，城邑宫室之制略具雏形。骎骎乎由野蛮时代而进于文明时代也。《白虎通·京师》篇云："笃公刘，于邠斯观，周家五迁，其意一也，皆欲成其道也。"五迁者，一迁于豳，再迁于岐，三迁于丰，四迁于镐，五迁于雒。迁必新作城邑，盖自公刘迁豳始矣。恩格斯《家庭、私有制和国家之起源·野蛮与文明》云："新的设防城市的周围，都围绕以高峻的墙壁，在它们的壕沟中，掘了氏族的坟墓，而它们的尖顶已经注视文明了。"公刘建立京师，当是周人有城邑之始；亦即周人由原始文化进入文明之始；由氏族社会向奴隶社会迈进之始也。据诗，公刘统率大量军民迁豳，盖诸侯之从者十有八国，张弓矢，秉斧钺，躬佩玉，具宝剑，不可见其俨为厥初奴隶社会之英勇领袖乎？而尊贵人物所佩之玉具宝剑始见于此矣。诗之终章云"涉渭为乱，取厉取锻"者，厉锻何物？自《传》、《笺》以来，诸注家语有不同，但认为与冶铁有关，则大抵一致。最近《文物》(一九七四年八期)所载《河北藁城县台西村商代遗址一九七三年的重要发现》一文说："台西铁刃铜钺的发现，与上述(原文上述《诗·公刘》、《书·费誓》、《说文》之关于锻厉，《逸周书·克殷》、《史记·周本纪》之关于玄钺)记载，基本吻合。证实了至少在公元前十四世纪，我们的祖先已经开始把锻铁应用在制造兵器上。""从出土实物看，有关商代铁器资料和类似台西出土铁刃兵器，过去曾不止一次地发现过。据传一九三一年在河南濬县辛村出土了兵器共十二件。""在这批兵器里，有铁刃铜钺、铁援铜戈各一件。""由此可见，当时劳动人民从实践中对铁这种金属的性能有了一定的理解，至少是已经初步认识到以铁做刃比青铜更为锋利。"是则藁城台西商代遗址之发掘，大有助于对我国开始用铁时代问题之研究也。而诗语取厉取锻自此可得确解矣。

泂酌三章章五句

《泂酌》，召康公戒成王也。言皇天亲有德，飨有道也。

泂酌彼行潦，	远远去舀那里流潦的水，
挹彼注兹，	就从那里打来注在这里，
可以餴饎。	可以沃饭做酒。
岂弟君子，鲁、韩，岂弟作恺悌；齐或作凯弟。	硬教软骗的君子，
民之父母！之部。	这就叫做人民的父母！

一章。所谓民之父母者如此。〇江永云："饎、母，上、去为韵。"

泂酌彼行潦，	远远去舀那里流潦的水，
挹彼注兹，	就从那里打来注在这里，
可以濯罍。	可以洗涤金尊似的罍。
岂弟君子，	硬教软骗的君子，
民之攸归！脂部。	这是人民的所以来归！

二章。所谓民之攸归者如此。

泂酌彼行潦，	远远去舀那里流潦的水，
挹彼注兹，	就从那里打来注在这里，
可以濯溉。〔一〕	可以洗涤漆尊似的概。

岂弟君子，　　硬教软骗的君子，
民之攸塈！脂部。　　这是人民的所以休息！

三章。所谓民之攸塈者如此。〇按：商周漆器已甚精美。诗之概，盖以黑漆为尊，以朱带落腹，其为彩漆可知。河北藁城县台西村出土之商彩漆残片图见《文物》一九七四年八期。

〇今按：《泂酌》，当是奴隶被迫自远地汲水者所作。此非奴才诗人之歌颂，而似奴隶歌手之讽刺。《春秋左传》记有为周人征服之殷十三族，被迫为奴隶，七族为成王之弟康叔所支配，六族为周公之子伯禽所支配，实受周氏族种族共同体之代表者某一族长或父家长所支配。征服者之种族共同体，非以被征服者之种族共同体分离为个体之奴隶，而是以之集体奴隶化。此种奴隶用在生产劳动尤其是用在农业生产，相当广泛而且发展。《诗经》中有关西周农事诗十数篇即其明证。别有一小部分奴隶用在家庭劳动，则有《假乐》、《泂酌》两诗可证。《序》说，《泂酌》召康公戒成王。疑其非所自作，而取自奴隶歌手之歌谣也。王先谦云："愚案，三家以诗为公刘作。盖以戎狄浊乱之区而公刘居之，譬如行潦可谓浊矣。公刘挹而注之，则浊者不浊，清者自清。由公刘居豳之后，别田而养，立学以教，法度简易，人民相安，故亲之如父母。及太王居豳，而从如归市，亦公刘之遗泽有以致之也，其详则不可得而闻矣。据扬《箴》'官操其业，士习其经'之语，是周之学制权舆于公刘。故并有《行苇》习射养老之典。"据此，知《诗》今古文说此诗义异，而今文说已过于美化公刘矣。岂得如扬雄《博士箴》所云："公刘挹行潦，而浊乱斯清，官操其业，士执其经？"即公刘之世，已有所谓经典与传经之官乎？此诗当以古文说为是。何楷云："《泂酌》，召康公教成王以岂弟化庶殷也。岂以强教之，弟以悦安之。""郑玄云，成王始幼少，周公居摄政。及归之成王，将莅政，召公与周公相成王为左右。《书序》云：周公为师，召公为保，召公名奭，康其谥也。所以知为成王化庶殷者，以《尚书·召诰》知之。其文云：太保入，锡周公曰：'拜手稽首，旅王若公。诰告庶殷，越自乃御事。''王先服殷御事，比介于我有周御事，节性，惟日其迈。''其惟王勿以小民淫用非彝，亦敢殄戮用乂民。若有功，其惟王位在德元。小民乃惟刑用于天下，越王显。'盖召公惓惓欲王以德化庶殷若此，玩诗殊似；而古说又以为召康公之作，其与《召诰》相表里明矣。强教悦安，则孔子之释岂弟也，与兴意合。定是正解。"此据《序》、《传》而引《召诰》以证召康公戒成王，谋所以对待新征服之殷奴隶，《诗》、《书》正相表里。自诩定是正解，信乎其为正解也。抑《召诰》云："呜呼！皇天上帝改厥元子兹大国殷之命。惟王受命无疆惟休，亦无疆惟恤。呜呼！曷其奈何弗敬？""我不可不监于有夏，亦不可不监于有殷。""惟不敬厥德，乃早坠厥命。""王其德之用，祈天永命！"此非适亦如《序》所云："皇天亲有德，飨有道。"而迷信天命与君权神授者乎？

卷阿十章六章章五句四章章六句

《卷阿》，召康公戒成王也。言求贤用吉士也。

有卷者阿，阿与歌叶。歌部。	这个蜷曲的山阿，
飘风自南。	回风从南来飘着。
岂弟君子！	和乐平易的君子！
来游来歌，	来这里游，来这里歌，
以矢其音！侵部。	就陈出了他的歌声哟！

一章。言来游来歌之时与地，以卷阿飘风发兴。君子，谓王也。〇按，今本《竹书纪年》云："成王三十三年，游于卷阿，召康公从。"马瑞辰云："《汲冢纪年》所言出游之年虽未足信，然以诗义求

之，其为成王出游，召公因以陈诗，则无疑也。”〇《岐山县志》云：“卷阿在县西北二十里岐山之麓。今有姜嫄祠、周公庙、润德泉。”〇愚顷读美国威斯康辛大学教授周策纵博士《卷阿考》一篇洋洋洒洒之专题新著，说来元元本本，多见其精诣。惟于其文之第六大段，试释卷阿为“殿角飞檐”，说：“也可被称作卷阿宫，正如秦代的阿房宫或阿城一般，也未可知。”此固不失其为一种大胆假设，尚有待于小心求证也。

伴奂尔游矣，	广大场面您的来游呀，
优游尔休矣。	优游自在您的暂休呀。
岂弟君子！	和乐平易的君子！
俾尔弥尔性，	使您尽您的一生，
似先公酋矣。幽部。三句一韵。〇鲁，似作嗣，遒作酋，公下多尔字。	继续先公终有成就呀。

二章。接言伴奂优游，美其一生能继述开国先公之事业。尔，尔王也。〇顾观光《武陵山人杂著》云：“伴奂尔游矣，优游尔休矣，是臣于君可称尔也。惟时厥庶民于汝极，锡汝保极。是臣于君可称汝也。降及战国，乃以尔、汝为轻贱之称。《孟子》云：‘人能充无受尔、汝之实，无所往而不为义也。’可知时移俗易，虽大贤有不能守其旧者！”〇陈奂云：“伴奂、优游叠韵。”

尔土宇昄章，	您的国内法度大明，
亦孔之厚矣。	也是厚道的已极呀。
岂弟君子！	和乐平易的君子！
俾尔弥尔性，	使您尽您的一生，
百神尔主矣。侯部。	您做百神的主祭呀。

三章。言其有仁政，美其一生能为百神之主。〇按：百神尔主

矣者,《孟子·万章》篇:使之主祭而百神飨之;《礼记·祭法》篇:有天下者祭百神;义同。《逸周书·武寤解》记武王牧野会师,“神无不飨”。又《世俘解》记武王克商祭庙,“用小牲羊豕犬于百神”,尤为周初王者主祭百神之明证。

尔受命长矣,	您受天命久长呀,
茀禄尔康矣。	福禄给您安康呀。
岂弟君子!	和乐平易的君子!
俾尔弥尔性,	使您尽您的一生,
纯嘏尔常矣。阳部。	您享大福以为常呀。

四章。言王长受天命,美其一生常享福禄。

有冯有翼,	有可依靠的人,有能辅助的人,
有孝有德,	有尽孝的人,有修德的人,
以引以翼。	用来引导于前,用来辅助于旁。
岂弟君子!	和乐平易的君子!
四方为则。之部。	四方诸侯就作为榜样。

五章。

颙颙卬卬,	风度温温,盛德昂昂,
如珪如璋,	好像玉珪,好像玉璋,
令闻令望。	是好声名,是好声望。
岂弟君子!	和乐平易的君子!
四方为纲。阳部。	四方诸侯就作为纪纲。

六章。五、六两章,言王有贤辅,有圣德。美其为诸侯所效法,所拥戴。一片承平《雅》、《颂》声!谐臣媚子之辞,谄谀已甚,奴性

已深。仅次于《天保》九如之颂卑贱一等。世愈降而此痼愈积，奴性深入血髓，传统之久，有不可救药者，不因奴隶制度之废而废也。

凤皇于飞，　　凤凰正在那里飞翔，
翙翙其羽，　　翙翙响的是它的翅膀，
亦集爰止。三句起韵。　　也就落着而在应该落上。
蔼蔼王多吉士，　　济济的是王的许多吉士，
维君子使，　　都是接受君子的差使，
媚于天子！之部。　　都亲爱于天子！

七章。《郑笺》云："众鸟慕凤皇而来，喻贤者所在，群士皆慕而往仕也。因时凤鸟至，因以喻焉。"按：郑意贤者所在，殆指召康公，误已！已上六章皆言岂弟君子以指王。此章末长句明揭出王与君子天子并言，综观前后，乃知其实指王一人。在一个整长句中，句主三易其人称代词，既一气贯注，又耐人寻思。盖换词以避复，抑或以其便于行文，协韵邪？《大雅》诗人之为诗也，神乎技矣！〇《逸周书·王会解》云："西申以凤鸟，氐羌以鸾鸟，方炀以皇鸟。"所言正指成王时王城既成，大会诸侯及四夷，有进凤皇者之事。黄中松《诗疑辨证》："《中候·摘雒戒》云：若稽古周公，曰：朕惟皇天顺，践阼，即摄七年，鸾凤见。"周初凤鸟至，盖古史神话传说如此。

凤皇于飞，　　凤凰正在那里飞翔，
翙翙其羽，　　翙翙响的是它的翅膀，
亦傅于天。　　也就飞去贴附到天上。
蔼蔼王多吉人，　　济济的是王的许多吉人，
维君子命，　　都是接受了君子的命令，
媚于庶人！真部。　　都亲爱于庶人！

八章。按：凤皇于飞，孔疏引《尚书·君奭》鸣鸟不闻证之。今

据《君奭》篇云:“耇造德不降,我则鸣鸟不闻。”耇,指召公。我,周公自我。盖前此凤鸟尝至,故周公以鸣鸟之闻为耇德之应也。至《竹书纪年》云:“成王十八年凤皇见,遂有事于河。”沈约注云:“凤凰翔庭,成王援琴而歌,曰:‘凤皇翔兮于紫庭,余何德兮以感灵!赖先王兮德泽,臻于胥乐兮民以宁。’”按,词调平弱如此,岂三代人手笔邪?宜其不为《孔疏》所据信矣。○姚际恒云:“媚于庶人,妙。”○江永云:“天、人、命,平、去为韵。”

凤皇鸣矣,鸣与生叶。耕部。	凤凰鸣了呀,
于彼高冈,	在那个高高的山背上,
梧桐生矣,〔一〕	梧桐生了呀,
于彼朝阳。阳部。	在那山东朝阳的地方。
菶菶萋萋,菶与雍叶。东部。	梧桐的茂盛蓬蓬萋萋,
雍雍喈喈!脂部。○鲁、齐,雍作噰。	凤凰的和鸣噰噰喈喈!

九章。七、八、九章言朝庭多贤,不负使命。其言凤凰飞鸣者,盖因其时屡传有凤鸟至,诗人即以兴贤者之来集也。○按,《周语》:“太史过曰:周之兴也,鸑鷟鸣于岐山。”韦昭注:“鸑鷟,凤凰之别名也。《诗》云:‘凤皇鸣矣,于彼高冈。’”○江永云:“句中韵。菶、雍为韵。隔韵。”

君子之车,车与马叶。鱼部。	君子的车子,
既庶且多。〔二〕	既已众多又是豪侈。
君子之马,	君子的马匹,
既闲且驰。	既已熟练又会奔驰。
矢诗不多,	陈出诗篇不多,
维以遂歌。〔三〕歌部。	只是用来答歌。

十章。叹君子车马之盛美。诗人并自言矢诗遂歌,与首章君

子来歌矢音相照应，具见其篇章完整之美，即以此作结。〇《严缉》云：“康公三诗皆作于成王将莅政之初。《公刘》、《泂酌》皆直述之词。惟《卷阿》宛转反复，其深意所寓，实在此篇也。”〇钟惺云：“两既字，言外之意无限。”

〇今按：《卷阿》，当是召康公奭从成王避暑卷阿，颂德答歌而作。古文《序》说可不谓误，今文齐说似亦有合，惟皆有未明确处。王先谦云：“此诗据《易林》齐说，为召公避暑曲阿，凤皇来集，因而作诗。”“《易林·观之谦》：‘高冈凤皇，朝阳梧桐，噰噰喈喈，菶菶萋萋，陈辞不多，以告孔嘉。’又《大过之需》：‘大树之子，百条共母，当夏六月，枝叶盛茂。鸾皇以庇，召伯避暑，翩翩偃仰，甚得其所。’《揆之困》同。此齐说。”是皆未能通解全篇语气，不知诗实写召公从成王避暑而作。诗中人称代名词，如王与天子所指明确以外，他如岂弟君子、尔，与君子，自毛、郑以至陈启源、胡承珙、陈奂与王先谦，皆有误解，争论未决。今愚造作《直解》乃厘定之，读者可覆核也。诗云“凤皇于飞”，又云“凤皇鸣矣”，一若诗人直述其所见所闻者。实则凤之为鸟，虽早见记载于殷契（如《殷虚文字缀合》第三五四片）、周铭（如宋王俅《啸堂集古录》惟王令南宫伐反虎方之年一器铭文。其大意谓王令其臣名中〔仲〕者，先相南或〔国〕，随行；末言“中〔仲〕乎〔呼?〕归生凤于王，埶〔契?〕于宝彝”。近人认为此成王时器，则是其时确有凤鸟至之事乎?）今之学者则知其原出于尔时人之无知讹传，演化而为神话传说。《卷阿》诗人盖亦据其时民间展转流行之讹言耳。此神秘之鸟，瑞应之物，据古书云其形态，似是鸡形目、雉科之一种，如大山鸡、大锦鸡，乃至大孔雀之类，毛羽最为美丽之鸟，而在我国北方不甚常见。章鸿钊《三灵解》载有陈师曾所钩摹之《汉碑凤凰图》，亦止是想象中物，其形正在雉与孔雀之间。李白诗云：“楚人不识凤，重价求山鸡。”误认山鸡为凤者，何止楚人？近人杨钟健《演化的实证与过程·龙》一篇云，“依照我们目下的知识来批判。龙是代表种属鉴定不确的几种爬行动物，蛇和鳄鱼最为近似。凤是代表种属鉴定不确的几种鸟，孔雀甚至野鸡最为近似。而麒麟是代表种属鉴定不确的几种哺乳动物，鹿和犀牛最为近似。当时因为对于生物学的知识有限，那样笼统的说法是无足深怪的。”凡《诗》中说及三灵，皆当据此作解，匪独《卷阿》诗中言及凤凰一灵物而已也。

民劳五章章十句

《民劳》，召穆公刺厉王也。

民亦劳止，	人民也够劳苦了，
汔可小康。鲁，汔作迄。	庶几可以稍稍安康。
惠此中国，	爱抚这些在国中的，
以绥四方。	以绥靖天下四方。
无纵诡随，	不要听从诡诈欺骗，
以谨无良。	以谨防不是善良。
式遏寇虐，	用来遏止掠夺暴虐，
憯不畏明？憯，鲁亦作惨，齐，韩作暂。	怎不畏惧高明顽强？
柔远能迩，	怀柔远方如同近处，
以定我王！阳部。	借以安定我王！

一章。钟惺云：“遏寇虐，皆以无纵诡随冠之，未有不媚王而能虐民者。此等机局，宜参透之。”〇钱澄之云：“按厉王之世，使卫巫监谤，道路以目。穆公故乱其辞，言在同列，实刺王也。”〇姚际恒云：“开口说民劳，便已凄楚。汔可小康，亦安于时运而不敢过望之辞。曰可者，又见唯此时为可，他日恐将不及也。亦危之之词。”〇陈奂云：“诡随叠韵。”

民亦劳止，　　人民也够劳苦了，
汔可小休，　　庶几可以稍稍休息。
惠此中国，　　爱抚这些在国中的，
以为民逑。　　以为人民聚合之地。
无纵诡随，　　不要听从诡诈欺骗，
以谨惛怓。三家，惛怓作讙哓。　　以谨防大的哗变。
式遏寇虐，　　用来遏止掠夺暴虐，
无俾民忧。　　莫使人民忧累。
无弃尔劳，　　不要抛弃您的前功，
以为王休！幽、宵通韵。　　以此作为王的大美！

二章。《毛传》云："中国，京师也。四方，诸夏也。"〇何楷云："独言惠此中国者，上章据天下之大势发论，此章则专主修内治而言。"

民亦劳止，　　人民也够劳苦了，
汔可小息。　　庶几可以稍稍喘息。
惠此京师，　　爱抚这些在京师的，
以绥四国。　　以绥靖四方诸国。
无纵诡随，　　不要听从诡诈欺骗，
以谨罔极。　　以谨防没有准则。
式遏寇虐，　　用来遏止掠夺暴虐，
无俾作慝。　　莫使作出罪孽。
敬慎威仪，　　敬慎您的威仪，
以近有德！之部。　　以亲近那些有德！

三章。濮一之云："每章首言民今劳弊，不少休息。京师者，诸夏之本。欲安四方之民，当自恤京师始。"

民亦劳止，	人民也够劳苦了，
汔可小愒。	庶几可以稍稍休歇。
惠此中国，	爱抚这些在国中的，
俾民忧泄。	使人民的忧愤发泄。
无纵诡随，	不要听从诡诈欺骗，
以谨丑厉。	以谨防丑恶为害。
式遏寇虐，	用来遏止掠夺暴虐，
无俾正败。〔一〕	莫使政治败坏。
戎虽小子〔二〕	侬虽是小子罢，
而式弘大！祭部。	而作用很广大！

四章。顾起元云："小子，以年言。弘大，以所为系天下安危、民生休戚言。……则去小人以安民者，不容已矣。"（据《传说汇纂》）〇按，诗云："戎虽小子，而式弘大。"显然老臣口吻。

民亦劳止，	人民也够劳苦了，
汔可小安。	庶几可以稍稍舒服。
惠此中国，	爱抚这些在国中的，
国无有残。	国里没有什么残酷。
无纵诡随，	不要听从诡诈欺骗，
以谨缱绻。	以谨防巴结自固。
式遏寇虐，	用来遏止掠夺暴虐，
无俾正反。	莫使政治发生变局，
王欲玉女！	王哟，我要爱护您！
是用大谏。元部。	故用这大谏来说服。

五章。《严缉》云："无良、惛怓、罔极、丑厉、缱绻，皆极小人之情状，而总之以诡随。盖小人之媚君子，其始皆以诡随入之，其终

无所不至，孔子所谓佞人殆也。”〇按：五章一意，每章言愈切而意愈深。要之，大谏主旨不外恤民、保京、防奸、止乱，如是而已。盖诗人已豫见厉王溃灭，故不自觉其言之丁宁而沉痛也。〇江永云：“安、残、绻、反、谏，平、上、去为韵。”〇陈奂云：“缱绻叠韵。”

〇今按：《民劳》，召穆公大谏厉王之作。《序》说是也。“《释文》从此至《桑柔》五篇是厉王《变大雅》。三家无异义”。《郑笺》云：“厉王，成王七世之孙也，时赋敛重数，繇役繁多。人民劳苦，轻为奸宄。强陵弱，众暴寡，作寇害。故穆公以刺之。”《孔疏》云：“《世本》及《周本纪》皆云成王生康王，康王生昭王，昭王生穆王，穆王生恭王，恭王生懿王及孝王，孝王生夷王，夷王生厉王，凡九王。从成王言之，不数成王，又不数孝王，故七世也。《左传》服虔注云：穆公，召公十六世孙。然康公与成王同时，穆公与厉王并世，而世数不同者，生子有早晚，寿命有长短故也。”魏源《诗古微》云：“问：《民劳·序》，召穆公刺厉王。《笺》以厉王为成王七世孙，而《疏》引服虔说，穆公为召康公十六世孙，盖依《世本》为说。考《论衡·气寿》篇称召公百有八十岁。故俗本《纪年》以召康公卒于康王二十四年。至厉王元年百三十二年，每世不及十年者何？曰：穆公当为康公十世孙，《世本》衍六字耳。召公夭寿平格，则其暮年当及见四五世孙。又历五世而至厉王，则穆公殆其十世矣。若以十六世当七王，无是事理。《正义》强申之，非也。”此说召康公年寿、召穆公世次，较《疏》为合事理。至云：“《笺》皆以尔女斥王，无此文义。”则其误与《朱传》（“乃同列相戒之词耳，未必专为刺王而发。”）、《严缉》（“旧说以此诗戎虽小子，及《板诗》小子，皆指王。小子，非君臣之辞。今不从。二诗皆戒责同僚，故称小子耳。”）同也。范氏《补传》云：“说者谓戎之与女，诗人通训。古者君臣相尔女，本示亲爱。小子，则年少之通称。故周之《颂》、《诗》、《诰》、《命》，皆屡称小子，不以为嫌。是诗及《板》、《抑》以厉王为小子，意其即位不久，年尚少，已昏乱如此。故《抑》又谓未知臧否，则其年少可知矣。穆公谓王虽小子，而用事甚广大，不可忽也。”其说此诗尔女小子之义为确。魏氏殆未之见邪？

板八章章八句

《板》，凡伯刺厉王也。

上帝板板！鲁，板亦作版。　　上帝，反了反了！
下民卒瘅。齐，卒作瘁，瘅作瘅。　　下民尽遭难了。
出话不然，　　说出好话实不如此，
为犹不远。　　作为政策所见不远。
靡圣管管，　　无视圣人而自恣管管，
不实于亶。　　不忠实于自己的诺言。
犹之未远，　　政策上的没有远见，
是用大谏！元部。　　所以我就进行大谏！

一章。言王变反常道。政治无远见，为大谏之由。〇姚舜牧云：“上篇先致责词，而以是用大谏终，此篇略提责词，而以是用大谏始。各一体。”（见《传说汇纂》）〇孙鑛云：“统说大概起，亦是冒头一般。”〇江永曰：“板、瘅、远、管、亶、谏，上、去为韵。”

天之方难，　　上天的正在降难，
无然宪宪。元部。　　不要这样掀掀多变。
天之方蹶，　　上天正在动乱，
无然泄泄。祭部。〇泄，鲁亦作洩，齐、韩作呭。　　不要这样喋喋多言。
辞之辑矣，　　政治教令的缓和呀，
民之洽矣。缉部。　　人民的适合呀。

辞之怿矣，　　政治教令的败坏呀，
民之莫矣。鱼部。　　人民的遭害呀。

二章。言国之变乱，由于政教皆不得民心。○孙鑛云："四语特透快，唤得人醒，正应上章'上帝板板'句意。"

我虽异事，事与谋服叶。之部。　　我们虽然不同职事，
及尔同寮。　　和你们却是同僚。
我即尔谋，　　我将就你们去商量，
听我嚣嚣。鲁，嚣作敖。　　听到我的话反自嚣嚣。
我言维服，　　我说的话都是事实，
勿以为笑。　　不要以为这是玩笑。
先民有言：　　古人有一句话：
询于刍荛！宵部。　　请教于割草打樵！

三章。责同僚不听善言。○胡一桂云："厉王无道，召公、凡伯以亲贤之故，宜极言而力救之。顾乃不直致其谏，而姑责同僚，以使之闻之者，岂非以监谤之故，不敢婴其锋以陷于罪乎？"（见《田间诗学》）

天之方虐，　　上天的正在暴虐，
无然谑谑。　　不要如此嬉笑谑谑。
老夫灌灌，鲁，灌亦作懽。　　老夫忠诚款款，
小子跻跻。鲁，跻作矫。　　小子自骄跻跻。
匪我言耄，　　不是我说的话老糊涂了，
尔用忧谑。〔一〕　　只是你用我的话来戏谑。
多将熇熇，鲁，熇作熇。　　多做坏事的熇熇，
不可救药！宵部。　　真是所谓不可救药！

四章。责同僚拒绝善言，不可救药。上章及此章之尔与小子皆明斥同潦也。〇江永云："虐、谑、跻、耄、熇、药，去、入为韵。"

天之方懠，　　上天的正在生气，
无为夸毗。　　不要做软骨头的夸毗。
威仪卒迷，　　有威仪的人尽迷乱了，
善人载尸。　　善人就好像一具活尸。
民之方殿屎，鲁，屎亦作吚。　　人民的正在痛苦呻吟，
则莫我敢葵？　　就没有人敢对我们怀疑？
丧乱蔑资，　　死亡祸乱，民穷财尽，
曾我惠我师？脂部。　　怎么不爱抚我们的群黎？

五章。讽同僚毋为柔媚无骨之人，须留意民间疾苦。〇钟惺云："夸毗二字分开，成不得小人，妙在合用。所谓寇虐之人，即诡随之人也。"〇陈奂云："夸毗、殿屎双声。(《说文》殿屎作念吚)"

天之牖民：　　上天的教导下民：
如壎如篪；　　好像陶壎，好像竹篪，乐器相和；
如璋如圭；　　好像玉版半圭的璋和圭相合；
如取如携。　　好像任你去拿什么，提携什么。
携无曰益，　　在上的人不可要求过多，
牖民孔易，三家，牖作诱。　　教导下民就会很容易。
民之多辟，　　人民的多行邪僻那自有来历，
无自立辟！支部。　　不要自己胡闹立为治民法律！

六章。言人民原本善良，易于教导。〇李慈铭《越缦堂读书记》云："《板诗》'携无曰益'云云者，《笺》、《疏》以下皆不得其解。此携字当是上字之误。古文上作二，而古于重文皆作二。此诗承

‘天之牖民，如取如携’，而曰‘上无曰益，牖民孔易’。上者，君也。君之于民无求多也，其牖民亦孔易也。携无曰益无《传》，盖毛所见本犹作上，故不烦加释。至郑君已误作携，遂曲解之耳。”愚按：《诗·魏风·硕鼠》，《毛诗》：“适彼乐土，乐土乐土。”下“乐土乐土”，承上“乐土”二字重文，或说重词。韩说：“适彼乐土”，重整句。《毛诗》：“适彼乐国，乐国乐国。”下“乐国乐国”，承上“乐国”二字重文，或说重词。韩说：“适彼乐国”，重整句。《毛诗》：“适彼乐郊，乐郊乐郊。”“鲁、毛文同，与韩重〔整〕句者异。”（王先谦）读者可悟此正系“古于重文皆作二”（今作〻、或作々）之一显例。以《诗》证《诗》，益征上述李氏之说之精确。此校勘学家所谓活校法者也，特表而出之，乐为通读此诗者告。〇江永云：“益、易、辟，去、入为韵。”

价人维藩，鲁，价作介，维作惟。	善人就是藩篱，
大师维垣，	大众就是围墙，
大邦维屏，	大邦诸侯就是屏障，
大宗维翰。元部。	同姓子弟就是栋梁。
怀德维宁，	以德团结就是安宁，
宗子维城。耕部。	王的嫡子就是一座大城。
无俾城坏，	不要使得城也破坏，
无独斯畏！〔二〕脂部。	不要有孤立的可畏！

七章。刺王众叛亲离，将陷于孤立。〇按：此诗人豫见之词。《孔疏》：“《周语》曰：‘彘之乱，宣王在召公之宫，国人围之，召公以其子代宣王。’是祸及宗子也。《雨无正》曰：‘正大夫离居，莫知我勩。’是君臣乖离也。昭二十六年《左传》曰：‘至于厉王，王心戾虐，万民弗忍，居王于彘。’是独居而畏也。是贤人之言皆有征矣。”

敬天之怒，	敬畏上天的生气，

无敢戏豫。鱼部。	不敢随便去游乐嬉戏。
敬天之渝，	敬畏上天的变卦，
无敢驰驱。侯部。	不敢随便去驰驱车马。
昊天曰明，	昊天明朗，
及尔出王！阳部。	他和您出入来往！
昊天曰旦，	昊天刚亮，
及尔游衍！元部。	他和您一道游荡！

八章。言上天随时随事监临，是与上天同在，不可不敬畏。〇孙鑛云："旦而天明，人乃出游，即借此著监临之无不在。意固精妙。"〇江永云："明、王，平、上为韵。旦、衍，上、去为韵。"〇按：游衍双声。

〇今按：《板》篇，《序》说凡伯刺厉王也。魏氏《诗序集义》云："凡伯大谏厉王，托讽寮友也。上篇欲其畏民岩，此欲其畏天命焉。"诗云，"我虽异事，及尔同寮"，明讽及寮友矣，而其主旨则重在刺王也。厉王监谤，防民之口，甚于防川。尚容召公、凡伯之流大谏，暴虐亡国之君犹未尽失君人之度邪？《朱传》云："此章首言天反其常道而使民尽病矣。世乱乃人所为，而曰上帝板板者，无所归咎之词耳。"自《朱传》以降，说者大都以为此诗与《民劳》诗皆同列相戒之词，而不敢言刺王。世愈降而儒愈腐矣！死守君臣大义此一教条，而不知从其文理语法求其异同也。凡伯者谁？陈氏《传疏》云："凡，周公之胤，畿内国，入为王官。《续汉书·郡国志》：河内郡，共，有汎亭。"刘昭注云："凡伯邑，今河南卫辉府辉县西南有故凡城，即其地也。"王氏《集疏》云："《后汉书·李固传》，固《对策》云，窃闻长水司马武宣、开阳城门候羊迪等，无他功德，初拜便真。此虽小失，而渐坏旧章。先圣法度，所宜坚守。政教一跌，百年不复。《诗》云：'上帝板板，下民卒瘅。'刺周王变祖法度，故使下民将尽病也。李注：《诗·大雅》，凡伯刺周厉王反先王之道，下人尽病也。《华阳国志》：固父郃，师事鲁恭，习《鲁诗》，固当传其家学，所引即《鲁诗序》说。不言凡伯作，或略。厉王作周王，犹《荡》篇伤周室大坏之义。《毛序》首句多本旧说。李注言凡伯刺厉王，亦有反先王之道，下人尽病，与鲁说合。皆与《毛序》泛言凡伯刺厉王者异，盖本《韩诗序》说，齐说当同。”可知此诗今古文说大同也。有言此诗凡伯即共伯和者，魏氏《诗古微》云：“汉武建元以前（建元元年当公元前一四〇年），本无年号，惟《史记·年表》起自共和以来（共和元年当公元前八四一年）。若周秦古籍，则《吕览》（原注：共伯和修其行，好贤仁，而海内皆以来为稽矣。周厉王之难，天子旷纪，而天下皆来请矣）、《庄子》（故许由娱于颍阳，而共伯得乎共首。郭象曰：共和者，周王之孙也。怀道抱德，食封于共。厉王之难，诸侯立之，宣王立，乃废。立之不喜，废之不怒。）、《汲冢纪年》（《周本纪·索隐》及《庄子·释文》引《纪年》曰：厉王十三年，王在彘。共伯和即干（犯也）王位。二十六年大旱，王陟于彘。周公、召公立大子静为王。又沈约注曰：大旱既久，庐舍俱焚。卜于太阳，兆曰：汾王为祟（音岁）。乃立王子静。共伯和遂归国。和有至德，尊之不喜，废之不怒，逍遥得志于共山之首）、《鲁连子》（共伯名和，好行仁义，诸侯贤之。厉王奔彘，诸侯奉和以行天子事。十四年厉王死。共伯使诸侯奉王子静，是为宣王。共伯复归于卫）皆无改元共和之说，足征周、召行政，号曰共和之诬矣。本非年号，何斥名之有？《古今人表》：共伯和在厉王之世，居中品之上。孟康谓入为三公，正符《左传》诸侯释位以间（代也）王政之说，则其年仍皆厉王之年。《鲁连子》谓共伯使诸侯复奉王子靖，而自归于卫。则即《地理志》共属河内郡故共国，北山淇水所出，所谓共山之首也。共地，后入于卫，故《鲁连》以归卫为言。而杜预谓共县东南有凡城，《郡县志》共有汎亭，即《雅》诗凡伯之国，则共地即凡国。古者多以所都名国，故殷与商并称，唐与晋并称，以及梁、魏、韩、郑皆然。凡之即共，亦犹是也。凡、蒋、邢、茅、胙、蔡，皆周公之胤。而凡伯《板诗》

作于厉王时，已称老夫灌灌，则其年必长于周、召二公，故二公从民望而推之，以亲贤镇抚海内。其后归老于凡，并释侯位不居，而老于共山之首，故天下皆以共伯称焉。犹厉王终于汾上谓之汾王，以见其失王位，此称共伯，则表其并辞侯位也。《易林》云：'下泉苞稂，十年无王。郇伯遇时，忧念周京。'即《桑柔》篇'天降丧乱，灭我立王'之事，亦即《吕览》厉王时天子旷纪之事，亦即《左传》诸侯释位以间王政之事。是岂子虚乌有之人，而可曲傅为周、召之共和乎？（陆奎勋谓共伯即周定公，欲通《史》、《汉》为一说，则《纪年》明以共伯与周、召为三人。且《诗谱》言周公、召公次子世守采地，在王官。而春秋时明有周公、召公，则断非外诸侯入矣。）至《大雅》末《瞻卬》、《召旻》幽王之凡伯，则距厉王时六十余年，必其继世之子孙。犹《春秋》戎伐凡伯于楚丘，又非《召旻》之凡伯也。《召旻》卒章曰：'昔先王受命，有如召公，日辟国百里。'正谓召穆公与其先人佐宣中兴，疆理至于南海，幽王所及见也。苟谓追述召康公分陕之盛，则何以不及周公乎？"此一说也，肯定《板》篇作者凡伯即共伯和，博辩可喜。朱右曾《诗地理徵》同主此说。其说于晚近新史学家大有影响，故多谓《史记》周、召共和之事不可据信也。愚按，今河南辉县城南五里有苏门山，夙为大河南北著名之古迹风景胜地。相传此即庄生所称之共首山，其下有百泉，泉侧有前代所建以祀共伯之祠，今讹为共姜祠。别有子在川上祠。此岂孔子尝见逝者滚滚不舍昼夜，而慨叹逝者如斯夫之地邪？或者于此，彼见西周之盛衰无常，共伯和之进退逍遥，而悟到天行不息、大化流行、自然界之一种哲理邪？

【简注】

生民

〔一〕克禋克祀者，《周礼·大宗伯》：以禋祀祀上帝。注云：禋之言烟。周人尚臭，烟气之臭闻者也。按：卜辞祀先王，大抵先尞、次卯、次薶沈。或先奠后沈，或先奠后卯。是奠即燎，亦即禋，禋先祀后，今之烧香其遗意也。以弗无子者，弗祓字通。从戴震《诗考正》用许益之说。

〔二〕攸介攸止者，全句已见《甫田》篇。彼《笺》云：介，舍也。按，此句犹言爰居爰处也。《说文》：逌，读若攸。《禹贡》攸字，《汉·志》改作逌。逌之言于也，言于是也。旧训此攸为所，误。

〔三〕全篇凡下八诞字，愚谓旧释为大，释为发语词，句首助词，皆未安。当释为时间介词，当也，方也。又凡下八实字，实同寔，是也，此也。

〔四〕先生如达，《毛传》：达，生也。盖以达为重沓之沓假字。《说文》沓字段注：达生即沓生，谓始生而如再生三生之易。是也。《郑笺》：达，羊子。疑其未是。

〔五〕荏菽，大豆，黄豆，已见《七月》篇。麻，已见《丘中有麻》篇。瓜，已见《七月》、《绵》篇。

〔六〕实方实苞五句，用马瑞辰说。

〔七〕秬，秠，穈，芑，皆禾本科、黍属。《毛诗植物名考》云。

○禋音烟。歆音欣。坼音拆。副音劈。菑音灾。腓音肥，或音避。讦音吁，音呼。匍匐，《释文》本亦作扶服，或音蒲迫。嶷音拟。荏音任。旆音沛。穟音遂。幪音猛、音蒙。唪音捧。秬音巨。秠音鄙。穈音门。芑音杞。揄音俞、音舀。軷音拔。

行苇

〔一〕苇，已见《河广》、《七月》等篇。

〔二〕莫远具尔。戴震云：尔，此也。言无有在远者，皆具集于此相亲接，为之设筵授几。

〔三〕《郑笺》，台之言鲐也。大老则背有鲐文。按：鲐，河豚或云海鲐。同在鱼类固颚目，一属河豚科，一属海豚科。皆背现苍暗而有斑纹。老寿人背有此老瘢，故云鲐背也。或云：老寿人之面瘢曰耇。耇，垢也。

○泥如字，或读上声。酢音醋。斝音贯，音嫁。醓音坦。醢音海。脾当读膍。臄音噱，字或作醵。咢音鄂。敦读雕。鍭音侯，音候。舍音捨。彀音钩，音够，古与句音义同。醹音乳，音儒。耇音苟，音垢。台如字，又音怡。

既醉

○介匄字古通，予也。将臧声相近，美也。匮音篑。壸音阃。胤音荫。釐如字，或读赉。

凫鹥

〔一〕凫，涉禽，雁形目、鸭科，俗所谓野鸭者也。鹥，涉禽，鸥形目、鸥科，俗所谓白鸥者也。

〔二〕既燕于宗者，俞樾云：承上来燕来宗，谓既燕于宗，则福禄攸降也。按：于犹越也，与也，连及之词。说详王氏《经传释词》、孔氏《经学卮言》。

○凫音符。鹥音翳，音医。湑音胥，音许。脯音圃。潨音终。降如字，或音洪。亹音门，与亹亹文王之亹，音美，音勉，或音近微、尾者，不同。

假乐

○假读嘉。解读懈。塈音憩。

公刘

〔一〕乃埸乃疆者，谓分划土田疆界，以免与邻封争讼。可参考周金文《散氏盘铭》，以及虞芮争讼故事。当然亦以便于耕作有关。

〔二〕弓矢，为射远兵器，今射箭比赛犹作为体育项目，不用解释。干，为手执以自卫之盾牌。戈，为句兵、啄兵，即用以为钩挽或啄击敌人之装柄长兵。日本梅原末治《中国青铜器时代考》有《商周戈图》。郭宝钧《戈戟余论》有《句兵演化顺序表》。说明从石器时代至春秋、战国、《考工记》时代戈之演进。戚，斧。扬，钺。皆为劈斫长兵。盖斧小于钺，戚又小于斧。陆懋德《中国上古铜兵考》(北京大学《国学季刊》)，可供参阅。爰方启行者，俞樾云：毛训方为并方之方，方开道路即并开道路，故继之曰：盖诸侯之从者十有八国，正所以明方之为并也。

〔三〕取厉取锻者：按：《尚书・费誓》为鲁侯伯禽征讨淮夷徐戎誓师之作。已云，锻乃戈矛，砺乃锋刃。疑早在周初以前，虽用铜兵，却已使用小部以粗锻铁块，乃至熟铁所造之铁兵。铁字始见春秋战国时代之文字。但铁之为物，非自此一时代始有也。阮鸿仪：《从冶金的观点试论中国用铁的时代问题》，见《文史哲》一九五五年第六期，可供参考。

〔四〕胡渭云：泾水东南流至邠州长武县，芮水自平凉府麟台县界流泾县南，而东注于泾，公刘所居故豳城，正在二水相会内曲之处也。

○埸音亦。糇音侯。橐音托。行音杭。巘音献。鞞音秉，音裨。琫音捧。

景读影，或如字。单读禅，或如字，或疑为战之假字，则其义异矣。溯音素，音朔。芮，《释文》本又作汭，如锐反；音锐，亦音内。鞫即鞠字，或读如曲。

洞酌

〔一〕王引之云：溉，当读为概。《春官·鬯人》，凡祭祀社壝用大罍，禜门用瓢齎(粢)，庙用修(卣)。凡山川四方用蜃。凡祼事用概。凡疈事用散。郑注云：修，蜃，概，散，皆漆尊也。概尊以朱带者，无饰曰散。《疏》曰：黑漆为尊，以朱带落腹故名概。概者，横概之义，故知落腹也。是罍与概皆尊名，故二章言濯罍，三章言濯概也。

○洞音迥。潦音老，音了。挹音邑。饎音炽，亦音喜。罍音雷。

卷阿

〔一〕梧桐，碧梧、青桐。梧桐科、落叶乔木。

〔二〕俞樾云：多，当读为侈。

〔三〕维以遂歌者，马瑞辰训遂为对为答。

○卷，蜷，音权。遒，音酋，音求。昄音板。茀音福。望如字，或音王。翙音秽。蔼音偎，近矮。

民劳

〔一〕王引之云：正，当读为政。下章无俾正反，亦当读为正，谓政事颠覆也。古政事之政或通作正。《小雅·正月》篇：今兹之正，胡然厉矣？即以正为政也。

〔二〕戎虽小子者，章太炎《新方言》读戎为侬。汝也。

板

〔一〕俞樾云，忧当读为优。襄六年《左传》，长相优。杜注，优，调戏也。忧谑连文，义亦不异。

〔二〕无独斯畏者，古语倒文，犹今言不要怕孤立也。《郑笺》云：斯，离也。盖据《尔雅·释言》文。

○瘅，《释文》当坦反，音坦；今或音阐。怿音亦，音妒。刍音初，音邹。荛音尧。跻音脚，音娇。熇音郝、音确。懠音齐。毗音皮。壎，埙，音勋。篪音池。多辟音僻。立辟音璧。翰如字，或音韩。渝音俞。

诗经直解　卷二十五

荡之什第二十五　毛诗大雅

荡之什十一篇九十二章七百六十九句

荡八章章八句

《荡》，召穆公伤周室大坏也。厉王无道，天下荡荡无纲纪文章，故作是诗也。

荡荡上帝！	坏了坏了，上帝！
下民之辟。	还是下民的君呢。
疾威上帝！	可恨可怕的上帝！
其命多辟？支部。	他的本性可多邪僻？
天生蒸民。	天生众民。
其命匪谌？韩，谌作訦。	他们的本性不是可信？
靡不有初，	没有起初不好，
鲜克有终！中、侵合韵。	很少能够有终！

一章。先提"荡"字，次挈"疾威"二字，是为全篇纲领。○《孔疏》云："上帝者，天之别名，天无所坏，不得与荡荡共文。故知上帝以托君王，言其不敢斥王，故托之上帝也。其实称帝亦斥王。此下诸章皆言'文王曰咨'，此独不然者，欲以荡荡之言为下章总目，且见实非殷商之事，故于章首不言文王，以起发其意也。"

文王曰咨！	文王说：唉！
咨女殷商。合下六章为韵。	唉，你殷商。
曾是强御？鲁、齐，御作圉。	怎么这样凶暴强梁？
曾是掊克？	怎么这样搜括剥削？
曾是在位？	怎么这样居官在位？
曾是在服？	怎么这样从事工作？
天降滔德，	天生下怠慢之性于人，
女兴是力！之部。	你助长了这个力量为恶！

二章。言为何重用贪暴之人？自此章以下，皆托为先世文王叹纣之词，寓借殷为鉴之意。殆亦以厉王监谤，不敢直刺其恶邪？○孙鑛云："明是强御在位，掊克在服，乃分作四句，各唤以'曾是'字，以肆其态。然四句两意双顶，固是一种调法。"○姚际恒云："曾是字，怪之之词，如见。"按：曾，犹今言怎。《方言》十："曾，何也。"《广雅·释言》亦云："曾，何也。"此章旧注大都未得其解。

文王曰咨！	文王说：唉！
咨女殷商。	唉，你殷商。
而秉义类，	你秉用了善类好人，
强御多怼。	强暴之臣就多怨恨。
流言以对，	谣言小话因之而进，
寇攘式内。脂部。	寇盗攘夺因而内生。
侯作侯祝，	他们有诅有祝，
靡届靡究！幽部。	至于无穷无尽！

三章。言用强暴之人而排斥善类，内讧以生，补足上章之意。

文王曰咨！	文王说：唉！

咨女殷商。	唉，你殷商。
女炰烋于中国，	你骄傲自满的咆哮于国中，
敛怨以为德。	受了许多怨恨反自以为有德。
不明尔德，	不明，是你的品德，
时无背无侧！〔一〕之部。○齐，侧作仄。韩，时作以，背作倍。	这就无人在后，无人在侧！
尔德不明，	你的品德不明，
以无陪无卿！阳部。	因而没有辅佐，没有公卿！

四章。言王之骄横自恣，将必召乱。注意反复强调“不明”二字，而王之前后左右暬御公卿之臣皆不称其职，如无人也。○陈奂云：“炰烋叠韵。《说文系传》作咆哮。”

文王曰咨！	文王说：唉！
咨女殷商。	唉，你殷商。
天不湎尔以酒，	天不曾用酒迷醉你，
不义从式。	你就不应该放松法度。
既愆尔止，	已经失了你的仪容礼节，
靡明靡晦：之部。	不论天气清明，不论风雨昏黑：
式号式呼，齐，呼作謼。	因醉大号，因醉大呼，
俾昼作夜！鱼部。	使得白天做了长夜！

五章。言王之纵酒败度。纣王酗酒，有《尚书·泰誓》《微子》《酒诰》等篇可证。○江永云：“式、止、晦，上、去为韵。”○按：靡明、号呼双声。

文王曰咨！	文王说，唉！
咨女殷商。	唉，你殷商。

如蜩如螗〔二〕，	好像小蝉儿的叫，好像大蝉儿的嚷，
如沸如羹。	好像滚热的开水，好像煮熟的菜汤。
小大近丧，	小小大大的事态都日近消亡，
人尚乎由行。	人们还在那里从而前往。
内奰于中国，	内而见怒于国中，
覃及鬼方！阳部。	外而延及了远方！

六章。言国事日非，引起内忧外患。○按：《汉书·五行志》引《诗》此章，颜注谓政无文理，虚言噂沓，如蜩螗之鸣，汤之沸涫（滚），羹之将熟也。○又按：覃及鬼方者，《文选》注引《世本》注：鬼方，先零。先零，西羌也。干宝《易》注：鬼方，北方国。而《诗总闻》谓楚俗多鬼，鬼方指楚。《易》：高宗伐鬼方，即《诗》殷伐荆楚。此举最险要者言之。《楚世家》：熊渠畏厉王暴虐，去其王号，是为鬼方即荆楚之证。愚谓鬼方何方？西羌、南蛮，迄未能定。《毛传》：鬼方，远方也。据纣时诸侯之国有鬼侯者，通作九侯。则鬼方犹云艽方、艽野，荒远之国。《毛传》是也。○按：蜩螗双声。

文王曰咨！	文王说：唉！
咨女殷商。	唉，你殷商。
匪上帝不时，	并非上帝不是，
殷不用旧。之部。	殷商不用先王旧章。
虽无老成人，	虽然没有老成人，
尚有典刑。	还有成法常规可做榜样。
曾是莫听？	怎么这样不肯听从？
大命以倾！耕部。○合第五句，可作真、耕通韵。	国家的大命运就垮了而亡！

七章。言不用旧章、旧臣，将致灭亡。○江永云："时、旧，平、去为韵。"

文王曰咨！	文王说：唉！
咨女殷商。	唉，你殷商。
人亦有言：	人家也有过这样的话：
颠沛之揭，	“倒下的树木揭起兜子来，
枝叶未有害，	枝叶还没有什么损害，
本实先拨。鲁，拨作败。	只是根子上实先败坏。”
殷鉴不远，鲁，鉴作监。	殷商的镜子不远，
在夏后之世！祭部。	就在夏王的那一代！

八章。言国本动摇，殷商当以夏为鉴，意在周当以殷为鉴也。〇《召诰》云：“我不可不监于有夏，亦不可不监于有殷。”〇《盐铁论·结和》篇云：“前车覆，后车戒。殷鉴不远，在夏后之世矣。”〇《潜夫论·思贤》篇云：“殷监不远，在夏后之世。夫与死人同病者不可生也，与亡国同行者不可存也，岂虚言哉？”〇潘时举云：“首章前四句有怨天之辞。后四句乃解前四句，谓天之降命本无不善，惟人不以善道自终，故天命亦不克终。此章意既如此，故自次章以下，托文王告纣之辞，皆就人君身上说，使知其非天之过。如‘女兴是力’，‘尔德不明’，与‘天不湎尔以酒’，‘匪上帝不时’之类，皆是发首章之意。”（《传说汇纂》）〇江永云：“揭、害、拨、世，去、入为韵。”“二章至八章，隔章章首遥韵。”

〇今按：《荡》篇，召穆公伤周室大坏之诗。《序》说述古，常例也。“三家无异义”。朱子《辨说》云：“苏氏曰：《荡》之名篇以首句有‘荡荡上帝’耳。《序》说云云，非诗之本意也。”愚诚不知其何所见而云然？岂见欧（《诗本义》）、苏（《诗传》）、张耒（《明道杂志》）训荡荡为广大，而谓荡无乱意邪？宋儒异说不可从，陈启源、胡承珙辨之审矣。或疑此诗为武王假遵文王，载文王木主伐纣，声讨纣罪之檄文，与《泰誓》、《牧誓》同类，惟用韵而已。此想当然耳，实未有据。邹肇敏《诗传阐》云：“通篇托之文王叹商，危言不讳，而卒不能启王之聪。故异时彘之乱，国人围之宫。召公曰：'昔吾骤谏王，王不从，以及此难。'骤谏者，非独《春秋外传》所载谏监谤数语，盖《荡》之诗尤最危焉。"此肯定《荡》篇为召穆公所作。钱澄之《田间诗学》云："托为文王叹纣之辞。言出于祖先，虽不肖子孙不敢以为非也。过指夫前代，虽至暴之主不得以为谤也。其斯为言之无罪，而听之足以戒乎？"陆奎勋《陆堂诗学》云："文王曰咨，咨女殷商，初无一语显斥厉王。结撰之奇，在《雅》诗亦不多觏。"魏源《诗序集义》云："幽、厉之恶莫大于用小人。幽王所用皆佞幸、柔恶之人；厉王所用皆强御掊克、刚恶之人。四章炰烋敛怨，刺荣公专利于内，掊克之臣也。六章内奰外覃，刺虢公长父主兵于外，强御之臣也。厉恶类纣，故屡托殷商以陈刺。"是诸说者，于诗人遭时之乱、处境之危、构思之巧、结撰之奇，胥各有所触发也。

抑十二章三章章八句九章章十句

《抑》，卫武公刺厉王，亦以自警也。

抑抑威仪！	抑抑慎密的威仪！
维德之隅。	这是品德的方正。
人亦有言：	人家也有过这样的话：
靡哲不愚。侯部。○鲁，靡作无。	没有聪明人不像愚蠢。
庶人之愚，	一般人的愚蠢，
亦职维疾。	也常是一种通病。
哲人之愚，	聪明人的愚蠢，
亦维斯戾。脂部。	也就是他太畏这罪刑。

一章。先揭出威仪二字，即哲愚双提，作为总冒。○按：所谓靡哲不愚，殆是邦无道则愚，或善人载尸之谓。诗人自守威仪，不

肯佯愚载尸，此诗之所为作邪？○江永云："疾、戾，去、入为韵。"

无竞维人，鲁，维作惟，亦作伊。	莫强的是得贤人，
四方其训之。	四方诸侯将受这教训的。
有觉德行，齐，觉作梏。	有这正直的德行，
四国顺之。文部。	四国诸侯就会来顺从的。
讦谟定命，	有伟大的计划就定为号召，
远犹辰告。	有远大的政策就随时宣告。
敬慎威仪，	谨慎于有威可畏、有仪可象，
维民之则！之、幽通韵。○三家，维作惟。	是人民的模范，他们要仿效。

二章。以国有贤臣自勉、勉王。○《宋景文笔记》云："远犹辰告，谢安以为佳语。"按：讦谟远犹二句，但为官僚大话，并无雅人深致，谢安妄语耳。

其在于今，	可是事在于今，
兴迷乱于政！〔一〕无韵。	嘻，都昏迷搅乱了国政！
颠覆厥德，	倾败了他们的德行，
荒湛于酒。湛，鲁、齐作沈，韩作愖。	废事狂欢的在把酒饮。
女虽湛乐从，	你只狂欢纵乐是从，
弗念厥绍？幽宵通韵。	不念自己的先代传统？
罔敷求先王，	没有广求先王治国道理，
克共明刑！耕、阳通韵。○耕十三、阳十四、故得通用。○鲁、韩，共作拱。	能够把明定的法度执行！

三章。以毋荒湛于酒，若今之人自儆，重在后半四句刺王。弗念厥绍，罔敷求先王，明为王者言之也。○孙鑛云："谓刺厉王，未尽误。大凡诗刺者亦不是句句著在所刺身上。如此章'兴迷乱于

政'，断非武公自谓。下章'用逷蛮方'，亦似指王室。后章'谨尔侯度'，则的系自警意，自警亦或寓刺王意，又或借自警以规王。盖时事难直指斥，诗意亦忌黏皮带骨。其用意微婉多如此。"○江永云："'克共明刑'与'兴迷乱于政'遥韵。首句及中间皆非韵。"

肆皇天弗尚！　　故今皇天不肯保佑！
如彼泉流，　　好像那泉水的下流，
无沦胥以亡。阳部。　　莫相率下去而没回头。
夙兴夜寐，　　一早就起，夜深才睡，
洒扫廷内。脂部。○韩，洒作灑。　　洒扫好厅堂室内。
维民之章：　　这就是人民的好模样：
修尔车马，鲁，车作舆。　　修好你的车马，
弓矢戎兵。鲁，戎兵作戈兵。　　还有弓箭刀枪。
用戒戎作，鲁，戎作作作则。　　以戒备战事起来，
用逷蛮方。阳部。○鲁，逷作逖。　　以治服荒远的蛮方。

四章。并以夙夜匪懈自儆。其云整武防边，则兼为王者告也。首三句有挽回皇天意，亦明其为王言之。○江永云："尚、亡、章、兵、方，平、去为韵。"

质尔人民，齐，质作诰，鲁、韩作告。　　告诫你的人民，
谨尔侯度，　　谨守你为公侯的法度，
用戒不虞。鱼部。　　以戒备不测的事变。
慎尔出话，　　慎重你的说话，
敬尔威仪，　　儆惕你的威仪，
无不柔嘉。　　没有什么不和善。
白圭之玷，韩，玷作刣。　　白玉版上的污点，

尚可磨也。	还可琢磨呀。
斯言之玷，	这语言上的污点，
不可为也！歌部。	莫可奈何呀！

五章。以戒备不虞、慎言语、肃威仪自儆。○江永云："度、虞，平、去为韵。"

无易由言，	不要易于发言，
无曰苟矣！	不要说苟且马虎呀！
莫扪朕舌，三句起韵。	没有扪住咱的舌头，
言不可逝矣！祭部。	语言就不可滑去呀！
无言不雠，雠，鲁亦作酬，韩作酬。	没有言语不会有反应，
无德不报。幽部。	没有恩德不会有报称。
惠于朋友，	爱于你的朋友，
庶民小子。之部。	以及庶民小子们。
子孙绳绳，	子孙绳绳的戒慎，
万民靡不承！蒸部。	万民没有不顺从！

六章。仍申慎言语之意。○陈奂云："此结上文'慎尔出话'之意。""《说苑·丛谈》篇云：口者关也，舌者机也。出言不当，四马不能追也。口者关也，舌者兵也。出言不当，反自伤也。是其义。"○按，《周易·颐·象·正义》："先儒云，祸从口出，患从口入。"人生非命之世，尤不可不知者也。○江永云："雠、报，平、去为韵。"

视尔友君子，	见你的朋友君子，
辑柔尔颜，	要柔和你的容颜，
不遐有愆？元部。	不无稍有过愆？
相在尔室，	瞧在你的室中，

尚不愧于屋漏？	上不愧于天窗屋漏？
无曰不显，	莫道暗室里不显明，
莫予云觏！侯部。	没有人会把我瞧透！
神之格思，	神明的来到哟，
不可度思，	不可测度哟，
矧可射思！鱼部。	况可厌恶哟！

七章。以不欺暗室，慎独自儆。〇按：屋漏之义，《尔雅·释宫》郭璞注云：未详。《诗》注远自毛、郑至晚近陈奂、王先谦，其间颇多异闻歧说。金鹗《求古录·礼说》、林兆丰《隶经剩义》，皆有《屋漏解》，亦有羡词。愚今直以天窗解之，始明确矣。

辟尔为德，	修明你的德行，
俾臧俾嘉。	使它尽善，使它尽好。
淑慎尔止，	好自慎重你的态度，
不愆于仪。歌部。	不要失于仪容礼貌。
不僭不贼，	没有过差，没有伤害，
鲜不为则。	少有不为人所仿效。
投我以桃，	有人投赠我用桃子，
报之以李。	我就报答他用李子。
彼童而角，	那童羊没角而自以为有角，
实虹小子！之部。	这样就会溃败了你小子！

八章。仍以慎威仪，戒骄盈自儆，亦以儆王。

荏染柔木，	有坚韧的柔木，
言缗之丝。	就缠好了丝弦做琴。
温温恭人，	温温的小心人，

维德之基。之部。　　就是他为德的根基。
其维哲人，　　他是一个聪明人，
告之话言，　　告诉他古之善言，
顺德之行。无韵。　　他就顺着道德去行。
其维愚人，　　他是一个愚蠢人，
覆谓我僭，　　反而说我出了错差，
民各有心！侵部。　　真是人各有心！

九章。以温恭为德，接受善言之哲人自勉，亦以勉王。○江永云："'其维哲人'三句无韵。"

於乎小子！鲁、韩，於乎作呜呼。　　唉唉，小子！
未知臧否。　　还不知道什么好事坏事。
匪手携之，　　不但用手携着你，
言示之事。　　还指示你许多事。
匪面命之，　　不但当面教训你，
言提其耳。　　还提你的耳刮子。
借曰未知，齐，借作籍。　　假使说你还没有知识，
亦既抱子！之部。　　也已经抱上了儿子！
民之靡盈：　　作为一个人的不是自满自盈：
谁夙知而莫成？耕部。　　谁会早有知识而要晚年成事？

十章。以年少而不接受教诲刺王，明为老臣之言。其云"借曰未知，亦既抱子"，可知时王之年亦不太幼也。

昊天孔昭！　　昊天呀好明察！
我生靡乐。　　我活着也没有快乐。
视尔梦梦，　　瞧你梦梦地昏乱，

我心惨惨。鲁,惨作懆。　　我的心里就懆懆地闷着。
诲尔谆谆,齐,谆作忳。　　我教你的话谆谆地两次三番,
听我藐藐。齐,藐作眊。鲁、韩,藐作邈。　　你听我的话藐藐地不进耳朵。

匪用为教,　　不是用它作为教训,
覆用为虐。　　反而用它作为戏谑。
借曰未知,　　假使说你还没有知识,
亦聿既耄!宵部。　　也就可说已经到了老耄!

十一章。前八句明亦刺王,后二句语带双关,盖以年老而不接受教言自儆。上云"借曰未知,亦既抱子",明为刺王;此云"借曰未知,亦聿既髦",自儆亦所以刺王也。一诗两用,有如一刀两刃,明矣。〇江永云:"昭、乐、惨、藐、教、虐、耄,平、去、入为韵。"

於乎小子!　　唉唉,小子!
告尔旧止。　　告诉你先王旧礼。
听用我谋,　　听信我的主意,
庶无大悔。　　希望没有大的后悔。
天方艰难,难与远叶。元部。　　天正降给艰难,
曰丧厥国。韩,曰作聿。　　就要亡你的国。
取譬不远,鲁,譬作辟。　　打个比方不远,
昊天不忒。　　昊天做事不会差忒。
回遹其德,　　还是歪邪你的品德,
俾民大棘?之部。　　使得人民大受压迫?

十二章。末以听谋无悔,畏天修德,讽王作结。

〇今按:《抑》篇,又名《懿戒》,卫武公自儆之诗。虽云自儆,实亦兼寓刺王之意,当是刺平王。姚际恒《通论》云:"刺王则刺王,自

警则自警，未有两事可夹杂为文者。”此攻《序》语，不知此乃诗人之狡猾手法，恰当赅括在奴隶制社会诗人首创主文谲谏技巧之中，而《序》者之言不误也。戴埴《鼠璞》据《国语·楚语》、《史记·十二诸侯年表》与《卫世家》，以及温公《稽古录》、刘恕《通鉴外纪》，考证卫武公立卒年代，其结论云：“武公之自警在于耄年，去厉王之世几九十载，谓诗为刺厉王，深所未晓。”阎若璩《潜邱札记》亦云：“案，卫武公以宣王十六年己丑即位，上距厉王流彘之年已三十载，安有刺厉王之诗？或曰追刺，尤非。虐君见在，始得出词；其人已逝，即当杜口。是也。《序》云刺厉王，非也。”《国语·楚语》云：“昔卫武公年数九十有五年矣，犹箴儆于国曰：自卿以下至于师长士，苟在朝者，无谓我老耄而舍我，必恭恪于朝，朝夕以交戒我。闻一二之言，必诵志而纳之，以训道我。在舆有旅贲之规，位宁（音贮）有官师之典，倚几有诵训之谏，居寝有亵御之箴，临事有瞽史之道，宴居有师工之诵。史不失书，矇不失诵，以训御之。于是乎作《懿戒》以自儆也。”韦昭注：“昭谓《懿诗》，《大雅·抑》之篇也。懿读曰抑。”又《孔疏》引侯包《韩诗翼要》云：“卫武公刺王室，亦以自戒。计年九十有五，犹使人日诵是诗而不离于其侧。”此似本《楚语》而为之说。《韩说》刺王室，较《毛序》刺厉王为妥。朱子《辨说》云：“此诗之《序》有得有失。”“以诗考之，则其曰刺厉王者失之，而曰自警者得之。”于其得失，各举五证。而不知此诗虽不刺厉王，其实含有兼刺时王之意也。魏源《诗古微》云：“《抑》，卫武公作于为平王卿士之时，距幽没三十余载，距厉没八十余载。尔、女、小子，皆武公自儆之词，而刺王室在其中矣。备尔车马，弓矢戎兵，冀复镐京之旧，而慨平王不能也。《王风》、《小·大雅》皆终于平王，故曰《诗》亡而后《春秋》作。”“《史记》言卫武公将兵佐周平戎甚有功，平王命为公。则知诗作于为平王卿士之时，八十既耄之后，当东迁之始，《变雅》之终，不但非刺厉，并非刺幽。”魏氏论此诗用《韩说》，肯定诗作于平王之世，自戒即以刺平王。可为定论矣乎？卫武公使人日诵是诗于其侧,时年九十有五,至平王十三年(公元前七五八)卒。计其得年当在百岁左右也。

桑柔十六章八章章八句八章章六句

《桑柔》,芮伯刺厉王也。

菀彼桑柔,柔与刘、忧叶。幽部。　　郁茂的那些桑叶柔嫩,
其下侯旬,鲁,旬作洵。　　它的阴影是广布均平,
捋采其刘。〔二〕　　捋采了它就剥落稀疏。
瘼此下民,　　害苦了这些下民,
不殄心忧。　　有着不绝的心忧。
仓兄填兮!　　丧乱凄凉已经长久了啊!
倬彼昊天,　　高明在上的那昊天,
宁不我矜。真部。　　怎么不给我们哀怜?

一章。言民困已深,呼天而愬之。○钟惺云:“黄落有渐,捋采速尽,见亡国由人也。朱注得之。”孙鑛云:“总说大意,亦似冒头。”○按:仓兄叠韵。兄,古况字。

四牡骙骙,骙与夷、黎、哀叶。脂部。　　驷马骙骙不停,
旟旐有翩。　　旌旗这样飞动。
乱生不夷,　　乱子发生了不会就平,
靡国不泯。　　无国不乱得泯泯纷纷。
民靡有黎,　　人民没有黑头壮丁了,
具祸以烬。　　俱受灾祸而只有余烬。
於乎有哀!　　唉唉,这样的悲哀!

国步斯频。〔二〕真部。○三家，频作矉。　　国运的令人张目恨恨！

二章。言征役不息，为祸乱之本。○江永云："翩、泯、烬、频，平、去为韵。"

国步蔑资，资与维、阶叶。脂部。	国运到了民穷财尽，
天不我将。	老天爷不给我们扶养。
靡所止疑，疑字不入韵。《朱传》音屹，则可转平入韵。	没有地方固定下来，
云徂何往？	走罢，有什么地方可往？
君子实维：	君子于是思维：
秉心无竞。	我已把住自己的心不争。
谁生厉阶，	是谁生出了这罪恶的根，
至今为梗？阳部。	直到于今还是害人作梗？

三章。言人民困穷，无所归往，君子追寻祸根。○江永云："将、往、竞、梗，平、上、去通韵。"

忧心殷殷，殷与辰、西、瘖叶。元、文通韵。○鲁，殷作隐。	忧心隐隐地作痛，
念我土宇。	顾念我们的国土。
我生不辰，	我生不是时候，
逢天僤怒。	遇着上天重怒。
自西徂东，	从西一直往东，
靡所定处。	没有安居之处。
多我觏瘖，	多的是我们遭遇的痛苦，
孔棘我圉。鱼部。	好紧急，就是我们的御侮！

四章。言爱国殷忧，御侮孔亟。○按：圉训御侮之御为是。○江永云："东字方音偶借。"江有诰云："殷与辰、西、瘖叶。（自西

徂东）当作自东徂西。”以江有诰说为宜。

为谋为毖， 为国善谋，为事慎重，
乱况斯削。 祸乱的情况就可能减削。
告尔忧恤， 告诉你要怎样忧虑国事，
诲尔序爵。 教训你要怎样铨序官爵。
谁能执热，一、三、五句，可作脂、祭通韵。 有谁能够救热，
逝不以濯？ 而不用凉水洗濯？
其何能淑， 这将怎么样能够办好，
载胥及溺？宵部。 就相率至于掉水没落？

五章。言救国之道，并以救热救溺为喻。〇按：“逝不以濯”句，赵岐《孟子章句》七“是犹执热而不以濯也”。此引《诗》语，以而代逝。朱骏声谓逝假借为誓，要约之辞。其说似亦可通。〇江永云：“毖、恤，去、入为韵。隔韵。”

如彼溯风，风与心叶。侵部。 好比那个人面向着风，
亦孔之僾。 也就很使他吐不匀气。
民有肃心， 人民本有敬上之心，
荓云不逮？脂部。 却使他们或有不及？
好是稼穑， 你爱好的这耕种收获，
力民代食。之部。 劳苦了人民代耕养活。
稼穑维宝， 耕种收获的事体是宝，
代食维好！幽部。 代耕养活人的人是好！

六章。言劳动人民之善良，忍受剥削。此章旧注皆不得其全解。〇江永云：“风、心隔韵。”

天降丧乱，　　上天降下死亡祸乱，
灭我立王。　　要灭我们所立的王。
降此蟊贼，贼与国、力叶。之部。　　降下这些吃根的蟊、吃节的贼，
稼穑卒痒。　　所有庄稼都受了病虫害的殃。
哀恫中国！　　哀恫国里的人！
具赘卒荒？　　俱是无用赘疣，尽是游手闲荡？
靡有旅力，　　没有大家拿出力气救灾，
以念穹苍！阳部。　　来顾念到高空青天之上！

七章。言天降灾害，非人民之不力，乃执政者之咎。○江永云："国、力隔韵。"

维此惠君！　　啊，这顺理的人君！
民人所瞻。　　是人民的所共瞻仰。
秉心宣犹，　　他操着心思遍谋于众，
考慎其相。　　认真考虑他的群臣辅相。
维彼不顺！　　啊，那不顺理的人君！
自独俾臧。鲁，俾作卑。　　自己偏以为使用的人都善良。
自有肺肠，　　自己有着不同于人家的肺肠，
俾民卒狂。阳部。　　使得人大都迷惑了好像发狂。

八章。言人君有顺理，有不顺理；用人有当，有不当。○江永云："四句见韵。旧叶瞻侧姜反，误。""首二句无韵。""相、臧、肠、狂，平、去为韵。"

瞻彼中林，林与谮叶。侵部。　　瞧瞧那个树林之中，
甡甡其鹿。　　一群群的是那些鹿。
朋友已谮，　　同僚朋友已经不相信，

不胥以穀。　　不能互相用善意帮助。
人亦有言：　　人家也有过这样的话：
进退维谷！〔三〕侯部。　　“进退都是一条死路！”

九章。言同僚朋友不以善道相助。○江永云：“林、谮，平、去为韵。隔韵。”

维此圣人！　　啊，这圣人有远见！
瞻言百里。　　一瞧就是一百里。
维彼愚人！　　啊，那愚人所见浅！
覆狂以喜。　　反倒发狂而欢喜。
匪言不能，　　不是说话不可能，
胡斯畏忌？之部。○鲁，斯亦作此。　　为什么这样畏忌？

十章。言执政同僚缺乏远见，皆不敢进言。○江永云：“里、喜、忌，上、去为韵。”

维此良人！　　啊，这善良的人！
弗求弗迪。　　也不营求，也不进取。
维彼忍心！　　啊，那忍心的人！
是顾是复。　　于是瞻顾，于是反复。
民之贪乱，　　人们的好乱呀，
宁为荼毒？幽部。　　宁愿为此苦难恶毒？

十一章。言贤者退，不肖者进，将为变乱之由。

大风有隧，〔四〕鲁，大作泰。　　大风这样迅速，
有空大谷。　　这样空的大谷。
维此良人！　　啊，这些善良的人！

作为式穀。　　起而行为都用善道。
维彼不顺！　　唉，那不顺理的人！
征以中垢。侯部。　　就会行到污垢中了。

十二章。承上隐言贤不肖者将各有其所自获之后果。〇江永云："谷、穀、垢，上、入为韵。"

大风有隧，韩，隧作队，鲁，亦作遂。　　大风这样迅速，
贪人败类。　　贪利的人就是败类。
听言则对，　　好听的话就给对答，
诵言如醉。　　教训的话就像酒醉。
匪用其良，　　不用那些善良的人，
覆俾我悖！脂部。　　反而逼使我们狂悖！

十三章。仍申言王用不肖贪人，将促使民变。〇江永云："隧、类、对、醉、悖，去、入为韵。"

嗟尔朋友！　　唉，你们同僚朋友！
予岂不知而作？　　我难道不知你辈所作？
如彼飞虫，　　好比那些飞鸟，
时亦弋获。　　有时也被人弹射捕获。
既之阴女，〔五〕　　既已熟悉你们的底细，
反予来赫？鱼部。　　反而要把我来威吓么？

十四章。慨叹同僚朋友于我无所用其威吓。

民之罔极，　　人民的没有中正之心，
职凉善背！　　但真由于你好违背道理！
为民不利，　　做着对于人民不利的事，

如云不克？　　好像还是恐怕不能胜利？
民之回遹，　　人民的邪僻，
职竞用力！之部。　　但并由于你使用了暴力！

十五章。言人民有不善，但由于执政背理，与使用暴力。

民之未戾，　　人民至今的还没有安定，
职盗为寇，　　但由于执政强盗的掠夺，
凉曰不可。　　我真是以为不可。
覆背善詈，　　反而背后大骂我，
虽曰匪予，　　虽说不以我为然，
既作尔歌！歌部。〇三句一韵。　　我毕竟作了这只歌！

十六章。言人民之不安定，但由于执政贪利掠夺，归到作诗之由作结。〇陈氏《稽古编》云："末二章三言民俗之败，皆归咎于执政之人。上欺违则民心罔中矣；上尚力而不尚德，则民行邪僻矣；上为寇盗之行，则民心不能安定矣。此诗刺王而兼及朝臣，故篇末缕陈之。"〇《许氏名物钞》云："此诗前八章刺王，后八章刺臣，故前以桑为比，而后再以鹿起兴。然用臣不当，亦君之过，故总言刺王。"〇江永云："戾、詈为韵，寇、可非韵。末二句无韵。"

〇今按：《桑柔》，芮伯刺厉王，责执政同僚之诗。《序》说"芮伯刺厉王"有据，朱子《辨说》亦云："《序》与《春秋传》合。"《潜夫论·遏利》篇云："昔周厉王好专利，芮良夫谏而不入，退赋《桑柔》之诗以讽。言是大风也必将有遂，是贪民也必将败其类。王又不悟，故遂流死于彘。"此用《鲁说》。王先谦云："《史记·周本纪》，厉王即位三十年，好利，近荣夷公。芮良夫谏，厉王不听，卒以荣公为卿士用事。王行暴虐侈傲。三十四年，王益严，国人莫敢言，道路以目。三年，乃相与畔袭厉王，王出奔彘。此诗之作在荣公为卿士后，去流彘之年当亦不甚相远。"此与上引鲁说，皆可作为诗本事读。并可据以推测其诗之作出年代。芮良夫谏厉王，不入，在厉王三十年；退而赋《桑柔》，当在同年（公元前八四九）。厉王奔彘在其三十七年，则《桑柔》必不作在是年以后也。荣夷公何人？《史记》而外，尚有周金文《敔簋》《康鼎》《辅师嫠簋》等所记之燮伯可考。芮伯何人？陈奂云："今陕西同州府朝邑县即周芮伯国。《书序·疏》引《世本》云：姬姓，厉王时芮伯芮良夫也。文元年《左传》引此篇第十三章以为周芮良夫之诗，诗为芮良夫作，《传》有明文矣。"《逸周书·芮良夫解》云为"厉王失道，芮伯陈诰"之作。其刺厉王，责执政，与《桑柔》诗同。其自称为小臣良夫，当是谦词。其称同僚为执政小子，见其贵为卿士，亲为同姓之老臣也。其谏厉王云："民归于德，德则民戴，否德民雠。兹言允效。于前不远，商纣不改夏桀之虐，肆（故今）我有周有家。"又云："后除民害，不惟民害。害民乃非后，惟其雠。后作类（善），后；弗类，民不知后，惟其怨。民至亿兆，后一而已，寡不敌众，后其危哉！"其责执政同僚云："今尔执政小子惟以贪谀事王，不勤德以备难，下民胥怨。财力单竭，手足靡措，弗堪戴上，不其乱而？"又云："尔执政小子不图大囏，偷生苟安，爵以贿成。贤智箝口，小人鼓舌。逃害要利，并得厥求。唯曰哀哉！"此与《桑柔》诗义正相表里也。

云汉八章章十句

《云汉》，仍叔美宣王也。宣王承厉王之烈，内有拨乱之志，遇灾而惧，侧身修行，欲销去之。天下喜于王化复行。百姓见忧，故作是诗也。

倬彼云汉，	浩大的那天河，
昭回于天。	光气运转在天空。

王曰於乎！齐，於乎作呜呼。 王说：唉唉！
何辜今之人？ 什么罪呀如今的人？
天降丧乱， 天降下了死亡祸乱，
饥馑荐臻。真部。 饥馑灾害连岁频仍。
靡神不举， 没有神不曾打祭过，
靡爱斯牲。 没有吝惜过这牺牲。
圭璧既卒，〔一〕 敬神的礼玉圭璧都已用尽，
宁莫我听？耕部。 为什么没有听见我的呼声？

一章。言王遭旱，晴夜祷神。〇孙鑛云："以云汉形容旱意，最得实，最有风味。"〇姚际恒云："《棫朴》篇以云汉喻文章则曰为章，此以云汉言旱则曰昭回。"〇按，云汉在天文学上称为银河系，为天空中自北至南淡淡之一条白色光带，恒星密集之处也。其间有一千万万颗以上之恒星；太阳即其中之一颗，而在此星系之边缘，距离中心三万五千光年。

旱既大甚， 旱灾已经太甚，
蕴隆虫虫。韩，蕴作郁，虫作烔。鲁，虫作爞。 闷雷蕴隆，热气爞爞。
不殄禋祀， 不断的烧香祭祀，
自郊徂宫。 从郊外直到宫廷。
上下奠瘗， 祭天祭地奠酒埋牲，
靡神不宗。 没有神明不受尊重。
后稷不克， 后稷不识我苦，
上帝不临？ 上帝也不鉴临？
耗斁下土， 耗败下土的灾难，
宁丁我躬！中侵合韵。 为什么恰当我身！

二章。言大旱而祭祀天地，全力以赴。〇按：宁丁叠韵。

旱既大甚，	旱灾已经太甚，
则不可推？	就不可以排开？
兢兢业业，	我兢兢业业的恐惧，
如霆如雷。	如遇霹雳，如闻打雷。
周余黎民，	周地所余的黎民，
靡有孑遗。	没留半个不受灾的人。
昊天上帝，	昊天上帝，
则不我遗；	就不给我存问；
胡不相畏，	为什么不相敬畏，
先祖于摧？脂部。	求到于先祖之神？

三章。言久旱，人民尽困。求天不应，何不降而求祖？

旱既大甚，	旱灾已经太甚，
则不可沮？	就不可以止住？
赫赫炎炎，	阳光赫赫，热气炎炎，
云我无所。〔二〕	遮荫我们也没有去处。
大命近止！	死亡的大限临头了啦！
靡瞻靡顾。	没有前瞻也没有后顾。
群公先正，	异姓的群公先正之神，
则不我助；	就不给我们救助；
父母先祖，	自己的父母先祖之灵，
胡宁忍予？鱼部。	怎么忍心于我们不救？

四章。言旱热无所逃命，求群公先正不应，求父母先祖亦不应。〇江永云："沮、所、顾、助、予，〔平〕、上、去为韵。"

旱既大甚，	旱灾已经太甚，

涤涤山川。三家，涤作蔋。	干巴巴的无生气的山川。
旱魃为虐，	旱魃女鬼作恶，
如惔如焚。三家，惔作炎。	大地好像火起，好像火焚。
我心惮暑，	我的心里害怕暑热，
忧心如熏。	忧痛的心好像烟熏。
群公先正，	群公先正之神，
则不我闻；〔三〕	就不给我过问；
昊天上帝，	昊天上帝，
宁俾我遁？〔四〕文部。	为什么要使我们困顿？

五章。言旱魃为虐，无可奈何，仍求于天。〇江永云："川、焚、熏、闻、遁，平、去为韵。"

旱既大甚，	旱灾已经太甚，
黾勉畏去。〔五〕鲁，黾勉作密勿。	勉力从事把这厌苦除去。
胡宁瘨我以旱？韩，瘨作疹。	怎么重害我用这个大旱？
憯不知其故！	还不知道它的缘故！
祈年孔夙，	祈年的祭祀好早就举行，
方社不莫。	祭四方祭社神也不迟暮。
昊天上帝，	昊天上帝，
则不我虞；	就不把我的诚心揣度；
敬恭明神，	这样敬供一切明神，
宜无悔怒！鱼部。	应该于我没有恼怒！

六章。言即使呼天不应，而敬恭明神不懈，不知道何以遭旱。〇孙鑛云："重重复复，说了又说，样样说到，喋喋不已，最见忧旱恳切至意。"〇江永云："去、故、莫、虞、怒，平、去为韵。"

旱既大甚，	旱灾已经太甚，
散无友纪。	诸事散乱没有纲纪。
鞫哉庶正！	没法哟众长官！
疚哉冢宰！	劳苦哟大冢宰！
趣马师氏，	还有趣马、师氏，
膳夫左右！	膳夫、左右！
靡人不周，	没有人不在赈灾，
无不能止。	无敢因不能而止。
瞻卬昊天，	仰望昊天，
云如何里？之部。	奈何使我忧苦哩？

七章。言众官救灾之劳。

瞻卬昊天，	仰望昊天，
有嘒其星。三家，嘒作诐，星作声。	这微光闪闪的是它的星。
大夫君子，	大夫君子，
昭假无赢，〔六〕	明神请到了无怠慢毛病。
大命近止！	死亡的大限临头了啦！
无弃尔成。	不要放弃你们的成功。
何求为我？	有什么要求为了我吗？
以戾庶正！	以求安定众长官之心！
瞻卬昊天，	仰望昊天，
曷惠其宁？耕部。	什么时候赐给我们安宁？

八章。又勉众官救灾，期于有成，作结。〇凌濛初云："通诗不露一雨字。"〇孙鑛云："末易云汉为星，就景中小作变换。"〇江有诰云："按此诗每章一韵，首章作真、耕通韵亦可。"

〇今按：《云汉》，韩说以为周宣王遭旱仰天之词。又据鲁说，宣王元年天下大旱,二年不雨,至六年乃雨。此诗盖作于宣王二年至六年之间(公元前八二七—前八二二)。陈乔枞考之已详。尧有九年之水患,汤有七年之旱灾,周宣王时亦积旱五年,古史有此传说。而周宣王之苦于积旱则有诗为证矣。《毛序》说仍叔美宣王,遇灾而惧,侧身修行,欲销去之。朱子《辨说》云:"此《序》有理。"取其迷信有神,并合于天人感应之理邪?可笑!仍叔何许人?《郑笺》云:"仍叔,周大夫也。《春秋》,鲁桓公五年夏,天王使仍叔之子来聘。"范氏《补传》云:"仍叔,亦周之世臣也。《春秋》书仍叔之子来聘,乃周威(桓)王之十三年,去宣王即位之初已百余年。左氏云:仍叔之子弱,盖未满二十也。故杜预云:讥使童子出聘。以岁考之,殆曾孙与?"李超孙《诗氏族考》云:"按《节南山·疏》云:《笺》引桓五年仍叔之子来聘。春秋时,赵氏世称孟,智氏世称伯,仍氏或亦世字叔也。自桓五年上距宣王之卒七十六岁,若当初年,则百二十年矣。引之以证仍叔是周大夫耳,未必是一人也。《春秋》桓王使仍叔之子来聘。《穀梁》仍作任,《公羊》亦作任叔,讥其父老子代从政。仍叔虽已年老,然考宣王遇旱,《前编》在六年,《大纪》连年书旱,则《云汉》之诗作于宣王六年矣。宣王在位四十六年,历幽王十一年,平王五十一年,至桓王十三年,已百十五年。仍叔已能作诗,年应长矣,断未有至桓王时尚存,而年老逾百三四十岁者,则此非《春秋》所书之仍叔明矣。盖仍氏字叔,世为大夫,后世相袭,是其常也。"鲁说亦云《云汉》仍叔美宣王,义与《毛序》全同。愚意遭旱祈雨,仰天愚行,周沿商习,非自宣王始。甲骨文中屡见"贞帝其降我莫"、"贞雨,帝不我莫?"一类记载。莫或隶定作蔂,当读如"中谷有蓷,暵其干矣"之暵,其音义皆与旱通。禳旱祈雨一事,即《礼记·祭法》篇之所谓"雩禜",《月令》篇所谓仲夏之月"大祭雩"。至《周礼》于荒政之所谓"索鬼神",即谓国有凶荒,尽求鬼神而祭祀之,正与《云汉》诗云"上下奠瘗,靡神不宗"合。又诗云:"旱魃为虐,如惔如焚。"旱魃何物?《孔疏》云:"《神异经》曰:南方有人,长二三尺。袒身，而目在顶上。走行如风，名曰魃。所见之国大旱，赤地千里。一名旱母。遇者得之，投溷中，即死，旱灾消。”陈奂云：“《山海经》，大荒之中有山名不句。有黄帝女妭，本天女也，黄帝下之，杀蚩尤，不得复上，所居不雨。郭注妭音如旱魃之魃。《玉篇》妭下引《文字指归》云：女妭秃无发，所居之处天不雨也。”王先谦云：“《山海经·大荒北经》：‘系昆之山，有人衣青衣，名曰黄帝女妭。黄帝攻蚩尤冀州，蚩尤请风伯雨师纵大风雨。黄帝乃下天女曰妭，雨止，遂杀蚩尤。妭不得上，所居不雨。’妭即魃字之假借。”据《魏书》，咸平五年晋阳得死魃长二尺，面顶各二目。《文献通考》，唐永隆元年长安获女妭，长尺有二寸。皆若实有其事，诚所谓活见鬼者也。其关于旱魃作为一女性之晴神，战胜二男性之风神雨神，殊有希腊神话意味。盖亦远自上古氏族社会由母权制至父权制中十口相传之神话欤？《云汉》一诗用作雩祭乐章，至于南北朝尚见记载。晋穆帝永和时，博士议曰：“《云汉》之诗，宣王承厉王拨乱，遇灾而惧，故作是歌。今晋中兴，奕叶重光，岂比周人耗斁之辞乎？汉魏俱别造新书，晋室太平不必因故。”司徒蔡谟议曰：“《云汉》之诗兴于宣王，今歌之者，取其修德禳灾以和阴阳之气，故因而用之，无庸更作。”梁武帝天监十年，朱异议曰：“《云汉》诗中，《毛传》有瘗埋之文，不见燎柴之说。”帝亦以用火祈水，于理为乖。于是停用柴燎，从坎瘗典。十二年大雩国南，除地为墠。舞僮六十四人，皆衣玄衣，为八列，皆执羽翳，每列歌《云汉》一章而舞。又北魏文成帝和平元年为旱祈祷，亦尝用《云汉》乐章也。

崧高八章章八句

《崧高》，尹吉甫美宣王也。天下复平，能建国亲诸侯，褒赏申伯焉。

崧高维岳，三家，崧作嵩。　　山大而高的是岳，骏极于天。三家,骏作峻。　　高峻已到了天空。
维岳降神!　　啊,岳降下了神灵!
生甫及申。真部。　　生了甫侯和申伯二人。
维申及甫!　　啊,申和甫!
维周之翰。　　啊,周家的台柱。
四国于蕃,韩,蕃作藩。　　四国要去保障,
四方于宣。元部。　　四方要去宣抚。

一章。起势雄伟。接言维岳降神,生甫及申,以示其生有自来,功非幸致,语极夸诞。上说生甫及申固是趁韵,亦似甫生在前;下说维申及甫,想是以申为主;主次先后都极分明。○《汉书·地理志》:南阳郡,宛,故申伯国。毛以甫即吕,吕为姜姓始封之国。《明一统志》:吕侯城在南阳府西三十里,今名董吕村。

亹亹申伯!　　勉勉从事的申伯!
王缵之事。缵,韩作践,鲁作荐。　　王继续任命了他的职事。
于邑于谢,鲁,谢作序。　　往作城邑,往到谢地,
南国是式。之部。　　南国就以他为法式。
王命召伯:　　王命令着召伯:
定申伯之宅。鱼部。　　安顿好申伯所居的城。
登是南邦,　　成为这个南方的一邦,
世执其功。东部。　　世世代代保持他的功勋。

二章。按:于邑于谢者,《方舆纪要》:南阳府唐县谢城,相传周申伯徙封于此。又,河南信阳州罗山县,县西北六十里有谢城,古申伯所都。鲁,谢作序者,《潜夫论·志氏姓》篇:申城在南阳宛(县)北序山之下。汉人又谓之北箍山也。○江永云:“事、式,上、入为韵。”

王命申伯：	王命令着申伯：
式是南邦。	领导这南方之邦。
因是谢人，	依靠这些谢邑的人，
以作尔庸。东部。	去做好你的城墙。
王命召伯：	王命令着召伯：
彻申伯土田。	整理好申伯的田地。
王命傅御：	王命令着管理事务之臣：
迁其私人。真部。	迁移好他的私有奴隶。

三章。按：傅御叠韵。

申伯之功，	申伯的工程，
召伯是营。	召伯就来经营。
有俶其城，	这样开始作他的城，
寝庙既成。耕部。	直到寝庙都已完成。
既成藐藐，	既已完成的藐藐美极，
王锡申伯：	王又赏赐了申伯：
四牡蹻蹻，	驾车的四马都蹻蹻雄杰，
钩膺濯濯。宵部。	马胸的带子也濯濯光洁。

四章。

王遣申伯，	王遣送着申伯，
路车乘马：	大车驷马：
我图尔居，	我图谋你的居处，
莫如南土。鱼部。	莫如南方这块土。
锡尔介圭，鲁，介作玠。	赐你朝版玠圭，
以作尔宝。	用作你的珍宝。

往迈王舅![一]	去哟王舅!
南土是保。幽部。	南方这块土你就保守好。

五章。二至五章,约述宣王锡命申伯之词。赏赐既厚,并遣臣工前往,代为办理就国事宜,从城邑、寝庙,到土田、奴隶,无不照顾。○按:诗云王舅者,《诗氏族考》谓为后父。《列女传》:宣后正称姜后,即申伯之女。则所谓舅,乃外舅也。《汉书·人表》以申伯与仲山甫、尹吉甫等同列宣王世上品,而申侯列于幽王世下品,则申伯之于申侯,犹宣王之于幽王父子也。

申伯信迈,	申伯再宿后启行,
王饯于郿。	王就送行设宴于郿。
申伯还南,	申伯还向南方,
谢于诚归。脂部。	确往谢邑而归。
王命召伯:	王命令着召伯:
彻申伯土疆?	整理了申伯的土地边疆?
以峙其粻,	去储备好他的米粮,
式遄其行。阳部。	就快便了他的前行。

六章。言王于郊邑为申伯祖饯,并命备粮,以便遄行。○按:诗云"王饯于郿"者,陈奂云:"今据《方舆纪要》,郿县在陕西凤翔府东南百四十里。而故郿城在县东北十五里。岐山县在府东五十里,而岐阳废县在县东北五十里。以此核之,则郿地在岐周之南,相去不过五六十里,古者饯必在近郊也。《笺》云还南者,北就王命于岐周〔祖庙〕而还反也。谢于诚归,诚归于谢也。"

申伯番番!	申伯一行勇武番番!
既入于谢,鲁,谢亦作徐。	都已进入于谢,
徒御啴啴。	步卒车兵喜乐啴啴。

周邦咸喜:	遍国的人都在道喜:
戎有良翰。	侬有了好主子呢。
不显申伯?	不是光彩么申伯?
王之元舅,	天王的大舅父,
文武是宪! 三句一韵。元部。	文武诸臣以他为表率!

七章。言申伯归谢之事。

申伯之德,	申伯的品德,
柔惠且直。	温和仁爱而且正直。
揉此万邦,	悦服了这万邦,
闻于四国。之部。	闻名于四方诸国。
吉甫作诵,	吉甫作诗歌颂,
其诗孔硕。	他的诗很出色。
其风肆好,〔二〕	诗的风格极好,
以赠申伯! 鱼部。	拿来赠给申伯!

八章。颂美申伯功德,作者自述作诗之意,作结。○《朱子语类》:“问:《崧高》、《烝民》二诗皆是遣大臣出为诸侯筑城?曰:此也晓不得。封诸侯固是大事,看《黍苗诗》,当初召伯带领许多车徒人马去,也自劳攘。”○钟惺云:“其诗孔硕,其风肆好,穆如清风,古人作诗自知自赏如此。”○胡一桂云:“《崧高》与《黍苗》相表里。《黍苗》不过述召伯营谢之功;《崧高》则尹吉甫送申伯,虽美申伯,多述王命;故《雅》有大小不同也。”(见《传说汇纂》)

○今按:《崧高》,《朱传》云:“宣王之舅申伯出封于谢,而尹吉甫作诗以送之。”语甚简明,与诗旨合。凡读一诗,必问作者为谁?作在何时?作在何地?为何而作?《诗》三百中经《序》指明者大都不甚可靠。其作者自名为谁者不过寥寥数篇,如《小雅·巷伯》之寺人孟子,《大雅·节南山》之家父,《鲁颂·閟宫》之奚斯,此及下篇之吉甫,五篇而已。此篇多有词句或义指重复之处,岂作者故示宣王对于申伯宠眷之隆,丁宁之切耶?《严缉》云:“此诗多申复之词,既曰:‘王命召伯,定申伯之宅。’又曰:‘申伯之功,召伯是营。’既曰:‘南邦是式。’又曰:‘式是南邦。’既曰:‘于邑于谢。’又曰:‘因是谢人,以作尔庸。’既曰:‘王命召伯,彻申伯土田。’又曰:‘王命召伯,彻申伯土疆。’既曰:‘谢于诚归。’又曰:‘既入于谢。’既曰:‘登是南邦,世执其功。’又曰:‘南土是保。’既曰:‘四牡蹻蹻,钩膺濯濯。’又曰:‘路车乘马。’此诗每事申言之,写丁宁郑重之意,自是一体,难以一一穿凿分别也。”此诗《序》说不为误。朱子《辨说》云:“此尹吉甫送申伯之诗,因可以见宣王中兴之业耳,非专为美宣王而作也。下三篇放此。”王先谦云:“此诗及下章皆有诗人自名。三家无异义。”王氏专治《诗》今文三家义,亦不甚坚持此诗三家说。但又云:“韩与鲁、齐同以甫为仲山甫,与毛指甫为甫侯异。愚谓若是甫侯,吉甫引与申伯同称,决无全不表章之理。惟其甫属樊仲,封颂各赠一人,故此诗首章申、甫并言,而其功绩专于下章明之,立言之体固如是也。若如毛说,称颂申伯,而推一无可称述之达官配之,当亦为申伯所不许矣。”此亦可见其为说之并非完全一贯也。

烝民八章章八句

《烝民》,尹吉甫美宣王也。任贤使能,周室中兴焉。

天生烝民,韩,烝作蒸。	上天生下了众民,
有物有则。	有事物就有法则。
民之秉彝,鲁,彝作夷。	人民的保持常性,
好是懿德。之部。	就爱好这种美德。

天监有周，　　天照看这周家，
昭假于下。　　明神到了在下。
保兹天子，　　保护这个天子，
生仲山甫！鱼部。　　就生了仲山甫！

一章。言人性本善，而仲山甫又其生有自。〇姚际恒云：“《三百篇》说理始此，盖在宣王之世矣。”按：厉王之世《荡》篇言：“天生烝民，其命匪谌。”已触及人性论矣。

仲山甫之德，　　仲山甫的品德，
柔嘉维则：　　和美是他的原则：
令仪令色，　　有美威仪，有美颜色，
小心翼翼。　　很敬谨的小心翼翼。
古训是式，鲁，古作故。　　是先王的遗训他就效法，
威仪是力。之部。　　是君子的威仪他就勉力。
天子是若，〔一〕　　天子于是选择了他，
明命使赋。鱼部。　　有了明令就使他传达。

二章。言仲山甫之德。〇江永云：“末二句无韵。顾氏谓若转音如遇反。非是。”

王命仲山甫：　　王命令着仲山甫：
式是百辟，　　领导这些诸侯百君，
缵戎祖考，三句起韵。　　继续侬的祖考，
王躬是保。幽部。　　王的一身于是得保。
出纳王命，　　掌管王的命令出入，
王之喉舌。　　作为王的喉舌之臣。
赋政于外，　　传布政令于外，

四方爰发。祭部。　　四方于是施行。

三章。言王命仲山甫之职。〇江永云："三句见韵。"

肃肃王命，齐，肃作赫。　　严严肃肃的王的命令，
仲山甫将之。　　仲山甫奉行它。
邦国若否，　　凡是国事的好好歹歹，
仲山甫明之。阳部。　　仲山甫辨明它。
既明且哲，　　既高明又智慧，
以保其身。　　以保全他的一身。
夙夜匪解，鲁、韩，解作懈。　　从早到晚不肯懈怠，
以事一人！真部。　　以服务于天子一人！

四章。言仲山甫将命尽职。

人亦有言：　　人家也有过这样的话：
柔则茹之，　　软的就吞了它，
刚则吐之。　　硬的就吐了它。
维仲山甫，　　只有仲山甫，
柔亦不茹，　　软的也不吞，
刚亦不吐。　　硬的也不吐。
不侮矜寡，　　不肯欺侮鳏寡，
不畏强御！鱼部。　　不怕强的对手！

五章。仍申仲山甫之德，而美其有刚有柔。

人亦有言：　　人家也有过这样的话：
德輶如毛，　　德行很轻好比一根毫毛，
民鲜克举之。三句起韵。　　可是少有人能够举起它。

我仪图之，	我揣想这类的好事，
维仲山甫举之，	只有仲山甫举起它，
爱莫助之。	可惜他做了没人帮助他。
衮职有阙，〔二〕	龙袍恰有缺损，
维仲山甫补之！鱼部。	只有仲山甫能够修补它。

六章。言仲山甫能自举其德，又能补王之阙。〇江永云："举、图、助、补，平、上为韵。""三句见韵。"

仲山甫出祖，	仲山甫出差饯行，
四牡业业，	驷马雄壮业业，
征夫捷捷，韩，捷作倢。	征夫活跃捷捷，
每怀靡及。〔三〕叶、缉通韵。〇叶二十，缉二十一，故得通用。	虽有私怀也没顾及。
四牡彭彭，	驷马蹄声彭彭，
八鸾锵锵。	八铃响声锵锵。
王命仲山甫：	王命令着仲山甫：
城彼东方。阳部。	筑城在那个东方。

七章。言仲山甫出祖，奉命城彼东方。

四牡骙骙，	驷马蹄声骙骙，
八鸾喈喈。	八铃响声喈喈。
仲山甫徂齐，	仲山甫往齐，
式遄其归。脂部。	他将很快的来归。
吉甫作诵，	吉甫作诗歌颂，
穆如清风。	和美好像清风。
仲山甫永怀，	仲山甫远行深思，

以慰其心！侵部。　　　　以此安慰他的心！

八章。望其徂齐而遄归，作诗以慰其心。〇孙鑛云："语意高妙，探微入奥，又别是一种风格，大约以理趣胜。"

〇今按：《烝民》，宣王命仲山甫徂齐，城彼东方，尹吉甫送行之作。《序》说不为误。"三家无异义"。《朱传》云："宣王命樊侯仲山甫筑城于齐，而尹吉甫作诗以送之。"此诗主旨今古文与汉宋学无甚争论。所争者，在诗中主人公仲山甫其人其事。如仲山甫是否即《崧高》(上篇)生甫及申之甫？(李超孙《诗氏族考》)仲山甫徂齐如古文毛氏说为筑城？或如今文韩、鲁说为受封？(《汉书·杜钦传》、《潜夫论·三式》篇)《国语·周语》称樊仲山甫，又称樊穆仲。仲山甫其字乎？穆仲其谥乎？樊其国名，抑其采邑之名乎？(《国语》韦昭注)樊在河南修武？(僖二十五年《左传》作阳樊，旧怀庆府济源县地)或在兖州瑕邱？(《史记·周本纪·正义》引《括地志》、《汉书·地理志》东平国樊县，又《太平寰宇记》。按，瑕邱在旧山东济宁州北。)抑或为襄州之樊？(《水经注》、《广韵》以山甫封在南阳为襄阳樊城)再，仲山甫周室之同姓？(洪适《隶释·汉孟郁修尧碑》)虞仲之裔？(《路史》、《通志·氏族略》)鲁献公仲子山甫？(《权德舆集》)或即共和之周公？(《诗疑辨证》引或说)抑或太公之后，齐之同姓，齐之庆氏？(张衡《司徒吕公诔》、《潜夫论·志氏姓》篇、元于钦《齐乘》)诸说缴绕，不可爬梳。史料有阙，尚难论定。诗云："王命仲山甫，城彼东方。"又云："仲山甫徂齐，式遄其归。"《毛传》云："东方，齐也。古者诸侯之居逼隘，则王者迁其邑而定其居。盖去薄姑而迁于临菑也。""遄，疾也。言周之望仲山甫也。"据此，则知仲山甫奉命定齐，城彼东方，事毕遄归，并非就封坐镇，诗义不已自明乎？而韩、鲁说为受封者非也。陈奂云："哀公既烹，齐或削地，故胡公徙薄姑。《世家》云：周宣王二年，齐献公子武公寿卒，子厉公无忌立。厉公暴虐，故胡公子复入齐，齐人欲立之，乃与攻杀厉公，胡公子亦战死。齐人乃立厉公子赤为君，是为文公，而诛杀厉公者七十人。文公十二年卒，子成公脱立。成公九年卒，子庄公购立。武、厉、文、成、庄五公皆当宣王世。文能定厉之乱，其时或有锡命复都临菑，宣王命山甫城齐之事。则《传》云去薄姑而迁于临菑者，宜在齐文公时。然书缺有间矣，载疑可也。"此说近是。愚论《崧高》、《烝民》即用古文毛氏说，今文三家之说实杂乱难理也。《朱子语类》卷一上云："问经传中之天字。曰：人须自理会分晓。有说苍天者，有说主宰者，有时或单训理者。"此以天之一字析为三义。如《荡》与《烝民》之天，不必训为苍天，当为朱子所谓"有时或单训为理者"。此指理法之天，天是性理之根源，道德原理之根源。天即是理，即是绝对之理，即是本体。自《孟子》言性善，至宋明道学家言性与天道，往往引据此二诗者，有以也。如《柏舟》"母也天只"之天，《黍离》、《鸨羽》之"悠悠苍天"，《巧言》之"悠悠昊天"，若为诗人正指目上天而言之，皆悲叹之语。此谓有形体之天，自然之天。朱子所谓"有说苍天者"是也。至如《文王之什·文王》《大明》《皇矣》《下武》诸诗之天，则为人格化、神圣化、神秘化之天，视天为超自然之力，即视天为宇宙与人类之支配者。朱子所谓"有说主宰者"是也。《诗》三百中之所谓天，其为义也盖不越此三者矣。

韩奕六章章十二句

《韩奕》，尹吉甫美宣王也。能锡命诸侯。

奕奕梁山，	高高大大的梁山，
维禹甸之，	是大禹治理过的。
有倬其道。道与考叶。幽部。○韩，倬作晫。	这是显明的大道。
韩侯受命，	韩侯来朝受命，
王亲命之：	是王亲自任命的：

缵戎祖考！	继续侬的祖考！
无废朕命！真部。	不要废弃咱的任命！
夙夜匪解，	早晚从事不可松懈，
虔共尔位，	坚守你的职位，
朕命不易。	咱的任命不容易。
干不庭方，〔一〕	治正不朝的诸邦，
以佐戎辟。支部。	以辅佐侬的君王。

一章。“来朝而受天子之命。”○江永云：“解、位、易、辟，去、入为韵。”“三句隔韵。甸、命韵，道、考韵。”

四牡奕奕，	驷马高高大大，
孔修且张。	好长大而且意态开张。
韩侯入觐，	韩侯入朝觐见，
以其介圭，	用他的朝版玠圭，
入觐于王。三句一韵。	入朝觐见于王。
王锡韩侯：鲁、齐，锡作赐。	王赐给韩侯：
淑旂绥章，	好看的交龙旗子、旗竿披缨的旌章，
簟茀错衡。	方纹簟子的车皮、文彩交错的车杠。
玄衮赤舄，	玄色的龙衣、赤色的靴头，
钩膺镂钖。阳部。	马胸的带子、马额的当颅。
鞹鞃浅幭，	靠木上的皮把手、盖着的虎皮褡子，
鞗革金厄。支、祭合韵。	皮制的马笼头、装金的马颈轭子。

二章。“既朝而得天子之赐。”○按：已上言韩侯盖以世子三年丧毕，上受爵命于天子。

韩侯出祖，	韩侯出京祭路，

出宿于屠。	出来歇宿在屠。
显父饯之，	显父为他饯行，
清酒百壶。	清酒有百来壶。
其殽维何？	那肉殽是什么？
炰鳖鲜鱼。	清蒸甲鱼、活烹鲜鱼。
其蔌维何？	那蔬菜是什么？
维笋及蒲。	是笋头和香蒲。
其赠维何？	那赠品是什么？
乘马路车。	是驷马和大车。
笾豆有且，	食器笾豆这样的多，
侯氏燕胥。鱼部。	诸侯大家宴饮欢娱。

三章。“祖送而归。”

韩侯取妻，	韩侯娶妻，
汾王之甥，	是汾水上大王的外甥，
蹶父之子。三句起韵。	是卿士蹶父的女公子。
韩侯迎止，	韩侯亲迎她，
于蹶之里。之部。	往到蹶父的邑里。
百两彭彭，	百辆大车响的彭彭，
八鸾锵锵，	八个鸾铃响的锵锵，
不显其光？阳部。	不是显出了她的风光？
诸娣从之，鲁，诸作侄。	陪嫁的许多妹子跟随她，
祁祁如云。	慢慢的静静的好像是云。
韩侯顾之，	韩侯注目了她们，
烂其盈门！文部。	那是灿烂的满门！

四章。钟惺云：“快事！著此一段，生色。”〇按：忽插入取妻一

段，盖意在夸张其为王甥，为国戚耳。〇江永云："三句见韵。"

蹶父孔武！	蹶父好威武！
靡国不到。	没有一国他不曾到。
为韩姞相攸，	为女儿韩姞察访所居，
莫如韩乐。宵部。	以为莫如韩土安乐。
孔乐韩土！	好安乐的韩土！
川泽讦讦，	河流大水讦讦的，
鲂鱮甫甫，〔二〕齐，甫作诩。	鳊鲢大鱼甫甫的，
麀鹿噳噳。	麀鹿大群噳噳的。
有熊有罴，	还有熊有罴，
有猫有虎。	也有猫有虎。
庆既令居，	庆幸终得好的住处，
韩姞燕誉！鱼部。	韩姞会要安乐欢娱！

五章。四章、五章"亲迎以归"。〇按：已上言韩侯即位娶元妃。〇钟惺云："借蹶父相攸，韩姞燕誉，形容韩之富饶，文章映带之妙。"〇江永云："到、乐，去、入为韵。"

溥彼韩城！	广大的那韩城！
燕师所完。	燕人大众把它筑完。
以先祖受命，	因他先祖曾受命为侯伯，
因时百蛮。元部。	就仍命令他总领这百蛮。
王锡韩侯：	王赐命韩侯：
其追其貊，〔三〕	那里是追，那里是貊，
奄受北国，	抚有接受统治的北方诸国，
因以其伯。	仍用你做那个地区的侯伯。

实墉实壑，　　修好这城墙，浚好这城沟，
实亩实藉。〔四〕鱼部。　　理好这田亩，收好这地租。
献其貔皮，〔五〕　　贡献那里的貔皮，
赤豹黄罴。歌部。　　还有赤豹和黄罴。

六章。“则因前人之封建，增今日之土宇，而使修国中之职贡也。”（朱公迁《疏义》）○按：修职以其所能，修贡以其所有。王锡韩侯，奄受北国，所重在职不在贡也。其时我已重视国境之东北地区矣。韩侯可谓为开发我东北，远及北国百蛮之第一人也。○按：貔皮叠韵。

○今按：《韩奕》，叙述宣王锡命韩侯之作。诗义自明。《序》说不为误。“三家无异义”。《朱传》云：“韩侯初立来朝，始受王命而归，诗人作此以送之。《序》亦以为尹吉甫作，今未有据。下篇云召穆公、凡伯者，放此。”此第不信《序》云尹吉甫美宣王耳。此诗主旨又无甚争论，所争者在诗中所言之人及其所言之地也。陈奂云：“此诗当在《六月》北伐后作。”诗云“韩侯出祖”，“显父饯之”。显父何人？《毛传》云：“显父，有显德者也。”《郑笺》云：“显父，周之公卿也。”《孔疏》云：“父者，丈夫之称。以有显德，故称显父。”是显父泛称，其人不能确指。有谓诗为显父所作者，亦未能确定也。诗云：“韩侯受命，王亲命之，缵戎祖考。”《毛传》云：“受命，受命为诸侯也。”“宣王平大乱，命诸侯。”“韩侯之先祖，武王之子也。”据知韩为旧封，此韩侯新立。《白虎通义·爵》篇云：“诸侯世子三年丧毕，上受爵命于天子。”此引《韩诗内传》。诗云“韩侯入觐”，“韩侯受命”。当是丧毕来朝，接受爵命。诗又云“韩侯取妻”，“韩侯迎止”。文二年《左传》云：“凡君即位，好舅甥，修昏姻，娶元妃，以奉粢盛，孝也。孝，礼之始也。”据知此韩侯新立乃娶元妃。韩国何地？始封何时何人？《毛传》虽已触及，实太简略。后儒争论纷如，迄难解决。陈奂云：“周有二韩：一为姬姓之韩，襄二十九年《左传》，叔侯曰：‘霍杨韩魏，皆姬姓也。’是矣。一为武穆之韩，僖二十四年《左传》，富辰曰：‘邘晋应韩，武之穆也。’《国语·郑语》，史伯曰：‘武王之子应韩不在。’是也。武王克商，举姬姓之国四十人。则姬姓之韩当受封于武王之世。其后为晋所灭，以赐大夫韩万。《续汉书·郡国志》：河东郡河北县有韩亭（按：在旧山西解州府芮城县），即姬姓韩国地。武穆之韩封自成王之世，至西周之季尚存。其国在《禹贡》冀州之北，故得总领追貊北国，载诸《诗》篇，章章可考。郦道元《水经注·圣水》篇：圣水东径方城县故城，又东南径韩城东。《诗·韩奕章》曰：‘溥彼韩城，燕师所完。’‘王锡韩侯，其追其貊，奄受北国。’王符《潜夫论·志氏姓》篇：昔周宣王有韩侯，其国也近燕。故《诗》云：‘普彼韩城，燕师所完。’又《五德志》篇：韩，武之穆也。韩，姬姓也。其辨武穆、姬姓为二韩，尤足征信。《郑笺》以武穆之韩即是晋灭姬姓之韩，误合为一。杜注《左传》、韦注《国语》，皆沿其说。姬姓韩在河东。而后之言舆地者，遂以今河西韩城县隋始置者指为韩侯古城，则谬之谬也。学者不可以不辨。”王先谦云：“今固安县（旧属直隶省顺天府）有方城村，即是汉县，韩侯城近在其地。（按，《水经注》引王肃曰：今涿郡方城县有韩侯城，世谓寒号城。非也。）与河东姬姓为晋所灭之韩原为二地，《笺》合为一，误也。”陈、王二氏释韩有二，诗韩为近燕之韩，即武穆之韩。是也。又陈氏释梁山有二，诗梁山为夏阳之梁山，非近燕之梁山，而王氏从之，亦是也。诗云：“韩侯取妻，汾王之甥，蹶父之子。韩侯迎止，于蹶之里。”“蹶父孔武，靡国不到。为韩姞相攸，莫如韩土。”蹶父何人？《毛传》云：“蹶父，卿士也。”“姞，蹶父姓也。”《郑笺》云：“蹶父甚武健，为王使于天下国，国皆至。为其女韩侯夫人姞氏视其所居，韩国最乐。”俞正燮《癸巳类稿·韩奕燕师义》云：“燕，乃蹶父国也。周初有南燕，有北燕。”“《汉书·地理志》，东郡南燕县云：南燕国，姞姓，黄帝后。今卫辉之封邱地。其地后入卫。”“《诗》言韩姞汾王之甥，蹶父之子，则蹶父姞姓，为厉王婿，以燕公族入为卿士。”

李超孙《诗氏族考》、俞樾《群经平议》亦皆以蹶父为南燕之君入为王朝卿士者。盖以卿士而为司马(《易林·井之需》《同人之需》),既供聘使奔走,所谓靡国不到;又掌甲兵征伐,所谓孔武者也。其可考者如此。《诗》称汾王者何王乎?毛释为大王,郑以为厉王,俞樾以为妢胡之王。《群经平议》云:"《诗》言汾王,当举其实。不得漫言大王,《传》义诚非也。《笺》以汾王为厉王,似亦臆说。此汾王疑是西戎之王。……西戎之君称王者多矣。汾,即《考工记》之妢胡,西戎国名也,说详《周礼》。汾王者,妢胡之王。韩侯取汾王之甥为妻,盖亦有意。《史记》载申侯之言曰:'昔我先郦山之女为戎胥轩妻,生中潏。以亲,故归周,保西垂。今我复与大骆妻,生适子成。申、骆重昏,西戎皆服。'然则韩侯取汾王之甥,亦即申、骆重昏之意。当时借此为服西戎之策。后世和亲之议,此其滥觞也。诗人张大其事而歌咏之,盖亦以此。不然,韩侯取妻,何与王朝之事乎?"其说新奇可喜,不妨备存待证也。

江汉六章章八句

《江汉》,尹吉甫美宣王也。能兴衰拨乱,命召公平淮夷。

江汉浮浮,鲁,浮作陶。	江汉的水势浮浮,
武夫滔滔。	武夫的勇气滔滔。
匪安匪游,	不是安乐,不是嬉游,
淮夷来求![一]幽部。	就是要把淮夷征讨!
既出我车,	已经出动了我们的兵车,
既设我旟。	已经张起了我们的旗帜。
匪安匪舒,	不是安乐,不是舒适,
淮夷来铺! 鱼部。	就是要把淮夷遏制!

一章。言从江汉向淮夷，誓师速往。

江汉汤汤， 江汉的水势汤汤，
武夫洸洸。洸，鲁作僙，齐作潢，韩作趪。 武夫的勇气洸洸。
经营四方， 经营好了四方，
告成于王。阳部。 可告成功于王。
四方既平， 四方已经清平，
王国庶定。 王国幸而安定。
时靡有争， 这样没有了战争，
王心载宁。耕部。 王的心里就安宁。

二章。言淮夷平，似是不战而定。○江永云：“平、定、争、宁，平、去为韵。”

江汉之浒， 江汉的水边，
王命召虎： 王命令着召虎：
式辟四方， 用王法去开辟四方，
彻我疆土。鱼部。 治理好我们的疆土。
匪疚匪棘， 不要扰害，不要操切，
王国来极， 就把王国作为准则。
于疆于理， 去正疆界，去理田地，
至于南海。之部。 至于南海的边际。

三章。述王一命，如何办理善后，整理疆界土田。

王命召虎： 王命令着召虎：
来旬来宣。 就去巡视，就去宣抚。
文武受命， 往昔文王、武王受了天命，

召公维翰。元部。	召公奭是他们的大台柱。
无曰予小子！	不要自说我是小子！
召公是似。	要把召公事业继嗣。
肇敏戎公，	速谋建立大功，
用锡尔祉！之部。	就赐给你的福祉！

四章。述王再命，勉以善后立功，继续先人业绩。

釐尔圭瓒，	赏给你玉柄龙口的酒勺，
秬鬯一卣；	黑黍郁金香酒一樽；
告于文人。三句一韵。	告祭于有文德的先人。
锡山土田，	赐给你名山土田，
于周受命，	往到岐周祖庙受命，
自召祖命。	用召祖受命之典。
虎拜稽首：	召虎拜手稽首：
天子万年！真部。	祝愿天子万年！

五章。述王三命，受上赏。上两命在江汉，此则受命于岐周宗庙耳。〇江永云："人、田、命、年，平、去为韵。""三句见韵。"

虎拜稽首，	召虎拜手稽首，
对扬王休。	答谢王赐的美厚。
作召公考，	制作了召公簋，
天子万寿！幽部。	并祝天子万寿！
明明天子，	勉勉不倦的天子，
令闻不已。	美善的声誉不已。
矢其文德，齐，矢作弛。	宽行了他的文德，
洽此四国！之部。〇齐，洽作协。	和洽这四方诸国！

六章。自述纪恩铭勋，作器祭祖，并颂扬天子作结。〇崔述《丰镐考信录》云："此诗前三章叙召公经略江汉之事，乃国家大政。后三章耑言召公受赐事。"〇孙鑛云："通篇美昭穆，至此乃归之天子；通篇赞武功，至此乃归之文德。此是补不足意，置之篇末是更进一步意，又是掉尾意。"〇江永云："首、休、考、寿，平、上为韵。"

〇今按：《江汉》，"召穆公平淮铭器也"。"《集传》以为诗人美之者非，盖自铭其器耳。"此方玉润《诗经原始》说，是也。朱子《集传》早亦有其是者，如云："言穆公既受赐，遂答称天子之美命，作康公之庙器，而勒王策命之辞以考其成，且祝天子以万寿也。古器物铭云：'郲拜稽首，敢对扬天子休命，用作朕皇考龚伯尊敦。郲其眉寿，万年无疆。'语正相类。但彼自祝其寿，而此祝君寿耳。"《序》说诗旨不为误，以为尹吉甫所作者，疑非。"三家无异义"。今人郭沫若先生据周金文辞，断定《江汉》之诗亦召伯虎簋铭之一。则较朱子、方氏之说为尤确已。其言曰："此〔《召伯虎簋》〕《铭》所记与《大雅·江汉》篇乃同时事，乃召虎平定淮夷、归告成功而作。诗之'告成于王'，即此之'告庆'；诗之'锡山土田，于周受命'，即此之'余以邑讯命司，余典勿敢封'；诗之'作召公考，天子万寿'，即此之'对扬朕宗君其休，用作烈祖召公尝毁'。考，即毁之借字，古本同音字也。告庆在六年四月，则出征当在五年之末或六年之初。据《兮甲盘》，王命兮甲征治淮夷之委积，有敢不用命，即井屡伐之语。盖征治之结果，淮夷终不听命，故终至扑伐之也。今本《竹书纪年》叙召穆公率师伐淮夷，及锡召公命，事在宣王六年，与本铭相符，盖有所本。"(《两周金文辞大系考释·召伯虎毁铭》)又云："彼周秦诸子，广义而言，余谓均可称为金石学家。墨子曾通读金石盘盂之书，其言已自明。儒家经典如《尚书》之周代诸篇，及《诗》之《雅》、《颂》，余谓殆亦有琢镂于金石盘盂之文为孔子所辑录者。《尚书·文侯之命》，其文辞与存世《毛公鼎铭》如出一人手笔，而《鼎铭》尚裔皇过之，则《文侯之命》安知非器物之铭？《大雅·江汉》之篇，与存世

《召伯虎簋铭》之一，所记乃同时事。《簋铭》云：'对扬朕宗君其休，用作列祖召公尝簋。'诗云：'作召公考，天子万寿。'文例正同。考乃簋之假借字。是则《江汉》之诗实亦簋铭之一也。"(《青铜时代·周代彝器进化说》)此据考古资料以论《江汉》诗为召伯虎所作，可信。《江汉》诗盖作于宣王六七年间（公元前八二二—前八二一）也。《礼记·祭统》篇云："夫鼎有铭，铭者自名也。自名以称扬其祖之美，而明著之后世者也。"据诗称召虎或虎，亦可证其为召伯虎作簋、自作自名矣。此篇《江汉》与下篇《常武》同是有关征淮之作，一王命召虎，一王自亲征。是一时并发，或时有先后？又或淮有南北之不同？前儒争论颇烦，迄难论定。愚谓《朱传》以《江汉》为"宣王命召穆公平淮南之夷"，以《常武》为"宣王自将以伐淮北之夷"，语已扼要。他如《严缉》与《传说汇纂》、姜氏《广义》、胡氏《后笺》，则各有益见详洽之处也。

常武六章章八句

《常武》，召穆公美宣王也。有常德以立武事，因以为戒然。

赫赫明明，	赫赫的声势，明明的威灵，
王命卿士，	王任命卿士，
南仲大祖；	南仲于太祖；
大师皇父。	还有太师皇父。
整我六师，	整理好我的六军，
以修我戎。疑戎当作武。○鱼部。	修造好我的甲兵。
既敬既戒，	已经儆惕，已经戒备，
惠此南国！之部。	就来安抚这个南国！

一章。"命皇父主兵。"○《孔疏》引王肃云："皇父以三公而抚

军，殊南仲于王命亲兵也。”按：王肃盖以卿士南仲为大将。〇孙鼎《新编诗义集说》云：“赫赫，言其声势之甚。明明，言其威灵之显。此中兴之气象也。”按：愚于孙鼎此书仅取此三句。《四库珍本》云乎哉？〇方玉润云：“兵凶战危，故以敬戒为主，即临事而惧之意。”〇江永云：“三句见韵。旧叶士音所，误。”〇按：敬戒、既敬、既戒皆双声。

王谓尹氏，	王告近臣尹氏，
命程伯休父：	传命程伯休父：
左右陈行，	部署左右行列，
戒我师旅。	警戒我万队伍。
率彼淮浦，	沿着那条淮水边头，
省此徐土。	视察这徐国的疆土。
不留不处？	不是除凶，不是安民？
三事就绪！鱼部。	三卿从事，一切都要就绪！

二章。“命休父为副。”〇李光地云：“皇父为大司马，程伯休父则小司马也。”（《诗所》）按：王命休父，职在主谋。

赫赫业业，当作业业赫赫。	赫赫的声势，稳稳的出征，
有严天子！	这个威严的天子！
王舒保作：鱼部。	王是从容安全的起兵：
匪绍匪游，	并非缓慢，并非闲行，
徐方绎骚！幽部。	徐国传播消息起了骚动！
震惊徐方，	震动了惊慌了徐国地方，
如雷如霆，	像打雷一样，像闪击一样，
徐方震惊！耕部。	徐国地方的震动和惊慌！

三章。“言天子自将。”〇江永云：“四句见韵。旧叶业宜却反。未安。”“首三句无韵。”

王奋厥武！　　王奋发了他的威武！
如震如怒。　　好像雷声，好像大怒。
进厥虎臣，三、五句，可作文、真通韵。　　先遣他的虎臣，
阚如虓虎。　　雄视好像咆哮的虎。
铺敦淮濆，韩，铺作敷。齐，铺敦亦作敦彼。　　陈兵屯在淮水大堤，
仍执丑虏。　　还是抓了许多俘虏。
截彼淮浦，　　截击那淮水之边一带，
王师之所！鱼部。　　这是王师前进的处所！

四章。“言战伐。”〇按：虓虎双声。

王旅啴啴！齐，旅作师，啴作骅。　　王的大兵啴啴难犯！
如飞如翰，　　快如飞鸟，猛如鹰鹯，
如江如汉。元部。　　浩浩如江，荡荡如汉。
如山之苞，　　不可动摇如山的根本，
如川之流。幽部。　　不可抵御如水的泛滥。
绵绵翼翼，韩，绵作民。　　绵绵的密集，翼翼的儆惕，
不测不克，　　不可测度，不可攻克，
濯征徐国！之部。　　大大征讨这个徐国！

五章。“言军势之盛。”〇姚际恒云：“以本地为喻，兵家精语。”〇江永云：“啴、翰、汉，平、去为韵。”

王犹允塞！　　王的谋略真是坚实！
徐方既来。之部。〇齐，来作俫。　　徐国终于归服。

徐方既同，	徐国终于会同，
天子之功！东部。	这是天子亲征之功！
四方既平，	四方已经清平，
徐方来庭。耕部。	徐国就来王庭。
徐方不回，	徐国不敢有违，
王曰还归！脂部。	王说：凯还而归！

六章。“归美于王。”（许谦，见《传说汇纂》）〇方玉润云：“徐方二字回环互用，奇绝快绝！杜甫‘即从巴峡穿巫峡，便下襄阳向洛阳’之句，有此神理。”

〇今按：《常武》，周宣王亲征淮夷、徐方凯旋之歌。《序》说召穆公美宣王。“三家无异义”。诗云淮夷、徐方，其地何在？胡承珙云：“诗首章统言南国，次章并言淮、徐，三章总言徐方。徐方犹云冀方，谓徐州之境，戎夷皆在其中。四章则言伐淮，五章则言征徐。末章复总言徐方，则徐州之戎夷皆服矣。然则宣王此举，先淮夷而后徐戎，其次第历历可见。盖曰徐土、曰徐方者，指徐州之境内言之。曰淮浦、曰淮渍者，专指淮夷。曰徐国者，专指徐戎也。《笺》、《疏》已明，无庸更为异说。”此诗南仲与《小雅·出车》诗南仲，是否一人？《出车》云：“王命南仲，往城于方。”彼《传》云：“王，殷王也。南仲，文王之属。”此诗云：“王命卿士，南仲大祖，大师皇父。”此《传》云：“王命南仲于大祖，皇父为大师。”《孔疏》云：“言王命南仲于太祖，谓于太祖之庙命南仲也。皇父为太师，谓命此皇父为太师。毛盖见其文烦，故以为二人。南仲卿士，文在太祖之上，是先为卿士，今命以为大将。太师皇父，在太祖之下，则于太祖之庙始命以为太师。其实皆在太祖之庙并命之，故太祖之文处其中也。”据《毛传》，二诗分属文王、宣王，则其言南仲当各是一人，《孔疏》不误。魏源《诗古微》载其友人罗士琳《周无专鼎铭考》，据铭文“惟九月既望甲戌，王格于周庙，燔于图室，司徒南仲”云云，用古历商周汉三术推算，确证周无专鼎是宣王时器，南仲是宣王时人。（参看《出车》篇）此证《常武》之南仲为确，以证《出车》之南仲则未见其为必是也。依今文三家说，《出车》、《常武》皆宣王时诗，南仲为宣王时人，与古文毛氏说异已。魏源与王先谦言之具详。近见唐兰《西周铜器断代中的康宫问题》说："金文里有关宫庙的记载，可以分为三类。第一是举行祭礼，如'用牡于宫'、'用牡于太室'之类。第二是作祭器，如'王作永宫尊鬲'之类。第三种情况，在金文里最为普遍，那就是王在某宫、某寝、某庙、或某大室等。凡说'在'的，是王先期来到而住在这里的；说'格'，是指王临时到那里的；都根据情况而定。王的来格目的是对臣下进行册命或赏赐。《诗经·常武》篇说：'王命卿士，南仲大祖，大师皇父。'又说：'王谓尹氏，命程伯休父。'都和金文里常见的册命典礼相符合。《大雅》里还有《崧高》、《烝民》、《韩奕》、《江汉》篇，也都差不多。《礼记·祭统》篇说：'古者明君爵有德而禄有功，必赐爵禄于大庙，示不敢专也。故祭之曰一献，君降立于阼阶之南，南向，所命北向，史由君右执策命之。再拜稽首，受书以归，而舍奠于其庙。此爵赏之施也。'这当然是汉朝学者所说的古礼。但从金文来看，是有一定根据的。"（《考古学报》总二十九册）此可证《常武·毛传》："王命卿士，南仲于大祖，皇父为大师"，不误也。

瞻卬七章三章章十句四章章八句

《瞻卬》，凡伯刺幽王大坏也。

瞻卬昊天！三、五句，可作真、耕通韵。	仰望着昊天，
则不我惠？	就不惠爱我？
孔填不宁，	好久不安宁，

降此大厉！　　降下这大祸！
邦靡有定，　　国里没有安定，
士民其瘵。脂、祭通韵。　　士和庶民同受其病。
蟊贼蟊疾，〔一〕　　蟊虫为害，蟊虫为疾，
靡有夷届。脂部。　　禾稼的病虫害没有到底。
罪罟不收，　　罪网还不收起，
靡有夷瘳！幽部。　　人民的疾苦也没有平息！

一章。姚际恒云："此刺幽王宠褒姒致乱之诗。"○按：蟊贼蟊疾者，犹云蟊之为害，蟊之为病也。贼与螟螣蟊贼之贼不同义，旧注皆不得其解。蟊，蝼蛄，直翅目、蝼蛄科。此为害旱田禾稼瓜蔬根部之虫，今俗名为土狗子或地老虎，一言其善跳，一言其为害之大也。

人有土田，田与人叶。真部。　　人家有田地，
女反有之。有与收叶。之、幽通韵。　　你反占有它。
人有民人，　　人家有奴隶，
女覆夺之。夺与说叶。　　你倒强夺他。
此宜无罪，罪与罪叶。脂部。　　这个应该无罪，
女反收之。　　你反捕捉了他。
彼宜有罪，　　那个应该有罪，
女覆说之。祭部。　　你倒放脱了他。

二章。一、二两章，仰天呼愬，祸乱未已，倒行逆施。○江永云："女覆说之与女覆夺之遥韵。中间两罪字自为韵。女反收之，虽叶女反有之，而有收韵不谐，宜各以本音读之。此处不必泥韵，韵在夺说两字耳。"

哲夫成城，	智慧的丈夫成城，
哲妇倾城。耕部。○鲁，哲或作悊。	智慧的妇人坏城。
懿厥哲妇！	噫，那智慧的妇人！
为枭为鸱。〔二〕	是不孝鸟，是猫头鹰。
妇有长舌，	妇人有了长舌，
维厉之阶。脂部。○鲁，维作惟。	就是祸害的根。
乱匪降自天，	乱子不是降于天上，
生自妇人。真部。	而是生于妇人。
匪教匪诲，	不是有人教，不是有人诲，
时维妇寺！之部。	这只是由于和妇人亲近！

三章。孙鑛云："艳妻意浅，哲妇意精。说到哲处，可谓透入骨髓。"○方玉润云："极力描写女祸，可谓不遗余力。"○按：妇寺叠韵。

鞫人忮忒，三家，忮作伎。	穷究妇人忌害变化之心，
谮始竟背。	起初谗毁了人，最后背弃了人。
岂曰不极，	难道说不要为善，
伊胡为慝？韩，慝作嫟。	是为什么作恶到了这种情形？
如贾三倍，倍与事叶。	好比商贾求利三倍，
君子是识；	君子大人也就知识；
妇无公事，	妇人干政没有女功的事，
休其蚕织？之部。	就停下了她的养蚕织布之事？

四章。三、四两章言祸乱生自妇人，妇人干政。妇人之不知为政，犹君子之不识为贾也。盖当时社会意识如此。重男轻女，抑商重农，由来尚已。

天何以刺？刺与狄叶。支部。　天何以责你而有变异？
何神不富？　何神不福你而有祸戾？
舍尔介狄，三家，狄作逖。　放过了你的披甲夷狄，
维予胥忌？之部。　只是对我相忌？
不吊不祥，祥与亡叶。阳部。　不善不祥，
威仪不类。　你的威仪也就不对。
人之云亡，　好人的不能存在，
邦国殄瘁！脂部。　国家也会要受害！

五章。按："舍尔介狄，维予胥忌"句，旧解歧出，不止六七。陈启源云："案：《小雅·渐渐之石》、《苕之华》、《何草不黄》三诗《叙》，皆言四夷交侵，下篇亦言日蹙国百里，此介狄之明证也。幽王不此之惧，而反仇视忠臣，可胜叹哉！"此从《笺》说，是也。〇江永云："刺、富、狄、忌，去、入为韵。""祥、亡隔韵。"

天之降罔，罔与亡叶。阳部。　老天爷的下网，
维其优矣？　是那样的宽呀？
人之云亡，　好人的不能存在，
心之忧矣！幽部。　我心里的烦呀！
天之降罔，　老天爷的下网，
维其几矣？　是那样的逼近呀？
人之云亡，　好人的不能存在，
心之悲矣！脂部。　我心里的悲痛呀！

六章。上两章言天神俱怒，人亡邦瘁。其人之亡为丧亡、为屠戮、为贬黜、为奔亡，举不可知，要之其时罪罟之密之为害可见也。〇江永云："罔、亡，平、上为韵。""罔、亡隔韵。"

觱沸槛泉，　　好比沸腾的涌泉，
维其深矣？　　是那样的深呀？
心之忧矣，　　我心里的烦呀，
宁自今矣：侵部。鲁，今作全。　　怎么恰在如今呀：
不自我先，　　不在我以前呀，
不自我后！　　不在我以后呀！
藐藐昊天，　　藐藐大德，大如昊天，
无不克巩。韵未详。　　没有不能巩固自身。
无忝皇祖，鲁，皇作尔。　　不要辱没您的先祖，
式救尔后！侯部。○鲁，后作讹。　　以救您的子孙！

七章。自伤恰逢此乱，犹望王能挽救，作结。○孙鑛云："篇中语特多新隋，然又有率意处。此起章则极其雄肆，勃勃如吐不罄，语尽而意犹未止。"

○今按：《瞻卬》，刺幽王宠褒姒，将致大乱亡国而作。《诗序》不为误。"三家无异义"。褒姒何人？关于伊之祸国及其神话传说见于《国语・郑语》《晋语》、《史记・周本纪》。崔述《丰镐考信录》虽相信有神，而致疑于此神话传说，言之烦矣。《序》说此诗作者凡伯，与《板》篇以刺厉王之凡伯是否一人？又，凡为何地？《板・孔疏》云："僖二十四年《左传》：凡、蒋、邢（《左传》，邢或作邘）、茅、胙、祭，周公之胤也。以其伯爵，故宜为卿士。《春秋》隐七年，天王使凡伯来聘。世在王朝，盖畿内之国。杜预注云：汲郡共县东南有凡城。共县于汉属河内郡，盖在东都之畿内也。"李超孙《诗氏族考》云："按，《节南山・疏》谓《瞻卬・笺》隐七年天王使凡伯来聘，自隐七年上距幽王之卒五十六岁。凡国，伯爵，为君皆然，不知其人之同异。但《板》与《瞻卬》俱是凡伯所作，《板》已言'老夫灌灌，匪我言耄'，则不得及幽王时矣。〔范〕逸斋〔《补传》〕于《瞻卬》诗亦云：凡伯为《板》之诗以刺厉王，有曰'老夫灌灌，匪我言耄'，已非少壮

矣。历年既久，又刺幽王大坏，则非《板》之凡伯明矣。凡，为周同姓之国，岂非入为卿士与？《瞻卬》、《召旻》二诗，盖《板》之凡伯子若孙也。然则凡伯世守爵邑，一进谏于厉王，至其子孙复进谏于幽王。”此已确认《板》篇之凡伯，与《瞻卬》、《召旻》之凡伯，得分为二人矣。诗云：“舍尔介狄，维予胥忌？”予，诗人自予。其为当时卿士大夫中之显要人物可知。倘谓此非凡伯而为谁乎？

召旻七章四章章五句三章章七句

《召旻》，凡伯刺幽王大坏也。旻，闵也。闵天下无如召公之臣也。

旻天疾威！	可怜的天呀可恨可怕！
天笃降丧。	老天爷实降下了死亡。
瘨我饥馑，	痛苦我们的是饥馑，
民卒流亡，	人民尽在流亡，
我居圉卒荒！阳部。○韩，圉作御。	我们的边境也尽遭荒！

一章。言天降死丧饥馑流亡之灾祸。○按：居圉叠韵。

天降罪罟！	老天爷降下了惩人罪网！
蟊贼内讧。	使得蟊贼之辈自己内讧。
昏椓靡共，	昏乱伤害而不慎供其职，
溃溃回遹，	纷纷扰扰而做邪恶之事，
实靖夷我邦？东部。	这是想谋灭我们的家邦？

二章。言群小内讧，昏乱邪僻，将致亡国。或云：诗言“昏椓靡共”为阍阉乱政者，岂早在秦汉之前已有宦官之患邪？

皋皋訿訿，鲁，皋作浩。	嗥嗥地相欺，訿訿地相毁，

曾不知其玷？　　怎不知道他们自己的缺点？
兢兢业业，　　兢兢地自警，业业地自危，
孔填不宁，　　好久以来不能安宁，
我位孔贬？三句一韵。谈部。　　我的职位很有贬降的危险？

三章。自言在群小忌害中，深恐不能自保。

如彼岁旱，　　好比那凶岁大旱，
草不溃茂，齐，溃作汇。　　连草也不能生长的太好，
如彼栖苴。三家，苴作租。　　好比那落在树上的枯草。
我相此邦，　　我瞧着这个国家，
无不溃止！三句一韵。之幽通韵。　　没有不溃灭的了！

四章。以岁旱草枯为喻，言国家溃灭之象已见。〇陈衎《槎上老舌》云："北方人置菜于树，以风受日，盖欲干之而不与其遽干，其名为栖殂。《诗》云'如彼栖苴'是也。"〇江永云："无韵之章。"〇按：栖苴双声。

维昔之富，　　啊，昔时的富足，
不如时！　　不像今时贫穷！
维今之疚，疚与富叶。　　啊，今时的贫穷，
不如兹！之部。　　不像此时为甚！
彼疏斯粺，　　那些吃粗粮的就吃细粮，
胡不自替？支、脂通韵。　　为什么不肯自己退让？
职兄斯引！　　但要更加这样的拖长！

五章。自伤困穷，而言群小得势，日见其盛。〇江永云："末句无韵。""富、疚隔韵。"

池之竭矣，竭与竭、害韵。祭部。	池水的枯竭呀，
不云自频。无韵。段氏谓与上章引字为韵。〇鲁，频作滨。	不是枯从池滨。
泉之竭矣，	井泉的枯竭呀，
不云自中。	不是枯从井中。
溥斯害矣！	普遍的这个祸害呀！
职兄斯弘，	但要更加这样的广大，
不灾我躬？中部。	不会殃及于我的一身？

六章。以池竭泉竭、内外交竭为喻。内讧外患未已，恐惧自及于祸。〇江永云："竭、竭隔韵。"

昔先王受命，命与人叶。真部。	昔时先王受命，
有如召公。	有这召公之臣。
日辟国百里，	日开辟国土百里，
今也日蹙国百里。	如今呀日缩小国土百里。
於乎哀哉！	呜呼哀哉！
维今之人，	啊，如今的人，
不尚有旧？之部。	不是还有老臣故旧？

七章。言国有外患，疆土日见侵削。思得如昔召公之臣，以图挽救。〇按：此凡伯刺幽王两诗，前篇主斥褒姒，此篇主斥小人。呜呼，唯女子与小人为难养也！〇《孔疏》云："言日辟、日蹙，甚言之耳。不得一日之间，便有百里之效。"又云："首章卒章，虽有召旻之字，而其文不次，作者错综以名篇也。"〇陈栎云："前诗望其改过，而无忝皇祖；此诗望其改图，而擢用旧人。"（见《传说汇纂》）〇孙鑛云："音调凄恻，语皆自哀苦衷中出，匆匆若不经意，而自有一种奇陗，与他篇风格又别。淡烟古树入画固妙，却正于触处收得，正不必具全景。"

○今按：《召旻》、《瞻印》，《序》说皆谓凡伯刺幽王大坏之作。“三家无异义”。大坏者何？一由于妇人干政。《瞻印》云：“妇有长舌，维厉之阶。乱匪降自天，生自妇人。”是也。一由于小人得逞。《召旻》云：“天降罪罟，蟊贼内讧。”是也。《郑语》云：“幽王九年，王室始骚。”此二诗当作在幽王九年左右，至十一年（公元前七七一）而幽王被杀。《瞻印》末章云：“昔先王受命，有如召公。日辟国百里，今也日蹙国百里。於乎哀哉！维今之人，不尚有旧？”先王何人？召公何人？《郑笺》云：“先王受命，谓文王、武王时也。召公，召康公也。言有如者，时贤臣多，非独召公也。今，今幽王臣。哀哉，哀其不高尚贤者，尊任有旧德之臣，将以丧亡其国。”其说未确。陈奂云：“先王，谓宣王也。召公，谓召穆公也。昔者先王受命中兴，复文、武之竟土，辅佐之者有如此召公之臣，是以日辟国百里。《江汉》篇云：‘江汉之浒，王命召虎，式辟四方，彻我疆土。匪疚匪棘，王国来极。于疆于理，至于南海。’《盐铁论·地广》篇亦云：周宣王辟国千里，是其事也。”“维今之人，不尚有旧？言乃今之人不上用旧臣也。”其说为是。诗人自伤曾与召、穆公同列，今穆公死，不尚有旧臣乎？自顾又有维予胥忌、我位孔贬之危惧也。倘此先王指文、武，此召公亦指数百年前之召康公，而云维今之人不尚有旧，成何话说乎？王先谦云：“《毛传》说《二南》与三家异，故言召公辟国事以为非实。今网罗旧籍，推而迹之，尚可考见大略。文王称王后，命召公为召南牧伯，辟汉世南郡南阳郡地，（原注：说详《召南》。）故有‘日辟国百里’之诗。云‘昔先王受命’者，即谓文王受命称王事也。盖岐周开国，肇建二南，乃一时权立之制。迨武王灭纣，南国是疆，已非二南旧时封域。历秦逮汉，逾越千年。在孔子时，已有‘不为《二南》，其犹墙面’之言。矧祖龙灭学，申公传《诗》，《书》缺有间，听睹茫昧，众家杂出，莫相是非。故虽以鲁学正传，而兰台惟许其最近；河间偏好古文，尤畏其名尊也。‘日蹙国百里’者，盖幽王时戎夷逼迫、畿疆日削之故，皆无人谋国所致。故言今人不尚有旧德可求乎？何王不一置念，视若与己无涉也。其可哀孰甚邪？"此据今文三家遗说，指出《毛传》说《二南》与三家异，而谓当以此诗召公属之召康公，似挟有宗派偏见。同时，王闿运《补笺》亦据此诗"日辟国百里"之召公，以证《召南·甘棠》为召康公开垦南国之作。盖皆未可据信也。诗云："昏椓靡共，溃溃回遹，实靖夷我邦。"昏椓是否指奄寺之臣？《毛传》云："椓，夭椓也。靖，谋。夷，平也。"《郑笺》云："昏、椓，皆奄人也。昏，其官名也。椓，椓毁阴者也。王远贤者而近任刑奄之人，无肯供其职事者。皆溃溃然惟邪是行，皆谋夷灭王之国。"昏椓果为奄寺乎？郑何以不结合前篇所云"时维妇寺"而为说也？陈启源云："阉寺之祸，始见于齐之貂，宋之戾，至秦之高而甚焉。三代以前未尝有也。幽王时乱政小人，《诗》有尹氏、有皇父七子，《国语》有虢石父，皆非寺人。即史伯所云谗慝、暗昧、顽童、穷固、侏儒、戚施、妖试、幸措，亦非寺人也。其寺人仅有遭谗被刑，无可控诉，而作《巷伯》诗以鸣其不平者，其他阉官未必怙宠弄权可知。盖《周官》法度精密，此时未尽亡。又勋旧之族世掌国钧，此辈止供洒扫、给使令，未敢预政也。《召旻》篇'昏椓靡共'，《毛传》昏字无训，椓训夭椓，未尝以为阉人。《郑笺》始以昏为阉宦，椓为毁阴。《孔疏》证成其说，言《传》意亦与《笺》合。愚以为未必然也。郑生桓、灵之世，目睹诸常侍之恶，故激而为此解耳，然以论世则疏矣。朱子不用其说，良为有见。但《瞻卬》篇又以任阉人为说，则失之。"此详证《郑笺》昏椓奄人之义为非者也。

【简注】

荡

〔一〕《毛传》：背无臣，侧无人也。无陪无卿，无陪贰也，无卿士也。按：《汉书·五行志》引此诗，颜注以亡背无仄为不知小人之反侧，亡陪无卿为不知贤人之堪任。其说亦通。拙撰《雅颂选译》即用此说。

〔二〕《毛传》：蜩，蝉也。螗，蝘也。陈奂云：唐匽蝉之大者，析言之也。浑言之则蜩亦名唐蜩。按：蜩已见《七月》篇。

〇下民之辟，音璧。天命多辟，音僻。谌音忱。掊音裒、音培。陈奂云：掊音伐。盖从《释文》徐又甫垢反。掊、捊、裒三字音义俱近。怼音坠。作读诅。祝音咒。届音戒。怱音庖。烋音殺。湎音面。奰音备、音鼻。

抑

〔一〕俞樾《平议》云：兴与举同义。举，皆也。章太炎《新方言》读此兴字为歆、嘻字。两说皆通。

〇觉音较、音角。讦音舒、音于。湛音忱、音耽。虽，读惟。逷音惕、音狄。玷，当读点。矧音审。射音亦。於乎，读呜呼。僭音俭、音暂。实，读寔。虹音洪、音讧。惨惨，陈奂读懆懆。是。如字读，则不入韵矣。覆用为虐之虐当读谑。遹音聿。

桑柔

〔一〕捋采其刘。《毛传》：刘，爆烁而希也。《尔雅·释诂》：毗刘，暴乐也。郭注：谓树木叶缺落，荫疏暴乐。见《诗》。郝氏《义疏》申之：木枝叶稀疏不均为爆烁。然则爆烁之为言剥落也。毗刘、暴乐，盖古方俗之语，不论其字，惟取其声。今登莱间人，凡果实及木叶陊落，谓之毗刘杷拉，亦即暴乐之声转。

〔二〕国步斯频，三家，频作矉。《说文》：矉，张目也。

〔三〕进退维谷。《毛传》：谷，穷也。意谓进退两穷。阮元读谷为榖之假借字。意谓进退两善。以上下文义求之，未是。已成常语，以不改训为宜。

〔四〕大风有隧者，王引之《经义述闻》云：隧风，如《楚辞·九歌》之冲风、《吕氏春秋·本味》篇与《文选·圣主得贤臣颂》之遗风。遗与隧古同声而通用。隧之言迅疾也。有隧，形容其迅疾也。有空，亦形容大谷之辞。

〔五〕既之阴女，犹云既已阴知女也。马瑞辰云：阴之言谙也。《说文》：谙，悉也。阴与谙同声而通用。犹阴之训暗，亦通暗也。《释文》：阴，王肃如字，谓阴知之。

〇菀音郁。捋，寽声。《说文》：寽读若律。今俗读捋如勒。瘼音莫。仓音怆。兄音况。填音尘。倬音卓。骙音癸。旟音与、音余。旐音兆。烬音荩。倬音但。瘄音昏。圉音宇、音御。毖音秘。溯音素、音朔。僾音爱。荓音屏、音并。逮音代。食音嗣。蟊音矛。痒音羊、音养。恫音通、音痛。甡音辛。

云汉

〔一〕古有礼神之玉，有燔玉，有沉玉，有埋玉。礼，玉祭毕而藏，燔玉及沉埋之玉则不复取出，故诗云圭璧既卒。《说文》：珑，祷旱玉也。殆即圭璧之谓与？金鹗《求古录・礼说》有《燔柴瘗埋考》。

〔二〕马瑞辰云：云，为雲字古文。象回转之形，有庇荫之象。云我无所，犹云荫我无处耳。

〔三〕则不我闻，王引之云：闻，犹恤问也。与《葛藟》亦莫我闻同。

〔四〕马瑞辰云：遁、屯古同声，当读屯难之屯。又遁、困亦同声。宁俾我遁，犹云乃使我困也。

〔五〕马瑞辰云：《广雅・释诂》：畏，恶也。畏去，谓苦此旱而恶去之也。

〔六〕马瑞辰云：《说文》、《广雅》并曰：缢，缓也。《笺》训赢为缢，义与缓同。

○馑音仅。臻音蓁。大音泰。瘗音异。魃音拔。惔音谈、音炎。斁音妒。遁音遁、音屯。黾音猛、音敏。瘨音珍、音疹。莫，读暮。憯，陈奂云：读朁。曾也。趣音促。卬今作仰。假音格。

崧高

〔一〕往近王舅，《郑笺》：近，辞也。声如彼记之子之记。按：近读《大叔于田》叔善射忌之忌，忌犹哉也。往近，犹往哉也。

〔二〕其风肆好，章太炎《新方言》云：通以今语，犹言极好。宋人言甚好曰杀好，犹肆好。按：其风之风，犹后世风格、风调之谓。此旧注所未明，皆从《笺》风切申伯之说耳。

○翰或读榦，下良翰同。亹音尾、音勉，此或读如门。藐音莫。蹻音脚。粻音张。遄音专。啴音单。

烝民

〔一〕天子是若，马瑞辰云：《说文》，若，择菜也，从艸、右。右，右手也。引申通训若为择。此诗天子是若，谓天子是择，择能而使之，故下即言明命使赋矣。

〔二〕衮职有阙者，俞樾云：衮适有阙也。《笺》以衮职连文，恐非经意。职，属也，适也。诗人借衮以寓王，阙乃衮衣之阙，而非补衮衣者职事之阙。补即补衮衣，而非补服衮衣者职事之阙。若以衮职连文，则诗人之语妙全失矣。

〔三〕每怀靡及,已见《皇皇者华》篇。

韩奕

〔一〕干不庭方者,王国维云:不庭方,不朝之国也。(《观堂集林》一)

〔二〕鲂,鳊。鲔,鲢。已屡见前。麀鹿,已见《灵台》篇。熊罴,已见《斯干》篇。

〔三〕其追其貊(同貊),追族迄今不知为何族。貊族则知其一支为高句骊人。"在西汉末至唐总章元年(公元前三七年—公元六六八年)将近七个世纪的时间里,生活在祖国东北的貊族一支高句骊人,在鸭绿江中下游和浑江流域一带建立了高句骊王国。这个王国中,前期的政治、经济、文化中心的都城——国内城和丸都城,就是今天的吉林省集安县城和县城北的丸都山城。"(李殿福:《高句丽丸都山城》,《文物》一九八二年第六期)

〔四〕愚用《毛传》。彻,谓地租,什一而藉,或九一而助也。今之学者,或谓庸即墉,当指沟洫上之畛涂道路。壑,即井田间之沟洫浍川。亩,即井田之私田。藉,即井田中之公田。此说明韩国之井田在西周之时亦行藉田制。昭十八年《左传》:"鄅人藉稻。"《正义》引服虔说:"藉,耕种于藉田。"盖直至春秋末期,尚有许多国家实行藉法者。(韩连琪:《西周的土地所有制和剥削形态》,《中华文史论丛》一九七九年第一期)

〔五〕貔与貔貅之为猛兽,早已屡见于经典。如《尚书·牧誓》、《大雅·韩奕》、《尔雅·释兽》、《史记·五帝本纪》、《说文解字》。《说文》云貔为豹属,出貉国。貔貅岂与猛兽虎豹同属肉食目猫科邪?古书或言辽东人谓貔貅为白熊,雄者曰貔,雌君曰貅。貔貅果与猛兽黑熊棕罴(黄罴?)同属肉食目熊科而毛色有异邪?辽东、貉国,正在韩侯奄受百国之内,即在今之我东北地区或更在有北也。

〇奕音亦。甸音佃。解音懈。共音恭。绥音虽。簟音垫。茀音弗。衡音横。舄音昔。镂音漏。钖音阳。鞹音郭。鞃音弘。幭音蔑。鞗音条、音攸。鞗革,金文作攸勒。厄音院,轭之古文。炰音庖。蔌音速。且音徂。取音娶。蹶音溃。讦音舒、音于。噳音语。溥同普。貉同貊,音莫、音陌(或近末),亦音鹤。壑音曷、音渴。

江汉

〔一〕淮夷来求,马瑞辰云:《笺》读来如行来之来,不若王尚书(引之)训来为词之是。来求，犹是求也。来铺，犹是铺也。王国来极，犹是极也。求之言纠，纠者绳治之名，与讨同义。《说文》、《广雅》并云：讨，治也。淮夷来求，犹云淮夷是纠、是讨耳。淮夷来铺者，《方言》、《广雅》并云：铺，止也。来铺，犹言是止。〇按：下文来旬来宣，来字视此。

〇汤如字，或音伤。洸音光，或音汪。釐如字，或读赉。瓒音赞。秬音巨。鬯音畅。卣音酉。

常武

〇阚音嗽。虓音哮。渍音坟。啴音单。

瞻卬

〔一〕蟊，蝼蛄。已见前释螟螣蟊贼。

〔二〕枭，鸱，皆属鸮形目、鸱鸮科。枭即鸮，角鸮，俗名夜猫子。鸱，怪鸱，鸺鹠，俗名猫头鹰。

〇忮音技。贾音古。舍音捨。觱音必。藐音莫、音邈。

召旻

〇旻，与闵音义俱近。瘨读疹。圉音语、音御。讧音虹、音工，今或读如缸。椓音琢、音笃。遹音聿。填读尘。苴音沮、音查。粺音稗、音败。兄音况。

诗经直解　卷二十六

清庙之什第二十六　毛诗周颂

清庙之什十篇十章九十五句

清庙一章八句

《清庙》，祀文王也。周公既成雒邑，朝诸侯，率以祀文王焉。

於穆清庙！	啊，美哉清庙！
肃雍显相，	肃敬雍和有明德者的助祭，
济济多士，	威仪济济的朝廷多士，
秉文之德。	都是执行文德之人。
对越在天，	报答于文王在天之灵，
骏奔走在庙。齐，骏作逡。	迅速的奔走在庙中。
不显不承？	可不光大，可不继承？
无射于人斯！无韵。〇齐，射作斁。	这是没有厌倦于人的呀！

一章。胡一桂云："此诗只第一句说文王之庙。余皆就祀文王者身上说。"（见《传说汇纂》）郑觐文云："《雅乐》言德性，《颂乐》兼言功业。""《颂》律与《雅》律之配置不同，《雅》为周旋律，《颂》为交旋律。"（《中国音乐史》）〇江永云："无韵之章。"

〇今按：《清庙》，最初作为祀文王之乐章（《诗序》）。嗣复作为兼祀文王、武王之乐章（《尚书·洛诰》篇、《书大传·洛诰》篇）。并作为鲁公世世褅祀周公于太庙之乐章(蔡邕《明堂论》)。此成王五年(公元前一一一一)、七年及其以后事。诗为何而作？作者何人？作在何时？何地？《序》说简单明了已。此《颂》之第一篇。“《关雎》为《国风》之始,《鹿鸣》为《小雅》之始,《文王》为《大雅》之始,《清庙》为《周颂》之始。”(《史记》)“是谓四始,诗之至也。”(《诗大序》)《汉书·王褒传》、《四子讲德论》云:“周公咏文王之德而作《清庙》,建为《颂》首。”《孔疏》云:“《礼记》每云升歌《清庙》,然则祭宗庙之盛,歌文王之德,莫重于《清庙》,故为《周颂》之首。”何谓清庙？《郑笺》云:“清庙者,祭有清明之德者之宫,谓祭文王也。天德清明、文王象焉,故祭之而歌此诗也。庙之言貌也,死者精神不可得而见,但以生时之居,立宫室象貌为之耳。成洛邑,居摄五年时。”此以清庙专指文王庙,而清以所祭有清明之德者言。韦玄成则谓“《清庙》之诗,言交神之礼无不清静”。清以庙中交神之礼言。(《汉书·韦玄成传》)贾逵、杜预则谓清庙为“肃然清静”之庙,清以庙貌言。(《左传注》)殆以清庙为可广指诸庙。清徐养原《顽石庐经说·清庙说》云:“古有清庙之说,咏于《诗》,载于《春秋左氏传》。其为清庙一也,而解之者各异。”“郑意专指文王庙,杜意广指诸庙,二说不同,吾以杜氏为是。古制天子七庙,文王庙其一也。如专以清庙为文王庙,则余庙复何称焉？将别有嘉名,而书传偶未之及邪？《诗疏》曰:庙者,人所不居,虽非文王,孰不清静？何独文王之庙显清静之名？此则广指诸庙,非独文王,故以清静解之。《春秋疏》则曰:《诗》称《清庙》者,祀文王之歌,故郑玄以文王庙解之。《诗》与《春秋》之《疏》均孔颖达等所撰,而立说之不相应如此。虽《疏》例不驳注,然游移两可,使后学何所适从乎？”“或曰:郑注《洛诰》以文祖为明堂。《孝经》曰:宗祀文王于明堂以配上帝。则文王之庙非明堂？而明堂亦得为文王庙？曰:明堂之祀祀上帝,而以文王配之,非祀文王也。以祀上帝之堂为文王庙,则必以郊天之坛为后稷坛矣。殆必不可。吾谓清庙广指群庙,不专指文王庙也。文王庙中权行祀明堂之礼，不可以为明堂；明堂祀上帝，不可以为文王之庙。参考诸书，其名与实固有截然不可紊者矣。”何谓清庙？清庙、明堂，是一是二？此一系列问题，至此可得一定之答案矣，亦当无人再为此无聊之论争也。又，何谓颂？可读阮元《释颂》、王国维《说周颂》。一强调《颂》之舞容，而谓其全为舞诗；一强调《颂》之声缓，而谓其诗多无韵。王国维《宋元戏曲考》以巫舞为戏曲之起源，但看《楚辞·九歌》可知。彼似不知《颂》亦为史巫尸祝之词，歌舞之曲，有声容并茂之表演，正可视为戏曲之权舆也。大较言之，《诗》三百皆可诵、弦、歌、舞。自《二南》以下《风》诗，多属里巷歌谣之言，本为徒歌，而亦可以入乐。《雅》作为政治诗，合乐而不必配舞，略与《风》诗同也。《颂》作为宗庙祭祀之乐章演出，当是采用载歌载舞、有声有色、美先人之盛德而形容之之形式。此种祖先崇拜，盖俶落于远古之氏族社会，而为氏族长老权力神幻化之反映。至于周制礼乐，此一仪式则益隆重化，而制度化矣。此《颂》诗之所为作也。至若章太炎谓雅之为乐器也似鼓（惟一面不鞔。愚谓实似筒，似盆，似缶。其文见《说大小疋》），郭沫若谓南之为乐器也似铃（见《甲骨文之研究·释二南》），张西堂谓颂之为乐器也似镛（一作庸，谓大钟。见《诗经六论·说颂》），此则近人关于《南》、《雅》、《颂》之新说可供研讨者也。

维天之命一章八句

《维天之命》，大平告文王也。

维天之命，韩，维作惟。	想念到天的道理，
於穆不已！	啊，美哉运行不已！
於乎不显？	啊哟，不是显明？

文王之德之纯！文、真通韵。	文王这样的德，这样的纯！
假以溢我？〔一〕韩，假作诚，溢作谧。	用什么安定我国家？
我其收之。	我国家就将收存它。
骏惠我文王，	大顺我文王的意思，
曾孙笃之！幽部。	世世子孙要实行它！

一章。上节四句言文王德配天命，下节四句言文王德被子孙。○江永云："无韵之章。"

○今按：《维天之命》，周公摄政，辅成王致太平，祭告文王之乐歌。其末句云："曾孙笃之。"何谓也？《毛传》云："成王能厚行之也。"成王，武王子，文王孙，非曾孙。《郑笺》云："曾，犹重也。自孙之子而下，事先祖皆称曾孙。是言曾孙，欲使后王皆厚行之，非维今也。"马瑞辰云："曾孙从《笺》通指后王为允。"朱鹤龄云："《颂》者，成功告神，必言子孙勉力保守，以慰祖考之意。故此诗曰：'曾孙笃之。'《烈文》、《天作》亦曰'子孙保之'。"陈奂云："《书·雒诰·大传》云：周公摄政，六年制礼作乐，七年致政。《维天之命》，制礼也。《维清》，作乐也。《烈文》，致政也。三诗类列，正与《大传》节次合。然则《维天之命》当作于六年之末矣。《雒诰》周公曰：'王肇称殷礼，祀于新邑，咸秩无文。'郑注云：周公制礼乐既成，不使成王即用周礼，仍令用殷礼者，欲待明年即政，告神受职，然后班行周礼，班讫始得用周礼，故告神且用殷礼也。郑谓周礼行于七年致政之后，是也。而《笺》以告大平为礼未成时，在居摄五年之末，则未是。诗云：'我其收之。'又云：'曾孙笃之。'自在制礼后语矣。"其论此诗作在成王六年之末（公元前一一一〇），较《笺》谓告大平者居摄五年之末为有据也。诗首节《毛传》云："孟仲子曰：大哉天命之无极！而美周之礼也。"孟仲子者谁？《孔疏》引赵注《孟子》云："孟仲子，孟子之从昆弟，学于孟子者也。"又引郑《诗谱》云："孟仲子者，子思弟子，盖与孟轲共事子思，后学于孟轲。"《释文》引徐整（三国吴人)云:"孔子删《诗》授卜商,商为之《序》,以授鲁人曾申,申授魏人李克,克授鲁人孟仲子,孟仲子授根牟子,根牟子授赵人荀卿,荀卿授鲁国毛亨,亨作《训诂传》以授赵国毛苌。时人谓亨为大毛公,苌为小毛公。"毛亨为孟仲子之三传弟子,此即毛于是诗及《鲁颂·閟宫传》引孟仲子语之由来乎?

维清一章五句

《维清》,奏象舞也。

维清缉熙,	想念到今日的清静光明,
文王之典,	因为文王有了他的法典,
肇禋。元部。	从他开始了祭天出兵,
迄用有成,	直到今日用了而有成功,
维周之祯!耕部。○三家,祯作祺。	这是周家治天下的吉祥之证!

一章。先言文王之典戡乱,后言文王之典致治。○江永云:"典、禋,平、上为韵。"

○今按:《维清》,祀文王奏《象舞》之所歌。《序》说不为误。朱子《辨说》云:"诗中未见奏《象舞》之意。"非也。何谓《象舞》?《郑笺》云:"《象舞》,象用兵时刺伐之舞,武王制焉。"《象舞》,鲁说作《象武》(蔡邕《独断》),齐说作《象乐》(《繁露·质文》篇)。陈奂云:"《象》,文王乐。象文王之武功曰《象》,象武王之武功曰《武》。《象》有舞,故名《象舞》。""《后笺》云:郑谓武王所制者,武王之作《象舞》,其时似但有舞耳。考古人制乐,声容固宜兼备,然亦有徒歌徒舞者。《三百篇》皆可歌,不必皆有舞。则武王制《象舞》时殆未必有诗,成王、周公乃作《维清》以为象舞之节,歌以奏之。案胡氏说诗周公作,是矣。襄二十九年《左传》,吴公子札观周乐,见舞

《象》箾《南》籥者。贾、服、杜注，并以《象》为文王之乐。此《象》谓舞，不谓诗也。《礼记·文王世子》《明堂位》《祭统》《仲尼燕居》，皆言下管《象》。犹之下管《新宫》耳。此《象》谓诗，不谓舞也。”“《周颂》首三篇《清庙》、《维天之命》、《维清》皆文王诗。如《周南》之《关雎》、《葛覃》、《卷耳》，《召南》之《鹊巢》、《采蘩》、《采蘋》，《小雅》之《鹿鸣》、《四牡》、《皇皇者华》，《大雅》之《文王》、《大明》、《绵》，亦皆文王诗。周公用之宗庙朝廷燕饮盟会。《四牡·传》云：周公作乐以歌文王之诗为后世法，是其义也。《清庙》为升歌之乐章，《维清》为下管之乐章。唯《周颂》之不用《维天之命》，犹《召南》之不用《草虫》耳。”“《后笺》云：郑注《礼记》概以《象》为《周颂》之《武》。然记文管《象》之下，又别云舞《大武》，舞《大夏》。则所谓下管《象》者，非《大武》之诗，当即此文王之《象》。若《仲尼燕居》之下管《象》，《武》、《夏》籥序兴。亦当以《象》为文王之乐，与上升堂歌《清庙》对。曰《武》、曰《夏》，即所谓朱干玉戚以舞《大武》，八佾以舞《大夏》者。郑注亦以《象》为《大武》。非是。”此言《象》有舞，故名《象舞》。《象》先有舞，后有诗。《象》与《武》有别，《象》者文王乐，《武》者武王乐。《礼记》之每言下管《象》皆与上升堂歌清庙对。是也。至谓《周颂》首三篇皆文王诗，亦义本毛诗。(《四牡·传》)而明季本已谓自《清庙》至《维清》似宜合为一篇。何楷亦谓此如古乐府一篇之中分为数解。李光地则谓“《清庙》方祭之诗，《维天之命》祭而受福之诗，《维清》祭毕送神之诗”。皆谓三篇同时为用，相连为义，有如今之所谓组诗组曲者也。诗云肇禋，其义云何?《传》云：“肇，始。禋，祀也。”《笺》云：“文王受命，始祭天而枝伐也。(枝伐，谓伐纣之枝党，若崇侯之属。)《周礼》：以禋祀祀昊天上帝。”戴震云：“言此天下澄清：光昭于无穷者，文王之法典实开始禋祀昊天盛礼，以迄于今而有成。是周有天下之祥如此也。辞弥少而意旨极深远。”可知诗云肇禋，乃谓文王始创出师类祃之典(参阅《皇矣》、《棫朴》两篇)此诗确美文王之武功也。王先谦据今文齐说与纬学言之，义证详赡已。

烈文一章十三句

《烈文》，成王即政，诸侯助祭也。

烈文辟公！〔一〕	有武功文德的诸侯公卿！
锡兹祉福。	赐给过你们这些大福。
惠我无疆，	惠爱我没有止境，
子孙保之。	你们子孙将保有这些大福的。
无封靡于尔邦，	不要有大罪于你们的国家，
维王其崇之。	王是要重立你们为诸侯的。
念兹戎功，	念及这些你们的大功，
继序其皇之。〔二〕阳、东、中合韵。〇阳十四、东十五、中十六，故得合用。	会使继续传统为君的。
无竞维人？	莫强的是得到贤人？
四方其训之。	四方诸国都要受教导的。
不显维德？	不显明的是有德行？
百辟其刑之。文、真、耕合韵。	凡百诸侯都要来仿效的。
於乎前王不忘！阳部。	啊啊，对于前王要念念不忘！

一章。前八句王敕戒诸侯；后五句敕戒诸侯，王亦自敕戒。此殆史官载笔，非必王所自作也。〇钟惺云："末语无限含蓄。"〇江永云："公、邦、崇、功、疆、皇、忘，相错为韵。交错韵。"〇按：戎功叠韵。

〇今按：《烈文》，成王亲政告祖，诸侯助祭，祭毕敕戒诸侯之词。《序》说与鲁说（蔡邕《独断》）、韩说（《孔疏》引服虔《左传》注）不殊。《郑笺》云："新王即政，必以朝享之礼祭于祖考，告嗣位也。"

《孔疏》云:“武王崩之明年,与周公归政明年,俱得为成王即政。但此敕戒诸侯用赏罚以为己任,非复丧中之辞,故知是致政之后年之事也。”“《笺》意于经亦有卿士,《序》不言者,以诸侯为重,故举诸侯以总之。”《笺》、《疏》释《序》是也。周公摄政,七年致政成王。《雒诰》云:“王在新邑,烝祭岁。文王骍牛一,武王骍牛一。”郑注云:“岁,成王元年正月朔日也。以朝享之后,用二特牛祫祭文王、武王于文王庙。”按:即政未必改元,而祫祭文、武与诗义合。诗盖作于成王七年(公元前一一〇九)邪?诗云“锡兹祉福”,毛、郑义异,后儒有争论。欧阳修《诗本义》云:“锡兹祉福,毛以为文王锡之,郑以为天锡之。据《序》言成王新即政,诸侯来助祭于庙,祉福当为文王所锡;宜从毛义为是。”是也。

天作一章七句

《天作》,祀先王先公也。

天作高山,	天造作了高山,
大王荒之。〔一〕	太王垦辟了它。
彼作矣,	他已经创始呀,
文王康之。	文王赓续了他。
彼徂矣,韩,下矣作者。	他们已经过去呀,
岐有夷之行。阳部。	岐山有了平易的道路。
子孙保之!鲁,一本孙下多其字。	子孙要永保它!

一章。《严缉》云:“成功告神之颂,多言子孙当保守之意。盖子孙能保守,则可以慰祖宗之心也。”按:周人择金作器,往往有此等戒子孙语。保字或作宝。

〇今按:《天作》,当是成王祀岐山之乐歌。此诗主题旧解不一。古文《毛序》、今文鲁说(蔡邕《独断》)皆以为祀先王先公之歌。(陈奂《传疏》亦云:此时享庙祧之乐歌。)《朱传》以为此祭太王之诗。郝敬《原解》非之,陈乔枞《齐诗遗说考》是之。何楷《古义》用季本、邹肇敏说,以为此武王祀岐山之乐歌。钱澄之《田间诗学》,黄中松《诗疑辨证》,傅恒、孙嘉淦《诗义析中》,姚际恒《诗经通论》,汪梧凤《诗学女为》,方玉润《诗经原始》,同主此说。何楷云:"《天作》,祀岐山之乐歌。(原注:出季本《诗说解颐》。)""案:《易》升卦六四之爻曰:'王用享于岐山,吉。'则岐山之祭,周固有之矣。此诗所颂止及太王、文王,而末系子孙保之一语,先言子,后言孙,定是武王时所作,岂亦在柴望大告武成之日欤?邹肇敏《诗传阐》云:天子为百神主,岐山王气攸钟,岂容无祭?祭岂容无乐章?不言及王季者,以所重在岐山,故止挈首尾二君言之也。""夫祀先王先公而止及太王、文王,彼太王之前有后稷,文王之前有王季,何不一齿及欤?《礼》经中曾有此祀典否欤?朱子止以为祭太王之诗,亦疑其不应独遗王季故耳。然篇中何以兼颂文王?邹驳之云:夫《序》增入诗中所无之先公,而朱子又偏遗诗中所言之文王,均之莽矣!〔伪〕申培《诗说》则曰:周祭岐山,配以太王、文王之诗。夫以二王配岐山,于《礼》无所载,皆臆说也。"愚记《周易》中两言"王用享于岐山",何楷即引其一以证《天作》一诗,亦不为无据。但断言诗为武王时所作,虽曰可通,而未免拘泥。亦似不知此诗前后皆成王时诗。编者诠次,岂属偶然?何况诗末句"子孙保之",正如"子孙永宝用之"、"用蕲眉寿万年"、"万寿无祺"等语,元是周人择金作器铭文老套。自宋有考古名家以来,此种文例已为学者间所周知矣。《荀子·王制》篇云:"天之所覆,地之所载,莫不尽其美,致其用,上以饰贤良,下以养百姓而安乐之,夫是之谓大神。《诗》曰:'天作高山,大王荒之。彼作矣,文王康之。'此之谓也。"观其所谓大神,当是指天地山川自然之神。而引《天作》诗为证,当指天与岐山之神,而重在此高山。则说《天作》为祀岐山之神者,此亦其一证也。近人杨树达《诗周颂天作篇解》云:“天作岐山,太王垦辟其芜秽。彼为其始,文王赓续为之。是以虽彼险阻之岐山亦有平易之道路也。夫先人创业之艰难如此,子孙其善保之哉!”彼释诗康字为庚字,庚即赓续之赓,于义于韵允合。顾非彼个人之创见。山井鼎《七经孟子考文·微子之命序》“杀武庚”,庚作康。古文康、庚字形相似,音相近,故得通假也。又彼不知诗云“彼徂矣,岐有夷之行”,当从阮刻《十三经注疏》本,岐字属下为句;而从《朱传》本误读为“彼徂矣岐”。更不知诗云“彼作矣”,“彼徂矣”,在同一篇中自是同一句例。黄震《日抄》、马瑞辰《通释》皆云此两句相对成文。即两彼字词位同,词性同,词义同,同指太王。或者因后一彼字在“文王康之”句下,亦可视为单指文王。抑或如愚译解,总结上文,同指太王文王。我吾尔汝彼伊等字作为人称代词,往往单复不分,此古文法之通例。不谓精通古文字学与古文法学如杨先生者,亦偶有不照处如此也。噫!《诗》三百之难解者,岂止此一小篇中一二句之如何离经点断、一二字之文法如何分析作解而已哉?

昊天有成命一章七句

《昊天有成命》,郊祀天地也。

昊天有成命,	昊天上帝有明命,
二后受之。	文武二王接受了它。
成王不敢康,	成王不敢安逸,
夙夜基命宥密。〔一〕齐,基一作其。鲁,密作谧。	日夜谋出政教以安民。
於缉熙!	啊,好光明!
单厥心。	尽了他的心。

肆其靖之！无韵。　　　　　　故今他会安靖天下四方的。

一章。辅广云："天命也，文武之业也，己之心也，天下之安也，皆是一统底事。"(《传说汇纂》)按：此固腐论，惟似得其文理，亦即得成王郊祀表功之潜在心理。秦汉以降，帝王祀天秘祝，何莫不然？愚行、腐论，相得益彰。〇江永云："无韵之章。"

〇今按：《昊天有成命》，郊祀天地之所歌。古文《毛序》、今文《鲁说》同。何王郊祀？汉儒多谓成王，宋儒争谓康王。诗成王实其生号，非指谥号。汉儒之说不误，马瑞辰、王先谦之辨证详已。诗昊天谓何？《序》郊祀天地谓何？何以祭天时必在冬至，地必在南郊圜丘？(天坛)何以祭地时必在夏至，地在北郊方泽？又何谓谛？何谓郊禘？郊谛须用何种特备之牲体、粢盛？何以周人禘喾而郊稷？何以周人为后稷立大庙，而帝喾无庙？何以《昊天有成命》是禘喾配天之乐歌，《思文》是郊稷配天之乐歌？此外颂《诗》中尚有涉及郊禘之礼者。此一系列问题，清儒秦蕙田、孙星衍、金鹗、陈奂之流，考据已详，今不具论。此对古代社会与宗教思想作专题研究者所有事也。当知：此自奴隶制社会至封建社会之所谓君权神授，王者配天，为君主绝对之权力在人头脑中神幻化之一种反映，而是统治阶级借以愚弄人民、威吓人民，逐渐演成之一大套把戏。直至辛亥革命以后，犹有无耻之清遗老、旧官僚，为窃国大盗洪宪皇帝导演此帝制祭天之压轴子丑剧也。

我将一章十句

《我将》，祀文王于明堂也。

我将我享，〔一〕　　　　　　我烹煮，我祭享，

维羊维牛，　　　　　　这是羊、这是牛，

维天其右之！之部。	啊，天会给我保佑的！
仪式刑文王之典，齐、韩，典作德。	好好效法文王的榜样，
日靖四方。	日日谋安定四方。
伊嘏文王！〔二〕	这伟大的文王！
既右飨之。阳部。	终是保佑我而受飨的。
我其夙夜，	我将日夜小心，
畏天之威。	敬畏天的威灵。
于时保之！无韵。	于是会得到保佑的！

一章。《吕记》云："明堂祀上帝，而文王配焉。故此诗虽文王之乐歌，必先言祀天（三句），而次言祀文王（四句）。""卒章（三句），惟言畏天之威而不及文王者，统于尊也。畏天，所以畏文王也，天与文王一也。"腐论，但似合诗旨。

○今按：《我将》，宗祀文王于明堂以配上帝之乐歌。《孝经》与《序》说合。配上帝义同配天，何以配天？此盖因袭殷人先王宾天之旧礼。甲骨文屡见贞卜先王咸（大乙汤烈祖）、大甲（太宗）、下乙（祖乙中宗）宾于帝、不宾于帝之记载。陈奂云："《思文》后稷配天，《我将》文王配天，皆是周公摄政五年治雒中事。《逸周书·作雒》篇：乃位五宫。明堂居其一。孔晁注云：明堂在国南者也。此正言周公治雒筑明堂，其时宗文王不宗武王，故诗但歌文王也，《孝经》所谓严父配天也。""周公初宗文王，后更祖文王而宗武王。周人以文武为祖宗，宗庙之禘，禘于清庙，祖宗之禘，禘于明堂。是其制也。"《我将》一诗果为祖宗之禘而作在周公摄政五年（公元前一一一一）邪？明堂之制若何？王先谦云："《汉书·郊祀志》：周公相成王，王道大洽，制礼作乐。天子曰明堂辟雍，诸侯曰泮宫。陈乔枞云：《明堂月令论》以明堂、辟雍异名而同事，其实一也。引《礼记·盛德》篇：明堂九室（按，一室而有四户八牖，九室凡三十六户、七十二牖），以茅盖屋，上圆下方。其外有水，名曰辟雍。据《班·

志》语，知《齐诗》与《鲁说》同。《大戴礼》注引《韩诗》说，明堂在南方七里之郊，即释此诗语。”此据今文三家说，明堂亦名辟雍也。愚据经传中所谓明堂：有王朝之明堂（金榜云：王居听政之明堂，即路寝。路寝，即大寝也），有近郊之明堂（阮元云：于近郊东南别建明堂，藏古帝治法册典于此。或祀五帝，布时令，朝四方诸侯，非常典礼乃于此行之。按：此即明堂辟雍），有巡狩方岳之下、会同诸侯之明堂（金榜云：《孟子》书齐宣王曰：人皆谓我毁明堂。《史记》泰山东北址，古时有明堂处）。从汉以降，学者言明堂，人各一说。至清儒金榜作《礼》注，阮元作《明堂论》，合此二说读之，乃灼知古明堂之为制矣。

时迈一章十五句

《时迈》，巡守告祭柴望也。

时迈其邦，	及时巡行他的国家，
昊天其子之，	昊天上帝将要抚爱他，
实右序有周。〔一〕	这是佑助继续这周家。
薄言震之，	于是振奋了天下，
莫不震叠。无韵。○《韩诗》上震作振，后引《章句》亦作振。	没有不振动惊恐。
怀柔百神，	用祭来安百神，
及河乔岳，鲁，乔作峤。	并祭大河高岳，
允王维后！侯部。	诚哉王是天下之君！
明昭有周，	明明见到这周家，
式序在位。	将因继续传统的在位。
载戢干戈，	就收起了兵器干戈，

载櫜弓矢。脂部。 就包藏了弓矢之类。
我求懿德， 我求美德，
肆于时夏，〔二〕 施行在这大中国，
允王保之！无韵。 诚哉王要保住这美德的！

一章。首节至允王维后，言王巡守告祭之事。末节终，允王保之，作者自陈愿望之意。〇孙鑛云："首二句，甚壮甚快，俨然坐明堂、朝万国气象。下分两节，一宣威，一布德，皆以有周起，允王结，整然有度，遣词最古而腴。"〇江永云："无韵之章。"

〇今按：《时迈》，《序》说"巡守告祭柴望"之诗。是也。《郑笺》云："巡守告祭者，天子巡行邦国，至于方岳之下而封禅也。《书》曰：岁二月，东巡守至于岱宗，柴望秩于山川，遍于群神。"又云："武王既定天下，时出行其邦国，谓巡守也。"《孔疏》云："武王既定天下，而巡行其守土诸侯，至于方岳之下，乃作告至之祭，为柴望之礼。周公述其事而为此歌焉。""宣十二年《左传》云：昔武王克商作颂曰：'载戢干戈。'明此篇武王事也。《国语》称周文公之颂曰：'载戢干戈。'明此篇周公作也。《白虎通》曰：何以知太平乃巡守？以武王不巡守，至成王乃巡守。其言违《诗》反《传》，所说非也。"此诗为何事而作？作在何时？作者何人？《序》、《笺》、《疏》言之已明。郑、孔申古文毛说为是。王先谦必谓如今文三家说乃不误（如《疏》引《白虎通》），非也。

执竞一章十四句

《执竞》，祀武王也。

执竞武王！〔一〕 慑服强敌的武王！
无竞维烈。 没有更强的是他的武功。

不显成康？	不是光显么成王、康王？
上帝是皇！	上帝就赞美他们为君！
自彼成康，	从那时成王、康王，
奄有四方，	就同有了天下四方，
斤斤其明。	他们都是察察的英明。
钟鼓喤喤，三家，喤皆作锽。	钟鼓的声音相和喤喤，
磬筦将将，鲁，磬筦一作管磬。将，齐作锵；鲁作玱，一作鈴；韩作鎗。	磬管的声音合奏锵锵，
降福穰穰！阳部。○鲁，穰作禳。	降下福来多哉穰穰！
降福简简，	降下福来大哉简简，
威仪反反。反，鲁一作板；韩作昄。	威严架子善哉板板。
既醉既饱，	已经喝醉，已经吃饱，
福禄来反！元部。	福禄就会重复的相报！

一章。邹泉云："全诗，上二节（七句）是颂三后功德之盛。下二节（七句）言今日奉祭获福之隆。"（《传说汇纂》）

○今按：《执竞》，古文《毛序》说祀武王。今文三家说同，皆可不谓误。但《毛传》、《郑笺》俱说成康非指成王、康王，则误已。《朱传》云："此祭武王、成王、康王之诗。"又云："此昭王以后之诗。"并于其《辨说》中严驳《昊天有成命》与《执竞》之《诗序》，不得谓全无据。王应麟《困学纪闻》云："欧阳公《时世论》曰：'昊天有成命，二后受之，成王不敢康。'所谓二后者，文、武也；则成王者，成王也。当是康王已后之诗。《执竞》：'不显成康。'所谓成康者，成王、康王也。当是昭王已后之诗。《噫嘻》曰'噫嘻成王'者，亦成王也。范蜀公《正书》曰：昊天有成命，言文武受天命以有天下，而成王不敢以逸豫为也。此扬雄所谓康王之时《颂》声作于下。'自彼成康，奄有四方'，祀武王而述成康，见子孙之善继也。班孟坚曰：成康没而《颂》声寝！言自成康之后不复有见于《颂》也。朱子《集传》与欧、范之说合。”此以《朱传》释《执竞》为是。是也。何楷《古义》云：“《执竞》，祭成康也。昭王之世，始以成康备七庙。此其日祭之诗也。”据《国语·周语》，祭公谋父曰：“日祭、月祀、时享、岁贡、终王，先王之训也。”又《楚语》，观射父云：“古者先王日祭、月享、时类、岁祀。”日祭之义如此。康王祀庙之诗无闻，何氏即以《执竞》一篇充数，而谓此为日祭成康之诗，亦巧矣哉！清儒姜炳璋、朱鹤龄、胡承珙诸家驳朱驳何，仍主全用《序》、《传》之说。愚意则谓朱子一说文从字顺，自然中理。即朱鹤龄谓《朱传》改《序》，其难有五，实亦未足以难之也。

思文一章八句

《思文》，后稷配天也。

思文后稷！〔一〕稷与极叶。之部。	这个有文德的后稷！
克配彼天。	能够配享那个上天。
立我烝民，真部。○鲁，烝亦作蒸。	谷粒养了我们众民，
莫匪尔极。	莫不是您的大德。
贻我来牟，〔二〕韩作贻我嘉麰，鲁作诒我鳌辫，齐作诒我来辫。	遗留给我们小麦大麦，
帝命率育，	上帝命令用它养活人民，
无此疆尔界，韩，界作介。	不要分此疆彼界，
陈常于时夏！无韵。	遍施农政于这个大中国！

一章。张所望云：“后稷配天，一事也。《生民》述事，故词详而文直；《思文》颂德，故语简而旨深。《雅》、《颂》之体、其不同如此。”（见《传说汇纂》）○江永云：“后四句无韵。”

○今按：《思文》，后稷配天之乐歌。《序》说盖不误，三家说与

《序》不殊。《国语》云:“周文公之为颂曰:‘思文后稷,克配彼天。’”是此篇周公所自作,与《时迈》同也。陈奂云:“此南郊祀天之乐歌也。后稷为周始封之祖,故既立为大祖庙,而又于南郊之祀配天。《生民·序》云:‘文武之功起于后稷,故推以配天。’是也。《孝经》:‘昔者周公郊祀后稷以配天。’《祭法》:‘周人郊稷。’郑注云:‘祭上帝于南郊曰郊。’《鲁语》:‘展禽曰,周人郊稷。’韦注与郑同。《书·召诰》篇:‘若翼日乙卯,周公朝至于雒,用牲于郊,牛二。’牛二者,帝牛一,稷牛一也。《逸周书·作雒》篇:‘周公设丘兆于南郊以祀上帝,配以后稷。’是正谓周公在雒祀天,始行后稷配天之事,与《孝经》合。其后遂以南郊配稷为定礼,又与《祭法》、《鲁语》合也。”“凡禘、郊、祖、宗,四者皆天子配天之大祭。”愚意《诗序》后稷配天,人鬼天神同时并祀,是其人必已被视为天神或天神之子,即所谓天子。原始社会发展到一定之阶段始有宗教,复在其转变为阶级社会之过程中,始有国家组织,始有英勇领袖酋长元首之类人物。自此在其有阶级之社会中创造出人王,同时亦创造出上帝。对于上帝天神之崇拜即对于人王崇拜之神幻化之反映。人王既视为上帝天神之化身,则上帝天神成为人王统治人民之有力工具。人王以隆重之礼祀祖配天,即结合祖先崇拜与天神崇拜为赞颂之统一体。此为社会发展至于国家组织日益强大,人王权威日益显赫之情况下所有事也。吾人读《周颂·思文》《清庙》《我将》《执竞》《昊天有成命》一类之诗篇,可以想象周初奴隶制社会之王朝有关禘、郊、祖、宗一类祭祀之盛况。实则此正所谓原始之愚行。当时愈示其隆重,后世愈见其愚昧也。至《朱传》云:“或疑《思文》、《臣工》、《噫嘻》、《丰年》、《载芟》、《良耜》等篇即所谓《豳颂》,亦未知其是否也。”盖后儒以《豳风》、《豳雅》、《豳颂》之名见于《周礼·籥章》,而《豳风·七月》为农事诗,乃以《周颂》有关农事之几篇诗为《豳颂》,与《小雅》有关农事之几篇诗如《楚茨》、《信南山》、《大田》、《甫田》者为《豳雅》。皆臆说也。此不知《七月》之诗编次于《豳风》,其入乐也乃复分为《风》、《雅》、《颂》。愚于前论《豳雅》时已涉及之矣。

【简注】

清庙

○於音乌。射音斁、音亦。

维天之命

〔一〕马瑞辰云:假以溢我,即诚以谧我,亦即何以恤我,犹云何以安我也。假训为何,犹瑕遐之训为何也。假音遐。

烈文

〔一〕《诗义折中》:烈,功也。烈文辟公,有武功文德之诸侯也。

〔二〕马瑞辰云:继序,犹云缵绪。谓诸侯世继其先祖之绪以为君也。

天作

〔一〕《严缉》云,苏氏曰:荒,治也。李氏曰:始荒而辟之。今曰治荒为荒,犹治乱为乱也。

昊天有成命

〔一〕《礼·孔子闲居》:夙夜其命宥密。郑注:其,读为基。基,谋也。密,静也。言君夙夜谋为政教以安民,则民乐之。此句旧解唯此郑注较为明确。

我将

〔一〕马瑞辰云,庄述祖曰:将,古文作鬺。见古文彝器。今按:将、享对文,以将为鬺之省假,训烹。《历尊彝》云:作宝尊彝,其用夙夕鬺享。《应公尊彝》云:奄以厥弟用夙夕鬺享。皆鬺享连文。与诗我将我享合。《说文》段注:鬺亦作鬺,亦作鬺。子展按:《说文》无鬺字。《玉篇》:鬺,煮也。尹羊切,音商。别详《商颂·那》篇注。

〔二〕王引之云:嘏,读《雍》篇假哉皇考之假。彼《传》曰:假,嘉也。《尔雅》:嘏,假,大也。伊嘏文王,犹言有嘏文王耳。

时迈

〔一〕实右序有周者，言是佑助其继世有周也。下文式序在位，言继世在位也。此用庄述祖《周颂口义》说。其他旧说鲜见明确。

〔二〕马瑞辰云：《说文》：夏，中国之人也。诗言肆于时夏，承上我求懿德言。宜从朱子《集传》谓布德于中国。而后人或因有肆于时夏一语，遂名其为《肆夏》耳。

〇戢音辑。櫜音高。

执竞

〔一〕执竞，犹言慑服强敌也。用马瑞辰说。

〇筦、管同字。穰音羊。

思文

〔一〕思，语首助词。愚谓此亦有所指示之词，思犹斯也。与前思皇多士、思齐大任、思辑用光；后思皇多祜、思媚其妇、思乐泮水等句，义同。

〔二〕《说文》：来，周所受瑞麦来麰也。一麦二夆象其芒刺之形。天所来也，故为行来之来。《文选·典引》李善注：《薛君章句》云：麰，大麦也。麰与麰同。《孟子》赵岐注：麰麦，大麦。麰为大，则来为小。《广雅·释草》：大麦，麰。小麦，来。义盖本此。麰音牟。

诗经直解　卷二十七

臣工之什第二十七　毛诗周颂

臣工之什十篇十章一百六句

臣工一章十五句

《臣工》，诸侯助祭，遣于庙也。

嗟嗟臣工！	“唉唉，从事工作的诸臣！”
敬尔在公。	敬谨于你们在公家的工作。
王釐尔成，	王要管理你们工作的成绩，
来咨来茹：〔一〕	就来询问，就来调度：
嗟嗟保介！	“唉唉，田官保介！
维莫之春。	已是暮春的时候。
亦又何求？	也有什么要求？
如何新畬？	怎么样的，休耕又种的新田畬田”
於皇来牟！	“啊，好小麦大麦！
将受厥明。	将要受到它的收成。
明昭上帝！	明明显见的上帝！
迄用康年。	一直给以丰乐的年成。”
命我众人：	“命令我众人：

庤乃钱镈，　　　　　　收拾好你们的铲子小锄头，
奄观铚艾！无韵。　　　　将要同看镰刀上的收获！”

一章。前节八句，为王戒敕臣工，垂询保介之词。中节四句，为保介答王之词。末节三句为王命令众人（农夫）之词。〇江永云：“此篇韵不分明。‘如何新畬’，似与‘来咨来茹’遥韵。”

〇今按：《臣工》，盖王者暮春省耕之诗。郭沫若云：“诗中的王亲自来催耕，和卜辞中的王亲自去‘观黍’‘受禾’的情形相同。”（《青铜时代·由周代农事诗论到周代社会》）郭先生断定《噫嘻》为成王之世之诗，其于此诗则云：“这诗的时代不敢断定，大约和《噫嘻》相差不远，因为风格相同，而且没有韵脚。”显然此西周之初尚停滞于氏族社会末期父系家长奴役制下，大家长暮春省敛之遗迹。非“催耕”也。将有事于刈麦也。今当以此解为正。今文鲁说，此诗“诸侯助祭，遣之于庙之所歌也”。正与古文《毛序》说同。朱子《辨说》云：“《序》误。”《朱传》云：“此戒农官之诗。”“保介，见《月令》、《吕览》，其说不同，然皆为藉田而言，盖农官之副也。”刘玉汝专明朱子一家之学，《诗缵绪》云：“保介以下，则专戒农官，举副则戒正可知。”姚际恒《通论》云：“夫保介为农官之副，不知何者为农官之正乎？”《臣工》一诗果为王者亲耕耤田，敕戒农官之副保介之词乎？郝敬《原解》云：“戒农官何与于《颂》？诸侯守土，民事为先。祭归而申敕王章，稼穑其首务也。周先王力农开国，故告于庙，以祖德训之，所以为《颂》。”此合《毛序》、《朱传》为一说矣。魏源《诗古微》云：“《臣工》，成王耕耤后，受釐嘏祝也。《月令》：孟春之月，天子乃以元日祈谷于上帝，亲载耒耜，措之于参保介之御间，躬耕帝耤。反执爵于太寝，公卿诸侯大夫皆御，名曰劳酒。此诗盖执爵劳酒受釐时所歌。首四句，戒公卿诸侯大夫；保介以下，戒百吏庶民；将受厥明以下，则受釐嘏祝词也。（《毛序》以为遣祭诸侯，与咨保介不合。保介，当作保界。见《韩诗外传》及《章句》，盖遂人之

职，保经界。非车右副官也。）”此则据韩说，申《朱传》，驳《毛序》矣。其释保介为保界、保经界，此当同属田官之职，则亦未为不可也。诗中王者询保介之词，询及“如何新畬？”菑、新、畬三者，为尔时关于休耕制之田名，新田、菑田，已见《采芑》。《尔雅・释地》：“田一岁曰菑，二岁曰新，三岁曰畬。”菑，谓第一年休耕之菑田。故《说文》云：“菑，不耕田也。”新，谓第二年接种之新田。畬，谓第三年经过菑新而连续种之畬田。如此三年一轮，周而复始，此为三圃制。（休耕之制并详《周礼・大司徒》与《小司徒・遂人》）《易・无妄》六二爻辞：“不耕，获；不菑，畬；则利有攸往？”意谓不耕而求获；不休耕而求连续岁丰，则将利于有所往求乎？诗末云：“命我众人，庤乃钱镈，奄观铚艾。”据钱镈字从金，愚谓当系恶金之铁，殆非美金之铜。即令如郭先生所假定，诗作于成王时，其时亦当有恶金粗铁。春秋战国时代，铁器已经广泛应用，屡见于先秦古籍。今尚发见不少地下考古资料，有如《齐侯钟铭》、楚简、古钵文、铁质钱范等古器物可证。从而知铁之为用，决非始于春秋战国之世，至少在此四五百年前即有可能使用粗铁制器。读者试取前《驷驖》篇、《公刘》篇、后《良耜》篇并细研究之，或能自得之也。（殷周青铜时代用不用青铜农器？至今学者间颇有争论。读者可参阅唐兰《中国古代社会使用青铜农器问题的初步研究》，《故宫博物院院刊》总二期。）

噫嘻一章八句

《噫嘻》，春夏祈谷于上帝也。

噫嘻成王！	噫嘻，成王！
既昭假尔。	已经明明请到了您。

率时农夫，韩，率作帅。　　　　统率这些农夫，
播厥百谷。　　　　播种那些百谷。
骏发尔私，〔一〕齐，骏作浚。　　　　"赶忙发出你们的耕具，
终三十里；　　　　尽在方三十里的地区；
亦服尔耕，　　　　大力从事于你们的耕作，
十千维耦！〔二〕无韵。　　　　这是二万人成对的耕去！"

一章。此盖康王祭告成王祈谷，同时命令田畯农夫耕种之诗。发端二句，不直祈于天，但祈于配天之先王。突兀用一尔字，如闻祈呼之声也。次二句，率时农夫，田畯之职也。播厥百谷，农夫之事也。末四句，终三十里，欲其地之无遗利乎？十千维耦，欲其人之无遗力乎？总结出此一旧解，较为明快。〇江永云："无韵之章。顾氏强叶韵，今不从。"〇陈奂云："噫嘻叠韵。"

〇今按：《噫嘻》，反映西周奴隶制社会奴隶阶级受命在集体方式下大规模进行农业劳动一种情况之诗篇之一。传统解释可不如此。如云："《噫嘻》，康王春祈谷也。既得卜于祢庙，因戒农官之诗。""朱子以为亦戒农官之辞，则此诗宜在《雅》，不在《颂》。"此何楷《古义》一说，姚际恒以为其说亦巧合矣。其《通论》引之云："《家语》，孔子对定公曰：'臣闻天子卜郊则受命于祖庙，而作龟于祢宫，尊祖亲考之义也。'又《左》襄七年夏四月，三卜郊不从。孟献子曰：'吾乃今而后知有卜筮。夫郊祀后稷，以祈农事也。启蛰后郊，郊而后耕。今既耕而卜郊，宜其不从也。'愚以此诗首有成王昭假之语，是此诗作于康王之世，乃主作龟祢宫而言。不然，周自后稷以农事开国，即欲敕农官，何不于始祖之庙举始祖为辞，而顾于成王何取乎？其说亦巧合，存之。"姚氏不信今古文说，此"春夏祈谷于上帝之所歌"。亦不信《朱传》，"此连上篇，戒农官之诗"。据诗发端云："噫嘻成王！既昭假尔。"或以为此与《昊天有成命》称成王同，是生号，非谥号。如戴震、马瑞辰、王先谦即皆如此说。马氏

云:“噫嘻盖倒文,谓成王噫歆为声,以祈呼上帝也。”郭沫若亦以为此成王“还是生时的成王”。盖据王国维《观堂集林·遹敦跋》,亦自据其《金文丛考·谥号之起源》。郭先生云:“〔此诗〕是成王亲耕之前,昭假先公先王,史官们(古人称“作册”,犹今人称“书记”)把这事做成颂歌来助祭。”又云:“〔此诗把〕周初的农业情形表现得异常明白。农业生产的督率是王所躬亲要政之一。土地是国家的所有,作着大规模的耕耘。耕田者的农夫是有王家官吏管率着的。这情形和殷代卜辞里面所见的别无二致。”此据古代殷周社会为说,或有助于今后学者通读《三百篇》中十数篇周代农事诗。顾愚意此诗“噫嘻成王”自是诗人代嗣王祈呼故成王之辞,直解为康王祈呼成王,最为顺适。何楷一说是也。又今之学者论此诗主题有数说,译语有数种。分别见于李亚农《中国的奴隶制与封建制》、岑仲勉《西周社会制度问题》、憩之《关于周颂噫嘻篇的解释》(《光明日报·文学遗产》第一一四期)。究以何说、何种为是?此可作为现代关于《诗经》争鸣之一例,亦即郭先生所谓“争要争得好、鸣要鸣得好”之一例也乎?皆尚未为此诗之定解也。

附　郭沫若《噫嘻》今译

啊啊,我们的成王!
既已招请了你们〔各位先公先王〕来;
他率领着这些农夫,
开始农作业的播种。
大规模地开发你们所有的土地,
一直到了三十里的尽头;
也从事你们的耕作,
二万人在同时成对地劳动。

振鹭一章八句

《振鹭》，二王之后来助祭也。

振鹭于飞，〔一〕	一群白鹭在那里飞，
于彼西雝。	正在那西郊的圆池。
我客戾止，	我们的客人到了，
亦有斯容。〔二〕东部。	也有这美洁的风姿。
在彼无恶，	在他那里没有怨恨，
在此无斁。韩，斁作射。	在我这里没有厌恶。
庶几夙夜，	希望早晚小心，
以永终誉。鱼部。○韩、鲁，终作众。	以长保已多的荣誉！

一章。《朱子语类》："问：《振鹭》诗不是正祭之乐歌，乃献助祭之臣。未审如何？曰：此文意都无告神之语，恐是献助祭之臣。古者祭祀，每一受胙，主与宾尸皆有献酬之礼。既毕，然后亚献，至献毕复受胙。如此礼意甚好，有接续意思。"

○今按：《振鹭》，《序》说："二王之后来助祭也。"二王之后指谁？《郑笺》云："二王，夏、殷也。其后，杞也、宋也。"王先谦云："鲁说曰：《振鹭》，二王之后来助祭之所歌也（蔡邕《独断》）。《汉书》匡衡议曰：'王者存二王之后，所以尊其先王而存三统也。'是《齐诗》亦有此说，韩义盖同。"何谓存三统？《孔疏》云："《郊特牲》曰：王者存二代之后，独尊贤也，尊贤不过二代。《书传》曰：天子存二王之后，与己三，所以通天三统，立三正。郑《驳异义》云：言所存二王之后者，命使郊天以天子礼，祭其始祖受命之王，自行其正朔服色，此之谓通天三统。是言王者立二王之后之义也。"李樗《集解》云："二王之后不纯臣待之，故谓之我客。如所谓虞宾在位，作宾于王家也。”立二王之后之义如此，其史实若何？《孔疏》云：“《乐记》称武王伐纣，既下车，封夏后氏之后于杞，投殷之后于宋。”“《史记·杞世家》云：武王克殷，求禹之后，得东楼公，封之于杞，以奉夏后氏之祀。是杞之初封，即为夏之后矣。其殷后，则初封武庚于殷墟，后以叛而诛之，更命微子为殷后。”再据《汉书·梅福传》云：“武王克殷，未下车，存五帝之后，封殷于宋，绍夏于杞。”盖在西周之初；凡从古老之氏族社会而遗留以来之部落，皆就地加封，列为诸侯。其封黄帝之后于蓟，帝尧之后于祝，帝舜之后于陈，谓之“三恪”。或云：陈、杞、宋谓之“三恪”。恪读如执事有恪之恪，固有敬字之义。其字古亦写作愙，或写作窸。此诗与下《有瞽》、《有客》二诗客字，虽曰主客之客，亦谓以客礼相待，含有恪敬之意。此皆出于当时大奴隶主怀远柔迩，协和万邦，便宜从事之一种政策。后之有国者，亦或师其意而变其制，以迄于今，蔚为以华夏民族为主而拥有并列之多民族，巍巍乎天下一统之伟大国家也！

丰年一章七句

《丰年》，秋冬报也。

丰年多黍多稌！〔一〕鱼部。（自为韵）	丰年多小米又多糯米！
亦有高廪，	也就有高大的粮仓，
万亿及秭。	要以万计亿计和秭计。
为酒为醴，	做酒做快熟的甜酒，
烝畀祖妣。	进献给先代的祖、妣。
以洽百礼，	以配合报祭群神的百礼，
降福孔皆！脂部。○鲁，皆作偕。	神灵降下的福泽就很美！

一章。《传说汇纂·案语》云：“考祀典，秋冬大报，上至天地以

至方蜡，靡祀不举，祀则有乐。是诗概为报祭之乐章，故《序》不明斥所祭为何神也。”〇按：僖十九年《左传》云：“周饥，克殷而年丰。”以此为周人创国，骤遇丰年，为之狂喜，而祀祖妣，遍及天地群神之诗，最合史实。特揭出之。〇江永云：“颂无韵之句。首二句无韵。”

〇今按：《丰年》，盖百谷报成之祭所歌。此秋冬报祭，从祖妣以至上帝百神，皆歌此诗。《序》说“秋冬报”，简，亦不为误。《郑笺》云：“报者，谓尝也，烝也。”《鲁说》正同。陈乔枞《鲁诗遗说考》云：“此烝、尝，非四时宗庙之祭也。”“谓之尝者，取物成尝新之义。谓之烝者，取品物备进之义。《月令》言‘毕飨先祖’，诗言‘烝畀祖妣’，其事正同。《噫嘻》为春夏祈祭之所歌，《丰年》为秋冬报祭之所歌。与宗庙时祀之烝尝名同而实异也。”朱子《辨说》：“《序》误。”盖谓此非宗庙之诗也。故《朱传》云：“此秋冬报赛田事之乐歌。盖祀田祖先农方社之属也。”所谓田祖，当指神农，即《郊特牲》之先啬。先农，当指后稷，即《郊特牲》之司啬。方，社，即《甫田》篇所云之“以社以方”，《云汉》篇所云之“方社不莫”，是也。此外宋儒或以为此“祭上帝”（王安石），或以为“秋祭四方，冬祭八蜡”（苏辙）。《郊特牲》云：“蜡者，合祭万物而索飨之。”何谓八蜡？郑玄谓为：先啬一，司啬二，农三（古田畯），邮表畷四，猫虎五，坊六，水庸七，昆虫八。此中亦该有初民拜物教之神也。清儒魏源、龚橙皆主此诗报赛八蜡一说。魏氏并谓国祭蜡，则龡《豳颂》，击土鼓，以息老物。故《丰年》、《载芟》、《良耜》三诗皆蜡祭乐章。《丰年》之《毛序》与《郑笺》皆与诗旨不合。今日吾人率皆为无神论者，已无必要研究古代此种祭祀之制，亦无兴趣辩论此种靠天吃饭之原始愚行也。今以郭沫若先生从西周奴隶制社会史释此诗，为最合诗旨。他说：“这首诗没有什么可以解释的，时代要晚些（按：谓较《噫嘻》、《臣工》），辞句多与《载芟》相同。万亿及秭的情形，同样表示着国有的大规模耕作，决不是所谓小有产式、或大有产的个人地主所能企及的。”

有瞽一章十三句

《有瞽》，始作乐而合乎祖也。

有瞽有瞽！	这些盲乐人，这些盲乐人！
在周之庭。	正在奏乐于周室的庙廷。
设业设虡，	横设一条挂版，竖设两根连座直柱，
崇牙树羽。〔一〕	载钉齿状崇牙，两根柱端树立彩羽。
应田县鼓，	有小的应鼓、大的田鼓，以及悬鼓，
鞉磬柷圉。	摇鼓、玉磬，和节乐之器柷筒虎敔。
既备乃奏，	都已设备好了就来演奏，
箫管备举。鱼部。与瞽叶。	排箫笛子之类的乐器齐举。
喤喤厥声，	喤喤响的是它的乐音，
肃雍和鸣，	肃敬雍和的合奏共鸣，
先祖是听！	先祖的神灵于是来听！
我客戾止，	我们的客人到了，
永观厥成！耕部。与庭叶。	将永久看到这音乐的奏成！

一章。王志长云："篇中详序乐工之位，乐器之设，既备乃奏，至观厥成而终焉。盖凡乐初成，必荐之祖考，而后谱之乐官，登之郊庙也。"(《传说汇纂》)〇江永云："'设业设虡'以下应瞽字韵。'喤喤厥声'以下应庭字韵。分应韵。"

〇今按：《有瞽》，《序》云："始作乐而合乎祖也。"《郑笺》云："王者治定制礼，功成作乐。合者，大合诸乐而奏之。"王先谦云："鲁说曰：《有瞽》，一章十三句，始作乐，合诸乐而奏之所歌也。(蔡邕《独断》)齐、韩盖同。"此诗主旨今古文说又同。宋儒未见有何别解。

惟《序》文简略，亦颇引致后儒争论。所谓始作乐，乐为《大武》之乐乎？（《稽古编》）泛指周乐乎？（《孔疏》）且所谓乐，为乐器乎？（《孔疏》：即经所云鞉磬柷圉箫管之属。）抑乐章乎？（如云《武》，即《大武》）郑说大合诸乐而奏之，诸乐为周乐乎？（《孔疏》）或兼指异代之乐乎？如说周与黄帝、唐、虞、夏、商六代之乐乎？（《稽古编》：县鼓是周制耳。余器则《虞书》、《商颂》已有之，岂专为周乐设哉？按：应田亦为二代之典物。）所谓合乎祖，合指祫祭乎？如为祫祭，时祫乎？大祫乎？（范氏《补传》、何氏《古义》皆以合为祫祭。）再所谓合乎祖之祖，此指经文泛言之先祖，如先公先王之类，抑专指太祖文王或后稷乎？（《孔疏》：周公摄政六年，制礼作乐，一代之乐功成，而合诸乐器于太祖之庙奏之，告神以知善〔一作和〕否。此太祖谓文王也。）今已难于一一剖析何者为是也。至诗末云："我客戾止，永观厥成。"《郑笺》云："我客，二王之后也。长多其成功，谓深感于和乐，遂入善道，终无愆过。"可见当时合乐，请客观礼，以示自此国基永固，礼乐长存，客人当无复辟异志，实含有威吓与教戒之深意也，而《笺》已触及之矣。至《孔疏》、陈氏《传疏》皆以为此诗作在周公摄政六年制礼作乐之时（公元前一一一〇），亦似言之有据也。

潜一章六句

《潜》，季冬荐鱼，春献鲔也。

猗与漆沮！	啊哟，漆水和沮水！
潜有多鱼：鱼部。〇鲁、韩，潜作涔。	鱼窝里养有许多鱼：
有鳣有鲔，	有鳣鱼也有鲔鱼，
鲦鲿鰋鲤。〔一〕	还有白鲦、黄鲿、鲇鱼、鲤鱼。

以享以祀，	拿来献食，拿来打祭，
以介景福！之部。	拿来求得更大的福气！

一章。黄櫄云："《鱼丽》言万物盛多，可以告于神明。知《鱼丽》之意则知《潜》之意矣。"(《集解》)〇江永云："鲔、鲤、祀、福，上、入为韵。"

〇今按：《潜》，专用鱼类献祭宗庙之诗。愚意，远在旧石器下期，中石器初期，人类已知磨擦取火，而以渔猎为生，直至发生宗教，相信死后生活，可有专用鱼类献祭之原始仪式。进入奴隶制社会，此尚作为一种正式祭典，不过可视为原始氏族社会旧俗之残余而已。《潜》诗不妨视为摄取此一历史之小影也。《诗序》云："《潜》，季冬荐鱼，春献鲔也。"《郑笺》云："冬、鱼之性定；春，鲔新来。荐献之者，谓于宗庙也。"《孔疏》云："冬则众鱼皆可荐，故总称鱼。春唯献鲔而已，故特言鲔。""言春鲔新来者，陆玑云：河南巩县东北崖上山腹有穴。旧说云，此穴与江湖通。鲔从此穴而来，北入河，西上龙门入漆沮。故张衡云：'王鲔岫居。'岫，谓此穴也。然则其来有时，以春取而献之，时新来也。"此盖不知鲔于春夏间为繁殖而洄游，从海溯河而上产卵，故误认鲔出自山穴也。陈奂云："《礼记・月令》：'季冬命渔师始渔。天子亲往，乃尝鱼，先荐寝庙。'此冬荐鱼也。《月令》：'季春荐鲔于寝庙。'又《周礼》：'䱷人春献王鲔。'《夏小正》：'二月祭鲔。'此春献鲔也。《鲁语》云：'古者大寒降，土蛰发。水虞于是乎讲罛罶，取名鱼而尝之庙。行诸国。'案：冬春之际皆取鱼尝庙，正与《序》义合。"此释春献鲔确较《笺》、《疏》为合。此诗今古文说又同，宋儒亦无别旨。我国近古东北少数民族于冬春之间亦有取鱼为祭设宴之礼俗，殆上古王者春献鲔之残遗？黑龙江有鱼曰鳇，长约一二丈，重约二三百斤乃至一二千斤，常以鲑鱼(大马哈鱼)为食。古称鲟鳇鱼(讹为秦王鱼)，俗名牛鱼、牛头，属于鲟科鱼类。此在《旧五代史・冯道传》、厉鹗《辽史拾遗》

等书中有可考者也。又《金史·礼四》:"天德二年,命有司议荐新礼,依典礼合用时物,令太常卿行礼。正月,鲔。明昌间用牛鱼,无则鲤代。"注云:"牛鱼状似鲔,鲔之类也。"《元史·刘哈喇八都鲁传》载,至元二十七年,世祖忽必烈谕刘哈喇八都鲁曰:"乃颜故地曰阿八喇忽者,产鱼。吾今立城,名其城曰肇州,汝往为宣慰使。""一日得鱼九尾皆千斤,遣使来献。"据屠寄《蒙兀儿史记·忽必烈纪下》:"元之肇州地在今松花江岸,隔江斜对哈尔滨。"据史,近古辽金元之世,皆有献鱼之事也。次论篇之名《潜》:诗云:"潜有多鱼。"潜者何物?《毛传》云:"潜者槮也。"王先谦云:"胡承珙曰:慘,谓之涔,《尔雅》列于《释器》。(今按舍人注,以米投水中养鱼。米字盖木字之讹。《毛传》槮字亦有从米之本,见阮元《校勘记》。)若以米养鱼,不得为器。况漆沮大水,非可投米以养。若如《韩诗》谓涔为鱼池,则当入《释地》。《尔雅》既与罬罶巢罾并列,则槮自是围鱼待捕之具。水中列木所以聚鱼,亦可谓养,非以米畜养也。愚按:列木水中,鱼得隐藏,有若池然,故曰鱼池。《邢疏》引《小尔雅》:鱼之所息谓之橬。橬,槮也。积柴水中,鱼舍也。是可称鱼舍,亦可称鱼池。若在漆沮水中,而曰别有鱼池谓之涔,韩固不为此训也。潜、涔古今字。"今者太湖渔民尚用此法,于湖中围木栅以养鱼,谓之鱼窝。又有用尼龙网箱养鱼者。早在三千年前,劳动人民已知以人工养鱼。不独见之于《诗》,且先见之于甲骨文:"贞,其雨?在圃渔。"故春秋战国之际,范蠡得以著《养鱼经》。此当为世界最古一部关于人工养鱼之专著,而惜其已佚。《周礼》,𩶛人官属至三百人之多。马融以为此由于其时池塞苑囿取鱼处多之故也。要之,殷周时代已有人工养鱼之事矣。陈启源以佛说戒杀之义释此诗,江藩《汉学师承记》至摈陈启源于清代汉学家之外。其言曰:"国朝崇尚实学,稽古之士崛起。然朱鹤龄《通义》虽力驳废《序》之非,而又采欧阳修、苏辙、吕祖谦之说,盖好博而不纯者也。鹤龄与同里陈启源商榷《毛诗》,启源又著《稽古编》三十卷,惠征君定宇亟称之。其书虽宗郑学，训诂声音以《尔雅》为主，草木虫鱼以《陆疏》为则，可谓专门名家矣。然而解'西方美人'(《简兮》)则盛称佛教东流始于周代；解捕鱼诸器(《潜》)谓广杀物命恬不为怪，非大觉缘果之文莫能救之；妄下断语，谓庖牺不作罔罟。吁！可谓怪诞不经之谈矣。以佛说解经，晋宋之间往往有之，然皆袭其说而改其貌，未有明目张胆若此者也！"此等议论正足以代表有清一代汉学正统派门户之见，固陋之习。清自嘉道以来，《诗经》汉学始臻于盛。有如胡承珙、马瑞辰、陈奂诸家，陈寿祺、乔枞父子，以迄于徐璈、魏源、王先谦。此皆分途深研汉《诗》今古文四家说之代表人物也。

雍一章十六句

《雍》，禘大祖也。

有来雍雍，雍与公叶。东部。	这来的雍雍和和，
至止肃肃。	到了的肃肃敬敬。
相维辟公，	助祭的是诸侯公卿，
天子穆穆。幽部。	天子有穆穆的美容。
於荐广牡！牡与考叶。幽部。	啊，进献大牲的时候！
相予肆祀。	助我陈设全牲祭祀。(我，成王)
假哉皇考！	美哉皇考！(文王)
绥予孝子：之部。	保佑我孝子：
宣哲维人，人与天叶。真部。	又明又哲的是人臣，
文武维后。	有文有武的是人君。
燕及皇天，	安及皇天没有灾异，
克昌厥后。侯部。	能够昌大他的子孙。
绥我眉寿，寿与考叶。幽部。	保佑我长眉大寿，

《解诂》:“王者封二王之后,地方百里,爵称公,客待之而不臣也。《诗》云:‘有客宿宿,有客信信。’”《礼记·檀弓》:“殷人尚白,戎事乘翰。”郑注:“翰,白色马也。《易》曰:‘白马翰如。’《明堂位》云:‘殷人白马黑首。’”诗云“有客”、“白马”,上引经典是其义证矣。何楷云:“《振鹭》,周成王时,微子来助祭于祖庙,先习射于泽宫,周人作诗以美之。”“《有瞽》,成王大祫也。合诸乐于太庙奏之,微子以客礼来助祭,诗人纪述其事。”“《有客》,微子助祭于周,毕事而归。王使人燕饯之,而作此诗。”“按,微子,名启,纣同母庶兄也。当殷之世封于微,而爵为子,微盖殷畿内国名。及武王克商,改封微子于宋。即《乐记》所谓未及下车而投殷之后于宋。是也。其时武庚尚在,故不得为殷后。及武庚叛,成王诛之,而汤祀斩矣。于是即微子始封之宋国进爵上公,命为殷后,以主汤祀。《史记·世家》言周公既承王命诛武庚,乃命微子代殷后,奉其先祀,作《微子之命》以申之。是也。”孔颖达既疑此三诗为一时事,何楷则以为此三诗皆为有关微子一人之辞。而此诗末云:“既有淫威,降福孔夷。”则可视为成王既黜殷命,杀武庚,始命微子代殷之辞也。至若姚际恒云:“《小序》谓微子来见祖庙,向来从之。惟邹肇敏曰:愚以为箕子也。《书》载:武王十三祀,王访于箕子,乃陈《洪范》。此诗之作,其因来朝而见庙乎?淫威、降福,即就《箕畴》(《洪范》)中向用五福,威用六极,遂用其意。言前有非常之凶祸,今当酬以莫大之福飨。盖祝之也。此说甚新,以威福合《洪范》尤巧而确,存之。”学者据此而谓作者以箕子之语还语箕子,诗为武王之世箕子来见祖庙而作也,亦未为不可。姚氏谓此两说“皆可通”,是已。

武一章七句

《武》,奏《大武》也。

於皇武王！	啊，美哉武王！
无竞维烈。	没有更强的是他的功烈。
允文文王！	诚哉有文德的文王！
克开厥后。	能够开创他的后代的基业。
嗣武受之，	继迹的人接受了它，
胜殷遏刘，	要战胜殷商，止住残杀，
耆定尔功。无韵。○鲁，尔作武。	到老就确定您的成功罢。

一章。诗言武王无竞维烈，胜殷遏刘。知为武王伐纣出师之所歌。○宋阙名《儒林公议》云："景德初，契丹大寇河朔，章圣将幸澶渊，中外人情震惧。车驾发京师，六军奉作乐。上疑问左右。杜镐曰：'周武伐纣，前歌后舞。'遂作乐，人情颇安。"○江永云："无韵之章。"

○今按：《武》，即《大武》，或即《武宿夜》。疑是武王伐纣前夕，士卒群众集体创作之军歌？《礼记·祭统》篇云："舞莫重于《武宿夜》。"郑注："《武宿夜》，舞曲名也。"《孔疏》云："皇氏曰：师说《书传》云，武王伐纣至于商郊，停止宿夜。士卒皆欢乐歌舞以达旦，因名焉。熊氏曰：《宿夜》，即《大武》之乐也。"此盖为最古之军歌，亦为最古之"兵演兵"之歌舞曲。或曰：武王伐纣，但如伯夷、叔齐所云，"以暴易暴"。即以一大奴隶主替换别一大奴隶主而已，何以武王一方之士卒群众竟至如此之欢乐歌舞乎？曰：倘非其人由于接受恭行天讨、吊民伐罪一类之鼓动宣传，即由于商纣之虐于庶人确较周武为甚，故尔仇恨纣王而歌颂武王也。范家相《诗沈》疑此诗中不见宿夜之义。盖不知诗重摅情，不全在叙事邪？何楷《古义》殆因彼《酌》篇有"遵养时晦"一语，即以彼诗当《武宿夜》邪？此诗称武王，为生号，非谥号，盖如《昊天有成命》诗之成王也。《左传》（宣十二年）有武王克商作《武》语，谓其作歌作舞在克商之时也。《国语》引此诗以为周文公之颂，盖谓其定诗作乐为周公其人也。

胡氏《后笺》可供参考。至《武乐》、《大武之乐》，盖似后世之套曲，合数曲而成，《乐记》言之已详："子曰：'夫乐者，象成者也。总干而山立，武王之事也。发扬蹈厉，太公之志也。《武》乱皆坐，周召之治也。'"郑注："成，谓已成之事也。总干，持盾也。山立，犹正立也，象武王持盾正立待诸侯也。发扬蹈厉，所以象威武时也。《武舞》，象战斗也。乱，谓失行列也。失行列则皆坐，象周公、召公以文止武也。"愚按：乱，当读《论语》"《关雎》之乱"之乱、《楚辞》篇末"乱曰"之乱，曲终之辞也。"且夫《武》始而北出，再成而灭商，三成而南，四成而南国是疆，五成而分周公左、召公右，六成复缀以崇。"郑注："成，犹奏也。每奏《武》曲一终为一成。始奏，象观兵盟津时也。再奏，象克殷时也。三奏，象克殷有余力而反也。四奏，象南方荆蛮之国侵叛者服也。五奏，象周公、召公分职而治也。六奏，象兵还振旅也。复缀，反位止也。崇，充也，凡六奏以充《武乐》也。"今不知《乐记》是否公孙尼子所作，子曰是否谓孔子所说，要之必有所据。其所谓《武乐》六成，是否说合《颂》诗六章为一组而歌之，如郑注所说？自宋朱熹、严粲至明丰坊（伪撰《申公诗说》）、何楷，皆据《左传注疏》、《乐记》郑注，言之历历，若有其事。而黄中松、胡承珙与陈奂先后驳之。顾何楷一说雄辨惑人，今犹有人信从者，今撮要于篇末，以供学者查考焉：

"《武》，《大武》一成之歌。首纪北出伐商之事，为《武乐》六成之始，故专得《武》名。在《九夏》中疑即《纳夏》，一名为《遏》。

"《酌》，告成《大武》也。周公所作，言能斟勺先祖之道也。是为《大武》之再成，象武王灭商之事。亦名《武宿夜》。

"《赉》，武王减殷，南还于周，遍封诸侯，命之大赉。是为《大武》之三成。

"《般》，述武王巡守之事。为《大武》之四成。所谓南国是疆者也。

"《时迈》，一名《肆夏》，为《大武》之五成。巡行方岳后，分周公左、召公右之事也。

“《桓》，武志也。是为《大武》之六成。复缀以崇，天子之所歌也。《武》乱皆坐，周召之治也。”

“愚于《武》、《赉》、《桓》三诗外，更定《勺》为《大武》之再成，《般》为《大武》之四成，《时迈》即《肆夏》，为《大武》之五成。而《大武》六成之乐俱无欠缺，真千古快事！”

再录近人郑觐文《中国音乐史》论《大武》编制九成与六成者于此，备考：

“按：《大武》共九成（比《韶乐》多三成），舞器用干戚。《雅乐》为德性之乐。《武乐》兼言功业，又作房中乐，为内庭之乐。（不用钟鼓为房中乐）

“《乐记》，孔子言《武乐》之编制。云云。（见前）按：自古乐法不过分文武二体。《武乐》当然为武体，本九成；《乐记》只言六成：一、戒备之象，当声迟调缓。二、计画之象，当音多调慢。三、发扬之象，当调高音急。四、凯还之象，当音舒调畅。五、治理之象，当声静调和。六、盛威之象，当气洪调复。《武乐》之编制法，实为后世一切乐体之标本。自来大曲制多仿此。即后世琴曲以及琵琶大谱等皆然。”

【简注】

臣工

〔一〕来咨来茹，可解作是咨是茹。

○莫同暮。畬音余。庤音峙。钱如字，或读铲。镈音博、音布。铚音窒。艾音刈。

噫嘻

〔一〕骏发尔私者，《毛传》：私，民田也。愚疑私为农器耜字之讹。耜字古文作枱，亦作相。枱、相、私形近易讹。在奴隶制下，农民似不得自有农具，更不得有私田。即在井田中分有份额私田，亦当公事毕而后敢治私事。但观《诗》有“雨我公田，遂及我私”之语，当时农夫安分之心理可知。若云贵族私田，如采邑禄田之类，王者何独急此私田而令农官督耕乎？若云王者所有藉田,《诗》云“溥天之下,莫非王土”。则王又不肯自认为私也。此字存疑,以待知者。骏字盖趍之假借。《说文》:趍,行速趍趍也。

〔二〕十千维耦者,《郑笺》谓万夫耦耕。按:耦耕之制今已不鲜。程瑶田《沟洫疆理小记·耦耕义述》、陆懋德《中国发现之古铜犁考》(《燕京学报》三十七期)、孙常叙《耒耜的起源和发展》(《东北大学科学集刊》一九五六年二期)、万国鼎《耦耕考》(《农史研究集刊》一册)、何兹全《谈耦耕》(《中华文史论丛》三辑)以及石声汉《中国农业遗产要略》遗著未刊本,论及耦耕之制。最后还见到胡德平、杜耀西《从门巴珞巴族的耕作方式谈耦耕》(《历史研究》一九八〇年第十二期)。说者已多,尚无定论。据《论语》记长沮桀溺耦而耕,耰而不辍。则偶耕或是一人耕、一人耰之谓。即二人合力,一人掘地发土、一人碎土使平之耕作方法。或者一人在前牵引,一人在后扶耜发土之谓与?

振鹭

〔一〕鹭,鹭鸶,白鹭又名舂锄。涉禽,鹳形目、鹭科。

〔二〕亦有斯容者,古斯、鲜字通。

○斁音亦。

丰年

〔一〕《诗草木今释》:稌,又名稉,糯稻,江米。

○稌音途。秭音姊。畀音俾。

有瞽

〔一〕设业设虡,崇牙树羽。按:此四者合而为悬钟磬或悬鼓之座架及其上饰。旧注于其形制说未明确。今人就最近发墓出土之先秦钟鼓及其座架加以研究,复制模型,予以复原,其事较明,今采用之。详见《文物参考资料》一九五八年一期、一九六三年二期、一九六四年九期。

○虡音矩。田,郑云,当作棘,音陈。鞉音摇,又音陶。柷音祝。圉,敔之假借字,音语。

潜

〔一〕鳣,硬鳞类,鳣鱼科。体形长纺锤状。鲔,又名鲟鱼,为鳣之近似种。二者皆海产,或入淡水产卵,亦有长留淡水者。皆已见《硕人》篇。鲦,白鲦,为淡水中常见之小型食用鱼类。鲤科。鲤、鲿,皆已见前。鲿,黄颡鱼,俗名盎丝,盖为阿鲿之声变。鲿科。为小型至中型之淡水食用鱼类。鲿体色淡黄而部分灰色,鳗体色灰白而部分带黄,皆光滑无鳞,有谓鲿鳗同属鲇科者。鳗俗名鲶鱼,分布极广,南北皆产,为淡水中小型至中型之食用鱼类。

○猗音阿、音依。与读欤。沮音苴。潜如字,或音涔。鳣音占。鲔音洧,近尾。鲦音条。鲿音尝。鳗音偃,或读鲶、鲇。

雍

○相音象。辟音壁。於,《释文》:郑如字,王音乌。今从王。假,读嘉。宣,俞樾云:乃烜之假字。

载见

〔一〕率见昭考者,《朱传》:昭考,武王也。庙制,大祖居中,左昭右穆。周庙,文王当穆,武王当昭。故《书》称穆考文王。而此诗及《访落》皆谓武王为昭考。

〔二〕思皇多祜者,犹言斯皇多福也。《诗》中屡见福祜转注,思斯通假。

○载如字,或读哉。鞗革,金文多作攸勒。鞗旧音条。革,旧如字读。祜音户。嘏音古。

有客

○且音苴。敦读雕。絷音执。

诗经直解　卷二十八

闵予小子之什第二十八　毛诗周颂

闵予小子之什十一篇十一章百三十七句

闵予小子一章十一句

《闵予小子》,嗣王朝于庙也。

闵予小子!	可哀怜的我小子!
遭家不造,	遭遇家道的不成,
嬛嬛在疚。嬛,齐作茕,韩作惸,鲁作茕。疚,鲁作宊。	茕茕孤独的在忧患之中。
於乎皇考!	呜呼,皇考!
永世克孝。之、幽通韵。	永世不朽的是他能尽孝。
念兹皇祖!齐,兹作我。	想到这皇祖!
陟降庭止。齐,庭作廷。	神灵上下就像在朝廷了。
维予小子!	啊,我小子!
夙夜敬止。耕部。	早晚都得谨慎了。
於乎皇王!	呜呼,先代皇王!
继序思不忘。[一]阳部。	继续传统的这不可忘。

一章。《朱传》云:"此成王除丧朝庙所作。疑后世遂以为嗣王朝庙之乐。后三篇放此。"〇孙鑛云:"恻然哀思图治之意,繇武及

文,最婉妙。”〇江永云:“造、疚、考、孝,上、去为韵。庭、敬,平、去为韵。”

〇今按:《闵予小子》,《序》说:“嗣王朝于庙也。”嗣王何王?朝庙何事?事在何时?《郑笺》云:“嗣王者,谓成王也。除武王之丧,将始即政,朝于庙也。”郑君申毛,以为此诗作在成王三年除丧朝庙之时。盖兼用《诗》今古文家义。是也。“王肃以此篇为周公致政,成王嗣位,始朝于庙之乐歌。毛意或当然也?此及《小毖》四篇俱言嗣王,文势相类。则毛意俱为摄政之后,成王嗣位之初有此事,诗人当即歌之也。”此王肃述毛,而《孔疏》申之,以为此诗作在成王七年,周公致政以后。误已。今观诗语凄怆而有余哀,明为嗣王免丧朝庙之词。《郑笺》不误。胡承珙云:“案《烈文·序》云:成王即政,诸侯助祭。彼《疏》云:《烈文》敕戒诸侯,以赏罚为己任,非复丧中之词,故知是致政后年之事。然则《闵予小子·序》变成王言嗣王,又但云朝于庙,其为免丧后朝于庙可知。《笺》云始即政者,成王居武王之丧,自遵亮阴不言之制。既除丧,则虽年在幼冲,亦当躬亲庶政。所谓周公不诞保七年者,不过伐叛、营洛,及制礼作乐,数大事耳。总之,武王崩后,周公但摄政,非摄位。则免丧朝庙者实为嗣王,以及访谋、进戒,何莫非一时之事?《正义》以毛无避居之事,遂谓武王崩,周公即已摄政。故用王肃述毛,以此及《小毖》四篇俱为摄政后成王嗣位之初有此事。今玩《小毖·传》,以荓蜂为摩曳,以集蓼为辛苦。虽似指管蔡之事而言,然安知非三监方叛,大诰东征时所作?何必定为太平以后追述之词?至前三篇《传》更未见必为周公致政后事,则毛义当与郑同。王肃所述,未必得毛旨。”毛、郑以来论此四诗者,《后笺》最为闳通。陈奂云:“曰嗣王,新辟(君)之词也。曰朝于庙,免丧之词也。曰谋,曰进戒,曰求助,遭变之词也。此及《小毖》四篇皆事在周公居摄三年,于后六年作乐,乃追叙而歌之。”《传疏》此论亦通。惟末谓此四诗乃周公追叙之作,而作在摄政六年制礼作乐之时,恐未必然也。

访落一章十二句

《访落》,嗣王谋于庙也。

访予落止:	咨询政事我开始了:
率时昭考。之、幽通韵。	遵循这昭考的大道。
於乎悠哉!	呜呼,远哉不可及!
朕未有艾。	咱还年幼没有阅历。
将予就之,	扶助我依遵它,
继犹判涣。	继续图谋它光大 。
维予小子!	啊,我小子!
未堪家多难。祭、元通韵。	不堪家道的多难。
绍庭上下,	继续在朝庭上下,
陟降厥家: 鱼部。	升降于他的家:
休矣皇考!	好呀皇考的神灵!
以保明其身。无韵。	就来勉保我的一身。

一章。首二句揭明题旨,接下六句言咨询于群臣,末四句言祈祷于皇考。皇考与上文昭考,皆成王敬称其先父武王之词也。○钟惺云:"此境亦甚难到,所谓欲从末由也。"○姚际恒云:"多少宛转曲折。"(《通论》)○江永云:"末二句无韵。"○陈奂云:"判涣叠韵。"

○今按:《访落》,《序》说:"嗣王谋于庙也。"庙乃武王新主入祀之祢庙。盖与上篇《闵予小子》同时之作。王先谦云:"鲁说曰:《访落》一章十二句,成王谋政于庙之所歌也(蔡邕《独断》)。齐、韩当同。黄山云:谋政于庙,即谋之武王庙也。盖斯时成王虽未即政,而周公在外,家难未平,故豫访群臣而谋之。""黄山云:三年之丧,二十五月而毕，成王即吉，甫逾二年也。《尚书大传》曰：周公摄政，一年救乱，二年克殷，三年践奄，四年建侯卫，五年营成周，六年制礼作乐，七年致政成王。东征三年，践奄而后归。与《豳诗》说合。三监之变，公亲致刑焉，骨肉摧残，正成王所谓家难也。访落之时，公既未归，难犹未已。惟其不堪多难，故访群臣而谋之。”据《尚书·大诰》云：“惟予小子，若涉渊水，予惟往求朕攸济。”“予造天役，遗大投艰于朕身。”“矧今天降戾于周邦。”是《诗》、《书》正相表里。而今古文说又同。诗似成王召集庙前会议之致词。咨询政事，而归结于祈求先人在天之灵之佑助，并以威吓臣民，反映奴隶制社会大奴隶主阶级之宗法思想、权威意识也。

敬之一章十二句

《敬之》，群臣进戒嗣王也。

敬之敬之！	“警惕着，警惕着！
天维显思，〔一〕	天道是显然的啊。
命不易哉！	天命可不容易顺从哟！
无曰高高在上，	不要说，天是高高在上，
陟降厥士；	只升降往来行他的事；
日监在兹。	他就日日监视在这里。”
维予小子！鲁，维作惟。	“啊，我小子！
不聪敬止？之部。	可不听从而警惕着？
日就月将，	日日有所成就，月月有所奉行，
学有缉熙于光明。	为学有积渐开明以至大光明。
佛时仔肩，韩，佛作弗。	大力辅弼我担负这个责任，
示我显德行！阳部。○鲁，示作视。	指示给我以显然的德行！”

一章。前节六句群臣进戒之词，后节六句嗣王受戒之答词。〇姚际恒云："日就月将，学有缉熙于光明，此《三百篇》言学之始。"

〇今按：《敬之》，《序》说："群臣进戒嗣王也。"此诗主旨今古文说又同。陈启源云："《疏》谓《周颂》诸篇皆当时实有其事，诗人见之而述为歌，则作者主名不可考矣。《闵予小子》四篇当是一人手笔。《敬之》篇述成王君臣相告语之言，皆旁人代为之词耳。《朱传》曰：成王受群臣之戒而述其言。又曰：乃自为答之之词。是直以此四诗为成王作矣。"胡承珙云："案：自《闵予小子》以下三篇皆有'维予小子'语，毛于前二篇无《传》。惟《敬之》'维予小子'《传》云：嗣王也。毛意盖以上二篇皆成王之词，则所称小子自系嗣王。《敬之》前六句皆群臣进戒之词，忽接以'维予小子'，嫌于群臣自称，故特为发《传》，其精析如此。"魏源则谓《闵予小子》、《访落》、《小毖》、《敬之》、《载见》五篇为"召公西都之颂，在周公居东未归之时"。愚意此数诗作者，无论其为成王，为周公，为召公，为史臣，为其他诗人，要之今不可考。但观诗用成王语气，《毛诗》、《朱传》似皆以为成王所作，则亦未为不可也。

小毖一章八句

《小毖》，嗣王求助也。

予其惩而！〔一〕	我将痛自惩戒前失呀！
毖后患。	谨防那些后来的祸害。
莫予荓蜂，鲁，荓蜂作甹夆。一作莫予并螽。	没有人给我使动过蜂群，
自求辛螫。韩，螫作赦。	是我自己讨来蜂尾毒螫。
肇允彼桃虫，〔二〕东、中通韵。	才相信那条桃虫，

拚飞维鸟。韩，拚作翻。　　翻飞起来就是一只鸟。
未堪家多难，　　受不了家道的多难，
予又集于蓼！〔三〕幽宵通韵。　　我又落在毒辣的蓼草！

一章。何楷云："蜂以比三叔，桃虫以比武庚。"○沈万钶云："《访落》，谨始也，所以处常。《小毖》，谨后也，所以处变。"（见《传说汇纂》）○钟惺云："创巨痛深，伤弓之鸣。"○姚际恒云："愤懑蟠郁，发为古奥之辞。偏取草虫等作喻，以见姿致，尤奇。"○陈奂云："荓蜂双声。"

○今按：《小毖》，《序》说："嗣王求助也。"《郑笺》云："毖，慎也。天下之事当慎其小，小时而不慎，后为祸大，故成王求忠臣辅助己为政，以救患难。"此诗主旨，今古文说无甚争论。魏源《诗序集义》云："《小毖》，成王即政，尝麦于太祖，求助群臣也。以遭家多难为词，其在《鸱鸮》贻王之后乎？彼附《豳风》之后，故此附《豳颂》之后，皆周公居东未归时，故知非周公所作。"此亦与古文毛氏说不异也。毛奇龄《毛诗写官记》云："《小毖》者，自惩也。'莫予'云者，惩己之使管、蔡也。《大诰》云：'是我国有疵也。''肇允'云者，则惩己之轻武庚也。《大诰》云：'殷小腆耳，乃大敢言继叙也？'故曰予其惩而毖之也哉！当其初也，莫有使蜂螫予者，予自求之。若曰予惩乎管、蔡之使而不及也。桃虫者，鷦鷯也。然而鷦鷯不化雕。其云鸟者，则鷦鷯本鸟也。故鷦鷯鸟也，人但以其名为虫而忽之，而不知其拚飞之本为鸟。此比忽视武庚，而不知武庚实胜国后，得为患。故曰始以武庚为可轻，而不可轻也。予遭家不造久矣，乃复觏此事！"此解荓蜂为使蜂。愚按，《大雅·桑柔》"荓云不逮"，《传》云：荓，使也。蜂，固是虫名。毛奇龄使蜂之说是也。此与《毛传》、鲁说（《尔雅·释训》）读荓蜂若粤夆，解为摩曳、掣曳，义异。齐说则于蜂字仍用本义。如《易林·履之泰》："蛋室蜂户，螫我手足，不得进止，为吾害咎。"《屯之明夷》、《蛊之观》同。是也。宋儒王安石、吕、朱之流，解诗荓蜂如字，盖用齐说乎？鄙见，“莫予荓蜂，自求辛螫”二句，自是以云蜂云螫上下文联贯比喻为义，不可移易。诗人知蜂之可以使令辛螫于人也，而用之于比兴之义，则尔时人工养蜂之术不早已为人所周知矣乎？不难想见，此盖人工养蜂之初见于载籍者。其次，则见于屈子《招魂》：“粔籹蜜饵，有怅餭些。”《诗》、《骚》之时代固相续也。复次，则见于皇甫谧《高士传》，记汉末姜岐之“牧豕调蜂，天涯啸傲”也。胡承珙《后笺》云：“桃虫飞鸟之喻，多难集蓼之言，乃似方当武庚作乱，国家不靖之时，急求辅助，故其词危迫。《大诰》曰：‘殷小腆，诞敢纪其叙？’即桃虫飞鸟之谓也。曰：‘天降割于我家。’曰：‘有大艰于西土。’即多难集蓼之谓也。曰：‘予惟小子，若涉渊水。予惟往求朕攸济。’即《序》求助之谓也。大抵武王崩，群叔即流言。周公居东二年，始知流言所起。《鸱鸮》贻王，风雷示警（《尚书・金縢》），时已免丧即政，然后悟而迎周公，命师伐叛。《小毖》之作，似正值东征之时。曰‘予其惩’者，惩戒往日之误信流言，致疑周公。《史记》所谓‘推已惩艾，悲彼家难’也。曰‘毖后患’者，谓祸难未已，当日慎一日。《大诰》所云‘朕言艰日思’也。《逸周书》：成王即位，因尝麦而语群臣求助，作《尝麦解》。其曰求助，与此《序》相应。其文曰‘维四年孟夏’，又可证此及上三篇通为免丧即政时事。毛意未必如郑以此为归政后之诗也。”此亦以《诗》、《书》相表里为说，而较《毛诗写官记》益有进矣。倘谓《闵予小子》前三篇作于成王三年，则《小毖》一篇当作于成王四年之初夏也（公元前一一一二）。吴闿生《诗义会通》云：“上三篇疑皆周公所为，此当为成王自作，察其词气可以决之。方望溪曰：以上诸诗高微深密，恐非成王初年所及，必周公代作以答天下之望，又使日诵以自警也。其说甚善。独此首决其不然者，莫予甹夆，自求辛螫，乃痛自惩艾之词，非周公所代言也。先大夫（吴汝纶）曰：此诗大恉源本《鸱鸮》，成王之文固渊源周公也。旧评云：哀音动人。”清代桐城派古文家有论此四诗之作者，其见解类如此。愚见则已著于前篇也。

载芟一章三十一句

《载芟》，春藉田而祈社稷也。

载芟载作，	开始除草根，开始除树根，
其耕泽泽。鱼部。○鲁，泽作郝。	他们耕地有泽泽的声音。
千耦其耘，	上千成对的人将往除草，
徂隰徂畛。文部。	往新开的低田，往旧开的高垅。
侯主侯伯，〔一〕	是家主，是老大，
侯亚侯旅，侯、鱼通韵。	是老二老三，是其他的子弟们，
侯强侯以。	是强力的人，是相帮的人。
有嗿其馌，	那饮食声嘈杂的是在吃野餐，
思媚其妇，	这柔美可爱的是妇人，
有依其士。	那盛壮可爱的是男人。
有略其耜，鲁，略作䂮。	那锋快的是他们的犁头，
俶载南亩。之部。	开始耕好了向阳的田亩。
播厥百谷，	播下了那些百谷，
实函斯活。	这种子都是含苞发芽的成活。
驿驿其达，鲁，驿作绎。	络络绎绎的那些苗儿畅生了，
有厌其杰。祭部。	那满好的是一些杰出的苗。
厌厌其苗，	好好整齐的是一般的苗，
绵绵其麃。宵部。○韩，绵作民。鲁，麃作穮。	绵绵密布的人是在中耕除草。
载获济济，	开始收获了，人众济济地有秩序，
有实其积，〔二〕	那满满的是一些谷物的堆积，

万亿及秭。　　要以万计亿计和千亿计。
为酒为醴，　　做酒，做快熟的甜酒，
烝畀祖妣，　　进献给先代的祖、妣，
以洽百礼。脂部。　　以配合祭祀的百礼。
有飶其香，〔三〕　　那香喷喷的是一些米饭的香，
邦家之光！阳部。　　这是国家之光！
有椒其馨，三家，椒作馥。　　那香醺醺的是老远闻到的酒香，
胡考之宁！耕部。　　祝愿大寿的安康！
匪且有且，　　不料如此而有如此呀，
匪今斯今，　　不料如今就有如今呀，
振古如兹！无韵。　　从古以来就像这样呀！

一章。孙鑛云："此描写苗处尤工绝。函、杰是险字，厌厌、绵绵，得态。语不多而意状飞动，所以妙。"〇蒋悌生云："此诗铺叙农事极有次序。载芟载柞至徂隰徂畛，言其初至田畔，除去草木。侯主侯伯至俶载南亩，言其人心齐，器用利，故田亩垦治。播厥百谷至万亿及秭，言耕耘及时得所，是以有收成之利。'为酒为醴'至'胡考之宁'，言惟其收成之多，是以祭祀燕飨之礼无不足。末三句又总言稼穑丰收，古今内外如一而无间。自始至终，其序有条而不紊。"(见《传说汇纂》)按，此论文章脉络有似处。其于古代奴隶制社会农业奴隶之劳动生活，以及父家长奴隶主之剥削生活，则固一无所知，以彼时历史学之水平，亦不可能知之也。〇江永云："济、积，上、去为韵。末二句无韵。"

〇今按：《载芟》，春藉田而祈社稷也。《序》说盖用作乐章之义。"诗中无祈词，无藉田社稷之词。"(魏源)《朱传》云："此诗未详所用。然辞意与《丰年》相似，其用应亦不殊。"意此秋冬报祭之诗。《传说汇纂·案语》云："朱子疑诗无祈田之意。故云未详所用。然犹谓辞意与《丰年》相似。其用应亦不殊，是以为报而非祈也。案

《丰年》之诗曰'降福孔皆',故《序》主秋冬报,而朱子亦主于报,其意相符矣。然《丰年》诗言报祀而神降福,而此诗无其文,则似不可言报。况《噫嘻·序》以为祈谷,只言农夫尽力于耕而不言福。此诗但言农事之勤,所获之多,可备百礼之用,未尝言报祭而获福也,则非报之乐章明矣。若以类诸《豳》之《七月》、《雅》之《大田》,则当次于《风》、《雅》;今次于《颂》,则为王者之乐章明矣。况《集传》原无定指,而《序》在毛苌以前,与《诗》并出于汉,则且从古说为是。"此反常例,不从《朱传》,转从古《序》,自有所见而然也。魏源似暗用《朱传》,《诗序集义》云:"《载芟》,腊先祖五祀也。《月令》:腊先祖五祀,劳农以休息之。及《党正》(《地官》)以礼属民饮酒,正其齿位。故有烝祖妣、宁胡考之语。亦《豳颂》乐章,非春藉田而祈社稷之诗。"王先谦《集疏》云:"《载芟》一章三十一句,春藉田祈社稷之所歌也(蔡邕《独断》)。《南齐书·乐志》:汉章帝时,玄武司马班固奏用《周颂·载芟》以祈先农。是齐说亦以此诗为藉田祈社稷所用乐歌。《韩诗》当同。"此诗主旨,今古文说又同。何谓藉田?《郑笺》云:"藉田,甸师氏所掌,王载耒耜所耕之田,天子千亩,诸侯百亩。藉之言借也,借民力治之,故谓之藉田。"天子,大奴隶主,亲耕藉田,自今人视之,只是一种仪式的、象征的、骗人的政治把戏。当是由原始社会末期氏族首领(父系制大家长)亲与氏族成员(包括伯、亚、旅、士)以及众人,一同劳动生产之历史残影。但看此诗首言从事芟柞耕耘上千耦之人,云侯主侯伯,侯亚侯旅,侯彊侯以。《传》云:"主,家长也。伯,长子也。亚,仲叔也。旅,子弟也。彊,彊力也。以,用也。"《笺》释侯以之以云:"以,谓闲民也,今时佣赁也。"毛、郑之训故,可说基本上不误已。何谓社稷?陈奂《传疏》云:"天子有王社王稷,又有大社大稷。大社大稷与天下群姓共之也,在王宫路门内之右。王社王稷在郊,为境内之民人祀之。天子藉田千亩在南郊,社稷之壝与藉田相近也。祈谷之祭上帝于夏正月,后土于夏二月。后土为社,诗兼言稷者,为五谷,因重之也。

《独断》云，天子社稷土坛，方广五丈，诸侯半之。社稷二神功同，故同堂别坛，俱在未位。”此解简明。金鹗《求古录礼说·社稷考》，繁已。近人解此诗者，有李亚农、郭沫若。两家皆有此诗译文，合愚之译文而三。躬尝此中甘苦，深觉今日解《诗》译《诗》之不易，以知大言不惭者，不可与谈学问之事也。顷见日本佐野袈裟美《中国历史教程》中亦解及此诗，可供读者参考焉：

“因为被征服者的氏族种族共同体，依旧那样整个地作为集团而被奴隶化了；所以，农业劳动也是在集团的方式下进行着了。《载芟》里有‘千耦其耘’，‘有嗿其馌’，‘载获济济，有实其积，万亿及秭’等句子，看了便知道耕作和收获都是由多数农夫在集团的方式下进行的，井田制的痕迹是看不见的，显然是由共同体从事集团耕作。收获物是不分散的，是大量地堆积起来。以其谷类‘为酒为醴，烝畀祖妣，以洽百礼。有飶其香，邦家之光。有椒其馨，胡考之宁。匪且有且，匪今斯今，振古如兹’。对于收入收获物的阶级，真是享不尽的清福，他们开酒宴而大祝，那是当然的了。并且，他们希望无论到甚么时候，都是这样地享福。不是收缴奴隶劳动的收获物的阶级的手，怎么能产生这样的诗呢？站在自由农民的以及痛苦的农业劳动者的立场，这样的诗是不会产生的。这样，奴隶劳动显然在这诗里被暗示着了。”

良耜一章二十三句

《良耜》，秋报社稷也。

畟畟良耜！	急急快耕的好犁头！
俶载南亩。之部。	开始耕好了向阳的田亩。
播厥百谷，	播下了那些百谷，

实函斯活。二句无韵。疑是前章衍文。	这种子都是含苞发芽的成活。
或来瞻女：	有人前来给你们照顾：
载筐及莒，	装满方的筐和圆的篓，
其饷伊黍。鱼部。	那送来的饭是叫黄粱的黍。
其笠伊纠，	那笠子是用辫绳编织，
其镈斯赵，三家，赵作掉。	那小锄的锋利好使，
以薅荼蓼。〔一〕幽、宵通韵。○鲁，薅作茠，荼作荼。	来做铲除荼蓼杂草之事。
荼蓼朽止，	荼蓼杂草都已沤的腐朽了，
黍稷茂止。幽部。	黍子稷子都已长的畅茂了。
获之挃挃，	收割的镰刀声音挃挃，
积之栗栗。齐、韩，作穦之秩秩。	堆积的谷物扎扎实实。
其崇如墉，	那堆的高大好像城墙屋壁，
其比如栉，	那堆的毗连好像木梳竹篦，
以开百室。脂部。	就来打开储藏谷物的百室。
百室盈止，	这些百室里的储藏充盈了，
妇子宁止。耕部。	老婆儿女就都快活安宁了。
杀时犉牡，	宰杀这些黑嘴黄毛的大牛，
有捄其角。	那弯弯曲曲的是它的双角。
以似以续，侯部。	把前岁来仿，把往事来续，
续古之人！无韵。	这样继续着古代的人物！

一章。首节四句，言始耕、播种。次筛八句，言饷田、耘草、沤肥（绿肥）、苗盛。三节七句，言丰收之乐。末节四句，言田事毕而祭祀。其终曰续古之人，亦上篇振古如兹之意也。诗同出于奴隶主阶级或其代言人之手明矣。

〇今按：《良耜》,《序》说："秋报社稷也。"盖《月令》所谓孟冬乃祈来年于天宗，大割祠于公社；《周礼·籥章》所谓国祭蜡；此为蜡祭报社之乐章邪？《朱传》云："或疑《思文》、《臣工》、《噫嘻》、《丰年》、《载芟》、《良耜》等篇，即所谓《豳颂》者，其详见于《豳风》及《大田》篇之末，亦未知其是否也。"魏源谓《昊天有成命》、《天作》、《潜》、《有客》、《振鹭》、《噫嘻》、《臣工》、《丝衣》、《丰年》、《载芟》、《良耜》十一篇，为"周公西都之《颂》。在先后归镐京之日，及陈《七月》、《无逸》(《尚书》)之时。故诗中屡称成王尊号，在制作已成之后"。诸篇是否周公所作？待证。仅以《载芟》、《良耜》二诗言，中有相重复者三句，岂一时一人之作邪？《良耜》,陈奂云："此秋报社稷之乐歌也。《白虎通义》云：'岁再祭之，何？春求秋报之义也。故《月令》仲春之月，择元日，命民社。《援神契》曰：仲秋获禾，报社祭稷。'侯官陈寿祺云：仲秋旧作仲春，误。引《月令》以证春求，引《援神契》以证秋报。"《载芟》、《良耜》二诗，一言春祈，一言秋报，此似得其解矣。何谓耜？何谓良耜？《七月》云："三之日于耜，四之日举趾。"《大田》云："以我覃耜，俶载南亩。"上篇《载芟》云："有略其耜，俶载南亩。"所谓覃耜，或有略其耜，即畟畟良耜之谓也。耜在《说文》字又作梠，云："耒端也。"段注："梠，今经典之耜。"《说文》云："耒，耕曲木也。"《周易·系辞》云："包羲氏殁，神农氏作，斫木为梠，揉木为耒，耒耨之利以教天下。"则耒耜当为最古之木犁矣。(陈振中《殷周的耒耜》,见最近《历史研究》一九八〇年第十二期，可供参考。)从许氏《说文》、郑氏《礼》注，直至近人徐中舒《耒耜考》,大都释耜为今之所谓犁。而严杰《经义丛钞》载阮福《耒耜考》,中引《说文》相字，云："相，臿也。"因而断定相耜一字，为锹铲一类之物，并图其形。非也。大约远在新石器时代初期，人类已有原始农业。其间由石锄进到用雏型之木犁，即由锄农业进到犁农业，尚须通过一段遥远之过程。传说中之神农氏之世，大约相当于新石器时代中期。中国农业殆已由砍倒烧光之农业、锄农业，进到犁农业、耕治农业矣乎？《系辞》又云："神农氏殁，黄帝、尧、舜氏作。""服牛乘马，引重致远以利天下。"传说使用牛马作为牵引力，开始于黄帝、尧、舜之世。从来经史学者释服牛乘马谓驾车，非谓曳犁。而《山海经·海内经》云："稷孙曰叔均，是始作牛畊。"牛畊得不谓之服牛乎？近人常书鸿《漫谈古代壁画技术》："早在原始公社时代，人类就利用壁画刻划出他们从集体生活和劳动中体现出来的艺术形象。如在西班牙阿尔泰米拉洞窟中发现绘于公元一万年以前的'牛'的壁画。在瑞典岩石上发现一幅人使用'牛拉犁'的壁画。(见伊林：《人怎样变成巨人》)"(《文物参考资料》一九五八年第十一期)牛耕始于何时？争论久矣。但观顾栋高《毛诗类释》，载宋人周益公为曾公谨所作《农器谱序》，江永《群经补义·杂说》说及牛耕，《经义丛钞》赵春沂《牛耕说》，据此而可确证者，牛耕之事屡见于春秋战国之载籍。惟皆未及铁犁之记载亦适与牛耕同时。不见夫《孟子》诘问许行"以釜甑爨，以铁耕"之事；《战国·赵策》"秦以牛田、水通粮"之说乎？木犁之后，厥有铁犁，亦可能有铜犁。近人陆德懋有《中国发现之上古铜犁考》(《燕京学报》三十七期)。且据《臣工》篇见有锄类之镈，锹铲类之钱，割禾短镰之铚，字皆从金。顾不知其为美金之铜，抑为恶金之铁。意者，美金宝物，当为奴隶主贵族阶级之享受者所宝用。恶金农器，当为奴隶阶级之劳动者所使用。根据《诗》(《公刘》)、《书》(《费誓》)皆有锻字，透漏冶铁消息，因疑周初久已有粗锻之块铁，而谓之恶金。所无疑者，周初必有金属之农器。虽然殷周之际，尚用石制农器，如安阳小屯出土无数石铲石铚之类。同时贞卜文字中有隶定作牟或作物者，盖为犁之初字；而其时有无牛耕之事，则尚待其他确证也。要之，春秋战国之世，铁制农器已被广泛使用，见诸典籍与出土实物。(中国科学院一九五〇年发掘河南辉县固围村战国魏墓，有铁犁锄头铲子出土。又在河北兴隆发见战国时代燕国铸造铁工具之铁范七十多件，其中多件属于农具一类。)又最近考古一再见有商代铁刃铜钺出土。则铁之为用,固早于春秋战国之世矣。(《文物》一九七五年三期)夫一器物之创造发明,以至普遍应用,必须屡经改进,绵历岁时。初见文字记载,非必标识创始。固不得谓牛耕铁犁必始于春秋战国之世也。佐野袈裟美《中国历史教程》亦论及此诗,可供参考:

"《良耜》篇也表示着奴隶农业劳动盛行的光景。……被收缴去的收获物,满满堆在仓里,成了征服者的一族或者其中的贵族集团的东西。这贵族集团中的女子们看见收获物堆满在自己的房子里是非常快活的。而且希望这种状态能够永久的继续下去。他们就献犧牲于祖先,从事祭祀,大大祝贺。这显然也不是指自由农民的收获,而是指奴隶农耕的收获,成了征服者的种族共同体的贵族集团那一族的东西。希望这种状态永久继续的,不是驱使奴隶的支配阶级的贵族是谁呢? 由以上所述(关于《七月》、《楚茨》、《信南山》、《甫田》、《大田》、《噫嘻》、《载芟》、《良耜》等诗),可知当时在农业上的奴隶劳动是非常广泛地进行着的,在农业上奴隶劳动确实是在极其优势的地位。周代是农业国,而在农业上奴隶劳动既是处于优势的地位,那么,周代的社会全体也就要受这种形态的限制了。"

丝衣一章九句

《丝衣》,绎宾尸也。高子曰:灵星之尸也。

丝衣其紑!	祭服丝衣的洁净!
载弁俅俅。鲁、韩,载作戴;韩,俅作頍。	戴的皮帽俅俅端正。
自堂徂基,	从堂上而到庭阶,
自羊徂牛,韩,徂牛作来牛。	从牲羊而到牲牛,

鼐鼎及鼒。　　检视清洁而到大中鼎和小鼎。
兕觥其觩，　　兕角杯是那样的弯弯，
旨酒思柔。　　美酒就是这样的柔和。
不吴不敖，鲁，吴作虞，敖作骜。　　不太胡闹，不太骄傲，
胡考之休！之、幽通韵。　　这便是大寿考的吉兆！

一章。大夫以上祭服谓之冕，士祭服谓之弁。其首服冕弁，则衣用丝也。诗言士服此祭服以助君祭而燕尸，绎礼虽轻而亦慎也。首五句言礼之始，末四句言礼之终。○江永云："紑俅觩柔敖休基牛鼒相错为韵。(交错韵)案：《烈文》、《丝衣》二诗因当时方音，韵可相通，故错互用韵。今各随其本音读之，可也。"

○今按：《丝衣》，《序》云："绎宾尸也。高子曰：灵星之尸也。"何谓绎？何谓宾尸？《郑笺》云："绎，又祭也。天子诸侯曰绎，以祭之明日。卿大夫曰宾尸，与祭同日。周曰绎，商谓之肜。"此谓天子诸侯祭之明日又祭曰绎。古者祭必有尸。象神以受祭者曰尸。以宾礼事尸谓之宾尸，即在祭之日，既祭之后。《小雅·楚茨》《信南山》、《大雅·既醉》《凫鹥》，已说及尸与绎矣。高子何人？灵星何神？陈奂云："《郑志》答张逸云，高子之言非毛公，后人著之。奂疑高子即高行子。《孟子》称高子论《小弁》之诗，《小弁·传》引其说。《韩诗外传》又称高子与孟子论卫女之诗。则与此高子当是一人，习于《诗》者。故《毛诗·序》与《传》皆有高子。陆德明《释文》：徐整云，子夏授高行子，高行子授薛仓子，薛仓子授帛妙子，帛妙子授河间人大毛公。"此亦释及高子其人。王先谦云："黄山云：灵星所祭者天田，天田为龙左角之星，非即龙也。龙主雨，天田主稷。周以后稷配天，非时不敢祭，故别立灵星以为常祀，旱涝虫蝗盖皆祷之，岂专为求雨设哉？"此释灵星较胡氏《后笺》为精简，并暗驳自王充《论衡》(《祭意》篇、《明雩》篇)以来，误以灵星为龙星，以灵星为雩祭之星一说矣。尚有疑者，灵星与櫺星是一是二？马瑞辰云：

"后世学宫(文庙)前,立櫺星门。据桂馥引《龙鱼河图》云:天镇星主得士之庆。其精下为灵星之神。则门名櫺星,自祭天镇星耳。"此明示其与诗灵星有别矣。

酌一章九句

《酌》,告成《大武》也。言能酌先祖之道以养天下也。

於铄王师!	啊,美哉王的大兵!
遵养时晦。	领去攻取这个昏主。
时纯熙矣,	这时候就大光明了,
是用大介。〔一〕	所以是太好的赐予。
我龙受之,	我们因为天宠就接受了它,
蹻蹻王之造;	矫矫武士都投到王这里来;
载用有嗣,	王就用了这些继续而来的人,
实维尔公,	这是您王的事功,
允师! 无韵。	真的善于用兵!

一章。郑觐文《中国音乐史》云:"《内则》曰:十三舞《勺》。又成童舞《勺》舞《象》。按:《象》为文舞,其诗为《维清》之章。《勺》为武舞,其诗为《酌》之章。按诗歌之节以为舞,列为学校普通教科,故曰成童则舞《勺》舞《象》。"按:此言《酌》用作乐章以后之谊。若其本谊,则明为武士美武王出师之辞。盖《武宿夜》之类,非必即为《武宿夜》也。何楷、魏源皆以时晦字即指此夜,失之凿矣。〇孙鑛云:"始如处女,敌人开户;后如脱兔,敌不及拒。"〇江永云:"隔韵、遥韵。首以师、晦、熙、介隔韵,末用嗣、师遥韵,中间受、造自为韵。""嗣、师,平、去为韵。"

〇今按《酌》,《序》云:"告成《大武》也。言能酌先祖之道以养天下也。”《郑笺》云：“周公居摄六年，制礼作乐，归政成王，乃后祭于庙而奏之。其始成，告之而已。”据谓诗之作者为周公，作在居摄六年制礼作乐之时。其所谓庙，先祖之庙；先祖，文王也。朱子《辨说》云：“诗中无酌字，未见酌先祖之道以养天下之意。”此亦不知《序》说有本，最初《诗》今古文说同也。彼不解诗言“遵养时晦”，不解《序》言“养天下”，而若遽推言养先祖，斯大谬矣。陈奂云：“《维天之命》礼成，告文王；此乐成，告武王。乐莫大于《大武》，故云告成《大武》也。《仪礼》、《礼记》皆言舞《勺》，则乐有舞矣。《酌》与《勺》同。《后笺》云：养即经中养字，《传》训养为取，《序》养天下即取天下。《大武》之功在于取天下。此告成《大武》之诗，而篇名《酌》者，言酌时之宜。所谓汤伐桀、武王伐纣，时也。曰酌先祖之道者，先祖谓文王。文王之道，三分有二而不取；武王酌其时，八百会同则取之。《孟子》曰：‘取之而万民不悦则勿取。文王是也。取之而万民悦则取之，武王是也。’《序》以《大武》之取天下为能酌文王之道，即此意也。称先祖者，据成王作颂时言之耳。《春秋繁露·质文》篇云：‘周公辅成王，成文、武之制，作《汋》乐以奉天。’此《汋》即《酌》也。《汉书·董仲舒传》：‘虞氏之乐莫盛于《韶》，于周莫盛于《勺》。曰奉天者，不过言革命所以顺天；言其盛者，以周之武功为极盛耳。’《礼乐志》云：‘周公作《勺》，言能酌先祖之道也。’此正与《毛诗序》同。《白虎通义·礼乐》篇云：‘周乐曰《大武》、《象》，周公之乐曰《勺》，合曰《大武》。’此或出三家《诗》。然亦足证此《序》言告成《大武》，故有合曰《大武》之语。至蔡邕《独断》、应劭《风俗通》，亦皆言酌先祖之道，知《序》义之来古矣。”此总结《酌》篇《诗》今古文家之说，而谓其《序》义之于古有本。是也。

桓一章九句

《桓》，讲武类祃也。桓，武志也。

绥万邦，	安了万邦，
娄丰年，无韵。	屡有丰年，
天命匪解。	天命没有懈怠。
桓桓武王！	桓桓威武的武王！
保有厥士，	要保有他的事业，
于以四方；阳部。	于是用武力于四方；
克定厥家。	能够奠定他的国家。
於昭于天，	啊，他的功德明见于天上，
皇以间之！〔一〕无韵。	皇天就命他为君以代天！

一章。《孔疏》云："僖十九年《左传》：'昔周饥，克殷而年丰。'是伐纣之后即有丰年也。"〇按：《丰年》篇当是颂克殷丰年之诗。此诗则颂武王克殷受命有天下之诗也。二诗盖同时之作。《序》讲武类祃，乐章之谊也。〇江永云："无韵之章。顾氏谓王方为韵，天间为韵，惟首三句无韵。今不从。间与天古音不相协也。"

〇今按：《桓》，《序》云："讲武类祃也。《桓》，武志也。"何谓类？何谓祃？何谓武志？《孔疏》云："《桓》诗者，讲武类祃之乐歌也。谓武王将欲伐殷，陈烈六军，讲习武事。又为类祭于上帝，为祃祭于所征之地。治兵祭神，然后克纣。至周公、成王太平之时，诗人追述其事而为此歌焉。《序》又说名篇之意，桓者，威武之志。言讲武之时军师皆武，故取桓字名篇也。此经虽有桓字，止言王身之武；名篇曰《桓》，则谓军众尽武。谥法：辟土服远曰桓。是有威武之义。桓字虽出于经，而与经小异，故特解之。""谓之类者，《尚书》欧阳说，以事类祭之。""即祭上帝也。""祃之所祭，其神不明。《肆师》云：'凡四时之大甸猎，祭表貉则为位。'注云：貉，师祭也。〔貉读为十百之百。〕于所立表处为师祭，祭造军法者，祷气势之增倍也。其神盖蚩尤，或曰黄帝。又《甸祝》：'掌四时之田表貉之祝号。'杜子春〔读貉为'百尔所思'之百，书亦为祃。〕云：貉，兵祭也。

甸以讲武治兵，故有兵祭。〔《诗》曰：'是类是祃。'《尔雅》曰：'是类是祃，师祭也。'玄谓田者〕习兵之礼，故〔亦〕祃祭，祷气势之十百而多获。由此二注言之，则祃祭造兵为军法者，为表以祭之。祃，《周礼》作貉，貉又或为貊字，古今之异也。貉之言百，祭祀此神，求获百倍。"据知，类是祭天；祃是祭造为军法者，殆谓祭军神，亦犹后世之所谓祃牙或祭旗邪？陈奂云："《书》：类于上帝，文在巡狩之先。《周礼·肆师》：类造上帝，记在师甸之后。至《肆师》、《甸祝》、《大司马》表貉，诸家以为貉即祃祭，皆为四时田猎设祭。是巡狩大甸猎皆有类祃。《序》云讲武，则不独施于出征矣。盖武王克纣伐殷，出征类祃。其后大平告成，讲武事而类祃，当亦以此为乐歌欤？"此陈氏《传疏》释类祃较《孔疏》有进，益见明确矣。

赉一章六句

《赉》，大封于庙也。赉，予也。言所以锡予善人也。

文王既勤止！不入韵。	文王已经勤劳了！
我应受之。	我担当来接受它。
敷时绎思：〔一〕	颁布这大典而寻绎思索着：
我徂维求定，	我往后只求天下的安定，
时周之命。	这就是周家所受的天命。
於绎思！之部。	啊，大家要寻绎思索着！

一章。《乐记》说武王克殷之事云："将帅之士使为诸侯。"下文则云："虎贲之士脱剑祀于明堂。"注云：文王之庙为明堂。则是大封诸侯在文王之庙也。〇孙鑛云："古淡无比。'於绎思'三字，以叹勉，含味最长。"

〇今按：《赉》篇，武王伐殷克纣以后，宣布膺受先业；并大封诸

之武王。《后笺》云:"按此诗与《时迈》相似。但《时迈·序》云:巡守告祭柴望也。其所重在祭天神,而山川百神皆在从祀之数。""《说文》:祡,烧柴焚燎以祭天神。郑《王制》注:柴,祭天告至也。此可见《时迈》以柴为重,望秩山川不过连而及之耳。《般》则绝不及柴燎,维祀山川而已,此其所以不同。况《时迈》言载戢干戈,载櫜弓矢。明是颂武王初克商后巡狩祭告之事。《般》则通言陟山、翕河、敷天、裒对。似当为既定天下后,时巡四方而作。《正义》不分别二诗之异同,则岂同是武王一时巡狩之事而分为二颂邪?于义疏矣。"魏源以为《清庙》、《维天之命》、《维清》、《我将》、《思文》、《雝》、《烈文》、《时迈》、《有瞽》、《武》、《酌》、《赉》、《般》、《桓》等十四篇,"皆周公东都之颂"。此诗主旨今古文说有异。古文家以为武王巡狩而不封禅,今文家或以为成王巡狩封禅。究竟巡狩者武王抑为成王?巡狩、封禅,是一是二?此在今人视为愚问,而前儒或至纷呶不休。又,何谓封禅?旨在神话化历史,神化帝王,君借之以威吓臣民,臣借之以谀媚君主。自欺、欺人,"其效可睹"。余详《史记·封禅书》,以及清人阮元(《封禅论》)、陈奂、陈乔枞、王先谦诸家之说,兹不具论云。

【简注】

闵予小子

〔一〕继序思不忘。思,犹斯也,之也。按:此思字句中助词。

○嬛音琼。

敬之

〔一〕天维显思,按:此思字句末助词,犹言兮也。

○佛如字,或读弼。仔音子,或音兹。

小毖

〔一〕予其惩而者,愚谓犹言予其惩如,古而、如二字通用。陆、孔章句皆是。胡承珙云:段氏《诗小学》云:《疏》于而字绝。各本皆云《毖》一章八句。

承珙案：《释文》亦以毖而作音。是陆、孔章句正同。《唐石经》于毖下旁添彼字，或当别有本作毖彼后患，郑覃等因据以旁注，未必只缘《正义》有慎彼在后之文，遂臆增经字也。

〔二〕蜂，已于《小宛》篇蜾蠃注连类及之。桃虫，鹪鹩，雀形目、鹪鹩科。其体长约三寸。夏季栖于山林，入冬游平野。食小虫蜘蛛等，认为保护鸟。营巢于树洞墙隙或林薮间，取茅苇毛毳为之，再系以麻须等，至为精密。其形如囊，一端开小口，分一房或二房。以其编巢如刺韈之巧，故名韈雀，又名巧妇。

〔三〕蓼，蓼科植物，有多种。此或为小蓼，又名蓼芽菜，竹叶菜，与葱蒜韭芥称为五辛。《本草纲目》称之为辣蓼。或用之毒溪取鱼。

〇毖音秘。荓音并。螫音赦，又音释。拚如字，音判或读翻。蓼音了，又音廖。

载芟

〔一〕侯主者，《毛传》：主，家长也。按：上云千耦其耘，明指有组织有领导之集体劳动。诚如毛说，所谓主，盖指其时父家长奴隶制之主乎。《载芟》、《臣工》与上《小雅》之中《大田》、《甫田》一类之农事诗所描述者，当是在周天子藉田上耕耘之情状。

〔二〕有实其积。《閟宫·传》：实实，广大也。

〔三〕有飶云云者，范氏《补传》：《说文》，飶，食之香。有飶，言其馔也。《楚辞》：奠桂酒兮椒浆。有椒，言其酒也。按：胡考，犹言大寿也。胡有大义，已见《生民》篇胡臭亶时句。

〇畛音珍，或珍上声。嗿音贪，或贪上声。馌音谒。耜音似。厌如字，或厌平声。麃音标。飶音必，又音秘。且音苴。

良耜

〔一〕蓼，辣蓼，已见《小毖》篇。荼，辣荼。《朱传》：荼，陆草。蓼，水草。按：荼蓼殆属一类而所生有水陆之异邪？荼蓼朽止，已沤成绿肥，故下云黍稷茂止也。

〇畟音稷。筥音举。镈音博、音布。薅音蒿。挃音室。栉音织。犉音淳，音敦。捄音求。

丝衣

○紑音浮。弁音下。俅觩同音求。鼐音耐。鼒音兹。吴,《释文》兼采娱、话二音。敖,如字,或音傲。

酌

〔一〕是用大介者,介、匄古通,当从《广雅》训予。马瑞辰训介为善,似亦可通。

○铄音灼。龙,当读宠。蹻音矫,音脚。实,当读寔。公,当读功。

桓

〔一〕皇以间之。《毛传》:间,代也。马瑞辰云:言天命武王为君以代之,犹《书》言天工人其代之。代天,非代殷也。

○娄读屡。解读懈。於读乌。间,如字,去声。

赉

〔一〕敷时绎思者,胡承珙云:《小旻》敷于下土。《传》:敷,布也。宣十二年《左传》引此诗作铺时绎思。铺亦布也。窃意此诗当云:文王既劳于政事,我膺而受之,将布陈文王之恩泽以锡予善人。马瑞辰云:绎,当读为抽绎之绎。按:诗敷时绎思,於绎思,两绎思皆谓寻绎而思索之,犹今言寻思也。敷时,时周,时犹是也。

○应读膺。绎意亦。於,同上,读乌。

般

〔一〕允犹翕河者,《郑笺》:犹,图也。皆信案山川之图而祭之。王先谦云:一河播为九河,九河同为一河,其分合非图不信,故曰允犹。

诗经直解　卷二十九

驷第二十九　毛诗鲁颂

驷四篇二十三章二百四十三句

驷四章章八句

《驷》,颂僖公也。僖公能遵伯禽之法,俭以足用,宽以爱民,务农重谷,牧于坰野,鲁人尊之。于是季孙行父请命于周,而史克作是颂。

驷驷牡马,三家,驷作駫。	驷驷肥大的雄马!
在坰之野。三家,坰作駉。	在远郊的草野。
薄言驷者?〔一〕鱼部。	正在牧场的马怎样啦?
有驈有皇,鲁,皇作騜。	有黑身白跨的叫驈,有黄白色的叫騜,
有骊有黄,	有纯黑色的叫骊,有黄赤色的叫黄,
以车彭彭。	用车来驾都是彭彭有威仪的好马样。
思无疆:	思虑深微没有限量:
思马斯臧!〔二〕阳部。	这些马就是这样的优良!

一章。"言良马。朝祀所乘,故云彭彭,见其有力有容也。"〇"马之德。"〇按:坰,泽名,俗名连泉泽。《郡县志》云:在兖州曲阜县东九里。盖后起之名。

駉駉牡马！	駉駉肥大的雄马！
在坰之野。	在远郊的草野。
薄言駉者？	正在牧场的马怎样啦？
有骓有駓，	有苍杂色的叫骓，有叫桃花马的駓，
有骍有骐，	有赤黄色的叫骍，有青黑棋纹的叫骐，
以车伾伾。	用车来驾都是伾伾有大力气的快骑。
思无期：	思虑长远没有穷期：
思马斯才！之部。	这些马就是这样的成材！

二章。“言戎马。有力尚强，故云伾伾，见其有力也。”○“马之力。”

駉駉牡马！	駉駉肥大的雄马！
在坰之野。	在远郊的草野。
薄言駉者？	正在牧场的马怎样啦？
有驒有骆，	有叫连钱骢的驒，有白身黑鬣的叫骆，
有駵有雒，	有赤身黑鬣的叫駵，有黑白鬣的叫雒，
以车绎绎。	用车来驾都是绎绎会跑的好脚。
思无斁：	思虑详审没有厌恶：
思马斯作！鱼部。	这些马就是这样的腾跃！

三章。“言田马。田猎齐足尚疾，故云绎绎，见其善走也。”○“马精神。”

駉駉牡马！	駉駉肥大的雄马！
在坰之野。	在远郊的草野。
薄言駉者？	正在牧场的马怎样啦？
有骃有騢，	有灰白色叫泥骢的骃，有叫赭白马的騢，

有驔有鱼，　　有白豪脚杆的叫驔，有两眼发白的叫鱼，
以车祛祛。〔三〕　　用车来驾都是祛祛开展的能够疾驱。
思无邪：　　思虑真诚没有邪曲：
思马斯徂！〔四〕鱼部。　　这些马就是这样的会跑长途！

四章。“言驽马。主给杂使，贵其肥壮，故云祛祛，见其强健也。”○“《礼》，诸侯六闲。马四种，有良马，有戎马，有田马，有驽马。僖公使牧于坰野，马皆肥健。作者因马有四种，故每章各言其一。”（《孔疏》）○“马志向。”（方玉润）○按：如此分作章指，皆未免凑巧。此诗当是叙述鲁侯马政之盛，诗人殆即牧人欤？

○今按：《駉》篇，有关鲁侯考牧之诗。《序》以系之僖公，疑本国史。朱子《辨说》云：“此《序》事实皆无可考，诗中亦未见务农重谷之意，《序》说凿矣。”但《序》说“牧于坰野，鲁人尊之”，据诗意明为鲁人颂鲁侯考牧而作也。朱公迁云：“问国君之富，数马以对。故诗人以之颂美其君如此。”朱谋㙔云：“鲁政多矣，独举考牧一事，军国之所重也。”沈万钶云：“孔子曰：鲁卫之政兄弟也。盖闵其衰乱之相似也。夫悯其衰乱之相似，则岂不喜其兴复之相侔乎？是故鲁之駉牡扬于《颂》，卫之骒牝褒于《风》。”《传说汇纂》引此三说，借以揭明此诗主旨焉。诗之称马皆以其毛色形状之不同而各有专名，可见其时牧养从事车战之军马久已为一种专业，亦或以其社会生产虽然已以农耕为主，而去渔猎畜牧为主之时代尚犹不甚古远也。鲁诗不曰《风》而曰《颂》者何？《孔疏》云：“《王制》说巡守之礼云：‘命太师陈诗，以观民之风俗。’然则天子巡守采诸国之诗，观其善恶以为黜陟。今周尊鲁若王者，巡守述职不陈其诗。虽鲁人有作，周室不采。”僖公之为鲁侯也若何？陈奂云：“初，伯禽就封鲁，本大国，至春秋时为次国。闵公又遭庆父之乱，宗国颠覆。齐桓公救而存之，遂立僖公。僖公从伯主讨淮夷，能复伯禽之业，如大国之制。鲁人尊其教，于是有大夫季孙行父者，往周请命，谓请命（锡

命僖公)，非谓请作颂也。行父请命，与史克作颂是两事。史克作颂，谓作《駉》篇，非谓作《鲁颂》四篇也。”古文家《毛序》说史克作颂，今文三家说奚斯作颂。王先谦云：“《孔疏》：文公六年，行父始见于经；十八年，史克名见于《传》。此诗之作当在文公之世。”“愚案，史克作颂惟见《毛序》，他无可证。三家《诗》说皆以《鲁颂》为奚斯作。扬雄文云：‘昔正考父尝睎尹吉甫矣，公子奚斯尝睎正考父矣。’说《鲁颂》者首雄，但云奚斯睎考父，不云史克睎考父。此鲁说。班固《两都赋序》：‘昔皋陶歌虞，奚斯颂鲁，皆见采于孔氏，列于《诗》、《书》，其义一也。’此齐说。曹植《承露盘铭序》：‘奚斯《鲁颂》。’此韩说。而皆不及史克。《后汉书·曹褒传》：‘昔奚斯颂鲁，考甫咏殷。夫人臣依义显君，竭忠彰主，行之美也。’此又汉人承用，皆属奚斯之证。史克见《左传》在文公十八年，至宣公世尚存，见《国语》。奚斯见闵公二年，故文公二年《传》已引《閟宫》之诗。不应季孙行父请命于周之前，已有史克先奚斯作颂。知《毛序》不足据矣。今特标举，以显三家之义。”此外反《毛序》者：“或以为祀鲁公之诗，或以为美马政之诗，或据《春秋》书新延厩以为祀庄公之诗，皆与《序》异。”(《诗序广义》)又或以为“此大阅而祭马祖之诗，非专颂牧马之盛”(《诗学女为》)。俱想当然耳。今不具论。汉儒云，“《诗》无达诂”，或云，“《诗》无通故”，此亦一例欤？

有駜三章章九句

《有駜》，颂僖公君臣之有道也。

有駜有駜！	有肥壮的马，有肥壮的马！
駜彼乘黄。	肥壮的那些四马都很黄。
夙夜在公，	早晚都在公室，

在公明明。阳部。	都在公室勉勉的忙。
振振鹭！	振振在飞的白鹭！
鹭于下。	白鹭像要往那里下。
鼓咽咽，	鼓渊渊地合拍，
醉言舞。鱼部。	醉醺醺地而舞。
于胥乐兮！	哟，大家都在欢乐啊！

一章。醉而舞，不知手之舞之，足之蹈之也。〇按：振振鹭非必写实，殆如执簧、执翿（《王·君子阳阳》）、执籥、秉翟（《邶·简兮》），值其鹭羽（《陈·宛丘》），舞者伶官所持之翳用以指麾者也。〇江永云："隔章尾句遥韵。一、二、三章'于胥乐兮'遥韵。"〇按：于胥叠韵。

有駜有駜！	有肥壮的马，有肥壮的马！
駜彼乘牡。	肥壮的那些四马都是牡。
夙夜在公，	早晚都在公室，
在公饮酒。幽部。	都在公室那里饮酒。
振振鹭！	振振在飞的白鹭！
鹭于飞。	白鹭像要往那里飞。
鼓咽咽，	鼓渊渊地合拍，
醉言归。脂部。	醉醺醺地而归。
于胥乐兮！	哟，大家都在欢乐啊！

二章。醉而归，既醉而出，并受其福也。

有駜有駜！	有肥壮的马，有肥壮的马！
駜彼乘駽。	肥壮的那些四马是叫铁骢。
夙夜在公，	早晚都在公室，

在公载燕。元部。	都在公室那里宴饮。
自今以始，	从今年开始，
岁其有！三家，有下多年字。	年年将是丰收大有！
君子有谷，	君子有谷子，
诒孙子。之部。〇鲁，诒下有厥字。	遗留下来给孙子。
于胥乐兮！	哟，大家都在欢乐啊！

三章。君子有谷贻孙子，人民之力也。君子庖有肥肉，厩有肥马，而人民苦矣！《颂》也而似《风》。〇按：谷字依上下文义求之，当用谷物本义。《郑笺》训谷为善道，依《序》说君臣有道生发而来也。若视为当时双关语，尤妙。〇姚际恒云："'自今以始岁其有'四句，实可作七言读。"

〇今按：《有駜》，朱子《辨说》云："此但燕饮之诗，未见君臣有道之意。"驳《序》近是。反而求之史，于诗旨亦有合。据《春秋》，僖三年书不雨，六月雨。《穀梁》以为勤雨、闵雨，有志乎民。《公羊》谓僖公饬过求己，循省百官，放佞臣郭都等，理冤狱四百余人，不雩而得澍雨。此殆古文《序》所本邪？今文"三家无异义"。姚际恒《通论》云："《小序》谓颂僖公，未有据；云君臣之有道，尤不切合。《集传》云：此燕饮而颂祷之词，无以定其为何公何事也。季明德以为美伯禽君臣，然亦无所据也。"范家相《诗沈》云："李迂仲曰：僖之贤臣惟季友、臧文仲而已。季友不死子般之难，文仲有三不仁、三不知，安得为有道乎？按三章俱君臣燕乐之词，亦不见称其有道意。"此皆疑《序》之不可信据。至若何楷《古义》略谓：此诗疑僖公饮酒泮宫而作，以"振振鹭，鹭于飞"意之。《周颂》"振鹭于飞，于彼西雍"，鹭固泽鸟也。又疑为喜丰年而作，以"自今以始岁其有"意之。《春秋》于僖公三年书不雨，既而书六月大雨。岁其有者，始有年也。可知何氏疑此诗为僖公喜雨置酒泮宫而作。似亦可谓持之有故，言之成理者矣。胡承珙撰《毛诗后笺》，病中不废，此篇撰毕，绝笔而卒。遗属友人陈奂为之续撰成书，刊行。人能弘道，无如命何！可哀也已！

泮水八章章八句

《泮水》，颂僖公能修泮宫也。

思乐泮水！	这可游乐的泮水！
薄采其芹。〔一〕	正好采它里面的水芹。
鲁侯戾止，	鲁侯到了，
言观其旂。文部。	看到他的交龙的旗影。
其旂茷茷，	他的旗子飞扬沛沛，
鸾声哕哕。三家，鸾作銮。齐、韩，哕作钺，亦作锣。	车马铃声响的哕哕。
无小无大，	不论谁卑也不论谁尊，
从公于迈。祭部。	都随着鲁公向前行迈。

一章。始言鲁侯与其随从来至泮宫。〇江永云："一、二、三章，水、止隔韵。"

思乐泮水！	这可游乐的泮水！
薄采其藻。〔二〕	正好采它里面的水藻。
鲁侯戾止，	鲁侯到了，
其马蹻蹻。	他的马匹威武矫矫。
其马蹻蹻？	他的马匹威武矫矫？
其音昭昭：	他的声音明快昭昭：
载色载笑，	就是和颜悦色，就是带笑，

匪怒伊教。宵部。　　　　不是发威生气，而是教导。

二章。继言鲁侯至泮宫而柔和其色笑。〇江永云："藻、跻、昭、笑、教，平、上、去为韵。"

思乐泮水！　　　　这可游乐的泮水！
薄采其茆。〔三〕　　　　正好采那叫莼菜的茆。
鲁侯戾止，　　　　鲁侯到了，
在泮饮酒。　　　　就在泮宫里面饮酒。
既饮旨酒，　　　　已经都饮了美酒，
永锡难老！　　　　同祝永赐长生不老！
顺彼长道，　　　　顺着那里的远道，
屈此群丑！幽部。　　　　去收服这些群丑！

三章。自此而下，言鲁侯在泮饮酒、颂祷之事，首祈其寿而祝其威。

穆穆鲁侯！　　　　穆穆和美的鲁侯！
敬明其德。　　　　小心勉修他的品德。
敬慎威仪，　　　　小心谨慎他的威仪，
维民之则。之部。　　　　啊，要做人民的准则。
允文允武！　　　　真的是文，真的是武！
昭假烈祖。　　　　明请到了有功的先祖。
靡有不孝，　　　　他没有不效法先祖的，
自求伊祜。鱼部。　　　　自己就求到这个幸福。

四章。次言明其德、孝其祖，为下四章服淮夷张本。〇陈奂云："前四章言修泮宫之化，后四章言伐淮夷之功。〔第五章〕言既作泮宫，淮夷攸服。此蒙上生下之词也。"

明明鲁侯！　　勉勉进取的鲁侯！
克明其德。　　能够勉修他的文德。
既作泮宫，　　已经作好泮宫，
淮夷攸服。　　淮夷于是归服。
矫矫虎臣！　　矫矫勇猛的武臣！
在泮献馘。之部。　　在泮宫献上所割敌俘的左耳括。
淑问如皋陶，　　善于审问的好像古大法官皋陶，
在泮献囚。幽部。　　就在泮宫献去判决活捉的敌囚。

五章。颂鲁侯以德服人，而献俘于泮宫。泮宫，礼乐之地，文化之宫也。

济济多士！　　济济有礼的许多武士！
克广德心。　　能够扩大他们的德心。
桓桓于征，　　他们威威猛猛的出征，
狄彼东南。侵部。○韩，狄作鬄。　　远除那些东南的敌人。
烝烝皇皇！　　前进前进，快往快往！
不吴不扬。阳部。○鲁，吴作虞，扬作阳。　　不太喧闹，不太杀伤。
不告于讻，　　不太穷究那些凶恶的敌人，
在泮献功。东部。　　就在泮宫献上出征的武功。

六章。颂鲁侯多士，皆有材力以立功。

角弓其觩，　　角弓的曲劲而弦张，
束矢其搜。幽部。　　箭捆子的多而成串。
戎车孔博，　　兵车是很广大的，
徒御无斁。　　步兵车兵都不疲倦。
既克淮夷，　　已经战胜了淮夷，

孔淑不逆。　　就很善良的不再叛逆。
式固尔犹，　　因为坚持了您的战略，
淮夷卒获。鱼部。　　淮夷就终于得以收服。

七章。颂鲁侯修其器械，整其徒御，谋猷审固，终服淮夷。

翩彼飞鸮，　　翩翩而飞的那猫头鹰，
集于泮林。　　落在泮宫旁的树林。
食我桑黮，　　吃了我们的桑葚，
怀我好音。　　送给我们好听的声音。
憬彼淮夷，鲁、韩，憬作犷。　　觉悟了的那淮夷，
来献其琛：　　来献他们的山海奇珍：
元龟象齿，　　有大龟也有象牙，
大赂南金。侵部。　　大贡献南方特产的金。

八章。祝愿鲁侯能使淮夷来献方物作结。○按：《春秋》僖公十年冬，从齐侯会于淮而为淮执，明年九月乃得释归。诗纵夸饰，不应以丑为美至于如此。至其十三年，从齐桓会于咸，为淮夷之病杞。十六年从齐桓会于淮，为淮夷之病鄫。而此诗偏颂鲁僖平淮之功，言过其实者，当为颂祷之溢词。至言既作泮宫，则或纪实也。○王应麟云："春秋时，诸侯急攻战而缓教化。其留意于学校者，唯鲁僖公能修泮宫，卫文公敬教劝学，他无闻焉。郑有《子衿》城阙之刺，子产仅能不毁乡校而已。"○孙鑛云："大体宏赡，然造语却入细，叙事甚精核有致。前三章近《风》，后五章近《雅》。"○江永云："林、黮、音，平、去为韵。"

○今按：《泮水》，颂美鲁僖公，既作泮宫，淮夷攸服之作。《序》说："颂僖公能修泮宫。"实止道著一半。而"三家无异义"。诗篇后半夸美僖公平淮。欧阳修《诗本义》谓此诗服淮夷事疑为妄作。是不知《诗》三百除所谓《变风》、《变雅》而外，大抵皆歌颂

统治阶级之词，无不妄诞可笑，谄媚可耻，何独致疑于是篇？无论其作者为史克抑为奚斯（公子鱼），皆属谐臣媚子之流，其词实反映此一时代此一社会占统治地位之思想意识，一部《诗经》之真价值在此。不独《颂诗》而已也。马恩主义尝已指出："统治阶级之思想在每一时代皆是占统治地位之思想。"（《德意志意识形态》）不明此一真理，不足以论《诗》三百之意识形态也。诗言泮水者何？《毛传》云："泮水，泮宫之水也。天子辟雍，诸侯泮宫。"《郑笺》云："辟雍者，筑土雍水之外圆如璧，四方来观者均也。泮之言半也。半水者，盖东西门以南通水，北无也。天子诸侯宫异制，因形然。"《礼记·王制》篇及其郑注，言之为详。此后世国学学宫称辟雍，郡县学学宫称泮宫之所由来也。《水经·泗水注》："灵光殿之东南即泮宫也。在高门，直北道西。宫中有台高八十尺。台南水，东西一百步，南北六十步。台西水，东西六十步，南北四百步。台池咸结石为之，《诗》所谓'思乐泮水'也。"《通典》："兖州泗水县有泮水。此五汶之一，亦曰汶水。"此言鲁有泮水，宫以水名。故戴震《诗考正》云："鲁有泮水，作宫其上。故他国绝不闻有泮宫，独鲁有之。泮宫也者，其鲁人于此祀后稷乎？鲁有文王庙称周庙。而郊祀后稷，因作宫于都南泮水上，尤非诸侯所得及。宫即水为名，称泮宫。《采蘩篇·传》云：'宫，庙也。'是宫与庙异名同实。《礼器》曰：'鲁人将有事于上帝，必先有事于泮宫。'郑注云：'告后稷也。'告之者，将以配天。然则诗曰'从公于迈'，曰'昭假烈祖，靡有不孝'，明在国都之外，祀后稷之地。曰献馘、献囚、献功，盖鲁于祀后稷之地，时亦就之赏有功也。《王制》篇之言，作于汉文帝时，多涉傅会，未足据证。"又云："此诗至五章已后乃及淮夷，非全无是事，而徒侈言之矣。淮夷近鲁，鲁所当使之服，则诗又以勉鲁侯矣。"陈启源与陈奂必欲证鲁僖尝有服淮之事，则亦侈言之也已。

閟宫八章二章章十七句一章十二句一章三十八句二章章八句二章章十句

《閟宫》，颂僖公能复周公之宇也。

閟宫有侐！韩，侐或作閟。	神秘之宫这样清净！
实实枚枚。〔一〕	房间既广大，室内又静寂。
赫赫姜嫄！	赫赫光明的姜嫄！
其德不回，	她的德行不违背道理，
上帝是依。	上帝就给她凭依。
无灾无害，	没有灾难，没有伤害，
弥月不迟。脂部。	满了月数就不延迟。
是生后稷，	就这样生下了后稷，
降之百福：	天降给了他百福：
黍稷重穋，〔二〕	黍子稷子有早造晚造之不同，
稙稚菽麦。	又有先种后种不同的大豆小麦。
奄有下国，	托他的福庇荫这天下诸国，
俾民稼穑。之部。	使人民知道稼穑。
有稷有黍，	有稷子，有黍子，
有稻有秬。	有稻子，有黑小米之别。
奄有下土，	庇荫这天下地方，
缵禹之绪。鱼部。	继续了大禹治水的事业。

一章。推本僖公之祖出于姜嫄后稷。

后稷之孙，	后稷的裔孙，

实维大王。	这就是太王。
居岐之阳，	他住在岐山的南方，
实始翦商。〔三〕阳部。	这就开始了看齐于商。
至于文武，	至于文王武王，
缵大王之绪。	继续了太王的事业。
致天之届，	给以天的讨伐，
于牧之野：	往到殷商近郊的牧野：
无贰无虞！	毋有二心，毋误行程！
上帝临女。	上帝面对着你们。
敦商之旅，	治服殷商的族众，
克咸厥功。	能够同成其功。
王曰叔父！齐，曰作谓。	王说：叔父！
建尔元子，	立您的长子，
俾侯于鲁。	使他为侯在鲁。
大启尔宇，	大大开辟您的土宇，
为周室辅。鱼部。	作为周室的藩辅。

二章。言大王文武继世而成业，中插武王伐纣誓师之词。末命伯禽以其父周公之荫而受封，鲁之所以有国者如此。〇江永云："野、虞、女，平、上为韵。"

乃命鲁公，	于是任命了鲁公，
俾侯于东。	使他为侯在东。
锡之山川，	赐给他山川，
土田附庸。〔四〕东部。	田地和属国附庸。
周公之孙，	周公的远孙，
庄公之子。	庄公的儿子。

龙旂承祀，	打了交龙的旗子来承祭祀，
六辔耳耳。	驷马的六道缰绳扬扬得意。
春秋匪解，解与帝叶。支部。	春秋两季不敢松懈，
享祀不忒：	献祭之礼不曾差忒：
皇皇后帝！	煌煌上帝！
皇祖后稷！之部。	皇祖后稷！

三章。先言鲁公伯禽之受封，递及僖公祭天祀祖之盛。末言郊天配以后稷者，鲁用天子礼乐，得以郊天，故特言之。○《朱传》云："庄公之子，其一闵公，其一僖公。知此是僖公者，闵公在位不久，未有可颂。此必是僖公也。"○江永云："解、帝隔韵。"

享以骍牺，	供上的是黄牛纯牺，
是飨是宜，〔五〕	于是祭飨，于是适宜，
降福既多。歌部。	神降的福已经很多。
周公皇祖，	周公皇祖，
亦其福女，鱼部。	也将降福给您。
秋而载尝，	秋季就开始尝祭，
夏而楅衡。〔六〕	夏季就设栏穿桊养好了牛。
白牡骍刚，	有白色雄牛，有黄色雄牛，
牺尊将将。〔七〕	牛形的牺尊响起来锵锵。
毛炰胾羹，	有连毛烧熟的猪还有肉片大汤，
笾豆大房。〔八〕	食器竹笾木豆，铜制肉俎大房。
万舞洋洋，	有文有武的《万舞》大哉洋洋，
孝孙有庆。	奉祀的嗣孙就有福庆可享。
俾尔炽而昌，	使您盛而昌，
俾尔寿而臧。	使您寿而康。

保彼东方!	保住那东方!
鲁邦是常。阳部。	鲁国是可尊尚之邦。
不亏不崩,	好像大山不亏损,不毁崩,
不震不腾。	好像大水不震荡,不沸腾。
三寿作朋,〔九〕	要和上寿中寿下寿相比为朋,
如冈如陵。蒸部。	永恒存在好像山冈,好像邱陵。
公车千乘,	鲁公的兵车千辆,
朱英绿縢,	矛头装饰着红缨,扎弓套的是绿绳,
二矛重弓。	持矛的是二矛,带弓的是双弓。
公徒三万,	鲁公的步兵三万,
贝胄朱綅,〔一〇〕	贝壳装饰的头盔用红线缀成,
烝徒增增。	这么多的步兵前进,密密层层。
戎狄是膺,鲁,膺作应。	戎狄于是被抵挡得成,
荆舒是惩,鲁,舒作荼。	荆舒于是受到了痛惩,
则莫我敢承!蒸侵通用。	那就没有谁敢挡住我们!
俾尔昌而炽,	使您昌而盛,
俾尔寿而富。	使您寿而富。
黄发台背,鲁,台作鲐。	黄发鲐背的老人,
寿胥与试。之部。	老了还相与进言用事。
俾尔昌而大,	使您昌而大,
俾尔耆而艾。	使您耆老而发苍艾。
万有千岁,	活到万有千岁,
眉寿无有害!祭部。	长眉大寿没有灾害!

四章。前半自始至“如冈如陵”,仍美其祭祀鬼神获福;后半自“公车千乘”至末,盖美其用兵征伐如周公之盛;而仍以福寿再三祝之。虚辞溢美,已开汉世辞赋夸诞之渐。〇江永云:“连十二句韵。

如‘秋而载尝’至‘鲁邦是常’。”〇按：毛焦叠韵。

泰山岩岩，　　泰山的积石岩岩，
鲁邦所詹：谈部。〇鲁，一作鲁侯是瞻。　　是鲁邦所到之境：
奄有龟蒙，鲁，奄作弇。　　统有了龟山蒙山，
遂荒大东。鲁，荒作帪。　　就包括到了极东。
至于海邦，　　至于靠海之国，
淮夷来同。　　淮夷也来会同。
莫不率从，　　没有敢不服从，
鲁侯之功！东部。　　这是鲁侯之功！

五章。颂鲁境所至，及其幅员之广。〇方玉润云：“就鲁地特起，有势。”〇按：孔子尝作《龟山操》。孟子谓登东山而小鲁，登泰山而小天下，东山即蒙山也。

保有凫绎，鲁，绎作峄。　　保住有凫山峄山，
遂荒徐宅，　　就包括徐戎旧宅，
至于海邦，邦与从叶。东部。　　至于靠海之国，
淮夷蛮貊。　　就是淮夷蛮貊。
及彼南夷，　　以及那些南夷，
莫不率从，　　没有敢不服从，
莫敢不诺，　　没有敢不听话，
鲁侯是若！鱼部。　　鲁侯就以为顺了他的心！

六章。五、六两章重复夸美僖公保有鲁国土地之功。《序》所谓颂其“能复周公之宇也”。〇按：凫山在今邹县西南，绎山在其北。《明一统志》：凫山，土人呼为八卦山，云伏羲画卦于此。〇按：蛮貊双声。

天锡公纯嘏！	天赐鲁公大福！
眉寿保鲁。	长眉大寿而保住鲁。
居常与许，	住到南方边邑有常，和西方边邑有许，
复周公之宇。鱼部。	恢复了周公的疆土。
鲁侯燕喜，	鲁侯宴饮喜乐，
令妻寿母。	有美妻，有寿母。
宜大夫庶士，	也相宜于大夫诸士，
邦国是有。	国家于是永有。
既多受祉，	已经受到了许许多多的福祉，
黄发儿齿！之部。○鲁，儿作齯。	愿有返黄的头发、再生的牙齿！

七章。以“居常与许”一语指实其复周公之宇之功；以有令妻寿母形容其一家燕喜之福。○按：常，在今济宁鱼台间。许，在今曹州境。

徂徕之松，	徂徕山上的松，
新甫之柏，	新甫山上的柏，
是断是度，	于是斩断，于是分劈，
是寻是尺。	于是长的八尺，于是短的一尺。
松桷有舄！	松木椽子也这样的粗实！
路寝孔硕，	正寝造的好高大，
新庙奕奕。鲁、齐，新作寝，奕作绎。	新庙造得络络绎绎。
奚斯所作：	这是大夫公子奚斯所作：
孔长且硕，	诗好长而且好美丽呀！
万民是若！鱼部。	万民就以为惬意呀！

八章。美其新作寝庙之功，与篇首四句相呼应，而以作者自述作颂结束。○《困学纪闻》云：“《后汉书》注：兖州博城县有徂来山。

《后魏·地形志》：鲁郡汶阳县有新甫山。”按：新甫，盖即梁甫。《白虎通》曰：梁甫者，泰山旁山名。《水经·汶水注》：汶水西南流，径徂徕山西，山多松柏，《诗》所谓徂徕之松也。○孙鑛云：“《诗》长篇，鲜有逾此者。其格宏壮，其词瑰玮，其色苍古，其思沉密。首尾作室，中间祖德、侯封、祭祀、武功，次第铺叙。而赞颂福祉，作三项分插，整然有法。细玩，宛似后世一篇纪功碑，与四诗格调又稍别。”○《义门读书记》云：“鲁不当立姜嫄之庙，僖公又不得攘服淮楚之功，如是而侈然颂之，孔子奚取焉？曰：此《颂》之变也。《风》有《变风》，《雅》有《变雅》，《颂》独无变乎？美盛德之形容，而不诚录其美，即寄其刺也。”

○今按：《閟宫》，《序》说：“颂僖公能复周公之宇也。”诗七章云：“天锡公纯嘏，眉寿保鲁。居常与许，复周公之宇。”《序》用其语。“三家无异义”。朱子《辨说》云：“此诗言庄公之子，又言新庙奕奕，则为僖公修庙之诗明矣。”《毛序》、朱说各得诗旨一半。此颂美僖公保卫疆土、修建寝庙之诗。凡八章，百二十句，是《三百篇》中第一长篇。诗五、六两章明美其保鲁之功，不独七章颂其能复周公之宇也。诗发端云：“閟宫有侐，实实枚枚。”结尾有云：“路寝孔硕，新庙奕奕。”首尾正相呼应，又足以见其别有着重所在也。閟宫、新庙是一是二？《毛传》：“閟，闭也。先妣姜嫄之庙在周，常闭而无事。孟仲子曰：是禖宫也。”《郑笺》：“閟，神也。姜嫄神所依，故庙曰神宫。”何谓閟宫？此姜嫄庙。毛、郑说同。《毛传》：“新庙，闵公庙也。有大夫公子奚斯者作是庙也。”《郑笺》：“修旧曰新，新者姜嫄庙也。僖公承衰乱之政，修周公、伯禽之教，故治正寝，上新姜嫄之庙。姜嫄之庙，庙之先也。奚斯作者，教护属功课章程也。至文公之时，大室屋壞。”何谓新庙？毛说姜嫄庙，郑说闵公庙，两说不同。至说奚斯作庙，两说又同。诗果颂美僖公新作其兄闵公之庙，如毛所说乎？为何远溯其始祖姜嫄之庙閟宫而言乎？自是诗人推本僖公之祖出乎姜嫄后稷。但在今日吾人视之，则觉尚有别旨。盖不自知其反映周族起源由母系氏族社会过渡至父系氏族社会之一时代。在母系氏族社会由于妇女地位较男子为高，所以对于先人之亡灵崇拜，或云祖先崇拜，惟有先妣，惟为先妣立庙。此即最初周人独祀姜嫄，《閟宫》与《生民》二诗皆自姜嫄首叙之所由来。迨至父系氏族社会，随其父权制家族之发展，氏族之祖先崇拜成为家族之祖先崇拜。此盖周人首祀姜嫄次祀后稷为祖先之所由来。由此而言，姜嫄、后稷母子恰恰代表由母系氏族社会过渡到父系氏族社会一时代之两大历史人物。《生民》、《閟宫》二诗同读始能得其义旨。诗末云："奚斯所作。"作诗作庙，前人大有争论。段玉裁《经韵楼集·奚斯所作解》云："此章自'徂徕之松'至'新庙奕奕'七句，言鲁修造之事。下'奚斯'三句，自陈奚斯作此《閟宫》一篇，其辞甚长且甚大，万民皆谓之顺也。作诗之自举其名者：《小雅·节南山》曰：'家父作诵，以究王讻。式讹尔心，以畜万拜。'《巷伯》曰：'寺人孟子，作为此诗。凡百君子，敬而听之。'《大雅·崧高》曰：'吉甫作诵，其诗孔硕。其风肆好，以赠申伯。'《烝民》曰：'吉甫作诵，穆如清风。仲山甫永怀，以慰其心。'并此篇为五。云'奚斯所作'，即吉甫、家父作诵之辞也。曰'孔曼且硕，万民是若'，即'其诗孔硕，以畜万邦'之意也。所字不上属，所作犹作诵作诗之云，以作为韵，故不曰作诵作诗耳。汉人言《诗》者无不如是。""《文选·两都赋》：'皋陶歌虞，奚斯颂鲁。'注云，《韩诗·鲁颂》曰：'新庙奕奕，奚斯所作。'薛君曰，奚斯，鲁公子也。言其新庙奕奕然盛，是诗公子奚斯所作也。分释二句甚明。学者多谓《毛诗》与韩大异。《毛传》曰：有大夫公子奚斯者作是庙也。愚谓《毛诗》庙字必诗字之误。《传》之原本必重举奚斯所作而释之曰：有大夫公子奚斯者作是诗也。翦割《毛传》者，尽去其复举之文，则以新庙闵公庙也，有大夫公子奚斯者作是庙也，相联为顺，而改诗为庙，此其与韩不同之故。以奚斯所作上属者，乃《郑笺》之说，非古说也。《郑笺》之异于毛者多矣，不当掍而同之也。《毛传》之辞最简，假令'新庙奕奕，奚斯所作'连文，毛如是读，则断不注之曰奚斯作是庙矣。《毛传》既讹，《郑笺》乖异。《颜氏家训》(《家训》当作《匡谬正俗》)乃云王延寿《灵光殿赋》、陈思王《承露盘铭序》，谓此诗为奚斯所作，于义乖矣。洪容斋复扬其波，其故总由'新庙奕奕'二句连读，岂古人离经之法哉？且路寝新庙并言，下句乃单承庙字，云作是庙，于文法亦未协也。信其为'作是诗'之误矣。且以经文言，上孔硕言宫室，下孔硕言诗歌，乃无复赘。"复有《奚斯所作解下》一文，以史克作颂，奚斯作《閟宫》分别而言，从而指出毛、郑关于《鲁颂》作者，说有不同，《传》、《笺》恒不一致。要之，彼能细心玩索经文之文法结构、修辞手法，而亦通观《三百篇》中作者自举其名之多例，并自就其校勘《毛传》所见，更据汉人引用此诗认为谁作之旁证，乃得确定奚斯作诗，古文《毛序》与今文韩说不异。剖析精微，令人信服。故陈奂云："《传》文'有大夫公子奚斯者'，上夺复句经文'奚斯所作'四字，当依〔段氏〕《小笺》补正。奚斯，公子奚斯，即鲁大夫公子鱼也。《传》中庙字，《小笺》改从诗字。奚斯所作，作(作，原刊本为斯)字不上属。所作，犹言作诵，作诗，与《节南山》、《巷伯》、《崧高》、《烝民》末章文法皆同。《文选·两都赋》，'奚斯颂鲁'，李注引《韩诗》薛君章句曰：'是诗公子奚斯所作也。'毛与韩不异。段说是也。"此全用其师段氏一说，可视为研究古文毛氏一说之最后结论。清儒坚持今文三家一说者，如孔广森《经学卮言》、武亿《群经义证》、魏源《诗古微》、皮锡瑞《诗经通论》，皆是。魏氏云："自'周公之孙，庄公之子'以下，《传》、《笺》及《疏》皆谓追颂僖公之词。夫行父史克作于僖薨已久之后，乃犹颂其皇祖福女，俾其昌炽罔艾，有冈陵作朋之寿，无亏崩震腾之虞。甚至令妻寿母，黄发儿齿，万有千岁，骀背无疆。曾有此身后之追祷，故君之补祝者哉？惟奚斯当庄、闵之末，僖公之初，故因立闵庙而致祈寿之词。故文公二年末已引《閟宫》之诗。视行父之文十六年始见于经，又逾三君至襄六年行父始卒，距僖初八十余年者先后大悬，时代孰合？且经文俱在，果颂生乎？颂死乎？”又云：“僖四年经，书公会齐侯、宋公等侵蔡，蔡溃，遂伐楚，次于召陵。此中夏攘楚第一举，故鲁僖、宋襄归侈厥绩，各作颂诗荐之宗庙。若至僖二十六年使襄仲、文仲如楚乞师以后，鲁方求救不遑，尚敢曰‘荆舒是惩，莫敢我承’邪？”皮氏云：“寻毛、郑之意，盖谓《鲁颂》皆史克所作，作于僖公薨后，故解奚斯所作为作庙，不为作颂。今案：《闷宫》多祝寿之语，且云‘令妻寿母’，意必僖公在位，其母成风、其妻声姜皆在，乃宜为此颂祷之辞。若在僖公薨后，世无其人，已死犹为之追祝福寿，且并颂其母与妻者，如毛、郑之说，可谓一大笑话。史克见左氏文十八年《传》，宣公时尚存，见《国语》，其年辈在后。奚斯见左氏闵二年《传》，其年辈在前。则奚斯作颂于僖公之时，时代正合。故当存三家，以为奚斯所作。汉人引《诗》，各处相合。以为误，必无各处皆误之理。若毛、郑之说诚误，不必为之曲讳。”据魏、皮两家之言，可视为研究今文三家说之最后结论。若夫鲁僖公之于鲁，有何可颂者，而得用此长篇巨制乎？黄中松《辨证》以为其人“既无文德，亦无武功”，实不足颂也。陈启源《稽古编》以为其人“自是中材以上之人，过恶虽有之，要不失为贤君”，“若夫败邾于偃，败莒于郦，御侮之勇也。取须句，及其君，存亡之义也。纳玉于王，求释卫侯，亲亲之仁也。僖之美亦稍见《春秋经・传》，不仅《颂》有之矣”。是亦可颂邪？其实，在《诗》三百中所谓《正风》、《正雅》与《三颂》之作，远在中国古代奴隶社会，一般谐臣媚子无耻奴才夸谀之辞，歌功颂德，令人肉麻、齿冷，何足深论乎？

【简注】

駉

〔一〕薄言駉者，《孔疏》：有何马也？

〔二〕思无疆，思马斯臧。王先谦云：案上思，思虑。下思，语词。言僖公思虑深微，无有疆畔，即牧马之法亦皆尽善，致斯蕃庶。与《定之方中》诗美卫文公，匪直也人，秉心塞渊，騋牝三千，同意。

〔三〕以车祛祛，胡承珙云：祛本衣袂之名。《释名》：袂，掣也。掣，开也，开张之以受臂屈申也。《广雅》：祛，开也。马之开张者必强健，故毛以祛祛为强健也。

〔四〕思无邪，思马斯徂。王先谦云，思之真正无有邪曲。斯徂，言能致远。

○駉音炯。坰音扃。驈音聿。骊音离。骓音隹。駓音丕。骍音辛。骐音棋。伾音丕。驒音鼍。骝音留。雒音洛。绎音亦。骃音因。騢音遐。驔音覃。祛音区。

有駜

○駜音弼，或音避。駽音捐。

泮水

〔一〕芹，水蕲，菜名。伞形科、多年生水生草本。已见《采菽》篇。

〔二〕藻，杉叶藻科、多年生水生草本。已见《采蘋》篇。

〔三〕茆，凫葵，莼菜。睡莲科多年生水生草本。具匍匐地下茎，细瘦柔嫩。叶拍浮水面，为椭圆状盾形，互生于长叶柄。茎叶背面分泌一种胶样黏液，新叶尤多。夏日由叶腋出长花梗，于水面开紫花。果实为革质蓇葖。苏州太湖、杭州西湖皆产之，以莼羹为名菜。

○茷音旆，音沛。哕音秽。跻音矫。茆音卯，又音柳。假音格。祜音户。馘音虢，音郭。陶如字，又音繇。吴音娱，或音化。告音鞠。讻音凶。狄音剔。斁音亦，或音铎。黮字或作葚，音甚。憬音景。琛音称，音深。赂音路。

閟宫

〔一〕《传》：实实，广大也。枚枚，砻密也。按：砻密，盖谓礼，天子之桷，斫之砻之，加密石焉。见《榖梁传》。《释文》引《韩诗》文：枚枚，闲暇无人之貌。毛、韩两说皆通。愚用韩说。

〔二〕《吕氏春秋·任地》篇高诱注：晚种早熟为穋，早种晚熟为重。

〔三〕实始翦商者，《传》训翦为齐，盖从《雅》训。《说文》段注：翦齐为齐等之齐，谓齐商之势盛。今语则可谓为与商看齐矣。

〔四〕附庸有三义：《王制》：附于诸侯曰附庸，一也。仆佣，二也。土田周遭附有之墉垣，三也。今用其一义。

〔五〕是飨是宜者，宜亦可读若《郑风·女曰鸡鸣》篇与子宜之之宜。彼《传》

云:“宜,肴也。”是与子宜之,意谓与子烹之为肴也。下七章宜大夫庶士,意谓作肴以饮燕大夫诸士也。《笺》训宜为相宜,失之。

〔六〕夏而楅衡者,《周礼·地官·封人》注:楅设于角,衡设于鼻。林颐山《经说》:衡设于鼻,实即牛桊(音券)也。愚谓楅衡,设栏穿桊以养牛也。

〔七〕牺尊,谓牛形之酒尊,晚近出土甚多。如《浑源彝器图》著录山西浑源县李峪村战国墓葬出土之器,中有牺尊。现藏上海博物馆。

〔八〕大房者,犹言大俎或夏屋也。已见《权舆》篇夏屋注。王国维《说俎》:古文且、几同字,俎、几两物同形。是也。出土实物有寿县楚墓发见之铜俎。

〔九〕鲁邦是常者,王国维云:常,当读为尚。《大雅》,肆皇天弗尚。《墨子·非命下》,上帝不常。即上帝不尚。《陈候因资敦》,礼为典尚,典尚即典常。古常、尚字通用。尚之言右也,亏崩,指山。震腾,指水。三寿作朋者,三寿犹三老也。见昭三年《左传》“三老冻馁”杜注。《文选》李注引《养生经》,黄帝曰:上寿百二十,中寿百年,下寿八十。

〔一〇〕贝胄者,犹言贝锦,亦织贝为之也。胄,今谓之盔,为防御武器以护首者。《说文》:首铠,谓之兜鍪,亦曰胄。殷虚出土有铜胄,虎头形,或谓之虎盔。闻山东益都曾出土周鎏金盔,为日本人购去。

○閟音闭。侐音恤。重如字,平读。穋音六,又音力。秬音互,又音矩。解音懈。楅音逼。衡音横。炰,当作炮。胾,《释文》侧吏反,今音缁去声。縢音腾。綅音侵。惩音征。台背,已见《行苇》篇。凫音符。绎音亦。儿,当读齯,音倪。度者,剫之省借。

诗经直解　卷三十

那第三十　毛诗商颂

那五篇十六章百五十四句

那一章二十二句

《那》，祀成汤也。微子至于戴公，其间礼乐废坏。有正考甫者，得《商颂》十二篇于周之大师，以《那》为首。

猗与那与！〔一〕猗与那叶。歌部。	好美哟，好盛哟！
置我鞉鼓。	设置了我们的摇鼓。
奏鼓简简，	击鼓的大声简简，
衎我烈祖。鱼部。	欢迎我们的烈祖。
汤孙奏假，鲁，假一作嘏。	汤孙迎进神来了，
绥我思成！〔二〕	赐给我们这全福！
鞉鼓渊渊，三家，渊作鼘。	摇鼓的声音渊渊，
嘒嘒管声。	嘒嘒的是管乐之小声。
既和且平，	既已和谐而且平正，
依我磬声。	伴奏着我们的玉磬之大声。
於赫汤孙！	啊，赫赫威严的汤孙！
穆穆厥声：耕部。	穆穆和美的是那些乐声：
庸鼓有斁，鲁，庸作镛。	大钟大鼓奏的有规律，

万舞有奕。〔三〕	《万舞》又舞得这样熟习。
我有嘉客，	我们有来助祭的嘉客，
亦不夷怿？	也不都是悦泽？
自古在昔，	从古在昔，
先民有作。	前人就是这样的动作。
温恭朝夕，	温和恭顺日夜小心，
执事有恪。鱼部。	做起事来这样谨恪。
顾予烝尝，	念我冬祭有烝，秋祭有尝，
汤孙之将！〔四〕阳部。	这就是汤孙的大烹飨！

一章。前节四句，言奏鼓迎祖，下文即本此而言之。次节八句，极陈殷乐之盛美。末节十句，承上而言，自古以来、祀事惟谨。○孙鑛云："商尚质，然构文却工甚。如此篇何等工妙！其工处正如大辂。"○江永云："句中韵。猗那为韵。"○按：猗那叠韵。

○今按：《那》篇，当是殷商后裔宋国统治阶级所保存下来祭祀先祖之乐歌。郑觐文《中国音乐史》云："《那》祀成汤，按此为祭祀用乐之始。"《序》说祀成汤，自是成汤子孙祀成汤，非如《疏》申《传》说："美成汤之祭先祖。"诗云："奏鼓简简，衎我烈祖。汤孙奏假，绥我思成。"烈祖是谁？汤孙是谁？《毛传》："烈祖，汤有功烈之祖也。"《郑笺》："烈祖，汤也。汤孙，太甲也。"诗又云："於赫汤孙！"《毛传》："於赫汤孙，盛矣汤为人子孙也！"《郑笺》："於，盛矣汤孙！呼太甲也。"毛以为汤祭先祖，汤有功烈之祖。与《序》相违。郑以为太甲祭成汤，太甲，成汤适长孙也。与诗言汤孙、《序》说祀成汤，俱合。陈奂云："《那》五篇皆商诗。尧之时，契封于商，汤有天下，仍旧号焉。今陕西商州是其地。鲁大师有《商颂》，故孔子得录之也。"王先谦云："韩说曰：汤为天子十三年，年百岁而崩，葬于征，今扶风征陌是也。"此释《商颂》，简以明矣。其《颂》始于美汤也。自清嘉道以来，学者于《诗》今文三家遗说搜集大备，堪称复兴。今古文两派学者对立，争论《商颂》最为热烈。具详陈乔枞、陈奂、魏源、皮锡瑞、王先谦诸家之书。王氏殿后，其结论云："鲁说曰：宋襄公之时，修仁行义，欲为盟主。其大夫正考父美之，故追道汤、契、高宗所以兴，作《商颂》。（《史记·宋世家》）齐说曰：《商》，宋诗也。（《乐记》郑注）韩说曰：正考父，孔子之先也，作《商颂》十二篇。（《后汉·曹褒传》李注引《韩诗》薛君章句。）""先谦案：《诗》至唐时，齐、鲁皆亡，《韩诗》仅存。学官专立毛、郑，天下靡然，不复考求古义。故司马贞作《索隐》，疑正考父之年岁，径驳《史记》为谬说。如陆氏《音义》之称引《韩诗》，存十一于千百，已属难能可贵。僧贯休《君子有所思行》：'我爱正考父，思贤作《商颂》。'犹用三家义，不可谓非特出也。皮、魏二十证，精确无伦。即令起古人于九原，当无异议。益叹陋儒墨守，使古籍沉埋为可惜也。"愚今据《序》说："微子至于戴公，其间礼乐废坏。有正考甫者，得《商颂》十二篇于周之大师，以《那》为首。"郑笺："礼乐废坏者，君怠慢于为政，不修祭祀朝聘养贤待宾之事，有司忘其礼之仪制，乐师失其声之曲折，由是散亡也。自正考甫至孔子之时，又无七篇矣。正考甫，孔子之先也。其祖弗甫何，以有宋而授厉公。"而《国语·鲁语》，闵马父云："昔正考父校商之名《颂》十二篇于周大师，以《那》为首。"此当为《序》所本。《序》说其"得"，《鲁语》谓之"校"，可知《商颂》并非正考父所作。王国维《说商颂》亦谓"闵马父以《那》为先圣王之诗，而非正考父自作也。""《商颂》盖宗周中叶宋人所作，以祀其先王。正考父献之于周大师，周大师次之于《周颂》之后，迨《鲁颂》既作，又次之于《鲁颂》后。"此晚近学人论《商颂》之较有可取者，不囿于诗今古文说成见，其于毛、韩皆有批判也。至王氏云卜辞称国都为商不为殷，《商颂》殷商杂出，此为后出宋人之证。此不知前人已有据此《颂》称殷、称商，名不淆乱，义不动摇，是为确出殷人之一证者。冯景《解舂集文抄》九，有关于《玄鸟诗》一文，坚持何楷《古义》，以此诗为"高宗报上甲微之乐歌"。其文云："予因究是诗凡两言殷，两言商，皆确不可易。盖自契始封商也，故曰‘降而生商’；上甲微已迁殷也，故曰‘宅殷土芒芒’；汤有天下，国号商也，故曰‘商之先后’；自盘庚迁殷至武丁孙子也，故曰‘殷受命咸宜’。商则曰商，殷则曰殷，其名不淆乱，义难动摇如此。”以此而言，得云《那》与《玄鸟》诸诗必为后出宋人之证乎？

烈祖一章二十二句

《烈祖》，祀中宗也。

嗟嗟烈祖！	唉唉，烈祖！
有秩斯祜。	这是大大的福。
申锡无疆，	重重赏赐无穷，
及尔斯所。〔一〕鱼部。	遍及您的领域。
既载清酤，	既已设了清酒，
赉我思成。	赏给了我这全福。
亦有和羹，	也有调好了的菜羹，
既戒且平。〔二〕	都已准备而且完成。
鬷假无言，齐，鬷作奏。	迎进神来了在无言之中，
时靡有争。耕部。	这时大家肃敬没有喧争。
绥我眉寿，	赐给我长眉大寿，
黄耇无疆。	黄发老寿无疆。
约軧错衡，	包红皮的车轴、错金的横杠，
八鸾鸧鸧。〔三〕	驷马的八铃响起来锵锵。
以假以享，	于是迎神，于是献享，
我受命溥将。〔四〕	我受的天命又大又长。

自天降康，	从天上降下来的安康，
丰年穰穰！	丰年收获多哉穰穰！
来假来享，	迎神就到，神到就享，
降福无疆。	降下的福泽无疆。
顾予烝尝，	念我冬祭有烝，秋祭有尝，
汤孙之将！阳部。	这就是汤孙的大烹飨！

一章。首节四句，言本先祜，以见得以奉祭之由。次节八句，言奉祭获寿。末节十句，追言来祭时车马整饬，并重言奉祭获福作结。〇江永云："连十一句韵，'黄耇无疆'至'汤孙之将'。"

〇今按：《烈祖》，与《那》篇相次，疑是汤孙祀烈祖成汤同时所用之乐歌。一用在迎牲之前，故言及乐声；一用在杀牲之后，故言及臭味（清酤、和羹之类）。《毛传》、《孔疏》不误。何楷《古义》据诗"申锡无疆"，以为此祭之明日又祭，肜祭成汤之乐歌。所云成汤，盖不误。《那》篇云："奏鼓简简，衎我烈祖。汤孙奏假，绥我思成。"诗末云："顾予烝尝，汤孙之将。"此篇云："嗟嗟烈祖，有秩斯祜。""鬷假无言"，"赉我思成"。诗末亦云："顾予烝尝，汤孙之将。"可以推知两诗同是汤孙祀烈祖。复据《尚书·伊训》篇云："乃明言烈祖之成德以训于王。"又《说命》篇云："佑我烈祖格于皇天。"（或云：《伊训》与《说命》乃伪《古文尚书》，毛奇龄与惠栋诸家则以为其文多有所本。）可证称烈祖为成汤，《商书》、《商颂》表里一致也。《序》云"祀中宗"者何？《郑笺》云："中宗，殷王太戊，汤之玄孙也。有桑穀之异，惧而修德，殷道复兴，故表显之，号为中宗。"《孔疏》云："案《殷本纪》云：汤生大丁。大丁生大甲。崩，子沃丁立。崩，弟大庚立。崩，子小甲立。崩，弟雍己立。崩，弟大戊立。是大戊为汤之玄孙也。《本纪》又云：大戊立，亳有祥桑穀共生于朝，一暮大拱。大戊惧，问伊陟。伊陟曰：帝之政其有阙与？帝其修德。大戊从之，而祥桑穀枯死。殷复兴，诸侯归之，故称中宗。是表显立号之事也。”朱子《辨说》云:“详此诗未见其为祀中宗。而末言汤孙,则亦祭成汤之诗耳。《序》但不欲连篇重出,又以中宗商之贤君,不欲遗之耳。”此疑《序》说为是。诗云:“约軝错衡,八鸾鸧鸧。以假以享,我受命溥将。”此指“诸侯来助祭者”乎?(《郑笺》)抑“此当属宋公之车。上公虽非同姓亦得乘金辂。周制驾四,故八鸾”(皮锡瑞《诗经通论》)。若必以此诗言八鸾而系之周时宋公,是殆不知王肃“夏丽驾两、殷骖驾三、周驷驾四”之说不足据信,殷之制亦驾四而八鸾也。(《鄘·干旄·疏》)倘说:“宋君乘此上公之车而来于庙中,以升以献。由我受周天子之命既大且长;自天降安康之福,得获丰年;莫非我祖神灵之来至来假,降福无疆也。”(王先谦《集疏》)则此犹是治今文三家说者抱残守缺之言。愚则疑诗之言车当指殷王祭祖配天而乘之大路(《荀子·礼论》篇注),殷驾四不驾三也。此岂周时美宋襄公献祭祖庙之诗乎?

玄鸟一章二十二句

《玄鸟》,祀高宗也。

天命玄鸟,	上天命令玄鸟,
降而生商。	降下来就生了商玄王。
宅殷土芒芒。鲁作殷社芒芒。	住在殷土,那里是一片茫茫。
古帝命武汤,〔一〕	天帝命令了自号武王的汤,
正域彼四方。阳部。	征服了那时候的天下四方。
方命厥后,	普遍命令那些氏族部落君长,
奄有九有。韩,有作域。	统同有了九州而做他们的王。
商之先后,	商代的先王,
受命不殆,〔二〕	受了天命不至危殆,

在武丁孙子。之部。	有武丁这孙子在。
武丁孙子！	武丁这孙子！
武王靡不胜。	武王汤的事业没有不能胜任。
龙旂十乘，〔三〕	打着交龙的旗子大辂十乘，
大糦是承。蒸部。〇韩，糦作饎。	大祭典就给他担承。
邦畿千里，	国都的附近千里，
维民所止，	这是人民聚会的所在，
肇域彼四海。之部。	又从头征服了那天下四海。
四海来假，	四海诸侯来此迎神助祭，
来假祁祁，	来此迎神助祭的人许许多多，
景员维河。	景山外围就是大河。
殷受命咸宜，	殷商受了天命都很适合，
百禄是何！歌、脂合韵。〇歌第六，脂第八，故得合用。	百种福禄就由它承受着！

一章。前节十句，言高宗能嗣其祖德。后节十二句，言高宗能贻厥孙谋。〇江永云："里、止、海、祁，平、上为韵。"

〇今按：《玄鸟》，《序》说"祀高宗"。倘谓烝尝时祭，则似与下《殷武·序》雷同。《郑笺》云："祀当为祫。祫，合也。高宗，殷王武丁，中宗玄孙之孙也。有雊雉之异，又惧而修德，殷道复兴，故亦表显之，号为高宗云。崩而始合祭于契之庙，歌是诗焉。古者君丧三年，既毕，禘于其庙，而后祫祭于太祖。明年春，禘于群庙。自此之后，五年而再殷祭，一禘一祫，《春秋》谓之大事。"此谓祫祭高宗之诗。王者崩后，始禘始祫，与平时一禘一祫所谓大事者不同。朱子《辨说》云："诗有'武丁孙子'之句，故《序》得以为据。虽未必然，然必是高宗以后之诗矣。"愚谓诗直称高宗武丁，犹卜辞直称成汤大乙也。《序》殆不误，或如《笺》说。王先谦云："案《序》云祀高宗，《笺》改祀为祫，以避下《殷武·序》同也。然人君免丧，祫于太祖之庙，是以太祖为主；不当云祫高宗。况三家以《商颂》为宋诗，则此篇即为宋公祀中宗之乐歌。明系烝尝时祭之所用，乃曰崩而始合祭于契之庙，其说固不可用矣。"《序》、《笺》之说果皆不可用，而三家之说信可用邪？愚谓其尚不如何楷《古义》自信"断为高宗报祀上甲微确有典据"也。今读是诗，觉其具有史诗性质。诗中人物为半神半人之英雄人物，所叙史事亦杂有神话传说之成分。《列女传》云："契母简狄者，有娀氏之长女也。当尧之时，与其妹娣浴于玄邱之水，有玄鸟含卵过而坠之，五色甚好。简狄与其妹娣竞往取之。简狄得而含之，误而吞之，遂生契焉。"总之，《玄鸟》一诗当与《生民》一诗同读。不妨同视为商周时代奴隶社会奴隶主贵族自道其先祖开国之史诗。契为商祖，正与稷为周祖同。禹母吞薏苡而生禹，简狄吞玄鸟卵而生契，姜嫄履大人迹而生稷，同属无父而生子之神话。此《说文》所谓"古之神圣母感天而生子，故称天子"者也。窃尝论之：古史相传简狄为帝喾次妃，姜嫄为帝喾元妃，稷契同时，故有同为帝喾子一说。稷母姜嫄当是有邰氏部落之女酋长，契母简狄当是有娀氏部落之女酋长。同为原始氏族社会由母系制向父系制过渡，由杂婚群婚向对偶制过渡，此一历史阶段中神话式之女性英雄人物焉。远自王充《论衡·奇怪》篇，即驳诘此上古三代神话之不合事理。严杰《经义丛抄·汪家禧〈稷契非帝喾子说〉》又论证其非必史实。皮锡瑞《诗经通论》云："尝谓后世说经之弊，在以世俗之见律古圣贤，以民间之事拟古天子。仲任（王充）生于东汉，已有此等习见。即如其说，亦当以为诗人之误，不当以为儒者说诗之误。""正所谓痴人前说不得梦"。惜乎其皆不生于今日，不能深研历史唯物主义而得作出较为正确之结论也。复进而论之，玄鸟何鸟？《传》云："玄鸟，鳦也。春分玄鸟降。汤之先祖，有娀氏女简狄配高辛氏帝，帝率与之祈于高禖而生契，故本其为天所命，以玄鸟至而生焉。"《笺》云："天使鳦下而生商者，谓鳦遗卵，娀氏之女简狄吞之而生契。为尧司徒，有功封商。"此说信有鳦卵生契之神话，彼说则否。毛、郑说固不同。玄鸟，燕也。则叠见于《史记·殷本纪》、《三代世表序》、《楚辞·天问》篇王注、《吕览·音初》篇、《淮南·修务训》《墬形训》高注、《列女传》、《潜夫论·五德志》篇诸典记矣。今姑以毛奇龄一说殿之。其《续诗传鸟名》云："玄鸟，燕名，以羽玄见称，与黄鸟同。若有娀吞鳦，则不经之事在上古容有之。或谓玄鸟降，即《月令》玄鸟至。有娀氏于玄鸟至日祠高禖生契，不必吞鳦。此亦以臆说诗之言。"此释玄鸟似是申《笺》驳《传》。其云上古容有不经之事，即似不反对古史有神话传说，不失其为通人之言也。自后惟皮锡瑞可与同语矣。《楚辞·离骚》云："望瑶台之偃蹇兮，见有娀之佚女。""凤皇既受诒兮，恐高辛之先我。"又《天问》云："简狄在台喾何宜？玄鸟致诒女何喜？"既说凤皇，又说玄鸟，不知玄鸟、凤皇是一是二。既云简狄宜喾，又云玄鸟致诒，似谓契本有父而又感生邪？感生之说当以图腾之说释之也。柯斯文《原始文化史纲》云："如认为生育是由于图腾入居妇女体内，死亡就是人返回于自己的氏族图腾。"切傅克沙罗夫《原始文化史·图腾主义》一章说，澳大利亚之阿兰达部落人："他们的图腾祖先曾在各地漂泊，在各地（在石头里、树林中、水池里）留下了'童胎'拉塔尔，这种'童胎'从那时起就留在那里了。如果妇女，特别是结了婚的，并且是年轻的妇女，在走近这种地方时，那么，'童胎'就会进入她的体中，她就会怀胎。此后她所生的那个小孩就属于在传说中和这个地点有关的那个图腾。"（以上二说皆据于省吾先生文引）可以推知我国上古三代，禹母吞薏苡而生禹，启母化石而生启，以及简狄吞玄鸟卵而生契，姜嫄履大人迹而生稷，等等神话之意义，即图腾童胎一类神话之意义也。于省吾《略论图腾与宗教起源和夏商图腾》一文说："商代青铜器《玄鸟壶》有'玄鸟妇'三字合书的铭文（原附拓本，略），玄字作8，金文习见。右侧鸟形象双翅展飞。我以为'玄鸟妇'三字合文，是研究商人图腾的唯一珍贵史料，系商代金文中所保留下来的先世玄鸟图腾的残余。它的含义是作壶者系以玄鸟为图腾的妇人,可以判定此妇既为简狄的后裔,又属商代的贵族。《诗·长发》:'有娀方将。'娀字也见于第五期卜辞。""□辰王卜,才兮□贞娄毓妫。□王逌曰吉,在二月。(前二、十一、三)""娄,即娀。有娀氏,即有戎氏。晚期商王娶戎女为妇,因而加女旁称之为娀。犹之乎商王娶羌女为妇,因而加女偏旁称之曰姜。(姜妫,见《乙中》五四〇五)由此可见商代从先世契母简狄一直到乙辛时期,还与有娀氏保持着婚媾关系。有娀氏之娀既见于殷虚卜辞,而玄鸟为图腾又见于商代金文。足征《诗》篇所咏,《天问》所疑,其来有自。"(《历史研究》,一九五九年一一期)此晚近历史学者根据考古资料,从原始氏族社会之宗教起源与图腾崇拜,而论证《玄鸟》一诗之意义,可资研究者也。

长发七章一章八句四章章七句一章九句一章六句

《长发》,大禘也。

濬哲维商!	有深谋大智的是商!
长发其祥。	久已发见它的祯祥。
洪水芒芒,	当洪水一大片茫茫,
禹敷下土方。	大禹分治水土于天下四方。
外大国是疆,	就把外面大部国土分划妥当,
幅陨既长。	这时候国土的幅员已广而长。
有娀方将,〔一〕	有娀氏的女儿简狄正当少壮,
帝立子生商! 阳部。	上帝立子让她生出了商玄王!

一章。推本汤有天下,由契于唐虞之世封商;而言契之生,则仍是上帝所立子之神话。

玄王桓拨！韩，拨作发。	玄王契真是英明！
受小国是达，	尧时受封小国也是行的通，
受大国是达。	舜时受封大国也是行的通。
率履不越，三家，履作礼。	遵守礼法，不许逾越，
遂视既发。	遍为视察，教令尽行。
相土烈烈，〔二〕	到他孙子相土威风烈烈，
海外有截！祭部。	海外也都这样整齐服帖！

二章。言相土绳其祖武，而益逞其雄心。

帝命不违！	上帝的命令是不可违的！
至于汤齐。	至于成汤，和天心齐一。
汤降不迟，〔三〕	成汤谦卑不怠，
圣敬日跻。	圣明恭谨之德日益升起。
昭假迟迟，〔四〕	明见请神到了久久不息；
上帝是祇，	上帝就被他敬上，
帝命式于九围。脂部。	帝命令他领导于九州之地！

三章。言契与相土之后以至于成汤，乃得受天命而抚有九州。自此以下五章备言汤事，则其为大享成汤之乐歌明矣。

受小球大球，	受俘小宝玉、大宝玉，
为下国缀旒，	为天下诸国的表率，
何天之休。	荷蒙天赐的美福。
不竞不絿，〔五〕	不争不求，
不刚不柔，	不刚不柔，
敷政优优：鲁、齐，敷作布。鲁，优作忧。	施政中和优优：
百禄是遒！幽部。○鲁，遒作揫。	百种福禄就给他相凑！

四章。言汤征诸小部落而敷政优优，此对弱小者之道。首言受小球大球者，盖谓汤“伐三朡、俘厥宝玉”也。○按：或云，敷政优优句，对下章“敷奏其勇”句，应上移至“不竞不絿”句前。提出于此备考。倘用愚见标点，则益显示上古诗人构句与修辞之妙，不可移易。

受小共大共，鲁，共作珙，或作拱。　　受献小图法、大图法，
为下国骏厖，〔六〕骏厖，鲁作骏蒙，齐作恂蒙。　　为天下诸国的庇荫，
何天之龙。齐，龙作宠。　　荷蒙天赐的荣宠。
敷奏其勇：齐，敷作傅。　　施行他的英勇：
不震不动，　　不震不动，
不戁不竦。　　不惊不恐。
百禄是总！东部。　　百种福禄就给他聚总！

五章。言汤伐夏桀而敷奏其勇，此对强暴者之道。首言受小共大共者，谓夏太史令“出其图法”，“出奔如商”也。所谓图法，犹今言图书法令也。○江永云：“共、庞、龙、勇、动、竦、总，平、上为韵。”

武王载旆，鲁、韩，旆作发。　　号为武王，开始建旗出发，
有虔秉钺。　　是这样坚强的拿着斧钺。
如火烈烈，　　好像大火一般的猛猛烈烈，
则莫我敢曷。鲁、韩，曷作遏。　　那就没有谁来敢把我阻遏。
苞有三蘖，〔七〕齐，苞作包，蘖作枿。　　一个老树根又生三枝小蘖，
莫遂莫达。　　不能成长，不能畅达。
九有有截：九有，鲁、韩，有作域。　　九州这样整齐服帖：
韦顾既伐，　　小国韦、顾，既已讨伐，
昆吾夏桀！祭部。　　还有昆吾小国和罪魁夏桀！

六章。总言成汤武功之盛，及其主要用兵次第。

昔在中叶，	从前在这商代中叶，
有震且业。〔八〕叶部。	有威力而且有功业。
允也天子！	真是呀天子！
降予卿士：之部。	天降给卿士：
实维阿衡，	这就是伊尹阿衡，
实左右商王！阳部。	这就辅助了商王！

七章。末言昔在商之中叶，汤以武力起为天子，而辅之者是为伊尹。〇按：自契至汤，其间传世十三，至汤而后崛兴，《国语》所谓“玄王勤商十四世而兴”者也。旧注此章首句大都不得其解。

〇今按：《长发》，当是大享成汤，以伊尹从祀之乐歌。《诗序》云：“《长发》，大禘也。”所禘者谁？惠栋《说禘》，意谓嗣王免丧吉禘成汤之诗。何谓大禘？《郑笺》云：“大禘，郊祭天也。《礼记》曰：王者禘其祖之所自出，以其祖配之。是谓也。”据《礼记·祭法》篇：“殷人禘喾而郊冥，祖契而宗汤。”今玩此诗不是禘喾，而是禘汤。果如惠氏所说，吉禘成汤邪？抑禘喾之说出于周人，而禘汤之事，殷人本有邪？所谓大享者何？可以说烝尝时祭，亦可以说郊禘大祭。禘或谓之郊，郊亦或谓之禘。郊禘皆得以功臣从祀。文二年《公羊传》：“禘所以异于祫者，功臣皆祭也。”《诗序》说大禘，无妨于说诗禘成汤，诗末祭及伊尹。《昊天有成命》，陈奂《传疏》云：“盖禘、郊、祖、宗皆祭天之事，对文则别，散文则通。禘郊通称，亦犹祖宗通称焉耳。”其说不误。又据《尚书·盘庚》篇：“兹予大享于先王，尔祖其从与享之。”《君奭》篇记周公对召公奭云：“君奭！我闻在昔，成汤既受命，时则有若伊尹，格于皇天。在太甲，时则有若保衡。在大戊，时则有若伊陟、臣扈，格于上帝；巫咸乂王家。在祖乙，时则有若巫贤，在武丁，时则有若甘盘。率惟兹有陈，保乂有殷。故殷礼陟配天，多历年所。”此皆可作为殷商以先王配天，功臣从享之确证。《楚辞・天问》云：“初汤臣挚，后兹承辅；何卒官汤而尊食宗绪?”此正问伊尹何以从祀汤庙。《殷虚书契前编》第二十二页亦有两片卜辞说及伊尹从享成汤。皆可为此《长发》一诗作证。汪梧凤《诗学女为》云：“此大享成汤而以伊尹配之之诗。考《世纪》载伊尹卒，《竹书》载祠保衡，皆在沃丁八年（公元前一七一三年），诗当作于是时。《书序》谓沃丁既葬伊尹于亳，咎单遂训伊尹事作《沃丁》，则是诗亦咎单作焉。盖功臣从祀自伊尹始，后遂定为商家一代典礼。”以较何楷《古义》说此诗作于盘庚之世，尚提前三百多年。又据此诗今古文家两说，亦大有争论，具详陈奂《传疏》、王先谦《集疏》，今不殚论。此诗四章云：“受大球小球，为下国缀旒。”五章云：“受小共大共，为下国骏厖。”何谓球？何谓共？球也共也，一物二物？毛、邹异义，二千年间注说者盖以千数，异义滋歧。愚谓《毛传》“球，玉”“共，法”之故训，自《郑笺》、《孔疏》、《朱传》以来，经生儒者皆不得其解。直至近人章太炎始得确证其为独得正解。甚矣《诗》之达诂（通故）未易得也！《蓟汉闲话》云：“读书须明辞例。此谓位置相同，辞性若一。若同为名物之辞，或同为动作之辞，是也。然尚有不可执者：《论语》发端便云：不亦说乎，不亦乐乎，不亦君子乎。君子与说乐辞性岂得同哉？或者拘挛过甚，同为名物，尚以天成、人巧，动物、植物，琐细分之。流衍所及，必有如宋人说《滕王阁序》，以落霞为霞蛾者（展按：宋俞成《萤雪丛说》一，又吴曾《能改斋漫录》十五，俱有此说）。高邮王氏首明辞例，亦往往入于破碎。如《秦风》‘终南何有？有纪有堂’与‘有条有梅’相偶，同为名物之辞也。王氏以其属对未精，必依《白帖》改纪堂为杞棠。《商颂》，‘受小球大球’，‘受小共大共’。《传》曰：球，玉也。共，法也。亦同为名物之辞。王氏又以属对未精，必依《大戴记》一本，及《淮南》高诱注改共为拱，引《广雅》‘拱球法也’说之。苟充其类，则霞蛾之说亦不可破矣。”又云：“《商颂・长发》篇，‘受小球大球’，‘受小共大共’,《毛传》:球训玉,共训法,自有据。案《吕氏·先识》篇,夏太史令终古出其图法,执而泣之,乃出奔如商。汤喜,而告诸侯曰:‘夏王无道,守法之臣自归于商。’此所谓受小法大法也。《书序》:‘夏师败绩,汤遂存之。遂伐三朡,俘厥宝玉。谊伯、仲伯作《宝典》。’此所谓受小玉大玉也。盖玉以班瑞群后,法以统制诸侯。共主之守,莫大于此。是以受之则为下国缀游,为下国骏厖矣。《逸周书·世俘解》说武王克殷〔祭庙〕,亦云‘矢圭矢宪(陈玉陈法)’,其意并同。凡观古者,当先核其事,次求其义,非徒以虚文笼罩而已。王氏据《广雅》拱、球训法,此或三家诗有之,要未得其实事也。”愚谓章氏为此《闲话》两则(十六、十七),偶拈辞例,评及高邮王氏训诂之学,有得有失。如纪堂之训仍以王氏为得,而章氏失之(可参阅《终南》篇拙说);球共之训,则以章氏为得,而王氏失之。至若阮元释《邮表畷》释及此诗之球与缀旒,亦皆失之也。

抑愚犹有陈者:章太炎所引《吕氏·先识》篇,夏太史令终古出其图法奔商。何谓图法?法已明矣,图者维何?盖古言图法,犹今言图书法令也。夏后氏之世有何图书?今已不可确考。殆如古史传说中之《河图》、《洛书》、《三坟》、《五典》、《八索》、《九丘》,以及唐虞夏《尚书》、《大禹谟》、《禹贡》之类乎?又引《逸周书·世俘》篇:矢圭矢宪。其意谓陈玉陈法,盖谓陈所俘获于殷商王朝之宝玉法令乎?是则诚与《长发》之受球受共义同也。吾人据此可以推测书契之初,三代之际,夏商皆已有史官掌图书法令之职。而老子确为周守藏室之史,史有明文。愚尝戏谓老子为周之皇家图书馆馆长。老子作为历史人物之重要性,不在其为柱下史,实王之爪牙;而在其典守图书,实御用之学者。老子实有其书,即实有其人,不知太史公《史记》何以有所置疑,岂其网罗旧闻,贯串三古,有所未至邪。抑其书传之后人,确有补缀窜改邪?异已!晚近学者梁任公、胡适之益张其说而争论之。窃意其权威欺人,哗世取宠,皆有不足据信者在也。孔融后于孔子五百年,十岁幼龄,晤对当时贤硕李膺,自称通家子弟。似了了于老孔师友关系，儒道学术渊源。李膺既惊其夙慧，复短其早熟，顾未尝疑及李聃、孔丘同时及其关系，而斥孔融小儿强作解人语也。愚又尝健羡老子置身高明之地，既博闻而高寿，故其所著五千言，出话不多，而大含细入。总结前言往行，及其身所感受之经验教训，发为文藻，类似箴铭，或窥见自然之秘奥，或洞彻人情之隐微。明乎国家之兴亡盛衰，了然人间之生死祸福。或读之而为高士逸民，或读之而为老奸巨猾。早有稍后于他之哲人而称他为博大真人者，岂虚语也哉？孔子尝问礼于老聃，而有老子犹龙之叹。孔子六艺之学盖得之于王官史、巫，而得之于老子者尤多，以授三千弟子，七十二贤。自是王官所掌图书法令(礼)之学，始得传布于民间。老、孔于中国古文化之开发，其功不亦宏伟矣哉？乃者，细绎太炎先生所释《商颂·长发》受小球大球、受小共大共之义证，乃知我国上古三代已有类似国立图书馆馆长职掌国家图书法令之史官，特为之揭橥于此云。

殷武六章三章章六句二章章七句一章五句

《殷武》，祀高宗也。

挞彼殷武！〔一〕	勇猛的那殷王武丁！
奋伐荆楚。	奋发起来讨伐荆楚。
罙入其阻，三家，罙作罙。	深入到了它的险阻，
裒荆之旅。	俘获了荆楚的师旅。
有截其所，	这整齐服帖了的处所，
汤孙之绪！鱼部。	就是汤孙的王业统绪！

一章。“称伐楚之功。”

维女荆楚！　　啊，你们荆楚！
居国南乡。　　居于国境的南方。
昔有成汤：　　从前有成汤：
自彼氐羌，　　从那极远的氐羌，
莫敢不来享，　　没敢不来贡上，
莫敢不来王，　　没敢不来朝王，
曰商是常！〔二〕阳部。　　以为商是可尊敬之邦！

二章。“述戒楚之词。”

天命多辟，　　天子命令了诸侯，
设都于禹之绩：〔三〕　　设都在大禹所治之地：
岁事来辟，　　年中有事来朝，
勿予祸适！〔四〕　　就不给予你们罪谪！
稼穑匪解！支部。　　从事耕获不要松懈！

三章。“言诸侯来服。”〇江永云：“辟、绩、適、解，去、入为韵。”

天命降监，监与滥叶。谈部。　　天子有命下来按察，
下民有严。严，当作庄。　　下面人民这样畏怯：
不僭不滥，〔五〕　　不敢对抗，不敢差忒，
不敢怠遑。阳部。　　也不敢怠惰暇逸。
命于下国，　　便命令于天下诸国：
封建厥福。之部。　　分封立国给他们福！

四章。“本中兴之故。”〇江永云：“监、严、滥，平、去为韵。”

商邑翼翼，三家，作京邑翼翼。　　商都是翼翼的繁盛，
四方之极。之部。〇三家，作四方是则。　　它是四方诸国的标准。

赫赫厥声，	赫赫地是它的号令，
濯濯厥灵。	濯濯地是它的威灵。
寿考且宁，	老寿而且康宁，
以保我后生！耕部。	以保佑我的后世子孙！

五章。“极言中兴之盛。”

陟彼景山，	登上那座景山，
松柏丸丸。	松柏是直直圆圆。
是断是迁，	于是锯断，于是搬迁，
方斫是虔。鲁，虔作掮。	正好斫作楹柱，于是削作屋椽。
松桷有梴，	松木的椽子这样的长，
旅楹有闲，〔六〕	刮磨的柱头这样的大，
寝成孔安！元部。	寝庙造成了住着的就很安然！

六章。“则言今日作庙以祭如此。”（朱公迁）〇《朱传》云：“此章与《闷宫》卒章文意略同，未详何谓。”〇姚际恒云：“较《鲁颂》自简古。”按：《商颂》在前，《鲁颂》在后，盖作《鲁颂》者以《商颂》为蓝本邪？

〇今按：《殷武》，殷人立庙以祀高宗之乐歌。《序》言祀不言庙。《孔疏》云：“高宗前世，殷道中衰，宫室不修，荆楚背叛。高宗有德，中兴殷道，伐荆楚，修宫室。既崩之后，子孙美之，追述其功，而歌此诗也。经六章。首章言伐楚之功，二章言责楚之义，三章、四章、五章述其告晓荆楚，卒章言其修治寝庙。皆是高宗生存所行，故于祀而言之，以美高宗也。”此诗卒章岂言高宗修治寝庙邪？抑言其后人创为高宗庙，而寝成孔安邪？《尚书·无逸》篇云：“高宗之享国五十有九年。”此周公视殷高宗为殷商贤主，勤劳无逸，得享高年之一例。《商颂》一再颂美高宗，《诗》、《书》正相表里。高宗自是殷商大奴隶主王朝一中兴之名主。其缘梦求贤，擢用罪奴（胥靡)泥水匠(版筑者)傅说为相,此古史上一有名之故事也。《史记·殷本纪》云:“帝武丁即位,思复兴殷,而未得其佐。三年不言,政事决定于冢宰,以观国风。武丁夜梦得圣人,名曰说。以梦所见,视群臣百吏皆非也。于是乃使百工营求之野,得说于傅险中(险字或作岩)。是时说为胥靡,筑于傅险。见于武丁,武丁曰:‘是也!’得而与之语,果圣人。举以为相,殷国大治。故遂以傅险姓之,号曰傅说。帝武丁祭成汤,明日有飞雉登鼎耳而呴,武丁惧。祖己曰:‘王勿忧!先修政事。’武丁修政行德,天下咸欢,殷道复兴。”“帝武丁崩,子帝祖庚立。祖己嘉武丁之以祥雉为德,立其庙为高宗。遂作《高宗肜日》及《训》。”此殷人所以为高宗武丁立庙之史实。以史证诗,不为无据。祖己既作《高宗肜日》及《训》,亦有作此诗之可能,迭说父德,不嫌重复。祖庚元年当公元前一二五六年,诗当作在此年后二三年间庙成之日。愚以为《诗经》作品及其年代,上限至早,早不过《商颂·殷武》,约当公元前一二五六年;(汪梧凤以为《长发》咎单作于沃丁八年,当公元前一七一三年,则更早在前四百五十年左右矣。)下限至迟,迟不过《秦风·无衣》,约当公元前五〇五年。此篇与上篇《长发》诗,同是作为歌颂先人,歌颂英雄,歌颂天神,作为统一体而歌颂。歌颂高宗对于邻近诸部落国家使用挞伐与奴役之暴力皆奉天命而行,人间暴力采用超人间力量之形式而出现。反映从成汤以来殷商社会大奴隶主之思想意识,不妨视为《商颂》五篇之总主题。上篇《长发》说商始祖契,“帝立子生商”。其说成汤,则云“帝命不违,至于汤齐”。亦可见殷商大奴隶主自以为是天帝之子孙,正如古埃及奴隶社会之王者自称为法老、为天神之化身者同也。诗意成汤受天命统治九州,奴役诸部落国家,最后讨伐韦、顾、昆吾三国,同时灭亡当日多辟之共主夏桀。其夸获天福,荷天宠,确似天帝之子、半神半人之英雄人物。此固奴隶社会对于英雄崇拜、祖先崇拜、天神崇拜,作为统一体而歌颂之典型作品。不知此,不足以完全读通《雅》、《颂》,不仅《商颂》已也。合《商颂》五篇读之，可作为殷商史诗读，则与已读之小、大《雅》多篇关于周先世开国之诗具有史诗性质者同也。魏源云："《殷武》，美襄公之父桓公会齐伐楚也。"今察诗中语气岂与宋襄公祀其父桓公之语相类？诗中事实岂与宋桓公相关？倘谓桓公实有伐楚事，岂殷高宗必无伐荆楚事？王先谦云："《春秋》僖四年，公会齐侯、宋公伐楚。此诗与《鲁颂》'荆舒是惩'，皆侈召陵攘楚之伐，同时、同事、同词。故宋襄公作颂以美其父。（原注：宋桓二十四年从战召陵，逾六年卒。至襄公战泓之役，齐桓已没在此诗后矣。）愚案魏说为此诗定论。《毛序》之伪不足辨也。"王氏认为魏、皮二氏考证《商颂》是宋诗，已成定论，不免挟有《诗》今文家宗派主义之偏见。王氏又于《殷武》卒"章松桷有梴，旅楹有闲"，注云："韩说曰：闲，大也。谓闲然大也。（《文选·魏都赋》：旅楹闲列，李注引《薛君韩诗章句》。）王肃云：桷楹以松柏为之，言无雕镂也。今以《魏都赋》证之，则肃义实本《韩诗》。"并于此诗卒章结句"寝成孔安"，注云："韩说曰：宋襄公去奢即俭。（《史记》司马贞《索隐》、《文选》张衡《东京赋》李注引《韩诗》。）王肃云：无雕镂。正谓其俭也。愚案考父颂商，本无可疑义，徒以年寿之故，故众信不坚。今得皮氏引公孙寿为证，足以冰释群惑。"皮氏云何？其言曰："史公非不知考父之年必百三四十岁而后能〔与襄公〕相及也。乃《宋世家》仍用考父颂殷之语，其说必有所受，断无自相矛盾。百龄以外之岁古所恒有，父存子死亦事之常。若谓孔父殉君，其子不应尚在，则《春秋》时明有其事，且即宋国之人。文十六年《左传》云：公子荡卒，公孙寿辞司城，请使意诸为之。意诸死昭公之难，历文十七、十八两年，宣十八年，成八年，凡二十八年。宋公使公孙寿来纳币，明见于经传。意诸见杀，其父公孙寿可来纳币；何独孔父见杀，其父正考父不可作颂乎？古人致仕亦称大夫，夫子曰：'以吾从大夫之后'，可证。考父作颂，年已笃老，非必尚在朝列。是皆不足以献疑也。"此皮氏第一证，实为旁推，不为确证。正考父与宋襄公实不同时，不能作颂以美襄公，王国维《说商颂下》已断言之矣。王先谦又云："《毛诗》当汉世虽不立学官，而好古博览之士亦间有取资。《汉书·杜钦传》之引《小卞》（《小弁》），即是暗用毛义。至于此诗，则《贾捐之传》云：武丁地，南不过荆楚，西不过氐羌。《后汉·黄琼传》：《诗》咏成汤之不怠皇。则不独用毛，兼采《左传》。曹植文云：'感殷人路寝之义，嘉先民泮宫之事。'盖高宗、僖公嗣世之王，诸侯之国，犹著德于《三颂》，腾声于千载。植习《韩诗》，而亦旁参毛义，则郑学大行之后，时代为之也。"王氏此一段话平心静气，盖不失其尚有实事求是之精神。又彼精通《汉书》，可称《汉》圣。岂不知班固亦尝确认《商颂》为殷商诗乎？曰："殷周之《雅》、《颂》，上本有娀、姜嫄、契、稷、公刘、古公、大伯、王季、姜女、大任、大姒之德；乃及成汤、文、武受命；武丁、成、康、宣王中兴；下及辅佐阿衡、周、召、大公、申伯、召虎、仲山甫之属；君臣男女有功者靡不褒扬。功德既信美矣，褒扬之声扬乎天地之间，是以光名著于当世，遗誉垂于无穷也。"班氏家习《齐诗》，在毛、郑学未显之前，即以《商颂》为殷商诗，与司马迁《宋世家》已说《商颂》为宋人诗，正考父所以美宋襄公者不同。马、班大史学家，同用《诗》今文说，而说有不同，究以何者为是乎？且宋儒早已驳今文《韩说》之为不可信矣。王氏竟不知邪？《苏传》云："司马迁言宋襄修行仁义，欲为盟主。其大夫正考父美之，故追道契汤高宗殷之所以兴，作《商颂》。其说盖出于《韩诗》。近世学者因此诗有'奋伐荆楚'，则以襄公伐楚之事当之，遂以韩婴之说为可信。予考《商颂》五篇皆盛德之事，非宋之所宜有。且其诗有'邦畿千里，维民所止，肇域彼四海'，'命于下国，封建厥福'，此类非复诸侯之事，无可疑者。襄公伐楚而败于泓，几于亡国，此宋之大耻，既非所当颂；而《长发》之诗谓汤武王，苟诚襄公之颂，周有武王，岂复以命汤哉？"又观此《殷武》诗发端云："挞彼殷武，奋伐荆楚。"其所指彼者何人？《毛传》云："殷武，殷之武丁也。荆楚，荆州之楚国也。"《郑笺》云："殷道衰而楚人叛，高宗挞然奋扬

威武，出兵伐之。”毛、郑明指彼殷高宗而非宋桓公。魏源云：“楚入《春秋》，历隐、桓、庄、闵止称荆，至僖二年始称楚，安得高宗即有伐楚之名？《孔疏》亦穷于词，故云周有天下始封熊绎为楚子，于武丁之世未审其君为何人。”此在宋儒亦早见到之而加解释矣。《严缉》云：“《解颐新语》：或谓成王始封熊绎于荆，至鲁僖公元年始有楚号，遂疑商时未有荆楚，乃欲假此以实《韩诗》宋襄公作《商颂》之说。殊不知《禹贡》：荆及衡阳为荆州。乃在南而荆楚也。荆岐既旅，至于荆山。乃在西，盖雍州之荆也。诗人以有二荆，故以荆楚别荆岐耳。孰谓周始有荆楚哉？”据《虞书·舜典》“肇始十有二州”，《禹贡》“禹别九州”，荆楚州国之名，盖昉于唐虞时代乎？《说文》：“荆，楚木也。”“楚，丛木。一曰荆也。”造字之初，荆楚同物。“荆楚一木二名，故以为国号亦得二名。”(《左传·孔疏》)“《春秋》先书荆，后书楚，盖本国史旧名，非义理所在。”“荆楚之名，犹殷商也。合言之曰荆楚，分言之则或为荆，或为楚；犹合言之曰殷商，分言之则或为殷，或为商也。”(俞樾《宾萌集·释荆楚》)复据金文《白段》、《㝬段》、《뺢段》，亦证荆与楚与荆楚，所指是一。《商颂》言及荆楚，有何疑哉？倘说高宗但伐鬼方，不伐荆楚，《诗》云“奋伐荆楚”，恐非事实。殊不知史之所无，见诸《诗》者已多，适可以辅史之所不及。魏源云：“《易》称‘高宗伐鬼方，三年克之’。干宝《易》注云：鬼方，北方国。《汉书·五行志》，武丁外伐鬼方以安诸夏。《后汉书·西羌传》：武丁征西戎鬼方国，三年乃克。故其诗曰：‘自彼氐羌，莫敢不来王。’章怀注引《纪年》：武乙三十五年，周季历伐西落鬼戎。范谓《易·既济》高宗所伐鬼方即《诗》之氐羌。《贾捐之传》：武丁地，〔南不过荆楚〕，(今按，魏氏原文删此句，有隐瞒证据之嫌。)西不过氐羌。《文选·赵充国赞》：鬼方宾服。注引《世本》注：鬼方即汉之先零戎，在凉州。盖鬼之为言归也，东方物所始生，西方物所成就，故以西方为鬼方。是高宗所伐者西戎，非南蛮，明矣。历考传记，从无殷高宗伐荆楚之文，亦从无以荆楚为鬼方之

说。(原注：或引《大戴礼》及《楚世家》,陆终娶于鬼方氏,生子六人。曰季连,芈姓。为荆楚即鬼方之证。不知陆终以南侯而取于西戎,犹周取狄后、鲁取吴孟子,岂得谓周即北狄、鲁即南夷哉？纣脯鬼侯,《史记》作九侯。而《文王世子》：西方有九国焉,君王其终抚诸？正谓文王怀昆夷之事。)是鬼方者,高宗所伐;荆楚者,宋桓、襄父子所伐。盖商初难服者莫如西戎,故诗以昔有成汤,自彼氐羌为言。而匡衡《疏》亦以成汤之服氐羌为怀鬼方。以史证《诗》,虚实立见。(原注:《大雅》厉王诗:'内奰于中国,覃及鬼方。'即《西羌传》厉王时征犬戎之事,皆指西夷。至《唐书・高祖纪》：夏曰熏鬻,商曰鬼方,周曰猃狁,汉曰匈奴。此本干宝《易》注鬼方北方国之说。盖四北二戎互相统属,要之非西南夷也。)"愚谓鬼方、荆楚,是一是二,自来说者纷歧,迄无定论。即令荆楚不是鬼方,《朱传》以来说者皆误,安知《易》说鬼方,《诗》称荆楚,不是高宗实有两伐？又安知不是古鬼、九、艽字通,鬼方犹言艽野,并非确指一地之名？且尝见旧时方志有谓今贵州省为《禹贡》荆州之西徼,梁州之南徼,即殷商时之鬼方,贵州关岭县《红岩碑》为高宗之纪功故迹者。近世新化邹汉勋、嘉鱼刘心源,先后有此碑文考释,尚待今后有人作进一步之研究也。(备考：此碑黔俗相传为《诸葛誓苗碑》。莫友芝以为是三危禹迹。赵之谦则以为是古苗蛮文字。)至此诗卒章云："陟彼景山,松柏丸丸。"景山焉在？雷学淇《竹书纪年疏证》以为商汤"景亳之命",亳,指今河南省商邱之北,山东省曹县之南,景山之亳而言。王国维《观堂集林》有《说亳》一文。又其《说商颂下》云："毛、郑于景山均无说。《鲁颂》拟此章云:'徂徕之松,新甫之柏。'则古自以景山为山名,不当如《鄘风・定之方中・传》大山之说也。案《左氏传》：商汤有《景亳之命》。《水经注・济水》篇：黄沟枝流北径已氏县故城西,又北径景山东。此山离汤所都之北亳不远。商邱蒙亳以北惟有此山,《商颂》所咏当即是矣。而商自盘庚至于帝乙居殷虚,纣居朝歌,皆在河北,则造高宗寝庙不得远伐河南景山之木。惟宋居商邱，距景山仅百数里，又周围百数十里别无名山，则伐景山之木以造寝庙，于事为宜。此《商颂》当为宋诗，不为商诗之证。"此说不能令人无疑。诗之景山在北亳商邱，抑在西亳偃师？尚难断定。《寰宇记》云："景山在应天府楚邱县北三十八里，高四丈。"朱右曾《诗地理徵》云："夫四丈之山与邱陵等耳，乌足以表地乎？"又盘庚以后，帝乙以前，商邑在殷虚安阳，抑在西亳偃师，亦今昔为说不同。且偃师去安阳不远，采木造庙，于事正宜。《玄鸟诗》：'景员维河。'陈奂《传疏》云："高宗都景亳，在冀州域内，三面距河。故诗人言四海之朝贡来至于河者乃大均也。"此说高宗所都在西亳偃师，与今人谓彼时商都在殷虚安阳者不同。陈氏《传疏》于《殷武》诗"陟彼景山"，又云："《文选·洛神赋》：'陵景山。'李善注称《河南郡图》曰：景山在缑氏县南七里。考今河南偃师县有缑氏城，县南二十里有景山。即此诗之景山也。昭四年《左传》云：'商汤有景亳之命。'盖亳，汤都名。西亳有景山，亦称景亳。《楚语》云：'昔殷武丁能耸其德，至于神明，以入于河，自河徂亳。'汤、武丁同都河南。诗咏'陟彼景山'，此即自河而徂亳也。"其说大致与朱右曾同。朱氏云："今偃师县属河南府。景山，唐天祐元年更名太平山。（按，唐高宗太子弘葬于此，改名太平山。后天祐初，朱温杀昭宗，亦葬于此。）"朱、陈二家肯定诗之景山在偃师，雷学淇、王国维皆说此景山在商邱，吾人将何说之从？此诗究为商诗乎？或为宋诗乎？最近科学院考古研究所洛阳考古队发掘河南偃师二里头遗址，未知其发掘报告云何，意者其有助于此一问题之解决乎？

附　记

顷见《考古》一九七四年四期，中国科学院考古研究所二里头工作队《河南偃师二里头早商宫殿遗址发掘简报》一文，并及其他有关文字，得知二里头文化层三期出有大片宫殿遗址夯土台基，经C14测定，距今3210±90年，即公元前1245±90年；树轮校正年代范围，是公元前1300—1590年，此应为商代早期之大都邑。据《史记·殷本纪》：汤始居亳。皇甫谧曰：梁国谷为南亳，汤所都也。三亳何者为汤都乎？《括地志》：河南偃师为西亳。班固不以汤都注于谷熟，而特注于偃师。说明二里头为西亳之可能性甚大。汤之先人已经居亳，而武丁又自殷迁亳，可见商人居亳之时期为长也。陈奂谓《诗》景山在河南偃师县南二十里，又谓汤武丁同都河南。其说与朱右曾之说俱确，而雷学淇、王国维北亳之说谬已。且明《商颂》实为商诗，非宋诗也。

一九七五年校讫子展自记

【简注】

那

〔一〕猗那者，马瑞辰云：二字叠韵，皆美盛之貌，通作猗傩（见《桧风》）、阿难（见《小雅》）。草木之美盛曰猗傩，乐之美盛曰猗那，其义一也。

〔二〕汤孙奏假，绥我思成者，马瑞辰云：谓汤之子孙进格其祖，诒我福也。绥之言遗。遗，诒也。成，备也，福也。思，句中语词。与《烈祖》赉我思成句法正同。

〔三〕庸鼓有斁，《万舞》有奕者，《郑笺》：钟鼓则斁斁然有次序，其《干舞》又闲习。按：郑于此二有字不同训。全篇五有字，或训有无之有，或读有为又，此二句是也。下或训有无之有，或为指示之词，当随文立义，不则难通矣。《召》、《濩》、《万舞》皆已见于卜辞。

〔四〕汤孙之将者，按：将当读如《我将》篇我将我享之将，当即金文中之䵼字，其义或为祭器之鼎，此则用作烹飨之意。奋释为助，为大者误也。

○猗那叠韵，上音阿，下音挪。与读欤。鞉音陶、音摇。衎音侃、音刊。假读格。嘒音慧。恪音确。

烈祖

〔一〕及尔斯所。尔，尔烈祖也。斯，之也。有秩斯祜者，王引之云：有、斯，皆词也。有秩斯祜，犹之有扁斯石。秩，大貌。《巧言》曰：秩秩斯猷。是也。《说文》作戴，云：大也。《贾子·礼》篇曰：祜，大福也。状其大，则曰秩矣。

〔二〕既戒且平。平，成也。马瑞辰云：戒，当训备。《方言》：戒，备也。郑注：《曾子问》曰：戒，犹备也。《说文》：葡，具也。备与葡通。

〔三〕八鸾鸧鸧者，刘瑾云：《采芑》作八鸾玱玱。《烝民》、《韩奕》作八鸾锵锵。此诗作鸧。《载见》曰：肇革有鸧。字虽不同，皆言其声也。

〔四〕我受命溥将。溥，大也。王念孙云：将，长也。

○祜、酤并音祜，酤又音沽。鬷音总、音宗。軝音纸。衡读横。鸧音铊。穰音羊。

玄鸟

〔一〕古帝命武汤，《郑笺》：古帝，天也。《疏》引《尚书纬》云：曰若稽古帝尧。稽，同也。古，天也。是谓天为古。马瑞辰云：按《周书·周祝解》曰，天为古。尤天称古之证。古帝，犹言昊天上帝。古帝命武汤，犹帝谓文王。皆托天以命之也。今按，《殷本纪》汤曰：吾甚武，号曰武王。武汤，犹言武王汤也。

〔二〕受命不殆者，《孔疏》引王肃云，商之先君成汤受天命所以不危殆者，在武丁之为人孙子也。祀高宗而直称其名武丁，如卜辞之于汤直称大乙。盖以讳事神，周人之制，周以前则未尝有也。王先谦引其门人黄山之言云：在武丁孙子，犹云在孙子武丁。谓先后(君)之子孙惟武丁克肖也。二句均倒文合韵，专美高宗。愚按：晚近考古工作者，从殷墟妇好墓出土精美之青铜器二百一十事，其中有可供治《诗》参考者，有妇好鸮尊、司母辛四足觥等器，并赖以考知妇好是武丁配偶。

〔三〕龙旂承祀者，指当时嗣王位者言，非谓易世之后宋公也。《郑笺》谓诸侯建龙旂，承黍稷而祀之，意其助祭者固非；黄山谓龙旂承祀为宋公，尤非也。龙旂，大路，天子诸侯皆得用之。此诗用之者，指殷高宗后之嗣王也。诗后言邦畿千里云云，亦明指殷王。不得以此作为《商颂》是宋诗一证。

长发

〔一〕有娀方将者，陈奂据《淮南·墬形训》：有娀在不周之北。高注，娀读如嵩高之嵩；因谓嵩高山在河南。于声求义，高说自得诸师读。帝立子生商者，郑注《书·尧典》云：商国在大华之阳。《括地志》云，商州东八十里商洛县，本商邑，古之商国，帝喾之子契所封也。戴震云：《史记》，契长而佐禹治水有功，封于商，赐姓子氏。言帝立子生商，著姓所起。今按：帝谓天帝。下章《郑笺》云：承黑帝而立子，故谓契为玄王。则已认契为天子。是也。

〔二〕相土，《汉书·人表》：昭明子。契生昭明，《五行志》：商祖契之曾孙。曾字衍。

〔三〕汤降不迟，按《国语·晋语》，公孙固引《诗》汤降不迟。释之云：降，有礼之谓也。是降谓自卑而尊人之礼也。

〔四〕昭假迟迟者，《朱传》：迟迟，久也。昭假于天，久而不息。

〔五〕为下国缀旒。马瑞辰云：缀旒二字平列。《毛传》释为表章，章亦所以表也。古者树臬以表位曰表。《乐记》：行其缀兆。郑注：缀，表也，所以表行列也。旒，正字作斿。《说文》：斿，旌旗之流也。古者以旗致民，即是以旗旒为表。故诗缀旒并言，以喻汤为下国表则也。又云：不竞不絿者，竞即竞争之义。絿对竞言，从《广雅》训求为是。二义相对成文，与下句不柔不刚句法正同。

〔六〕为下国骏厖。马瑞辰云：骏厖，《荀子·荣辱》篇引作骏蒙。《大戴礼·卫将军文子》篇引作恂蒙。此诗当以恂蒙为正。恂蒙有群相庇荫之象，犹言帲幪耳。

〔七〕苞有三蘖云云者，苞指桀，金鹗以为桀都今河南洛阳。三蘖，指韦、顾、昆吾三国。河南滑县东南五十里有废韦城。山东范县东南有顾城。河北开州为昆吾故地。桀与汤战，败走定陶。定陶，故三朡国。故《书序》云，汤从之伐三朡也。开州在定陶北，击柝相闻。昆吾与桀遂同日灭也。于是汤归商邱即天子位，故《书序》云，汤归自夏复亳也。

〔八〕有震且业。王闿运《补笺》：业，功也。是。下面实字当读为寔。寔，是也。

○濬音浚。跻读隮，今或音齐。缀音赘。旒音流。何读荷。絿读求。遒音酋、音秋。戁音赧。竦音耸。钺音越。蘖音孽。

殷武

〔一〕挞彼殷武。马瑞辰云：挞，盖勇武之貌。《传》训疾，亦壮武之义。《说文》：虘，古文挞。段注：从虎者言有威也。

〔二〕曰商是常，犹言惟商是尚也。与《閟宫》鲁邦是尚句意同。

〔三〕设都于禹之绩，马瑞辰云：假绩为迹。九州皆禹所治，因称禹迹。诗谓设都于禹所治之地。

〔四〕勿予祸適。王引之云：予，犹施也。祸，读为过。适，读谪。

〔五〕不僭不滥，马瑞辰云：《说文》，僭，儗也。僭之本义为以下拟上。滥者，嬒之假借。《说文》：嬒，过差也。引《论语》小人穷斯嬒矣。

〔六〕旅楹有闲者，马瑞辰云：旅，当为鑢字之假借。鑢之假借作旅，犹黸矢作旅矢，旅大山作胪岱也。《说文》：鑢，厝铜铁也。厝铜铁为鑢，错摩木亦得为鑢。《明堂位》：刮楹。郑注：刮，刮摩也。旅楹，即鑢楹；鑢楹即刮楹也。

○挞音塔。罙深古今字。字或作罙，从冖从米，音弥，冒也。毛作罙，郑作罙，两作皆通。裒音抔，音褒；王念孙读裒为俘。氐音低、音柢。羌音锵、音姜。解读懈。僭音俭。斫音琢。梴音延、音膻。

图书在版编目(CIP)数据

诗经直解:上下册/陈子展撰. —上海:复旦大学出版社，2024.6
(中华经典直解)
ISBN 978-7-309-17217-1

Ⅰ.①诗… Ⅱ.①陈… Ⅲ.①《诗经》-诗歌研究 Ⅳ.①I207.222

中国国家版本馆 CIP 数据核字(2024)第 023446 号

诗经直解(上下册)
陈子展 撰
责任编辑/杜怡顺

复旦大学出版社有限公司出版发行
上海市国权路 579 号 邮编:200433
网址:fupnet@fudanpress.com http://www.fudanpress.com
门市零售:86-21-65102580 团体订购:86-21-65104505
出版部电话:86-21-65642845
上海盛通时代印刷有限公司

开本 890 毫米×1240 毫米 1/32 印张 28.875 字数 724 千字
2024 年 6 月第 1 版
2024 年 6 月第 1 版第 1 次印刷

ISBN 978-7-309-17217-1/I·1391
定价:128.00 元
